Über dieses Buch In diesem großen Familienroman, 1931 zuerst erschienen, greift Werfel eines seiner Lieblingsthemen auf: die Überwindung der Herrschaft des Vaters und die Auflösung der alten Ordnungen. Die drei Geschwisterpaare leben mit ihrem Vater zusammen in einem eigenen Reich, unter des Vaters eigenem Gesetz. Zweifellos ist Domenico Pascarella ein Tyrann; doch erst als mit geschäftlichem Mißgeschick das Unglück von außen eintritt, gerät das ganze scheinbar so intakte Gebäude der Familienherrlichkeit in Brand. Die Kinder retten sich aus dem Zusammenbruch nach Brasilien, in die Ehe, in die Entsagung; und erst am Ende, als dem gebrochenen Vater die Erkenntnis seiner Schuld dämmert, rettet der reiche englische Geliebte seiner Tochter Grazia die Familie und ihre Bank vor dem völligen Zusammenbruch. Dieser Roman, vom Autor selbst treffend ein ›Märchen der Vaterschaft und der Geschwisterliebe‹ genannt, endet in der Verkündung: »Das Zeitalter des Gesanges und des Gesetzes ist nun zu Ende. Welches Zeitalter aber hat begonnen?«

Der Autor Franz Werfel, geboren am 10. 9. 1890 in Prag, wuchs in einer reichen Kaufmannsfamilie auf. In der Piaristenschule besuchte er zwar den jüdischen Religionsunterricht, wurde aber durch die nähere Umwelt dem Katholizismus zugeführt. Ab 1910 war er Lektor bei Kurt Wolff in Leipzig; sein Ruhm wurde durch zwei Gedichtbände und das Theaterstück ›Die Troerinnen‹ begründet. Nach dem Ersten Weltkrieg, den er an der russischen Front miterlebte, heiratete er in Wien die Witwe Gustav Mahlers. In der Zwischen-Kriegszeit erlangte er als Romancier und Dramatiker außerordentliche Erfolge. Zwischen 1925 und 1935 machte er ausgedehnte Reisen, lebte auch häufig in Italien. 1938 mußte er Österreich verlassen. Auf der Flucht vor den Nazi-Schergen gelobte er, für den Fall seiner Rettung, ein Werk über die Heilige von Lourdes zu schreiben: ›Das Lied von Bernadette‹ wurde sein größter Erfolg. Bis zu seinem Lebensende – er starb am 26. 8. 1945 in Beverly Hills – lebte er in Kalifornien im Exil.
Im Fischer Taschenbuch Verlag sind außerdem erschienen: ›Das Lied von Bernadette‹ (Bd. 1621), ›Verdi. Roman der Oper‹ (Bd. 2061), ›Stern der Ungeborenen‹ (Bd. 2063), ›Jeremias. Höret die Stimme‹ (Bd. 2064), ›Der veruntreute Himmel. Die Geschichte einer Magd‹ (Bd. 5053), ›Cella oder Die Überwinder‹ (Bd. 5706), ›Jacobowsky und der Oberst‹ (Bd. 7025), ›Barbara oder Die Frömmigkeit‹ (Bd. 9233), ›Geheimnis eines Menschen‹ (Bd. 9327), ›Die schwarze Messe‹ (Bd. 9450), ›Die tanzenden Derwische‹ (Bd. 9451), ›Die Entfremdung‹ (Bd. 9452), ›Weißenstein, der Weltverbesserer‹ (Bd. 9453), ›Der Abituriententag‹ (Bd. 9455), ›Die vierzig Tage des Musa Dagh‹ (Bd. 9458).

Franz Werfel

Die Geschwister von Neapel

Roman

Fischer
Taschenbuch
Verlag

116.–117. Tausend: August 1990

Ungekürzte Ausgabe
Veröffentlicht im Fischer Taschenbuch Verlag GmbH,
Frankfurt am Main, Januar 1956

Lizenzausgabe mit freundlicher Genehmigung des
S. Fischer Verlages GmbH, Frankfurt am Main

Umschlagentwurf: Jan Buchholz / Reni Hinsch
Druck und Bindung: Clausen & Bosse, Leck
Printed in Germany
ISBN 3-596-21806-3

Erstes Kapitel

DOMENICO PASCARELLAS SONNTAGSGESANG

Der Sonntag hat in jeder Stadt seine besondere Art, und nicht nur der Sonntag als solcher, sondern jeder Sonntag des Jahres und der Jahreszeit anders, und nicht nur in jeder Stadt, sondern in jedem Bezirk und Kirchsprengel verschieden. Den Sonntag verstehn am besten die Kinder, die sehr alten Leute und die Armen, die sich ergeben haben. Die Vollgültigen und Tätigen wollen ihm nicht wohl, sie hassen seine Ruhe, sie stören sie inbrünstig, indem sie das Fußball-Stadion stürmen, in dampfenden Kinosälen sich drängen und mit kriegerischen Schwärmen die Ausflugsnatur überziehn. Diesen Massen zum Trotz hat aber der Sonntag dennoch seinen Charakter nicht verloren, der gemischt ist aus Vergnügen und Schwermut, Frieden und Verzweiflung, Herdenwesen und Verlassenheit, Erwartung und Enttäuschung. Noch immer verströmt der Ruhetag Gottes den schaurig holden Opferrauch jahrtausendalter Heiligung und Sabbath-Innerlichkeit, mögen auch Hupen und Lautsprecher seine Stille immer gehässiger zerreißen.

Für die Geschwister Pascarella jedenfalls hatte er von Kind auf die größte Bedeutung. Diese sechs, drei Brüder, drei Schwestern, besaßen auf der Welt nichts als einander, so wollte es ihre Veranlagung und das Schicksal. Wohl verbrachten sie auch viele Wochenstunden gemeinsam, aber der Sonntag gab ihrer Einigkeit und Liebe eine altgewohnte Weihe. Die kleinen Zwistigkeiten, Bevormundungen, Eifersüchteleien, die jede Lebensnähe mit sich bringt, schwanden hin, und in der Harmonie schwebte nur ein dunkler drohender Ton, das Vorgefühl, es könne so nicht ewig bleiben.

Dabei muß ernsthaft bezweifelt werden, daß es in der großen Stadt Neapel noch sechs andre junge Leute gab, die sich so widerspruchslos, so innig dem Regimente eines Vaters, wie es Don Domenico war, gebeugt hätten. Kinder der üblichen Art wären längst schon in alle Winde auseinander gestoben. Die Geschwister Pascarella jedoch warteten mit der eigentümlichen Erregung, die sie schon seit vielen hundert Sonntagen kannten, auf die Heimkunft des Vaters. Dies nämlich war einer der Bräuche, aus einem unerschöpflichen Haus-Gesetz erfließend, daß Don Domenico um fünf Uhr heimkehrte, um den Rest des Sonntags unter den Kindern in seinem Palazzo zu verbringen.

Domenico Pascarella allein nannte das Haus Palazzo, und mit diesem Worte steigt die erste stolze Unstimmigkeit auf, die zwischen der Wirklichkeit und der Vorstellungswelt dieses außerordentlichen Mannes klaffte. Der Palazzo war kein Palast, sondern ein dreistöckiges Miethaus in der Via Concordia, einer der zahllosen Gassen des bergauf strebenden Stadtteils, der vom Corso Vittorio Emanuele umgürtet und vom Castel Sant' Elmo gekrönt wird. Eine ganz gewöhnliche moderne Straße, ohne Aussicht, ohne Schönheit; das Haus, nicht alt, nicht neu, stammte etwa aus den neunziger Jahren. Man hätte getrost annehmen können, hier in einer ganz und gar gleichgültigen Stadt zu sein. Nur die häufigen Leichenbegängnisse, die sich von der nahe gelegenen Kirche der Santa Trinità zumeist am Samstag nach dem Mittagessen mit ihrer seltsam fröhlich-schnellen Marschmusik auf den Weg machten, sowie manche Straßensänger, heisere Ausrufer, Taschenspieler, Gaukler und Musikanten mit fahrbaren Riesen-Leierkästen zeugten für die romantischen Restbestände der Stadt Neapel.

Das Haus, welches Don Domenico als Palazzo ansprach, besaß in jedem Stockwerk eine bürgerlich geräumige Wohnung. Die mittlere hatten die Pascarellas inne und die Geschwister erinnerten sich keiner anderen Stätte ihres Lebens. Durch ein weitläufiges und dunkles Vestibül trat man in die vierfenstrige »Sala da pranzo«, den erhabenen Raum, wo sich die meisten seelischen und leiblichen Ereignisse des eigenartigen Familienlebens abgespielt hatten und abspielen werden. Neben diesem allgemeinen Versammlungsort lag der »Salotto«, ein weit kleineres Zimmer, das, abgesehen von der üblichen Möbelgarnitur angejahrter Salons, durch zwei ausdrucksvollere Gegenstände gekennzeichnet war – durch eine alte Empire-Uhr unter Glassturz und durch ein nicht minder altes Pianino der Firma Fritz in Wien. Die Zeit in dieser Uhr war stumm. Seitdem die Kinder sie kannten, standen ihre Zeiger auf halb zwölf fest, um vielleicht durch diese Beständigkeit dem trotzigen Konservativismus des Hausherrn zu schmeicheln. In den Lichthaltern des Pianinos steckten zwei rote Galakerzen, ein Umstand, der darauf hinzuweisen schien, daß auch dieses Instrument die Rolle eines stummen Prunkstückes spielte. Hier jedoch täuschte der Schein. Denn Annunziata, die älteste Tochter, den andern Geschwistern weit voraus – denn sie war schon siebenundzwanzig –, übte manchmal auf diesem lebensmüden Klavier, freilich nur bei streng geschlossenen Fenstern. Und so sei denn schon an dieser Stelle ungeduldig vorweg verraten, daß sich hier im Salotto das seltene aber wundersamste Ereignis der tiefen Familiengemeinschaft abzuspielen pflegte: wenn Papa an manchem Sonntagabend sein Wesen veränderte und die Lust empfand, mit seiner unbeschreiblichen

Stimme ein Stück aus der Lieblingsoper »Gioconda« unter musikalischer Beihilfe Annunziatas, Grazias und Lauros zu singen, während Placido, Ruggiero und Iride den Part des erschauernden Publikums übernahmen.
In die rechte Wand des Salotto war eine Tapetentür geschnitten. Sie führte in das Heiligtum des Hauses, in die »Stanza della Mammina«, in Mamas Zimmer, das man nur selten und dann mit einem innigen Grauen betrat. Dies empfanden am stärksten die beiden jüngsten Kinder, Ruggiero und Iride, obgleich sie an Mama kaum eine Erinnerung hatten. Ruggiero war siebzehn, Iride gar erst dreizehn Jahre alt, und Mamas elfter Todestag war in einigen Wochen zu erwarten.
Die Obhut über die Stanza della Mammina lag in den Händen Annunziatas und Lauros, des Neunzehnjährigen, der Mama in Wesen und Erscheinung am meisten glich. Er und die älteste Schwester hatten alle Reliquien der armen Mutter, ihre Lieblingsdinge, die Kleinigkeiten des täglichen Gebrauchs, in einer Vitrine und auf einem Tischchen, das wie ein Altar mit weißen Spitzen bedeckt war, zartsinnig geordnet und ausgestellt. Sie sorgten auch für den Blumenwechsel unter Mamas Porträt und für das Licht unterm Madonnenbild.
Mit der Sala da pranzo, dem Salotto und der Stanza della Mammina waren die Gesellschaftsräume (ein völlig unpassendes Wort übrigens) der Familie Pascarella erschöpft. Die Schlafzimmer der jungen Leute lagen auf der Hofseite des Hauses. Annunziata bewohnte mit der kleinen Iride gemeinsam eine Stube, ebenso Lauro mit Ruggiero. Nur Placido, der einundzwanzigjährige Student, und Grazia genossen die Gunst einer eigenen Kammer. Bei Placido, dem ältesten der Brüder, war diese Bevorzugung erklärlich; warum aber Grazia, die Zwanzigjährige, und nicht die um soviel ältere Annunziata ein eigenes Zimmer besaß, wird gewiß wundernehmen. Vielleicht hatte sich diese Ungerechtigkeit deshalb eingeschlichen, weil Annunziata nach Mamas letztem Willen das Kind Iride pflegen und beaufsichtigen mußte, vielleicht war ihre ganze Wesensart daran schuld, vielleicht auch die heimliche Ausnahmsstellung, die Grazia in dem Reiche Don Domenicos einnahm. Als einzige von den Kindern war diese nämlich blond, goldblond sogar, und ihre Anmut wurde von niemand bewundernder anerkannt als von Annunziata.
Zu den beiden Zimmern Domenico Pascarellas endlich konnte man nur über eine schmale Treppe gelangen. Sie lagen einen Halbstock höher als die übrige Wohnung. So hauste der Vater, wie es in jedem

Sinne seiner Überzeugung entsprach, über den Häuptern der Seinigen.
Es wird manchmal behauptet, daß der Name des Menschen zu seinem Wesen in tiefer Beziehung stehe. Mag dies nun ein bloßes Gedankenspiel sein, mag tatsächlich eine solche Durchdringung von Mensch und Nennung stattfinden – im Fall der Geschwister Pascarella zumindest paßten die Namen recht gut zu ihren Trägern. Iride hatte vom Regenbogen das Schimmernde und Unzuverlässige, Lauro vom Lorbeer die Sanftmut und die dunkle Stille. Und Grazia ließ sich gut herleiten von den Grazien oder von der Gnade. Hier aber muß diese eilfertige Allegorie schon ein Ende nehmen. Denn es ist beim besten Willen nicht möglich, die drei anderen ohne gequälte Konstruktionen mit ihren Namen in Übereinstimmung zu bringen. Ruggiero, der jüngste und lebhafteste Bruder, der die Handelsschule besuchte, trug wenigstens einen Spitznamen, »Orso«, Bär, wodurch seine erstaunlichen Körperkräfte und deren täppische Verwendung zum Ausdruck gebracht wurden. Nach welcher dienstbaren und demütigen Heiligen aber hätte Annunziata heißen müssen, hatte sie doch die ganze Last der vom Vater eingesetzten Ordnung zu tragen? Sie war als Älteste für die Führung des Hauses verantwortlich. Doch nicht genug damit. Da sie ja die anderen an Jahren so weit überholt hatte, schien sich ihr eigener Weg schon abwärts zu neigen, ohne Erfüllung. Seit einigen Monaten nahm ihr Antlitz eine abweisende Blässe und Magerkeit an. Wenn Placido wirklich nach jenem römischen Feldherrn Placidus benannt war, so steht die Theorie der Wesens- und Namensverwandtschaft wahrhaftig auf sehr schwachen Füßen. Denn Placido war durchaus kein Mann der Tat, sondern ein Dichter, obgleich er sich in dieser Beziehung bisher nur einem einzigen Menschen anvertraut hatte: seiner Schwester Grazia. Für einen Dichter und Philosophen (Worte, die er niemals in den Mund nahm und am allerwenigsten von sich selbst) war seine Stirn, in die das schwarze Haar tief hineinwuchs, etwas niedrig. Sein Gesicht drückte die ständige, fast gespannte Bereitschaft aus, in allen Dingen und Momenten etwas Gutes, etwas Besonderes zu entdecken. Er hatte, um es richtig zu umschreiben, den lauernden Blick der Bejahung, der auf eine Seele schließen läßt, die viel Ekel und Kampf verbergen muß. Er besaß die längste Gestalt von allen Geschwistern. Diese natürliche Überlegenheit suchte er durch ein verträgliches Lächeln, das selten von seinen Zügen wich, gut zu machen.
Es mochte vier Uhr sein. Die feierliche Dämmerung des Wintersonntags nahm in den Zimmern der schmalen Via Concordia Platz.

Man hätte ganz gut schon zu dieser Stunde das Licht einschalten können. Wie immer aber, scheuten die Geschwister auch heute davor zurück, dem heimkehrenden Vater eine strahlend erleuchtete Fensterfront darzubieten. Nicht, daß es ihnen jemals verboten worden wäre, Licht zu brennen. Diese Frage war durch keine Bestimmung des geoffenbarten Vater-Gesetzes geregelt. Dennoch aber hätte das sehr alte Feingefühl ihrer Scheu im Entzünden der großen Lüster, wie sie in der Sala da pranzo und im Salotto hingen, eine unerlaubte Überheblichkeit gespürt und die Übertretung jener unsichtbaren aber haarscharfen Grenze, die Don Domenico seinen Kindern gegenüber konsequent zu wahren wußte.
So saßen sie denn im Zwielicht. Placido und Grazia in einer Ecke des Speisezimmers, Annunziata und Lauro in der Stanza della Mammina. Die beiden Jüngsten, Ruggiero und Iride, hatten die Küche auserwählt, zu der man von der anderen Seite des Vorraums gelangte. Priscilla, die Magd, und Giuseppe waren heute frei. An solchen Sonntagen bildete die Küche einen beliebten weil nicht ganz rechtmäßigen Aufenthalt, nicht nur für Ruggiero und Iride, sondern auch für die Großen. Hier konnte natürlich auch Licht gebrannt werden, nötigenfalls.
Die innigste Gemeinschaft mehrerer Menschen spaltet sich stets in noch intimere Zellen. Der Mensch besitzt nur eine einzige Stirnseite, um zu lieben. Wenn sie auch alle sechs davon überzeugt waren, daß jeder für jeden das Opfer des Lebens bringen würde, so bildeten sie doch seit langen Jahren schon feste Paare.
Das Paar in Mamas kleinem Erinnerungs-Salon flüsterte, wie es hier die Regel war. Lauro hatte sich erhoben und suchte das Porträt der Mutter zu entziffern. Von den Brüdern war er der schönste. Trotz der neunzehn Jahre, die er zählte, zeigte seine Wange keine Spur von Bartanflug. Die Lippen standen immer ein bißchen offen, in den Augen aber war keine Flut und Ebbe, als sei in ihnen das Kampfspiel des Lebens geglättet, ehe es noch begonnen. Seinem Anzug sah man an, daß Lauro manchen Gedanken seiner äußeren Erscheinung widmete und daß es für ihn schmerzhaft gewesen wäre, in ungebügelten Hosen, mit einem plump geschnittenen Rock oder in ausgetretenen Schuhen umherzugehen. Nichts an Lauro gemahnte an einen Schüler, obgleich er noch jünger aussah als er war und in die letzte Klasse des Gymnasiums San Tommaso ging.
Lange schon stand er vor Mama, vielleicht um sich in ihr zu suchen. Aber die Zauberkünste der Dämmerung zerrten sie immer weiter zurück ins Schattenreich. Da rief Lauro seine Schwester leise an,

und es klang wie eine Vogel-Lockung: »Zia!«
Annunziata fror auf einem der spitzenbedeckten Fauteuils, auf die man sich für gewöhnlich nicht setzte. Das Zimmer war ziemlich kalt, denn nur die Sala da pranzo besaß ein phantasievolles Ungetüm von Ofen. Annunziata saß aufrecht und bewegte kaum den Kopf. Es war symbolisch für ihre Stellung unter den Geschwistern, daß man aus dem Namen Annunziata die Abkürzung »Zia« für sie gewonnen hatte. Zia, das hieß ja Tante. Sonderbarerweise fiel ihr selbst diese Doppelbedeutung nicht auf. Noch einmal rief es: »Zia!«
Nun stand sie auf und trat zu dem Bruder. Er starrte noch immer das Bild an, obgleich von Mama nichts mehr zu sehen war. Sie hatte sich in der Dunkelheit aufgelöst wie ein Geheimstoff. Man hätte meinen können, Lauro stelle dem Bild seine Frage und nicht der Schwester.
»Ist es wirklich wahr, daß auch sie ihm immer die Hand geküßt hat, Zia?«
Annunziata klärte Lauro eilfertig auf:
»Natürlich ist es wahr. Sie hat ihm manchmal die Hand geküßt. Wenn sie und wir Kinder an der Tür ihn erwartet haben. Komisch, daß du dich nicht mehr daran erinnerst, Lauro! Du warst doch schon mindestens acht Jahre damals. Und das weiß ich auch noch genau, daß sie es war, die uns gelehrt hat, ihm die Hand zu küssen.«
Lauro versank noch tiefer in das Angedenken des Schattens. Annunziata berührte seinen Arm, um ihn zu mahnen, daß Mamas Stunde nun zu Ende sei. Er aber war mit seinen Fragen an die ältere Schwester noch nicht fertig:
»Sie hat auch über seine Stimme geweint. Das hab ich selbst noch gesehn, glaube ich. Er singt und sie sitzt da und weint. Oder bilde ich mir das nur ein?«
»Nein, Lauro, das bildest du dir nicht nur ein. Es ist ihr fast immer so ergangen. Wenn sie ihn singen gehört hat, sind ihr die Tränen gekommen. Sie hat über seine Stimme weinen müssen. Findest du das so merkwürdig?«
»Ich finde das gar nicht so merkwürdig . . .«
Annunziata bekannte wahrheitsgemäß:
»Du weißt, mir geht es ja nicht anders. Seine Stimme zwingt mich einfach dazu. Ich bin froh, daß ich am Klavier sitzen kann. Es ist übrigens sehr lange her, daß er nicht mehr gesungen hat. Vier Wochen, wie?«
»Nein, länger! Seit den Ferien ein einziges Mal. An Grazias Geburtstag . . .«

Er unterbrach sich und kehrte seine stillen Augen von der erloschenen Mama ab:
»Zia, kannst du dir vorstellen, daß er nun bald alt sein wird?«
Diese Frage schien Annunziata sehr zu entrüsten:
»Was für gräßliche Gedanken du hast! Woran denkst du denn?«
Man merkte ihm die vergebliche Mühe an, etwas auszudrücken, was äußerst schwierig war:
»Ich denke . . . ich denke daran, daß man über Papa nicht nachdenken soll . . .«
»Das soll man auch nicht«, entschied Annunziata, als sei es ihre Pflicht, unerlaubte Übergriffe zurückzuweisen.
Gleichzeitig mit diesem Gespräch in der Stanza della Mammina fand ein anderes in der Sala da pranzo statt. Grazia hatte sich mit dem Rücken gegen ein Fenster gestellt. Ihre Gestalt wirkte ganz schwarz und fast posierend wie der Scherenschnitt eines Mädchen aus der Bourbonenzeit. Nur in ihrem aufflammenden Haar gingen die letzten Fensterstrahlen der Sonne unter. Sie suchte aufmerksam den Blick des Bruders, dessen hochgeschossene Figur mit dem vorgeneigten Kopf irgendwo in dem weiten Raum stand und sich der Schwester zu entziehen schien:
»Und warum willst du mir das neue Sonett nicht zeigen?«
Placidos Stimme entschlüpfte noch weiter ins Unsichtbare als seine Gestalt:
»Es dürfte jetzt schon ein Viertel nach vier sein und Papa kommt pünktlich.«
»Papa kommt pünktlich um fünf. Das ist eine schlechte Ausrede.«
Placido hatte seine Verteidigungsposition gewechselt und sprach nun aus einer anderen Richtung her:
»Hör, Grazia, dieses Sonett ist spottschlecht. Es war ein großer Fehler, daß ich es überhaupt erwähnt habe.«
Grazia kannte ihn nur zu gut:
»Das sagst du ja immer, Placido.«
»Und es ist auch immer wahr. Leider. Ich weiß es.«
Das Mädchen wies mit schwesterlicher Begeisterung die unerbittliche Selbsterkenntnis des Dichters zurück:
»Ich aber weiß, daß mir deine Gedichte ebenso lieb wenn nicht lieber sind als die schönsten Sachen von Carducci oder Pascoli. Von den Modernen spreche ich schon gar nicht.«
Dieser Enthusiasmus konnte ihn nicht bestechen. Er entwand sich ihrem Drängen durch folgende Entschließung:
»Ich werde das Ding umarbeiten oder wegwerfen. Wahrscheinlich wird es der einzige Vorzug dieses Sonettes gewesen sein, Graja, daß

ich es dir nicht vorgelesen habe.«
Sie verließ das sterbende Fenster und ging auf Placido zu:
»Ich bin stolz, daß du mit mir darüber redest, daß du mir die Gedichte zeigst ...«
Und ohne ihn anzusehn:
»Es ist mir überhaupt das Liebste ... von allem ...«
Er ließ ihrem Geständnis keine Zeit, auszuklingen:
»Du wirst mich nicht verraten. Ich mag Geheimnisse nicht leiden. Aber die andern sollen davon doch nichts wissen. Ich bin zufrieden, wenn es zwischen uns bleibt, wenn du manchmal so gut bist, mir zuzuhören.«
Jetzt lachte Grazia:
»Glaubst du, ich werde so dumm sein, unser Geheimnis auszuplaudern? Mit Zia und Lauro habe ich nie ein Wort darüber gesprochen. Und die Kleinen ...?«
Ein kurzes Zögern, denn sie wußte, daß sie sich auf schmerzhaft heikles Gebiet wage:
»Aber wieso kommt es, daß Papa schon ein oder zweimal Bemerkungen gemacht hat?«
Placido senkte den Kopf. Seine beinahe zusammengewachsenen Brauen bildeten einen dicken Denk-Strich:
»Ich habe keine Ahnung, wieso das kommt.«
Grazia verdächtigte den Diener Giuseppe, den die Geschwister bitter haßten, wiewohl er schon seit zwei Jahrzehnten im Hause lebte. Er hatte sich immer als gehässiger Denunziant und ergebener Spion Don Domenicos entlarvt. Vielleicht war es seiner Witterung gelungen, unter Placidos Papieren Verse aufzustöbern. Der Bruder aber lehnte diesen Verdacht ab:
»Giuseppe, der boshafte Esel? Nein, Graja, ich glaube viel eher: Papa ist allwissend ...«
Er schwächte sein Glaubensbekenntnis ab:
»... wenigstens was uns betrifft.«
Zwischen Bruder und Schwester tauchte das Thema dieses Gesprächs immer wieder auf. Placido war ein Tausendkünstler des Ablenkens und Entschlüpfens. Heute aber sollte er nicht entschlüpfen. Grazia fühlte es als heiße Pflicht:
»Warum gehst du nicht zu Papa und sagst ihm, daß du Philosophie studieren willst und nicht dieses langweilige Jus?«
»Ich studiere ja beides. In diesem Semester habe ich auch bei Benedetto Croce inskribiert.«
»Beides, das ist zuviel für einen Menschen«, bohrte sie weiter, »man sieht es dir an. Warum hast du nicht den Mut, zu Papa zu gehen?«

Diese aufrührerische Forderung nach Mut hätte bei jedem Kenner Don Domenicos unzweifelhaft Kopfschütteln erregt. Grazia selbst hatte noch niemals einen solchen Mutbeweis geliefert. Von ihrem Ehrgeiz für Placido hingerissen gebrauchte sie dies schwerwiegende Wort ohne praktische Vorstellung. Er aber setzte sich nieder und verschlang die Hände über die Knie:

»Ich habe nicht den Mut, wir haben ihn alle nicht, doch ich hätte ihn vielleicht, wenn . . .«

Und er sah in der werdenden Finsternis zu Grazia auf, die jetzt dicht neben ihm stand:

». . . wenn Papa nicht immer recht hätte. Er hat immer so schrecklich recht. Selbst wenn er etwas ganz Falsches und Dummes sagt. In mir wenigstens, weißt du, ist etwas, nein alles, das ihm recht gibt.«

Sie waren dort angelangt, wo der Weg für die Geschwister Pascarella undurchdringlich vermauert war. Deshalb platzte Grazia kindisch heraus:

»Ich will, daß du berühmt wirst, Placido! Keiner verdient es mehr als du. Und da habe ich recht.«

Er zwang sie, sich neben ihn zu setzen:

»Und was, wenn ich den Spieß umdrehe?«

»Da gibt es nichts umzudrehen.«

»Du hast als einzige von uns allen *seine* Stimme geerbt. Vielleicht ist deine Stimme die schönste, die es jetzt in Italien gibt, Graja. Maestro Capironi hält sehr viel von dir . . .«

»Von mir . . .«, schnitt sie ab, »das ist doch alles nur ein Spaß. Ich habe die Stunden bei Capironi sehr gerne. Sonderbar genug, daß Papa sie erlaubt hat. Aber wenn du glaubst, daß ich mir irgendwelche Phantasien meinetwegen mache . . .«

»Und meinetwegen machst du sie dir?«

Grazia konnte darauf nicht antworten, denn ein plärrender Lärm drang aus der Küche in die Sala da pranzo.

»Ruggiero und Iride melken Priscillas Grammophon», stellte Lauro fest, der mit Annunziata zu den beiden andern trat.

Alle liefen sie nun in die hellerleuchtete Küche, die von ihrem Licht auch dem Vorzimmer noch abgab. Auf dem Tisch stand ein ungeschlachter Grammophonkasten, der aus einem gerippten Riesentrichter sein rhythmisches Ton-Spülicht in den Raum schleuderte. Die Köchin Priscilla hatte diesen lärmenden Gegenstand samt zwei ausgeleierten Schallplatten als nacktes Strandgut aus dem Sturm einer unglücklichen Liebe gerettet. Da Domenico Pascarella mechanische Musik verabscheute und nichts dergleichen angeschafft

werden durfte, erfreuten sich die unverwöhnten Geschwister an Sonntagen, wie es dieser war, an dem Grammophon der Köchin. Ruggiero, der Orso, fegte im russischen Hocketanz, mit verschränkten Armen, die Beine aus den Knien werfend, über den Steinboden. Sein Gesicht war ganz stumpf vor Eifer und die kleine feste Gestalt zitterte wie ein Motor. Auch Iride tanzte mit tiefster Versunkenkeit. Sie hielt die Finger balletthaft gespreizt, während sie zu dem unterschiedlosen Lärm allerlei auf- und niedertauchende Evolutionen erfand. Das dichte kurze Schwarzhaar blähte sich wie bei einer ägyptischen Plastik um ihr Gesicht, das dadurch mit seinen geschlossenen Augen nur noch kleiner und bleicher erschien.
Nach einer Weile beifälligen Zuschauens machte Lauro vor Grazia eine zeremoniöse Verbeugung. Sie umfaßten einander und begannen zu tanzen. Kein Fremder hätte daran gezweifelt, daß unter den Geschwistern Pascarella dieses das Paar sei, das am innigsten zusammengehörte. Die beiden Jugendkörper verschmolzen in den Schlangenwindungen des Tanzes reizend und zärtlich. Gott weiß, wo sie das so gut gelernt haben können, ging es Annunziata durch den Kopf. Die Wahrheit aber war, sie hatten es nirgends gelernt. Doch nun umfaßte auch Placido die älteste Schwester und führte sie im Wiegeschritt. Der Tanz dieser beiden freilich, der nur zögernd in Schwung kam, hatte etwas von dem entschlossenen Versuch, die Freude anderer nicht zu stören und in einer Welt mitzuspielen, die sich versagt.
Die schreckliche Grammophonplatte erhob den endlosen Schmerzensschrei eines Verwundeten. Die Nadel lief unablässig in der letzten Rille. Ruggiero sprang hinzu und befreite das leidende Wesen. Tiefatmend löste sich Grazia von Lauro. Auf ihrem Gesicht zeigte sich ein unmittelbarer Einfall. Annunziata jedoch spürte sofort, daß es kein unmittelbarer Einfall war, sondern ein Gedanke, der die Schwester jetzt nicht zum erstenmal beschäftigte. Vielleicht sogar spürte die Hellsichtige in Grazias Worten noch mehr, das sich vorbereitende Schicksal nämlich, das den Pascarella-Stamm bis in den Grund erschüttern wird. Die Worte freilich waren mehr als harmlos:
»Wißt ihr«, berichtete Grazia, »was ich von Maria (eine entfernte Verwandte) gehört habe? Am Karnevals-Dienstag wird im Hotel Bertolini eine fabelhafte Festa di ballo gegeben . . .«
Lauro zuckte die Achseln. Das war nichts Neues. Grazia aber verteidigte das Fest:
»Nein, nicht die übliche Geschichte. Maria behauptet, Einladungen könne man nur sehr schwer bekommen. Die Leute müssen sich

darum bewerben. Es soll sehr exklusiv werden. Ein Kostümball übrigens . . .«

Placido ließ seinen Blick auf Annunziata ruhn und gab seine Meinung so langsam kund, als treffe er eine äußerst wichtige Entscheidung:

»Ich bin dafür, daß du auf diese Festa di ballo gehst, Graja.«

Alle erschraken über solche präzise Kühnheit, Annunziata am meisten:

»Aber Papa . . .« Es war ein Ausruf allgemeinen Erschauerns. Die Initiative des Lebens ging einzig und allein von Signor Pascarella aus. Er liebte es nicht, wenn seine Kinder Wünsche und Bitten vorbrachten, was auch so gut wie niemals geschah. Falls sich aber solch eine Bitte nicht vermeiden ließ, so kostete sie den Betreffenden schlaflose Nächte und Qualen der Überwindung, ehe er sie über die Lippen brachte. Nicht nur die notwendigen Dinge des Alltags bestimmte Papa, sondern auch die spärlichen Freuden. Daß aber eine Festa di ballo, eine zuchtlose Versammlung »der feindlichen Welt«, zu den erlaubten Freuden nicht zählte, wußten die Geschwister Pascarella genau. Wohl hatte Don Domenico seiner Ältesten vor langer Zeit ein einziges Mal einen Ball zugedacht. Übrig blieb jedoch für die arme Annunziata nichts als die Erinnerung an eine peinvolle Nacht, in der Papas kritische Garde-Augen mit verwirrender Strahlung auf ihr lagen, in der sie sich steif benahm und unfreie Gespräche führte. Wahrscheinlich hatte der Vater mit diesem Ballbesuch nur die Absicht verfolgt, derartige Vergnügen für alle Zeit ad absurdum zu führen.

»Willst du wirklich«, zweifelte Annunziata, »auf eine Festa di ballo gehn, Graja?«

Grazia schien ärgerlich zu werden:

»Ich auf einen Ball? . . . Was fällt dir ein? . . . Bin ich denn närrisch?«

Placido ließ Annunziatas Gesicht noch immer nicht aus den Augen. Wie langgezogen war es schon, wie streng, wie lippenlos! Das unerfüllte Leben warf seine Schatten über sie, lange vor der Zeit. Mußte man Grazias Schönheit nicht davor behüten? Da setzte Lauro den Schlußpunkt unter Placidos Gedanken:

»Und ich bin unbedingt dafür, daß Graja zu diesem Ball ins Bertolini geht . . . Man muß nur besprechen, wie man es möglich macht.«

Ruggiero, der die Wichtigkeit dieser lückenhaften aber heimlich erregten Aussprache nicht begriff, hatte inzwischen die andere Platte aus Priscillas Liebes-Schiffbruch aufgelegt. Sie ging mit solchem Granatengeheul los, daß zuerst alle zusammenfuhren und

dann in Gelächter ausbrachen. Aber die Nadel hatte kaum ihren halben Lauf vollendet, als der neu beginnende Tanz wiederum jäh unterbrochen wurde, denn an der Wohnungstür draußen machte sich grobes Gepolter bemerkbar. Zuerst erstarrte Placido. Annunziata drückte die Faust gegen das Herz. Lauro und Grazia machten wie in einem schweren Traum, den man nicht gleich abschütteln kann, noch drei Tanzschritte, ehe sie sich ließen. Nur Ruggiero, aktiv und am rechten Fleck wie immer, versetzte der kleinen Schalldose einen Hieb, daß sie zu Boden kollerte. Knirschend aber stumm raste nun die Platte um ihren Mittelpunkt. War es möglich? Hatten sie alle über diesem frechen Lärm die Heimkunft des Vaters vergessen, der sie seit einer Stunde mit sonntäglicher Spannung entgegenwarteten? Sie waren so erschrocken, daß sie angewurzelt standen und keines die Kraft fand, Papa ins Vorzimmer entgegenzugehn, wie es das Gesetz verlangte. Im Türausschnitt aber tauchte Giuseppes schmaler Greisenkopf auf, mit seinen ertappungsfreudigen Polizistenaugen.
Gott sei Dank! Es war nicht Papa, es war nur Giuseppe, der die Versammlung bitter hämisch musterte, als wären ihm derlei Umtriebe längst bekannt, und er brauchte erst gar nicht den Betretungsfall einer überraschenden Rückkehr, um zu wissen, woran er sei. Die eingeborene Sbirren-Natur in diesem Giuseppe, ein Erbstück neapolitanischer Sklavenzeiten, war unüberwindlich. Sie hatte die Geschwister während ihrer ganzen Lebensdauer unzählige Maßregelungen, Strafen, Tränen und Verdrießlichkeiten gekostet. In einer normalen Familie wäre ein solcher Nachschleicher und Angeber nicht alt geworden. Aber die Kinder Don Domenicos erwogen nicht einmal im stillen den Gedanken, sich dieses Skorpions zu entledigen, der das volle Vertrauen Papas genoß. Doch gerade diese ergebene Duldung festigte Giuseppes Stellung von Jahr zu Jahr, so daß er die jungen Herrschaften immer gelassener beaufsichtigte und verklagte. Er unterwarf sich fanatisch der Einzigkeit Herrn Pascarellas, war aber von der unausrottbaren Einbildung besessen, diesem in der Rangordnung des Hauses der nächste zu sein. Das mochte daher kommen, daß er das Gesetz, unter dem das Haus Pascarella stand, mit der Subtilität und Feinfühligkeit eines unerbittlichen Pfaffen hütete. Er selbst hielt sich für den großen Exekutivbeamten der Vaterschaft. Wenn es ihm auch oblag, den leiblichen Geschöpfen Don Domenicos die Kleider und Schuhe zu reinigen und ihnen bei Tische zu servieren, so bestand seiner Meinung nach zwischen diesen Geschöpfen und ihm ein gemessener Unterschied, solange der Herr seinen Anklagen ein günstiges

Ohr lieh. Auch jetzt nickte er mehrmals, um anzudeuten, daß seine Überzeugung von dem ständigen Gesetzesfrevel der sechs Pascarellakinder auch ohne diesen neuen Beweis für alle Zeiten gefestigt sei:

»Eccellenza steht schon unten auf der Treppe«, verkündete er, »und Sie betragen sich wie . . .«

Da er keinen Vergleich fand, der seinen Abscheu genügend stark ausgedrückt hätte, verstummte er, packte Priscillas Grammophonkasten mit angeekelten Händen und trug ihn wortlos in den Dienstbotentrakt, der an die Küche grenzte. Auch die Geschwister gingen wortlos aus der Küche und traten im Vorzimmer an.

Es gibt Bilder und Melodien, die den Menschen wie geheimnisvolle Motive seines Lebens immer wieder ergreifen. Mehr aber als alles Geformte graben sich gewisse Gerüche und Geräusche in unsre Empfindungen ein. Wer in einem eingekampferten Zimmer einst Abschied von einem nahen Menschen nahm, wird den Geruch des Kampfers mit der Erfahrung des Abschieds verbinden. Ein alter Seemann im Ausgedinge eines gottverlassenen Fischerdorfs fährt vielleicht nachts aus dem Schlaf, weil er das Rasseln des Gangspills oder das Kreischen des Hebekrans zu hören vermeint. Für die Kinder Domenico Pascarellas war und ist das Geräusch des Schlüssels, mit dem der Vater die Wohnungstür öffnete, solch ein ergreifendes Lebensmotiv. Von ihrer Kindheit her kannten sie die aus Freude und Angst gemengte Empfindung, daß dieses Geräusch minutenlang andaure: Zuerst sucht der Schlüssel, vergeblich und immer ärgerlicher scheltend, das Schloß. Dann hat er den Eingang gefunden und holt Atem, um Kraft zu sammeln. Nicht im ersten Angriff gelingt die Überwindung des Riegels. Und ist dieser endlich zurückgeschnellt, wird der Schlüssel klirrend aus dem Loch gezogen, ehe die Tür sich öffnet und Papa erscheint.

Domenico Pascarella, der jetzt die Tür hinter sich schloß, war keineswegs, wie man bisher hätte vermuten können, »una figura di ferro«, worunter die Italiener einen Mann von Eisen verstehen. Ruggiero allein schien seine kräftige, recht untersetzte, etwas dickliche Gestalt geerbt zu haben. Die beiden anderen Söhne überragten ihn hoch und Grazia ein wenig. Das weiße Haar seines kugelrunden Katerkopfes war stachlig kurz geschnitten, der ebenso weiße Schnurrbart, nicht nach der Mode gestutzt, zeigte ausgezogene Spitzen. Trotz diesem Haar, in dem kein dunkler oder grauer Faden mehr wuchs, erweckte Don Domenico in keinem Augenblick den Eindruck des nahenden Greisentums. Er war ein firmer energischer Herr ohne Alter, wie sie zumeist auf dem Gebiet des Militärs oder des Staatsdienstes gedeihen, vielleicht erst fünfzig, vielleicht schon siebzig.

Den Reigen der Begrüßung eröffneten Iride und Ruggiero, die sich mit beinahe erbittertem Eifer auf Papas Hand stürzten, um sie zu küssen. Nachdem – es schien dem Alter nach zu gehn – auch noch Lauro zum Handkuß gekommen war, schnitt Don Domenico die Zeremonie ab, indem er die drei übrigen Geschwister mit einem stummen Wink bedachte. Dann erst legte er Stock und Mantel ab, wobei ihm Placido behilflich war. Damit war nach alter Sitte der Akt des Empfanges zu Ende, ohne daß auch nur ein Wort gefallen wäre.

Ruggiero stürmte voraus und schaltete die großen Lüster im Speisesaal und im Salotto ein. Nun strahlte die Wohnung der Pascarellas im hellsten Licht, während der Hausherr sie befriedigt aber immer noch stumm durchschritt, um sich zur Waschung in seine Räume zu begeben.

Die Geschwister standen nun alle um den großen Familientisch in der Sala da pranzo, jedes hinter seinem Sessel. Nur Annunziata, die heute in Abwesenheit Priscillas das Mahl zu verwalten hatte, band eine Schürze um und verschwand in der Küche.

Es ist der Sinn jeder Familienrunde um einen großen Tisch, daß ihre Mitglieder einander zugewandt sind, während sie der Welt den Rücken kehren. Don Domenico, der jetzt den Vorsitz in der Mitte seiner Kinder übernahm (rechterhand Annunzitas leerer Stuhl und links Grazia), war von dem hohen Wert dieses Sippenverhaltens restlos überzeugt. Er mußte sich geradezu Mühe geben, damit keines der Geschwister das Behagen, ja die stille Freude merke, die ihn immer angenehmer erwärmte. Rasch versicherte er sich, daß kein Strahl dieses Behagens die geziemende Finsternis seiner väterlichen Züge durchdringe. Da hatte er sich ein wohlgeratenes Planetensystem großgezogen, das in ihm sein Lebenszentrum, seine Sonne sah und ihn dankbar umkreiste. Lauter junge, lauter schöne Gesichter, wenn man sichs eingestand, die aufmerksam, ja gierig an ihm hingen. Und sie alle seine Kreatur, sie alle aus seinem Fleisch geholt, eine sechsfache Vervielfältigung und Erweiterung seiner selbst. Der armen Mama billigte er nicht viel Anrecht an dieser Schöpfung zu. Die sechs Geburten, und zwei mißlungene außerdem, hatte er an ihrer Seite glücklich überstanden. Nun war sie der tote Mond, er aber war noch immer die lebendige Sonne, dem sie alle dienten, den sie alle liebten. Annunziata, Grazia, Iride, Lauro, Ruggiero, und Placido. Placido? Nein mit dem Jungen stimmte etwas nicht. Dieses tiefsinnige Grinsen war aufreizend. Man mußte sich beizeiten vorsehen. Und angesichts seines Sohnes Placido zog eine erzürnte Wolke über Pascarellas milden Gemütshimmel. Giuseppe stellte vor Don Domenico eine Weinkaraffe hin und reichte den Kindern mit strengem Ernst Tee und Bäckerei. Auch dies war geheiligter Sonntags-Ritus. Selbst Giuseppes hoheitsvolle Serviermiene schien ausdrücklicher als sonst zu verkünden: Seht her, ihr Unwürdigen, wie euch Eccelenza durch meine Hand mit Wohltaten überschüttet! Während der Mahlzeit wurden einige Fragen der vergangenen Woche besprochen, aber so, daß weder Annunziata noch einer der anderen Erwachsenen zuerst das Wort ergriff, sondern jeglicher abwartete, bis der Vater die betreffende Sache zur Sprache brachte. Es ging nicht laut zu an diesem Tisch, doch machte keines der Geschwister einen unglücklichen, gelangweilten oder fluchtsinnenden Eindruck, sondern alle hatten lebhaft gespannte Augen, als wohnten sie einem packenden Schauspiel bei und nicht einer häuslichen Sonntagsstunde.

Nachdem die Tassen abgeräumt waren und nur mehr das einsame Weinglas vor Don Domenico stand, schob er ein wenig seinen Stuhl vom Tisch, und es erfolgte jene Vermahnung, die nur an ganz besonderen Sonntagen stattfand. Sie diente erstens dazu, die obersten Grundsätze des Pascarella-Kanons den jungen Leuten einzuschärfen, doch überdies sollte sie die einzigartige Lage der Familie dartun, die auserwählt war und verborgen zugleich. Sooft sie schon an die Söhne und Töchter ergangen war, sie konnten ihrer nicht genug haben, da sie das Selbstbewußtsein in wohltuend grusliger Art erhöhte:

Ob sie überhaupt wüßten, eiferte der Vater, welcher Familie anzugehören sie die Ehre hätten? Was sei der ganze neapolitanische Adel gegen die Pascarellas? Diese Kammerdiener der Bourbonen, diese Packträger, die der saubere Signor Murat zu Herzogen erhoben hatte! Ein Conte Pugno-Sarti, ein Duca Dallorso, ein Ventignano, ein Spagnuoli tue so, als kenne er Domenico Pascarella nicht, wo seine, Domenicos, Ahnen in diesem Lande schon herrschaftlich gelebt hatten, als jene gute Gesellschaft noch irgendwo die Landstraßen der Welt mit zerrissenen Stiefeln bevölkerte. Er könne sich noch seines Großvaters erinnern. Das war einer der größten und reichsten Herren seiner Zeit gewesen und insbesondere Neapels. Er sehe die goldgeräderte Karosse noch vor sich, mit der er an der Seite seines Vaters ins Land gefahren sei, um den Ahnherrn auf einem seiner Schlösser in der Campagna zu besuchen. Tausend Morgen mindestens hatten dazu gehört, Weinberg und Weide, Acker und Herrschaft. Die blonden Haare des Großvaters seien im Lande ringsum berühmt gewesen. Grazias Haar bilde nur einen schwächlichen Abglanz jener Glorie, die sonnenklar beweise, daß der römische Urstamm der Pascarellas sich mit der normannischen Edelrasse gekreuzt habe, um einen Familienwert hervorzubringen, der jedes einzelne Mitglied mit strengen Pflichten belehne. Don Domenico sprach von der Ewigkeit dieser Ehre und vom vergänglichen Zufall aller Glücksgüter. Sippen wie die seine, die ohne Anfang seien, müßten dunkle, gewissermaßen unterirdische Zeiten in Ruhe und Reinheit ertragen. Schon mit seinem Vater habe der Abstieg begonnen, und als er, Domenico Pascarella, zwanzig Jahre alt war, sei er arm und verlassen dagestanden. Und noch heute im Alter plage er sich und kämpfe, um den Seinigen ein ähnliches Jugendlos zu ersparen.

Bei diesem Punkte jedoch verweilte Papa nicht lange, denn er sprach mit den Kindern niemals über die Angelegenheiten seines Berufes. Dies war eine der unergründlichen Eigentümlichkeiten des Gesetzes, das er selbst errichtet hatte. Hingegen stellte er jetzt eindringlich die Frage nach den Ursachen des Niedergangs. Er kam zu dem Schluß, daß ein eigenes Verhängnis, ein spezielles Familienverhängnis wider die Pascarellas am Werke sei. Obgleich die Geschwister noch niemals von dem Verhängnis etwas verspürt hatten, nahmen sie die Offenbarung doch gläubig hin. Nach Papas Worten hätte man meinen können, die ganze Welt sei nichts andres als ein Instrument der genannten Schicksalsfeindschaft. Außerhalb dieser Sala da pranzo gab es nur falsche Götzen, nur Verschwörer, nur wuterfüllte Hasser. Mit erhobener Stimme forderte Don Domenico seine Kinder auf, die Menschen zu meiden, keine Geselligkeit zu suchen, den sogenannten Vergnügungen, Ehren, Erfolgen und ähnlichen »Vordringlichkeiten« unbedingt aus dem Wege zu gehen. Jeder Abfall von seiner Lehre werde sich zwangsläufig an ihnen rächen. Es gebe nur eine Rettung vor dem allgemeinen Welthaß, unantastbar zu leben. Sie sollten sich fest aneinanderklammern, alle sechs, dies sei der wahre Rückhalt, alles andere sündiger Wahn.

Don Domenico sprach meist nicht viel. Diese Predigt aber drang aus seinem Innern, und so kleidete er sie in ernstes Pathos. Er sah nun seine Kinder der Reihe nach an, um in ihren leuchtend hingegebenen Augen die Nachwirkung zu lesen. Als sein Blick aber Placido, den ältesten Sohn, berührte, der am weitesten entfernt saß, trat des Vaters Kinn gewalttätig und höhnisch vor:

»Mein Herr Sohn Placido ist vielleicht anderer Meinung?«

Der Student zuckte zusammen:

»Wieso ich, Papa?«
Don Domenico aber schob sein Glas fort und brüllte:
»Wieso ich, wieso ich? Ecco il poeta! Ecco il philosopho!«
Unter dieser knallenden Verhöhnung duckte sich Placido, zog die Schultern hoch wie ein Kind und wurde feuerrot. Die andern sahen starr aufs Tischtuch. Nur Grazia wandte ihr Gesicht voll dem Bruder zu.
In der nächsten Minute jedoch schien Domenico Pascarella seinen unbegründeten Wutausbruch wieder vergessen zu haben. Er zog bedächtig seine Brieftasche und entnahm ihr ein Couvert, das er Annunziata mit den Worten reichte:
»Da habe ich etwas für euch!«
Auch dieser Vorgang pflegte sich alljährlich um die Weihnachtszeit abzuspielen, wenn die Eröffnung der Opernstagione im Teatro San Carlo vor der Tür stand. Trotz dem Anathema gegen die feindliche Welt und der Verwarnung vor menschlicher Geselligkeit hielt Don Domenico doch streng darauf, daß seine Familie bei dem großen gesellschaftlichen Ereignis des ersten Opernabends nicht fehle. Seit Menschengedenken hatten die Pascarellas immer die Loge Nummer drei, links, erster Rang bei dieser Gelegenheit innegehabt, zwischen den gräflichen und den herzoglichen Logen der Pugno-Sarti und Dallorso. Er selbst hatte vor fünfzig Jahren zum erstenmal in Begleitung der Eltern den goldroten Raum San Carlos betreten und erinnerte sich, von seinem Vater gehört zu haben, daß dessen schöne Großmutter schon am selben Ort im Reifrock zu thronen pflegte. Nummer drei, links, erster Rang war an einem Abend des Jahres ein geheiligtes Anrecht, ein ewiges Servitut der Familie Pascarella. Diese Tradition durfte nicht unterbrochen werden. Gehörte man auch nicht mehr zu den Glänzenden und Reichen, so war man doch nicht emporgekommen, sondern nur verblaßt. Man war Familie. Stolze Bescheidenheit und Zurückhaltung vor einer durchaus haßerfüllten Welt – sonst der erste Artikel des Pascarella-Gesetzes –, sie durften bei der Eröffnung von San Carlo für einige wenige Stunden suspendiert werden. Sinnbildlich bewies man so vor den Augen jener kalten strahlenden Welt, wer man gewesen und wer man immer noch war. Drei schöne Mädchen, wohlgekleidet und onduliert, dienten zum herrlichen Symbol. Doch hatte diese Ausnahme von der großen Regel noch eine andre Wurzel in der Seele Don Domenicos, die heiße Vorliebe für Opernmusik.
Signor Pascarella hatte sich auch diesmal der Loge schon versichert, ehe noch der allgemeine Vorverkauf begann. Während er sonst seine Kinder überaus knapp hielt und das karge Taschengeld nicht

überschritten werden durfte, erkundigte er sich jetzt nach den Toilettenverhältnissen der jungen Damen und bestimmte eine Summe zu deren Erneuerung. Den Söhnen ihrerseits wurde gleichzeitig gestattet, sich je eine Galeriekarte zu besorgen, denn die Pascarella-Loge durfte keinen plebejisch überfüllten Eindruck erwecken.

Freie Menschen, auch solche, die in dürftigen Umständen leben, können kaum ermessen, was für die ausgehungerten Seelen der Geschwister der kommende Theaterabend bedeutete. Es war unbegreiflich viel mehr als ein reizvolles Vergnügen, es war das Tor des Lebens, das sich blendend öffnete. Einmal im Jahr hob Papa das unerbittliche Weltverbot auf. Die Phantasie aber umspielte die winkenden Opernstunden mit dumpfen und trunkenen Hoffnungen. Die Freude der Kinder war doppelt rührend dadurch, daß sie sich, angesichts des unermeßlichen Respekts vor dem Vater, nach innen schlug. Nicht einmal Iride, die vor ihrem ersten San-Carlo-Besuch stand, wagte es, ihren Empfindungen anders Luft zu machen als durch wilde Grimassen, die sie heimlich schnitt. Don Domenico aber erlebte nun den Höhepunkt seines Sonntagsbehagens, als er mitteilte:

»Man gibt die Gioconda mit der Rasa und Montesanto.«

Der Cartellone, das Repertoire der Operngesellschaft, war ihm diesmal günstig gesinnt, das mußte selbst er zugeben. Seit Jahrzehnten war er der »Gioconda« leidenschaftlich zugetan und versäumte keine Aufführung. Auch die wohlbekannten Namen der Sänger ließen Gutes erhoffen. So ergab denn eines das andre. Papa verfiel in ein gesammeltes Schweigen, das die Geschwister mit wonnigen Ahnungen erfüllte. Dann schmunzelte er kaum merkbar, erhob sich feierlich und gab Ruggiero den halblauten Befehl:

»Schau, ob alle Türen gut geschlossen sind, auch die Küchentür!«

Die Wirkung war zauberhaft. Endlich gewährte dieser Sonntag nach langer Entbehrung wieder die Weihestunde, die für alle sieben mehr bedeutete als nur Musik. Stürmisch sperrten die beiden Kleinen die Küchentür ab, indem sie zweimal den Schlüssel umdrehten. Ein kleines Rachegelüst spielte mit, denn nun war Giuseppe gefangen und ausgestoßen. Grazia öffnete das Klavier. Annunziata entzündete die Galakerzen, und selbst Placidos Wunde schien geheilt, denn er holte mit freudigen Händen den Klavierauszug von Ponchiellis Oper aus dem Kasten. Don Domenico freilich brauchte keinen Klavierauszug, denn einerseits konnte er keine Noten lesen und andererseits wußte er die ganze Gioconda, Text und Melodie, bis zum geringfügigsten Rezitativ auswendig.

Lauro aber entfernte ein grünes Tuch von einem großen Gebilde, das bisher unbemerkt im Klavierwinkel des Salotto gelehnt hatte. Und plötzlich war ein gewaltiger Kontrabaß da. Nein, kein Irrtum! Es war wirklich eine Baßgeige, die sich jetzt wie ein gutmütiges Riesentier der Vorwelt von dem Jüngling umarmen ließ. Lauro, der Ruhige, dessen klaren Grund man immer zu sehen vermeinte, überraschte die Geschwister von Zeit zu Zeit mit Ungewöhnlichkeiten. So war er eines Tages unversehens mit diesem Kontrabaß angerückt, dessen Meisterung er von einem Mitschüler, dem Sohn eines Orchesterprofessors, erlernt hatte. Von Stund an betreute er den melancholischen Giganten mit zärtlicher Fürsorge wie ein lebendiges Geschöpf, indem er ihn vor allzu großen Temperaturunterschieden schützte, nach dem Spiel vorsichtig zudeckte und seine Saiten entspannte. (Es darf nicht unerwähnt bleiben, daß Lauro die Tiere innig liebte. Schon als kleines Kind hatte er sich immer einen Hund gewünscht. Zu Don Domenicos Eigenheiten aber gehörte ein wütender Hundehaß. Vor dem Kontrabaß hatte der Knabe eine Schildkröte besessen, die er in einem kleinen Korb bewahrte und mit großer List vor Giuseppes Spürsinn zu verbergen verstand.) Nun hielt Lauro das mächtige Instrument umschlungen, das in grobe Arme gehörte und breiter Brustkästen bedurfte. Es stand in seltsamem Widerspruch zu des Spielers schmächtiger Figur und zu seiner zärtlichen Aufmerksamkeit. Er neigte sich tief über die Saiten und stimmte sie, um zu des Vaters Gesang und Zias Klavierbegleitung den Baß richtig schrummen und zupfen zu können.
Don Domenico aber trat in die Mitte des Salotto, wölbte die Brust, stellte einen Fuß vor den andern und legte den Kopf zurück. So bot er den Dreien, die sich als Hörerschaft niedergelassen hatten, Placido, Iride, Ruggiero, ein Bild löwenhafter Bereitschaft dar. Und wahrlich, löwenhaft schön und stark war seine ungealterte Stimme, als er nun begann:

»O monumento!
Regia e bolgia dogale! Atro portento!
Gloria di questa e della età future!«

Es war nicht nur herrlicher Gesang, was auf den Wogen dieser ungelehrten Stimme den versperrten Raum überflutete, es war das tiefste Wesen dieses Mannes, das nun im Tonstrom alle Konvention durchbrach, herrisch, keinen Widerspruch duldend, niederschmetternd, im Recht. Mit geröteter Stirn und halbgeschlossenen Augen sang er sein Leben aus, verströmte er singend sein Leben, ohne es zu

verlieren, ja, die Substanz dieses Lebens schien um so stärker zu werden, je mehr er von ihr hingab. Vielleicht aber war es nicht nur *sein* Leben, das ihm aus der Brust drang, vielleicht war es das uralte Leben aller Pascarellas, das diesen Ausweg suchte.
Die Kinder machten Katzenbuckel und starrten vor sich hin. Wie im Banne einer unerträglichen Lust. Placido konnte sich kaum beherrschen. Lauro vergaß das Schrummen und zupfen. Annunziatas Begleitung klang immer dünner, denn schwere Tränen störten sie beim Spiel. Und da hätte ihre Mutter, die kränkliche sanfte Frau, nicht weinen sollen, der Übermacht dieser Stimme standhaltend?
Don Domenico hatte die berühmte Ansprache des Spions Barnaba an die venezianische Bocca di leone beendet, an das Löwenmaul der Inquisition, das alle Anzeigen und Verratsbriefe verschlingt. Jetzt gab er Grazia einen Wink, mit ihm das Schlußduett der Oper zu singen:

»Si, il patto mantengo – lo abbiamo giurato,
Gioconda non deve – quel giuro tradir.«

Und als sich nun die dunkelgelbe Stimme des Vaters mit der hellen Stimme der Tochter im Zwiegesang umschlang, durchzuckte die Geschwister Pascarella ein Augenblick des Gefühls, so voll, so verflochten, so rätselhaft, daß die Worte sich weigern, ihn anzurühren.

Zweites Kapitel

DIE WELT DRAUSSEN

»Ah, Maulaufreißer, Wichtigmacher!«
Diesen Ausrufen, die von jenseits des Doppelschreibtisches kamen, der nebst der eisernen Kassa und einem abweisenden Sofa das enge Studio fast vollständig ausfüllte, schenkte Don Domenico nicht die geringste Beachtung. Eines der wenigen Laster, die er an Signor Renato Battefiori gefunden hatte, war ein phantastischer Zeitungsverbrauch, der alltäglich zu dieser Stunde, um elf Uhr vormittags, einsetzte. Das ging schon seit mehr als dreiundzwanzig Jahren so, Pascarella sah von seiner Arbeit auf und überzeugte sich, daß sie alle in altgewohnter Weise versammelt waren, die »Stampa«, »Corriere della Sera«, »Mattino«, »Tribuna«, »Sole«, »Giornale d'Italia«. In wüsten Formationen, halbzerknüllt, flügelschlagend, abrutschbe-

reit, bedeckten sie den Schreibtisch seines Teilhabers. Wenn er es recht überlegte, so war die Schreibtischseite Battefioris der schwerst erträgliche Umstand dieser zwanzigjährigen Gemeinschaft. Im schreienden Gegensatz zu seinem eigenen ordnungsstrotzenden Gebiet bot sie das Bild einer stets sich wandelnden Erdbebenlandschaft. Die Post von einigen Tagen, umgestürzte Aschenbecher, Regimenter von Zigarettenresten übersäten die grüne Fläche, deren Farbe unter Tintenklecks und Aschenregen kaum mehr hervortrat. Ein Wunder, daß Battefiori bei solchen anarchischen Gewohnheiten seine Sache so trefflich verstand und das Geschäft nicht nur über die Kriegsjahre, sondern auch über die verschiedenen Entwertungszeiten heil hinübergebracht hatte. Sehr schön! Aber Battefiori sollte sich nicht zuviel einbilden, er, ein alter Junggeselle. (In dieses Wort legte der Vater einen Abgrund von Verachtung.) Die Seele, das Rückgrat, der absolute Halt der Firma war und blieb doch er allein, Domenico Pascarella. Wohl hatte der Junggeselle den Parteienverkehr und Börsendienst im kleinen Finger. Er besaß unzählige Bekanntschaften, die immer neue Verbindungen ergaben: die Tugenden eines Straßenlungerers, Kaffeehausgastes, Allerweltsfreundes, kurz, eines Junggesellen. All diese bodenlosen Künste wären ohne seine, Pascarellas, Ruhe und Sicherheit nutzlos und gefährlich gewesen.

Aus dem Zeitungsgewölk tauchte jetzt für einen Augenblick eine Glatze mit fünf eisengrauen Haarsträhnen, die an ihr klebten, und ein Gesichtchen dazu, schiefgeneigt, fast bittflehend, das zu jenen empörten Ausrufen gar nicht passen wollte. Dieser Anblick versöhnte Don Domenico. Battefiori gehörte nicht zur feindlichen Welt, so wenig er zu seinem eigenen Hause gehörte. Er war gewissermaßen ein Anrainer des Pascarellahauses, und die Azienda hier lag vor den Toren dieser Burg. (Don Domenico nannte das Büro »Azienda«, so wie er sein Wohnhaus »Palazzo« nannte.)

In Wirklichkeit lag die Azienda keineswegs vor den Toren des Palazzo, sondern ziemlich weit davon entfernt auf dem großen Platz, der sich gegenüber dem Renaissance-Prachtbau des Castel Nuovo und dem Municipio entfaltet; und zwar auf dem unteren Teil dieses Platzes, hafenwärts, und nicht etwa oben, gegen die Via Roma oder Toledo zu. Dies muß eigens deshalb betont werden, damit es niemandem einfalle, die kleinen Bankgeschäfte, die auf der erwähnten oberen Seite liegen, mit der Azienda Domenico Pascarellas zu verwechseln. Und hier öffnet sich abermals eine widerspruchsvolle Perspektive. Don Domenico war seinem Beruf nach Bankier, wollte jedoch kein Bankier sein, und einer von der Via

Santa Brigida schon gar nicht. Nein, er war kein Geldmensch. Sein durch das Verhängnis zerstörter Jugendtraum hatte der Landwirtschaft gegolten. Jetzt genoß er das Vertrauen der Weinbauern, Gastwirte und kleinen Schiffsleute der Umgebung. Diese Braven aus Capua, Caserta, Marcianise, Benevento, Avellino, Majori, Salerno vertrauten ihm ihre Ersparnisse an, die er verwaltete, und basta! Alles andre gehörte auf Battefioris Pflichtseite. Im übrigen konnte er sich über den Sozius nicht beklagen. Nicht nur hatte dieser im ersten Augenblick schon erkannt, wer Don Domenico war, er hatte auch unverzüglich die Konsequenzen aus dieser Erkenntnis gezogen und sich immer bedingungslos unterworfen. Noch heute wahrte er die gebührende Form und federte respektvoll auf, wenn Don Domenico das Lokal betrat. Noch heute vermied er jeden Widerspruch und hörte mit angespannten Zügen die Wahrworte Pascarellas an, ohne sie zu unterbrechen. Für diesen waren solche Manieren nicht minder wichtig als die Tatsache, daß Battefiori auch bei großen Transaktionen nicht mit der Wimper zuckte. So hatte Don Domenico vor einigen Monaten die Mitgift seiner Töchter dem Unternehmen entzogen, um sie an sicherster Stelle vor allen Schwankungen zu schützen. Battefiori erklärte sich damals sofort einverstanden damit, ohne daß er wußte, zu welchem Zwecke das entnommene Kapital verwendet werde. Ebensowenig wußten übrigens die Mädchen, daß Papa für ihre Zukunft wirke und sorge. Was ging es sie auch an? Seiner Auffassung nach hatten junge reine Mädchen von Geld noch mindere Kenntnis zu haben als von Liebe. Don Domenico bevorzugte die verhüllte und unangesagte Tat. Es lag in seiner Natur, niemanden einzuweihen, und diejenigen, die von ihm abhingen, am allerwenigsten. Auch Battefiori erfuhr seine Pläne erst im letzten Augenblick.

Einmal freilich hatte sich der kleine Mann gerächt. Das war die Geschichte im Vorjahr, als Domenico Pascarella eines Tages in die Azienda kam und die Tafel mit der dicken Aufschrift vorfand: »Cambio Valute – Geldwechsel«. Ein schweres Vergehen Battefioris, und er mußte es auch wochenlang büßen. In langen dramatischen Dialogen erschöpfte er händeringend, aber vergeblich, die kräftigsten und stichhaltigsten Argumente: Die Fremdensaison! Zehntausend Ausländer! Die gute Örtlichkeit! Die bereits erworbene Konzession! All dies zerschellte an des Gegners starrem: »Ich bin kein Wechsler!« oder: »Hängen Sie sich einen Korb um und klappern Sie in der Galleria mit Münzen, wenn Sie wollen!«

Doch auch diese Komödie fand eine des Protagonisten würdige Lösung. Als Battefiori an einem Herbstmorgen ins Geschäft kam,

sah er nun seinerseits die verfemte und lang schon abmontierte Tafel wieder an der Azienda prangen. Was war geschehen? Hatte ihm Don Domenico vergeben? Nein! Er hatte nach längerer Überlegung *seinen* Willen durchgesetzt. Damit aber war der Geldwechsel zum vornehmen Gewerbe erhoben, was er ja auch unbedingt ist, wenn man an die verschiedenartigen Geschäfte der Großen, der Fürstlichkeiten und Politiker, denkt.
Domenico Pascarella beugte sich über seine Arbeit. Sie bestand darin, daß er mit roter, blauer, grüner Tinte und den dazu gehörigen Federn, sorgfältig linierend und rastrierend, gewöhnliche weiße Kanzleibogen in kompliziertes Buchhaltungspapier verwandelte. Dies aber war beileibe keine Marotte des Geizes, der an Schreibutensilien Ersparnisse machen will. Wie ein empfindlicher Mann keine fertigen Schuhe kauft, so konnte er, dem die Buchführung oblag, keine fertigen Rubriken brauchen. Wie man sieht, mußten sich demnach auch die toten Dinge vor diesem Charakter beugen.
Die Stimme von drüben eiferte noch immer:
»Alato discorso! – Elevata dichiarazione! – Parole vibranti! – Pensiere eterni! – Un urlo frenetico della immensa folla! – Die unermeßliche Menge ein einziger frenetischer Aufschrei! O Gott, was noch?!«
Don Domenico linierte ruhig weiter:
»Wie oft ermahne ich Sie schon, von all diesen unreinen Zeitungen abzulassen?!«
Battefiori stieß melancholisch zischend den Atem aus seiner allzu schmalen Nase:
»Sie haben leicht reden, mein hochverehrter Don Domenico. Sie sind ein Mann, wie es keinen zweiten mehr gibt. Sie besitzen Ihre eigene Welt. Sie sind glücklich. Aber ich? Versetzen Sie sich bitte einmal in solch einen Unglückswurm, wie ich es bin! Alt, einsam, verloren, und wenn ich auch mein tägliches Brot habe, schiffbrüchig. Was bleibt mir? Zum Ersatz für ein verspieltes Leben will man wenigstens erfahren, was vorgeht . . .«
»Durch diese Blätter erfahren Sie ganz gewiß, was *nicht* vorgeht.«
In einem Anfall von entschlossener Ordnungsliebe faltete daraufhin Signor Battefiori seine Zeitungen zusammen, als sei er nunmehr durch Pascarellas schlagende Antwort für Zeit und Ewigkeit bekehrt:
»Das haben Sie brillant gesagt. Wie immer! Es ist alles Lug und Trug.«
Er neigte sein demütig lauschendes Runzelgesicht vor:
»Manches würde Sie vielleicht doch interessieren, Don Dome-

nico . . . Wissen Sie, was die Herrschaften da vorhaben? Sie wollen die moderne Unmoral abschaffen. Sie wollen zur römischen Familie zurückkehren. Alle Macht den Familienvätern! Denn die Familie ist der Kern des Staates, und der Staat ist der liebe Gott. Interessant, was?!«

Don Domenico rastrierte und antwortete nicht. Battefiori aber gab es nicht auf, ihm die Ideen des neuen Regimes auseinanderzusetzen:

»Zweck des Ganzen ist es – man liest es hundertmal – es soll wieder eine Autorität errichtet werden.«

Domenico Pascarella legte nachdrücklich die Feder hin:

»Autorität hat man, aber man errichtet sie nicht.«

Ein Schein wehmütiger Begeisterung erleuchtete Battefioris Gesichtchen:

»Mit Ihnen werden auch jene Helden nicht fertig, Don Domenico.«

Und nach einer Pause setzte er seine Klage leise fort:

»Ich trage mein Schicksal zu Ende. Aber wissen Sie, daß Sie der einzige Mensch auf der Welt sind, den ich beneide?«

Signor Pascarella brauchte trotz seines Alters noch keine Brille. Ernst prüfte er ein neues Blatt. Battefioris Klage erklang immer inniger:

»Ah, Sie sollten meinen Neid begreifen! Es wird Mittag zum Beispiel. Was tun? Die Arbeit ist fertig. Man muß essen. Also auf zu Targiani! Und am Abend die gleiche Geschichte. Also auf zu Esposito! Manchmal auch umgekehrt. Das ist die ganze Abwechslung. Ich will gar nicht davon reden, daß der Magen schwach, das Essen miserabel und die Speisekarte immer die gleiche ist. Aber alleinsitzen, mein sehr verehrter Herr, einsam tafeln?! Reden Sie jetzt nur nichts von Freunden! Wenn ich mir erlauben darf, aufrichtig zu sein, der einzige Mensch, den ich mir als Freund gewünscht habe . . . doch das wissen Sie ja selbst.«

Don Domenico machte eine ebenso knappe wie inhaltsreiche Bewegung. Sie drückte etwa aus, daß er nicht die Schuld trage, wenn Battefiori es nicht zum Familieneigentümer gebracht habe, daß ferner das minderwertige Los von Junggesellen weitverbreitet und allgemein bekannt sei und daß endlich ihm selbst nichts peinlicher wider den Geschmack gehe als sentimentale Grenzübertretungen in einem sachlichen Verhältnis. Desungeachtet aber verwandelte sich die Elegie des Schreibtischgefährten jetzt nach und nach in einen Dithyrambus:

»Und Sie, Don Domenico? Jawohl, mein Neid malt sich es gierig aus, wie Sie sich nach Geschäftsschluß Ihrem Hause nähern. Ihr

Herz schlägt zufrieden und ruhig. Sie wissen, das junge Volk wartet Ihrer. Es ist eine ganze Welt, die auf Sie wartet, und eine wohlgeratene dazu. Ahnen Sie denn, was Sie besitzen?«
Hier mußte der Entbehrende mit dem Taschentuch unters Augenglas fahren:
»Ihre Kinder, Don Domenico, sind die reinsten Engel . . .«
Während dieses Lobgesanges hatten die Augen Pascarellas immer nervöser, immer sprungbereiter dreingesehen. Als Battefiori zur näheren Charakteristik der Geschwister übergehen wollte, wurde er heftig unterbrochen:
»Ich bitte höflich, sich um andere Dinge zu kümmern!«
Des Vaters Abwehr mußte dabei ihr Bewenden haben, da aus dem kleinen Laden unten, wo die Straßenkundschaft empfangen wurde, der Stimmenklang einer Meinungsverschiedenheit empordrang. Der Kassier arbeitete in einem anderen Raum, und zwei ältere Beamte befanden sich auf Geschäftswegen, so daß im Laden nur ein junger Praktikant dem Publikum zu Diensten war. Um deshalb nach dem Rechten zu sehen, verließ Don Domenico den sehr betrübten Lobredner und betrat die schwanke Wendeltreppe, die unmittelbar vom Studio abwärts führte.

An einem Pulttisch stand ein großer schlanker Engländer, der Hut, Handschuhe und ein Bündel mit Fünf-Pfund-Banknoten vor sich hingelegt hatte. Der Praktikant suchte ihm durch Gesten und einige englische Brocken klarzumachen, daß er, laut einer neuen gesetzlichen Verordnung, seinen Paß vorweisen müsse, wenn er Geld zu wechseln wünsche. Der Engländer andrerseits deutete ebenfalls durch Gesten und englische Brocken an (erfahrungsgemäß meint mancher im fremden Lande sich besser verständlich machen zu können, wenn er die eigene Sprache gebrochen stammelt), kurz, der Engländer deutete auf gleiche Art an, daß er nicht daran denke, seinen Paß vorzuzeigen.
Don Domenico verhielt sich vorerst neutral und betrachtete eingehend den Kunden. Ein ausgesprochenes Interesse für dieses Britengesicht fesselte seinen Blick. Es war kein sehr junges Gesicht mehr, wohl über die Vierzig, denn das volle weiche Haar hatte schon jene Färbung, von der man nicht weiß, ob sie aschblond oder aschgrau ist. Die Wangen hingegen strahlten von einem gesunden Rot, einem knabenhaften, windaufgerauhten Rot. In den ruhig-blauen Augen aber stand das humorvolle Vergnügen zu lesen, das ihnen der kleine Kampf bereitete, der eben ausgefochten wurde. Nachdem dieser mit Zeichen- und Brockensprache noch eine Weile

hin und her gegangen war, fragte Domenico Pascarella endlich seinen Angestellten nicht ohne Hoheit:
»Was will er?«
Der junge Mann versicherte mit einem dichten Schwarm von Worten, daß es zum Verzweifeln sei, daß der Herr ihn schon eine halbe Stunde aufhalte, weil er die Erlässe der Regierung nicht anerkennen wolle und, obgleich er das diesbezügliche Verordnungsblatt mit eigenen Augen gesehen habe, die Vorweisung seines Passes verweigere. Don Domenico zeigte durchaus kein Entsetzen über die Widerspenstigkeit der Kundschaft. Er selbst verurteilte die Übergriffe des Staates, die sich von Tag zu Tag mehrten, die Schikanen der verschiedenen Ämter, die Dreistigkeit der Steuerkommissionen, den Druck des politischen Lebens. Und weil er hier in seiner Azienda Herr sein wollte und nicht ein Schalterbeamter der Post oder Eisenbahn, rief er dem Kommis zu:
»Sag ihm, er soll seine Adresse aufschreiben, und Schluß!«
Diese Entscheidung hatte einen unerwarteten Effekt. Der Engländer öffnete den Mund zu einem herzlichen Lachen, zog aus der Brieftasche seinen Paß, zeigte ihn mit freundlicher Verbeugung Herrn Pascarella und schrieb dann steil und großzügig auf ein Blatt Papier:
»Mr. Arthur Campbell, Hotel Bertolini.«
Indessen hatte der Praktikant seine Umrechnung beendet und reichte sie dem Fremden. Da alles nun in guter Ordnung seinen Lauf nahm, wollte Don Domenico den Raum schon verlassen, als ihn neue Unzufriedenheit des Engländers wieder zurückhielt. Der offizielle Kurs des Pfund Sterling, den der Quälgeist mit dem Fingernagel hartnäckig unterstrich, lautete auf fünfundvierzig Lire und etliche Centesimi. Der junge Mann hatte dreiundvierzig, fünfzig eingesetzt und schwor in voller Erregung, daß weder die Banca Commerciale noch der Credito Italiano einen anderen Tageskurs auszahlten. Nur die Gegenwart seines Chefs hinderte ihn daran, unverschämt zu werden. In diesem aber stieg wieder der alte Unwille über die Wechselstubenidee Battefioris auf, die er zuerst so streng bekämpft und dann selbst verwirklicht hatte. Der Handel mit diesem ausländischen Querulanten bewies ihm ihre innerste Unwürdigkeit. Er schob den Kommis beiseite, rechnete die Summe nach dem gedruckten Kurs um und zählte dem Engländer viertausendfünfhundert und etliche Lire wie mit Peitschenhieben auf dem Tisch hin. Da hatte er aber die Rechnung ohne seinen Kunden gemacht. Dieser schüttelte den Kopf, nahm nun selbst den Bleistift zur Hand und zog von der Summe jenen Prozentsatz ab, den er nach

seinen heimischen Erfahrungen der Wechselbank zu entrichten hatte. Lächerlicherweise unterschied sich der Betrag nicht viel von dem, den der Praktikant vorhin ausgesetzt hatte. Dann steckte Mr. Campbell, aufs höchste befriedigt, die ihm gebührenden Banknoten ein und ließ den Rest auf dem Pulttisch liegen. Don Domenico aber nahm weder von diesem Vorgang noch von dem zurückerstatteten Gelde die leiseste Notiz. Er stand abgesperrt und unbeteiligt da, als hänge er fernen, stolzen Gedanken nach, in denen der schmutzige Valutenverkehr dieser Gegenwart keine Rolle spielen durfte. Das hinderte den Fremden aber nicht, mit schönen Zähnen fröhlich zu lachen und Herrn Pascarella voll ins Gesicht zu sehen wie einem sympathischen Mann, dem zu begegnen eine erfreuliche Sache war. Zum Schluß reichte er ihm auch noch die Hand. Und so unglaublich es klingen mag, Don Domenico faßte die Hand des ungeladenen Gastes und vergaß sogar, ein recht liebenswürdiges Lächeln zu unterdrücken, wie sehr er sich auch nachher darüber ärgerte.

Der Abschluß dieses ungewöhnlichen und folgenreichen Geschäftes hatte einige Zeit gekostet. Es war zwölf Uhr und der Praktikant machte schon Anstalten, den Laden zu sperren. Für Don Domenico war die Stunde seines alltäglich pedantisch durchgeführten Mittagsspazierganges gekommen. Als er seinen Kompagnon Renato Battefiori davon in Kenntnis setzte, daß die Freizeit angebrochen sei, entgegnete dieser, für ihn gebe es keine solche Einteilung, er sei immer frei, er könne speisen oder fasten wie es ihm beliebe und fühle jetzt gerade das Bedürfnis, alle Rückstände aufzuarbeiten und neue Schlingen vorauszuwerfen. Diese Antwort bewies klar, daß Battefiori ein unverbesserlicher Geist der Unordnung war und daß er in kindischer Bosheit dem Senior die Lebensleere vorwarf, die ihn plagte. Dieser ließ ihn in seinem Rauchnebel und in der Korrespondenzwüste zurück, in der er fahrig zu hantieren begann.

Als Don Domenico wenige Minuten später bei der Galleria Umberto einbog, fing es sehr heftig zu regnen an. Jetzt war an den Spaziergang, der ihn sonst auf langen Wegen zur Mahlzeit nach Hause führte, nicht mehr zu denken. Er trat unter das Glasdach der großen Halle und wurde von einer trüb brausenden Menschenflut ergriffen, die sich sogleich um ihn schloß. Wiewohl er Neapolitaner war, konnte er Ansammlungen und dichte, schreiende Massen nicht leiden. Mit einem bösen Gesicht, den Stockgriff zur Brust erhoben, kämpfte er gegen den Wirbel, der seine Selbstbehauptung gefährdete. Bei einem der Cafés trat er, um Luft zu bekommen, zwischen die Tische. Da wurde er angerufen. Ein paar Bekannte aus grauer Vorzeit, die er viele Jahre lang nicht mehr gesehn hatte. Alte Herren wie er. Sie zeigten ein Wohlgefallen, ja eine warme Freude an dieser unerwarteten Wiederbegegnung, die er durchaus nicht begreifen konnte. Vergeblich suchte er sich zu retten. Man zwang ihn, Platz zu nehmen. Jetzt saß er, ein Glas Wermut vor sich, eng zusammengepreßt, an dem unbequemen Tisch und nahm freundschaftliche Fragen, Lobsprüche über sein jugendliches Aussehen, sowie andere Zeichen der Zuneigung entgegen. Don Domenico wußte nicht viel zu erwidern und wünschte im Stillen die Leute zum Teufel. Einer von ihnen war ein Gefährte seiner frühen Jugend, ein anderer lebte schon seit Jahrzehnten im Ausland. Was gingen ihn diese Männer an, die sich so wohlwollend seiner erinnerten? Die Wahrheit ist, daß Pascarellas Vaterschaft alle Lebensfasern in ihm hatte verkümmern lassen, die jemals sich zu anderen Menschen hinübergetastet hatten. Er spürte jetzt, fern von seinem Hause, diese Dürre, und sie war ihm sehr unangenehm.

Das Wiedersehn mit alten Jugendgespielen, Studienfreunden und Zechgenossen bildet sehr selten eine reine Freude. Es ist eine der unverstandenen Gnaden Gottes, daß wir die Zeit, das heißt den Ablauf und die Veränderung unserer selbst, nicht *wirklich* erleben müssen. In unserem Bewußtsein bleiben wir uns immer gleich. Da tritt aber solch ein halbvergessenes Gesicht vor uns hin und zeigt erbarmungslos gutmütig, was mit uns geschehen ist. Dieses Gesicht dient zum Gradmesser unserer Verwandlung und blickt wie ein Vorwurf der Untreue drein, die jeder in einem tiefen Sinn an seinem eigenen Leben begangen hat.

Alles wäre glatt und gut verlaufen, wenn nicht einer der Herren Don Domenicos Familie zur Sprache gebracht hätte. Es war der Ausländer, der solches unternahm. Sein Name muß genannt werden. Eccheverria, italienischer Generalkonsul in Rio de Janeiro, derzeit auf Urlaub. Viel diplomatisches Menschengefühl bewies er im Augenblick nicht, da er Pascarellas wachsende Verstimmung nicht merkte:

»Sie haben sechs Kinder, Don Domenico, wie?«

Und er zwinkerte stolz und schelmisch dem Kreise zu, als sei aus seiner Mitte eine kecke, aber rühmenswerte Tat hervorgegangen:

»Er gehört noch zum alten Stil. Wir andern sollten uns schämen.«

Domenico Pascarella verzog keine Miene, um in das Stammtischlachen der Gesellschaft einzustimmen. Was hatte dieser brasilianische Esel zu wissen, wieviel Kinder er sein nannte? Er selber forschte doch auch nicht nach der Kinderzahl dieses Esels aus Brasilien. Der Esel aber war einmal im Lauf:

»Wer hätte das vor vierzig Jahren gedacht, daß aus Ihnen einmal ein

berühmter Familienvater werden wird?«
Pascarella umkrallte seinen Stock. Fest hielt er sich, um nicht aufzuspringen. Hatte man ihn an diesen Tisch gelockt, um ihn zu verhöhnen? Wer war ein berühmter Vater? Wagte es dieser Eccheverria, sich über ihn lustig zu machen? Ach nein, ganz im Gegenteil. Der ahnungslose Konsul verstieg sich jetzt sogar zu einem salbungsvollen Ton:
»Man hört ja überall, daß Ihre Kinder wahre Wunder sind, Engel . . .«
Don Domenico zog sich zusammen und hob den Stock in Augenhöhe. Sollte er den Unverschämten niederschlagen? Zum zweitenmal heute dieses ekelhafte Wort: Engel! Erst Battefiori und dann dieses Vieh hier. Was hieß das überhaupt, Engel? Lag darin eine freche Kritik an ihm, dem Vater? Und was hört man überall? Was hat man überall zu hören? Seine Kinder waren kein Überall, keine Engel, kein Gesprächsstoff, sie waren ganz gewöhnliche Söhne und Töchter. Er konnte kein Überall und keine Engel brauchen und vor allem keine niederträchtig hämische Zudringlichkeit brasilianischer Wegelagerer. Schwerfällig vor kaum beherrschter Wut erhob er sich, legte zwei Lire auf die Tasse, rückte den Hut und ließ die verdonnerten Jugendfreunde sitzen.
Das Schicksal aber, das die Häufung gleichartiger Motive in kurzer Frist so sehr liebt, hatte ihm noch eine andre Begegnung zugedacht. Kaum war sein Unmut ein wenig gewichen – er wollte gerade aus der Galleria trotz des Regens in die Via Roma treten –, als sich eine Hand auf seine Schulter legte.
Maestro Cavaliere Tullio Capironi gehörte ebenfalls jenem prähistorischen Bekanntenkreis an, dessen Wiedererscheinen Domenico Pascarella so merkwürdig verstört hatte. Auch Capironi war ihm eine Ewigkeit lang nicht zu Gesicht gekommen. Seitdem er seiner Tochter Grazia gestattet hatte, bei dem alten Kapellmeister Gesangsstunden zu nehmen, hegte er einen ausgesprochenen Groll im Herzen. Gesangsstunden gehörten zum unerschöpflichen Kapitel jener »Vordringlichkeiten«, die er verabscheute wie die Hölle und in seiner Familie doch nicht ganz ausrotten konnte. Warum hatte er die Vordringlichkeit dieser Gesangsstunden nur zugelassen, die zweimal in der Woche dreißig Lire kosteten, Geld genug also? Den Entschluß seiner Vater-Verantwortlichkeit, Grazias liebliche Stimme wie einen Edelstein zuschleifen zu lassen, hielt er nun für einen Entschluß unverzeihlicher Vaterschwäche. Er warf einen strengen Seitenblick auf Tullio Capironi, der ihn beim Arm nahm und zu irgend einer windstillen Stelle der Galleria zurücksteuerte:

»Ich habe mit dir zu reden.«

Neben dem straffen stämmigen Pascarella wirkte der um einige Jahre jüngere Maestro wie eine verbitterte Mumie. Sein Gesicht mit der großnasigen spitzbärtigen Maske Karls des Fünften war gezeichnet von der zynischen Erschöpfung eines vierzigjährigen Theaterlebens. Insbesondere die Faltendraperie um den eingesunkenen Mund erweckte die Vorstellung eines ständig infernalischen Lachens, die noch durch die röchelnde Kehlkopfkatarrhstimme gesteigert wurde. Freilich, Capironi hatte jedes Recht zur Erbitterung. Seit einigen Jahren war er völlig kaltgestellt, und obwohl er in Neapel lebte, hatte die Direktion der Opernstagione auch heuer auf seine Mitwirkung verzichtet. Er leitete jetzt in gottverlassenen Nestern, wie Bari, Tarent, Brindisi, Potenza, vereinzelte Vorstellungen drittklassiger Gesellschaften und lebte ansonsten von Gesangsstunden. Cavaliere Tullio Capironi fühlte sich und war auch das Opfer des neuen Mailänder Dirigententyps. Ältere Kenner des lyrischen Theaters stellen ihn aber noch heute über die Genauigkeitsheroen der siegreichen Schule. Ihm standen keine blendenden Mittel zur Verfügung, keine dreißig Proben wie den amerikanischen Berühmtheiten. Am Morgen kam er in einer Stadt an und am Abend mußte schon alles fertig sein. Sein Reich war die Improvisation, der bessere Kampf mit untauglichen Waffen um die einmalige, selbstlose und hinfällige Vollkommenheit dreier Musikstunden. Die Zeit war vorbei. Und auf dem Grunde der spöttischen Feuchtigkeit seiner schwarzen umschwollenen Augen stand unbeweglich nichts als dieses Vorbei. Die Augen betrachteten nun erbarmungslos Herrn Pascarella:

»Also deine Tochter Grazia hat dir nicht verraten, daß ich dich zu sprechen wünsche?«

Sofort fror Don Domenico wieder zusammen. Wollten diese Einmischungen heute kein Ende nehmen? Das Wort »verraten« fraß sich wie Gift in seinen Sinn, Capironi aber wartete keine Antwort ab:

»Ich muß dich darauf aufmerksam machen, daß dein Mädel eine Stimme hat.«

»Das weiß ich selbst«, erklärte Pascarella schneidend.

Doch da war er an den Unrechten gekommen. Der alte Künstler bekam Augen voll kalten Ekels und fauchte ihn an:

»Nichts weißt du! Gar nichts! Ihr bildet euch hier alle ein, etwas zu verstehen, weil jeder seine private Röhre hat und zu Hause die Wände anheult. Ich kenne kein unmusikalischeres Volk als euch. Analphabeten seid ihr, unheilbare Analphabeten.«

Don Domenico blinzelte verdutzt. Diesen Umgangston hatte er seit

Menschengedenken nicht mehr an sich erfahren. Es läßt sich nicht verheimlichen, einen Augenblick lang wurde er kleinmütig. Wie alle Herrschsüchtigen und Hochfahrenden erlag er dem überraschenden Gegenstoß. Dazu kam noch die selbstbewußte Überlegenheit des Musikers, der für die Welt- und Wertordnungen, wie sie in Pascarellas bürgerlicher Gesinnung eingegraben waren, nicht einmal verächtliche Kenntnisnahme übrig hatte.
Capirono lenkte jetzt ein:
»Ich rede nicht von der Stimme. Stimme hat jeder. Das Mädel aber hat da drinnen etwas (er tippte auf den Überrock des Vaters) und mehr als nur Herz, sie hat einen Reiz, einen Ausdruck, eine besondere Natur . . .«
Jedes dieser Worte, die er hören mußte, reizte Pascarella ohne Grenzen. Der Augenblick des Kleinmuts war fortgeblasen. Wie recht hatte er doch mit seiner Abneigung gegen Grazias Gesangsstunden gehabt. Die Folgen der Zügellosigkeit zeigten sich. Keine Schwäche mehr gegenüber den Kindern. Diese Engel sollten ihm nicht über den Kopf wachsen. Das schwor er sich in seinem aufgewühlten Innern zu. Und wie sich dieser verlebte Gaukler wichtig machte, dieser wüste Vagabund! Er schien gar nicht zu bemerken, was in ihm, dem empörten Vater, vorging. Tullio Capironi schien wirklich nichts davon zu bemerken, denn er setzte jetzt bedeutsam Wort für Wort:
»Es ist meine Pflicht, dir meine volle Überzeugung auszusprechen, daß aus deiner schönen Grazia etwas werden kann.«
Soweit also war es schon gekommen. Sie konspirierten miteinander. Eine Verschwörung hinter seinem Rücken. Don Domenico mußte einen bösen Schmerz verwinden. Seine Engel trieben Verschwörerpolitik, sie kalfakterten in der feindlichen Welt herum, während er für sie arbeitete. Doch nur ruhig! Keine Erregung zeigen! Harmlos weiterforschen! Vielleicht melden sich noch andere Eröffnungen. Und mit aller Tücke, zu der er fähig war, blickte er den Maestro staunend an und erkundigte sich:
»Ja, was soll denn aus ihr werden?«
Tullio Capironi neigte langsam sein kleines schönes Ohr der Intonation dieses Satzes entgegen, als prüfe er den Klang einer Geige, um wieviel Schwingungen nach oben oder unten sie falsch gestimmt sei. Zugleich zog er aufmerksam die dichten Augenbrauen hoch:
»Es kann etwas aus ihr werden, was dir vielleicht gar nicht angenehm ist, mein Lieber . . .«
Nun war es um alle guten Vorsätze geschehen. Don Domenico trat einen Schritt zurück. Der Stock in seiner Hand zitterte. Und er, der

sonst jedem Aufsehen ängstlich aus dem Wege ging, schrie jetzt, ohne sich um die Menschen ringsum zu kümmern:
»Es ist mir sogar höchst unangenehm! Und nun mach ich dich meinesteils darauf aufmerksam, daß ich dieses falsche Spiel nicht länger dulde. Die Gesangsstunden sind hiermit gekündigt. Verstehst du? Jawohl, gekündigt! Meine Kinder haben keine besondere Natur. Wir brauchen keinen Theaterflitter. Aus uns wird nichts. Wir sind zufrieden. Aus uns muß nichts werden!«
Maestro Capironi hörte diesen hervorpreschenden Worten gefesselt und mit unbewegten schwarzen Knopf-Augen zu. Als der andre mit seinem Ausbruch zu Ende war, wartete er eine Weile, spie kunstgerecht zur Seite und sagte röchelnd, aber aus voller Seele:
»Du ganz absurder Narr!«
Don Domenico wußte aber in seiner Empörung nicht, wie er, vom Guß ganz und gar durchnäßt, bis zur heimischen Via Concordia gelangt war. An der Ecke des Vicolo Tre Rè erwartete ihn der Diener Giuseppe mit einem Regenmantel, einer altväterischen Verbeugung, einer beweisgesättigten Meldemiene und folgenden Worten:
»Eccellenza! Ich habe Mitteilungen zu machen.«

Drittes Kapitel

EIN TAG DES ZORNES

An demselben Vormittag, da sich die zudringliche Welt in Gestalt Battefioris, des brasilianischen Konsuls und Maestros Capironis durch hinterhältiges Lob in die Familienangelegenheiten Don Domenicos perfid eingemischt hatte, trafen einander Grazia und ihr Bruder Placido zu einem gemeinsamen Spaziergang.
Dieser Spaziergang war ein geheimes, illegales Recht, das sich die beiden an jedem Freitag der Woche herausnahmen. Es war aber gar nicht leicht, zu dem Genuß der kleinen Sünde zu gelangen, denn manches Hindernis mußte überwunden werden. Wie ein festes Gitter starrte das väterliche Gesetz ringsumher: Junge Mädchen hatten erstens einmal nichts auf der Straße zu suchen. Nur unaufschiebbar notwendige Gänge und Besorgungen konnten Ausnahmen zulassen. Betrat aber ein junges Mädchen die Straße, so geschah es womöglich in Begleitung einer älteren Frauensperson. Daß an Stelle einer gesetzten Dame jedoch ein junger Mann, und wäre es auch der leibliche Bruder, die Begleitung bildete, galt als

durchaus unstatthaft. Es konnte ja Leute geben, die zwar die Schwester kannten, aber nicht den Bruder, durch welchen Umstand dann Gerüchte entstanden und die Ehre des Vaters zu Schaden brachten. Der Gedanke an die konzentrierte Feindseligkeit der Welt, die sich verschlagen-höhnisch gegen die Pascarellas richtete, war nicht aus dem Auge zu verlieren. Wenn auch die Mode der befreiten Frauenkleidung als eine Übermacht geduldet werden mußte, die Mode der freien Sitten und des ungebundenen Verkehrs lag für die Töchter Don Domenicos außerhalb der irdischen Möglichkeiten.

Andrerseits hatte auch ein Student am hellichten Tage nichts auf der Straße zu suchen. Jeder nicht unmittelbar zweckhafte Gang, mithin auch jeder Spaziergang, war heuchlerischer Müßiggang. Zeittotschläger und Straßenflaneurs, mochten sie sonst ganz anstellige Leute sein wie Renato Battefiori, hatten den abschreckenden und ehrlosen Tod des Junggesellen zu gewärtigen.

Die Gesetzestafel, oder besser, der ungeschriebene Kodex, von dem hier nur jeweils kurze Partien ans Licht treten, war durch gewisse Mächte gesichert, die zu seinem Schutze dienten. Die stärkste dieser Schutzmächte bildete die Liebe, die seltsame Liebe zum Vater, welche den Geschwistern innewohnte, die nächststärkste aber war die Furcht. Nach Liebe und Furcht sanken die Schutzmächte des Gesetzes immer tiefer herab bis zu Giuseppe, der ihm durch Spürsinn und Angeberei zu dienen meinte.

Damit ihnen die kleine Freitagsfreude nicht vergällt werde, hatten Placido und Grazia große Vorsicht nötig, um Giuseppe nicht in die Arme zu laufen. Denn so strenge der Diener über die Lebensführung der jungen Herrschaften wachte, er selber trieb sich trotz seiner überreifen Jahre in der lässigsten Lungererart in ganz Neapel herum und konnte an den unmöglichsten Punkten plötzlich auftauchen. Er schien einen geheimnisvollen Instinkt für jene Zeiten und Örtlichkeiten zu besitzen, wo eines der Pascarellakinder das Gesetz übertrat. Am meisten hatte darunter Ruggiero zu leiden, der von heißer Leidenschaft fürs Fußballspiel entflammt war, dem er mit etlichen Kameraden auch dort huldigte, wo es polizeilich verboten ist. Erwischte ihn aber die Staatsmacht nicht, Giuseppe erwischte ihn gewiß. Zu diesem Ertappungsinstinkt muß noch eine geradezu teuflische Art von Schwerhörigkeit addiert werden, die der alte Diener vom Schicksal zum Geschenk erhalten hatte. Es war ein dehnbares, eigensinniges und verstocktes Leiden, das ihm ermöglichte, die Tatbestände nach seinem Sinn zu drehen und Erklärungen einfach nicht zu hören. Gar oft erhob dieser seltsame Mittler zwischen Vater und Kindern eine Anklage, hinter der nichts anderes steckte als ein verwechselter Konsonant oder ein falsch aufgeschnappter Satz. So mußte man sich in jeder Minute, an jeder Straßenecke, und selbst zu Hause scharf vorsehen.

Die Geschwister trafen einander auf der Höhe der Stadt, in der Nähe des Ospedale Internazionale. Von dieser abseitigen Gegend aus erreichten sie dann auf besonderen Wegen den Posilipo, das wunderbare Vorgebirge ihrer Heimat. Hier hatten sie den verwilderten Garten einer zum Verkauf oder zum Vermieten ausgeschriebenen Villa längst schon ausfindig gemacht und saßen nun, das Meer überschauend, auf einer Steinbank. Seit Tagen bemerkte Grazia schon, daß auf Placido große Trauer lastete. Seine Augen, in deren konzentriertem Lächeln sonst Verständnis und Begründung für alles lag, hatten diesen Ausdruck verloren. Sie waren auf der Suche.

Die Schwester rückte nah an ihn heran:

»Also, was ist mit dir, Placido?«

Er brauchte eine Weile zur Antwort:

»Du weißt es ja selbst, Graja, es ist wegen Papa.«

»Ja, ich finde, daß sich Papa jetzt merkwürdig zu dir benimmt«, urteilte sie rasch.

»Klar, er haßt mich!«

Grazia widersprach sehr eifrig:

»Im Grunde bist du doch sein Lieblingskind.«

»Jetzt bin ich sein Haßkind, und so wird es wohl bleiben.«

Die Schwester wollte mit einer bagatellisierenden Handbewegung diesen starren Satz verwischen, aber es gelang ihr nicht gut. Ein Mensch wie Placido ließ sich nicht billig beruhigen:

»Ich habe lange mein Gewissen erforscht. Hilf mir, Graja! Erinnerst du dich an etwas, was ich angestellt haben könnte?«

»Du etwas anstellen, Placido? Lauro geht seiner Wege, und der kleine dumme Ruggiero stellt immer wieder etwas an. Aber du?!«

»Lauro! Ihm ist Papa viel weniger aufsässig. Er gesteht ihm sogar eine Portion Unabhängigkeit zu. Lauro kann sich am besten bewahren. Es ist komisch . . .«

Die Wolken beherrschten nun den ganzen Himmel. Die Sonne hinter ihnen zerlief wie ein Dotter. Die Spiegelstellen des Meeres wurden stumpf. Der Horizont verschwand vollständig. Sie saßen an der Küste des Nichts.

Placido zog jetzt den Schluß, an dem er schon lange nicht mehr zweifelte:

»Es gibt nur eine einzige Erklärung, Graja. Seitdem er von meinen Schreibereien eine Ahnung hat, haßt er mich.«

Grazia berührte seine Hand, da sie die Wahrheit nicht leugnen konnte. Placido aber betonte jedes Wort:
»Er will nicht, daß wir uns selbst verherrlichen.«
»Mir erlaubt er ja, singen zu lernen . . .«
»Ach Graja, ich werde vielleicht das Opfer bringen müssen!«
Sie stieß seine Hand fort:
»Nie darfst du dieses Opfer bringen. Es wäre ein Verbrechen.«
Placidos Oberkörper sank zusammen:
»Waren unsre Mahlzeiten, Colazione und Pranzo, nicht das Schönste im Leben bisher? . . . Das ist nun aus für mich . . . Ich ertrage es kaum mehr, ihm gegenüber zu sitzen.«
»Zwischen dir und ihm gibt es doch nie einen Krach . . .«
»Wie gut wäre ein Krach . . . Er ist das Zeichen einer alltagsgemäßen, fast gutmütigen Spannung . . . Selbst die Ohrfeigen, die Ruggiero bekommt . . . Aber die Spannung zwischen Papa und mir wird immer unendlicher . . . Einfach nicht zu lösen . . . Wenn du wüßtest, was ich mir in den letzten Nächten für Dinge ausgemalt habe . . . Ich war schon entschlossen, aus dem Hause zu gehn . . . Schließlich bin ich großjährig und Arbeit schreckt mich nicht.«
»Nein, Bruder!« Das war beinahe ein Aufschrei.
»Ach, wie könnte ich euch denn verlassen!? Dich!? Ich kann es nicht. Jetzt esse ich ein bitteres Brot, aber ich esse es im Licht. Dann wäre ich ins Dunkel gestürzt. Darin liegt ja die Unlösbarkeit. Ich darf im Licht nicht leben, und im Dunkel leben kann ich nicht.«
Sie suchte ihn von seinem Leiden abzubringen. Alles werde sich ändern. Papa sei der launischste Mensch der Welt. Obgleich ihn nichts und niemand von seinem Platz rücken könne, so wechsle er ihn doch stets selbst in der inkonsequentesten Art. Heute zum Beispiel lasse er Iride eine Unart glatt durchgehn und morgen sperre er sie für nichts ein. Einmal, wenn Salzfaß oder Essigkaraffe auf dem Tisch fehlten, verlangte er sie recht höflich, ein andermal brüllte er Annunziata deswegen an, als habe sie eine schwere Missetat verübt. Placido solle über seine Beziehung zu Papa nicht nachgrübeln, sondern sich um nichts andres bekümmern als um die geniale Gabe, die ihm verliehen worden sei.
Placido hörte den allzu vernünftigen Zuspruch an, ohne ihn ungeduldig zurückzuweisen. Dann aber hob er Stille gebietend die Hand, eine Gebärde, die Grazia genau kannte. Sie bedeutete, daß er ihr ein neues Gedicht preisgeben werde. Und wirklich, er begann leise und ohne jede Einleitung:

»So voll war ich von innerem Gesange,
Als mich der Morgen aus der Finsternis
Ins Leben und zum offnen Fenster riß,
Daß ich im Blau mir Aug wusch, Haar und Wange.

Kaum konnt ich wehren meinem Überschwange,
Wie sehr ich auch verständig mich befliß.
Das Werk des Tages tat ich ungewiß,
Weil ich so reich war und vor Reichtum bange.

Doch als die Stunde kam, die Frucht zu sammeln,
Da wehte ein Befehl von oben her,
Um alle meine Türen zu verrammeln.

So leer wie ich war keine Wüste leer.
Aus meinem Munde drang ein schweres Stammeln,
Und dieses auch verstummt nun mehr und mehr.«

Placido kam sofort und mit nervöser Angst jedem Lob zuvor: »Das ist natürlich kein gutes Gedicht. Du brauchst gar nichts zu sagen, Graja. Selbst ich habe schon manches bessere gemacht. Ich kann dir übrigens genau beweisen, warum es ein mäßiges Sonett ist. Verse, die etwas über Gefühle aussagen, sind im Grunde immer dilettantisch. Ein Gedicht soll kein flüssiges Wortgebilde sein, sondern ein fester Körper, der nicht nachgibt, wenn man ihn anrührt. In diesem Sonett aber gibt fast jede Zeile nach. ›Die Frucht zu sammeln‹, ›wie eine Wüste leer‹, das sind keine echten Bilder, keine wirklichen Gleichnisse, sondern nur abgenützte Phrasen des gewöhnlichen Sprachgebrauchs. Durch diese schlechten Bilder entsteht eine wacklige Verlogenheit der Vision. Wo kommen auf einmal die ›verrammelten Türen‹ her, wenn vom ›Fruchtsammeln‹ die Rede ist? Ursprünglich wollte ich ausdrücken, wie man übervoll sich hinsetzt, um ein Gedicht zu verfassen, und während der Arbeit darauf kommt, daß man völlig leer ist und sich selbst beschwindelt hat. Es ist dann etwas anderes daraus geworden, weil ich Papa ins Spiel gezogen habe . . .«

»Du hast mir ja dieses Gedicht nicht als Gedicht vorgesprochen«, erklärte Grazia halblaut. Placido zeigte sich ihren Worten sehr dankbar:

»Gott sei Dank, daß du mich verstehst, Graja . . .«

In dieser Minute fielen die ersten Regentropfen, die gleichzeitig Don Domenico zum Betreten der Galleria Umberto zwangen. Placido sprang entsetzt auf:

»Wir müssen ja nach Hause.«

Sie warf einen Schreckensblick auf ihre Armbanduhr und dann stoben die Geschwister davon, nicht wie erwachsene Menschen, sondern wie unartige Kinder, die auf belebten Straßen einen Wettlauf unternehmen. In großen Sprüngen erreichten sie, jetzt alle Vorsichtsmaßregeln außer acht lassend, die nächste Straßenbahn.

Annunziata, Iride und Lauro warteten schon in Grazias Zimmer mit größter Ungeduld.
»Wo steckt ihr so lange«, rief ihnen Lauro entgegen, »wir haben eine wichtige Sache zu besprechen und die Zeit ist gleich um.«
Placido und Grazia, noch ganz außer Atem, setzten sich auf das Bett. Die kleine Kammer mit den fünf erregten Menschen erweckte das Gefühl dichter Überfülltheit. Lauro stand in der Mitte wie ein Rädelsführer, der die letzten Weisungen erteilt:
»Wir haben beschlossen«, meldete er, »daß du auf den Ball ins Bertolini gehn sollst, Graja.«
»Was fällt euch denn ein? Ich denke längst nicht mehr dran. Es tut mir leid, daß ich überhaupt davon gesprochen habe.«
Lauro blieb unbeugsam:
»Nein, Graja! Du mußt gehn. Auch Zia ist meiner Ansicht. Wir haben ein langes Gespräch darüber gehabt. Nicht wahr, Zia?«
Annunziata gab, durch Lauro so lebhaft aufgemuntert, ihre Meinung mit merkwürdig ermüdeter Stimme ab:
»Es ist gut für dich, einmal in die Welt zu kommen, Graja, unter Menschen. Lauro hat mich überzeugt.«
Iride war wie immer über jede Unregelmäßigkeit entzückt, die sich darbot. Sie stieß Annunziata und Lauro heimlich an, damit sie ja nicht zurückwichen, sie machte Zeichen mit den Augen, kurz, sie benahm sich als rechte Einpeitscherin der Sünde. Grazia mußte sich mit Mühe freimachen, so sehr bedrängte sie die Kleine: »Bitte, bitte, Graja, sag ja!«
Grazia wehrte sich immer heftiger gegen die kränkende Zumutung:
»Ich versteh dich nicht, Zia. Ich versteh euch alle nicht. Einen Augenblick lang hab ich vielleicht eine dumme Lust gehabt, dorthin zu gehn. Aber sie ist mir schnell vergangen, als ich mir diese Festa di ballo wirklich vorgestellt habe. Lauter fremde Menschen. Schrecklich!«
Hier nahm Placido zum erstenmal das Wort:
»Der Entschluß ist nicht nur gut, Graja, er ist sogar notwendig. Schau, wir leben immer nur untereinander. Ich halte das für gefährlich und ganz besonders für dich. Der Mensch muß auch einmal in den Spiegel sehn.«

Grazia rettete sich ins väterliche Gesetz:
»Und gerade den Spiegel verbietet Papa.«
Iride aber verkündigte ihren großen Geschwistern bedeutungsvoll:
»Heute früh war Papa wunderbar aufgelegt.«
Sie wollte mit der Erwähnung von Papas Prachtlaune den Mut der Zaghaften stärken. Das war nicht nötig. Alle, bis auf die Betroffene, schienen von der Vorstellung des verbotenen Festes leidenschaftlich erfüllt. Lauro schaltete jetzt Grazia überhaupt aus:
»Was meinst du, Placido, soll ich heute bei Tisch sehr vorsichtig ein Gespräch einfädeln? Es ist, glaube ich, besser, wenn *ich* es tue und nicht du. Die Zia traut sich ja nicht.«
Annunziata leugnete keineswegs, daß ihr der Mut zu einem solchen unerhörten Wagnis fehle. Es sei übrigens ein verfehltes Mittel. (Placido nickte zu Annunziatas Worten.) Denn wenn Papa nur den leisesten Wunsch aufblinzeln sehe, verzehnfache sich sein Zorn und sein Widerspruch. Das wisse doch jeder. Lauros Art aber war es nicht, an einer Schwierigkeit hängenzubleiben. Er sprang zu einem neuen Gegenstand über:
»Dafür wirst du für Graja etwas anderes tun, Zia, nicht wahr?«
Da die Schwester nicht gleich sprach, verriet er es selbst:
»Sie braucht für die Oper kein neues Kleid, sagt sie. Das vorjährige genügt. Sie wird es ein bißchen umändern. Und für das ersparte Geld kriegt Grazia ein Kostüm.«
Diese kam gar nicht dazu, das Opfer abzuweisen, denn Iride überschrie jetzt alle:
»Ein venezianisches am besten! Oder vielleicht als sardinische Bäuerin! Oder als Marquise! O Graja, ich brauche auch kein neues Kleid. Das gelbe ist noch gut genug.«
Ihr Opfermut war in Nachahmung der ältesten Schwester grenzenlos:
»Du mußt auch das Geld von meinem Kleid nehmen!«
Angesichts dieser Bestürmung murmelte Grazia entsetzt:
»Ihr seid alle krank . . . Zia, hilf mir!«
Sie hatte recht. Es war wirklich nicht leicht erklärlich, warum diese Festa di ballo im Hotel Bertolini die Gemüter so sehr verwirrte. Wenn man weiter vordringt, wird man auf eine Ursache stoßen, die man Lockung der Sünde nennen könnte. Sie hatten bisher widerspruchslos in der Zucht des Gesetzes gelebt. Vielleicht war nun der Augenblick erreicht, wo sich die Übertretung als Lebensnotwendigkeit erwies. Das soll jedoch keine Deutung sein, sondern bleibt nur Hypothese. Sonderbar genug, daß sie jetzt alle durcheinander sprachen und Iride spitze fanatische Schreie des Aufmunterns in

den Kampf flocht. Lauro verwies endlich dem Kinde seinen Überschwang und dämpfte selbst den Ton:
»Halt! Was meint ihr dazu? Muß man denn überhaupt Papa etwas davon sagen?«
Die Geschwister hatten keine Zeit, die Verwegenheit dieser Frage ganz zu erfassen, denn Ruggiero, naß von Regen und Schweiß, erschöpft wie der Marathonläufer, war zur Tür hereingefahren:
»Ich bin verloren«, stöhnte er mit verzerrtem Gesicht. Die Brüder brachten aus dem Verzweifelten nach und nach folgendes heraus: Er habe auf dem Kirchplatz in der Nähe mit einigen andern Handelsschülern nicht etwa Fußball gespielt, sondern einen kleinen Gummiball ganz harmlos hin und her gestoßen. Auf einmal sei Giuseppe als tiefbefriedigter Zuschauer dicht neben ihm gestanden:
»Ich bin verloren . . .«
Das sei nicht gerade angenehm, aber den Kopf werde dieses kommune Alltagsvergehen nicht kosten, wenn sich nichts Schlimmeres ereignet habe. Ruggiero erschauerte:
»Seit gestern finde ich meine Parteikarte nicht. O Gott . . .«
Nun, vielleicht liege sie in einem Schulbuch. Giuseppe habe übrigens heute noch gar keine Gelegenheit zur Angeberei gehabt.
»Was, Giuseppe«, keuchte Ruggiero, »er geht unten neben Papa, er hat ihn abgewartet. Ich bin im letzten Augenblick an ihnen vorüber ins Haus . . .«
Und wirklich, keine Minute verging, als es amtsgemäß klopfte und der alte Diener gleichsam im Namen des Gesetzes die Tür öffnete. Mit unbestechlichem Blick, der schwanger war von Indizien, brachte er den Befehl seines Herrn:
»Alles in die Sala da pranzo, wenn ich bitten darf, zu Eccellenza!«
Und die Kinder, die eben noch so kühnen Plänen nachgehangen hatten, drückten sich scheu die Wände entlang und gehorchten dem Ruf des Vaters.

Domenico Pascarella kümmerte sich vorerst gar nicht um sein Volk. Mit drohenden Schritten, unheilvoll stiefelknarrend, durchmaß er die Sala da pranzo. Je länger er aber sein Schweigen ausdehnte, um so blasser wurden die Kinder. Sie verfielen zusehends. Papas Schweigen kam wie ein Welken über sie. Von Sekunde zu Sekunde wuchs das Schuldbewußtsein in ihnen wie eine spannende Geschwulst. Keinen verschonte es. Selbst wer von ihnen keine Ursache hatte, sich schuldig zu fühlen, wie Annunziata oder Iride, wurde von dem wachsenden Gewicht zu Boden gedrückt. Die Last des Gewissens machte sich unabhängig vom Nachdenken und Bewußt-

sein, sie verwandelte sich in einen schrecklichen Körperzustand, und dieser Zustand, dieses magenwürgende Übel war der absolute Gegensatz zu der mystischen Wonne von Papas Gesang. Endlich blieb Don Domenico stehn und rief Grazia scharf an. Sie trat aus der Reihe der Geschwister ein Schrittchen vor. Das Gericht begann:
»Was für einen Auftrag hat dir dein Gesangslehrer gegeben?«
»Einen Auftrag?«
»Nur kein Herumgerede! Du hast mir etwas vom Maestro Capironi auszurichten gehabt.«
»Oh, das war ja erst gestern, Papa . . .«
Ihre Halsschlagader klopfte sichtbar:
»Der Signor Maestro wünscht dich zu sprechen.«
»Warum hast du mir das verschwiegen?«
»Ich wollte es nicht verschweigen, Papa. Ich habe nur geglaubt, es wird dich nicht sehr interessieren, Papa.«
»Also eine lügnerische Schlange bist du auch, du Engel?«
»Nein, ich lüge nicht. Es war doch nichts Wichtiges.«
»Nichts Wichtiges? Also scheint es doch ein Etwas zu sein und kein Nichts. Was ist es? Heraus damit!«
Fieberschnell prüfte Grazias Erinnerung die Gespräche mit ihrem Lehrer in der letzten Zeit. Sie fand nichts. Alles verwirrte sich:
»Ich weiß es nicht, Papa.«
»Du weißt es nicht? Dafür aber weiß ich es, du Schwindlerin! Er hat dir Rosinen in den Kopf gesetzt. Ihr verabredet euch skrupellos hinter meinem Rücken. Er will dich zum Theater bringen.«
»Das ist nicht wahr, Papa.«
Sie hob flehend die Hände. Nie hatte Capironi solche Dinge mit ihr gesprochen. Nie war ein Wort vom Theater gefallen. Warum auch? Sie hatte weder Talent noch Ehrgeiz. Sie dachte nicht im Traum daran. Ach, wie sollte sie nur dem Vater ihre Unschuld beweisen?!
Der aber zerstörte all ihre Beteuerungen mit einem Schlag:
»Ich hätte nicht gedacht, daß du leugnen wirst. Schäm dich!«
Länger konnte sie ihre Tränen nicht beherrschen. Das Weinen, die Zerknirschung der Angeklagten verlieh dem Richter eine maßvolle Hoheit. Er gebrauchte keine Schimpfworte mehr. Auch seine Stimme klang ruhiger:
»Deine Gesangsstunden habe ich gekündigt. Ein für allemal! Verstehst du?«
»Ja, Papa.«
Sie wollte verschwinden, untertauchen. Das Gericht aber gab sie nicht frei:
»Wir sind noch nicht fertig. Ist es wahr, daß du heute um neun Uhr

vormittags bei offenem Fenster gesungen hast?«
»Nein . . . ich habe . . . nicht gesungen . . .«
Das Weinen zerriß ihre Verteidigung in kleine schluchzende Stückchen:
»Ich habe nur . . . ein bißchen geübt . . . ganz kurz . . .« Eine Keule fuhr nieder:
»Aber bei offenem Fenster! Bist du so eitel? Hältst du dich gar für eine Künstlerin? Eh? Willst du die Straße bestricken? Eh? Oder vielleicht die andern Mietparteien verjagen? Soll ich durch dich noch in Schande kommen? Wie oft habe ich euch allen schon gesagt, bei offenen Fenstern und Türen hat nicht Klavier gespielt und gesungen zu werden! Antwortet mir! Habe ich es so angeordnet oder nicht?«
Ein dumpfes Chor-Ja schleppte sich zum Richter hin, der nun sein Urteil fällte.
»Du hast also gar keine Ausrede. Zur Strafe verbiete ich dir bis auf weiteres alles Singen. Auch in deinem Zimmer, ganz für dich allein, hast du nicht zu singen! Verstanden?«
»Ja, Papa.«
Der Blick des Richters ließ sie los und zog nun Lauro aus der Schar. Das Gesicht des Neunzehnjährigen mit den mädchenhaften Wangen war ruhiger als das seiner Geschwister, wenn auch fahl. Seine Augen in ihren Schattentiefen verrieten etwas andres als Angst, aufmerksame Hingabe an das Fatum. Sie sahen den Richter unverwandt an und nahmen seinen Zorn beobachtend entgegen:
»Du weißt genau, was ich mit dir zu reden habe.«
»Ich glaube, ja.«
»Was hast du gestern vormittag von zehn bis zwölf getan?«
»Ich habe die Schule geschwänzt.«
»Und warum schwänzt ein erwachsener Mensch, ein Gymnasiast im letzten Jahr, die Schule?«
»Es war ein schöner Tag.«
In diesem Freimut lag kein Ton von Frechheit. Er steigerte den Zorn des Richters nicht, obgleich das Vergehen unentschuldigten Müßiggangs mitten im Alltag schwer genug war. Lauros äußeres Ebenmaß, sein stilles Verhalten, das Würde und Ergebenheit eigenartig verband, konnten den Richter nicht reizen. Es klang fast wie grimmiges Wohlwollen:
»Für deine nächsten Seefahrten, mein Junge, gedenke ich dir einen Sturm nachzuschicken.«
Diese Drohung hatte einen gleichnishaften Sinn, denn die Italiener gebrauchen für Seefahrten und Schuleschwänzen denselben Aus-

druck: »marinare«. Der Urteilsspruch des Richters fiel nicht gar zu hart aus:
»Andere Leute in deinem Alter«, grollte er, »erhalten schon ihre Familie . . . Drei Tage Zimmerarrest! Du rührst dich nicht vom Hause fort! Hast du mich verstanden?«
»Ja, Papa.«
»Und nun zu dir!«
Die Stimme des Richters krempelte gleichsam die Ärmel auf. Der kleingewachsene Ruggiero hatte sich bisher hinter dem Rücken seiner Geschwister gut verborgen. Die Stimme des Vaters aber fand ihn, ohne erst seinen Namen anzurufen:
»Hierher mit dir! Wird es? Vorwärts!«
Der Bär löste sich aus dem Haufen und schlenkerte sich mit den täppischen Armen seines Alters ein wenig vor. Keine Gnade:
»Vorwärts! Näher! Noch näher!«
Zwangsweise wurde der Abstand zwischen Ruggiero und dem Vater immer kleiner. Als er endlich klein genug war, begann das Gericht zum drittenmal:
»Ich habe bisher nicht gewußt, daß du ein ganz gewöhnlicher Straßenjunge bist, ein roher Prolet, der seinen Namen nicht verdient. Die ganze Welt wird jetzt frohlocken: Da sieht man, was die Familie Pascarella wert ist! Einer von ihnen, ein großer Bursche, ein Mann schon, wälzt sich um die heilige Mittagszeit und noch dazu vor den Toren einer Kirche mitten in der Stadt im Dreck! Ist das wahr?«
»Ich habe mich nicht gewälzt. Ich habe auch nicht Fußball gespielt. Wir haben nur so ein bißchen einen kleinen Gummiball . . .«
»Fußball gespielt?«
Die Frage donnerte gegen die Wände:
»Fußball gespielt? Ein schönes Spiel! Mit den Füßen spielen! Stoßen, Treten, Keuchen, Schwitzen! Lustbarkeit für Plebejer! Und mit wem hast du dich so vornehm vergnügt?«
»Kameraden . . .«
»Jawohl, Kameraden! Niedriges Gesindel, zu dem du gehörst, zu dem es dich hinzieht! . . . Und nun, was hast du noch zu bekennen?«
»Ich? Ich . . . ich weiß nicht . . .«
»Ich rate dir gut, das Stottern zu lassen und so schnell wie möglich alles einzugestehen.«
Der verzweifelte Mund des Knaben schnappte tonlos. Don Domenico zog ein Papier halb aus der Tasche. Da brach es mit Geheul aus Ruggiero:

»Ich, ich, ich habe mich einschreiben lassen.«
»Du hast dich einschreiben lassen. Schön! Nur weiter!«
»Ich habe doch müssen ... In die Partei ... In die Avanguardia ... Wie die andern ... Wie alle ...«
»So?! Du hast mich betrügen *müssen?* Mich hintergehen *müssen?*«
»Es ist doch nicht anders möglich, Papa ... Die Partei ... Die Lehrer ... Die Jungen ... Alle sind schon längst Fascisten ... Sie zwingen einen ... Ich habe ja kein Leben mehr gehabt ...«
Das Gesicht des Richters näherte sich furchtbar dem Sünder:
»Wie, sie zwingen dich, mich zu hintergehen? Sie bekämpfen mich in meinem eigenen Haus, in meiner eigenen Familie? Und du bringst mich in diese schmähliche Situation? Du gibst dich dazu her, deinen Vater lächerlich zu machen? Hinterlistig läßt du dich einschreiben, ohne mir ein Wort zu sagen? Du läßt dich zum Verrat zwingen und glaubst nicht, daß ich dir helfen könnte und dich schützen? Vielleicht läßt du dich nächstens auch dazu zwingen, mir die Fenster einzuschlagen oder die Wohnung anzuzünden! Warum hast du mich hintergangen? Warum hast du kein Wort zu mir gesprochen?«
»Ich habe mich so gefürchtet ...«
Domenico Pascarella aber brüllte auf:
»Für deine Feigheit, hier!«
Und zwei Ohrfeigen rechts und links klatschten in Ruggieros Gesicht, daß er bis zum Tisch taumelte.
Das grausame Strafgericht schien dem Richter selbst wehe zu tun. Denn wiederum durchmaß er mit stiefelknarrenden Schritten, qualvolles Schweigen verbreitend, die Sala da pranzo. Wenn ihn auch die Züchtigung Ruggieros reute – er schlug nicht gern –, so ging ihm doch sein eigenes Los viel näher. Da lebte er nur für seine Kinder. Keinen anderen Gedanken kannte er als sie. Er schützte sein Haus nach bestem Wissen und Gewissen. In fortgeschrittenem Alter arbeitete er noch. Warum? Damit sie ein sorglos standesgemäßes Leben führen konnten, damit das Haus bestellt sei. Und diese Kinder hintergingen ihn! Und diese Kinder waren Verräter! Verräter alle! Grazia betrog ihn mit Capironi, dem Musikvagabunden, und Ruggiero mit der fascistischen Partei. Er war kein Gegner dieser Partei, sie war ihm völlig gleichgültig wie alle Politik, die man hinnahm, wie man die Welt hinnahm, indem man ihr den Rücken zukehrte. Um so ungeheuerlicher aber, daß seine Kinder, *seine* Kinder ihn unreinen Träumen auslieferten, eitler Streberei und öffentlichem Krawall. Vor den eigenen Kindern mußte er sein Haus verteidigen. Durch heimliche Pforten schmuggelten sie tückisch die

feindliche Welt herein. Und zum Dank nannte sie diese Welt höhnisch ihm ins Gesicht: Engel. Das Herz wurde ihm schwer, wenn er an ihr Verrätertum dachte. Bald aber überwand die Empörung wieder seine Bitterkeit. Er durfte nicht dulden, daß sich die Moral der Familie lockere. Alle »Vordringlichkeiten« waren erbarmungsloser zu bekämpfen denn je.
Die Zeit rückte weiter. Das Schweigen machte sie unerträglicher von Augenblick zu Augenblick. Don Domenico ging noch immer auf und ab. Da kam er auf einem der Umgänge dicht an Placido vorbei, der abseits von der zusammengedrängten Geschwistergruppe stand. Der Vater hemmte seinen Schritt und sah den Sohn an. Placidos Gestalt erschien ihm länger als früher. Der Student hielt die Fäuste gegen die Brust gepreßt und den Kopf tief gesenkt wie immer in leidensvollen Momenten. Seine Augenbrauen unter der schönen aber niedrigen Stirn waren krampfhaft zusammengezogen. Beim Anblick dieses Gesichts hätte man meinen können, Placido selbst sei gemaßregelt und gezüchtigt worden und nicht die Geschwister. Während Don Domenico seinen ältesten Sohn betrachtete, glaubte er in einer schweren Aufwallung erkennen zu müssen, daß in diesem Placido der Kern des Übels liege. Und nun war es wirklich Haß, was ihn durchzuckte. Er suchte nach Gründen gegen den Studenten. Ihm wurde aber nichts andres bewußt als Placidos hohes Körpermaß, das ihm wie Auflehnung erschien. Und der kleine rundliche Mann reckte die Fäuste empor wider den Sohn, der ihn überragte:
»Seid nur so groß, wie Ihr wollt . . .«
Es geschah ganz selten und dann auch nur in einem Augenblick der äußersten Verdammung, daß Papa eines seiner Kinder mit dem altertümlichen »Ihr« ansprach. Dieses »Voi« klang langgezogen gleich einem Trompetenstoß wie »Vooï« und bedeutete ungefähr: »Du bist nicht wert, daß ich dich du nenne und damit zu den Meinen zähle. Ich zerreiße die Bande zwischen uns, ich stoße dich aus, ich verbanne dich an den Ort der letzten Sonnenferne. Erfriere oder kehre gebessert um!« Placido hatte tatsächlich eiskalte Hände und Füße. Der Vater maß ihn noch immer:
»Nun! Was habt Ihr mir zu sagen?«
Placido sah stumm und mit zusammengebissenen Zähnen seitwärts auf den Fußboden. Don Domenico aber drohte dunkel:
»Zwischen uns wird es so nicht weitergehn.«
Er gab sich keine Rechenschaft über diese Worte, zu denen kein Grund vorlag und die aus dem unbewachten Abgrund seiner selbst aufgestiegen waren. Dann ließ er Placido stehn und nahm wieder

seine knarrende Wanderung auf. Mittlerweile war es vielleicht schon zwei Uhr geworden. Im Türspalt gestikulierte der Arm Priscillas, der Köchin.

Endlich wagte Annunziata eine leise Mahnung:

»Papa, darf das Essen aufgetragen werden?«

Der Vater stampfte auf, als treffe ihn in dieser Frage ein frecher Hohn:

»Und du glaubst wirklich, ich werde mit euch essen, ich werde mich mit euch an denselben Tisch setzen? Esset nur, wenn ihr könnt!«

Und an Annunziata erging der Befehl:

»Du darfst mir Giuseppe mit einer Kleinigkeit hinaufschicken.«

Er schlug die erste Tür gewaltig zu, die zweite, die dritte. Als er aber oben in seinen beiden Zimmern mit den Türen warf, an Möbel stieß, Stühle rückte und dumpfen Lärm verursachte, da grollte es zu Häupten der Geschwister wie ferner Donner.

Viertes Kapitel

EIN ABEND DER GNADE

Es regnet, wenn auch nur fein und neblig. Dennoch staut sich die Menge bis tief in die Piazza del Plebiscito hinein. Die Kette der Autos verstopft von allen Seiten die Zufahrtsstraßen, die Via Santa Lucia, die Via Cesare Console und die Chiaja. Es sind langgestreckte Karosserien darunter mit Chauffeuren in Livree und mit Tellermützen wie aus einem Filmmärchen. Das schwankende Meer der Regenschirme, von Warnungssignalen, Autoleibern und Polizisten hin und her gepeitscht, füllt immer wieder das mühsam abgedämmte Spalier aus. Der Lärm eines regellosen Nahkampfes liegt über allem. Jeden Augenblick müßte es Tote geben. Doch es ist nur der blinde Krawall aufgewühlter Neugier und witzbereiten Wohlwollens. Gutmütig lassen sich die eingekeilten Gaffer blockweise verschieben. Die schönen Wagen, die mitten durch sie hindurchfahren und sie anspritzen (ein Prunk-Auto in der Menge wirkt sonst immer aufreizend), entlocken ihnen heute keinen Haßruf. Für eine halbe Stunde scheint alle soziale Bitterkeit vergessen zu sein. Man kritisiert den Glanz der Theaterbesucher ebensowenig wie man sich über den Regen aufhält. Bei Begräbnissen im Spätherbst und bei Eröffnung von San Carlo pflegt es meist zu regnen. Das wissen die Erfahrenen. Der Regen hat sogar seine ästhetischen Vorteile. Wenn

die Frauen in ihren Pelzen und Abendmänteln, schmuckblitzend, das nackte Haar mit dem Hauch eines Schleiers bedeckt, sich aus den engen Wagentüren winden und vorsichtig, um die goldenen, silbernen, purpurnen Schuhe nicht zu beschmutzen, ihre reizenden Schritte setzen, wenn zu alldem der nasse Asphalt die luxusumwölkte Gebrechlichkeit der begehrenswerten Erscheinungen spiegelt, dann muß auch das Herz eines unbestechlichen Kommunisten lachen, falls es zur Aufrichtigkeit den Mut und das Vermögen hat. Man wird zwar auch bei dieser Art von Zuschauen nicht satt, aber man wird hungrig davon. Und es ist ein Hunger, der für ein paar Augenblicke erquickt, weil er berauscht. Wer Geld hat, geht ins Theater, wer keines hat, bleibt draußen. Doch auch wer draußen bleibt, nimmt noch ein wenig teil. Die Menge im äußersten Vorhof wird bleich bestrahlt, doch sie spürt gierig die geweihteren Orte, den inneren Hof, das Heilige, ja das Allerheiligste, von dessen verzücktem Licht sie eine Ahnung trifft. Darum rührt sie sich nicht fort und läßt den Regen regnen.
Seit undenklichen Zeiten ist die Eröffnung von San Carlo ein Jahresfest. Man kommt, um Musik zu hören, um sich an Stimmen zu erfreuen. Die Musik aber ist nur das verbindende Element, nicht der Selbstzweck dieser prickelnden Zusammenkunft. Man will ja im Grunde nur eines: Sich spiegeln! Darum, bitte, nichts Ungewohntes, nichts Mühsames! Niemand geht hier ins Theater, um sich von Offenbarungen der Kunst oder der Inszenierung niederwerfen zu lassen. Auch Unterhaltung wäre für den Zweck dieses Beginnens ein falsches Wort. Eine Musik ist gut, wenn man sie wiedererkennt, wenn sie längst schon im eigenen Blutlauf kreist, wenn sie zur Familie gehört. Und fast jeglicher hier in diesem riesigen Haus, der jetzt in der Loge, im Parkett und auf der Galerie seinen Platz einnimmt, wird heute abend die Oper »Gioconda« innerlich mitsingen, sofern er nicht gar Text und Melodie schon voraus weiß. Und allen andern voran der sonst so gestrenge Don Domenico.
Die Familie Pascarella, das heißt die Schwestern und der Vater, hielten zehn Minuten vor Beginn der Aufführung in einem Taxi vor dem Portal San Carlos. Zwischen dem strafenden Richter der Vorwoche und dem beinahe zärtlichen Kavalier dieses Abends gab es wenig Ähnlichkeit. Er sprang als erster aus dem Gefährt, spannte den Regenschirm auf und führte jede seiner Töchter einzeln zum Eingang. In der Vorhalle wurden sie schon von einer älteren Person erwartet. Das war eine entfernte Verwandte, die Domenico Pascarella alljährlich zum Zwecke dieses Opernbesuches ans Licht zog, aus dem sie dann wieder nach Mitternacht für die nächsten zwölf

Monate verschwand. Für diese Maßnahme hatte er zwei Gründe. Erstens erschien es ihm unpassend, daß in einer Loge drei junge Damen ohne eine ältere umfangreiche Hirtin sichtbar wurden. Und dann war ja das Los eines Mannes im Hintergrunde einer solchen Loge alles eher als beneidenswert. Er stand sich hinter den thronenden Damen die Beine in den Leib. Er reckte sich den Hals aus, und das Resultat war, daß er sehr wenig hörte und gar nichts sah. Heute aber handelte es sich um »Gioconda«, und da verstand Signor Pascarella keinen Spaß. Er wollte sehen und hören, teils um in einem Wohllaut zu schwelgen, der ihm vertraut war wie sein eigener Atem, teils um als gefährlicher Traditionshüter darüber zu wachen, daß sich in der Wiedergabe nichts ereigne, was vom gewohnten Wege abweiche. Zu diesem Zwecke hatte er das Billet seines Parkettsitzes längst in der Tasche. Es war ein Poltrone, ein Eckfauteuil der vordersten Reihen, dicht beim Ausgang. Wie alles im Leben Don Domenicos entsprang die Wahl des Sitzes nicht dem Zufall, sondern einer Eigentümlichkeit. Hier konnte der Ungesellige leicht entfliehen, wenn sich ein zudringliches Gesicht jener feindlichen Welt zeigte, die es mit ihm und seiner Familie so übel meinte. Hier saß er nicht eingezwängt zwischen anderen, hier konnte er sich bis zu einem gewissen Grade gehenlassen, hier brauchte er sein Temperament nicht zu zügeln, wenn die Musik ihm ein Brummen und Summen entlockte, wenn ein hoher Ton ihn zum »bravo« und »brava« hinriß oder gar eine mißlungene Phrase zu dem knirschenden Fluch »cani tutti!« Vorerst aber begleitete er seine Töchter in die Loge und nahm mit souveränem Nicken das »Reverenza« und »Eccellenza« des alten Logenschließers entgegen, den er mindestens schon dreißig Jahre kannte. Dann betraten die Pascarellas alle: Nummer drei, links, erster Rang.

Der Badende, der an einem heißen Sommertag ins Meer steigt, erlebt zuerst einen kurzen Augenblick des Schreckens, um dann von einem tieferen Glück begnadet zu werden, denn das andre Element verwandelt sein Lebensgefühl und macht ein neues Wesen aus ihm. Er streckt die Arme vom Leib und überläßt sich andächtig der Wonne. Auch der goldrote Raum, der sich nun um die Schwestern schloß, war ein flutendes Element. Sie mußten zuerst einen Schrekken überwinden, ehe sie sich zögernd nach und nach an die Brüstung vorwagten. Bald aber fühlten sie in ihrem Haar und auf den bloßen Schultern die angenehmen Schauer dieses Elementes. Das verschwommene Brausen und das verschwommene Strahlen wurde immer klarer, immer differenzierter, und mit ihm auch die Lust der Schwestern.

Domenico Pascarella, der in seinem Frack eine eindrucksvolle Figur machte, umfaßte den Theaterraum mit einem erfahrenen Blick. Er mußte feststellen, daß Krieg und Nachkrieg an diesem Bilde nicht übermäßig viel verändert hatten. Wohl sah man in manchen Logen überquellende Fratzen, aufgedonnerte Gestalten, plumpe Arme und Pfoten. Doch die Haifische, die Pescecani, verschwanden im Kranze der Erbeingesessenen. Ja, sie waren ringsum alle versammelt, die Trescasi, Spagnuoli, Ventignano, de Luca und rechts und links die Pugno-Sarti und Dallorso, alle, zu denen er nicht gehörte und nicht gehören wollte. Doch Don Domenico war heute selbst gegen die Aristokraten Neapels milde gestimmt. Das kam daher, weil er mit seiner Loge zufrieden war, die sich vor keiner anderen verstecken mußte. Das alteingefressene Mißtrauen gegen den Wert seiner Kinder wich für ein paar Stunden. (Vielleicht wäre er heute abend nicht ausfallend böse geworden, hätte ein Fremder eines der Geschwister mit Lob bedacht. Die dunklen Empörungen über solches Lob entsprangen ja immer nur jenem Mißtrauen.) Drei schöne, frische, reine Mädchen. Selbst er konnte es sich jetzt, da die Welt zum Vergleich stand, ebensowenig verhehlen wie in den sonntäglichen Ausnahmestunden seines väterlichen Behagens. Wohlwollend drängte er Iride in den Vordergrund der Loge.
Die Kleine erlebte das Fest zum erstenmal. Sie machte vor Aufregung ein bestürztes Gesicht, konnte kein Wort herausbringen und langte immer wieder mit ihren fiebrischen Fingern nach der Hand des Vaters, ohne zu wissen, was sie tat. Don Domenico, der von seinen Kindern Furcht und Liebe, doch niemals Zärtlichkeit empfing, wurde durch die ungewohnte Berührung der kleinen Mädchenhand recht gesprächig und begann Iride die Einrichtung der Bühne, das Wesen des Orchesters, die allegorische Malerei des Vorhangs und manches andere eingehend zu erläutern. Dennoch verfuhr er auch dabei, wie er es für seine Pflicht hielt, stark pädagogisch, indem er den Sinn all dieser Zauberei in lehrhafter Form vermittelte und seine Erklärungen wieder abprüfte.
Die italienischen Theater machen vor Beginn des Spiels zumeist einen recht unordentlichen Eindruck. Die Frömmigkeit der Erwartung, die man anderswo noch finden kann, fehlt hier völlig. Der erste Akt dauert eine Stunde, die man still wird aussitzen müssen; darum macht jetzt alles noch Bewegung, solange es Zeit ist. Ganze Sitzreihen klaffen leer. Es sieht so trostlos aus, als würden sie sich niemals füllen können. Dahingegen herrscht in den Logen ein lachendes Kommen und Gehn, und draußen die Vorhalle ist undurchsichtig von dichtem Zigarettenrauch und nicht minder dich-

tem Geschwätz. Hier stehn die Männer sehr bewegt durcheinander, Hunderte, ohne Rangunterschied, der Gent im Frack neben dem Mozzonaro im Ruderhemd, der sich durch den Ingresso geschwindelt hat. Die Musiker im Orchester stimmen von Minute zu Minute wilder. Jeder scheint seine ganze Seele in die Läufe, Triller, Passagen zu legen, die er mit selbstversunkener Leidenschaft hervorbringt. Das Gefiedel, Gedudel, Geschrille und Geblöke ergibt ein großartiges Klangstück, das wie ein Symbol der einsamen Eitelkeit wirkt, mit der ein Ich neben dem anderen sich seiner Lebenstätigkeit hingibt.
Erst beim zweiten Glockenzeichen begannen die Herren des Parkettpublikums langsam in den Saal zu schlendern und auch Don Domenico verließ die Loge. Die drei Schwestern blieben nun allein mit der Duenna. Sie nahmen die Plätze an der Brüstung ein, während die Dame auf dem Hochsitz hinter ihnen sich ausbreitete. Papa hatte natürlich nicht bemerkt, daß seine Töchter ihre vorjährigen Kleider trugen, Grazia das blaue und Annunziata das schwarze mit Silberlitzen. Obzwar nach dem Sturmtag von der Festa di ballo kein Wort mehr gesprochen wurde, hatte keine, auch Iride nicht, das Geld für ein neues Kleid verwandt. Die Anschaffung erübrigte sich wirklich, denn sie sahen vortrefflich aus. Grazia vor allem erstrahlte wie noch nie. Beschreibt nicht Homer, daß die unsichtbar schwebenden Götter die Heroen und Heroinen im wichtigen Augenblick mit gesteigerter Kraft und Schönheit begnaden? Solch eine Göttin schien auch Grazias Schönheit in diesem wichtigen Augenblick ihres Lebens gesteigert zu haben. Sie begann im Hause aufzufallen. Erst waren es nur zwei und drei, bald aber ein ganzer Chor von Operngläsern, der sich starr auf die Loge Nummer drei, links, erster Rang richtete. Die Wirkung dieser glotzenden Ovation auf die drei Mädchen war sehr verschieden. Iride, die ihre Bedeutung nicht klar verstand, fing zu zappeln an und auf ihrem Stuhl hin und her zu wetzen. Annunziata senkte angstvoll die Augen auf den Theaterzettel. Das gilt Grazia, wußte sie und betete, daß nur Papa nichts davon bemerkte. Grazia jedoch hielt der Fernglas-Salve unbewegt stand und lächelte gleichgültig. Als es aber jäh dunkel wurde, sagte eine kleine Grazia in dem entrücktesten Winkel ihres Selbst: Schade.

Nach dem Finale des zweiten Aktes, in dem der Tenor, vom unglücklich liebenden Sopran zur Flucht gedrängt, auf der strahlenden Höhe des Duettes das Schiff, das ihn retten soll, in Brand steckt – nach diesem effektvollen Musik- und Vorhangfall erschien Don

Domenico in der Loge, um die Mädchen abzuholen und ins Foyer zu führen. Auch dies gehörte zum Festprogramm. Pascarella war voll Lob für die Rasa. Niemand verstand es wie sie eine Phrase zu durchwärmen und die Kadenz einer Melodie rasch und schmerzlich in sich zusammenstürzen zu lassen. Das tragische Aufschluchzen, das sie jeweils am Schluß einer Fermate dem letzten Ton vorausschickte, fuhr dem Publikum in die Glieder, daß es ein dumpf befriedigtes Murren vernehmen ließ wie ein Katzentier, dessen Fell man krault.

»Ah, questa donna è un dio«, rief Don Domenico, und sein Enthusiasmus stand im sonderbaren Widerspruch zu der grausamen Verfolgung, die er gegen Grazias Gesangsstudien ins Werk gesetzt hatte. In seinem Gefühl jedoch trennte er Familie und Welt so restlos, daß es Brücken nicht gab. Seine Kinder gehörten ihm und nicht sich und nicht der Welt. Diese Welt aber nahm heute die seltene Gelegenheit wahr, sich heranzutasten an das, was ihr die übrigen dreihundertvierundsechzig Tage des Jahres vorenthalten blieb. Hatten sich schon vorhin die vielen den Raum abweidenden Operngläser bei der Pascarella-Loge versammelt, so spannen jetzt die fragenden, fordernden, schmachtenden, trachtenden Blicke ein dichtes Netz um Grazia, die mit den Ihren die Treppe zum Foyer emporschritt. Sie schien nichts davon zu merken, obgleich eine wohlige Genugtuung sie erfüllte.

Die zwei ersten Akte der Gioconda sind lang und die Erschöpfung, die bewußtes Musikhören offenen Ohren bereitet, ist beträchtlich. Aus diesem Grunde hatte Don Domenico seinen Töchtern eine Erfrischung zugedacht. Beim Büfett sollte eine Flasche Champagner getrunken werden. Der Champagner, am selben Ort und bei gleicher Gelegenheit genossen, bildete eine der Erinnerungen Pascarellas an seinen eigenen Vater. Wie alles Alte, Ahnengemäße, war dieser Trunk geheiligt, selbst wenn er gewissermaßen einen Leichtsinn vorstellte. Ritterlich erkämpfte Papa einen Weg für die Mädchen. Es war nicht leicht, die dichten Gruppen der Promenierenden, Schauenden, Plaudernden, die das Büfett umlagerten, zu durchsteuern. Durch Zufall wurde gerade ein Tischchen frei, und zwar glücklicherweise eines an der Wand. Energisch nahm es Don Domenico in Besitz. Sie waren nur vier. Die schüchternen Brüder ließen an solchen Abenden Papa mit den jungen Damen allein und jene bejahrte Hirtin hatte die frostige Einladung mitzukommen dankend abgelehnt und war in der Loge verblieben. Nun saß man glücklich. Mit Entzücken belebten sich die Schwestern an dem sagenhaften Wein.

Da gewahrte Signor Pascarella einen schlanken Herrn mit graublondem Haar und knabenhaft rosigen Wangen, der zu ihm herüberlächelte, den Blick nicht abwandte und endlich grüßte wie ein guter Freund. Den Mann mußte er doch kennen, sogar gut kennen. Er strengte sein Hirn an. Sollte das Gedächtnis nachlassen? Es wäre das erste Anzeichen dieser betrüblichen Alterserscheinung. Der Herr wiederholte seinen Gruß. Und es geschah, mochte nun der Champagner, Gioconda, Bruna Rasa, oder einfach die Zufriedenheit der Stunde daran Schuld tragen, es geschah, daß der Verächter der fremden Welt, der Feind jeder überflüssigen Bekanntschaft, nicht nur den Gruß erwiderte, sondern die Hand hob zum gemessenen Salut. Daraufhin näherte sich der Herr dem Tisch und reichte dem Patron seine Rechte, der sich umständlich erhob, denn er wußte noch immer nicht, wer der gute Freund sei. Dieser öffnete einen Mund mit weißen schönen Zähnen, lachte wie über einen gelungenen Scherz und erkundigte sich nach englischer Begrüßungssitte:
»Wie geht es Ihnen?«
Pascarellas Erinnerungsvermögen war nun zwar auf den Weg gebracht, kam aber nicht vom Fleck. Da griff der fremde Herr in seine Brusttasche, zog den Paß hervor und hielt ihn dem Inhaber der Wechselstube hin. Der hatte heute wahrlich seinen guten Tag. Nicht einmal die Mahnung an diesen Teil seines Gewerbes konnte ihm die Laune verderben. Im Gegenteil, er lachte nun selbst, kramte noch eifriger in seinem Gedächtnis und fand schließlich triumphierend das Rechte:
»Hotel Bertolini . . . Eh? . . . Hotel Bertolini?«
Der Engländer stellte sich jetzt förmlich vor:
»Arthur Campbell.«
Er schwieg und rührte sich nicht fort. Ein fünfter Stuhl war frei. Nach einem längeren Zögern konnte Don Domenico doch nicht umhin, auf den herrenlosen Platz zu weisen. Seine metallreiche Stimme klang ein wenig beunruhigt:
»Mister Arthur Campbell aus dem Hotel Bertolini. Meine Töchter Annunziata, Grazia, Iride.«
Der Engländer ließ sich zwischen Annunziata und ihrem Vater nieder, doch mit einer seltsam eingeschüchterten Geste. Nachdem damit diese nicht hinreichend motivierte Annäherung vollzogen war, sah sich das Tischoberhaupt in die Notwendigkeit versetzt, mit seinem Gast eine Unterhaltung zu eröffnen. Kein Thema lag näher als die heutige Oper. Und so erging er sich in fachgemäßen Urteilen über die unvergleichliche Primadonna und die leider nur allzu

vergleichlichen übrigen Künstler. Er sprach in seiner kommandierenden Art kurz und schnell. Mr. Campbell hielt sein graues und rosiges Haupt den Erläuterungen Pascarellas hin, als wolle er diese Worte, die er bis auf die Eigennamen der Hauptdarsteller nicht verstand, für ewig in sein Bewußtsein graben. Durch die Namen erriet er aber immerhin so viel, daß er mit einem Blick auf Grazia, der sie eigens um Verzeihung bat, eingestand:

»Ich bin unmusikalisch.«

Und er vervollständigte seine Beichte dadurch, daß er mit hoffnungslosen Fingern die Ohren berührte, was ebenso gut heißen konnte, ich bin taub. Don Domenico verdüsterte sich und forschte streng:

»Habt ihr in England keine Musik?«

Arthur Campbell verstand das Wort »Inghilterra«, weiter nichts. Er entschloß sich, in richtiger Kombination, sein Bekenntnis zu erweitern. Jede Silbe kam deutlich aus seinem Mund, als sei sie für taubstumme Kinder berechnet:

»Ich liebe nicht so sehr die Oper wie Kirchenmusik. Die Orgel, ja, mit Chorgesang.«

Das war für Signor Pascarella ein sehr langer englischer Satz, der ganz und gar keine Anhaltspunkte bot. Er sandte daher seinen grausamen Blick mitten in Grazias Herz, womit er etwa sagen wollte: Jetzt zeige, was du kannst! Fünf Jahre lang habe ich das Opfer gebracht, dich in der vortrefflichen Schule der Karmeliterinnen ausbilden zu lassen. Das Sprachstudium wird doch wohl obligat gewesen sein, hoffe ich. Oder bin ich vielleicht wieder einmal betrogen worden? Ich bitte also, mich womöglich nicht zu blamieren! Grazia verstand diese stumme Rede bis auf die Neige. Aber selbst wenn sie noch weniger gewußt hätte als die bleichen Erinnerungsreste an das unwirkliche Schulenglisch eines dünnen Übungsbuches, sie hätte nicht törichter erröten und verlegener flüstern können:

»Er spricht von Kirchenmusik.«

In den Augen Mr. Arthur Campbells ging etwas Großes vor. Sie füllten sich mit blauer Demut und ersterbender Dankbarkeit, mit Ausdruckswelten, die man diesem humor- und kampfbereiten Herrn gewiß nicht auf den ersten Blick zugetraut hätte. War es Grazias Erröten? Waren es die vier Worte, mit denen sie zur Mittlerin zwischen ihm und ihrem Vater geworden war? Dieser entfaltete nun seine ganze Verachtung für die Gegenwart:

»Was wisset ihr von Kirchenmusik? Vor einem halben Jahrhundert hat man in Rom noch Kirchenmusik erleben können. Aber jetzt?!«

Annunziata wagte zu bemerken, daß die Gottesdienste in der Kathedrale von San Gennaro oft von sehr schöner Musik begleitet würden, besonders zur Osterzeit. Ein Blitz durchbohrte die Kühne, die es trotz ihres Alters noch immer nicht verlernt hatte, an unrechtem Ort den Mund aufzutun:
»Deine Ostermusik«, höhnte der Vater, »ist eine Dorfbande, nein, eine dieser verfluchten Jazzbanden, wie ihr sie nennt und liebt. Musik aus dem Hotel Bertolini.«
Annunziata verstummte schnell. Der Engländer hatte kein Wort verstanden, jetzt nicht einmal das Wort Bertolini. Er mußte alle Kräfte zusammenhalten, damit ihn seine flehenden Augen nicht verrieten. Er sah immerfort an Grazia in der Tangente vorbei, als sei dies gerade die Mittellinie zwischen heftiger Begier und guter Manier. Doch auch Grazia blieb nicht unverwandelt. Ein Sichersein kam über sie, wie sie es noch nie erlebt hatte. Träumerische Geborgenheit.
Don Domenico schenkte sich den Rest des Champagners ein. Zugleich empfand er das Bedürfnis, dem allzu müßigen Beisammensitzen einen strengeren Sinn zu geben. So wandte er sich denn zu seiner Jüngsten:
»Ich werde dich morgen nach allem fragen, was du heute gesehn hast. Also gib gut acht! Wenn der Vorhang jetzt aufgeht, sitzen wir vor dem Saal eines berühmten Palazzo. Es ist die Ca d'Oro in Venedig. Hast du je von der Ca d'Oro gehört?«
»Ja, Papa!«
Grazia drehte sehr langsam ihr Gesicht von der schütter gewordenen Menge Campbell zu, machte aber noch knapp vor dem Ziele halt, denn sie spürte, daß er jetzt völlig in ihr versunken war: Die Engländer sind eine sehr schöne Rasse. Sie sehen ganz anders aus als unsere Italiener hier. Das kommt daher, daß sie von den Normannen abstammen wie Papas Großvater. Sie haben komische rote Wangen.
Iride blinzelte angestrengt, denn Papa hielt weiter Schule:
»Und dann werden wir den Tanz der Stunden sehn. Die Mitternacht trägt ein schwarzes Kostüm. Merk es dir, damit du verstehst, was vorgeht, damit du nicht dumm dasitzen mußt!«
»Ja, Papa!«
Wie alt kann er eigentlich sein?
Dieser Gedanke, der Grazia wider Willen überfiel, erweckte ihren Ärger. Sie stand auf: »Papa, ich glaube, es ist Zeit.«
Das Foyer war schon fast menschenleer. Die letzten Nachzügler drängten hinaus. Domenico Pascarella erschrak:

»Wie? Aber das ist immer so! In diesem verdammten Raum hört man die Glocke nicht.«
Er hatte nur eine einzige Angst, den Beginn des Aktes zu versäumen. Der Weg bis ins Parkett hinunter war lang. Ungeduldig jagte er seine Herde über die Treppe und verhinderte es nicht, daß Mr. Arthur Campbell sich ihr anschloß und in den Logengang folgte, nachdem er, der Vater, selbst schon abgezweigt war.
Grazia wollte ihren Schwestern durch die kleine Tür nachschlüpfen, als sie ein ungeformter Laut zurückhielt. Der Engländer rang offensichtlich um ein italienisches Wort. Es gelang nicht. Er sah sie erschöpft an, machte aber keine Miene, sich zu verabschieden. Das dauerte recht lange. Endlich begann er englisch:
»Ich bin traurig, daß ich nicht Italienisch sprechen kann. Aber Sie sprechen ein wenig Englisch, Signorina . . .«
»Ich spreche kein Wort Englisch!«
Das kam sehr schroff heraus. Sie hielt die Klinke in der Hand, ohne ihn anzusehn. Er aber versuchte, das Nichts dieses Augenblicks in die Länge zu ziehn:
»Ihren Vater verstehe ich nicht, aber von Ihnen verstehe ich jedes Wort, Signorina.«
Sie schwieg, immer zur Tür gewandt. Dabei aber spürte sie seine Gestalt, wie man einen Baumschatten spürt. Die Musik im Haus hob mit schimpfenden Schlägen an. Grazia klinkte noch immer nicht auf, im festen Bewußtsein, etwas Verbotenes, ja Unmoralisches zu begehn, das nicht weit von einem heimlichen Rendez-vous entfernt war. Um das Gleichgewicht der Sitte herzustellen, setzte sie die abweisendste Miene der Welt auf. Campbell kämpfte gegen die Musik mit armseligen Worten, die jede Sekunde retten wollten:
»Ich kenne Neapel seit vielen Jahren, es ist eine sehr reizende (lovely) Stadt . . .«
Er haßte jetzt seine kurzangebundene Muttersprache. So tauglich sie war, Geschäfte schnellstens abzuwickeln, so untauglich erwies sie sich, durch melodisch gedehnte Sätze ein Mädchen festzuhalten. Kaum hatte man begonnen, war man schon fertig. Verzweifelt stammelte er:
»Neapel, ja . . . und nun werde ich verreisen . . .«
Grazia glaubte zu hören, daß eine ferne Stimme unten auf der Bühne das Wort »Bertolini« singe. Entschlossen drehte sie sich dem fremden Herrn zu:
»Ich muß jetzt gehn.«
Er gab den aussichtslosen Kampf auf. Die feindliche Musik riß sie fort. Trunkene Stimmen überkletterten einander. Dagegen konnte

er nicht aufkommen. Eine schwache Armbewegung deutete den Verzicht an:
»O ja, die Oper, ich bitte um Verzeihung, Signorina.«
Er wartete, daß sie ihm die Hand reiche. Es geschah nicht. Doch schaute sie ihm eine Sekunde lang fest und offen ins Gesicht, als wolle sie für die Zukunft etwas von ihm mitnehmen. Die Musik bäumte sich mächtig auf. Die hohen A und B der Singstimmen hetzten in gestreckter Karriere hintereinander her. Das applausumbrauste Wettrennen erstickte Grazias eiliges: »Buona sera.«
Er suchte mit geballten Fäusten nach einem italienischen Grußwort. Als er es fand, war es lang schon zu spät. Sein krampfhaft herausgeschleudertes »A rivederci« sank an der geschlossenen Logentür herab.
Grazia war nicht mehr. Auf Wiedersehn? Im Haus schien nun auch die Musik ganz erloschen zu sein.
Nach Schluß der Oper fand Domenico Pascarella wenig Worte für seine Kinder mehr. Nicht einmal Iride wurde durch Prüfungsfragen ausgezeichnet. Wie im Märchen hatte sich der fürsorgliche Kavalier wieder in den unnahbaren Vater zurückverwandelt, der in der Via Concordia zu Häupten der Seinen mit grausamer Gerechtigkeit herrschte. Er schob die Mädchen erbarmungslos in den Regen hinaus. Annunziata erhielt den Befehl, ein Gefährt zu erkämpfen.
Ehe Grazia einstieg, blickte sie sich um. Sie hatte den Schatten des Engländers verspürt.
Campbell jedoch blieb unsichtbar für sie, obgleich er mit aufgestelltem Mantelkragen dicht hinter ihr stand.

Fünftes Kapitel

ZUFÄLLIGE BEGEGNUNGEN

Es gibt nur sehr wenig Leute, die in ihrem Leben einen Rest von Dunkelheit nicht eifersüchtig hüten, etwas, das allen andern und selbst den Nächsten verborgen bleiben soll. Diese ureigene, abgewandte Dunkelheit, vom Trieb genährt, von der Scham verwaltet, ist der Abgrund unsres Schicksals, der Sitz dessen, was wir gut und böse nennen. Da gibt es einen wackeren Mitbürger, braven Ehemann und Vater, dessen Lebensführung vorbildlich zu sein scheint. Eines Tages aber erwarten ihn die Kriminalbeamten im Hausflur, und er gesteht auf dem Wege zur Polizei, daß er und kein anderer die drei Morde an minderjährigen Mädchen verübt habe, die seit Wochen eine Stadt in Schrecken halten. Da gibt es nicht weniger einen alten abgerissenen Bettler, der nächtlicherweile im Obdachlosenheim sich erhebt, den elenden Schläfern der Reihe nach Geld auf die Pritsche legt, und ehe noch jemand erwacht, im Tagesgrauen in sein Palais heimkehrt. Was wäre das Leben, wenn es nicht auch ein Doppelleben sein könnte?

Gerade gegen diesen eingeborenen Trieb zum Doppelleben, gegen diesen Hang zu geheimen Gängen, gegen diese Sucht nach dem Besitz vergrabener Schätze richtete sich Papas Gesetz am schärfsten. Das Leben seiner Kinder sollte klar am Tage liegen, vom Erwachen bis zum Schlafengehn, ja bis in den Traum hinein. Jede Minute ihres Daseins sollte geheiligt sein durch eine Klarheit, die keiner Beichte bedurfte und die immer zur Rechenschaft bereit war. In früheren Jahren hatte Don Domenico nachts manchmal einen Inspektionsgang durch die Kammern seiner schlummernden Geschöpfe unternommen. Wenn er dann im Lichtkreis seiner Taschenlampe alle zwölf Arme keusch auf der Bettedecke liegen sah, erschien ihm dies als Gewähr, daß sich zwischen ihn und die Kinder nichts Trübes einschleichen könne.

So aufrichtig die Geschwister auch der Erfüllung des väterlichen Gesetzes nachstrebten, in einem Punkte waren sie ihm nicht völlig gewachsen. Selbst Annunziata, die Säule von Don Domenicos Sittenbau, unternahm fast täglich geheime Gänge. Sie führten sie freilich an keinen gefährlicheren Ort als in eine unbedeutende Kirche, die »Santa Maria la Stella« hieß. Weder ungewöhnliche Frömmigkeit, und weit weniger noch Bigotterie waren der ursprüngliche Beweggrund dieses häufigen Kirchgangs. Dem Augenschein nach spielte die Religion in der Familie Pascarella nur eine förmliche Rolle. Man ging allsonntäglich um elf Uhr vormittags zur Messe in die Santa Trinità. So hatte es Papa seit undenklichen Zeiten eingesetzt. Es war ein unumstößlicher Brauch wie der Opernbesuch bei Eröffnung San Carlos. Für Don Domenico, der aus dem liberalen Zeitalter stammte und dementsprechend Gott gegenüber der Gleichgültigkeit huldigte, war die regelmäßige Erfüllung religiöser Pflichten ein Standesprivilegium, das seinem alten, wenn auch namenlosen Geschlechte nicht weniger gebührt als den diversen Dallorso, Ventignano, Spagnuoli und Trecasi. Annunziata aber konnte sich damit nicht begnügen. Hatte sie an Priscillas Seite (väterliches Gebot) auf dem Gemüsemarkt, im Kramladen und bei den Fischbänken die Morgeneinkäufe besorgt, so zog und lockte sie mit großer Dringlichkeit Santa Maria la Stella. Die Schulerziehung

durch geistliche Schwestern hatte gewiß auch ihren Anteil an dieser Lockung.
Dort im kahlen Seitenschiff, vor dem düsteren Altar, ließ sie sich auf die Knie fallen. Doch es wäre ein großer Irrtum, zu meinen, daß sie nun dem Gebete oblag, ja auch nur ihren Sinn auf heilige Gegenstände richtete. Schattenhaft und ungeordnet zogen ihre Gedanken an Vater und Geschwister durch den Kopf: Ob Giuseppe Papas schwarzen Rock wohl gebügelt habe . . .? Ob Irides Schuhe schon von der Reparatur gekommen seien . . .? Ob sich Ruggiero, der unverbesserliche Fußballspieler, nicht wieder einen neuen Straßenfrevel zuschulden kommen lassen werde . . .? Warum sich in Lauros Seele so tief der Sündenwunsch eingefressen habe, mit Grazia die Festa die ballo im Hotel Bertolini zu besuchen . . .? Um Lauro kreisten ihre Gedankenbilder am dichtesten. Sie erinnerte sich der Zeit, wo sie als heranreifendes Mädchen den kleinen Jungen in der nächstgelegenen Parkanlage spazieren führen mußte. Sie gedachte der Stunden, wo sie und Lauro in Mamas Zimmer gesessen. Ja, Mama lebte und rief sie beide, Annunziata und Lauro, ganz allein zu sich. Der Kleine liebte es, an Mamas Schulter einzuschlafen, während sie, Annunziata, sich frauenhaft verständigen Gespräches befliß. Wie trug sie noch ihrer Mutter Stimme im Ohr: ›Schau, er hat eine ganz feuchte Stirn . . . Und die Lippen sind sehr warm . . . Hol das Thermometer, Nunzia . . . Daß es nur keine Kinderkrankheit ist . . .‹ Mama litt an einer unerklärlichen Angst um Lauro. Und dabei waren doch Placido und später Iride weit schwächlichere Kinder. Doch einzig Lauro fesselte alle Schreckensbilder ihrer mütterlichen Sorge an sich. Als es mit ihr zu Ende ging und das Bewußtsein schon trübe wurde, keuchte sie aus ihrem letzten Traum: ›Lauro soll draußen nicht barfuß herumlaufen . . . Auf der Straße ist es kalt . . . Gebt ihm doch Strümpfe . . . Ein Tuch um den Hals.‹ Den heiser lallenden Ton dieser Worte vergaß Annunziata nie. Je länger sie in Santa Maria la Stella kniete, um so deutlicher entrang sich die Stimme dem Nichts, wenn sie auch nur zur Hauswirtschaft und zur Gesundheitspflege der Kinder Pascarella das Wort ergriff. Doch nicht nur die Stimme, auch andere Wesenheiten der Toten kehrten machtvoll in die älteste Tochter ein. Da war zum Beispiel der schwarze Kostümmantel mit dem kleinen Astrachankragen. Und es regnete. Der durchnäßte Stoff verströmte einen eigenen Geruch. Das war für Annunziata immerdar der traurige Duft der Ewigkeit. Oder der sechsjährige Lauro sprang jubelnd herbei. In den Armen hielt er eine winzige, aber ganz und gar räudige Katze. Die entsetzte Mama entriß ihm, scheltend, das

widerwärtige Tierchen. Das Gedränge solcher Szenen war unerschöpflich.

Dann aber kam der Augenblick, da nicht nur die Bilder des Alltags von Annunziata wichen, sondern auch Mamas Stimme, und nichts mehr übrigblieb, als eine ganz sonderbare Erstarrung, etwas, das sie selbst »il torpore« nannte. Dieser Zustand aber war gerade das Rechte, sie suchte ihn, um seinetwillen kam sie hierher. Sie rührte sich nicht, aufrecht kniete sie wie eine Skulptur, nein, nicht nur aufrecht, sondern angespannt und krampfhaft. Alle Muskeln und Sehnen begannen ihr immer qualvoller wehe zu tun. Die Knie brannten schon wie Feuer. Schmerzet nur, ihr Glieder, brennet wie Feuer, ihr Knie! Zu wenig noch schmerzet ihr, zu wenig noch brennet ihr. Annunziata versenkte sich erbarmungslos in das Leiden ihres Körpers und suchte es durch verstockte Regungslosigkeit noch zu steigern. Endlich kam es wie Betäubung über sie. Ihre Hände und Füße wurden steinkalt, und es war ihr, als spräche sie triumphierend zu sich selbst: Ich trockne aus, ich trockne ganz aus. Dieses Gefühl des schmerzhaften Versteinerns aber erfüllte sie mit einer besonderen, mit einer bittersüßen Genugtuung, als entziehe sie auf diese Weise der Welt ein lieblich anschmiegsames Gut. Und der Welt geschah recht.
Annunziata hatte es im Ertragen des Schmerzes durch Übung schon so weit gebracht, daß sie es fast eine Stunde lang auf den Knien aushalten konnte. Dann freilich, da die wachsende Betäubung Leib und Seele in ihren Fängen hielt, vermochte sie sich lange nicht zurückzufinden und nur taumelnd zu erheben, immer einer Ohnmacht nahe. Heute zumal war das Erwachen höchst peinvoll, denn sie spürte schon eine ganze Weile, daß sich jemand hinter ihr im Gestühl niedergelassen hatte und sie scharf beobachtete. Sie versuchte, den Zustand der Versteinerung abzuschütteln und sich leicht aufzurichten. Kaum stand sie aber auf den Füßen, als ein schwärzlich kreiselnder Schwindel und eine große Schwäche sie niederzudrehen drohten. Eine Hand half ihr. Doch ihre verlorenen Augen brauchten lange, um Signor Renato Battefiori zu erkennen. Sie hatten übrigens das demütig lauernde Gesichtchen von Papas Geschäftsteilhaber selten genug gesehen. Battefiori zog das Fräulein Pascarella auf eine Bank nieder:
Ihnen ist nicht gut, mein armes Kind. Setzen Sie sich hierher, so! Welch ein Zufall! Ich nenne ihn richtiger ein Glück für mich. Atmen Sie nur tief! Lehnen Sie sich zurück! Welch ein Zufall! Ist Ihnen jetzt besser?«

Annunziata konnte sich zwar noch nicht erheben, stellte aber fast unmutig fest:
»Danke vielmals, Signor Battefiori, mir war aber gar nicht schlecht.«
Der kleine Herr gab einen summenden Insektenlaut der Entzükkung von sich:
»Ich sage es ja immer. Dieser Don Domenico weiß nicht, was für Kinder er besitzt. Nichts weiß er! Ah, eine schöne junge Dame! Mein Gott, und in unserer Zeit! Schreiben wir nicht das Jahr 1924? Und Sie, Signorina Annunziata? Sie gehen um die gottverlassene Mittagsstunde in eine kleine Kirche, um zu beten. Rührende Frömmigkeit! Und heutzutage, ich bitte, heutzutage!«
Annunziata machte mit der rechten Hand unwillkürlich eine bittende Bewegung gegen Battefioris Mund hin. Dieser kannte seinen Kompagnon genau genug, um die Geste nicht falsch zu deuten:
»Seien Sie ruhig, liebes Kind! Von mir erfährt Ihr Vater nichts über unsre Begegnung. Wie blaß Sie noch immer aussehen! Darf ich Ihnen in der Bar gegenüber eine Erfrischung reichen lassen?«
Annunziata lehnte erschrocken ab:
»Aber das geht doch nicht.«
Battefiori war auch diesbezüglich im Bilde:
»Schön, ich verstehe. Bleiben wir also hier in dieser kalten Kirche sitzen! Sie müssen sich mit mir nicht öffentlich zeigen, obgleich ich ein einsamer und sehr alter Mann bin. Welch ein Zufall.«
Seine dicken Brillengläser, hinter denen keine Augen, sondern graue Schatten lagen, wandten sich voll dem Mädchen zu:
»Es ist gar kein Zufall! Um aufrichtig zu sein, Signorina Annunziata, ich habe Sie schon gestern gesehen, wie Sie hier aus der Kirche traten. Denken Sie nur, gestern bekam ich während unsrer Geschäftszeit plötzlich Lust, meine Sünden zu beichten. Lächerlich, was? Und zwar eine Sünde, die ich noch gar nicht begangen habe. Es war aber kein Geistlicher aufzutreiben. Braucht man einmal einen von diesen überflüssigen Pfaffen, ist er nicht zu finden. Da wundern Sie sich, wie? Ja, auch Unsereins hat hie und da Anwandlungen . . .«
Annunziata war nun so weit, um aufstehen zu können. Battefiori aber hielt sie fest:
»Nein, mein liebes Kind, bleiben Sie! Ich habe mit Ihnen zu reden. Vielleicht wird einmal unser Gespräch für Sie nicht unwichtiger sein, als jetzt für mich.«
Annunziata setzte sich zurecht, um zu hören. Es war ihr aber peinlich, daß Battefiori seine Stimme so stark erhob, daß sie

unangemessen durch den Kirchenraum hallte:
»Ich will eine Frage an Sie richten, Signorina Annunziata . . .«
Er wartete, bis sich das Echo dieser allzulauten Worte, die ihn nun selbst erschreckten, in den Ecken und Winkeln verlaufen hatte. Dann verfiel er in ein rasches Flüstern:
»Eine andere Frage zuerst, mein Kind! Wissen Sie, wie lange ich schon mit Ihrem Herrn Vater gemeinsam arbeite? Ein Vierteljahrhundert ist es bald, meine Liebe. Ich kann ruhig sagen, ihr alle seid nicht schlecht gefahren mit mir. Ich trage gern jede Last, ich beklage mich nicht. Domenico Pascarella ist, sagen wir, ein großer Staatsbeamter, ein Minister, ein Präfekt, ein Prokurator. Für einen kleinen Bankier ist er tatsächlich ein allzu großer Mann. Er liebt seine kleinen Weinbauern mit ihren altmodischen Fässern und seine spuckenden Fischer mit ihren geflickten Barken. Schön und gut! Aber ist das eine Kundschaft? Es fällt mir nicht ein, das Bild des Herrn Vaters in Ihrer Seele entehren zu wollen. Ich spreche mit Ihnen, Signorina Annunziata, weil Sie die Älteste und die Weiseste unter Ihren Geschwistern sind. Ich wollte fragen, aber Sie sitzen auf eine Art und Weise da, daß ich aus dem Ersten ins Tausendste komme. Können Sie mir erklären, warum mich Ihr Herr Vater in all diesen dreiundzwanzig Jahren nicht ein einziges Mal in sein Haus, nicht ein einziges Mal an seinen Tisch geladen hat?«
Ohne einen Augenblick nachzudenken oder eine konventionelle Begründung zu suchen, gab Annunziata der Wahrheit die Ehre:
»Es ist nie jemand bei uns.«
Diese Antwort schien Battefiori ungemein zu erbosen. Seine auch sonst sehr geläufige Redeweise überstürzte sich. Es war ein Strom von Bitterkeit, der aus seinem Herzen brach:
»Wie, mein liebes Kind, Ihr seht niemals jemand bei euch? Ist der Mann, der Tag für Tag den Arbeitsraum Ihres Herrn Papa teilt, der dieselbe Luft atmet, der am Gedeihen der Familie einen erklecklichen Anteil hat, wenn nicht mehr, ist dieser Mann, ich bitte, nur ein Jemand, also ein Niemand? Ich bin heute, wie Sie sehn, eine Ruine. Aber Ihr Papa, der aufrecht dasteht wie ein Baum, Gott sei Dank, ist älter als ich, viel älter. Wäre es nicht die Schuldigkeit des Älteren gewesen, sich ein bißchen um den Jüngeren zu kümmern, um einen Verlassenen noch dazu, um einen Einsamen und Liebeleeren? Aber nein, ganz und gar nicht! Man bespricht nur das Geschäftliche. Der Mensch existiert nicht. In früherer Zeit, als noch Ihre arme gütige Frau Mama lebte, habe ich jährlich zweimal in der Via Concordia Visite gemacht, am Neujahrstag und am Ostersonntag. Vergeblich! Sie haben keine Ahnung, wie ich mich gesehnt habe, unter euch zu

sein, an eurem Tisch zu sitzen, wenn auch nur zwei- oder dreimal im Winter. Nicht wie ein eigener Hund wollte ich einen Brocken abbekommen, sondern wie ein fremder Hund nur am Geruch eures Familienlebens teilnehmen. Das verstehn Sie nicht, mein Kind, wie? Das können Sie auch gar nicht verstehn. Das liegt tief. Denken Sie an einen Verirrten und an ein verschlossenes Haustor! Ihr Herr Papa hat mir nicht aufgetan.«
In Annunziata sprach keine weiche Regung für Battefiori, der seine Seele so leidenschaftlich aufriß. Nicht nur entweihte dieses säuerliche Gejammer ihre Kirche, es schien ihr auch ungehörig, kritische Angriffe gegen ihren Vater hinnehmen zu müssen. Die Klage klang zwar echt und erlebt. Aber ein innerer Sinn in Annunziata mißtraute ihr. Verbarg sich hinter dem erregten Wortgefuchtel dieser Wahrheit nicht noch eine andre Wahrheit? Sie wollte beide nicht hören. Leise rückte sie ans Ende der Bank. Battefiori rückte ihr nach:
»Sie sind eine reife Jungfrau, Signorina Annunziata, deshalb kann ich offen mit Ihnen reden. Der Familienanschluß, nach dem ich mich so unsinnig gesehnt habe, hätte vielleicht einen anderen Menschen aus mir gemacht. Die Einsamkeit hat gräßliche Folgen. Glauben Sie ja nicht der blöden Ansicht, daß uns das Alter von den bösen Trieben und Lastern befreit. Im Gegenteil! Der Mensch ist in der Jugend unglücklich, weil er jung ist ohne Freiheit, und im Alter ist er unglücklich, weil er alt ist mit Freiheit. Man gerät an . . . Aber schweigen wir davon! Denn ich klage Ihren Herrn Papa noch einer schwereren Schuld gegen mich an. Er hat mich zum ekelhaften Schmeichler gemacht.«
Annunziatas Geduld war zu Ende. Sie glitt aus der Bank.
Battefiori aber zog sie zurück:
»Nein, nein, laufen Sie mir nicht fort! Haben Sie den Mut, mich anzuhören, mein liebes Kind! Ihr Herr Papa hat mich zum Schmeichler gemacht. Vielleicht weiß er nichts davon. Aber sein greuliches, stupides Selbstbewußtsein hat immer wieder die Kraft, mich zu beugen. Wie oft bin ich gewillt, ihm ins Gesicht zu schreien, was ich mir über ihn denke. Aber dann sitzt er da und ich tue schön, rede ihm nach dem Mund und schmeichle, schmeichle . . .«
Battefiori hielt inne und schlug sich übertrieben auf die Backe:
»Was rede ich da? Verzeihen Sie, Signorina Annunziata, es war nicht für Ihre Ohren bestimmt. Sie müssen aus all dem nur eines hören, wie sehr ich den Herrn Papa wertschätze und wie ich mich nach seiner Wertschätzung sehne. O Gott, ich bin ein unheilbarer Buffone und bespritze mit meinem Gift ein reines junges Mädchen,

das soeben seine Seele im Gebet reingewaschen hat. Und dabei wollte ich ja gar nicht von mir reden, sondern einzig und allein von Ihnen.«

Er bot den Anblick redlicher Verzweiflung. Sein mürbes Gesichtchen litt zu Annunziata empor, die sich endgültig erhoben hatte und nun gehen wollte. Das merkwürdige Angebot traf schon von hinten ihr verletztes Ohr:

»Wenn Sie oder Ihre Geschwister etwas brauchen sollten, ich stehe immer zu Diensten. Immer ist natürlich zu viel gesagt. Vielleicht nur mehr eine Woche . . .«

Sie blieb stehn und fragte hell:

»Was sollen wir denn brauchen?«

Ohne sich um die heilige Akustik der Kirche zu kümmern, schrie Battefiori fast tobsüchtig:

»Was seid ihr für Leute? In welcher Zeit lebt ihr? Mir scheint, im finsteren Mittelalter. Was ihr brauchen könnt!? Geld, Geld, Geld, mein liebes gutes Kind, Geld, Geld!!«

Krähend stieß er das Wort Geld wie ein beflecktes schartiges Messer immer wieder in den weihrauchigen Raum, als wolle er sich an Santa Maria la Stella für die schmählichen Erfordernisse des Lebens rächen. Annunziatas innerer Sinn, in Abscheu und Schrecken versetzt, wollte vergeblich den Irrgeist dieser Reden erfassen. Sie sah jetzt hilflos den kleinen Mann an, der sich nur allmählich von der Besessenheit befreien konnte, die seiner Herr geworden war. Langsam kehrte in die verzerrte Fratze das wehleidig gute Gesichtchen wieder:

»Überlegen Sie sich genau, was ich Ihnen vorschlage. Ich meine es ernst. Nur keinen Hochmut, mein liebes gutes Kind! Man kann nie wissen, wie das Leben sich entwickelt. Heute ist es zu früh und morgen zu spät. Nehmen Sie zur Kenntnis, daß ich Sie schon seit Tagen suche. Keine zufällige Begegnung! Denken Sie in der Nacht nach, wenn Sie allein sind! Ich bin bereit, ich stehe Ihnen zur Verfügung und das im weitesten Maße, solange es Zeit ist. Ein erwachsener Mensch will doch hie und da unabhängig von den Eltern sein. Überschlafen Sie meine Worte als ein klardenkendes Mädchen! Ich verlange von Ihnen gar nichts. Sie brauchen den Herrn Papa durchaus nicht anzuflehn, daß er mich einlädt. Das ist vorbei, ein für allemal. Anschluß habe ich gefunden. Ich will von Ihnen nur eines, daß Sie meine Dienste in Anspruch nehmen. Schieben Sie es nicht zu lange hinaus! Es wäre schade.«

Diesem betäubenden Überfall begegnete Annunziata mit den Worten:

»Ich verstehe nicht, was Sie meinen, Signor Battefiori.«
»Ich will eine alte Enttäuschung ins reine bringen«, weissagte der Sozius Papas und verwirrte damit die Fassungskraft der Tochter bis auf den Grund. Noch einmal drängte er:
»Sie müssen mir nur schreiben, dies und jenes werde ich brauchen. Kleider, Schmuck, Vergnügungen, was weiß ich. Für die Brüder soundso viel, für die Schwestern soundso viel. Ich kenne euch alle, seitdem ihr auf der Welt seid. Ist es denn etwas Böses, daß ein sehr alter Mann ohne Anhang euch ein Geschenk machen will? Verstehn Sie mich, Signorina Annunziata! Ein Mensch in Bedrängnis spricht zu Ihnen! Merken Sie sich meine Adresse!«
Annunziata hörte mehrmals eine Straße und eine Hausnummer nennen. Als sich ihre Augen draußen vor dem Kirchentor ans Licht gewöhnt hatten, sah sie Battefiori, der gehetzt über den Platz eilte und in einer Bar verschwand.
Wie schade, daß ihr Santa Maria la Stella für immer verleidet und verloren war! Der Gedanke aber, der sie am meisten bedrückte, galt nicht den verworrenen Bekenntnissen Battefioris und seinem Antrag, sondern ihrem Vater. Mußte Papa von der sonderbaren Szene mit seinem Berufsgefährten unterrichtet werden? War sie gezwungen, um hysterischen oder gar angetrunkenen Geredes willen das Geheimnis ihres Kirchgangs preiszugeben und damit ein Gewitter heraufzubeschwören? Doch vielleicht verbarg sich hinter all dem Schwulst ein ernster Hinweis? Wie peinlich sie auch Für und Wider erwog, sie kam zu keinem Schluß.

Während Annunziata in der Kirche kniete, befand sich auch Lauro auf einem geheimen Gang, von dem niemand etwas ahnte, nicht einmal sie, die Vertrauteste unter den Geschwistern. Die neuen Seestürme, die Don Domenico seinem Sohn nachzusenden versprochen hatte, hinderten den Gymnasiasten nicht, daß er dank dem schönen Wetter nun immer häufiger die Schule schwänzte. Auf diesen seinen Fahrten kreuzte er oft in der Nähe des berühmten Minoritenklosters von Camaldoli, das außerhalb der Stadt auf einer beherrschenden Anhöhe liegt. Dieses Ziel, wo er vor Giuseppes Häscherinstinkt sicher war, erreichte er schon zu früher Stunde mit jener Linie der Straßenbahn, die über Porta San Martino und Cangiani hinausführt.
Er pflegte dann lange unter dem Eukalyptusbaum im Vorhof des Konvents zu sitzen. Einmal hatte er Mut gefaßt und den Glockenstrang am Tor der Certosa gezogen. Ein gleichgültiger Mönch war nach einer Weile erschienen und hatte ihn eingelassen in eine Welt

unbegreiflicher Ruhe. Seither wagte es Lauro nicht mehr zu läuten, aus Angst vor dieser beseligenden Ruhe, die ihn elementar anlockte.

Bemerkenswerte Übereinstimmung des Geschwisterpaares: Annunziata kniete in Santa Maria la Stella und Lauro saß im Vorhof der Kartause von Camaldoli, beide ohne Frömmigkeit, ohne gottgefällige Gedanken, fern der Religion, von einer Macht angezogen, die ihnen selbst lauerte. (Soll man an Mama denken, deren Wesenskinder beide waren?) Suchte die Schwester ohne es zu wissen den Weg der Kasteiung, so tastete der Bruder sich ebenso zu einer dunkelgrünen Flut der Ruhe hin, die Ich und Du nicht mehr unterschied. Sein Blick lag unablässig auf der Tür, die ihm den wuchernden Certosagarten verschloß, die Kreuzgänge und das ganze regelmäßig atmende Labyrinth des Friedens. In seinem Ohr klang ein Dantevers der Schullektüre:

»Come gli frati minor vanno per via.«

Im Geiste sah er sie hintereinander des Weges gehn, jugendlich magere Figuren wie er selbst, jedweder ein Narzissus und Franziskus in einer Person, mit gesenkten Augen, die gekreuzten Arme in der Kutte verborgen. Platonische Träume, daran zweifelte er nicht. Papa duldete keine Götter neben sich selbst! Das mönchische Leben als Berufswahl hätte seine Verachtung und ein angewidertes Veto hervorgerufen.

Damit durch obiges Dante-Zitat kein Mißverständnis entstehe, muß schnell berichtet werden, daß Lauro nur sehr selten ein Buch las und im großen und ganzen ein ungebildeter Junge war. Hierin unterschied er sich auffällig von Placido, der beinahe seine ganze freie Zeit auf der Universitätsbibliothek verbrachte. Er besaß eine andre Gabe, wenn man vom Musikalischen als einem selbstverständlichen Erbgut aller Pascarellas absieht. In Lauros Schreibtischlade lagen immer einige Klumpen von Modellierton. Er formte aus diesem Lehm mit traumbegabten Fingern allerlei dämonische Tiere, die es nicht gab: Enten mit Krokodilsköpfen, Katzen mit Storchschnäbeln, um nur einige verworfene Mischungen zu nennen, die selbst der tropischen Natur nicht eingefallen waren. Mit solchen abscheulichen, doch immer kunstlebendigen Ausgeburten jagte er seinen Schwestern manchen Schreck ein.

Auch jetzt spielten seine Finger, da er die Tür des Klosters anstarrte. Sie ging unversehens auf. Ein Koloß von Mönch wälzte sich heraus, von einigen Fratres gefolgt, die unterwürfig lächelten und sich kleiner machten als sie waren. Bei jedem Schritt, den der Riese in

seinen klobigen Sandalen tat, wehte der Faltenwurf der Kutte, alles wehte an ihm, selbst der lange unordentliche Bart. Der gewaltige Mann schien schreitenden Sturm zu erzeugen. Eine große Persönlichkeit zweifellos. Der Guardian von Camaldoli, schätzte Lauro. Doch er hatte zu niedrig gegriffen. Es war der Franziskanerprovinzial höchstselbst, der jetzt, ungeheuer atmend, vor dem jungen Menschen stehenblieb:
»Habt Ihr wen hier, Giovanotto? Sucht Ihr jemand?«
Lauro sprang auf, und ehe er noch wußte, wie es kam, war der tiefe Wunsch, bisher kaum in Gedanken gewagt, zu kühnem Wort geworden:
»Ich möchte ins Kloster eintreten.«
Der Koloß dröhnte überrascht:
»Eh? Wie heißt Ihr, Giovanotto?«
Lauro nannte seinen Namen. Der Riese wiederholte ihn mehrmals:
»Pascarella? Es gibt viele Pascarellas . . . Wie alt?«
»Neunzehn.«
»Und sonst? Welche Schule? Weltliche oder geistliche Lehrer?«
»Weltliches Gymnasium.«
»Neunzehn«, erwog der Koloß, »das ist schon zu spät und noch zu früh!«
Und dann posaunte er:
»Ich sehe es gern, wenn die Leute zuerst ihren Militärdienst absolviert haben.«
Er wandte sich belehrend an die demütig zwinkernde Gefolgschaft, als wolle er keine Gelegenheit vorübergehen lassen, auf wichtige Punkte hinzuweisen:
»Soldaten lassen sich immer gut verwenden.«
Kurze durchdringende Musterung Lauros. Günstiger Befund:
»Besuchet mich in der Stadt, Giovanotto, in meinem Amt! Aber nicht ohne telefonische Anmeldung.«
Der Koloß schnaufte davon. Draußen stopfte er sich mühsam in ein Auto, das seiner Last nicht völlig entsprach. Lauro jagte davon. Sein Gesicht strahlte, als wäre ihm eine große wohlerwogene Tat geglückt. Mit der Straßenbahn fuhr er bis zum Monte di Pietà, zum Versatzamt Neapels. Es schlug halb elf Uhr.
Auf den Ring (alte Fassung mit einem mäßig großen, aber klaren Saphir) erhielt Lauro hundertzwanzig Lire geliehen. Eher hätten die Geschwister vermutet, Lauro werde sich die Hand abhacken als diesen Ring versetzen. Mama hatte ihn immer am Finger getragen. Aber nicht genug damit, daß er ein geheiligtes Erbstück war, Lauro besaß in ihm ein Amulett von unüberwindlicher Kraft. Der Ring

schützte ihn vor allem Bösen. Einmal hatte er ihn nach der Morgenwaschung in der Seifenschale liegenlassen. An diesem Tage war er nicht nur in der Schule bestraft worden, nicht nur Giuseppe zweimal zu verbotener Stunde in die Arme gelaufen, sondern noch unter die Räder eines Autos geraten und unverletzt, aber mit zerrissenen Kleidern nach Hause gekommen. Seither stand die zauberkräftige Artung von Mamas Ring für ihn fest. Und doch ging er heute hin und versetzte ihn, um sich hundertzwanzig Lire zu verschaffen. Was bedeutet das? Will er mit diesem Gelde etwas unternehmen, was des Opfers würdig ist? Will er auf und davon? Will er verschwinden? Haben ihn die Worte des Provinzials ermutigt? Glaubt er so rasch und hinter dem Rücken Papas in dem Orden Aufnahme finden zu können? Was wird er tun? Wohin wendet er sich?

Er fährt bis vor den Palazzo des Duca Dallorso in der Via della Sapienza. Dort läßt er sich bei dem jungen Herzog melden, der das Haupt jenes Komitees ist, das den Ball im Hotel Bertolini veranstaltet. Lauro muß mindestens eine halbe Stunde lang antichambrieren. Dann erscheint ein schüchtern hochmütiges Männchen von dreiunddreißig Jahren, das neunundneunzigjährig wirkt. Unter Freunden wird die Erscheinung Gia-Gia genannt und genauso sieht sie aus. Lauro bittet für seine Schwester Grazia und sich um eine Einladung zu dem Karnevalsball. Die uralten Augen eines heimwehkranken Äffchens ruhen lange auf dem schönen Jüngling. Sehr naiv! Einladungen und Ähnliches sind nicht seine Sache. Aber wenn die Schwester nur halb so hübsch ist. Warum nicht? Bitte schön! Gia-Gia lächelt angegriffen und klingelt. Man holt wappengekröntes Briefpapier. Der englische Stylograph gehorcht nicht recht. Gia-Gia bringt aber doch zweimal seinen Namenszug zustande:

»Am besten, Sie füllen das übrige selbst aus, mein Freund.«

Der Naive erfährt noch, daß er auf dieses Autogramm hin die Eintrittskarte im Hotel Bertolini lösen kann.

Er macht sich wieder auf den Weg. Was geht in ihm vor? Es ist kaum eine Stunde her, daß er dem Oberen der Minoriten seinen Wunsch kundgetan, ins Kloster einzutreten. Und gleich darauf versetzt er, nein, opfert er Mamas Ring, das Amulett seines Lebens und irdischen Wohlergehens. Und wofür opfert er es? Für eine Festa di ballo, für ein paar dumme Stunden, deren Vergnügen er nicht kennt und nicht begehrt. Er tut es nicht für sich, sondern für Grazia. (Und dabei ist sie nicht einmal die ihm nächste Schwester. Fast begeht er eine Untreue an Annunziata damit.) Von Grazia aus erscheint ihm der Ball unendlich wichtig und nicht nur wegen der Begründung,

auf die er sich mit Placido geeinigt hat, es müsse endlich etwas für das junge Mädchen geschehen. Dabei handelt er völlig eigenmächtig. Abgesehen davon, daß Grazia noch gar nicht eingewilligt hat, steht ja Papa im Wege wie ein Gebirge. Wie es zu überwinden sei, hat Lauro vorderhand keine Ahnung. Offenes Spiel, das heißt eine am Abend beim Pranzo vorgetragene Bitte, würde unweigerlich zu einem lang nachwirkenden Erdbeben führen. Also gilt es, Papa zu betrügen. (Liegt nicht in diesem furchtbaren, noch nie gewagten Versuch schon magnetische Anziehung?) Und zwar genügt es nicht, daß er selbst die Last des Betruges allein trägt. Alle anderen Geschwister müssen an der Verschwörung und somit auch an der Sünde gegen Papa teilnehmen. Das erstemal im Leben. Ungereimtes Zeug. Lauro jedoch ist davon so sonderbar erfüllt, daß er vorerst gar nicht an die unüberwindlichen Schwierigkeiten denkt. In ihm lebt nur der eine Gedanke: Grazia geht auf die Festa di ballo und ich begleite und schütze sie. Alles andre später. Die schwere Strafe. Und dann das Kloster vielleicht. Jetzt beschäftigt er sich nachtwandlerisch nur mit der Sache. Und das Fest gewinnt eine Bedeutung, die es gar nicht hat, als hinge von ihm die Zukunft des Pascarella-Stammes ab. Wer kennt die jähen, oft krankhaften Begierden nicht, von denen der Mensch zuweilen erfaßt wird? Da bildet man sich ein, man müsse, um selig zu werden, diesen Gegenstand besitzen oder an jenem Ort gewesen sein. Hemmnisse steigern die Begehrlichkeit zur widersinnigen Passion. Deshalb leiden an ihr am heftigsten gefesselte Menschen.
Von den hundertundzwanzig Lire legt Lauro hundert für die beiden Eintrittskarten hin. Ein kurzer Schreck peitscht ihn doch. Es ist, als schnelle der Ring erst jetzt an einem Gummi elasticum von seinem Finger schmerzhaft zum Himmel auf. Er tastet nach dem Versatzzettel und birgt ihn ängstlich in seiner Brieftasche. Es ist sehr spät geworden mittlerweile. Lauro jagt nach Hause, wo er zum Glück fünf Minuten vor dem Vater ankommt. Alle sind schon versammelt bis auf Grazia.

Es kann restlos klargestellt werden, warum Grazia noch nicht zu Hause war und sich so das Unerhörte ereignete, daß eines der Geschwister Pascarella erst zu Tische kam, da Don Domenico schon seine Spahetti um die Gabel drehte.
Beim heutigen Morgenkauf war Annunziata unaufmerksam gewesen und hatte die Einholung der Früchte versäumt. Darüber erhob Priscilla in der Küche laute Klagen. Grazia erbot sich, den Fehler der Schwester gutzumachen und frisches Obst zu besorgen. Während

Annunziata nach altgewohnter Weise für diese Bedürfnisse stets einen Krämer in nächster Nähe bevorzugte, dachte Grazia an ein prächtiges Viktualiengeschäft einige Straßen weiter, das in seinem Schaufenster ganz andere Früchte feilbot als Annunziatas runzlige Alltags-Orangen. Hierin lag ein beachtenswerter Charakterunterschied der Schwestern. Während die Ältere mehr auf Billigkeit als auf Glanz der Waren bedacht war, läßt sich bei Grazia ein ausgesprochener Hang für luxuriöse Kaufläden schwer verleugnen. Im Gegensatz zu Annunziata pflegte sie ferner lange vor dem Spiegel zu stehn, ehe sie ausging. So auch heute.

Als Grazia wenige Minuten später um die erste Ecke bog, zog jemand den Hut sehr tief.

Ihre größte Überraschung beim Anblick Mr. Arthur Campbells war, daß sie sich selbst so wenig überrascht fand. Die unerwartete Begegnung glich dem Schlußpunkt einer langen Erwartung. Der Engländer tauchte vor ihr auf wie ein Ton in einer Melodie, der so und nicht anders kommen muß. Es war auch ein ähnlich befriedigendes Gefühl. Erst als Arthur Campbell seinen Mund mit der schönen starken Zahnreihe öffnete und zu reden versuchte, kam Verwirrung über Grazia. Sie war aber nicht tückisch genug, diese Verwirrung, um einen triumphierenden Gedanken zu ersticken, der sich immer strahlender durchdrängte: Giuseppe ist nicht in Neapel. Papas Spion kann mich nicht auskundschaften. Der alte Diener hatte Urlaub genommen, um irgendwo auf dem Lande seinen einzigen Bruder zu begraben und die restlichen Familienverhältnisse zu ordnen. (Merkwürdig genug, daß dieser Basilisk außer dem von ihm so erbarmungslos betreuten Hause Pascarella auch noch eigene Angehörige besaß.) Doch wäre Giuseppe mit seinen witternden Sbirrenaugen ihr jetzt entgegengekommen, sie hätte nicht davon abgelassen, neben Mr. Arthur Campbell einher zu gehn. Es war ein unbekanntes Erlebnis für sie, neben einem fremden Herrn auszuschreiten. Ihr eigener Körper erschien ihr jetzt wie ein Kleid, besser, wie ein Schuh, nein, noch besser, wie ein Handschuh von feinstem schmiegsamstem Leder, in dem ihr Schritt, ihr Atem, ihr ganzes Wesen straff und bequem spielte. Sie konnte nicht umhin, es selber kostbar zu finden, was in der elastischen Hülle sich dehnte und zusammenzog. Keine Eitelkeit, o nein! In diesen Minuten erlebte Grazia sich selbst zum erstenmal in ihrem weiblichen Wert, und dies im wandelnden Spiegel ihres Begleiters, den sie natürlich nicht ansah. Das neue Gefühl aber brachte sie keineswegs um den Verstand, es machte sie nicht dumpf und blind, sondern steigerte im Gegenteil alle ihre Instinkte. Wie die Brieftaube unbe-

wußt stets den richtigen Weg fliegt, so übernahm Grazia die Führung, indem sie praktischerweise die volkreicheren Straßen vermied, die ihr gefährlich werden konnten. Dabei hatte sie Klarheit genug, um ihr Gewissen durch folgende einfache aber selbstbetrügerische Überlegung zu beruhigen: Ich kann meine Früchte auch in der Delikatessenhandlung von Delfino besorgen.
Indessen suchte ihr Arthur Campbell etwas deutlich zu machen, was sie ganz und gar nicht erfassen konnte. Er rundete den Mund und stieß, mühsam Silbe für Silbe, ein paar Worte hervor, die er unermüdlich wiederholte. War das Englisch? Oder sollte es gar Italienisch sein? Es dauerte geraume Zeit, bis sich Grazia aus der absonderlichen Lautverzerrung zwei Worte fangen konnte: »Per caso«. Er wollte ihr versichern, daß er nur »durch Zufall« das Glück gehabt habe, ihr zu begegnen. Da lachte sie hell auf. Das Lachen galt in erster Linie der komischen Aussprache Mr. Campbells. Doch sogleich empfand sie den unwillkürlichen Doppelsinn ihrer Erheiterung. Blitzschnell wußte sie alles. Eines war ins andre geschachtelt. Der Engländer mußte sie vor ihrem Hause abgepaßt haben. Wie käme denn sonst ein Fremder durch Zufall in diese uninteressante Gegend? Vielleicht hat er schon den ganzen Morgen gewartet, vielleicht schon gestern und vorgestern. Und dann, woher nimmt er auf einmal die italienischen Worte? Ah, ein rotes Buch guckt aus seiner Tasche. Ein Wörterbuch! Er hat den Zufallssatz zusammengestoppelt aus Scham für sich und aus Scham für sie. Sie verstand alles in einem jähen Augenblick, den ihr Lachen überdauerte. Nun aber verstummte sie. Hatte sie sich ungezogen benommen durch ihre Fröhlichkeit? Das Gesicht Mr. Campbells war ganz verwandelt. Die blauen Augen saßen auf einmal in braunen Spinngeweben von Runzeln. Das knabenhaft aufgerauhte Rot der Wangen bekam einen Stich ins Violette. Das Schläfenhaar unter dem kleinen weichen Hut erschimmerte weiß! Eine Art unsichtbaren Nebelschwadens der Traurigkeit entrückte den ganzen Kopf. Grazia erschrak. Hatte sie sich gegen diesen Herrn, dem unweigerlich Respekt gebührte, umziemlich vergangen? Ihr dummes Lachen schien ihn sehr verletzt zu haben. Der Rhythmus des Nebeneinandergehens war nun gebrochen. Heimlich machte sie ein Wechselschrittchen, um ihn wieder in Ordnung zu bringen. Doch war sie froh, als der Laden von Delfino in Sicht kam. Sie überlegte: Am besten wäre es, hier Abschied zu nehmen. Zögernd lächelte sie ihn an:
»Ich habe Einkäufe zu machen.«
Er verstand nicht. Da ging sie in den Laden, den er eifersüchtig

bewachte, ohne sich von der Tür fortzurühren. Mit großer Langsamkeit verrichtete sie ihren Einkauf, schrieb umständlich die Adresse auf, wohin das Obst zu senden sei (sie wollte sich natürlich nicht durch ein banales Paket verhäßlichen), und zahlte gewissenhaft. Während dieser langgedehnten Tätigkeit fand sie es eher genußreich als kompromittierend, von den Augen des Wartenden verschlungen zu werden. Sie faßte den Entschluß: Mag er mich bis zur zweiten Straßenecke, bis zur Via Trinità degli Spagnuoli begleiten.

Sie gingen schweigend den Weg zurück. Doch gerade durch diese zwangsläufige Stummheit gewann ihre Bekanntschaft, die nur nach den wenigen Minuten zweier kurzer Begegnungen zählte, etwas sehr Altes, längst Vertrautes. Keine Redensart, kein überflüssiges Wort verwässerte sie. Da der Mund schwieg, sprach die reine Gegenwart doppelt eindringlich. Grazia ertappte sich dabei, wie sie Campbells dunkelgrauen Ulster betrachtete als ein altgewohntes Ding, an dem ihr kein Faden und keine Falte fremd war. Und wenn ihr Blick vorsichtig höher glitt und das nun wieder vollkommen frische Gesicht streifte, da kannte sie auch diese Züge schon jahrelang, solange, wie ihre Erinnerung reichte. (Placido, der vor Grazia gerne seine philosophischen Ansichten entwickelte, hatte vorgestern behauptet, es gebe in Wirklichkeit keine Zeit, sondern diese sei nur ein Hilfsmittel, damit wir uns alles einteilen können. Nun, da haben wir den Beweis.) Komisch, ging es ihr immer wieder durch den Kopf, obgleich sie gar nichts Komisches an all dem fand. Als die vorbestimmte Straßenkreuzung erreicht war, reichte sie Arthur Campbell die Hand. Nun wird auch dies im Nichts untergehn und war doch ganz ungewöhnlich. Glaubte sie wirklich, er werde ihre Hand loslassen? Sie wußte nicht warum, aber Placido fiel ihr immer wieder ein, der sie nicht ohne Vorwurf ansah. Die Hand ließ sie nicht los. Da kam dem Mann ein Ereignis zu Hilfe.

Dort der Tumult rauschte näher. In einer lachenden und applaudierenden Menschenmenge schaukelte, von zwei aufgedonnerten Pompefunebre-Mähren gezogen, eine altertümliche Karosse. Rechts und links vom Fahrweg bildeten die Passanten sogleich ein angeregtes Spalier. Manche zogen sogar die Hüte. In der Karosse selbst saß eine vulgäre Person in wackelnder Krinoline, mit einem verschobenen Theaterdiadem auf dem Kopf. Neben ihr thronte ein schwerer kropfiger Kleinbürger im Staatsfrack, der mit unantastbarem Selbstbewußtsein die Huldigung des Publikums in Empfang nahm und nur manchmal mit eckiger Armbewegung – wie etwa ein

Ringkämpfer seine Muskeln zeigt – für die Ovationen dankte.
»Oh, was ist das?« staunte Mr. Campbell.
Grazia versuchte ein paar englische Worte hervorzuholen, um ihm den Vorgang zu erklären. Vergeblich! Er bat:
»Italienisch, Signorina! Ich verstehe Sie.«
Sie fing zu reden an, ungehemmt wie ein Kind, dem plötzlich zu laufen und zu springen erlaubt wird. Und wie ein Kind, das, sich stolz übersprudelnd, sein Wissen auspackt, berichtete sie, ohne im geringsten auf die klägliche Sprachengabe des Engländers Rücksicht zu nehmen: Es sei ein ganz alter Brauch. Alljährlich wähle der Stadtteil Santa Lucia ein Königspaar. Irgendeinen Mitbürger und eine Mitbürgerin, die dem Volke sympathisch seien. Die Frau müsse überdies für schön gelten. Das Paar werde in die Tracht der letzten Bourbonenherrscher gekleidet, in die Prachtequipage dieser längst vertriebenen Herrscherfamilie gesetzt und durch die Straßen gefahren. Die Dame trage genau das gleiche Kostüm wie die letzte Königin Maria Cristina auf ihren Bildern.
»O ja, ich verstehe«, behauptete Arthur Campbell, sah aber schon lange nicht mehr der bewegten Straßenszene zu, sondern nur der Sprecherin, die ihre Schilderung begeistert fortsetzte:
»Und das ist nicht alles. Von hier fahren sie durch die Via Santa Lucia zum Meer. Am kleinen Molo wartet eine vergoldete Barke mit Thron und Baldachin. Auf ihr nehmen die beiden Platz. Oh, was für lächerliche Gesichter! Aber das tut ja nichts. Die Leute freuen sich doch. Man rudert sie ein Stück hinaus. Und wenn es schön und warm ist, springen die Buben ins Wasser und schwimmen um sie herum. Ein altes Fest! Wir haben hier viele solche Feste.«
»O ja, ich verstehe«, behauptete der Engländer zum drittenmal und schien nicht allzusehr zu lügen, wie der Nachsatz bewies:
»Es ist heute . . . una festa . . .«
Der Königspomp verhallte mittlerweile. Grazia hatte gänzlich den Begriff verloren, wie spät es sein könne. Waren es Stunden, waren es nur Minuten, die sie schon in Campbells Gesellschaft verbrachte? Papas Gestalt stieg drohend auf. Es hieß, schnell Abschied nehmen und in wilder Eile nach Hause stürzen. Aber gerade in dem Moment, da sie sich losreißen wollte, zog er das rote Wörterbuch aus der Tasche und begann verzweifelt zu blättern. Jetzt konnte sie natürlich nicht fort. Es dauerte recht lange und sie mußte sich seine phantastische Aussprache erst übersetzen:
»Am nächsten Dienstag . . . martedi prossimo . . . ist ballo im Hotel Bertolini . . . Prego . . . di cuore . . . Venire auf diesen ballo, Signorina . . .«

Ihr Gesicht wurde ganz starr. Keine Antwort. Er verfiel wieder ins Englische:
»Heißen Sie wirklich Grazia?«
»Ja, Grazia.«
»Ich bitte vom Herzen . . . Kommen Sie auf diesen Ball, Signorina Grazia . . .«
Sie stand auf einem Balkon mit ganz niedriger Balustrade. Jemand stieß sie von hinten gegen den Rand. War's Placido am Ende? Sie sah in die Tiefe und hielt sich an etwas Schwankendem fest, an einer Pflanze wohl. Antwort gab sie nicht. Campbells wildes Blättern wiederum. Der Druck des Wörterbuchs war teuflisch klein. Er mußte es hoch halten, um ein mageres Korn herauszupicken. Endlich. Stoßweise:
»Versprechen . . . Promessa . . . Prego di cuore . . . Promessa, Grazia, venire martedi promisso . . . auf den ballo, Grazia, venire Hotel Bertolini . . .«
Sie hörte Papas Schlüssel knirschen. Ruggiero und Iride küßten mit erbittertem Eifer seine Hand. Papas Blick suchte sie. Doch selbst dieser Blick jagte sie nicht vom Ort. Sie stand in schwerer Bannung und hörte Campbells Flehen:
»Promessa, Grazia, prego, promessa, promessa.«
Der Hauch eines »Si» stieg in ihr von unten nach oben. Wie eine winzige Wasserblase, die an der Oberfläche zerplatzt. Vielleicht hörte diesen Laut nur sie allein. Es war ein Ja, das die Einwilligung ebensogut bedeuten konnte wie etwas anderes. Ein unbestimmtes Traum-Ja.

Einige Minuten später trat Grazia zum väterlichen Tisch, um den die Familie schon beim Mahle versammelt saß. Sie harrte totenbleich der Strafe. Die Geschwister sahen sie entgeistert an, voll Erbarmen und doch auch leicht vorwurfsvoll. Don Domenico drehte kunstreich die langen Nudeln an seiner Gabel empor und sagte kein Wort. Er schien Grazias Verspätung gar nicht zu bemerken. War er so gut gelaunt, daß er das schwere Vergehn seiner Tochter nicht zur Kenntnis nehmen wollte, war er so streng gestimmt, daß er durch sein Schweigen ihre Anwesenheit völlig zu vernichten suchte? Grazia setzte sich so leise nieder, als fürchte sie der Luft wehe zu tun. Annunziata aber hantierte mit nervöser Fürsorge. Sie reichte dem Vater zum zweitenmal die Schüssel, ehe noch sein Teller ganz geleert war. Sie schob ihm hastig das Gefäß mit dem geriebenen Käse hin und trachtete, all seinen Wünschen zuvorzukommen. Er aß ruhig und finster wie immer. In Annunziatas aufgestörtem Hirn kreiselten die Reden Battefioris. Sie konnte sich nicht helfen, doch sie brachte sie mit Papas rätselhafter Versunkenheit in irgendeinen Zusammenhang. Beim Nachtisch war sie entschlossen, dem Vater ihre zufällige Begegnung noch heute zu gestehen. Leider konnte sie den Entschluß nicht verwirklichen. Denn so nachsichtig sich auch Papa gegen Grazias Vergehen gezeigt hatte, so kam es noch am selben Tag zu einem furchtbaren Auftritt zwischen ihm und Placido.

Don Domenico, eben im Begriff das Haus zu verlassen, ging gegen drei Uhr durch Placidos Kammer. Er sah auf dem Schreibtisch seines Ältesten einen dicken Band liegen. Verbotenes ahnend, drehte er sich in der Tür um: »Was ist das?«

Placido, der sich beim Eintritt Papas steif erhoben hatte, gab Auskunft:

»Das ist Giovanni Battista Vico, Papa. Die Principii di una Scienza Nuova.«

Don Domenico steckte die Hände in die Taschen und näherte sich dem Schreibtisch. Er wußte nichts von Vico und nichts von Scienza Nuova. Und deshalb gerade hatte ihn die genaue Auskunft und die Stimme seines Sohnes ungemein gereizt:

»Gehört das zu deinem Studium?«

»Nein, das heißt, nicht direkt, Papa. Der Vico hat zwar auch über Rechtsfragen geschrieben. Aber er ist in erster Linie Philosoph, ein alter Philosoph . . .«

Das war eine sehr unglückliche Antwort. In Don Domenicos Brust begann der Vulkan seine gewohnte Tätigkeit. Was war das für ein naseweiser Ton? Wollte ihn der überhebliche Bursche belehren? Machte er sich über die väterliche Autorität lustig? Pascarella bezwang noch den Ausbruch. Doch warf er einen Blick voll solchen Ekels auf den Wälzer, als vermute er Pornographie darin:

»Überflüssiger Unfug also! Und woher beziehst du deine Philosophen, mein Sohn?«

Die unabwendbare Katastrophe schnürte Placido die Kehle zu:

»Ich habe das Buch aus der Universitätsbibliothek entliehen.«

»Was hast du? Entliehen hast du?«

Don Domenico stampfte donnernd auf:

»Wer entleiht? Wer borgt? Wer macht Schulden? Ein Pascarella macht keine Schulden!«

Placido legte beschwörend die Hand aufs Herz:

»Das sind keine Schulden, Papa. Alle Professoren und Studenten müssen gewisse Werke bei der Bibliothek entleihen. Das ist der Brauch.«

Nun aber war es um ihn geschehen. Der Vater keuchte:
»Was? Du willst mir von Bräuchen erzählen? Was Brauch und Sitte ist, weiß ich selbst. Da kommst du zu spät. Anstatt zu studieren, vergnügst du dich mit alberner Lektüre! Betrüger! Mit deinen Prahlereien wirst du mich nicht zum Narren halten.«
Und er ergriff das schwere Buch, riß mit Raserei den Deckel herunter und schleuderte es krachend an die Wand.
Das war selbst für den weisen Placido zu viel. Nachdem Papa gegangen war, stürzte er weinend aus dem Haus.
Grazia aber verwendete ihre Zeit darauf, den schwer verwundeten Gianbattista Vico zu heilen. Sie klebte die zerrissenen Seiten und leistete vortreffliche Buchbinderarbeit. Als Placido am drittnächsten Tag das Buch zurückstellte, fand der Bibliothekar nichts daran auszusetzen.

Sechstes Kapitel

DER SÜNDENFALL

Lauro hatte richtig vorausgesehn: Es war für ihn und Grazia nicht möglich, die Last der Sünde allein zu tragen. Jedes der sechs Geschwister mußte ein Stück davon auf sich nehmen. Das lag in den äußeren Umständen begründet, doch noch mehr in der inneren Verbundenheit der sechs. Die Sünde löste sich im Volk der Pascarellas auf wie Salz im Wasser. Jeglicher Teil schmeckte nach ihr. Man muß genau unterscheiden. Wohl waren Grazia und Lauro die Hauptschuldigen, doch bedeutete der Ballbesuch nur das allergröbste Merkmal der Sünde sozusagen. Ihr wesentlichstes Element blieb der Betrug, die Verschwörung gegen den Vater, der erste Abfall vom Gesetz. Man hatte zwar auch bisher im kleinen immer wieder das Gesetz umgangen. Dies aber geschah mit Reue und Gewissensbissen um des Lebens willen, da es einfach nicht möglich war, nach dem unerschöpflichen Kodex Don Domenicos in reinem Gehorsam zu existieren. Was hingegen den Ball im Bertolini anbelangt, stand die Sache durchaus anders. Hier war listige Lüge vonnöten, ja mehr, entschlossene Auflehnung, die alle umfaßte, von Annunziata bis Iride. Die zwingenden Einzelheiten der Verschwörung forderten, daß nicht einmal die beiden Kleinen ausgenommen werden durften.
Den ersten und größten Schritt der Auflehnung hatte Lauro unter-

nommen, wobei er gleichsam Mamas Hilfe in Gestalt des versetzten Ringes in Anspruch nahm. Sehr verwunderlich, wie leicht und zwangsläufig sich aus der ersten Ursache (dem Besitz der Eintrittskarten) alle weiteren Folgen abspulten. Es ging wie von selbst.
Annunziata freilich, die sich mit dem verwegenen Plan theoretisch schon vor längerer Zeit einverstanden erklärt hatte, war betäubt von Schrecken, als er nun verwirklicht werden sollte. Doch versuchte sie kein einziges Mal, abzureden, abzuraten. Im Gegenteil. Sie stellte sich Grazia mit einer Leidenschaft zur Verfügung, die man an ihr gar nicht kannte, während die Heldin des Unternehmens ungewöhnlich passiv blieb. Ist es nicht sehr wunderlich, daß Battefiori ein uneigennütziges Geldangebot zur selben Stunde gemacht hatte, da Lauro die Bombe legte? »Geld, Geld!« Gottlob besaß Annunziata soviel Geld, um Grazia, was die notwendigen Auslagen betraf, helfen zu können. Da war vor allem das Kleid:
»Es ist nicht leicht, Grazia, aber du mußt dich endlich für ein Kostüm entscheiden.«
Die erregte Iride, die diesen Gesprächen beiwohnte, vermehrte ihre früheren Vorschläge um einige neue Punkte: Eine Holländerin, wie wärs damit? Oder eine indische Fürstin? Oder eine Nymphe?
Entsetzt wandte sich Grazia von solchen Zumutungen ab:
»Ich werde mich doch nicht verkleiden.«
Diese Antwort schien Annunziatas Herz zu erleichtern. Sie regte eine andere Lösung an:
»Diese modernen Stilkleider wirken fremdartig, fast wie Kostümierungen. Was meinst du dazu?«
Ein kluger Ausweg wahrlich, den Grazia getrost einschlagen konnte. Nichts heikler jedoch als die Herstellung eines solchen stilisierten Abendkleides, das die Restauration einer alt-biedermeierlichen Mode mit dem offenherzigen Schnitt unserer Tage verquicken soll. Hier war weder die gewohnte Hausschneiderin am Platz, noch auch das kleine Konfektionsgeschäft, woher die Schwestern Pascarella sonst ihren bescheidenen Putz bezogen. So traten denn Annunziata und Grazia selbigen Tages noch mit bang klopfendem Herzen durch die furchteinflößende Glastür einer stadtberühmten Firma, die sie bisher nur der Sage nach kannten.
Seitdem das große Ereignis im Zuge war, hatte sich auch Placidos Verhältnis zu Lauro geändert. Diese beiden Geschwister standen sich trotz aller guter Kameradschaft bisher am fernsten. Placidos Geist, der nach Ordnung und Bewußtsein strebte, hatte in Lauro das Dunkle, das Unberechenbare immer gescheut, das hinter der sanften Verhaltenheit des Jünglings lauerte. Jetzt glaubte er mit einem

Mal die Kostbarkeit dieses Dunkels zu erkennen. Er selbst, der Grübler und Schreiber, blieb immer im Unentschiedenen stecken, während Lauro ohne alle Reflexion zur Tat vorstieß: Die Geschichte mit dem versetzten Ring! Der Gang in den Palazzo Dallorso! Nie hätte sich Placido zu solcher vermessenen Aktivität aufgeschwungen, er, der luziferische Träumer. Doch hinter Lauros Tun, erkannte er, standen noch weit kompliziertere Eigenschaften als Tatkraft. Er sah plötzlich in Lauro Mama, und zwar auf ganz neue Art. Placido, dessen Herz immer nur voll vom Vater gewesen, hatte sich für seine Mutter, auch zu ihren Lebzeiten noch, sehr wenig interessiert. Er wußte nichts von ihr. Sie war eine sanfte inhaltsleere Stimme, die ihm nichts zu sagen hatte. Nun aber leuchtete die Tote durch Lauro hindurch, er konnte nicht sagen, wieso das kam. Sie war eine andre, als er immer geglaubt hatte. Placido ahnte, wie sehr er Mama unrecht getan. Ihn erfaßte ein wachsendes Verlangen, dem jüngeren Bruder zu dienen. Es äußerte sich in Gesprächen wie folgenden:

»Du hast jetzt sicher keine Ruhe, Lauro. Wenn dus willst, übernehme ich gerne deine Hausarbeiten. Soviel Latein und Griechisch werde ich noch zusammenbringen. Einverstanden?«

»Aber mit Wonne! Das ist riesig nett von dir. Hier diese Horaz-Ode könntest du mir in hervorragende Verse übersetzen. Ich möchte den Leuten auch einmal imponieren.«

»Wird bis morgen fertig sein. Sag einmal, willst du denn am Dienstag den Smoking anziehn?«

»Herrgott, das ist ja unmöglich! Aber ich habe doch keinen Frack!«

»Ich habe den meinigen zum Schneider getragen. Vielleicht werden dir die Ärmel zu lang sein. Spring heute noch hin, damit er dir sie richtet. Im großen und ganzen wird der Frack ja passen.«

Den eigentlichen Schlachtplan der Sünde jedoch arbeitete weder Placido noch Lauro aus, sondern Ruggiero, der anerkannte Praktikus der Familie. Er hatte ihn auf zwei glücklichen Fügungen errichtet. Die erste war Giuseppes Abwesenheit. Die zweite bestand in der Aufführung einer Oper durch die Stagione von San Carlo, welche im Herzen Don Domenicos gleich hinter »Gioconda« figurierte. Ruggiero selbst war beauftragt worden, zu dieser Vorstellung den bekannten Sperrsitz zu besorgen. Die Dinge lagen demnach überaus günstig. An solchen Abenden pflegte Papa schon ziemlich zeitig nach Hause zu kommen, früher und rascher als sonst zu speisen und knapp nach halb neun Uhr die Wohnungstür hinter sich abzuschließen. Wenn er dann nach Mitternacht heimkehrte, begab er sich leise in den Oberstock, wobei er aber, durch die

besondere Art der Wohnung gezwungen, Placidos Kammer passieren mußte. Er achtete stets vorsichtig darauf, daß seine Heimkunft keines der Geschwister wecke. Im Hinblick auf Papas Charakter mußte man freilich gewärtig sein, daß er einmal diese Rücksicht durchbreche und es sich einfallen lasse, den Schlaf Grazias zum Beispiel zu inspizieren. Ruggieros Ordre de bataille sah nun weiter vor, daß er selbst, nachdem Papa das Haus verlassen, zum nächsten Taxistand rennen und dort einen Wagen nehmen werde, der allerdings nicht vor dem Hause (wegen etwaigen Verrats der Nachbarn), sondern an der Ecke der Via Concordia halten solle. Zu diesem Vorhaben aber war ein Schlüssel notwendig. Da Don Domenico nämlich in solchen Fällen die Wohnung samt seinen Kindern wie ein Gefängnis abzusperren geruhte, wäre es unmöglich gewesen, zu entwischen. Neben des Hausvaters Schlüssel gab es noch einen zweiten, der (was war natürlicher?) in Giuseppes Verwahrung stand. Dieser hatte ihn vor Antritt seiner Trauerreise der Köchin Priscilla ausgefolgt, so wie ein sterbender Führer im Krieg das Kommando an die nächstniedere Charge weitergibt. Priscilla war mithin ein Schlüsselpunkt des Feldzuges. Ruggiero, Liebling und Augapfel der Köchin, überrumpelte sie durch schmeichlerische Rede. Der Schlüssel geriet in seinen Besitz.
Soweit war alles in Ordnung und begründete Aussicht vorhanden, daß dem Vater Grazias und Lauros nächtliches Verschwinden verborgen bleiben könne. Dennoch lag graue Bedrückung auf allen, im Schlafen und Wachen. Und wenn es auch dem Vater verborgen blieb!? Wurde der Betrug, der Abfall dadurch nicht nur noch unerträglicher!? Brannte ihnen nicht fortan das Lügenmal auf der Stirn? Sie hatten bisher in der Zucht gelebt und in der Angst dieser Zucht. War aber die tägliche Angst nicht besser als der tückisch gebrochene Bund, der die Beziehung zu Papa für ewig verwandeln mußte? Es sei ausdrücklich gesagt, daß weder Annunziata noch Placido, weder Grazia noch Lauro, ja nicht einmal Ruggiero und Iride sich den Tag *nach* der Sünde vorstellen konnten. Diese allernächste Zukunft lag leer vor ihnen wie eine Nebelwand. So oder so, ob alles herauskam oder nichts, der Aschermittwoch mußte einen gänzlich veränderten Zustand der Familie Pascarella herausführen. Und das Schreckliche: Alles kam immer geschwinder ins Rollen. Sie fanden den Mut nicht mehr zum Rückzug.
Der Karnevalsdienstag nahte wie ein Weltuntergang. Um sich ihrer Lage nicht immer bewußt zu werden, sprachen die Geschwister meist nur von Grazias Kleid und von sonstigen Anschaffungen, die noch notwendig waren. Sie stürzten sich in die Äußerlichkeiten der

Sünde. Annunziata, doch auch alle anderen bis zu Iride gaben ihren letzten Soldo her. Das köstliche Stilkleid war zartblau. Dazu gehörten dementsprechend abgetönte Schuhe. Dann brauchte Grazia unbedingt einen duftigen Shawl. Ihr langer Hals und der Brustausschnitt konnten unmöglich leer bleiben. Doch auch ein venezianischer Glasschmuck kostet schließlich Geld Lauro brauchte nicht nur neue Lackschuhe, sondern auch weiße Glacés. Rechnet man die Ondulation, das Taxi, Trinkgelder und unvorhergesehene Ausgaben dazu, so drohte ein bedenklicher Fehlbetrag.
Fragen der Schicklichkeit harrten nicht minder einer Lösung. Durfte ein junges Mädchen, dem bisher das Betreten der Straße ohne geziemende Garde verboten war, plötzlich unbehütet und nur in Gesellschaft eines neunzehnjährigen Bruders auf einem Ball erscheinen? Eine derartige Lotterhaftigkeit riß die Wurzeln der väterlichen Erziehung zweifellos aus dem Erdreich. Doch ganz abgesehn von der Verschuldung gegen Papa (sie war unermeßlich und deshalb gar nicht detaillierbar), durfte diese Verschuldung Grazias gegen Grazia zugelassen werden? Fügte sie sich selbst nicht unheilbaren Schaden damit zu? Wiederum war es Annunziata, die auf ein Auskunftsmittel verfiel: die alte Verwandte und Logenhirtin von San Carlo. Man konnte sie leicht dafür gewinnen, die Rolle einer Schutzdame zu übernehmen. Sie hegte gegen Don Domenico nicht wenig Bitterkeit im Herzen. Ihrer Schweigsamkeit war man sicher. Lauro aber schüttelte mißbilligend den Kopf: »Wozu?« Dieses »Wozu« bedeutete ungefähr: Wollt ihr wirklich die Sünde verwässern? Glaubt ihr, durch schwache Kompromisse die Wahrheit abbiegen zu können? Nein, meine Lieben, trinken wir den Wein, aber trinken wir ihn bis zur Neige!
Damit war auch diese zimperliche Frage begraben.
Am Montag trafen die letzten Kleinigkeiten ein. Ausgebreitet lag nun alles auf Grazias Bett: Kleid, Strümpfe, Shawl bis zur künstlichen Blume und der venezianischen Kette mit tiefblauen Glasglokkenblüten.
Der große Dienstag endlich brachte, noch bevor es Abend war, drei Vorfälle von einschneidender Bedeutung. Giuseppes unerwartete Heimkehr zuerst. Der Urlauber trat gegen Mittag gemessen unter die Geschwister, amtsbewußter und schwerhöriger als zuvor. Sein deliktewitternder Blick drohte: So! Ihr habt nun Ferien gehabt. Aber ich spüre, daß bei euch mancherlei eingerissen ist, das ich werde abstellen müssen. Eccellenza kann Gott danken, daß ich wieder auf Posten bin. Aufgepaßt! Ich widme mich mit ausgeruhter Kraft meiner Pflicht.

Damit war Ruggieros Schlachtplan über den Haufen geworfen. Eine kämpfende Truppe aber muß immer auf Überraschungen des Wetters und der feindlichen Bewegung gefaßt sein. Gegen die Tatsache von Giuseppes ekelhafter Gegenwart freilich ließ sich nur schwer eine hilfreiche Finte ausspintisieren. Selbst Ruggiero hatte keinen brauchbaren Einfall. Da begann er in seinem zerfetzten Kriminalschundromanen fieberhaft nachzuschlagen, (verbotene Kontrebande, unterm Bett aufbewahrt), ob ihm nicht wohl einer der Verbrecher oder Detektive mit einem Ratschlag an die Hand gehn könne, wie man am besten einen Mann los wird. Die Antwort lautete durchwegs auf Knebel, Chloroform, Mord und ähnliche unpraktische Mittel. Die andern Geschwister gingen in entschlossener, schicksalsdumpfer Schweigsamkeit umher, von Zimmer zu Zimmer. Es war sechs Uhr, als Iride über Halsschmerzen zu klagen begann. Grazia zeigte sich darüber mehr als notwendig bestürzt. Sie zwang die Kleine mit beschwörender Stimme, sich sofort ins Bett zu legen. Seit Tagen schon, seitdem auf Arthur Campbells Flehen das leise »Si» in ihr aufgestiegen war, bewegte sich Grazia mit abgestelltem Lebensmotor. Sie, die Trägerin der Sünde, ließ alles mit sich geschehen in ungewohnter Erschlaffung. Nun aber, da ihre kleine Schwester Iride leise jammerte und vielleicht krank war, verdüsterte sich der letzte Lichtschein in Grazias Seele. Am liebsten hätte sie laut aufgeheult.

Zur gleichen Zeit entspann sich folgender Dialog zwischen Ruggiero und Giuseppe:

»Ich bitte um den Schlüssel, Signor Ruggiero.«

»Um welchen Schlüssel, Giuseppe?«

»Um *meinen* Schlüssel, Signor Ruggiero.«

Ruggiero schaute verdutzt drein, um Zeit zu gewinnen. Giuseppes erlauchte Ruhe und Unerbittlichkeit wich nicht:

»Es ist der Schlüssel, den mir Eccellenza selbst eingehändigt hat. Eccellenza wird wissen warum. Ich habe mich verleiten lassen, ihn der Köchin zu übergeben. Die Köchin aber hat ihn dem Signor Ruggiero ausgefolgt. Man kann von einer Köchin nichts Kluges und Moralisches erwarten. Denn erstens ist sie ein Weib und zweitens eine Köchin.«

»Was phantasieren Sie da, Giuseppe? Sie sind überhaupt viel zu früh nach Hause gekommen. Ihre Familie hätte Sie sicher noch lange gebraucht.«

»Ich habe meine Pflicht. Und zu meiner Pflicht gehört mein Schlüssel.«

Ruggiero simulierte Zorn:

»Geben Sie doch endlich Ruhe damit!«
Giuseppe zuckte die Achseln, als seien zu seinem Bedauern die gütlichen Mittel erschöpft und nun müsse der Rechtsweg beschritten werden:
»Eccellenza wird zu entscheiden haben.«
Ruggiero lenkte schreckerfüllt ein:
»Gott weiß, wo der Schlüssel liegen mag. Kann sein, daß ich ihn in der Hand gehabt habe. Suchen Sie ihn doch!«
Nun aber begann Giuseppes Taubheit in tadelloser Weise zu funktionieren. Er deutete durch hochgezogene Augenbrauen an, daß er nichts verstehen könne, und ging. Ruggiero stürzte ihm nach und schrie in sein Ohr, es sei am besten, den Schlüssel gemeinsam zu suchen. Giuseppes Schwerhörigkeit verstand etwas ganz anderes. Der Diener nickte zum Zeichen, daß er gesonnen sei, den Wunsch des jüngsten Sohnes zu erfüllen, und brachte eine Schere.
In diesem Augenblick der Not platzte das dritte Ereignis herein. Don Domenico sandte Botschaft, man möge ihn heute abend nicht zum Essen erwarten, sondern ruhig wie sonst schlafen gehn, dahingegen den Giuseppe mit jenen Faszikeln, die auf dem Schreibtisch lägen, unverzüglich in die Azienda senden. Derartige Entschlüsse Papas, die das Programm umwarfen, kamen zwar nicht sehr häufig vor, waren aber nicht im geringsten ein Grund zur Beunruhigung. Eine wilde Freude trat jäh in die Augen der Geschwister Pascarella. Das Schicksal half ihnen mit übermenschlichem Raffinement. (Wie immer in der Geschichte, dachte Placido, wenn es ein Unrecht erleichtern darf.) Von Papa drohte keine Gefahr mehr. Er hatte heute länger zu arbeiten als sonst, würde im Studio einen kalten Imbiß zu sich nehmen und dann geradewegs hinüber in die Oper gehn. Genau so wie vor zwei Jahren. Und Giuseppe? Da es ziemlich warm war, hatte Papa nur seinen leichten Mantel mit. Man konnte den Diener gegen neun Uhr mit dem wärmeren Mantel ins Theater schicken.
Zum Glück stellte sich heraus, daß Iride kein Fieber hatte. Grazia atmete erlöst auf. Es wäre für sie eine unfaßliche Vorstellung gewesen, das Kind krank zurückzulassen. Gott sei Dank, keine Krankheit wars, sondern nur eine Folge der großen Nervosität, die alle peinigte. Die Kleine lag wieder lebhaft da und bettelte die älteste Schwester an, aufstehn zu dürfen, um Grazia beim Anzug zu helfen.
»Bleib liegen«, beruhigte sie Annunziata, »Sie kommt ja zu dir, wenn sie fertig ist.«
Da nun die Zeit zu mahnen begann, war Grazia wie ausgewechselt.

Ihre Energie schien wiederzukehren. Mit heiterem Eifer, ohne jeden Nebengedanken, vertiefte sie sich in das Werk des Ankleidens. Es währte eine volle Stunde, gelang aber um so trefflicher. Eine neue, eine unbekannte Grazia trat nun an Irides Bett, ah, nein, die richtige, die eigentliche Grazia, die sich entpuppt hatte.
Ein Aufschrei des Kindes:
»Bist du das, Grazia?«
»Gefalle ich dir so?«
Iride setzte sich auf. Ihre großen Augen starrten beinahe schreckensvoll über die Verwandlung ihrer Schwester in eine Göttin:
»Komm näher ... Nein, bleib unterm Licht ... Jetzt dreh dich ... So, so ... Hast du diese weiße Haut immer, Graja ... Und diese Haare, Madonna ... Du müßtest jeden Abend auf einen Ball gehn ... Ah, das Kleid hat unten lauter Spitzen ... Eine herrliche Mode ... Und man sieht doch auch die Beine durch ... Wie sind die Schuhe herrlich ... Ich möchte sie küssen ... Komm her, Graja, und küß mich!«
Draußen ertönte Priscillas fordernde Stimme:
»Signorina Zia!«
Annunziata, die schweigend Irides Begeisterungsausbruch angehört hatte, ging ebenso schweigend aus dem Zimmer. Die Kleine sah nur Grazia. Sie schmachtete:
»Setz dich zu mir aufs Bett, Graja!«
Grazia gehorchte. Ihr Herz aber begann rasend zu klopfen. Es war ja schon spät, mindestens neun Uhr. Und wo blieb Lauro? Sie wagte eine leise Mahnung:
»Jetzt aber mußt du schlafen, Schwesterchen. Vorhin hast du Schmerzen gehabt. Du mußt schlafen.«
In Irides schwarzbrennende Blicke geriet ein neuer Ausdruck, etwas Vorwurfsvolles und zugleich der Quälsucht Ähnliches:
»Ich kann doch nicht schlafen, wenn du ausgehst.«
Es klang wie eine demütige Beschwörung:
»Ach, meine Iride, mach die Augen zu, mir zuliebe, bitte!«
Iride dachte nicht daran. Mit beiden Händen hielt sie die schöne Schwester fest:
»Weißt du noch, was wir immer getan haben, als wir klein waren, Graja?«
Wo bleibt Lauro? Ich sollte zu Placido hingehen. Hält er sich absichtlich fern? Und Zia? Auch Zia ist hinausgegangen. Merkwürdig übrigens, daß Giuseppe noch nicht zurück ist. Braucht ihn Papa so lange? Der warme Mantel ist heute wirklich unnötig.
»Aber du mußt dich doch erinnern, Graja! Wir haben dumme Dinge

geredet, als wir klein waren. Klatschen haben wir das genannt damals. Chiacchierare. Du sollst jetzt mit mir ein bißchen klatschen. Also fang an! Weißt du noch? Ich kaufe dir ein kleines Häuschen, una casa piccina, piccina . . .«

»Una casa piccina, piccina«, wiederholte Grazia gehorsam, während sie vor Herzklopfen umzukommen vermeinte. Iride leierte ihr vor:

»Es ist nicht länger und breiter als unser Arm . . . Weißt du nicht mehr weiter? . . . In dem kleinen Haus sind zwölf kleine Zimmer . . . Nun?!«

Grazia riß sich zusammen. Mit angestrengtem Lächeln führte sie die Litanei fort:

»Und in jedem der kleinen Zimmer steht ein kleiner Tisch. Und auf jedem der kleinen Tische steht eine kleine Obstschale. Und auf jeder der kleinen Obstschalen liegen noch viel kleinere Orangen. Und wenn man jede der kleinen Orangen zerteilt, so kriegt man noch viel, viel kleinere Scheiben. Sie sind so so klein. Und du bist auch noch so so klein, scheint mir, nicht dreizehn Jahre, sondern drei.«

Nachdem ihr Wille erfüllt war, hatte Iride den abschnurrenden Unsinn nur mehr mit halbem Ohr verfolgt. Ihre Hände ließen Grazia los. Sie sank zurück und sah abwesend und altklug drein, als sei ihr Gemüt mit schweren Dingen beschäftigt. Nun stellte sie auch wirklich die Frage aller Fragen:

»Und morgen?!«

Da erschien Lauros Kopf in der Tür:

»Mach dich fertig, Graja! Wir haben tolles Glück. Giuseppe treibt sich noch herum. Ruggiero ist eben um ein Taxi gelaufen.«

»Gute Nacht, Iride!«

Die Kleine erwiderte den Abschiedsgruß nur leise. Sie schien schon entrückt zu sein. Grazia fand Placido in seiner Kammer. Er ging nach seines Vaters Art in beherrschter Erregung auf und ab:

»Genieße diese Nacht, Graja, mit aller Kraft!«

Es klang, als rate er ihr, die Sünde nicht vergeblich sein zu lassen. Sie aber senkte den Kopf und legte zwei Finger an die Nasenwurzel, wie um eine plötzliche Klarheit festzuhalten:

»Es ist ein Wahnsinn, Placido. Das Ganze sinnlos und verrückt. Sag ein Wort und ich bleibe zu Hause!«

Seine Worte kamen wie geschmiedet:

»Was du tust, was wir alle tun, ist kein Unsinn, sondern durch Vernunft gerechtfertigt. Ich habe unsern Entschluß sehr scharf durchgedacht. Das Verbot der Welt ist für Annunziata und mich vielleicht erträglich, für dich auf keinen Fall. Du gehörst in die Welt. Was heute geschieht, wird ein Anfang sein.«

Sie hatte von ihrem Placido andere Worte erwartet. Diese vernünftige Zweckbegründung der Sünde erkältete sie. Gehörte sie wirklich in die Welt? Ein Wort von ihm, und es wird ungeschehen bleiben, trotz Kleid und Schuh und Glasblumen. Sie sah ihn sehr streng an: »Und du?«

»Ich bleibe die Nacht auf, um euch zu erwarten ... Vielleicht kann ich sogar etwas arbeiten ...«

Grazia hatte gedacht, sie würde in dieser Stunde von Placido mit Kuß und Umarmung Abschied nehmen. Jetzt aber reichten sie einander nur die Hand. Es war eine kaum erklärbare Enttäuschung. Sie litt, weil er sie gehen ließ. Und er litt – obgleich er es selbst so wollte –, weil sie ging.

Vomero heißt der vornehm-abgesonderte Stadtteil, zu dessen Höhe die altberühmte Drahtseilbahn führt, die man Funicolare di Montesanto nennt. Kein Mensch aber sagt in Wirklichkeit etwas anderes als »Funicoli«. Und welches Ohr erinnert sich nicht des peitschenden Gassenhauers, der vor vierzig Jahren etwa entstand, als man die Drahtseilbahn baute: »Funicoli Funicola«? Es klang und klingt noch immer in hundert Verwendungen und Verballhornungen wie ein lustiger Tobsuchtsanfall der Natur gegen die Technik: »Funicoli Funicola!«

Während der Fußgänger die Funicolare benützt, erreichen Wagen und Automobile auf aussichtsgesegneten Schlangenstraßen die Quartiere des Vomero, der durch den Riesenpark der Villa Floridanne und Villa Lucia mit reiner Luft, Vogelgesang und dem köstlichen Geruch verbrannten Holzes genährt wird, der für Italien so charakteristisch ist. In die abgeschlossene Welt des Vomero ist indes eine zweite, nicht minder verschlossene eingekapselt, die man ruhig die »britische Welt« nennen darf, obgleich sie keinen festen Bevölkerungsstand hat und ihre Einwohner täglich wechseln. Die großen Festungen dieses Touristendominiums sind Hotel Bertolini, Parkers Hotel und Macphersons House, an welche luxuriöse Burgen sich eine Menge Pensionen erster und zweiter Klasse anschließen bis zu den fatal möblierten Mietzimmern für weltfahrende Kleinbürger. Allmorgendlich öffnen die Prachtburgen ihre Tore und entlassen das reisige Volk, auf daß es durch Stadt und Land streife. Das Hauptkontingent stellen einschichtige alte Damen, ledergefältelte Gesichter, ausgetrocknete Figuren von unbeirrbarer Häßlichkeit und Bewegungsenergie. Die graubraune Einförmigkeit dieser Truppe wird durch das gesunde Bild einiger älterer Herren durchbrochen, die wie frische Schäfte im welken Herbstgras wirken. Sie zeichnen sich meist durch hohen Wuchs aus, durch humoristische Augen und eine eigene Art selbstvergessener Elegance. Um die Schultern hängt ihnen ein Binokel, das jedoch nur die Rolle des Salonsäbels für den Offizier etwa spielt; es bedeutet ein Symbol der Wanderung zu schönen Aussichtspunkten. Dem reisenden Briten genügt dieses Sinnbild im Gegensatz zu gewissen anderen Italienfahrern, die mit Tropenhelm, Nagelschuh, Eispickel, Rucksack und Riesenfeldstechern bis an die Zähne bewaffnet sind, als gelte es, auf demselben (gemäßigten) Breitengrad nebst den vorgeschriebenen Kunstwerken auch Löwen, Alpengemsen und Eisbären zu erjagen. Junge Leute kommen seltener vor. Aber unter den Wenigen gibt es Standardexemplare der Gattung, Gestalten, in denen sich die Menschheit nicht nur selbst übertrifft, sondern ihrer eigenen Entwicklung voraneilt. Hohe Mädchen, keine erhungerten Modelinien, sondern berückende Ebenmäßigkeiten mit weitem Herrscherlächeln, als lebten sie schon in der Zeit, wo ein Trip nach Neapel oder auf Venus und Mars keine Frage der Möglichkeit mehr ist, sondern nur des Aufwands. Man muß sich nach ihnen umdrehen und traurig-begeistert starren, bis sie verschwinden. Die alten Damen aber, die am Morgen die Hotels verlassen, tragen Papiersäcke mit sich, in denen je ein halbes Brathuhn, drei Scheiben Mortadellawurst, ein Stück Käse, zwei Brötchen und zwei Orangen verpackt sind. So verproviantiert, ergießen sie sich mit Autobus und Eisenbahn über die Landschaft, nach Pozzuoli mit seiner Solfatara, nach Bajä und Capo Miseno, das hinüberwinkt zur geliebten Inselschwester Ischia. Sie marschieren am Kraterrand des Vesuvs, sie schaukeln in die Blaue Grotte, sie wandeln durch die Gemächer der pompejanischen Häuser und streifen raschen Blicks die unzüchtigen Wandmalereien. Sie dringen vor bis nach Sorrent und Amalfi, um nach getaner Arbeit am Abend heimzukehren und sich, beruhigt über die Mühen des Lebens, dem traumlosen Schlafe anheimzugeben.

Dies die Haupteinwohnerschaft des schönen Hotels Bertolini. Heute, am Abend der großen Festa di ballo, kam sie kaum zum Vorschein. Das Komitee, an dessen Spitze jener Gia-Gia genannte Duca Dallorso stand, hatte nur wenige Karten an Fremde abgegeben. Es schien eine gewählte Gesellschaft zu sein, wenngleich dieses schmückende Beiwort durch drei Einschränkungen in Frage gezogen werden kann. Erstens: Ist eine wirklich gewählte Gesellschaft in dem neutralen Raum einer Hotel-Hall überhaupt zuständig? Zweitens: Ist sie bei einer Anzahl von dreihundertundfünfzig Gästen möglich? Und drittens: Bedeutet der Besuch einer Festa di ballo in

der Karnevalsnacht nicht schon an sich eine ungewählte Handlung? Mag die Antwort lauten wie immer, auf Grazia jedenfalls warf sich der Anblick des wogenden Saals, das Jaulen und Pochen der Musik wie eine tödliche Springflut. Sie preßte Lauros Arm. Die beiden verzweifelten Kinder rührten sich nicht vom Eingang fort.
Das also war die Welt, um derentwillen sie die verstörende Sünde auf sich geladen hatten! Papas Gesetz wuchs gigantisch. So hart es auch war, wollte es ihnen nicht wohl in jeder Mahnung und in jedem Verbot? Sah es nicht alles voraus? Und was hatten sie selbst vorausgesehn? Nichts! Eitle Bilder, leere Vorstellungen, die keiner Wirklichkeit entsprachen. Der Versuchung erliegen wollen, nichts andres wars gewesen! Und nun? Daß die ganze Welt eine übermächtige Summe bösgesinnter Fremdheit war, genau wie Papa es predigte, daran hatten sie in ihrer Verblendung nicht gedacht. Wozu also das furchtbare Erwachen, das ihrer wartete und jetzt schon, während Luxus, Lachen, Geklirre, Musik sie umschwirrt, ein unbegreifliches Vorweh in ihre Seele senkte? Umkehren, umkehren, flehte es in Grazia. Sie schämte sich aber vor dem Bruder. Ihre Augen liefen die Menge ab. Ah, wie konnte es gelingen, unter diesen Hunderten Campbell herauszufinden? Ihr Selbstgefühl stürzte unter den Nullpunkt. Jetzt glaubte sie nicht einmal daran, daß der Engländer nach ihr Ausschau halten werde. Welche Freude hatte sie zu Hause mit dem neuen Kleid gehabt! Nun aber, angesichts des abgefeimten Toilettenprunks ringsum, erschien es ihr dürftig und geschmacklos. Und ihr Gesicht? War es nicht blaß, stumpf, fad, dienstbotenhaft? Drückten sie nicht all die herrlichen Frauen, denen das geistreiche Wort flüssig von den Lippen klingelte, für ewig in eine Ecke, wo sie kein Campbell finden würde? Oh, umkehren jetzt! Oh, büßen jetzt!
Sehr ähnliche Dinge gingen in Lauros Seele vor. Auch er wäre am liebsten umgekehrt. Was ihn am meisten quälte, war seine weiße Frackweste, Placidos Leihgabe. Sie zeichnete sich nicht nur durch einen provinziellen Schnitt aus, sondern saß auch schlecht und kroch in unbewachten Momenten immer höher. Dazu kam noch die Schreckenserkenntnis, daß seine allzuschmale Binde der Mode nicht entsprach. Auch trug er, weil das Geld nicht mehr gereicht hatte, keine Seidenstrümpfe an den Füßen, ein entehrendes Gefühl jetzt. Erschüttert dachten beide, Grazia und Lauro, an die Opfer ihrer Geschwister, mittels derer sie sich so unvollkommen herausstaffiert hatten. Welche Niederlage!
Zuerst faßte sich Lauro. Mit entschlossenem Schritt wie ein Blinder, der die Straße überquert, trat er unter die Menge, mitten in die

feindliche Welt, zu der übermächtigen Summe bösgesinnter Fremdheit. Zitternd, sie könne ihn verlieren, folgte Grazia. Was blieb ihr anderes übrig? Unzählige Gesichter überschnitten einander: Hier eine scharfe Nase, dort ein Monokel, eine spieglige Glatze, ein fetter Scheitel, eine bleichgepuderte Wange, ein schwankender Haarschmuck, ein Dreispitz auf weißer Perücke. (Im übrigen gab es auffällig wenig Verkleidungen, obgleich das Fest als Kostümball angekündigt war.) Zu diesen sich überschneidenden Gesichterteilen gehörten kalte Augen, die einander zublinkten, Augen, die in hochmütigem Einverständnis standen. Nur Grazia und Lauro Pascarella, die unzureichenden Eindringlinge in dürftiger Kleidung, waren ausgeschlossen, ja ausgestoßen aus der Gemeinschaft strahlender Elitewesen. Niemand, weder Mann noch Frau, gönnte Grazia einen Blick. Sie wußte genau, daß es etwas anderes war als ein gewöhnliches Nichtbemerktwerden. Man hielt ihr das Nichtbemerken gewissermaßen hin, man sah sie eigens nicht an. War es die Farbe ihres Kleides? Und sie hatte die aquamarinzarte Tönung für besonders vornehm gehalten. Wie lange wird das so noch weiter gehn? Ein Frack, ein Ballkleid, ein Frack, eine Uniform, ein Kostüm, ein Ballkleid, ein Frack und wieder ein Frack. Grazia sah, daß Lauro einen der Fräcke grüßte. Verbindlich schlängelte sich das Herrchen heran. In seinen müden Augen stand zu lesen, daß er niemanden erkennen und alle begrüßen müsse: »Meine Schwester Grazia«, stellte Lauro vor und fügte hinzu »Pascarella«, als sei dies für Gia-Gia ein Anhaltspunkt. Dieser konturierte mit einem erstaunten Blick Grazias Gestalt, bot ihr ohne Umstände den Arm und führte sie zu einer Gruppe von Uniformen, Fräcken und Ballkleidern, die vor einer Mauer von Blattpflanzen stand und von dem übrigen Fest wie durch einen unsichtbaren Wassergraben abgeschieden erschien. Noch war die Gruppe vom sanften Wind manierierten Hochmuts leicht bewegt, der sich aber sofort legte, als Gia-Gia seine Dame präsentierte.
Und dies war der Augenblick, in dem sich die Welt für Grazia mit einem Schlage verwandelte. Wie ein geringer chemischer Zusatz eine Flüssigkeit blitzschnell umfärbt, so ward aus der Riesenwoge bösgesinnter Fremdheit eine schmeichelnde Flut beglückender Sympathie. Kein gleichgültiges, kein überhebliches Gesicht mehr, kein kaltes Auge, kein Ruf, keine Rede über sie hinweg. Alles umdrängte sie reizend, Fräcke, Uniformen und selbst die Ballkleider, alles neigte sich ihr zu wie einer staunenswerten Entdeckung. Lichter berückter Neugier funkten in den Männerblicken, die an ihr emporschlugen. Grazia war nicht mehr so jung, um diese Wirkung

nicht zu kennen. Doch bis nun hatte sie es immer wieder vergessen. Das kam daher, weil sie fast den ganzen Tag zu Hause saß. Jetzt aber trug es sie mit verhundertfachter Kraft wie Wasser, das bei jedem Schritt tiefer wird und den Schwimmer schließlich emporhebt. Sie, die noch vor wenigen Minuten sich selbst für häßlich, blaß, dürftig, schlecht angezogen gehalten hatte, sie wiegte sich nun in tiefer Sicherheit. War nicht alles entzückt von der Meerfarbe ihres Kleides? Immer wieder traf entzücktes Lob ihr Ohr. Sie hörte es an wie im Schlaf. Sie wachte kaum soviel wie zum Träumen nötig ist. Der Tanz (sonst nur bei Priscillas Grammophon geübt) fiel ihr so leicht, als treibe sie Tag für Tag keine andere Beschäftigung. Sie tanzte mit vielen Fräcken. Einer nahm sie dem andern fort. Manchmal flüsterten ihr die schwankenden Gesichter, die sie gar nicht wahrnahm, wilde Beteuerungen zu. Sie lächelte versunken. Ihre Sicherheit war so groß, daß es ihr überflüssig schien, zu reden. Sie mußte sich nicht bemühen. Sie hatte nur zu sein.

Grazia wußte selbst nicht, wie lange dieser schwebende Zustand dauerte. Es ist unglaubwürdig, dennoch, sie hatte sich niemals so zauberhaft allein gefühlt wie in den Armen der vielen Fräcke, die sie entweder ritterlich zart führten oder mit unverhohlener Leidenschaft an sich zu drücken suchten. Es war eine besondere, eine umbrandete Art von Einsamkeit, von grenzenloser Bejahung umbrandet, wie sie dereinst eine Königin empfinden mochte, wenn sie durch die schweren Vorhänge von fern die einmütige Huldigung des Volkes vernahm. Das stimmte nicht nur bildlich. Grazia war in der Tat zu einem königinnenhaften Mittelpunkt geworden, soweit das in einer großen Menge und bei so vielfältiger Gruppierung möglich war. Die Fräcke umdrängten sie in immer größeren Schwärmen. Dabei blieb ihr Bewußtsein sonderbar leer, wenn sie auch nicht immer schwieg, sondern artig, ja sogar heiter auf Fragen Rede stand, selber sprach und lachte. Hätte aber jetzt jemand die Namen Placido, Annunziata, Iride, Ruggiero erwähnt, so hätte sie nicht ohne Mühe die Geschwister in sich aufrufen müssen. Selbst der letzte Rest des Sündengefühls schwand nun. Eines nur machte sich mehr und mehr bemerkbar, wie ein Stäubchen im Auge immer heftiger brennt: Wo ist Campbell? War er abgereist? Warum hatte er ihr Versprechen gefordert? Mitten während des Tanzes dankte sie dem betreffenden Frack und trat aus dem Ring. Sie wollte Lauro aufsuchen. Da glitt er vorüber. Der zukünftige Franziskaner hatte die Schüchternheitserstarrung und seine schlechtsitzende Frackweste überwunden und tanzte. Auch er, der schöne Mensch, fand ohne Zweifel Erfolg und Zuneigung in Menge.

Rings um den Saal liefen Nischen und Logen, wo sich einzelne Gesellschaften des Festes beim Champagner zusammengefunden hatten. Grazia schritt die Linie ab. Mr. Arthur Campbell aber kam ihr ganz woandersher entgegen, aus der Mitte des Saales. Er sagte in rauhem Englisch, so, als sei er überzeugt, sie werde diesen wichtigen Satz nie entziffern:
»Ich schaue Ihnen schon länger als eine Stunde beim Tanzen zu, Signorina Grazia, um mich zu prüfen . . .«
Grazias inneres Leben, das in den letzten Tagen und Stunden so viele Stationen durchlaufen hatte, stand vor einer neuen Wendung: Ich kenne ihn eine Ewigkeit und sehe ihn das erstemal. Mit dieser Verwunderung begann es. Und wirklich! Dieser Campbell heute war durchaus ein anderer als der Campbell im Foyer von San Carlo oder gar jener Campbell, der an der Ecke der Via Concordia stundenlang, ja vielleicht tagelang auf Grazia gelauert hatte. Wie jede Wesenheit auf Erden erst durch Vergleichung ermessen werden kann und nur durch Vergleichung ihren Rang bekommt, so wurde auch Arthur Campbell erst durch die Folie dieser Festa di ballo zu dem, was er war. Körperlich sogar. Es gab hochgewachsene Herren hier in Menge, aber in Campbells Wuchs lag eine beherrschende Freiheit, die ihn für Grazia sternenweit von den andern unterschied. Viele Frackträger zeichneten sich durch exquisite Haltung aus, aber es war eben Haltung, während Campbells gelassene Art aus einer Tiefe drang, die von sich nichts zu wissen schien. Und der Kopf vor allem! Man mußte immer auf dieses vollweiche Haar schauen, das sich zwischen Grau und Blond nicht entschied. Doch gerade die Unentschiedenheit der Farbe war in Grazias Augen schmerzlich hinreißend. Auf Campbells Gesicht lag sonst oft eine launige Bereitschaft zum Spaß. Die war heute ganz und gar verschwunden. Er mußte in den letzten Tagen sehr gelitten haben. Und siehe, sein Schmerz, den sie ahnte, streichelte ihr mit wohltuenden Geisterfingern über die Nackenhaut, daß sie erschauerte und sekundenlang die Augen schloß. Und wieder war Campbell ein Baum und sein Schatten. Grazia aber stand bewußtlos geborgen in der Hut des Schattens.
Dann öffnete sie die Augen in eine Welt des Grausens. Was waren das für Gesichter? Und mit diesen Männern hatte sie getanzt!? Eingefallene Wangen, scharf witternde Nüstern, zynische Lippen, entkleidende Augen, lasterhaft, lüstern, heillos. Bräunliche, graue, olivegelbe Gesichtsfarben unter dem schwarzen, oftmals gekräuselten Haar! Feiste, bläulich strotzende Backen unter gemeinen Glatzen! Wie ein Fürst des Lichtes war Campbell herabgestiegen in

eine buhlerische Unterwelt. Das Merkwürdige und sehr Tiefe geschah, daß Grazia in diesem Augenblick, durch ihre Hinneigung zu dem Engländer geblendet, ihre eigene Rasse mit ungerecht gehässigen Augen sah und verabscheute.
Arthur Campbell führte sie an den Tisch, den er in einer Loge hatte reservieren lassen. Sie war sehr durstig und merkte es kaum, daß sie zwei Gläser Champagner in einem Zuge austrank. Dann tauchte Lauro auf. Er war wie ausgewechselt. Sein Gesicht glühte bis unter die Haare. Er lachte, machte Scherze, redete Unsinn. Diese Ausgelassenheit war Grazia unheimlich und nicht ganz angenehm. Sie wäre so gerne allein mit Campbell geblieben. Als dieser aber in Lauro ihren Bruder erkannte, zog er ihn auf einen Stuhl und schenkte ihm ein. Der Junge trank gierig. Plötzlich begann er englisch zu sprechen. Es waren nur ein paar holprige Wendungen, aber immerhin englisch. Grazia starrte ihn an. Sie hatte keine Ahnung von seinen Kenntnissen. Die Überraschung war Lauros Metier von jeher. »Nun haben wir einen Dolmetsch, Signorina Grazia«, meinte Campbell. Leider drängten sich jetzt einige Fräcke an den Tisch heran. Man hatte Grazia allzulange vermißt. Sie lehnte schroff jeden Tanz ab. Der Engländer saß steif da und schwieg. Immer wieder wagten sich Frackgruppen mit neuer Aufforderung herbei. Sie wurden von Mal zu Mal unhöflicher, während Campbell zusehends versteinerte. Nun saßen sie allein, da eine der Gruppen Lauro mit sich gezogen hatte. Sie begann durch sein Leiden zu leiden, so tief war sie schon in ihm verfangen. Warum sprach er nichts? Warum sah er sie so an? Warum tanzte er nicht mit ihr? O Gott, die Zeit verging. Wie spät war es schon? Das Heulen und Pochen der Musik verwandelte sich in einen pathetischen Tusch. Gia-Gia erschien, von Würdenträgern umgeben. Die Schönste des Festes würde jetzt gewählt und prämiiert. Der Preis sei ihr sicher. Sie bekam die flehenden Augen eines Opfers:
»Bitte lassen Sie mich! Ich möchte hier sitzen bleiben.«
Gia-Gia wollte davon nichts wissen. Die andern Fräcke plapperten auf sie ein. Da machte der Engländer eine gar nicht vorwurfsvolle oder ironische Handbewegung, als bitte er sie aufrichtig, sich den Schönheitspreis nicht entgehen zu lassen. Sie wendete den Kopf mit verzerrtem Mund zur Seite und verblieb so, bis die Herren gingen. Als nach der Pause wieder ein normaler Tango anhob, sagte sie, ohne Campbell anzusehn:
»Wollen Sie mit mir wirklich gar nicht tanzen?«
Er nahm sie beim Arm und zog sie in den Ring. Nach einigen Schritten aber schon erklang seine Stimme schwer und langsam,

damit Grazia ihn ja verstehe:
»Ich warte seit vielen Stunden, daß ich mit Ihnen sprechen kann.« Eine unbestimmte Geste ins Freie, ins Weite. Und dann ein skandierter italienischer Übungssatz, zweifellos die Frucht des roten Wörterbüchleins:
»La notte é bella e calda.«

Schön war die Nacht. Die Wärme freilich entpuppte sich als optimistische Übertreibung. Es ging ein leichter aber frischer Wind. Grazia spürte nichts von ihm, trotz ihrem zarten Kleid und den entblößten Armen. Sie hielt nach ihrer Art den Kopf gesenkt und etwas vorgeneigt, so, als wolle sie nicht erkannt werden und irgendwelchen Verfolgern entgehn. (Nicht nur jetzt, sondern oft auf der Straße und beim Passieren belebter Orte nahm sie diese Gebärde der Scham und Fluchtbereitschaft an, vielleicht eine Folge von Papas Gesetz.) Bertolinis Hotelgarten, der prächtige Parco Griffeo, war aber ganz menschenleer und nur durch die Zeugenschaft hoher Pinien und durch das Wehen des Gezweiges belebt. Die müde Bewegung der schmalen Zypressenwipfel glich dem unablässig verneinenden Wink warnender Finger. Ein halber Nachmitternachtsmond arbeitete wie mit ätzenden Säuren an der Entkörperung der Dinge. Sie traten auf eine freie, von Kletterwuchs umwucherte Bastion. Die Welt war ein photographisches Negativ geworden. Das Meer stand ganz schwarz und linker Hand schien der Vesuv über Nacht um fünfhundert Meter gewachsen zu sein. Gewaltig ragte der Berg, in der Kraterwolke blakten rote Zungen. Auch ihn sehe ich zum erstenmal, staunte Grazia. Ihre Augenbrauen waren hochgezogen, ein Ausdruck angespannter Konzentration. Ihr ganzer Körper wußte in jeder Nervenbahn: Das ist die wichtigste Stunde meines Lebens. Des Engländers sonst so frische Backen waren fahl, und nicht nur durch das Hexenlicht der hellen Nacht:
»Ich werde jetzt in meiner Sprache sprechen, Grazia, und Sie werden mich verstehen!«
Sie nickte eifrig, mit runden Augen. Mochte er nicht Englisch sprechen, sondern Chinesisch oder Indisch. Sie würde ihn verstehn. Sie hörte ihn doch nicht nur mit Ohr und Gehirn. Seine Stimme versuchte, die Bewegung zu unterdrücken:
»Ich reise morgen . . . nein, schon heute abend . . . Verstehn Sie, Grazia?«
Sie nickte noch eifriger, mit festgeschlossenem Mund, zuvorkommend, ja fast servil, wie um zu beweisen, daß keine Pore ihres Wesens sein Wort nicht verstehe. Ganz überflüssig, daß er jetzt zur

Sicherheit noch das italienische Wort »partire« hinzufügte. Was war das »Reisen«? Und was hieß das »Morgen« oder »Heute abend«? In wenigen Stunden schon würde Papa die Strafe des Todes oder der Vertreibung über sie verhängen.
Campbells Augen kamen ihr näher. Seine Worte holten einzeln aus:
»Ich sollte schon längst verreisen . . . Habe mein Ticket nach London bereits in der Tasche gehabt . . . Aber dann sah ich Grazia . . . Im Teatro San Carlo . . . Ich habe mein Ticket, mein biglietto, verfallen lassen . . . Do you understand?«
»Comprendo, comprendo tutto.«
Sie sagte das ungeduldig, als wünschte sie mehr Vertrauen in ihre Gefühlskraft, die ihn jenseits der Sprache verstand. Ihr »comprendo tutto« erleichterte ihm die Aufgabe unendlich:
»Die letzten Tage waren ziemlich schwer, Grazia . . . Es ist dumm, wenn ein grauhaariger Mensch von sich selbst spricht und von solchen Sachen . . . Verzeihn Sie, Grazia . . . Scusi . . . Am liebsten hätte ich meine Zimmertür von innen abgesperrt und den Schlüssel aus dem Fenster geworfen . . . Aber es ist mir glücklicherweise auch ohne dieses Mittel gelungen, nicht mehr an die Via Concordia zu kommen . . .«
Er hatte ziemlich schnell gesprochen, dafür aber das Absperren und Schlüsselfortwerfen mimisch angedeutet. Sie sah ihn noch immer mit regungslosen Augen an, denen nicht das Leiseste entgangen war. Er ließ ihr einige Sekunden Zeit, damit sie sich für die Schwierigkeiten des nachfolgenden Bekenntnisses vorbereiten könne:
»Daß Sie Ihr Versprechen . . . Ihre promessa . . . gehalten haben, Grazia, hat mein Leben verändert . . . In meiner Situation ist das so . . . You comprendere . . . Aber hätten Sie Ihre promessa *nicht* gehalten, wäre mein Leben auch verändert . . . Deshalb habe ich ein Schiffsticket für einen Steamer genommen, der heute abend nach Captown geht . . . Sehr weit ist das . . . Am Ende Afrikas . . .«
»Captown«, wiederholte Grazia wie eine fleißige Schülerin, »il Capo della Buona Speranza.«
Campbell berührte mit seiner großen Hand ihren nackten Arm wie Feuer:
»Ich tue das für mich und für Sie, Grazia . . . Doch nicht wegen Afrikas, das ich seit meiner Jugend liebe . . . Damals mußte man noch mit Expeditionen reisen . . . Jetzt geht die Eisenbahn durch die Steppe . . . Sie werden nicht glauben, daß ich nach Afrika reise, um Sie zu vergessen, Grazia.«

In dem Mädchen ging nun etwas sehr Ungewöhnliches vor. Sie glaubte kaum Worte gehört zu haben. Ihr Bewußtsein schien mit dem seinen völlig verschmolzen zu sein. Sie saß dicht neben ihm in einem fremdartigen Eisenbahnabteil und blickte auf die vorüberziehende Steppe. Vielartige Tiere unternahmen ein Wettrennen mit dem Zug. Giraffen waren darunter mit Hälsen, länger als Telegraphenstangen. Das Bild war bis ins Einzelne peinlich durchgeführt. Grazia trug ein Reisekleid aus festem Loden und an den Beinen Knopfgamaschen. Mein Gott, warum saßen sie nicht wirklich in diesem Zug, warum stand Campbell im Frack vor ihr? Wo war sie denn? Welche Sprache hörte und verstand sie? Von neuem ertönte die Sprache:

»Ich hatte mir vorgenommen, Grazia, Sie zu fragen, ob ich Ihnen schreiben darf . . . Scrivere . . . lettera . . . Ganz schlecht . . . Es geht nicht . . . You comprendere . . . Ich habe kein Recht, ich muß verschwinden . . . Es war verrückt . . . Sie sind ein junges Kind . . . Ich habe nichts zu suchen bei Ihnen . . .«

Warum sagt er das? Warum ist er voll Bedenken, voll von morgen und übermorgen? Diese Minute ist doch alles! Er hat sein Ticket für sich? Warum nicht auch für mich? Er glaubt nicht, daß ich mit ihm ginge, so wie ich bin, vielleicht. Papa wäre dann nur mehr ein fremder Herr für mich. Ach, in einigen Stunden stehe ich vor Papa und mein Leben wird Strafe sein. Da entrang es sich ihr befehlend, ja barsch:

»Mi lasci una cosa sua!«

Er fuhr mit der Hand an sich herab: »Grazia . . .«

Sie wurde noch strenger:

»Nur nichts Kostbares . . . Das mag ich nicht . . . Etwas Gewöhnliches . . . Was Sie bei sich tragen . . .«

»Nein, es ist nichts«, beschwor er sie, »ich habe es vorbereitet . . . Wollte aber nicht . . .«

»Nichts Goldenes«, wehrte sie ab, als sie in seiner Hand etwas schimmern sah.

»Es hat keinen Wert, es ist kein Geschenk . . . Sehn Sie, Grazia . . . Ein kleines Medaillon für Photographien . . . Von meiner Schwester . . . Sorella . . . Ich habe eine viel ältere Schwester . . . Sie ist meine ganze Familie . . . Ich trage das immer bei mir . . .«

Grazia hielt das Medaillon zweifelnd in der Hand. Er schloß ihre Finger fest um die Gabe:

»Es ist nichts drin . . . O nein . . . Keine Photographie von mir . . . Nur meine Visitenkarte . . . Nun haben Sie meine Adresse . . . Ich will nichts . . . Nicht einmal Ihren Handschuh . . . Ich habe Grazia

verloren . . . Sie können mich nicht verlieren, Grazia . . .«
Und wieder Wort für Wort herausgepreßt wie am Anfang:
»Sie können mich nicht verlieren, Grazia, wenn Sie nicht fortwerfen diese Visitenkarte! You comprendere?!«
Langsam und gewissenhaft versenkte sie das Medaillon in ihr Täschchen. Sie wurde gar nicht fertig damit. Wann wird er sie an sich ziehen? Sie wartete. Campbell aber rührte sich nicht. Da hob sie die Arme ihm entgegen. Nur halb, abgebogen, unausgesprochen. Weiter geriet nichts. Ein Haufen von Fräcken durchforschte Park und Terrasse. Durch geöffnete Türen fegte Musik. Lauros Stimme:
»Graja, Graja!« Sie gab sich zu erkennen.
Lauro trug wie die anderen eine Papiermütze auf dem Kopf und näherte sich im Tanzschritt. Im Saal hatten allerlei Bescherungen stattgefunden. Ratschen, Kindertrompeten, Gesichtslarven, Luftballons und andres Spielzeug verkündeten die programmgemäße Lust des Karnevals, der doch schon längst in Sack und Asche ging. Grazia blieb es keinen Augenblick verborgen, daß Lauros Trunkenheit ihre Geheimnisse hatte. Wie spät es sei? Drei und mehr!
»So laß uns gehn, Lauro!«
Er sah sie schimmernd an wie ein Fiebernder:
»Hast dus wirklich so eilig, Graja?«
»Ich möchte jetzt gehn . . .«
Lauro neigte sich dicht zu ihrem Ohr. Er roch nach dem blanken Whisky, den man in Gia-Gias Runde trank:
»Willst du Papa so schnell in die Arme laufen? Er steht hinter der Tür. Wir sperren leise auf und er fährt los. Das hat noch Zeit, Graja . . .«
Und er lachte, als sei sein Vater nicht Don Domenico, sondern ein harmloser Wüterich, dessen Rasereien man nicht ernst zu nehmen braucht. Indessen war Arthur Campbell ins Hotel gestürzt und kam mit seinem Mantel zurück, den er der frierenden und ganz erblaßten Grazia um die Schulter legte. Lauro hatte seine Zunge nicht mehr vollständig in Gewalt:
»Es hat keinen Sinn, keinen Sinn, jetzt zu gehn, Graja . . .«
Grazia zog Campbells dunkelgrauen Ulster, den sie seit Ewigkeiten zu kennen meinte, mit Rührung fest um ihren Leib. Dann wandte sie den Kopf gehorsam zu ihm hin, als sei er der Richter und Herr. Aus den geöffneten Türen aber strömte jetzt eine Flut von Fräcken und Frauen. Manche trugen Lampions auf Stangen. Ungehörig viel Licht und Lärm war auf einmal da.
»Noch nicht gehn, Grazia, noch bleiben, Grazia, es ist das letzte Mal.«

Mit großer Anstrengung versuchte Arthur Campbell unter den vielen Menschen wieder der Alte zu sein, Immer mehr Lampions und Lichter! Wie von einer kranken Sonne hinter dichtem Gezweig waren alle Gesichter gefleckt und verzerrt.
Grazias Finger fuhren krampfhaft zwischen die seinen. Dann schloß sie die Augen, damit sie so lang wie möglich in seinem Schatten weilen dürfe. Wie eine Blinde ließ sie sich von ihm führen.

Siebentes Kapitel

ASCHERMITTWOCH

Ich halte es in diesem Vehikel nicht länger aus, Lauro.«
»Und ich noch viel weniger. Habe mich nur nicht getraut, dich zu bitten, daß wir aussteigen. Wegen deines Kleides und der Schuhe.«
»Ach, die werde ich ja nie wieder tragen, Kleid und Schuhe . . . Laß halten! Los! Bezahl den Chauffeur!«
Grazia und Lauro verließen das Taxi, das sie vom Hotel Bertolini heimbringen sollte, bei der Piazza Amadeo, vielleicht noch eine halbe Stunde Fußwegs von ihrem Hause. Halb sechs Uhr war schon lange vorüber und die ersten gespensterhaften Morgenmenschen zeigten sich auf der Straße. Zerlumpte Greise mit Laternen stocherten im Mist nach Bettlerschätzen. Dann und wann grölte ein Karnevalshaufe vorüber. Schellenbehängte Ziegenherden trabten aus Nebengassen. Hinter ihnen menschenähnliche Wesen, aus deren quetschigen Kehlen Kadenzen der tödlichsten Trauer gurgelten.
Grazia ging beschwingt voraus, als eile sie nicht einem furchtbaren Fatum, sondern freudiger Ruhe entgegen. Lauro blieb etwas zurück. Keine Spur mehr von Übernächtigkeit und Whisky. Er war nüchtern wie frisches Wasser:
»Ich glaube, Papa steht nicht hinter der Tür, sondern auf der Treppe. Das ist übrigens besser so.«
Sie ließ sich in keine Erörterung des Unabwendbaren ein. Ihr war zu Mute, als koste es nichts, davonzufliegen. Papas Rache wird schrecklich sein. Aber sie konnte sich ja gar nicht auf Papa konzentrieren. Sie genoß den Rhyhtmus ihres Schrittes. Auch er gehörte nicht mehr ihr. Hab ich nun einen Geliebten? Wo ist er? Wo wird er sein? Lauro aber ließ nicht von Papa:

»Du, Graja, beides ist falsch! Er steht auch nicht auf der Treppe. Jetzt spür ich die Wahrheit ganz genau. Er wartet vor dem Haustor. Ich seh ihn. Er steht ganz allein vor dem Haustor.«
Mein Geliebter schläft nun. Er weiß nichts von mir und ich weiß nichts von ihm. Er weiß nicht, was meiner wartet. Er ahnt nicht, daß Papa mich schlagen wird. Rechts und links ins Gesicht. Mein Geliebter bleibt noch viele Stunden lang in Neapel. Sein Schiff geht erst um neun Uhr abends ab. Ich werde es nicht sehn. Denn Papa sperrt mich ein. Und das ist noch das mindeste. Mein Geliebter und ich werden bis neun Uhr abends in derselben Stadt sein und uns nicht mehr sehn . . .
»Kannst du dir vorstellen, Graja, daß uns Papa in zehn Minuten umbringt?«
»Ich kann mir das sehr gut vorstellen, Lauro.«
Selbst diese ihre ruhige Antwort erweckte sie nicht:
Er hat mich nicht umarmt. Wir haben uns nicht geküßt. Und nun trägt ihn das Schiff nach Afrika. Ein niederländisches Schiff. Es heißt »Oranien«. Ich werde mir das ewig merken. Mein Geliebter verschwindet. Wir werden uns nie mehr wiedersehn. Ich bin zwanzig und er ist nicht mehr jung. Aber mir sind doch alle jungen Männer gräßlich.
Lauro holte sie ein:
»Hast du Angst, Graja? Ist das nicht merkwürdig, ich habe gar keine Angst?«
»Ich habe auch keine Angst, Lauro!«
Sie griff ins Täschchen und umklammerte mit heißer Hand Campbells Medaillon. Dabei zog vor ihren vom Wein gereizten Sinnen afrikanisches Getümmel vorüber: Neger, Krokodile, runde Strohhütten, was sie nur wußte, und große unbekannte Vögel.
Noch zehn Schritte und sie waren in der Via Concordia.
Aufatmend blieben sie stehen, wie um Anlauf zu nehmen. Dann zögerten sie mit kurzen Schritten um die Schicksalsecke.
»Dort steht er.«
Ruhig kam das Todesurteil aus Lauros Mund. Er hatte sich nicht getäuscht. In der einsamen Straße, die jetzt von einem widrig-milchigen Frühlicht verpappt war, stand undeutlich, doch genau vor dem Tor des Pascarellahauses ein Mann. Die Geschwister faßten sich bei den Händen und gingen ihm ruhig entgegen. Drei Sekunden später hörte er die Schritte, stutzte und lief in großen Sprüngen auf sie zu.
»Placido«, schrie Lauro und nun begannen auch er und Grazia zu laufen.

Ein Wachsgesicht starrte sie an, von Angst und schlafloser Pein entstellt. Und Placidos Stimme keuchte:
»Papa ist nicht nach Hause gekommen . . . die ganze Nacht.«

Sie mußten nur Ruggiero und Iride wecken, die beiden Kleinen. Annunziata lag wach und vollkommen angekleidet auf ihrem Bett. Auch sie hatte die ganze Nacht kein Auge zugetan, hatte aber, da Iride bei dem geringsten Geräusche nervös aus dem Schlaf fuhr, die endlosen Stunden unbewegt mit zuckendem Herzen auf dem Lager ausgeharrt. Freilich war ihr von Zeit zu Zeit minutenweise das Bewußtsein vor Müdigkeit vergangen, doch hatte sie es immer wieder den Schlafanfällen entwunden, um für Lauro und Grazia zu wachen und zu beten, der Himmel möge ihnen helfen, unbemerkt nach Hause zu kommen. Papas Heimkunft glaubte sie in einem Moment des Schlummerns überhört zu haben.
Alle sechs Geschwister schlüpften nun in Placidos, des Wächters, kleine Kammer. Auf dem Tisch lagen Bücher und Hefte aufgeschlagen. Trotz allem sah Grazia mit einer ganz seltsamen Befriedigung, daß auf einem Blatt dichte Verse geschrieben standen, die mitten in einer Strophe, nein, in der Zeile abbrachen. Dabei bot der zerrissene Vers, dessen letzter Buchstabe in einen ausgleitenden Strich (wie ein Schrei) verlief, das Bild der Todesüberraschung, an einen Beilhieb von hinten gemahnend oder an einen Schlaganfall. Die Dämmerung in der einfenstrigen Hofstube war vom Licht noch immer nicht aufgezehrt.Man stand wie in einem Verlies voll schmutzigen Waschküchendampfs. Sechs Menschen starrten sich mit augenumschatteten Beklemmungsgesichtern von Herzkranken an. Ruggieros noch ungekämmter struppiger Knabenkopf schwankte. Seine Lippen waren aufgeworfen, als müsse ihm sogleich übel werden. Irides kleines Gesicht war nichts als aufgerissenes Auge und dieses Auge wiederum war nichts als Grauen und überschwengliche Neugier. Nur Grazia in ihrem Ballkleid mit nackten Armen und jetzt beinahe grellen Schultern wirkte wie ein Marmorbild in einem Moderkeller.
Sie erfuhren das Schreckliche. Placido habe gewartet und gewartet, immer bereit, beim ersten Laut von Papas Schlüssel ins Bett zu kriechen und das Licht auszulöschen. Unheimlich sei es von Anfang an gewesen, daß Giuseppe nicht kam. Doch für das Ausbleiben Giuseppes konnte es, wenn der Herr abwesend war, Gründe genug geben. Bis ein Uhr habe sich Placido keine eingestandene Sorge gemacht. Dann aber sei es mit tödlicher Langsamkeit zwei geworden und drei und vier. Marterstunden, Tropfen für Tropfen. Um

fünf Uhr habe ers nicht mehr ausgehalten und vor dem Haustor Posten bezogen, bis er endlich von Grazia und Lauro erlöst worden sei.

In jedem der sechs Herzen ging das gleiche vor. Das Wort »Tod« wuchs mittendrin wie eine Blase, in die erbarmungslos immer mehr Luft gepumpt wird. Schwarz rauschte es ihnen im Ohr, als dringe Ertrinkenden Meerwasser ins Hirn. Keiner zweifelte, Papa ist tot. Papa, schon alt an Jahren, ist gestorben. Der Tod hat ihn erreicht, auf natürliche Weise, oder durch einen Unfall, oder gar durch Mord, denn die Welt ist voll Feindschaft wider die Pascarellas. Niemand sprach diese Gedanken aus, nicht Annunziata, nicht Placido, nicht Ruggiero und Iride und auch Grazia nicht und Lauro. Jedoch in allen erwuchs ein übermächtiges Bedürfnis, sich auf den Boden hinzulegen, mit dem Gesicht nach unten, schweigend für ewig, nicht zu atmen mehr, nicht zu leben. Der einzige, der einen Funken Hoffung bewahrte, war Ruggiero. Wo blieb Giuseppe? Hätte er nicht alle Kinder aus den Betten gejagt, wenn Papa etwas zugestoßen wäre? Ach, vielleicht bewachte Giuseppe jetzt den Leichnam seines Herrn, ohne sich um die Geschwister zu kümmern.

Placido aber breitete die Arme aus und drängte die ganz und gar Erschlafften zur Tür:

»Kommt! wir müssen ihn suchen.«

Und Don Domenicos Volk betrat die erwachende Straße, ohne an seine Kleidung zu denken. Irides rechter Strumpf rutschte übers Knie. Ruggieros Schnürsenkel schleiften nach. Lauro trug unter seinem Schülerüberzieher noch immer den strapazierten Frack. Die Hemdbrust war zerknittert und befleckt. Grazia ging in aquamarinblauen Tanzschuhen. Der glockenförmige, spitzenzitternde Unterteil ihres Stilkleides schwebte unwirklich über dem harten Pflaster des Morgens. Im Haar hing ihr noch der Fetzen einer grünen Papierschlange, höhnischer Rest der Festa di ballo, die nun dahin war. Über die Ballpracht hatte sie ihren bescheidenen Alltagsmantel geworfen, ein Bild tragischen Widerspruches. Einige Leute blieben stehn. Und obgleich Karneval noch in der Luft lag, blickten sie diesem sonderbaren Aufzug verwundert nach.

Die Geschwister lenkten, ohne ein Wort der Verabredung, einhellig den Schritt zur Piazza del Municipio. Papas Azienda war ihr erstes Ziel und ihre letzte Hoffnung. Domenico Pascarella, der mit solcher Gewalt seinen Stamm im Gehege des Hauses festhielt, hatte es den Kindern zwar nie verboten, ihn in seiner Azienda aufzusuchen, doch ebensowenig den Besuch je von ihnen gewünscht. Die Berufsstätte lag außerhalb der Bannmeile und ging sie nichts an, wie in vorgeschichtlichen Zeiten etwa das Jagdgebiet des Vater-Ernährers die Sippe in der rauchigen Wohnhöhle nichts anging. Von jeher wußten sie, daß Papa die Vermischung des familiären mit dem geschäftlichen Bereich verabscheue, und immer, wenn sie der Weg an der Azienda vorbeiführte, beschleunigten sie das Tempo mit einem scheuen Seitenblick.

Jetzt aber verlangsamten sie das Tempo. Denn was sollten sie tun, wenn die Rollbalken des Straßenladens herabgelassen waren, wie es nicht anders möglich schien zu dieser Stunde? Welcher Weg stand ihnen nachher noch offen? Dann gab es nur mehr die schwarze Gewißheit, und der messerschmale Lichtstreif der Angst verlosch.

Es kam anders. Die Rollbalken an allen Läden ringsum waren herabgelassen und nur die Glastür zu Domenico Pascarellas Azienda stand weit offen. Eines nach dem andern, drängten sich die Geschwister in den Raum. Giuseppe schnarchte so fest auf einem Stuhl im Winkel, daß ihn der Eintritt der sechs Menschen nicht weckte. Erst als ihre Schritte auf der kleinen Wendeltreppe emporpolterten, knurrte er: »Wer da?«

Der Vater stand aufrecht in dem kleinen Studio. Wohl war sein Gesicht grau und die Spitzen des ausgezogenen Schnurrbarts hatten sich gesenkt, doch auch das schärfste Auge hätte an Don Domenico zwar manches Zeichen der Ermüdung, aber keines der Schwäche bemerkt. Der Raum gemahnte an die Stätte eines entdeckten Verbrechens. Das hing nicht nur mit Unordnung, weitgeöffneten Fenstern und der verräterisch klaffenden Eisenkassa zusammen, sondern auch mit unsichtbaren Schreckenszeichen, die aufs Gemüt wirkten. Noch immer unterschied sich der Charakter der beiden Schreibtischhälften streng voneinander, wiewohl Don Domenicos ehrenhafte Seite diesmal mit Briefstößen, Bergen von Buchungsblättern und Geschäftsfolianten beladen war. Renato Battefioris Gebiet hingegen erschien auffallend leer. Nur einige Aschenhäuflein, Zigarettenreste und eine alte Ausgabe des Corriere della Sera erinnerten an die melancholisch zerstreute Lebensform des Eigentümers. Angesichts seiner Kinder reckte sich Domenico Pascarella hoch auf:

»Ich habe gewußt, daß ihr kommen werdet, und habe euch hier erwartet!«

Dann überschlug er mit einem kurzen Blick die Geschwisterfront, ohne an Lauros durchlugendem Frack und an Grazias Kleid hängen zu bleiben. Nicht die leiseste Gebrochenheit bebte in seinen Worten. Sie klangen wie der stolze Armeebefehl eines Feldherrn, der durch Verrat eine Niederlage erlitten hat:

»Über mich und euch ist ein großes Unglück gekommen. Ich habe dreiundzwanzig Jahre lang mit einem Schurken, mit einem gemeinen Verbrecher zusammen gearbeitet, ohne zu wissen, wer er ist. Nun hat mich der Schurke bis auf den letzten Soldo ausgeraubt. Und das ist leider nicht alles.«
Eine Handbewegung zur klaffenden Kassa:
»Ich selbst habe ihm die Gelegenheit zu Verbrechen und Flucht dadurch gegeben, daß ich in der letzten Woche täglich bei der Steuerbehörde zu tun hatte, unregelmäßig ins Geschäft kam und die Bücher nicht durchsehn konnte. Die Polizei ist verständigt, aber ich glaube nicht, daß sie ihn auf dem Meere erwischt.«
Die eintretenden Geschwister hatten vergessen, die Tür hinter sich zu schließen. So entstand jetzt durch die offenen Fenster ein Zugwind, der eine große Anzahl von Briefen und Blättern vom Schreibtisch wehte. Alle sechs rutschten eifrig am Boden, um wenigstens diesen Schaden gut zu machen. Übertrieben sorgsam schichteten sie die Papiere wieder auf. Nur Placido hielt zögernd einen Briefbogen in der Hand, ohne ihn wegzulegen. Er hatte unter dem dichten Gekritzel Battefioris Unterschrift gelesen.
Don Domenico nahm von dem Zwischenfall keine Kenntnis:
»Ich arbeitete zwar die ganze Nacht, kann aber das Unglück noch nicht vollständig überblicken. Ich wollte mir sofort Klarheit schaffen und bin deshalb nicht nach Hause gekommen. Es ist unmöglich. Ich konnte nicht fertig werden. Mehrere Tage wird es dauern. Der Schurke hat Depots angegriffen, auf den Namen der Firma Wechsel ausgestellt. Bankguthaben belehnt. Er hat geplündert, was nur zu plündern war, selbst das Bargeld.«
Placido hatte Battefioris Brief auf die Tischkante gelegt. Ein kurzer Kampf: Darf ich das tun? Ja, ich muß alles wissen, wenn ich mich auch häßlich benehme. Seine Augen senkten sich unmerklich. Er las, von Lauro gedeckt:
›Domenico Pascarella, Sie waren immer ein geschäftlicher Dummkopf und eingebildeter Pedant. Es ist nicht das erste Mal, daß ich die Dinge zu meinen Gunsten einrichte. Wer um Sie nur herumspeichelte und kroch, konnte Sie betrügen und foppen.‹
Grimmig rollte Don Domenicos Stimme durch das enge Studio:
»Fest steht, daß wir arm sind, bettelarm, viel ärger als bettelarm. Das Leben muß jetzt danach eingerichtet werden.«
›Nicht um Ihretwillen fällt mir die Tat schwer, sondern um Ihrer Kinder willen, die unschuldig in Leid geraten. Deshalb lege ich eine Aufstellung meiner Transaktionen bei, sowie ein Verzeichnis der Außenbestände, die Ihnen verbleiben.‹

Nach einer abklingenden Pause zog Papa den Schluß:
»Als meine Kinder werdet ihr mit mir darin einig sein, daß es für uns nur eine einzige Lösung gibt, die Ehre des Namens Pascarella zu retten. Ich will niemandem etwas schuldig bleiben. Wie es mir gelingen soll, weiß ich nicht. Aber ich weiß, daß ich in der Schande nicht weiter leben kann. Und dasselbe erwarte ich von euch!«
›Ich bin der festen Überzeugung, daß Sie bei Ihrer Einfalt ohne mich längst schon zugrunde gegangen wären, wenn nicht im Kriege, so später. Durch mein Verdienst allein haben Sie immer ausgezeichnet leben und vor zwei Jahren, ohne mich zu fragen, ein gewisses Kapital der Firma entziehen können. Ich tue jetzt das Entsprechende.‹
Domenico Pascarella schloß mit einer jugendlich raschen Bewegung die Fenster und winkte Ruggiero, an der Wendeltreppe die Wache zu beziehen. Dann senkte er die Stimme:
»Ich habe in den Jahren nach dem Krieg für jedes von euch Mädchen eine Summe erworben und zurückgelegt, auf daß ihr, ob ihr nun heiratet oder nicht heiratet, im Leben nicht mittellos dastehet. Der Gedanke, euch versorgt zu wissen, hat mich beruhigt. Damit ist es nun vorüber. Ich werde auch dieses Geld zur Deckung verwenden.«
Placido hielt die Augen noch immer auf Battefioris eilig hingekritzelten Abschiedsbrief gesenkt: ›Es hätte anders kommen können, wären Sie ein anderer gewesen. Nun habe ich endlich das Wesen gefunden, für das ich –‹
»Geht jetzt nach Hause«, befahl Papa. »Annunziata, sorge dafür, daß ich mittags ein anständiges Essen bekomme. Bereite mir auch ein Bad vor!«
›Es ist ziemlich aussichtslos, wenn Sie mich verfolgen lassen. Man wird weder den Hafen, noch das Schiff entdecken, noch meinen neuen Namen, noch auch mein Ziel. Vielleicht führe ich Sie und die Polizei damit überhaupt nur auf eine falsche Spur.‹
Ruggiero, der Handelsschüler, nahm zaghaft bittend das Wort: »Können wir dir bei der Arbeit nicht helfen, Papa?«
Er schaute die Geschäftsbücher und Korrespondenzen prüfend an, wie jemand ein Gewicht, das er heben will, in berechnenden Augenschein nimmt. Don Domenico aber war nicht der Mann, sich seine Söhne so nahe kommen zu lassen. Er wies den Antrag kurz ab:
»Nein! Ihr könnt mir nicht helfen. Dazu muß man etwas gelernt haben und sich auskennen. Auch werden die Angestellten gleich hier sein. Ich wünsche, daß man so wenig wie möglich bemerkt. Verstanden? Geht also! Ich werde meine Entschlüsse fassen. Erwartet mich zu Mittag wie immer!«

Fest stand er da. Nicht einen Augenblick lang hatte sein breiter Körper geschwankt, sein Arm eine Stütze gesucht. Wäre nicht ein anderer unter diesem Keulenschlag zusammengebrochen? Er aber hatte nach einer solchen Nacht nichts von seiner straffen Spannung verloren. Es schien ihm im Gegenteil Spaß zu machen, dem furchtbaren Ereignis die Brust nur noch muskulöser entgegen zu wölben. Und dies im Alter von sechsundsechzig Jahren! Gelb und welk und ohne eigenen Halt lehnten die Geschwister an Wand und Schreibtisch. Er allein stand frei. Placido erschauerte tief vor der Kraft seines Vaters.

Der Heimweg der Kinder von Papas Azienda bot ein noch weit auffälligeres Bild als ihr Auszug. Er war acht Uhr geworden. Auf Platz und Straßen herrschte eiliges Morgentreiben. Hinter den Geschwistern erscholl Gelächter und manches Witzwort. Als sie sich vor einer Ewigkeit aufgemacht hatten, ihren Vater zu suchen (den jedes von ihnen in seinem stummen Inneren dahingestreckt auf einer Bahre sah), da waren sie als dichtgedrängte Schar durch die noch leere Welt gezogen. Keiner wollte für sich selber sein. Jeder suchte die gute Wärme der Einheit. Jetzt aber gingen sie in einem schwankenden und unordentlichen Gänsemarsch, und es war nicht verwunderlich, daß die meerfarbene Grazia und gar erst der befrackte Lauro für bezechte Spätlinge des Karnevals gehalten wurden, die sich nach Hause trollten.
An der Spitze schritt Placido. Er sah nicht um sich. Mit jenem begeisterten Lächeln der Konzentration, das seinem Gesicht in besonderen Stunden den Ausdruck seherischer Blindheit verlieh, blickte er vorwärts. Nur Annunziata, die nun den Zug beschloß (und nicht Grazia), hatte das blinde Lächeln bemerkt. Da ging ihr die alte Geschichte von den Büffeln im Marigliano-Schutzpark durch den Kopf, so wenig der Augenblick auch für Erinnerungen geeignet schien. Jeder, der die kleine Begebenheit hört, wird meinen, Annunziata verwechsle Placido mit ihrem Lauro. Tiere, Überraschungen, abenteuerliche Wege gehören ohne Zweifel in Lauros Repertoire. Vielleicht hat sich Annunziata Placidos Knabensünde nur deshalb so lebendig gemerkt, weil sie auch Lauro begangen haben könnte. Für das Lebensbild Placidos besitzt sie freilich eine andere Bedeutung.
Es war ein ganz großer Krach damals gewesen, der größte wohl in der Frühgeschichte des Hauses Pascarella. Eines Morgens rückt der neunjährige Placido aus, ohne Erlaubnis, ohne jemandem ein Wort zu sagen. Es wird Mittag, er kommt nicht heim. Papa erscheint zur

Colazione und fragt nach seinem Ältesten. Ein Gewitter ohnegleichen geht nieder. Todesschweigen bei Tisch. Nur Mama weint fassungslos. Die Stunden verrinnen. Placido kommt nicht zurück. In der Stanza della Mammina sitzt Annunziata neben der von Angst und Kränkung gebrochenen Mutter. Sie verrät, daß Placido in den letzten Tagen immer von den wilden Büffeln phantasiert habe, die in den weiten Auen des Torrente von Marigliano gehalten werden. Da haben wirs. »Giuseppe, rasch einen Wagen«, brüllt Papa. Halbtot vor Erregung, sitzt die zwölfjährige Annunziata auf dieser Fahrt zwischen den Knien ihrer Eltern. Oh, wie weit muß der Bub gelaufen sein! An Ort und Stelle wird eine Jagd veranstaltet, um den Ausreißer zu stellen. Wächter mit Knüppeln und Stangen und zwei Carabinieri in vollem Federschmuck ziehen los. Die Sonne weilt noch am Himmel, aber Wiesen, Bäume und Fluß sind schon goldgetränkt, als man Placido findet. Regungslos steht der nackte Knabe im seichten Torrente. Sein Gesicht ist starr dem anderen Ufer zugewandt. Das gleiche Lächeln begeisterter Konzentration wie heute! Es ruht auf den zottigen Riesenkörpern dreier Tiere , die mit dem unbeweglichen Tiefsinn von harrenden Bergen, die endlose Zeit haben, den Kinderblick erwidern. Nur einer der Büffel hat sich vorgewagt und steht mit gesenkten Hörnern im Wasser. Überflüssiges Rufen und Hetzen hebt an. Peitschen knallen, Steine sausen, sogar eine Pistole kracht in die Luft. Papa aber steigt, wie er ist, ins Wasser, reißt den Knaben hoch und trägt ihn ans Ufer. Was dann geschieht, erinnert durchaus nicht an die Geschichte vom verlorenen Sohn. Don Domenico sieht sich nach einem geeigneten Werkzeug um. Da sich nichts findet, entreißt er Mama den Regenschirm, den sie trotz dem strahlenden Frühlingswetter in der Verwirrung mitgenommen hat. Dann packt er Placido beim Genick, schleift ihn an einen passenden Platz und bearbeitet ihn vor den Augen Mamas, Annunziatas, der Wächter und Carabinieri so lange und so inbrünstig mit dem Schirm, daß diese geschmeidige Waffe zerbricht. Placido aber, dessen feuchte Haut sich mit Striemen bedeckt, gibt keinen Laut von sich.
Das ist die Erinnerung an die wilden Büffel von Marigliano und an die einzige Tracht Prügel, die Placido von Papa erhielt. (Die vereinzelten Ohrfeigen später, doch nur bis zu seinem fünfzehnten Jahr, gehörten auf ein anderes Gebiet.) Seit jenem Tage wendete sich Placido von der Entdeckung äußerer Welten ab. Beim Anblick des gleichen Lächelns aber sah Annunziata den nackten Kaben wieder im Fluß. Dann versuchte sie, da ihr doch die Rolle der Hausmutter zugewiesen war, ihren Sinn auf die neugeschaffene Lage der Dinge

einzustellen. Wir sind arm, hatte Papa gesagt, bettelarm, ärger als bettelarm. Annunziata überdachte eifrig die einzelnen Posten des Haushaltungsgeldes, das allmonatlich durch ihre Hände ging und gerade dazu ausreichte, die Erfordernisse der Küche zu decken. Zerbrach der stürmische Ruggiero eine Scheibe, waren Lauros Hemdmanschetten ausgefranst, brauchte Iride ein Paar neue Schuhe, so mußte schon ängstlichen Herzens Papas Großmut in Anspruch genommen werden. War Papa geizig? Das läßt sich schwer entscheiden. Feststeht, daß ihn jede finanzielle Forderung Annunziatas erboste und verdüsterte, mochte sie auch noch so gerechtfertigt sein. Das Maß war von ihm bestimmt. Alles andre hielt er für Unordnung und Üppigkeit. Annunziata hatte es nicht leicht, bei Aufrechterhaltung der gewohnten Lebensform mit der knappen Summe zu wirtschaften. Dennoch war ihr keine Entbehrung im entferntesten so furchtbar wie der Gang zu Papa um Geld. Doch mußte sie als einzige auch für die anderen Geschwister diese Foltergänge unternehmen, die im glimpflichsten Fall mit langen Strafpredigten und dem Refrain endeten: Und wenn ich nicht mehr sein werde, was dann? Niemand kann behaupten, daß der Pascarellastamm die Genüsse auch eines nur mäßigen Wohlstandes kennen gelernt hätte. Don Domenico hielt das Leben auf der Linie kleinbürgerlicher Selbstverständlichkeit, über die sich nur der alljährliche Opernbesuch erhob. Dennoch, auch für Annunziata, die jetzt den Entschluß faßte, hinfort nurmehr dem Vater und den Brüdern Fleisch vorzusetzen, auch für sie, die der Sorge am ehesten zugänglich war, blieb vorderhand das Wort »Armut« ein leerer Schall.
Armut ist viel mehr als ein Mangel, ebenso wie Krankheit viel mehr ist als fehlende Gesundheit. Man muß die Armut wie die Krankheit einen umfassenden Zustand nennen, der den Menschen seelisch-körperlich unterwirft, von Speis und Trank angefangen bis zu seinen höchsten Gedanken. Die richtige Armut, die über eine Familie kommt, ist kein bloßes Provisorium, das Entbehrungen verlangt, aber vorübergeht. So bedeutet auch ein gebrochener Arm nur einen bösen Unfall, der eine lange Rekonvaleszenz fordert, während die Tuberkulose eine Eigenschaft des ganzen Menschen ist. Man ist arm wie man Deutscher ist oder Italiener. Armut heißt die heimliche und vielgegliederte Nation aller Armen auf der Welt. Ihr Hauptmerkmal? Der Mensch verliert den Boden, er wird aus der Ordnung abgedrängt, aus dem weitverzweigten System der Sicherungen und Reserven, die das Einzelwesen schützen. Dem wahrhaft Armen versiegt zwangsläufig eine Hilfsquelle nach der andern. Wenn er heute hungert, so weiß er, daß er morgen nackt in Wind

und Wetter stehen wird, und dieses Wissen zerstört seinen Geist. Die Einschränkungspläne, die Annunziata auf dem Heimweg in die Via Concordia so eifrig ersann, erfaßten von der Wahrheit recht wenig. Sie wußte nicht, daß für sie und die andern Geschwister die Sonne oben am Himmel nicht mehr die gleiche Sonne war, Neapel nicht mehr das gleiche Neapel, selbst ihr Leib nicht mehr der gleiche Leib. Immerhin waren ihre Gedanken streng bei der Sache, was sich von Lauro und Grazia, Iride und Ruggiero nicht behaupten läßt. Lauro schwankte wirklich wie ein Betrunkener von einer Seite zur andern. Das Tageslicht entlarvte bösartig den Frack. In seinem dröhnenden Schädel summte nur ein Gedanke: Mein Ring! Wie komme ich wieder zu meinem Ring!? War es nicht wiederum Mamas Ring, der das Unglück herbeigezogen, nachdem er ihn der unsinnigen Begierde geopfert hatte, Grazia auf eine Festa di ballo zu führen um damit Papas Gesetz zu brechen? Seine Nerven erbebten vor magischem Schreck. Welche unausdenkbare Verquickung! O Gott, hätte doch statt dieser Katastrophe, die sie alle vor der Strafe errettete, Papa hinter der Tür ihn geschlagen, verstoßen, erwürgt! Hilfesuchend stieß er Grazia an. Sie merkte es nicht, sie faßte nichts mehr. Ihr Gesicht war gelb und verzogen. Durchs Hirn dröhnte ihr Rausch, Erschöpfung und Entsetzen wie ein Schnellzug im Tunnel. Wenn sie in ihr Täschchen griff, um Campbells Medaillon zu berühren, so erstaunte sie tief, als fasse ihre Hand ein Geschenk, das sie vor undenklichen Zeiten im Traum empfangen.
Nur die beiden Kleinen, die eine unverkürzte Nachtruhe hinter sich hatten, schritten frisch dahin. In Ruggiero regte sich, durch das Unheil aufgewühlt, ein starker Tatendrang und eine sonderbare Abenteuersucht, in Iride hingegen eine ganz und gar verworfene Eitelkeit. Ihr unaufgeräumtes Seelchen spürte das Schicksal, den frühen Gang, die Fülle des Außerordentlichen als eine Art von Auszeichnung, als ein prunkendes Wundmal, das ihr eine unbekannte Wichtigkeit verlieh. Dazu kam, daß Placido knapp vor dem Vaterhaus stehn blieb und die Anordnung traf, daß die Schulpflichtigen heute daheim zu bleiben und sich gemeinsam mit den Erwachsenen in der Sala da pranzo einzufinden hätten, um über die Zukunft zu beraten. Die Geschwister blickten erstaunt zu Papas ältestem Sohn empor. Wie sehr sie ihn auch verehrten, er war für sie alle, selbst für Grazia, bisher immer abseits gestanden, außerhalb des Lebens gleichsam, auf einem einsamen Grenzposten, von wo er liebevoll ihr Tun und Lassen beobachtete, ohne daran teilzunehmen. Jetzt aber riß er mit einem Male die Führung an sich. Es schien, als hätte er sein ganzes Leben lang *dieser* Stunde entgegen-

gegrübelt. Hell trat er nun aus dem Schatten. Nein, man kann es nicht leugnen, in dem Augenblick, da sich auf Don Domenicos Haupt Finsternis senkte, begann Placido zu leuchten.

Priscilla, von den unheilschwangeren Vorgängen des Hauses Pascarella aufgescheucht, erwartete die Kinder mit einem starken Kaffee und reichlichem Gebäck. Befleißigte sich die Kollegin Giuseppes sonst den Geschwistern gegenüber kurzangebundener Überheblichkeit, so benahm sie sich in dieser Stunde scheu und unterwürfig. Ihre Blicke hingen angstvoll an Annunziatas schweigendem Gesicht. Sie wagte keine Frage. Der Kaffee erweckte in den übernächtigen Gemütern der jungen Leute eine gewaltige und entschlossene Nüchternheit. Mit diesem stimulierenden Frühstück zog in das Bewußtsein des Pascarellastammes die neue Lebensepoche ein.

»Ruggiero«, befahl Placido, »sperr die Tür zum Vorzimmer ab! Priscilla soll nicht horchen und Giuseppe gefälligst draußen bleiben, wenn er heimkommt!«

Wiederum blickten alle erstaunt Placido an. Das Zeremoniell des Ein- und Aussperrens gehörte zu den geheiligten Vorrechten des Vaters. Der älteste Sohn aber hatte jetzt ohne jede Anmaßung diese Schutzmaßregel verfügt, die notwendig war, sollte die Beratung geheim bleiben. Ruggiero gehorchte unverzüglich und schloß die Doppeltür der Sala da pranzo sorgsam ab. Nachdem dies geschehen war, wandte sich Placido – nunmehr unwidersprochener Leiter des Geschwister-Senats – an die älteste Schwester:

»Ich bitte vor allem um deine Ansicht, Zia!«

»Wir können mit zwei Dritteln des Hausbrauches auskommen«, stellte Annunziata fest und entwickelte die Ersparungsideen, die ihr auf dem Heimwege von der Azienda eingefallen waren: Fleischnahrung nur mehr für die Männer! Herabsetzung oder völlige Streichung der (ach, so mageren) Taschengeldquote! Keine Hausschneiderin, keine Wäscherin mehr, sondern Erledigung dieser Geschäfte durch die Schwestern selbst.

»Und wozu brauchen wir denn Giuseppe, diesen alten Fresser«, riß Ruggiero wütend das Wort an sich. »Er verschlingt sechs Mahlzeiten täglich, Priscilla muß für ihn immer wieder aufwärmen, und Papa zahlt ihm im Monat dreihundert Lire wie einem herrschaftlichen Kammerdiener.«

»Natürlich«, eiferte nun auch Iride, »Giuseppe ist ganz überflüssig. Priscilla genügt, wenn ich ihr helfe. Tischdecken, Geschirrwaschen und Aufbetten kann ich ganz gut übernehmen.«

Placido hörte all diese Anregungen, wie es schien, mit großem Ernst an:
»Deine Vorschläge, Zia, sind zum Teil sehr annehmbar. Eines aber ist ausgeschlossen. Die Lasten dürfen zwischen euch Mädchen und uns Brüdern nicht ungerecht verteilt werden. Was Giuseppe anbelangt, stimme ich Ruggiero und Iride restlos zu. Er muß gehn und Priscilla bleibt . . . Und du, Grazia? Was hast du zu sagen?«
»Ich?« Grazia schrak aus tiefer Geistesabwesenheit auf. Sie lächelte wie eine unaufmerksame Zuhörerin, die beweisen will, daß sie ganz bei der Sache ist:
»Ich? . . . Man muß eben an einen Beruf denken . . . Nicht wahr?«
Placido machte eine Pause, dann warf er ohne Nachdruck hin:
»Maestro Capironi?«
»Nein, nein . . . Du weißt ja, Papa . . . Und auch ich tauge nicht für solche Dinge . . . Dagegen . . . Cousine Maria hat die französische Staatsprüfung abgelegt . . . Sie gibt jetzt Stunden, die gut bezahlt werden . . . Wenn ich . . . also zum Beispiel die englische Staatsprüfung . . .«
»Die kostet dich drei Jahre hartes Studium, Graja.«
»So . . .? Dann muß ich etwas anderes finden . . . Ach, verzeih, Placido . . . Ich habe große Kopfschmerzen . . . Es war ein bißchen zu viel für mich . . .«
Auch sie sprach kein Wort von der Karnevalssünde, der doch das Leben der letzten Tage gegolten hatte. Durch das schreckliche Wunder dieses Morgens war das Vergangene in Spuk aufgelöst. Wenn auch die Beratung der Geschwister Pascarella durchaus nicht in lässiger, sondern in beinahe parlamentarischer Form vor sich ging, so wirkte es doch eigen feierlich, als Lauro sich erhob und mit leiser Stimme sein Geheimnis preisgab:
»Graja hat recht, meine Herrschaften! Man muß an einen Beruf denken. Ich nehme an, daß uns auch Placido auf diesen Weg führen will. Es ist natürlich ganz ausgeschlossen, daß wir Söhne Papa länger zur Last fallen. Sechs Kinder im Haus, das geht nicht! Mit heutigem Tag muß unsere Studienzeit zu Ende sein! Ist jemand anderer Ansicht? Nein. Ich für meinen Teil möchte – das heißt nur mit eurem Einverständnis –, also, ich möchte sehr gern, wenn es euch recht ist, in den Minoritenorden eintreten . . .«
Um aber ja nicht in den Verdacht einer außergewöhnlichen Seelenverfassung oder gar mystischer Neigungen zu geraten, fügte er in eilfertiger Scham hinzu:
»Ich habe durch einen Zufall schon mit dem Provinzial gesprochen.

Morgen besuche ich ihn, wenn ihr einverstanden seid. Es ist weiter nichts dabei. Ein Beruf wie jeder andre. Ich tauge vielleicht dazu. Bitte lacht mich nicht aus! Aber unter diesen Umständen? Und dann wäre die Familie ja von mir befreit. Ich hoffe, Papa wird jetzt keine großen Schwierigkeiten machen.«

»Aber Lauro . . .?«

Und Grazia lachte wirklich, ohne es zu wollen. Sie sah Lauro im Festsaal des Bertolini-Hotels, die schiefe Papiermütze auf dem Kopf, Arm in Arm mit Gia-Gia. Annunziata aber umfaßte ihren Bruder mit schweren Blick, mit Mamas Blick, der aus der Totenwelt geschöpft war.

»Ich verstehe dich, Lauro« – auch Placido erhob sich bei diesen Worten –, »deine Eröffnungen überraschen mich, aber ich kann deinen Lebenswunsch gut verstehen. Du wirst wissen, warum du gerade an eine solche Zukunft denkst. Gut! Doch ich muß dir entgegenhalten, daß deine Absicht, in ein Kloster einzutreten, in unserer jetzigen Situation einen Fluchtentschluß bedeutet. Du willst, wie du sagst, Papa und die Familie von deiner Last befreien, zugleich aber befreist du dich selbst von Papa und von der Familie. Es fällt mir schwer . . .«

Lauro ließ ihn nicht weiterreden:

»Schluß! Du hast vollkommen recht, Placido. Ich nehme alles zurück. Sag du, was geschehen soll!«

Er setzte sich hin, während Placido, noch immer stehend, resümierte:

»Wir müssen uns vorerst klar über das Geschehene werden. Papa hat nicht alles gesagt. Er konnte gar nicht alles sagen, weil er selbst die Folgen noch nicht absieht. Ich kenne mich in geschäftlichen Dingen nicht aus. Aber soviel weiß auch ich, daß eine Firma ihren Gläubigern in allen Fällen haftet. Und die Firma, das ist Papa, mag er auch selber unschuldig sein und das Opfer eines Verbrechens. Wir können gar nicht ermessen, wie schrecklich die Dinge für Papa liegen. Wird Battefiori, was ich für ausgeschlossen halte, von der Polizei eingebracht, so entsteht ein Riesenskandal, in dem Papas Name und Geschäft mit untergeht. Geschieht nichts, so erscheint die Sache noch ärger. Denn wenn Papa seine Lage verschleiert, so ist es nicht ausgeschlossen, daß er vor Gericht gestellt und verurteilt wird. Und da sollen wir nur zuschauen oder bestenfalls hungern und mit zerrissenen Schuhen herumlaufen? Wir, die wir bisher von Papas Arbeit gelebt haben und daher mitverantwortlich sind? Das wäre gemein und schäbig. Nein, wir müssen einen Gewaltstreich begehn, damit sich Papa auf uns stützen kann. Wir müssen in kurzer

Zeit soweit sein, um ihm helfen zu können. Schließlich sind wir drei Männer.«

Placido beugte sich unter den Tisch und förderte eine Aktentasche zutage, die er vorbereitet hatte. Er stülpte sie um. Ein Strom von Zeitungsausschnitten, bunten Schiffahrtsanzeigen, Annoncen und exotischen Prospekten ergoß sich über den Tisch. Bisher hatte die Versammlung die Sitzordnung der Mahlzeiten streng eingehalten, sogar Papas Platz, Placido gegenüber, war in scheuem Respekt freigelassen worden. Nun aber löste sich das Geschwisterparlament eilig auf, alle, insbesondere die Jüngsten, drängten näher an Placido. Ruggiero kniete auf einem Stuhl und lümmelte seinen breiten Kopf auf Fäusten dicht vor die Prospekte. Iride stieg sogar auf einen Sessel, um über die Köpfe Annunziatas und Lauros hinweg die bunten Bilder besser betrachten zu können.

»Seht ihr, auch ich habe Geheimnisse . . .«

Placido bekannte das mit einem spottleichten Schmunzeln zu Lauro:

»Seit langer Zeit schon sammle ich dieses Zeug hier. Wir wollen in den nächsten Tagen alles genau prüfen und durchsprechen. Wenn ihr meine Meinung hören wollt, ich schlage Brasilien vor. Gewiß, auch Argentinien kommt in Betracht, auch in Buenos Aires gibt es eine große italienische Kolonie und viel Arbeitsmöglichkeiten für uns! Aber ich glaube trotzdem, daß Brasilien besser ist. Ich habe einen Kommilitonen, Bombilli heißt er, der vor zwei Jahren als armer Hund noch Rio de Janeiro gegangen ist. Heute verdient er dort als Direktor einer Versicherungsgesellschaft Unmengen von Geld und ist erst zweiundzwanzig alt. Brasilien, ihr müßt es euch richtig vorstellen, das ist kein Land, sondern ein Erdteil, der alle Schätze der Welt besitzt und wenig Menschen. Man braucht dort noch Menschen.«

Placido hatte sich glühend geredet:

»Wißt ihr, daß unsre Bauern und Arbeiter, neapolitanische Arbeiter und Bauern, jährlich zweimal hinüberfahren. Zur Kaffee-Ernte. Sie kommen mit schwerem Geld zurück, so gut wird drüben die gewöhnlichste Arbeit bezahlt. Und die Schiffsreise, Zwischendeck, kostet fast gar nichts.«

»Bravo Brasilien«, schrie Ruggiero und begann in seiner erbitterten Art in der Sala di pranzo umherzutanzen, als wäre das väterliche Gesetz schon aufgehoben:

»Lieber heut als morgen, Placido!«

Sein Bekenntnis übersprudelte sich:

»Ich kann es ja in meiner Klasse nicht mehr aushalten. Keiner spricht mehr ein Wort mit mir, und die Professoren schneiden mich. Das kommt von der schrecklichen Geschichte mit Papa, als ich sagen mußte, daß er mir den Eintritt in die Avanguardia verbietet und den Parteibeitrag für mich nicht zahlt. Ach, ihr wißt ja nicht, was ich ausgestanden habe und noch ausstehe. Ich werde deshalb auch durchfallen. Lauro, bitte sag doch auch du, daß du gequält wirst, weil du nicht Fascist geworden bist.«

»Schweig, Ruggiero, und steh endlich still«, wies Placido den Jungen zurecht, »ich will nicht, daß du unsere Absicht mit unreinen Nebenzwecken verbindest. Wir wollen nach Brasilien hinüber, um Papa zu helfen, und sonst aus keinem anderen Grund.«

Vielleicht war er so empfindlich für opportunistische Nebenzwekke, weil ja sein eigener dumpfer Fluchtplan jetzt in Erfüllung ging. Da fuhr aber die bisher so teilnahmslose Grazia auf:

»Nein! Ich protestiere gegen Brasilien!«

Sie konnte sich kaum beherrschen:

»Sollen wir uns denn trennen? Zu all dem Unglück noch auseinandergehn?«

Grazias innere Bewegung schlug sogleich auf die anderen über. Sie verließen den Tisch, sie scharten sich zusammen, sie bildeten einen schmerzhaft ratlosen Knäuel. Die einzelnen Paare packten einander an. Annunziata und Lauro, Ruggiero und Iride, Placido und Grazia. Es verging eine ewige Minute. Viel fehlte nicht und sie hätten losgeweint. Grazia hielt Placido krampfhaft fest, als müsse sie ihn an einem selbstmörderischen Sprung hindern:

»Du bist zu etwas anderem geboren, Placido! Du bist ein Dichter, Placido!«

Der Bruder wand sich gequält los:

»Sag nicht solche unkontrollierten Dinge, Graja! Wir müssen alle Geduld lernen. Das ist das Schwerste. Ungeduld ist Gemeinheit und Dilettantismus. In dieser Nacht hab ich an Ungeduld gelitten, wie noch kein Mensch wohl. Ich will versuchen, sie loszuwerden. Jetzt dürfen wir nicht an uns denken. Jetzt haben wir nur eine einzige Pflicht, Papa!«

Lauro aber, auf den Annunziata einsprach, ließ sie plötzlich stehn, lief zum Büfett und klopfte mit einem Messer grell an ein Glas: »Ich habe zwei Anträge zu stellen.«

Der parodistische Ton beruhigte die Erregung und ließ einen Atemzug Heiterkeit ein:

»Erstens: Placidos Antrag bezüglich Brasiliens wird gegen die Stimmen der Schwestern mit männlicher Mehrheit angenommen. Und zweitens: Die Debatte ist hiermit geschlossen! – Zia, geh jetzt in die Küche, damit Papa seine Pasticcia di maccheroni bekommt. Und heute mußt du noch nicht sparen.«

Domenico Pascarella kam um halb eins nach Hause. Ehe er zu Tisch ging, nahm er ein Bad, für dessen Temperatur und Wasserstand Annunziata nach alter Vorschrift gesorgt hatte. Dann rasierte er sich und legte ein Hausgewand an. Die Geschwister starrten ihm mit spannungsvollen Augen entgegen. Mußte sich nicht endlich die Verwandlung zeigen? Sie hatten oft von Unternehmern gelesen, die nach dem Zusammenbruch ihrer Firma Selbstmord verübten. Nein, ihr Vater war ein anderer Mann. Was für ein Mann war ihr Vater, dem man noch immer nicht den Schreck, die verlorene Nacht und fast zwanzigstündige Arbeit anmerkte? Es schien ihnen sogar, daß Don Domenicos Gesichtshaut nach der Katastrophe straffer und dunkler geworden war, als hätte er die letzten Stunden nicht im engen Studio verbracht, sondern an einem sonnigen Strand. Auch bei Tische ereignete sich nichts Ungewöhnliches. Es war ganz wie immer. Kaum ein Wort fiel. Nur Giuseppe servierte bei unveränderter Hochmutsmiene vielleicht ein bißchen zittriger als sonst, und Papa aß, was noch nie geschehen war, drei Portionen seiner Lieblingsspeise, der Pasticcia di maccheroni, mit einem verblüffenden Riesenhunger. Die Sache selbst wurde mit keiner Silbe berührt. Erst als der Diener abgetragen hatte, kam eine Verfügung aus dem väterlichen Mund:

»Einiges muß jetzt anders werden. Ich bin mit meinem Plan noch nicht ganz im reinen. Sicher aber ist, daß ich den Haushalt zusammenziehen werde. Nun, ihr seid ja alle erwachsen. Die Köchin Priscilla wird gekündigt und ich behalte nur Giuseppe. Annunziata und Grazia werden abwechselnd den Küchendienst übernehmen.«

Ein gewaltiger Strich durch die Rechnung! Das Unheil taugte nicht einmal dazu, den Basilisk loszuwerden. Dafür aber durften die Mädchen sich an der Herdglut Gesicht und Hände verderben. Annunziata und Grazia nahmen Don Domenicos formelle Frage nach ihrem Einverständnis mit dem üblich demütigen »Ja, Papa« entgegen. Und schon war das Schweigen der Runde wieder vollgetränkt von Gottergebenheit. Nichts würde anders werden. Unmerklich zeigte es sich, daß der Zusammenbruch des Hauses Pascarella in der geheimsten Seele der Kinder die übermütige Hoffnung auf eine neue Welt, auf eine sagenhafte Befreiung ausgelöst hatte. Diese Hoffnung erwies sich nun von Anfang an als trügerisch. Denn die erste Entscheidung Papas befestigte innerhalb der neuen Umstände das Althergebrachte, die Stellung des lästigen Gefangenenwärters Giuseppe. Ohne Zweifel versuchte Domenico Pascarella mit athletischer Anspannung sein Haus abzudämmen, einen Graben zu ziehen zwischen seine Familie und dem folgenschweren Ereignis. Eine zerschlagene Stimmung löste die lodernden Erregungen des Morgens ab. Und mitten in diese Stimmung fuhr Placidos Wort als ein bisher unerhörtes Wagnis:

»Papa, wir Brüder haben beschlossen . . .«

Der Vater wendete seinen runden Katerkopf mit den dichten weißen Stachelhaaren dem Tollkühnen zu:

»Wer beschließt?«

Eine verbissene Pause, von erstarrtem Kampf erfüllt wie ein Schlachtgemälde. Placido hält, vielleicht zum erstenmal im Leben, den Vaterblick aus. Sein Gesicht trägt das konzentrierte Lächeln vor sich her wie ein Fahne. Und es ereignet sich, daß er die verwegene Wendung wiederholt:

»Papa, wir Brüder haben beschlossen, daß du diese Sache nicht allein tragen sollst. Es ist völlig überflüssig, daß wir dir mitsamt unserem Studium jetzt auf der Tasche liegen. Wir sind alt genug. Erlaube uns, nach Südamerika, am besten nach Brasilien zu gehn. Wir drei werden rasch eine Stellung finden. Ich habe gute Beispiele. Wir werden dir bald helfen können. Wir werden deine Verbindlichkeiten . . .«

Hier unterbricht ihn der Vater. Doch sein Löwenmurren zieht gleichsam die Krallen ein:

»Wer seid ihr? Was wißt ihr vom Leben? Was habt ihr gelernt? Was bildet ihr euch ein?«

Placido sieht intensiv aufs Tischtuch:

»Leider wissen wir noch nicht, wer wir sind, Papa, aber wir wollen es wissen.«

Eine jener unangemessenen »philosophischen« Antworten, die Papa so leicht in Harnisch bringen. Mag er nach Brasilien gehn, denkt er in jähem Grimm, wenn ich ihn nur loswerde. Ein kurzes Aufgrollen der Feindseligkeit:

»Worte, verstiegene, kannst du drechseln, mein Sohn, sonst aber nichts. Und ich bin verantwortlich für euch.«

Don Domenico steht auf und beginnt einen stiefelknarrenden Rundgang in der Sala da pranzo, der volle sieben Minuten dauert. Sein nachgedunkeltes Gesicht mit den breitgemeißelten Backenknochen spiegelt keinen der vielen Gedanken, die ihn bewegen. Und wieder einmal senkt sich wie Dürre und Welken des Vaters Schweigen auf die Geschwister. Zweimal bleibt er stehn und man merkt, daß er etwas sagen möchte. Doch es kommt nicht dazu, und der unterbrochene Gang knarrt weiter. Kann auch er, der Herr und

Vater, nicht reden wie er will? Ist auch er durch Unsagbares seinen Kindern gegenüber gebannt, wie seine Kinder ihm gegenüber gebannt sind? Er sieht auf die Uhr und scheint durch die vorgerückte Stunde erlöst zu sein:
»Höchste Zeit! Ich muß fort. Der Advokat Gnolli ist bei mir für vier Uhr angemeldet.«
Er geht, ohne Brasilien ein für allemal abgelehnt zu haben. Das bedeutet schon unerwartet viel. Das erstemal wird ein Plan, mit kühner Offenheit von einem Sohne ausgesprochen, nicht rundweg verhöhnt und verworfen.
Damit enden die Ereignisse dieses schicksalsschweren Fastentages. Gestern um diese Zeit, am Vorabend der Sünde schon, hatten die Geschwister gewußt, mit dem Morgen werde ein vollkommen neues Leben für sie emporsteigen. Und so geschah es, wenn auch ganz anders, als sie gefürchtet hatten. Annunziata mußte immer an ihre Begegnung mit Battefiori in Santa Maria la Stella denken. Ach, warum war sie zu feig gewesen, Papa zu warnen? Selbstvorwürfe glühten in ihr, so eifrig der Verstand ihr auch zuflüsterte, daß Papa diese Warnung nicht angenommen hätte. Die Brüder saßen in Placidos Zimmer und studierten die brasilianischen Prospekte, bis sie die Müdigkeit lähmte. Gegen neun Uhr lag die ganze Familie schon zu Bette und schlief.
Nur Grazia starrte mit offenen Augen in die Finsternis ihres Zimmerchens. Die Wände bauchten sich, traten zurück, kamen wieder. Das Fenster tauchte auf, verschwand, tauchte auf. Ein röchelnder Bodensatz von Jazzmusik pulste in ihrem Gehör. Mit einem Mal war der erweiterte Raum vollgestopft mit Fräcken, Ballkleidern, Uniformen, Kotillonmützen, Masken, die sich vorwärts schoben wie sumpfige Flut oder schwindelerregend um ihre eigene Achse kreiselten. Die Luft roch brandig nach Angst. Grazia konnte sich nicht rühren, denn ihr Körper steckte in einem eisig gipsgesteiften Organtinfutteral wie ein gebrochenes Glied. Und immer Musik! Nein, ein langer, langer Ton. Eine Schiffssirene. Und jetzt, von dem Seil dieses wehrufenden Tones gezogen, begann ihr Bett sich zu bewegen. Langsam zuerst, dann schwankte es ein wenig im Wellentakt nach beiden Seiten, endlich aber glitt es ruhig hinaus in die Nacht. Es darf ja nicht geschehen! Papa, Placido! Grazia griff rechts und links nach der Bettstatt und brachte sie zum Halten. Das Licht auf! Ein ängstlicher Blick auf den Nachttisch. Das Medaillon mit der Londoner Adresse war da. Sie schlug die Decke zurück, sie setzte sich auf den Rand des Bettes. Erstaunt betrachtete sie ihre schlanken Beine. Gehörten sie ihr? Ein träumerisches

Mitgefühl mit diesen langen weißen Beinen erfaßte sie, wie mit fremden Wesen. Sie erhob sich und öffnete das Fenster, das auf den Hof ging. Die endlosen Schreie vieler Schiffssirenen durchkreuzten vom Hafen her die Nacht.

Achtes Kapitel

DER CAMPOSANTO

Ehe noch drei Wochen vergangen waren, hatte Domenico Pascarella seinen Söhnen die Einwilligung zum brasilianischen Abenteuer erteilt und damit die Einheit der Familie selbst aufgehoben und die Zerstreuung eingeleitet. Was mußte geschehen sein, damit der Vater dahin gebracht werden konnte, die Hand an sein eigenes Gesetz zu legen. Viele Gründe! Einige einfach, einige äußerst verwickelt. Der einfachste: Die erwachsende Größe des Unheils und die jähe Ebbe der Geldmittel. Um den drohenden Untergang noch ein wenig hinauszuschieben, wurde jeder Soldo benötigt. Eine Familie von sechs mehr oder minder erwachsenen Kindern im Hause bildete einen Luxus, der nicht länger aufrecht zu erhalten war. Die Jünglinge mußten ihren Verdienst suchen. Es half nichts. Wo aber sollten Leute wie Placido, Lauro und der siebzehnjährige Ruggiero eine Stellung finden? Leute, die noch nichts gelernt hatten, hier, in einem Lande, dessen Futtertröge von einer besonderen Kaste dicht umstellt waren?

Zu diesen Gründen trat noch der Umstand, daß in jenen Wochen die Kräfte Don Domenicos solch mörderischen Anforderungen ausgesetzt waren, daß ein andrer sechsundsechzigjähriger Mann ohne Zweifel aufs Krankenlager gesunken wäre. In diesem Märchen, das dem Schicksal der Geschwister Pascarella gewidmet ist, mangelt der Raum, den geschäftlichen Kampf des Vaters auch nur in den wichtigsten Einzelheiten zu schildern. Breite grobe Striche müssen ersetzen, was selbst die feinste Zeichnung nicht erschöpfen könnte. Wohl war die Firma klein, doch weiß ja heute jedermann, wie gefährlich das Bankwesen ist mit seinen erteilten und aufgenommenen Krediten, mit den hysterisch schwankenden Kursen und dem lebenswichtigen Vertrauen der Kommittenten, das schreckbarer ist als das feigste Tier. Wer sich in den unzeitgemäßen Charakter Don Domenicos schon eingelebt hat, wird nicht zweifeln, daß von allem Anfang an sein Bestreben darauf gerichtet war, die Katastro-

phe vor der Welt zu verschleiern, den Namen zu retten und die Ehre. Das ging so weit, daß er, der in der Karnevalsnacht noch, sogleich nach der Entdeckung von Battefioris verbrecherischer Flucht, die Anzeige bei der Polizei erstattet hatte, schon am nächsten Tag den Lumpen zu schützen begann und der Behörde nur zögernd die notwendigen Belege auslieferte. Das geschah aus Angst vor den Skandalberichten der Zeitungen, die Renato Battefiori so massenhaft verschlungen hatte. Er ließ unbegreiflicherweise den Augenblick vorüber gehn, wo er, als durch schurkische Force majeure geschädigt, mit dem allgemeinen Mitgefühl hätte rechnen können. Die Polizei, der lässig und unaufrichtig nachgeholfen wurde, überspannte ihre Bemühungen nicht. Demzufolge konnte der ungetreue Teilhaber an der Seite seiner weiblichen Akquisition irgendwo in der Welt den Raub gelassen verzehren und behält nunmehr auch fürder die Hoffnung, bis zum Jüngsten Tage unentdeckt zu bleiben. Seine kompromittierte Schreibtischhälfte in der Azienda nahm jetzt Avvocato Gennaro Gnolli ein, der sich, was Rauch, Asche, Schmutz, Unordnung und Zeitungsverbrauch anbelangt, als rechter Nachfolger und Erbe Battefioris erwies. Es dauerte nicht lange, da hatte auch der Liquidationsanwalt und Buchsachverständige Gnolli diejenige Umgangsform heraus, die bei Domenico Pascarella am schnellsten zum Ziele führte: Unterwürfigkeit und Schmeichelei. Zu diesen vorzüglichen Ingredienzien mischte er angemessene Tröstungen und Ermunterungen, wie etwa: »Es wird schon werden.« »Wir kommen heil aus der Sache heraus.« »Verlassen Sie sich nur auf mich und in einem halben Jahr ist das Ganze ein peinlicher Zwischenfall gewesen, weiter nichts.« Es kann nicht verschwiegen werden, daß dergleichen Gemeinplätze Gnollis den zerstörten Mut Don Domenicos in zauberhafter Art aufrichteten.
Angesichts des unverbesserlichen Triebwesens Mensch sollte jeder Vernunftgläubige verzweifeln und abdanken. Es ist eine freche Lüge, die da behauptet, man würde durch Schaden klug. Noch nie hat Erfahrung und Verstand die Welt aus ihrem dumpfen Geleise geworfen. Jeder politische Tag der Menschheit beweist das. Wäre sonst auch möglich gewesen, daß ein Mann wie Domenico Pascarella nach seiner hinreichenden Erfahrung mit Battefiori sich einen Avvocato Gnolli ins Studio setzte, der dem Erstgenannten in unheimlicher Weise sogar körperlich glich?
Gennaro Gnolli hatte nach einigen Tagen den Status der Firma, das heißt ihr Soll und Haben, genau errechnet. Die Summe des Verlustes tut hier nichts zur Sache, sie war aber im Verhältnis zu dem bescheidenen Unternehmen eine schreckliche Summe. Es zeigte

sich, daß Battefiori den Raub erst ausgeführt, nachdem er durch waghalsige Spekulationen das Geschäftskapital zerrüttet hatte. Don Domenico raffte alles heran, was er außerhalb der Firma besaß: die Mitgift der drei Töchter als Hauptsache. Ferner einen Hausanteil, ein Grundstück an der Peripherie Neapels und sogar die paar Juwelen seiner verstorbenen Frau. Die Schulden schienen diese Werte zu verschlingen wie eine dürre Wiese den Sommerregen. Das Grundstück schied übrigens aus, weil sich kein Käufer fand. Zugleich begann die Unheilskunde leise durchzusickern, denn länger als ein bis zwei Wochen konnte ja das Verschwinden Battefioris nicht unbemerkt bleiben. Dank der Vertuschungstaktik blieb der genaue Hergang geheim, doch unter der Klientel begann sich Unruhe geltend zu machen. Einige Gläubiger forderten das Ihrige unverzüglich zurück. Nun aber erwies sich Don Domenicos von Battefiori oft bespöttelte Vorliebe für kleine ehrenfeste Geschäftsleute als eine besondere Tugend. Die Weinbauern, Fischereipatrone, Gastwirte zitterten zwar nicht minder für ihr Geld als die Millionäre, aber sie waren im Gegensatz zu diesen der menschlichen Einwirkung zugänglicher. Für Don Domenico begann jetzt eine Zeit unausgesetzter Reisestrapazen. Von früh bis spät abends saß er in den rumpelnden Nahzügen, eingeklemmt zwischen Bäuerinnen und Arbeitern der dritten Klasse. Vormittags tauchte er in Benevento auf oder in Positano, nachmittags in Caserta oder in einem anderen Nest, und das waren nur die kleineren Touren. Er redete mit den Leuten. Den Mißtrauischsten verriet er sogar ehrlich die Wahrheit über das ihm angetane Verbrechen. Um so heiliger versprach er die baldige Regelung der Geschäfte, nur wenige Wochen seien dazu nötig, und bat um Geduld. Der stolze Mann, dessen Anständigkeit und altertümliche Usancen weithin berühmt waren, hatte diese Gestalten bisher in seinem Studio herablassend empfangen. Nun trat er in seiner ganzen Würde unter ihr niedriges Dach. Seiner Persönlichkeit gelang, was keinem sonst gelungen wäre. Bis auf einige wenige Fälle wurden ihm die Ersparnisse nicht entzogen, sondern er konnte sogar noch einige neu anvertraute Einlagen buchen. Doch was half es, in unermüdlicher Plage kleine Löcher zu verstopfen, wenn sich allstündlich Schlünde und Abgründe öffneten? Avvocato Gnolli stellte mit trostreichen Reden Kredite in Aussicht. Er brachte sie auch tatsächlich. Die Auszahlung dieser Beträge war freilich an grausame Bedingungen gebunden, unter welchen das dreitägige Kündigungsrecht als besonders hart hervorragte. Don Domenico unterschrieb die Verträge. Was blieb ihm anders übrig, da der nächste Tag schon mit seinen Forderungen und

Sorgen sich näher wälzte wie eine tödliche Lavawand. Avvocato Gnolli aber saß stöhnend auf Battefioris Drehstuhl. Er stöhnte einerseits, weil er an mancherlei schmerzhaften Krankheiten zu leiden vermeinte, und andererseits, weil er sich als Retter Don Domenicos fühlte. Dieser, durch Regelmäßigkeit und sichere Ordnung eines langen Lebens verwöhnt, vermochte in den ersten Tagen des Unglücks nur mühsam das Steuer zu halten. Das war ja selbstverständlich. Bei gewissen Gelegenheiten verspürte er auch eine neue unbestimmte Feindschaft, die ihm galt. Sie unterschied sich deutlich von der allgemeinen und abstrakten »Feindschaft der Welt gegen die Familie Pascarella«, über die er am Sonntag seinen Kindern des öftern Predigt gehalten hatte. Die einzige freundliche Erscheinung, die man aus diesen Tagen berichten kann, ist merkwürdigerweise ein plötzlicher Aufschwung des verachteten Wechselstubengeschäftes. Es sah fast so aus, als bemühe sich die Schöpfung Battefioris, durch reuevolle Kraftanstrengung die Sünden ihres Vaters gut zu machen. Aber was konnten in solch teuflischer Klemme die kleinen Einnahmen der Straßenmanipulation viel helfen? Der erste große Wechsel des Flüchtlings mußte eingelöst werden. Gläubiger kündigten ihr Darlehen. Don Domenico kämpfte heldenhaft. Doch in der vierten Woche wußte er nicht mehr, woher er das Geld für seinen Haushalt nehmen solle.
In einer anderen Familie wären diese Vorgänge stichhaltig genug gewesen, die Sache mit Brasilien zu rechtfertigen. Hier aber lag der letzte unausgesprochene Grund in einem anderen Bereich. Die Beziehung des Vaters zu seinem ältesten Sohn, die sich von Tag zu Tag umgestaltete, oder besser, weiter gestaltete, war wohl dieser letzte Grund. Mancher wird über diese feinere Motivierung nicht mit Unrecht den Kopf schütteln. Die Söhne sind in mannbarem berufsfähigen Alter. Wie viele ihresgleichen ziehen in die Welt hinaus, ohne daß eine ähnliche Katastrophe sie dazu zwingt? Dennoch, dies hätte für Don Domenico nicht hingereicht, den festen Körper seiner Familie aufzulösen. Er konnte jetzt, wenn er nach zermürbenden Tagen spät am Abend heimkehrte, vor den Kindern kaum mehr eine tödliche Erschöpfung verbergen. Wohl saß er aufrecht und ohne Nachlässigkeit da, wohl sah er noch immer alles, wohl ließ er keine Ungehörigkeit passieren, doch war er, wenn man es gerecht betrachtet, Placido gegenüber im Nachteil. Es wäre ganz falsch, zu vermuten, daß zwischen Vater und Sohn nun ein böses Ringen um Überlegenheit anhub, eine Königs- und Kronprinzentragödie etwa, in welcher der Sohn die augenblickliche Schwäche des Vaters benützt, um sich in den Sattel zu schwingen.

Die Verwandlung Placidos lag ganz anderswo, darin nämlich, daß er nicht mehr *durch*, sondern *um* den Vater litt. In jener Unheilsnacht war Don Domenico für seinen Sohn aus der starren Sphäre der Herrschaft und Vollkommenheit niedergestiegen in die Welt der Irrungen und des Erbarmens. Ja, Placidos Herz war voll Erbarmen für Papa. Er wollte dort in der fernen Welt Brasiliens nur für Papa leben, ihm all seine Kräfte weihen. Diese mächtig erwachte Liebe war jetzt stärker als alles, stärker als die vernünftige Überlegung, ja stärker selbst als der Wunsch, dem Vater durch seine künftigen Leistungen zu gefallen und zu imponieren.

Doch gerade diese neue Haltung Placidos machte Don Domenico ungemein nervös. Ihm wurde die Gegenwart des ältesten Sohnes, man kann es nicht anders nennen, immer unbehaglicher. Auch er liebte Placido mit einer besonderen, zornbereiten Liebe. Und darum war er so empfindlich für das, was sich schon seit längerer Zeit entwickelte. Ursprünglich hatte er es für Bockigkeit gehalten, für ein verstocktes Aufmucken, später für Bildungshochmut, dem er gerne mit dem Hohnruf begegnete: Ecco il poeta, ecco il philosopho! Nun aber öffnete sich eine andere Schicht. Placido schien immer freier zu werden, er war nicht allein mehr das Geschöpf Papas, sondern verkörperte ihm gegenüber von Tag zu Tag umrissener die eigene Wesenheit. Wenn das so weiter geht, fuhr es eines Abends Don Domenico lächerlicherweise durch den Kopf, wird er mich in einigen Jahren auf der Straße nicht mehr grüßen. Er suchte boshaft nach einer Gelegenheit, sich über den »Poeta« und »Philosopho« lustig zu machen. Doch schon weil er suchte, fand er weder die Gelegenheit noch auch die Kraft zum Spott. Ich bin heute drei Stunden in der Eisenbahn gesessen und zwei in der Tramway, dachte er, entschuldigend, während Placido mit leidenschaftlichen Händen vor ihn brasilianische Prospekte und Statistiken hinbreitete, eine zudringliche Geste, die noch vor einem Monat für respektlos gegolten hätte. Jedoch erst eine arge Ungezogenheit Grazias brachte die Entscheidung. Seit Wochen durch den Gedanken an die Trennung von den Brüdern gequält, stampfte sie jetzt auf und schrie:

»Das alles ist verrückt!«

Und mit einer wütenden Bewegung fegte sie die Prospekte, obgleich sie vor Papa lagen, auf den Boden. Don Domenico schrak aus einer Schlafwandlung empor. Er konnte die Augen kaum mehr offen halten. Ist es schon so weit mit mir? Der Zorn gegen Grazia, die für ihre Dreistigkeit zu strafen er zu müde, zu abgehetzt war, verdichtete sich unträglich in ihm. Er ging mit steifen, tappenden Tritten zur Tür. Doch ehe er sie noch hinter sich schloß, gab er die Einwilligung zur Brasilienfahrt der Söhne. In seinem Zimmer oben verging ihm die Müdigkeit sofort. Die Kinder hörten ihn die halbe Nacht umherstampfen. Doch sie wußten allzugut, daß Papa lieber sterben würde als eine seiner Entscheidungen zu widerrufen.

Es war dafür gesorgt, daß die Schwestern in den nächsten Tagen keine Zeit fanden, der Abschiedstrauer müßig nachzuhängen. Sie hatten von früh bis abends für die Brüder zu denken und zu wirken. Am dreißigsten März nämlich ging ein großer, schon etwas angejahrter Kasten der Servizi Marittimi, der ehrwürdige Colleoni, hinüber nach Rio de Janeiro. Placido hatte kurzerhand sich und seine zwei Gefährten als Zwischendeckspassagiere vormerken lassen. Vielleicht hätte Papa aus Standesrücksichten das Opfer gebracht, für seine Söhne Schiffsbillette dritter Klasse zu lösen, Placido aber fand, daß »il ponte«, wie das Zwischendeck in der italienischen Seemannssprache heißt, vollauf genüge. Bis zur Abreise standen kaum vierzehn Tage zur Verfügung. Man mußte sich tummeln, um mit allen Vorbereitungen fertig zu werden. Da Papa nur eine ganz geringe Summe zur Equipierung der Auswanderer flüssig machte, blieb nichts anderes übrig, als daß die Schwestern ans Werk gingen. Sie reparierten die schlissigen Hemden; aus Strümpfen, die keine Fersen und keine Spitzen mehr besaßen, zauberten sie ganze Ware; sie besserten das zerrissene Futter der Anzüge aus, sie verfertigten aus zwei verendeten Wäschestücken ein lebendiges; durchgewetzte Stellen der Hosen und Röcke stellten sie durch feinste Fadenarbeit unmerklich wieder her. Solange das Tageslicht noch in den Fenstern lag, schneiderten, fädelten, stopften sie unermüdlich.
Giuseppe beobachtete stundenlang die Arbeit der Schwestern. Er stand mit gekreuzten Armen an der Tür, interessiert und mißbilligend zugleich. Was er zu den traurigen Vorgängen im Hause Pascarella meinte, war aus seiner Miene nicht ersichtlich. Man hatte die Köchin Priscilla samt ihrem Grammophon gekündigt, Grund genug, daß das Selbstgefühl Giuseppes zu Sonnenhöhen emporwuchs. Seitdem er nicht mehr durch die Gegenwart eines anderen Dienstboten in seiner Stellung mißverstanden werden konnte, gewann in ihm der unnahbare Kritiker des Volkes an Kraft. Er gewährte seiner Schwerhörigkeit mehr Raum als jemals und setzte den dringlichsten Anrufen und Wünschen der Geschwister ein hehres Bergfirnen-Schweigen entgegen. Die Überlastung und häufige Abwesenheit seines Herrn machte er sich insofern zunutze, als er jede Gelegenheit wahrnahm, in Vertretung Papas den Pasca-

rellastamm durch seine lautlos-tückische Präsenz zu verstören. Er gab sich angelegentlich Mühe, der schmerzhafte Pfahl im Fleische der Kinder Don Domenicos zu sein. So stand er oft regungslos und ohne zureichenden Grund im Zimmer, als die leibhaftige Mahnung an das väterliche Gesetz, das er nach wie vor strenge zu hüten gedachte. Wenn er jetzt zum Beispiel, während sich die Mädchen mit Nadel und Schere plagten, nicht von seinem Standplatz wich, so bedeutete das folgenden stummen Tadel: Ist die Sala da pranzo, der heilige Raum des Mahles und der Zusammengehörigkeit, ist der große Familientisch der geeignete Platz für Strümpfe, Hemden und Unterhosen? Die Schwestern mußten, von diesem stummen Tadel getroffen, immer wieder zu Giuseppe, dem verkörperten Gesetz, hinblinzeln, das die Augen nicht von ihnen wandte.
Die Ausrüstung war übrigens nur eine Kleinigkeit, mit der man rasch und gut zu Rande kam. Es lauerten mächtigere Hindernisse, um den Plan im letzten Augenblicke zu vereiteln. Grazia schickte Stoßgebete zum Himmel, diese Hindernisse möchten sich stark genug erweisen. Die Geschichte mit den Pässen vor allem. Es war nicht leicht, für junge Leute zumal, Paß und Visum zu erlangen. Amtlich stand der Ausreise wohl nichts im Wege. Placido war der militärischen Musterungspflicht, der Leva, ordnungsgemäß nachgekommen. Man hatte ihn wegen allgemeiner Körperschwäche (er wog bei 183 cm Länge nur 62 kg) nach Hause geschickt. Die beiden anderen Brüder hatten das staatlich geforderte Alter noch nicht erreicht. Dennoch begannen sich in dieser Hinsicht die Schwierigkeiten aufzutürmen. Die jungen Leute wurden von Amt zu Amt geschickt, von der Quästur zur Präfektur, und umgekehrt. Man forderte Eingaben, Bekenntnisse, Erklärungen, man stellte hochnotpeinliche Verhöre nach Gesinnung und Weltanschauung an, man forschte eindringlich nach dem Grund der erwünschten Ausreisebewilligung und nach ihrem Zweck. Je häufiger diese Amtswanderungen erfolgten, um so neugieriger und mißtrauischer wurden die Gesichter der Beamten, und am Ende hatten die Brüder das Gefühl, sie gehörten einer geheimnisvollen Verschwörung an, ohne etwas davon zu wissen.
Wieder einmal war es Lauro, der Mann der Überraschungen und Auswege, der den Knoten durchhieb. An einem Freitagmorgen erschien er vor der weißen Tür jenes kolossalen Franziskaner-Provinzials, der ihn im Klosterhof von Camaldoli angesprochen hatte, und wurde zu seinem eigenen Erstaunen unverzüglich vorgelassen. Ein kahler Amtsraum mit Büroschreibtisch, Eisenkassa, Telephon, nur durch ein großes Kruzifix klösterlich modifiziert. Die riesige

Gestalt vollführte eine ächzende Wendung:
»Ihr, Giovanotto? Also was gibt es? Eh?«
Lauro fühlte sich erkannt. Die vorgewälzt rotgeäderten Augen des Ordenshauptes hatten ihn nicht vergessen. Mit leiser Stimme entschuldigte er sein Kommen. Er habe sich, wie befohlen, telephonisch angemeldet. Lauro war in Verlegenheit, wie dieser Würdenträger zu titulieren sei. Er entschloß sich zur gut neapolitanischen »Eccellenza«, die keinesfalls schaden konnte.
»Also Ihr wollt bei uns eintreten, Giovanotto«, dröhnte der Mönch. Lauro sah krampfhaft auf seinen Hut hinab, den er in der Hand hielt. Diese Frage ging ihm tiefer als er geahnt hatte. Erschütterung bemächtigte sich seiner. Kaum konnte er das Zucken seines Mundes verbeißen, als er Ja sagte.
»Und warum wollt Ihr das, Giovanotto?«
Es gibt überzeitliche Augenblicke, die geräumig genug sind, ein ganzes Leben zu umfassen. Solch einen Augenblick erhielt jetzt Lauro zum Geschenk, damit er all seine Gründe erforsche und kläre. Er starrte auf das Kruzifix. Doch es gelang ihm nur, sich in der Weite des Augenblickes zu verirren. Er sah immer wieder den Certosagarten von Camaldoli, Zypressen, Pinien, Oliven, nur Bäume, Blumen, Weiher, sonst nichts. Da stammelte er:
»Das kann ich . . . das läßt sich schwer sagen . . . Eccellenza . . .«
In der Stimme des Kolosses rollte Unwillen:
»Das läßt sich schwer sagen? Wie, Giovanotto? Damit beginnt es ja erst, daß es sich sagen läßt. Das ist der allererste Anfang, mein Lieber!«
Lauro hob rasch den Kopf:
»Jetzt geht es gar nicht mehr, Eccellenza . . . Wir müssen nämlich nach Brasilien, wir drei Brüder . . . Papa hat geschäftliches Unglück gehabt . . . Wir müssen schnell Geld verdienen, um ihm zu helfen . . .«
Der Provinzial sagte zuerst nichts und gab nur einen sonoren Baßlaut von sich wie ein geschmeicheltes Ungeheuer. Dann hieß er Lauro näher treten und berührte mit seiner weißen Polsterhand den Arm des Jünglings:
»Es ist so besser für dich, Giovanotto! Und jetzt paß auf und merk dir meine Worte, die wahr sind! Für einen Menschen zu leben, kann es morgen schon zu spät sein, für Gott zu leben, ist es nie zu spät.«
»Aber wir kriegen ja keine Passaporti«, stieß Lauro hervor. Darauf ging mit dem Provinzial eine deutliche Veränderung vor. Sein überlebensgroßes Gesicht bedeckte sich mit einer Schichte von behaglicher Lustigkeit, während die Falten um seine Augen sich

boshaft vertausendfachten:
»Aha, ihr bekommt keine Pässe?!«
Er lachte ausdauernd und in vielen Tonlagen, als gebe er damit ein kampffrohes Musikstück zum besten:
»Mir scheint, Giovanotto, dir fehlt ein Abzeichen im Knopfloch. Hier, schreib mir eure Namen auf, alles, Vater, Mutter, Alter, nur schön genau!«
Er hob das Telephon ab und donnerte mit entschlossenem Angriffsvergnügen in die Muschel:
»Verbinden Sie mich mit Rom! Ministerium des Inneren!«
Acht Tage später hatten die Brüder Pascarella ihre Pässe mit dem brasilianischen Sichtvermerk in der Tasche.
Nun lag vor Lauro nur eine einzige Pflicht mehr. Mamas Ring mußte im Leihamt eingelöst werden. Einen Tag lang war er beinahe willens gewesen, zu diesem Behufe den Kontrabaß zu verkaufen. Davon aber kam er ab, und nicht nur, weil das Besitzverhältnis des Instrumentes nicht ganz klar war. Der Mitschüler, der es ihm als Leihgabe überlassen hatte, war mit seinem Vater, dem Orchesterprofessor, in eine andere Stadt abgewandert, ohne die Baßgeige zurückzufordern.
Es lag in der Eigenart Lauros, daß die Dinge seines Besitzes und Umgangs für ihn mit der Zeit eine übersinnliche Bedeutung gewannen. Sie verwandelten sich in Kraftzentren, die ihn mit guten oder bösen Einflüssen umgaben. Davon waren auch Kleidungsstücke nicht ausgenommen. Schon als kleiner Knabe hatte er gegen einen hübschen Anzug eine unüberwindliche Antipathie empfunden und sich solange gegen ihn gewehrt, bis Mama ihn weghängen und für Ruggiero aufheben mußte. Was aber den Kontrabaß anbelangte, so war er für Lauro ein großes gutmütiges Wesen, halb der Dämonenwelt angehörend und halb dem Tierreich. Er sah in dem Instrument, das im Salotto neben dem Klavier feinhörig lehnte, einen der Schutzgeister, die im Schicksalskampf auf seiner Seite fochten.
Als der junge Duca Dallorso, Gia-Gia genannt, auf der Visitkarte Lauro Pascarella las, hatte er natürlich keine Ahnung, wer das sei. Auch von Angesicht erkannte er den Jüngling nicht, lud ihn aber mit gebrechlicher Verbindlichkeit ein, Platz zu nehmen. Seine zusammengewachsenen Augenbrauen und die hängende Unterlippe vollführten pflichtgemäß das Lächeln eines heimwehkranken Äffchens. Hatte Lauro in der Amtszelle des Provinzials erstickt und leise gesprochen, hier in dem weiten Palast sprach er mit heiterer Stimme, obgleich sein Anliegen mehr als sonderbar war:
»Wir, das heißt meine Schwester und ich, waren auf der Fiesta di

ballo im Hotel Bertolini . . . Sie werden sich erinnern . . .«
Gia-Gia nickte melodisch, als wisse er in seiner Eigenschaft als Komiteepräsident die ihm erwiesene Ehre auch nachträglich noch zu schätzen. Lauro besaß eine ausgesprochene Spiegelbegabung. Er spiegelte sein Gegenüber, ohne selbst an Persönlichkeit einzubüßen. In Gesellschaft eines Fischers vermochte er ein Fischer zu sein, in Gesellschaft eines Fürsten ein Fürst. Seine Worte klangen frei und weltmännisch:
»Sie hatten die Gnade, mir die Einladungen zu dem Feste selbst zu überreichen.«
Gia-Gia öffnete ein wenig die Arme zum Zeichen, daß er einesteils geschmeichelt sei, anderenteils bedaure, daß keine neue Fiesta di ballo ihm die Gelegenheit zu einer zweiten Einladung gebe. Lauro fiel noch immer nicht aus dem Ton:
»Wir, ich meine Grazia und ich, hatten eigentlich kein Recht, den Ball zu besuchen.«
»Warum? Ich bitte Sie. Es war sehr nett von Ihnen.«
»O nein! Wir sind nämlich sehr arm. Vor dem Ball waren wir es noch nicht. Jetzt aber sind wir schrecklich arm.«
Gia-Gia beantwortete dieses Geständnis mit einem langgezogenen »Ah«, womit man in der Regel auf Hiobsposten oder Freudenbotschaften reagiert, die einen nichts angehen. Lauro nahm das »Ah« mit einer förmlichen Verbeugung entgegen, ehe er fortfuhr:
»Ich möchte mich erkundigen, ob mir das Festkomitee aus diesem Grunde das Eintrittsgeld nicht zurückerstatten könnte.«
»Wie bitte?«
»Es waren sehr hohe Preise. Die Ballkarten haben hundert Lire gekostet. Es ist für mich leider eine unentbehrliche Summe, da ich in der nächsten Woche nach Brasilien reise, um dort Arbeit zu suchen.«
Lauro stand auf. Obgleich er dagegen angekämpft hatte, war er über und über rot geworden. Seine Lippen öffneten sich. Er machte einen Schritt auf Gia-Gia zu und sah ihn verzweifelt an. Der Duca Dallorso hatte mehrere Tage steppenöder Langeweile hinter sich. Als der junge Pascarella angemeldet wurde, war er eben dabei gewesen – man darf das ruhig annehmen –, aus den Photographien mißliebiger Familienmitglieder die Köpfe auszuschneiden oder diese mit Briefmarken zu überkleben. Nun aber begann er sich an der Schönheit Lauros zu weiden. Das allzu magere Männchen litt zumeist an kalten Gliedern. Jetzt wurde ihm wärmer und wärmer, als hätte man ihm einen Thermophor auf die Brust gelegt. Es versuchte Lauro zum Niedersitzen zu bewegen:

»Brasilien? Das ist ja wunderschön. Aber wollen Sie nicht Platz nehmen?«
»Nein, danke!« Lauro blieb stehen. »Es handelt sich nämlich um einen Ring. Aber er ist ein Erbstück und wichtig für mich. Ich habe ihn wegen der Eintrittskarten versetzt.«
»Versetzt, mein lieber Freund? Sehr gut! Sie heißen Pascarella. Aber natürlich. Und sie sind der Bruder der schönen Schwester.«
»Hier ist der Versatzzettel!«
Und Lauro legte das Beweisstück in die Hände Gia-Gias:
»Vielleicht können Sie erwirken, daß man das Geld zurückerstattet. Ich will mich verpflichten, es in einem Jahr wieder einzusenden. Bis zum nächsten Karneval. Es ist so wichtig für mich. Ich muß den Ring auslösen.«
»Ist er ein Geschenk Ihrer Geliebten?«
»Nein, er hat meiner Mama gehört.«
»Ihrer Mama! Aber das ist ja wunderschön . . .«
Gia-Gia schien durch all diese Dinge hocherfreut zu sein: durch das Armutsbekenntnis, durch Brasilien, durch die schöne Schwester, durch den Versatzzettel, durch Mamas Ring. Er faßte Lauro unterm Arm und ging mit ihm auf und ab, dankbar, als hätte ihn der junge Mann durch amüsante Geschichten von den schleichenden Angstzuständen der Langeweile erlöst:
»Ich kann Ihnen die angenehme Mitteilung machen, daß unser Festkomitee Ihren Wunsch erfüllen wird. Wollen Sie den Ring sofort auslösen? Wenn es erlaubt ist, begleite ich Sie. Mein Wagen wartet. Der Monte di Pietà interessiert mich natürlich brennend.«
Auf diese außergewöhnliche Art kam Mamas Ring wieder in Lauros Besitz. Der einsamkeitsfürchtige Gia-Gia, der seiner alltäglichen Gesellschaft satt bis zur Übelkeit war, hätte am liebsten noch einige Stunden mit dem jungen Menschen verbracht. Dieser aber begann sogleich nach erledigtem Geschäft steif und unruhig zu werden. Der Duca bot ihm ein paar hundert Lire an, die Lauro zurückwies. Warum war ich so dumm, fragte er sich eine halbe Stunde später. Wie leicht wäre es im Grunde, uns alle zu retten! Er befreite sich schnell von solchen ehrlosen Einflüsterungen. Trotz derartigen Einfällen, wie es der Besuch bei Gia-Gia war, rollte Papa und sein Gesetz ihm unerbittlich im Blut.
Am selben Tag noch nahm auch Grazia all ihren Mut zusammen und lauerte dem Vater auf, als er sich vor dem Pranzo in seine Zimmer begeben wollte. Da die brasilianische Reise nicht mehr rückgängig zu machen war, sollte wenigstens alles Erdenkliche geschehen, um Placido und die jüngeren Brüder in der fremden

Wildnis (das war Brasilien in Grazias Phantasie) zu schützen und zu sichern. Sie bat Papa, er möge an den italienischen Generalkonsul in Rio de Janeiro einen Brief schreiben und ihm seine Söhne anempfehlen. Der Generalkonsul, Commendatore Eccheverria, war nun niemand anderer als jener Jugendbekannte Don Domenicos, der vor einiger Zeit im Café durch sein Lob der Pascarellakinder (Engel) das heftige Mißfallen ihres Vaters erregt hatte. Papa erinnerte sich auch sofort der Szene und sein gereizter Stolz verbot ihm, der Tochter Bescheid zu geben. Dennoch siegte die Vernunft in ihm. Spät abends setzte er sich hin und verfaßte, ohne die Geschwister einzuweihen, einen gemessenen Brief an Signor Eccheverria. Es war der Abend, der dem Todestag Mamas voranging. Und diesem Tage folgte der dreißigste März, an dem um neun Uhr morgens der Colleoni in See stechen sollte.

Ganz gewiß ist der Friedhof von Genua berühmter und der von Mailand weitläufiger. Dafür aber steigt der Camposanto Neapels (nicht weniger als der von Genua) steil empor in labyrinthische Höhen. Nirgendwo wohnen die Abgeschiedenen enger zusammen und regelloser.

Die modernen Friedhöfe weit oben im Norden, in Deutschland, Holland und anderen fortschrittsbeflissenen Ländern, huldigen dem guten Geschmack und der begreiflichen Absicht, den Tod vergessen zu lassen. Sie sind entweder weite Parkanlagen oder wohlausgerichtete Zweckarchitekturen der Verwesung. Schönbetonierte Grabstellen, Kuben und Platten, einfache Kreuze und Schluß! Ornamente, Embleme, Abirrungen der erschütterten Phantasie, vom Grabsteinmetzen verwirklicht, schwinden von Jahr zu Jahr! Auch dieser Teil der menschlichen Welt hört auf geschmacklos und beseelt zu sein. Der Tod wird dem schnurgeraden Mechanisierungsprozeß unterworfen. Dieser nimmt auch ihm den schaurig-wollüstigen Stachel, den er dem Leben schon längst genommen hat.

Doch gerade im Verhältnis zum Tode zeigt sich noch der tiefe Unterschied der Völker und Kulturen. Je mehr Wirklichkeit ein Volk seinen Toten verleiht, um so mehr innerliche Wirklichkeit bleibt ihm selbst erhalten. In Neapel haben sie auf dem Camposanto bei der Porta Capuana die Saat der Toten unglaublich dicht ausgeworfen, und nicht minder dicht ist die oberirdische Ernte in die Schäfte geschossen. Die festgekeilte Masse der Toten steht wie ein erstarrter Menschenzug, wie eine Demonstration, der Halt geboten wird. Sie verkörpert sich in einer Unzahl von Skulpturen: Männer,

Frauen, Greise, Kinder; ganze Figuren, Hermen, Büsten, Köpfe, sitzende Gestalten, kniende, schwebende; hier ein eingeschrumpfter Alter, der niedersteigt, dort ein lächelndes Kind, das die Arme zur Mutter aufhebt; Krieger, die ihrer Muskete nach zu Boden stürzen, junge Mädchen, die Kränze oder Laternen emporhalten; Engel überdies aller Gattungen, solche, die ihre Loderschwerter zum Himmel schwingen, und andere sanftere, die den Weg zur Unterwelt mit freundlicher Ciceronemiene weisen; und diesem menschenleiblichen Reich als Hintergrund, Zier oder Stütze beigeordnet, gebrochene Säulen, große und kleine Kreuze, Lampen, Nischen und Zehntausende von Marmorplatten mit goldenen Lettern. Das verwirrende Getriebe, das ordnungslose Durcheinander des Totenvolkes überragt als Führerin eine Riesenstatue, die sich nach oben reckt, die Religion.

Die Pascarella besaßen keine eigene Gruftkapelle und unterschieden sich auch dadurch von den großen Familien Neapels. Solch eine Grabkapelle war, ganz abgesehen von dem lebendigen Glanz, den sie dem Eigentümer verlieh, durchaus nicht zu verachten, gewährleistete sie doch das Recht zu einem doppelten Begräbnis. Die geologische Beschaffenheit des Camposanto Nuovo ist den Toten überaus günstig gesinnt. In der reinlichen Tufferde verfaulen sie nicht, sondern trocknen binnen einem Jahr aus, worauf sie, (soferne sie den ersten Familien angehören) ein zweites Mal beigesetzt werden, und jetzt nicht mehr in der grauenvollen Tiefe, sondern oben, dicht unterm Kapellenaltar, fast im sauberen Tageslicht. Auf solche postmortale Bevorzugung, die den Dallorso, Ventignano, Spagnuoli in Fülle zuteil ward, mußten Domenico Pascarella und Familie verzichten. Schließlich war die einmal jährlich frequentierte Loge in San Carlo, Nummer drei, links, erster Rang, weniger kostspielig als ein Mausoleum, das man ja nicht fallweise mieten kann.

Im übrigen sah Mamas Grabstätte schön und anheimelnd aus, wenn sie auch nicht durch ein Steinporträt ihrer Inwohnerin geschmückt war. Viele bunte Lampen und ein großes Marmorkreuz, um das sich nicht minder marmorne Blumengewinde rankten. In die Schriftplatte war eine vergrößerte Photographie eingelassen. Sie stimmte den Betrachter traurig, denn nur die wenigsten Bilder haben die Kraft, mit der verwandelten Zeit und Mode sich fleißig mitzuverwandeln.

Lauro und Annuziata waren die ersten am Ort. Es hatte sich die Gewohnheit herausgebildet, daß an Mamas Todestag sich die Geschwister Pascarella nicht gemeinsam hier einfanden, sondern

paarweise. Heute gewann dieser Brauch noch eine tiefere Bedeutung. Denn vor dem großen Abschied aller Brüder von allen Schwestern galt es heimlicheren Abschied zu nehmen von dem Liebsten und Nächsten.
Lauro legte einen Kranz weißer Nelken auf das Grab. Diese erstaunliche Weihegabe entstammte einer neuerlichen Transaktion. Papa hatte im letzten Augenblick für jeden der Söhne eine Summe bestimmt, davon sie sich haltbare Stiefel kaufen sollten. Lauro aber dachte, Geld und Stiefel müsse es auch in Brasilien geben und zog es vor, statt des praktischen Ankaufes für Mama ein Abschiedsgeschenk zu erwerben. Annunziatas Blumenstrauß wirkte ärmlich daneben. Dann sahen sie stumm auf den Rasen, ohne, wie es ja zumeist der Fall ist, ihre Gedanken auf die Tote konzentrieren zu können. Sie hatten gar keine Gedanken, sondern bloß Bilder, verschwimmende Gaukeleien, dämmerig, trauervoll.
»Mir tut eigentlich nur leid . . .«, begann Lauro und sprach den Satz nicht zu Ende. Annunziata wußte sofort, daß ihm das Kloster im Sinn lag und sein verlorener Lebenswunsch. Federleichte Eifersucht bestimmte ihre Worte:
»Graja hat über dich gelacht, Lauro . . . Ich aber verstehe dich genau, o Gott, wie genau . . . Es ist sehr schwer . . .«
Mit der Erwähnung von Grazias Lachen befreite sich Annunziata selbst. Sie hatte unter der Ballgemeinschaft Lauros mit der Schwester tagelang gelitten. Er aber sah Annunziata jetzt scharf an und erstaunte, eine fremde junge Dame zu erblicken, deren abgemagert fahles Gesicht mit den großen Augen ihm gänzlich unbekannt war. Da lebt man Jahr für Jahr miteinander, da sitzt man Tag für Tag am selben Tisch und kennt das Gesicht seiner Lieblingsschwester nicht. Man sieht sie zum erstenmal am Abschiedstag, ehe man über den Ozean fährt, für Gott weiß wie lange. Ja, Zia hat recht, es ist wirklich sehr schwer, und der Mensch braucht Hilfe, um nicht wahnsinnig zu werden, wenn er in die Nähe des Geheimnisses der Einsamkeit gerät. Lauro starrte die Schwester unverwandt an, erschüttert darüber, daß er ihr Gesicht noch niemals gesehn hatte. Doch auch in Annunziata ging Schmerzliches vor:
»Ich weiß nicht . . . Es ist nicht wegen morgen allein . . . Aber ich habe ein so schweres Vorgefühl.«
Lauro erwachte aus seinem Zustand:
»Du übertreibst, Zia. Was sind Entfernungen heute? Wir verschwinden ja nicht aus der Welt. Nächstens werden schon Postflugzeuge zwischen Amerika und Europa verkehren. Und vielleicht ist es bald so weit, daß wir telephonisch miteinander sprechen können.«

»Nein, Lauro, das mein ich nicht . . . Kein Telephon . . . Es ist besser, du versprichst mir, Mama nicht zu vergessen . . . Wenn irgend etwas los ist, denk an Mama . . . Und ich werde auch an Mama denken . . .«
Sie stellte sich Mama wohl als eine Art magische Empfängerstation vor, wohin sie dem Bruder für den Notfall ein Seelen-Rendezvous gab. Er aber zog sie eilig fort, denn Ruggiero und Iride tauchten am Ende des Weges auf. Die Paare wollten einander nicht begegnen. Lauro ging voran. Die beiden gerieten in einen abgelegenen Teil des Camposanto. Sie, die sonst immer vielerlei zu betuscheln hatten, schwiegen heute hartnäckig, als habe sich der Gesprächsstoff ihres Lebens zur rechten Zeit erschöpft. Lauro blieb stehn und wies auf ein wappenartiges Emblem, das aus einer Wandnische der Kollonade hervortrat. Annunziata, die kurzsichtig war, beugte sich vor, um das Rätsel zu lösen:
»Ein Händedruck«, sagte sie. »Ja, ein männlicher und weiblicher Arm, die sich die Hand reichen. Natürlich ein Ehepaar.« Lauro musterte das Symbol:
»Ein Händedruck und ein Ehepaar, gut! Aber wozu halten die beiden Hände, indem sie sich drücken, zugleich einen Handspiegel? Und was bedeutet die Schlange?«
Es war keines der gebräuchlichen Sinnbilder: Eine Frauen- und Männerrechte, die einander liebevoll umklammerten und in der Umklammerung den Stiel eines Handspiegels festhielten um den sich eine Schlange wand, deren Schwanz noch das Gelenk des Mannes umringelte. Lauro:
»Warum der Spiegel? Warum die Schlange? Warum umwindet sie den Männerarm und nicht die Frau? Verstehst du das?«
Annunziata entzifferte mühsam den Namen des dahingeschiedenen Ehepaares, das seinen Gästen so schwierige Sinnrätsel aufgab:
»Am besten, wir fragen Placido.«
»Ach, lassen wir das«, wehrte Lauro ab, »wozu? Man muß nicht alles verstehn.«
Er wandte sich ab. Es war nicht gut, den Dingen immer auf den Grund zu gehn. Hierin dachte er anders als Placido. Auf dem weiteren Weg richtete er es so ein, daß er hinter Annunziata etwas zurückblieb. Sie kamen an einer Stelle vorbei, wo die weiße Erde ausgehoben war, vielleicht für eine künftige Grabstätte, vielleicht auch nur für eine Kabellegung. Lauro zog blitzschnell zwei in Seidenpapier gewickelte Päckchen aus der Tasche und warf sie in die Grube hinab. Es waren die beiden tongeformten Tiere, die er besaß. Denn gestern hatte er alle anderen phantastischen Kunstwerke in

seiner Hand in kleine Stücke zerschlagen. Das wehmütig hockende Hündchen aber und der widerspenstige Maulesel waren ihm weit eigenlebendiger erschienen als die anderen traumhaften Kombinationen von Vogel, Reptil und Säugetier. Er hatte es nicht über sich gebracht, sie zu vernichten, und beschlossen, ihnen auf dem Camposanto ein ehrenhaftes Begräbnis zu bereiten.

Inzwischen statteten Ruggiero und Iride Mama ihren Besuch ab. Ruggiero kam mit leeren Händen. Iride brachte ein Geschenk mit. Es war eine Handarbeit, ein Deckchen mit einem kindlichen Stickereimuster, das sie Mama opferte, um die Tote gewissermaßen von ihren Fortschritten in Kenntnis zu setzen. Wohl besaß sie zu Hause ein weit bravouröseres Werk, eine Teepuppe, deren Schäferinnenkleid sie eigenhändig geschneidert hatte. Nach einigem Zögern aber hatte sie sich für die angemessenere und würdigere Gabe der Stickerei entschlossen, die sie nun unter Lauros Nelkenkranz verbarg.

Ruggiero schien von dem neuen Leben, dem er morgen entgegenfuhr, so mächtig erfüllt zu sein, daß nicht einmal dieser heilige Ort, sonst Quell andächtigen Schauders, seine Aufmerksamkeit binden konnte. Nach einer Pause pflichtgemäßen Auf-das-Grab-Starrens fing er gleich wieder an:

»Ich werde mich jedenfalls älter machen, Iride, um drei Jahre wenigstens.«

Iride schaute ihn kritisch an. Er ärgerte sich:

»Du mußt mir doch zugeben, daß ich wie neunzehn oder zwanzig aussehe.«

Sie wollte ihm diese Ehre nicht allein zubilligen:

»Aber auch ich schaue schon aus wie fünfzehn, nicht wahr?«

Ruggiero gab der Meinung Ausdruck, daß man in Südamerika wie ein ganzer Mann wirken müsse, um voll genommen zu werden und damit auf die Laufbahn eines Millionärs zu gelangen. Er zweifelte nicht daran, daß eine ähnliche Karriere drüben in Brasilien eigens auf ihn warte. So erfüllt war er von glückhaften Vorstellungen, so geschwellt von übermütiger Hoffnung, daß die Leiden des Abschiedes in seinem Gemüt wenig Platz fanden. Man muß gestehn, Ruggiero spielte in diesen schweren Tagen unter den Geschwistern eine Rolle von verblüffender Unsentimentalität. Er kannte sich in Brasilien schon besser aus als in Neapel, prunkte vor der aufstaunenden Iride mit statistischen Reihen und ökonomischen Einsichten. Er sagte alle zwanzig Staaten des Riesenreiches auswendig her und nicht einmal die portugiesische Aussprache von Worten wie »Maranhão« oder »Encruzilhada« bereitete ihm Schwierigkeiten.

Die brasilianische Landwirtschaft hatte er im kleinen Finger und war nicht ohne Herablassung bereit, seine Kräfte der weitberühmten Kaffeeproduktion zu widmen. Die Aussicht auf Welt, Seereise, Abenteuer, Betätigung hatte den Burschen in wenigen Wochen durch und durch verändert. An den alten Orso erinnerte nur mehr eines, daß er nämlich kein Steinchen sehen konnte, ohne es mit einem Anlauf fußballgerecht vorwärts zu kicken, ein lasterhafter Trieb, von dem er selbst auf den feierlichen Wegen des Camposanto nicht lassen konnte. – Nachdem er so mit unerschütterlicher Gewißheit sein Zukunftsbild gemalt hatte, schloß er:
»Und dann hole ich dich zu mir hinüber, Iride.«
»Und Papa«, blinzelte sie erschrocken.
»Hier heißt ein kleiner Laden schon Azienda«, belehrte er die Kleine wegwerfend, »weißt du, was drüben eine Fazenda ist? Ländereien, so groß wie Italien, und in Rio oder São Paulo ein Bürohaus dazu. Vielleicht wird Papa selbst einmal die Leitung übernehmen.«
»Aber wenn du sehr viel Geld verdient hast, kannst du doch ebensogut zurückkommen.«
»Wer weiß?«
»Hör, Orso, es ist vielleicht doch besser, du holst uns zu dir hinüber. Jedenfalls muß Brasilien furchtbar interessant sein.«
»Interessant? Du redest wie ein Kind! Es ist das Land der Zukunft.«
»Schau aber zu, daß wir nicht allzulange warten müssen. Wird es länger als ein halbes Jahr dauern?«
»Wie bist du kindisch, Iride«, meinte der Knabe, «zwei Jahre sind schon das mindeste, um etwas zu erreichen.«
»Wenn du aber Glück hast?« . . .
Als Placido und Grazia zum Grabe traten, waren die beiden Jüngsten schon verschwunden. Auch das dritte Geschwisterpaar legte sein Blumenopfer auf die Stätte. Trotz all diesen Gaben erging es der armen Mama an ihrem heutigen Gedenkfeste schlecht, denn keines der Kinder lockte sie durch liebesstarke Konzentration aus dem Ozean des Todes an den Strand. War Annunziata unfaßbar traurig, so vibrierte Grazia von leidenschaftlicher, ja zorniger Erregung:
»Wenn nur dieser verdammte Colleoni heute in der Nacht abbrennen möchte!«
»Er wird nicht abbrennen, Grazia«, versicherte Placido beinahe höflich.
»Und ich kann nichts tun, ich kann diesen gräßlichen Wahnsinn nicht verhindern!«
Sie ballte die Fäuste wie im Starrkrampf, während Placido gleichmäßig ruhig blieb:

»Ich glaube, ihr alle beurteilt die Not noch immer falsch, in die Papa geraten ist.«
»Und ihr seid die Richtigen, ihm zu helfen! Du, ein weltfremder Dichter! Und der verspielte Lauro! Und ein siebzehnjähriger Bub!«
»Schau, Graja«, er grenzte mit der Hand ein Bild in der Luft ab, »denk dir, du bist irgendwo ganz allein an einem Strand, aber wirklich ganz allein, so daß dich niemand hören kann. Und du siehst vor dir im Wasser ein Kind, das am Ertrinken ist. Wirst du es nicht zu retten versuchen, auch wenn du nicht schwimmen kannst?«
Sie dachte mit gerunzelter Stirn eine Weile nach, dann aber empörte sie sich:
»Erstens ist dieses Gleichnis unrichtig, und zweitens stellst du dir immer Probleme, die nicht zu lösen sind.«
»O nein, Graja, ich stelle sie nicht, sie werden mir gestellt, ich kann mir nicht helfen.«
»Unsinn! Warum ans Ende der Welt?! Warum nach Brasilien?! In Italien würdet ihr auch einen Beruf finden. Millionen finden ihn schließlich.«
»Vielleicht, Graja! Mit einiger Protektion könnten wir für fünfzig Lire monatlich Anstellungen als Kommis oder Laufburschen bekommen. Wem wäre damit geholfen? Und dann? Wenn man schon getrennt leben muß, ist die Entfernung nicht nebensächlich? Ist es nicht gleich, ob ich in Pozzuoli bin, in Rom oder in Australien, wenn ich nicht bei dir sein darf?«
»Es ist ganz und gar nicht gleich. Du selbst glaubst ja nicht daran.«
»Verzeih mir! Aber es mußte so kommen. Die Zeit war reif. Sei aufrichtig, Graja, du hast es ebenso vorausgespürt wie ich. Der Weg war zu Ende. Kannst du dir vorstellen, daß unser Leben auch ohne das Unglück so weiter gegangen wäre sie bisher? Nein! Siehst du? Da können halbe Maßnahmen und kurze Entfernungen gar nicht helfen.«
Sie sah ihn von der Seite böse an:
»Du willst also das Opfer bringen, wie du es nennst?«
Er entschlüpfte:
»Ich weiß von der Zukunft nichts. Wäre Papa *der* geblieben, der er war . . . Er ist selbstverständlich derselbe wie immer . . . Ich meine damit nur die äußeren Verhältnisse . . . So aber . . .«
Ihre aufgewühlten Gedanken waren nicht aus der Bahn zu lenken:
»Und das Ganze ist und bleibt doch lächerlich. Du könntest in Italien hundertmal mehr erreichen als in Südamerika. Mit deinem fabelhaften Stil! Bei einer großen Zeitung!«
»Und wäre gerade das nicht ein viel größeres Opfer, Graja?«

Sie starrte auf Lauros Kranz nieder. Placido als Zeitungsschreiber? Er hatte recht. Es begann ein langes, dem Anschein nach Mama gewidmetes Schweigen. Grazias Schweigen aber war von Arthur Campbell ausgefüllt. Ein prickelnder Bekenntnisdrang keimte in ihr. Durfte ihr Bruder Placido sie verlassen, ohne das Wichtigste erfahren zu haben? Sie kämpfte um einen möglichst unauffälligen Anfang:

»Wir sind alle nicht mehr so wie früher . . .«

Placido hörte nicht. Er machte eine seltsam verlegene Verbeugung vor der Marmorplatte mit Mamas Photographie. Langsam gingen sie weiter und ließen das Grab für unbestimmte Zeit vereinsamt zurück. Sie verloren sich auf den Wegen der Höhe, an Kolonaden vorüber, an Mausoleen, an kleinen Kapellen. Das in Steinfiguren verkörperte Totenvolk wurde schütterer. Sie fühlte die Möglichkeit, von Campbell zu sprechen, unaufhaltsam hinschmelzen. Verschlossen ging Placido voraus, den neuen Welten scheinbar mehr zugetan als ihrem Herzen. Sie hatte sich diese Stunde ganz anders gedacht. Nach einer langen wortlosen Wanderung versuchte sie es noch einmal:

»Und ich? Wie soll ich es denn aushalten? Du weißt ja gar nicht, was ich alles verliere.«

Placido, der ihr noch immer zwei Schritte voraus war, wandte sich bei seinen zerstreuten Worten gar nicht um:

»Das Unglück hat uns alle getroffen, Graja.«

Da vergrößerte sie geflissentlich den Abstand, damit er nicht merke, daß sie in sich hinein heulte. Ihr kleines Taschentuch war naß und von ihren Nägeln zerfetzt.

Man konnte das sonderbare Zwielicht, das jetzt einfiel, nicht Dämmerung nennen, denn der Nachmittag war noch lange nicht vorüber. Ein fahler Schein breitete sich über die Welt, eine mit Aschenfarben geschwängerte Sphäre, wie sie Erdbeben und Vesuvausbrüchen vorherzugehen pflegt. Zugleich legte sich der Scirocco auf die Sinne wie Hypnose. Die Konturen der Denkmäler, die Kanten der Kapellen und Mausoleen bekamen unsichere Linien wie auf stümperhaften Zeichnungen. Die Welt erweichte sich zu einer Halluzination. Placido und Grazia drangen in dem Traumlicht immer weiter vor. Sie kamen an Orte, die sie nicht kannten. Waren sie noch überhaupt im Gehege des Camposanto? Sie durchschritten ein paar abgegitterte Plätze, kamen an niedrigen Häusern vorüber und traten wieder in Parkbezirke. Sie mußten durch einen mächtigen Eisenbahnbogen hindurch, der sich in übertriebener Architektur über ihrem Spaziergang wölbte. Und neuerdings Park oder noch unbenützter Friedhof.

Da sahen sie eine Gesellschaft aus einem weißen Haus treten, das einer winzigen Villa glich. Drei Herren und eine verschleierte Dame. Die Herren waren alle im Frack mit elegantem Umhang und hielten den Zylinder in der Hand. Die Gesellschaft blieb eine Weile auf der Freitreppe stehn, dann verbeugten sich zwei Herren sehr tief und entfernten sich, während die Dame mit dem dritten Herrn die entgegengesetzte Richtung einschlug. Aus der Tür des villenartigen Häuschens trat jetzt ein Wächter mit einer beschirmten Amtskappe. Als dieser die beiden Geschwister Pascarella erblickte, die eben an der Freitreppe vorübergingen, winkte er ihnen eifrig mit verschlagener Gebärde. Placido und Grazia zögerten einen Moment, aber das eindringliche Winken des Wächters zog sie an und sie betraten das Haus.

»Caruso«, zischte der Mann, als verrate er etwas ebenso Geheimnisvolles wie Verbotenes.

Die Geschwister standen in einem ziemlich hohen Raum, der durch die Kuppellaterne ein sehr mattes Oberlicht empfing. Vor ihnen ruhte auf einem schwarzen Katafalk ein gläserner Sarg. Der Wächter forderte die beiden durch seine ausdrucksvolle Gestensprache auf, sich ein Herz zu fassen, und da sie sich nicht vom Fleck bewegten, schob er sie eigenhändig zu den Stufen hin, die zur Aufbahrung emporführten. Dabei gab er mit scharfflüsternder Stimme Bericht, daß der große Caruso, der vor einigen Jahren verstorbene Weltkönig des italienischen Gesanges, letztwillig verfügt habe, daß sein Leichnam nicht nur nach der modernsten und dauerhaftesten Methode einbalsamiert, sondern überdies noch alle vier Jahre in einen neuen Frack gekleidet werde, damit seine Erdenhülle nicht hinter der zeitgültigen Elegance zurückbleibe. Die Zeremonie der Neueinkleidung sei eben vor einer halben Stunde unter fachmännischer Leitung vollzogen worden.

Placido und Grazia sahen in dem gläsernen Sarg einen auf purpurnem Sammet ausgestreckten Herrn, dessen funkelnde Lackstiefel in die Augen stachen. Nicht minder auffällig glänzte die Hemdbrust und der Seidenrevers des neuen Fracks. Der Ausdruck »Herr« ist übrigens ganz falsch, denn sie sahen bloß eine Puppe, eine schlecht ausgestopfte Gestalt, die wie alles, was der Tod berührt hat, einen fortgeworfenen Eindruck machte. Das Ding besaß bei weitem nicht das Leben einer besseren Panoptikumsfigur. Die Kinder Pascarella hatten von Jugend auf viel von Caruso gehört, dem Landsmann, der sich die beiden Hemisphären durch seine Stimme und Kunst einst unterworfen hatte. Papa war einer seiner frühesten Entdecker

gewesen, der vor undenklicher Zeit schon den Wert einer Stimme erkannt hatte, die in einem halben Jahrhundert nur einmal zur Erde gesandt wird. Der große Sänger bot, den Pharaonen gleich, der Vergängnis Einhalt.
Was hatte die Mumie einer solchen Lebenskraft und eines solchen Ruhmes zu sagen? Vorläufig versteckte Caruso noch sein Gesicht in einem hohen ausgeschnittenen Kragen. Seine Hände in weißen Glacé waren aufdringlicher. Sie glichen plumpen Prothesen. Placido und Grazia mußten lange mit scharf eingestellten Augen hinlugen, ehe der gelbliche Fleck oberhalb der glänzenden Hemdbrust sich entschloß, Gesicht zu werden. Beide faßten zugleich denselben Gedanken. Kann uns der Landsmann hier, der schon lange tot ist, nichts über unsere Zukunft verraten, die morgen beginnt? Das Gesicht aber, von dem sie Weissagung begehrten, wurde langsam zur Fratze. Es zeigte ihnen einen unangenehmen Ausdruck von gelangweilter Ironie, von angeekelter Blasiertheit am Tode, fast etwas Gemeines. Und als jetzt der Wächter gar einen Mechanismus farbiger Gläser in Bewegung setzte, der den Raum in blutiges Licht tauchte, flüchteten die beiden schnell.
Draußen sahen sie einander verwirrt in die Augen. War es nicht schon ein ungünstiges Omen, daß sie überhaupt hierher geraten waren und eine Begegnung mit dieser Mumie gehabt hatten? Sie gingen zu Fuß nach Hause. Ehe sie noch die Via Concordia erreicht hatten, erlebte Grazia eine Freude, die das unheimliche Erlebnis überwand. Placido drückte ihr einen kleinen Schlüssel in die Hand: »Mein Schreibtischschlüssel, Graja! All meine Schreibereien liegen in der großen Schublade. Das Zeug hat keinen Wert, außer für mich persönlich. Ich vertraue dirs an.«

Auch Priscillas Stunde schlug heute. Das Abschiedsmahl im Hause Pascarella war der letzte Pranzo, den sie hier zubereitete. Sie ließ es sich nicht nehmen, frittura di mare, Ruggieros Leibgericht, anzusetzen, ein Durcheinander kleinen Meeresgetieres, das in Öl ausgebacken wird.
Don Domenico war trotz dem gewöhnlichen Wochentag schon um fünf Uhr nach Hause gekommen. (Seinen Totenbesuch hatte er um die Mittagsstunde unabhängig von den Kindern absolviert, wie es der Brauch wollte.) Man merkte ihm nicht an, daß die Trennung von den Söhnen sein Gemüt tief verdüsterte. Dennoch hatte er heute den ganzen Tag nicht arbeiten können. Am Morgen war er aufs Land gefahren, um einen seiner Klienten zu beschwichtigen, fühlte sich aber dann an Ort und Stelle nicht ruhig genug, ein geschäft-

liches Gespräch zu führen, und kehrte unverrichteter Dinge heim. Auf der Rückfahrt nach Neapel mußte er stehn, denn der Waggon war überfüllt. Von den Stößen des endlosen Bummelzuges hin und her geworfen, grübelte er darüber, wie er nur hatte so müde sein können, sich die Einwilligung für Brasilien von Placido abringen zu lassen. Ach, der schwere Schiffbruch seines Lebens fesselte all seine Gedanken und Kräfte, das war das Unglück. Er nahm ihm die alte Sicherheit seiner Vaterschaft und riß nun die Söhne von ihm fort. Der Zug legte sich in eine Kurve. Domenico Pascarella wurde gegen den Tragkorb einer Bäuerin geschleudert. Er griff nach einem Halt. Nun versuchte er, Vernunftsgründe geltend zu machen: Junge Leute müssen aus dem Haus. Brasilien würde eine gute Schule für die Burschen werden usw. Es wurde ihm jedoch bei diesem Selbstzuspruch nicht wohl. Wäre es nur *sein* Wille gewesen! Hätte *er* die Söhne nach reiflicher Überlegung in die Lehre der Fremde gegeben, dann sähe alles anders aus. So aber geschah zum erstenmal nicht *sein* Wille, sondern der Wille des ältesten Sohnes. Warum hatte er nicht wenigstens im letzten Augenblick ein Machtwort gesprochen und Placidos Absicht verbessert? Nicht Brasilien, sondern Argentinien! Mehr Zivilisation, eine bessere italienische Kolonie, das gesündere Klima, kurz eine standesgemäßere und hoffnungsreichere Zuflucht für seine Söhne. Standesgemäß? War er selbst standesgemäß? War er nicht ein betrügerischer Bankrotteur? Der Hund Battefiori hatte sich schon allzulange in Sicherheit gebracht. Niemand würde mehr die Wahrheit glauben. Wie seit vielen Wochen in jeder Stunde des Tages und der Nacht senkte es sich unentrinnbar auf seinen Geist. Er durchlebte das Gefühl eines Menschen, der geknebelt im Liftschacht liegt, und von oben naht langsam der Fahrstuhl, um ihn rettungslos zu erdrücken. In der Schreibtischschublade seines Studios lag seit drei Tagen ein Revolver. Freilich nur ein Ornament seiner Verzweiflung. Don Domenico war nicht der Mann, die Waffe gegen seine Stirn zu richten, auch im letzten Zusammenbruch nicht. Trotzdem mußte er jetzt immer wieder an seine gefährliche Erwerbung denken. Als er aber eine halbe Stunde später den Schlüssel in der Wohnungstür knirschen ließ, war sein Herz von nichts anderem schwer als vom nahenden Abschied.

Die Mahlzeit verlief ohne jedes außergewöhnliche Merkzeichen. Sie saßen alle um den Tisch in der festgesetzten Ordnung, rechts von Papa Annunziata, links Grazia, neben Annunziata Iride, Lauro neben Grazia, an Irides Seite Ruggiero und am anderen Ende der Tafel, dem Vater gegenüber, Placido. Auch das Gespräch unter-

schied sich von keinem der Tischgespräche eh und je, auf Frage und Hinweis des Herrn wartend. Giuseppe trug ernst wie sonst die Speisen auf. Wenn er den Brüdern servierte, blickte er ausdrucksvoll über sie hinweg: Was sind das für Söhne, die sich in schwieriger Zeit aus dem Staub machen, die ihren kämpfenden Vater verlassen und ihre schutzlosen Schwestern?
Nachher blieb man nicht um den großen Tisch sitzen, sondern begab sich in den Salotto, in welcher Ausnahme doch eine gewisse Feierlichkeit festgestellt werden muß. Niemand aber öffnete das Klavier, niemand entzündete die Paradekerzen, Ruggiero wurde nicht entsandt, die Türen zu versperren. Papas Gesang schien einer glücklichen, doch längst verlorenen Sagenzeit anzugehören. Aufmerksam beobachtete Lauros Kontrabaß, fast menschlich sensibel ans Klavier gelehnt, die verhaltene Abschiedsstunde der Pascarellas.
Sie setzten sich im Kreis um den Vater. Dieser hob an, den scheidenden Söhnen einige Lehren mit auf den Weg zu geben. Sein Gesetz sollte ihnen überallhin in die Welt folgen. Aber sei es, daß er in dieser Stunde nicht predigen wollte, sei es, daß ihm selbst sehr merkwürdig zu Mute war, er beschränkte sich in seinen Weisungen nur auf die körperlichen Regeln des Gesetzes, ohne die höhere Moral zu berühren. Die Söhne wurden aufgefordert, an keinem Morgen die kalte Waschung des ganzen Körpers zu verabsäumen, wie sie es von erster Kindheit nach des Vaters Gebot immer gehalten hatten. Sie sollten auch die täglichen Leibesübungen nicht vergessen und so der Gesundheit immer eingedenk bleiben, die nur die Kehrseite der Reinheit und der Ehre sei. Er mahnte:
»Schreibet uns, so oft ihr nur könnt, damit die Familie nicht auseinanderfällt. Schreibet mir und euren Schwestern!«
»Ja, Papa.«
Drei Stimmen und der alte Klang.
Nun folgten einige schwere Minuten. Wie gerne hätten sie sich alle berührt, umarmt, gestreichelt. Denn jetzt war der Abschied. Doch in Gegenwart Papas war jede Gefühlsäußerung ausgeschlossen. Und zog es sie nicht auch zu ihm, wenngleich nur mit keusch abgewandtem Gesicht? War er nicht der gewaltige Mittelpunkt ihres Lebens, tagaus und tagein, seit ihrem ersten Erwachen? Oh, das vertraut unnahbare Gesicht, das sie täglich seit ewigen Zeiten mittags und abends erwartet hatten, und jedesmal schlug das Herz vor Freude und Bängnis zugleich! Nun werden die Söhne die Musik des Schlüssels nur mehr im Traume vernehmen. Alle sechs sahen einsam vor sich hin. Zwischen ihnen untereinander und zwischen

jedem und Papa stand undurchdringlich die alte Vaterfurcht. Nur Placido erhob sich, als wolle er endlich den Bann durchbrechen. Aber er tat es nicht und zog sich zur Wand zurück.
Auch Don Domenico trug schwer an der Last dieser Minuten, ohne daß seine Kinder etwas davon merkten. Ein eigentümliches Verlangen, jemand möge seine Hand sich an die Wange drücken, wandelte ihn an. Er gab natürlich diesem Weichmut in keiner Weise nach, sondern erwog, ob er die drei Geldcouverts, die er bei sich trug, den Söhnen jetzt aushändigen solle. Er hatte jedem von ihnen eine mäßige Barschaft für die ersten Tage in Brasilien zugedacht. So klein die Summe auch war, sie bedeutete ein beträchtliches Opfer, da Papa jedes Kupferstück zur Rettung seines Geschäftes verwenden mußte. Nach kurzer Besinnung entschloß er sich aber, das Geld den Brüdern erst am nächsten Morgen zu übergeben. Kein Ton des Dankes sollte die Neige dieses Abends stören. Anstatt dessen zog er seine Zigarettentasche und bot der Reihe nach Placido, Lauro und Ruggiero eine Toscana an. Toscana heißen die wohlfeilsten Zigarren Italiens, schwarze knorrige Wurzeln, die man in der Mitte entzwei schneidet. Um den inneren Sinn dieses Vorganges zu verstehen, muß man bedenken, daß die jungen Leute noch niemals in Papas Gegenwart geraucht hatten. Ohne daß darauf eine ausdrückliche Verfemung lag, verbot es die Scheu. Durch die dargebotene Toscana erkannte der Vater die männliche Gleichberechtigung der Söhne symbolisch an und verlieh ihnen damit Freiheit und Selbstbestimmung. Mit feierlich-verlegenen Fingern nahmen sie die Zigarren aus Papas Tasche, Placido, der niemals rauchte, und die beiden anderen, die mäßige Zigarettenraucher waren. Als letzter steckte mit tiefem Ernste Papa die schwärzeste Toscana in den Mund. Iride lief mit dem brennenden Wachsflämmchen von einem zum andern, erst zu Papa, dann zu Ruggiero, dann zu Placido. Als die Reihe an Lauro kam, war das kleine Feuer natürlich erloschen. Er mußte sich seine Toscana selbst in Brand setzen.

Der eigentliche Abschied am Morgen verlief hastig und gefühlsarm, was ja bei derartigen Anlässen nicht verwunderlich, sondern nur die Regel ist. Ehe man den Hafenquai betreten durfte, waren eine Unzahl von Formalitäten zu erledigen, oder richtiger gesagt, jene Fülle von Erniedrigungen zu erdulden, welchen der moderne Staat seine Bürger unterwirft, wenn sie ihn verlassen. Die Pässe wurden von grausamen Monturgesichtern kontrolliert und abermals kontrolliert, das Gepäck revidiert, und abermals revidiert, und als sich die Jünglinge zu guter Letzt wegen Waffen und andrer

Kontrebande der Leibesvisitation fügen mußten, da bebte Don Domenico vor gerechter Empörung. So wenig er an der höchsten Gültigkeit der patria potestas, der eigenen Vatergewalt, zweifelte, so sehr erbitterte ihn die angemaßte Gewalt des Staates. Nachdem man endlich dieses gut geheizte Fegefeuer passiert hatte, ergriff jeder Bruder seinen Koffer, um den großen Dampfer zu besteigen, der von hundert Passagieren, Seeleuten, Arbeitern und Trägern umsurrt war wie von Fliegen. Wie sehr sich die Brüder auch wehrten, ließ es sich doch keine der Schwestern nehmen, den Handgriff des entsprechenden Koffers anzufassen und so zum Scheine wenigstens die Last mitzutragen. (Es waren altertümlich strohgeflochtene Gepäckstücke, seit Jahrzehnten müßig in Hause aufbewahrt, denn Don Domenico war kein Freund des Reisens.) Vor der Schiffstreppe gab es eine kleine Aufregung. Guiseppe war noch nicht da. Der Diener hatte darauf bestanden, daß seine Person dem Abschied der Söhne, zu deren Überwachung er sich eingesetzt fühlte, zugezogen werde. Zu diesem Zwecke hatte er sich in aller Frühe schon zwei leichterer Objekte bemächtigt, um einen (wenn auch nur formalen) Grund zu haben, die Seefahrer an Bord zu begleiten. Es war Ruggieros dünner Paletot und Lauros Necessaire, ein Geschenk Annunziatas von vorigem Jahr. Nach einer nervösen Weile sah man endlich Giuseppe im ruhigen Paß dem Schiff nahen. Den Mantel trug er über die linke Schulter geworfen, während der rechte Arm mit der kleinen Kassette tief herabhing, als habe er in Erfüllung seiner Berufspflicht nicht übel zu schleppen. Giuseppes Funktionärsaugen umfaßten die Familie, den Dampfer und das ganze keuchende Getriebe mit dem kühlen Bewußtsein: Keine Überstürzung! Ohne mich kann es nicht losgehn.

Rasch nun hinauf!

Auf Deck wurde alles noch weit schlimmer. Man zwängte sich in einer dicken Menschenschlange, man erhielt Tritte und Stöße, man wurde getrennt. Instinktiv zog es die Pascarellas dorthin, wo es am schönsten und vornehmsten war. Der Obersteward trat ihnen vertraulich lächelnd entgegen:

»Welche Kabinennummern haben die Herrschaften?«

Ruggiero zeigte die Tickets. Der Obersteward bekam einen rot-brutalen Kopf vor Ärger und fuhr die Familie an:

»Zwischendeck! Was suchen Sie hier!? Unerhört! Schauen Sie, daß Sie fortkommen!«

Don Domenico fand keine Möglichkeit mehr, den frechen Burschen, der schon vor anderen Fahrgästen dienerte, in den Boden zu

donnern. In Ermanglung des Unverschämten kanzelte er seine Kinder ab:
»Steht nicht so dumm da!«
Neue Wirbel von Passagieren. Achtung, Achtung! Gepäcksberge. Die Pascarellas verirrten sich. Sie kamen von den üppigen Räumlichkeiten der Klasse, die ihnen nicht gebührte, nicht los, wie verzweifelt sie auch den Ausweg suchten. Überall trat ihnen »die Feindschaft der Welt« entgegen. Insbesondere, als ein paar rohe Matrosenarme sie vorwärts schoben und aus den gedämpften Hallen und Gängen des Luxusreiches an die laute Luft beförderten. Das Zwischendeck lag im Vorschiff, wo es stank, wo Hunderte Fässer und Kisten aufgestapelt waren, wo in Holzkäfige gepreßte Tiere mit wortnahen Jammertönen ihr Schicksal beklagten. Durch eine schwarze Luke wurde das Auswanderervolk in den Schiffsbauch gestopft. Allerlei Rassen, auch Zigeuner. Dem Hauptteil nach jedoch Italiener. Verkrachte Bauern, Erntearbeiter, schreiende Weiber mit weißen Bündeln, man wußte nicht, ob Habseligkeiten drin steckten oder Säuglinge.
Auch die Söhne Don Domenicos mußten sich durch die Luke bequemen, um ihre Schlafplätze kennenzulernen und ihre Koffer zu verstauen. Sie entschwanden dem Vater und seinen Töchtern. Ein rätselhaft rascher Akt der Deklassierung begab sich. Die Welt des niedersten Volkes, der Umkreis der Elenden verschluckte die drei wohlgehaltenen Jünglinge und entfremdete sie unheimlich den Ihrigen. Dazu kam die lähmende Apathie des Abschieds. Sie standen dann alle schlaff umher und fühlten nichts als ihren Magen. Weder Grazia noch Annunziata weinten bei der letzten Umarmung. Nur Iride schluchzte ein wenig. Doch es war eher ein mühsamer Tränenversuch als ein echter Schmerzlaut.
Zum zweitenmal dröhnte die Sirene. Es mußte sein. Carabinieri trieben alle von Bord, die nicht hierher gehörten. Ruggiero stürzte sich auf Papas Hand. Dann Lauro. Als aber Placido sich zum Kusse vorbeugte, zog der Vater seine Rechte zurück. So kam es nur zu einem kurzen Händedruck zwischen ihnen.

Neuntes Kapitel

DIE SCHWESTERN OHNE BRÜDER

Domenico Pascarella hatte gleich nach der Katastrophe den Kindern gegenüber die Absicht geäußert, seine große und kostspielige Wohnung aufzugeben. Der Verwirklichung dieser löblichen Absicht stellten sich aber gewichtige Hindernisse entgegen. Erstens mußte die Miete vertragsgemäß ein Halbjahr nach der Kündigung weiter bezahlt werden. Zweitens war der Hausbesitzer ein Kommittent Don Domenicos und durfte durch einen solchen Schritt nicht kopfscheu gemacht werden. Und drittens war Papa nicht mehr in jenem beweglichen Alter, in dem man sich zu einschneidenden Lebensveränderungen leicht entschließt.

Obgleich also Vater und Töchter darin einig waren, daß die Wohnung zu geräumig sei, ihnen nicht mehr gebühre und bloß ein Provisorium vorstelle, blieb alles beim alten, und Don Domenico traf keineswegs Anstalten, seinen sogenannten Palazzo durch eine Zweizimmerwohnung mit Kabinett und Küche zu ersetzen. Mehr als das Menschenmögliche konnte nicht geschehn. Und für den Hausvater sondergleichen wäre die Übersiedlung in ein fremdes enges Heim das Menschenunmögliche gewesen. So durften sie den Zurückgebliebenen noch weiter zum Leben dienen, die Räume, Zimmer und Gänge, die Möbel alle, vom großen Tisch bis zur Alabasteruhr, die niemand mehr ansah. Die Sala da pranzo, der Salotto, die Stanza della Mammina, jeder Winkel erfüllt vom Atem des Geschlechts, vom Puls der heranwachsenden Herzen. Diese Heimat, eingesprengt wie eine große Grotte in den bürgerlichen Berg des Miethauses, neben, unter, über anderen Grotten, sie blieb die einzige Heimat, die nicht abstrakt war. Wer fühlte sich auf der Straße zu Hause, wer in der Stadt, wer im Staat? Das Vaterland? Nur ein Wort, das der haßerfüllten Außenwelt eine geschminkte Maske vor die sadistische Bürokratenfratze hielt! Derartige Worte hatten die Geschwister äußerst selten aus dem Munde Papas vernommen. Er teilte seinen Thron mit niemandem. Er kannte nur sich und seine sechs Kinder, das Universum im zweiten Stock der Via Concordia. Mit dem anderen Weltall, in welche Unterabteilungen es auch immer zerfiel, wollte er nichts zu tun haben. In diesem Sinne hatte er die Kinder erzogen. Einzig hier war Heimat, in der großen Grotte, wo man beisammen saß, aß, lebte, weinte, lachte, und noch liebte, wo man fürchtete. Auch die Brüder draußen auf dem Ozean hätten es nicht fassen können, daß in der Sala da pranzo andere

Stimmen erklingen und andere Menschen herrschen sollten. Freilich, wenn die Schwestern jetzt die verstummten Zimmer durchschritten, sahen sie sich scheu um. Die Wohnung war verwandelt, und nicht nur deshalb, weil das laute Leben der jungen Männer fehlte. Das Gesicht der Wände und Dinge war ein anderes geworden. Wie lange noch, schien es zu fragen. Die menschliche Treue erwiderten nur wenige Gegenstände, Lauros Baßgeige in erster Linie.

Der Zustand des neapolitanischen Teiles der Pascarellafamilie erinnerte an den Zustand eines Körpers, an dem eine schwere Amputation vorgenommen worden ist. Der Blutkreislauf mußte sich der neuen Bahn anbequemen. Äußerlich ging das recht schnell vonstatten. Die Schwestern verfolgten in Ruggieros Schulatlas die Fahrt des Colleoni, die der Jüngste mit Rotstift ziemlich genau eingezeichnet hatte. Bis Gibraltar und weiter noch längs der afrikanischen Küste übten sie diese Aufmerksamkeit getreulich, Tag für Tag. Als dann aber die Kontinente zurückwichen und das Uferlose die Brüder aufnahm, wurden sie lässiger und vergaßen schließlich immer öfter, den Atlas aufzuschlagen. Das Naturgesetz der verblassenden Entfernung wirkte sich aus.

Annunziata und Grazia warfen sich auf die Arbeit. Man sollte gar nicht denken, welche Mühe und Sorge der eingeschmolzene Hausstand bereitete. Priscilla fehlte überall und Giuseppe wurde immer unbrauchbarer. Er saß in der Küche und sah mit abschätziger Strenge den noch äußerst zaghaften Kochkünsten der jungen Damen zu. Wenn in zweifelhaften Fällen ihm die Zutaten einer Speise bekannt waren, so teilte er sein Wissen stets in Form entrüsteter Belehrung mit und niemals als einfachen Ratschlag. Baten ihn aber die Mädchen um eine Handreichung oder forderten sie ihn zum Geschirrwaschen auf, so trat sogleich die elastische Schwerhörigkeit in Aktion, wobei ein hochfahrendes, gewissermaßen auch moralisches Nicht-Verstehen sein Haupt erstarren ließ. Stadtgänge und Kommissionen hingegen übernahm er bereitwilligen Gehörs, wenn er sich auch um die höhere Dienstpflicht geprellt wußte, den fußballspielenden Ruggiero oder den schuleschwänzenden Lauro auf frischer Tat zu ertappen.

Annunziata und Grazia wechselten in der Besorgung der Küche miteinander ab. Sie wetteiferten in fanatischer Sparsamkeit. Es bildete sich bei ihnen eine beinahe sportliche Form des Geizes aus, dessen Leidtragende freilich nur sie selbst waren. Papa durfte natürlich nicht verkürzt werden. Sein Appetit war trotz den tragischen Umständen eher größer als kleiner geworden, gottlob. Als

Objekt der Sparsamkeit kamen also nur die drei Mädchen in Betracht. Sie gewöhnten sich das Essen so gut wie ganz ab. Wenn Papa bei Tisch, finster über seinen Teller gebeugt, diese Enthaltsamkeit bemerkte, (es geschah selten genug), dann fanden sich unerschöpfliche Ausreden. Man habe keinen Hunger, wenn man selbst am Herde stehe. Das Prüfen und Kosten sättige zur Genüge. Man neige in erschreckendem Maße zum Übergewicht. Papa möge die moderne Linie der Damen auf der Straße ruhig zum Vergleiche heranziehn. Dazu aber zeigte sich Signor Pascarella wenig gestimmt. Sein Geschmack war seinerzeit üppigere Wege gegangen. Mit mürrischer Gleichgültigkeit antwortete er auf alle diese Ausreden:

»So? Gefällt euch das? Und ihr seht doch schon aus wie Hühner, denen man kein Futter streut.«

Ein durchaus treffendes Urteil, für alle drei Schwestern, doch ganz besondes für Iride.

Seine Ahnungslosigkeit wird aber Domenico Pascarella verziehen werden, wenn man an den verzweifelten Kampf denkt, den er nun schon seit mehr als zwei Monaten führte, ohne die Haltung zu verlieren. Es mag befremdlich klingen, aber trotz Furcht und Schrecken kam Don Domenico erst jetzt am Ende des Lebens zum vollen Genusse seiner Energie, die er bisher restlos nur in seinem häuslichen Glück investiert hatte. Niemand möge voreilige Hoffnungen fassen, doch schien die Sache, wenn auch keine Wendung zum Besseren nehmen zu wollen, so auch nicht schlechter zu werden. Für den Augenblick wenigstens blieben die heroischen Anstrengungen, das Gleichgewicht zu halten, nicht erfolglos. Nach wie vor war Don Domenico tagelang unterwegs. Die Zeit war vorüber, da er an seinem Schreibtisch das Kontopapier blau, rot und grün rastriert und den Parteienverkehr großartig Battefiori überlassen hatte. Er konnte nur mehr wenige Stunden in seinem Studio verbringen, wo sich indessen Gennaro Gnolli häuslich niederließ, obgleich seine Aufgabe als Vertrauensmann und Sachverständiger eigentlich beendet war. Doch hatte er durch jene (lichtscheuen) Kredite die Stützung der Firma seiner Meinung nach durchgeführt und sich damit Sitz und Stimme erworben. Gnolli wußte alles. Das bestimmte Don Domenicos Haltung ihm gegenüber. Wie Battefioris Tischhälfte sich einst durch Zeitungsfetzen, Zigarettenreste und Aschenspuren hervorgetan hatte, so war sie jetzt mit einer Menge von Arzneien bedeckt, mit Pillenschachteln, Pastillenbüchsen und Tropffläschchen. Gnolli war oder hielt sich, wie schon gesagt, für einen kranken Mann und probierte demzufolge unermüdlich neue

Heilmittel. Eine gewisse Ordnung wurde dabei eingehalten. Am Vormittag wirkte der Advokat auf seine Bronchien, am Nachmittag auf seine Verdauung ein. Glücklicherweise boten die Apotheken Legionen von Hustenpräparaten und Purgativen feil. Gnolli hatte demnach für seine Vor- und Nachmittage ausgesorgt. Pascarella beobachtete dieses Treiben mit den gleichen Blicken, die früher Battefioris Zeitungsverbrauch gemaßregelt hatten. Der Vertrauensmann aber erwiderte diese Blicke mit zerknirschter Bewunderung:

»Sie haben es gut, Don Domenico! Sie sind im Besitze eines gesunden, widerstandsfähigen, jugendlichen Körpers. Was weiß so ein Herkules wie Sie von Schmerzen?«

Hatte nicht Battefiori in ähnlichem Ton von den Wundern glücklicher Vaterschaft gesprochen?

Der Colleoni nähert sich dem neuen Kontinent. Tag um Tag schwindet. Die hochberühmte Einfahrt von Rio tut sich auf. Placido, Lauro, Ruggiero stehen schüchtern auf dem Pier der Blumeninsel, der Quarantänestation, und sehen sich um.

Während die Tage der Brüder verschwimmen und dunkel werden wie ein überbelichteter Film, gebietet es die Pflicht, das Leben der Schwestern in der Via Concordia treulich zu verfolgen. Was Iride anbelangt, macht das keine Schwierigkeit. Sie ging täglich in die Schule und half während ihrer freien Zeit den großen Schwestern mit leidenschaftlichem Ehrgeiz bei der Arbeit, indem sie zum Teil noch Giuseppes Obliegenheiten auf sich nahm. Ihre hauptsächlichste Tätigkeit aber: sie wuchs. War sie bis zum Abschied der Brüder sehr klein und kindhaft gewesen, so schien jetzt über ihren Körper eine auffällige Ungeduld zu kommen. Er wuchs bei Tag und Nacht. Schon im Mai waren ihr alle Ärmel, Strümpfe, Röcke zu kurz geworden, wodurch schwierige wirtschaftliche Probleme entstanden, da man ja von Papa unmöglich Geld zur Erneuerung der Garderobe verlangen konnte.

Ein wenig mehr Mühe wird es erfordern, das Augenmerk auf das Leben der beiden erwachsenen Mädchen zu richten.

Die Arbeitstage Grazias waren der Montag, der Dienstag und Samstag. Da die Woche aber aus einer ungeraden Anzahl von Tagen besteht, fielen mithin die vier übrigen auf Annunziata. Selbstverständlich hatte sich Grazia gegen solche ungerechte Verteilung des Dienstes zur Wehr gesetzt, aber Annunziata war davon nicht abzubringen gewesen. Sie sei ja schon seit vielen Jahren an die häusliche Mühewaltung gewöhnt, während die jüngere Schwester sich in die neuen Pflichten erst einleben müsse. Dabei blieb es.

Ihre drei freien Vormittage nützte Annunziata bis auf die letzte Minute aus. Sie kam immer erst knapp vor Papa nach Hause. Santa Maria la Stella blieb ihr natürlich verleidet. Sie mußte sich nach einer anderen bescheidenen Kirche oder Kapelle umsehen. In den ersten Wochen des Unheils hatte sie keine Zeit und Freiheit gehabt, ihrem alten Verlangen nachzugeben. Jetzt aber meldete es sich wieder, die Sehnsucht nach dem, was sie in ihrer inneren Sprache »il torpore«, die Erstarrung, nannte. Auf den Knien liegen, bis der ganze Körper brennt, bis die Versteinerung eintritt nach der bittersüßen Schadenfreude an sich selbst.

Sie hatte sich für Santa Maria Avvocata entschieden. Diese kleine Kirche liegt an der Piazza Dante. Sie ist schmucklos und uninteressant, nicht anders als Santa Maria la Stella. Hier verbrachte nun Annunziata viele Stunden ihrer freien Tage, und es kann nicht wundernehmen, daß die wenigen Betschwestern das junge Mädchen für eine der Ihrigen hielten. Annunziata aber betete noch immer nicht. Wenn sie vor dem düsteren Seitenaltar kniete, richtete sie noch immer nicht ihre Gedanken auf Göttliches, sondern versuchte sich mit Mama und Lauro zu vereinen wie früher. Es waren Übungen der Sammlung, die sie vornahm, ohne jemals etwas von ähnlichen Dingen gehört zu haben, Werke der beschwörenden Vergegenwärtigung, jetzt heißer als je, da Lauro in der schwankenden Ferne nur schwer zu errufen war. Auch hatte sie das dunkle Gefühl, daß sich ihre religiöse Aufgabe verdopple, seitdem Lauros Klostertraum zerstört war. Annunziata beichtete deshalb in Santa Maria Avvocato, was sie seit ihrer frommen Frühzeit nicht mehr regelmäßig getan hatte. Zweimal vertraute sie nun dem Gesicht hinter dem Beichtgitter allerlei Sünden an, die keine waren, vielleicht nur aus dem Drang heraus, an heiliger Stätte zu einem Unsichtbaren von Lauro und der Familie zu reden. So lernte sie den Priester Ildefonso kennen.

Die meisten radikal veranlagten Menschen besitzen ähnliche Züge. Da ist fast immer der lippenlose Mund, Augen, die ihr Angriffsziel nicht in Angriff nehmen, sondern an ihm mit der beschatteten Schüchternheit des Fanatismus vorbeischauen; feine, sehr spitze, doch nur mäßig große Nasen; eine bleiche diaphane Wehleidigkeit, die mit gesenktem Blick die Gelegenheit abwartet, selbst erbarmungslos wehe zu tun; neben diesen Merkzeichen manchmal auch noch die Neigung zu leichten Gebrechen, als da sind: kaum sichtbare Verwachsenheit, schiefe Schultern, Hühnerbrust und schwache Rückgratverkrümmung.

In diesem allgemeinen Porträt ist auch das Bildnis des Priesters

Ildefonso mit enthalten. Er spielte in dem Viertel zwischen Via Tarsia und Via Carrera die Rolle eines Bezirks- und Sonntags-Savonarola, betätigte sich aber auch wochentags als ein echter »Spürhund Gottes«. Die Nähe der Universitätsklinik, die Nachbarschaft des höhnischen Abfalls und Atheismus also, spornte seine Kräfte an. Immerhin, er meinte es ernst und unterschied sich von den gewöhnlichen Geistlichen durch die Kraft seines Glaubens und seiner Propaganda.

Pater Ildefonso war nicht nur ein scharfer Priester, sondern auch ein scharfer Psychologe, was ja von ersterem nicht zu trennen sein sollte. Sogleich hatte er die zentrale Schwäche jedes Menschenkindes heraus, mit dem sich gerade seine Seelsorge beschäftigte. Man kann es am ehesten durch einen Vergleich ausdrücken. Wie ein Rheumatiker mittels seines Rheumas auf das schlechte Wetter reagiert, so reagierte Ildefonso mittels seines unbändigen Hochmuts auf die sündigen Eigenschaften seiner Schäflein. Dabei ging er von der Überzeugung aus, daß der Hochmut vor allem gebrochen werden müsse, da er der tiefe Schlupfwinkel sei, in dem sich jede andere Sünde verkrieche. Sehr begreifliche Überzeugung eines Hochmütigen, dem ja nichts unerträglicher sein kann als der Hochmut bei anderen. Daß unter solchen Bedingungen die Sünden-Diagnose Priester Ildefonsos oft recht einseitig ausfiel, wird niemand bezweifeln. Um so vielseitiger aber erwies sich die Sünden-Therapie, die er anwandte. Da entwickelte er ein gefährliches Feingefühl für alle Listen, Finten und Ausflüchte, mit denen der Weltsinn das geistliche Gewissen betrügen will. Konnte er diese Finten ertappen, diese Listen aufdecken, war er in seinem Element. In den Schulen, wo er als Katechet lehrte, fürchteten ihn die Kinder. Er verstand es nämlich, aus der kleinsten Kleinigkeit, einem geraubten Federhalter, aus einem kecken Wort, einer nichtigen Lüge, mit bemerkenswerter Meisterschaft lange Inquisitionsprozesse herauszuspinnen. Unter den Frauen des Sprengels besaß er dennoch beträchtliche Anhängerschaft, besonders die Häßlichen, die Grobknochigen, die alten Jungfern und die Kinderlosen hielten zu ihm. Außerdem unterhielt er zu einem strengen Frauenorden gute Beziehungen und war von den Nonnen zum Beichtvater erwählt worden.

Kein Wunder, daß Priester Ildefonsos Aufmerksamkeit sich immer neugieriger auf Annunziata richtete. Ein junges Mädchen, nach Tracht und Haltung den besten Kreisen angehörend, erscheint regelmäßig in der Kirche Santa Maria Avvocata und verbringt lange Zeit regungslos im Gebet vor einem stillen Seitenaltar.

Eines Tages, als Annunziata sich schon erhoben hatte, trat Pater Ildefonso mit gesenktem Blick auf sie zu:
»Ich habe eine Frage an Sie zu richten, meine Tochter.«
Er sah vorsichtig hinter sich, ob niemand in dem menschenleeren Raum ihn beobachtete, dann winkte er dem Mädchen leicht und schritt mit schamhaft gekrümmtem Rücken und wehender Soutane voran. In einer engen Rumpelkammer neben der Sakristei bat er die Dame, auf einem schlissigen Kanapee Platz zu nehmen, während er sich selbst in weitester Entfernung auf einen Holzschemel setzte:
»Sie kommen täglich in diese meine Kirche . . .«
Annunziata, die nicht wußte, wie sie so plötzlich in das staubige Verlies geraten war, wehrte ab:
»Nein, nicht täglich, nur dreimal in der Woche.«
»Immerhin ungewöhnlich . . .«
Er hob den Kopf mit einem Ruck. Annunziata sah nichts als die zwei blitzenden Flächen der uneingefaßten Brille. Noch einmal:
»Es ist ungewöhnlich. Ich meine, Ihre Frömmigkeit ist ungewöhnlich . . .«
Annunziata fühlte sich verpflichtet, diese Meinung, die ihr unangenehm war, sofort richtig zu stellen:
»O nein, Hochwürden, ich bin gar nicht fromm.«
»Darüber brauchen Sie selbst kein Urteil zu haben.«
Nach diesen fast nur gemurmelten Worten schaltete Priester Ildefonso ein langes Stillschweigen ein, wie immer, wenn er eine Seele zu zermürben dachte. Und wirklich, Annunziatas Mund wurde trocken, der Staub benahm ihr den Atem, sie preßte die Knie auseinander, das schmutzige Kanapee, auf dem sie saß, schien sie wie ein Martermöbel mit unsichtbaren Riemen zu fesseln. Die Brillengläser schossen hie und da kleine Pfeile ab, die wie Mückenstiche brannten. Als das Gefäß des unbehaglichen Schweigens bis zum Rand voll war, fielen ein paar Worte tropfenweise:
»Ich werde jetzt etwas sagen . . . meine Tochter . . . wenn Sie es erlauben . . . Es ist Ihre Sache . . . natürlich . . . ob Sie mir Rede stehn wollen oder nicht . . .«
Länger hielt sie es auf dem Kanapee nicht aus. Sie setzte sich auf das Fragment einer Kirchenbank und sah ihn erwartungsvoll an. Seine Stimme bekam einen hohlen Metallton, gekränkt und herrisch zugleich:
»Ich nehme an, Sie werden im ledigen Stande verharren, meine Tochter!«
Annunziata stand schnell auf und bekannte hell und fest, als müsse sie einen zudringlichen Angriff zurückweisen:

»Ich werde nicht heiraten!«
»Ich habe es gewußt«, gestand der Priester mit dem bitter befriedigten Ausdruck eines Mannes, dem beim besten Willen auf Erden kein Irrtum mehr unterlaufen kann. Mit einem müden Wink forderte er sie auf, wieder Platz zu nehmen.
Annunziata gehorchte, um einer zweiten, noch schärferen Schweigenstortur unterworfen zu werden. Pater Ildefonso saß regungslos wie sie. Als er dann wieder zu reden begann, sah er zu Boden und beendete damit das verwirrende Reflektieren seiner Brille:
»Ich weiß auch den Grund.«
Annunziata wurde von einem wilden unmotivierten Herzklopfen befallen. Wie ein Schwerkranker vor der ärztlichen Kapazität, wie ein Geheimgläubiger vor dem Wahrsager oder Sterndeuter, erwartete sie jetzt, die Entscheidung über ihr Leben zu hören. Vergebens sagte sie sich, es ist doch nur eine unverbindliche Unterhaltung, weiter nichts. In solchen Momenten der Anspannung pflegte ihr rechtes Auge starr zu werden, so daß sie leicht zu schielen begann. Sie spürte es und legte die Hand auf die Augen, als könne sie auf diese Weise den kleinen Schaden verbessern. Priester Ildefonso schien einen neuen Weg einschlagen zu wollen:
»Ich frage nicht nach Ihrem Namen.«
»Bitte sehr, Pascarella Annunziata, Hochwürden.«
»Es war nicht nötig.«
Ein leiser Tadel. Neue Stille. Dann:
»Der Grund liegt in Ihnen und über Ihnen, meine Tochter. Es ist ein sehr würdiger Grund!«
Er hob mit einer fast routinierten Bewegung zwei Finger in die Richtung des Himmels.
»Wie? Ich weiß davon nichts«, flüsterte Annunziata, deren Puls sich quälend verlangsamte, so daß ihre Glieder immer kälter wurden. Des Priesters Stimme klang nachsichtiger:
»Ich habe schon einmal bemerkt, daß Sie darüber selbst kein Urteil zu haben brauchen.«
Annunziata spürte die Pflicht, etwas zu erklären, was ihr selbst nicht klar war, aber mit dem Entschluß, nicht zu heiraten, eng zusammenhing. Es kam nur ein Stammeln heraus:
»Die Verhältnisse . . . Unsere Familie . . .«
Der Geistliche erhob sich jäh. Sein kurzes, in die Stirn gekämmtes Haar schien sich elektrisch zu sträuben:
»Die Verhältnisse? Die Familie? Nein, nein! Ich kenne das! Es ist der Hochmut!«
Sie verstand das Wort nicht, doch sie verstand die schmalen weißen

Finger, die auf ihre Brust zielten:
»Sie stammen aus erstklassigem Hause, meine Tochter, nicht wahr? Sie haben die beste Mama, den angesehensten Papa, liebevolle Geschwister, nicht wahr? Ich habe es jüngst ja erfahren (Anspielung auf die Beichte). Für die Familie muß man leben und leiden, nicht wahr, für die Seinen Opfer bringen, wie? Ihr Hochmut heißt Familie, Signorina. Bitte, bleiben Sie nur sitzen. Ich bin noch nicht fertig.«
In der Familie haßte Priester Ildefonso eine Todfeindin. Wo es nur anging, eröffnete er den Kampf gegen sie, weshalb er sich gar manchen Verweis von seinen Oberen schon hatte gefallen lassen müssen. Er gab aber den Guerillakrieg nicht auf und konnte auch Erfolge verzeichnen, da ein oder das andere seiner Beichtkinder das Vaterhaus verlassen und den Schleier genommen hatte. Annunziata wußte natürlich nichts von dieser Eigenheit des Paters. Ach, vielleicht komme ich zu spät nach Hause. Mit dem Gedanken an Papa suchte sie die Hammerschläge zu übertäuben, die Ildefonso jetzt gegen ihr Gemüt zu führen begann:
»Jeder Mensch ist ersetzbar, lächerlich ersetzbar. Bilden Sie sich ja nicht ein, daß die Ihrigen Sie wirklich brauchen. Das ist ein törichter Hochmut, den Sie überwinden müssen. Was die Familie anbetrifft, sind wir alle überflüssig. Einer stirbt, die Hinterbliebenen jammern, und übers Jahr erinnern sie sich nicht mehr an sein Gesicht. Das sage ich Ihnen, mein Kind, weil ich genau weiß, wie es sich mit Ihnen verhält. Hören Sie mich an! Für den Himmel sind Sie nicht überflüssig.«
Er mußte nicht deutlicher werden. Annunziata begriff. Sie verschränkte die Finger ineinander, ohne den Priester anzusehen. Er hatte die Schlüsselgewalt über ihre Seele an sich gerissen. Ihr Leben, wie es war, erschien ihr in diesem Moment zum erstenmal als hoffnungslose Öde ohne Maß. Sie sah keine Möglichkeit, es weiter zu tragen. Sie fühlte sich niedergedrückt bis zur Ohnmacht. Ihr war zumute, als habe sie der Mann dort erwürgt. Und sie mußte ihm recht geben.
War Grazia, ihre Schwester, ein Geschöpf des Sonnenlichtes, mit allen unzuverlässigen Spiegelungen und Brechungen der Farben behaftet, so muß Annunziata eine Mondesnatur genannt werden, monoton und vestalinnenhaft. Vestalinnen hüten das Feuer und rühren sich nicht. Annunziata war überaus schwerfällig und somit als erste der Herrscherkraft Papas zum Opfer gefallen, der ihr, der widerspruchslos Dienstbaren, die ganze Last des Haushaltes aufgebürdet hatte. Von allen Geschwistern war sie am wenigsten fähig,

sich eine Änderung ihres Zustandes, einen Umsturz des Lebens vorzustellen. Nun aber hatte der harte Priester durch seine Worte und mehr noch durch seine Suggestion in Annunziata so etwas wie einen Kurzschluß herbeigeführt. Sie wußte nicht, was geschehen war, aber statt des ruhigen Lichtes wogte in ihr eine graue leere Dunkelheit.

Man sollte meinen, Priester Ildefonso werde jetzt einlenken und ein paar tröstliche Worte für sie finden. Es geschieht etwas andres. Er steht auf und blickt nach seiner Art schamhaft oder gekränkt an ihr vorbei:

»Ich glaube, es war meine Pflicht, Ihnen einen Weg zu weisen, der für Sie zweifellos der richtige ist.«

»Das ist alles sehr neu«, murmelt sie unbestimmt mit dem Rest ihrer Abwehrkraft gegen diesen magnetischen Menschen, der ihr jetzt die Tür zur Sakristei öffnet:

»Sie haben mir selbst gestanden, meine Tochter, daß Sie an Braut- und Mutterschaft nicht denken. Es ist Ihnen ernst. Wollen Sie Ihr Leben verschwenden? Wartet nicht eine Brautschaft Ihrer, mit der Sie sich ein ewiges Verdienst erwerben?«

Annunziata geht nach Hause, eilig und zusammengefaßt wie immer. Sie liebt nicht die großen Straßen und verläßt schon deshalb bei der Via Scura die flutende Via Roma. Merkwürdig, sie ist ein gutgewachsenes Mädchen von siebenundzwanzig Jahren und kein Mann dreht sich um und blickt ihr nach. Könnte ein verborgenes Auge am frühen Morgen beobachten, wie sie, dem väterlichen Gesetze treu, ihren nackten Körper mit kaltem Wasser abreibt, es müßte erkennen: Ihre Glieder sind zart, Hals und Brüste reizend, ihr Gesicht eigenartig. Und doch kommt all dies Schöne nie zur Geltung. Nicht einmal für Irides, ihrer Schlafgenossin lauernde Augen ist sie schön. Es wäre aber ein vermessenes Unterfangen, an das Geheimnis der Schönheit rühren zu wollen, das zwischen Erscheinung und Reiz, Körper und Strahlung, Außen und Innen, Geben und Empfangen noch immer unenträtselt schwebt.

Hätte nach vielen Jahren jemand – Placido etwa – Grazia gefragt, was sie in diesen Wochen des Unglücks, des Abschieds und der Trennung für Mr. Arthur Campbell empfunden, sie würde ohne Zweifel geantwortet haben: Ich glaube, nichts! Diese Antwort hätte sogar zum Teil der Wahrheit entsprochen. Es soll jedoch keineswegs verschwiegen werden, daß Grazia nicht nur Campbells Adressen-Medaillon ständig in ihrem Täschchen trug, sondern das Unterpfand nachts auch immer bei sich liegen hatte. So oft sie es ansah und berührte, erschrak sie vor seiner unwirklichen Wirklichkeit oder wirklichen Unwirklichkeit. Nicht anders erging es ihr mit der ganzen Festa di ballo im Hotel Bertolini. Die Erinnerung daran gehörte einer fremdartigen Lebensschicht an, die zwar bis zu einem gewissen Grade real war, aber man weiß nicht, hat man es erlebt oder vielleicht nur gelesen. Aus all dem Schwimmenden aber ragte eines, scharf und schmerzhaft deutlich: Der Bertolinigarten mit der müden Bewegung der Zypressenwipfel, die dem unablässig verneinenden Wink warnender Finger glich. Und auch die brennenden Worte, die keiner Sprache recht angehörten, verwandelten sich in Grazias Halbschlaf zu immer neuen Variationen. Sie hatte aber oder nahm sich keine Zeit zu ausgiebigen Erinnerungen. Ein unruhiger Tätigkeitsdrang beherrschte sie. Für Placido und die Brüder mußte etwas geschehen. Doch was und wie? Das erste war ein Besuch bei ihrem früheren Gesangslehrer, Maestro Capironi.

Nicht ohne Furcht betrat sie die Wohnung des Maestro in der Via Montedoncelli. Sie verging sich ja damit gegen Papas Gesetz, das, wenngleich durch den gegenwärtigen Notstand modifiziert, in keiner Beziehung aufgehoben war. Die Dienerin führte sie in das Arbeitszimmer Capironis. Hier hatte sie im vorigen Jahre die Freude des Gesangsstudiums genossen, ehe Papa sein Interdikt erließ. Grazia huldigte gewißt keiner der verpönten »Vordringlichkeiten«. Allen Ehrgeiz, alle Ruhmbegier, die sie besaß, hatte sie auf Placido konzentriert. Von ihm erwartete sie Glanz und Sieg des Namens Pascarella. Das genügte ihr. Dennoch waren die Gesangsstunden bei Maestro Tullio Capironi unvergeßlich reizvoll gewesen, ja fast ein Rausch. Dort am Piano saß er immer und sah den Schüler aufmerksam aus seinen liebenswürdig angeekelten Augen an. Seine linke Hand arpeggierte einen Akkord, sein zierliches Ohr neigte sich dem Ton schlürfend entgegen, den Grazia anschwellen ließ.

Die Wonne des Gesanges kann nur derjenige recht begreifen, dem die Natur eine schöne vibrierende Stimme geschenkt hat. Ein guter Meister weiß sie aus den quetschenden Engpässen der Kehle rechtzeitig zu erlösen, und es kommt nach ein paar Übungsstunden der Augenblick, da der Anfänger vor dem Wunder, das ihm innewohnt, selbst erschrickt. Denn nicht mehr ist es gaumige Anstrengung, gepreßter Atem, was er hervorbringt, sondern mühelos mächtig erfüllen ihn mit einem Mal die Töne seines Stimmumfangs wie himmlische Wesen, wie Genien, die sich von ihm loslösen und in die Weite schweben. Es ist das ein erstaunliches, kaum mitteilbares Glück und ein erregender Stolz. Der echte Sänger fühlt sich wie ein

Gott, der hold schöpferisches Strömen in den Äther sendet. Hier in diesem Zimmer hatte Don Domenicos Tochter das Geheimnis der Gesangeswonne kennengelernt.
Maestro Capironi war nicht zu Hause. Sie blickte umher und grüßte die vielen Widmungsphotographien an den Wänden. Die ganze italienische Musik war versammelt. Nicht nur die großen Sänger, sondern auch die großen Meister von Verdi, Catalani, Ponchielli bis zu Cilea und Puccini. Ein helles Blatt unter Glas und Rahmen lockte Grazia an. Sie trat näher und erkannte eine Selbstkarikatur des Caruso, in welcher der berühmte Tenor seine leibliche Fülle und sein Gesicht mit gesträubtem Schnurrbart in lustigen Strichen verhöhnte. Grazia starrte die Zeichnung lange an und suchte sie mit jenem anderen Caruso zu vergleichen, mit jenem ausdruckslosen Ding im Frack, dem sie gemeinsam mit Placido am Tage des Abschieds begegnet war. Je spöttischer aber die Karikatur lachte, um so bildloser wurde die Mumie. Als Tullio Capironi ins Zimmer trat, hatte sich Grazia von der Zeichnung noch immer nicht getrennt. Sie erschrak: »Verzeihen Sie, Maestro! Ich bin wieder einmal zu Ihnen gekommen.«
Die Maske Karls des Fünften mit den zynisch erschöpften Augen zeigte keinerlei Überraschung:
»Also dein alter Narr zu Hause scheint wieder zur Besinnung gekommen zu sein, eh?«
Capironi legte seinen Arm um Grazias Hüfte. Er hatte sehr große und sehr runzlige Hände. Sie wehrte die sachliche Zärtlichkeit des alten Mannes nicht ab:
»Ah, es ist bei uns so viel vorgefallen, Maestro . . .«
Vorsichtig gab sie einiges von dem Unheil preis, das über die Kinder Pascarella hereingebrochen war:
»Ich weiß nicht recht, wie Sie mir helfen könnten, Maestro, aber ich bin hier, um mich mit Ihnen zu beraten . . .«
Capironi setzte sich, als habe er genau verstanden, ohne weiteres Wort, an das Pianino und schlug die starken Akkorde an, mit denen er die Vocalisen seiner Schüler einzuleiten pflegte:
»Was meinst du, ragazza mia, wollen wir beginnen?«
»Ach es geht ja nicht, Maestro! Ich darf nicht. Sie wissen, Papa verbietet es.«
»Papa, Papa!? Bist du denn mit dem alten Narren nicht fertig? Auch jetzt noch nicht, nach all diesen netten Geschichten? Du hast Talent, mein Kind, soweit sich so etwas voraussagen läßt. Wenn du sehr fleißig bist, kannst du vielleicht in sechs Monaten schon die erste Partie studieren.«

»Ah, Maestro, nein! Sie müssen das begreifen. Jetzt gerade geht es nicht. Jetzt gerade darf ich Papa nicht betrügen.«
»Ach so? Ich habe nicht gewußt, daß ich das erst klarstellen muß. Ich unterrichte dich natürlich unentgeltlich.«
Grazia lächelte krampfhaft:
»Sie sind sehr gut zu mir, Maestro. Aber bitte, verstehen Sie mich doch. Ich bin nicht meinetwegen hierhergekommen. Sie müssen nämlich wissen, daß meine drei Brüder schon vor vielen Wochen nach Rio de Janeiro gefahren sind. Ja, um die Familie zu verkleinern und für Papa Geld zu verdienen. Sie sind alle noch so schrecklich jung. Placido einundzwanzig und Ruggiero erst siebzehn. Ich habe solche Angst um die Jungen, Maestro. Sie haben keine Ahnung von der Welt. Denken Sie doch nur daran, wie uns Papa erzogen hat! Vielleicht hungern die Brüder jetzt, während ich mit Ihnen spreche, vielleicht sind sie schlechten Menschen in die Falle gegangen. Nachricht von ihnen ist noch immer nicht eingetroffen. Da habe ich an Sie gedacht, Maestro. Sie sind doch überall in der Welt herumgekommen, Maestro. Sie kennen gewiß auch in Rio zuverlässige Leute, Kollegen, denen Sie die Brüder anempfehlen könnten, Maestro, damit sich irgend jemand ihrer annimmt in ihrer Gottverlassenheit . . .«
Capironi schlug den Deckel des Klaviers zu:
»Viel zu spät kommst du, meine Liebe. Du scheinst nicht zu wissen, daß Tullio Capironi heute eine Null ist, unwiderruflich eine Null. Vor zwanzig Jahren, jawohl, da habe ich im Teatro Colon und auch in Rio die Stagione dirigiert. Damals hatte ich auch Kollegen, die mich zwar haßten, aber achteten, Mugnone und Vigna. Doch heute, meine Liebe? Heute machen sich da drüben die jungen Leute breit, und sie haben recht. Wenn du einen dieser Herren, den Marinuzzi oder Serafin, nach dem alten Capironi fragst, wird er lange nachdenken: Ja, ja, ich erinnere mich dunkel, das ist so einer, der in den Nestern mit der Banda di campagna und ausgebrüllten Veteranen die Traviata aufführt. An so große Herren kann sich ein Capironi nicht heranwagen, ragazza mia. Ich darf keine Empfehlungen geben. Meine Empfehlungen würden übrigens keinem Hund helfen.«
Maestro Capironi ließ sich, was diesen seinen Lebensschmerz anbetraf, nur äußerst selten gehn. Jetzt schämte er sich, daß er vor Grazia so bitter geworden war. Aus diesem Grund ging er in eine heftige Tonart über:
»Was brauchen junge Menschen überhaupt Empfehlungen? Sie werden es ohne Empfehlungen dort weiter bringen als hier. Rio ist

eine herrliche Stadt. Nirgends gibt es schönere Frauen und liebenswürdigere Männer. Könnte ich, ich ginge gleich hinüber. Santa Madonna, ihr seid ja alle wieder so weichlich, als ob es nie einen Krieg gegeben hätte. Ich sage dir, der Urwald und der Amazonas sind liebliche Orte gegen Karst und Isonzo dazumal. Also, was willst du? Nur keine Angst!«

Und weil ihm diese Tonart nun doch leid tat:

»Wenn du es verlangst, werde ich dem Generalkonsul, dem Echeverria, schreiben. Aber den kennt dein Alter, der Pazzo assurdo, auch.«

Wenigstens etwas! Grazia hob die Hände:

»Bitte, Maestro, tun Sie es für mich! Schreiben Sie an Signor Echeverria! Ich werde ruhiger sein.«

Er schaute diese liebende Schwester aus seinen glaubenslosen Augen an, die manchmal wie unerschütterliche Storchaugen unter den verknitterten Lidern hervorstarrten:

»Und du? Was geschieht mit dir? Du bist jetzt ein bildhübsches Mädchen und eine schlechte Partie.«

»Was mit mir geschieht? Mein Gott«, sie lachte übertrieben, »soll ich auch noch an mich denken? Das wäre zuviel. Natürlich werde ich etwas beginnen müssen. Ich möchte Sprachen lernen. Englisch!«

»Nun und? Warum lernst du nicht Englisch?«

»Das ist nicht so einfach, Maestro. Ich kann doch von Papa kein Geld erbitten, jetzt, wo er jede Lira braucht?«

»Englisch?« Capironi schnalzte mit dem Finger: »Da bist du doch nicht vergebens zu mir gekommen. Es freut mich. Ich habe eine englische Schülerin. Sie wohnt in einer Pension am Parco Margherita. Die Dame spricht kein Italienisch. Ihr könntet eure Wissenschaft gut austauschen. Warte!«

Der Maestro zog aus der abgeschabten Brieftasche eine Visitenkarte und warf mit einer Schrift, die nicht minder verwüstet war als sein Gesicht, ein paar Worte drauf. Damit entließ er Grazia:

»Komm wieder, so oft du willst und kannst, meine Teure! Schade um deine Stimme!«

Grazia machte sich sogleich auf, um Capironis Schülerin zu besuchen. Der Gang sollte nicht vergeblich sein. Sie lernte in Miß Violet Friggs eine etwa achtundzwanzigjährige Persönlichkeit kennen, deren brandrotes Haar auffällige Pracht entfaltete. Ohne Zweifel erregte die Italienerin in der ersten Sekunde das Wohlgefallen der Britin. Nicht nur wurde schon für den gleichen Nachmittag eine gegenseitige Unterrichtsstunde vereinbart, – Miß Violet umarmte beim Abschied Grazia aufs herzlichste. Zur festgesetzten Zeit

empfing sie sie dann in einem grünen Hauskleid, das zu ihrem Haar in anmutige Übereinstimmung gebracht war.
Die Stunden entwickelten sich durchaus zum Vorteil der Italienerin. Die Ursache dafür lag weniger in Fräulein Friggs Phlegma als in der unerwarteten Leidenschaft Grazias, die sie der englischen Sprache entgegenbrachte. Miß Violet hatte behagliche Plauderstunden mit dem schönen jungen Mädchen erhofft. Grazia aber erschien, täglich ernster, mit Grammatik und Übungsbuch bewaffnet. Sie brachte schriftliche Aufgaben, forderte strenge Korrektur der Fehler, stellte unaufhörlich Fragen nach Wortgebrauch, Satzbau, Aussprache und zog die Engländerin rettungslos in den Strudel ihrer Energie. Obgleich um viele Jahre jünger und unerfahrener als Violet Friggs, gab sie doch den Ton an und drängte die andere, ohne sich dieses Egoismus bewußt zu werden, in die Rolle der Dienenden. Die einseitige Besessenheit machte Grazia im Verhältnis zu Miß Violet eigensüchtig wie einen Mann. Diese aber war so geschaffen, daß nichts auf sie eine stärkere Wirkung auszuüben vermochte, als eine derartige Verbindung von schwebendem Mädchenreiz und zielbewußter Kraft. Die Stunden fanden zumeist an Grazias dienstfreien Tagen um fünf Uhr zur Teezeit in Miß Friggs Pensionszimmer statt. Die Engländerin bestellte ihren Tisch mit guten Dingen, um Grazia zu erfreuen. Eigens für diese Zusammenkünfte besorgte sie in der Pasticceria von Luigi Caflisch, Via Chiaja, jedesmal frische Petits-fours. Grazia aber hielt das für keine Aufmerksamkeit ihr gegenüber, sondern für die gewohnte Lebensform eines Paradiesvogels. In ihren Augen war die Friggs, obgleich sie nur eine Pension und keinen Palazzo bewohnte, unermeßlich reich und luxuriös. Sie kam nicht im entferntesten auf den Gedanken, daß die vielen duftigen Gewänder, in immer neuen Farbtönen zur roten Haarwolke abgestimmt, für sie berechnet sein könnten, für sie, die stets in demselben billigen Fähnchen erschien. Einmal, während des Teetrinkens, rückte Miß Violet ganz nahe an Grazia heran und umkrampfte mit heißen Fingern ihre Gelenke:
»Ja, es ist wahr, was ich immer gehört habe. Ihr Italienerinnen seid eiskalt!«
Ein Blick traf sie, so erschrockener Verwunderung voll, daß sie sogleich wieder in die übliche Konversation verfiel. Grazia aber, die ihrer strebsamen Kälte der Britin gegenüber plötzlich inne ward, empfand eine sonderbare Beklemmung, aus Schuldgefühl und abweisendem Unbehagen gemischt. Sie nahm sich vor, in Zukunft weniger Wissensgier und mehr Freundwilligkeit zu zeigen. Vielleicht könnte sie der Miß Gleiches mit Gleichem vergelten und ihr

auch einiges Aufschlußreiche über sich und die Ihren erzählen. Als sie aber damit begann, blieb der Bericht im Allgemeinen und Halbwahren stecken. Es zeigte sich hier wie immer, daß sich über das Pascarellawesen keine wahrheitsgemäße Aussage machen ließ, daß dieses abgestimmte Leben andern nicht verständlich werden konnte, und daß den einfachsten Mitteilungen plötzlich Schranken entgegenstanden, die Papas Gesetz errichtet hatte.

Man sieht, wieviel Dunkelheit sich zwischen Don Domenico und seinen Kindern einerseits, und zwischen den Kindern untereinander ansammelt. Er selbst, der Herr, von dem Gigantenkampf um seine Bürgerehre in Anspruch genommen, verschwindet wie hinter einer Wolke. Die Söhne sind von der Ferne verschlungen. Seit dem dreißigsten März, seit nahezu zwei Monaten also, hört man nichts mehr von ihnen. Iride, vom ehrgeizigen Willen beseelt, die Arbeit der Großen Schwestern vollwertig zu unterstützen, leidet oft an Schwindelanfällen. Sie sagt niemandem ein Wort davon. Aber wenn Annunziata und Grazia nicht zu Hause sind, sitzt sie stundenlang am Fenster und weiß selbst nicht, ob sie schläft oder ohnmächtig ist. Als sie vor ein paar Wochen in der Schule bewußtlos hinschlug, sagte die Lehrerin: »Das kommt vom Wachsen.«

In Annunziata kohlen und qualmen die hypnotischen Worte des Priesters Ildefonso weiter. Seit jener Unterredung geht sie auch nicht mehr in die Santa Maria Avvocata. Sie läuft an ihren freien Vormittagen ziellos durch die Straßen, bleibt vor manchem Kirchenportal stehn, tritt aber nicht ein.

Grazia ist von ihren englischen Studien und der dazu gehörenden Lektüre ausgefüllt. So oft es aber geht, wandert sie in den verwilderten Garten der Villa am Posilipo, wo sie einst so manche Freitag-Morgenstunde an Placidos Seite verbracht hat.

Es war wiederum ein Freitag, als sich in diesem Garten auf der Steinbank mit dem weiten Rundblick etwas Unheimliches ereignete. Wenn es auch nur ein inneres Ereignis war und ein schattenhaftes dazu, so verstörte es Grazia doch nicht wenig. Sie sah aufs Meer hinaus, das glatt lag und aus hundert spiegelnden Brennpunkten zum leeren Himmel lohte. Ihre Gedanken waren bei Placido – unordentliche Gedanken freilich, die sich nicht sammeln ließen. Sie versuchte das Bild des Bruders herzurufen. Zu ihrem Schreck aber war es ihr minutenlang ganz unmöglich, sich an Placidos Aussehn zu erinnern. Als wäre der Herznerv ihres Gedächtnisses gelähmt, vermochte ihr Geist es nicht, den Bruder aus sich herauszubilden. Dahingegen drängte sich ein andrer mit unabweislicher Kraft zwischen sie und Placido. Nein, es war Arthur Campbell nicht, oder zumindest nicht ganz, es war ein Dritter, aus Placido und Campbell zusammengeschmolzen. Irgend jemand, zu dem sie durchaus keine Stellung nehmen wollte, den sie aus ihrer Seele, die ihn erschaffen hatte, ungeduldig fortwünschte. Dabei nahm dieses übereinander photographierte Gesicht immer deutlichere Wirklichkeit in ihr an, in die sich auch noch einige Züge von Lauro mischten. Grazia konnte den peinigenden Zwitter erst loswerden, als der Posilipo weit hinter ihr lag und sie die Straßenbahn bestieg.

Am selben Abend machte sie zum erstenmal von dem Schlüsselrecht Gebrauch, das ihr Placido nach dem Abschiedsbesuch auf dem Camposanto erteilt hatte. Als Annunziata und Iride schon schliefen, schlich sie im Nachthemd in Placidos verlassenes Zimmer und schloß mit feierlich bewegter Hand die Schreibtischlade des Dichters auf. Bis auf einige Hefte, die übereinander lagen, zeigten die Manuskripte große Unordnung. Grazia sortierte zuerst das unbeschriebene Papier von den losen Blättern, Zetteln und Fetzen, die Placidos eilige Handschrift trugen. Das unverbrauchte Kanzleipapier ergab einen ansehnlichen Stoß und wirkte wie das Sinnbild einer wartenden Geisteszukunft. Die Schwester setzte sich zurecht, um zu lesen. Doch plötzlich zögerte sie. Es kam ihr wie gemeine Neugier vor, wie schamlose Zudringlichkeit, in den Schriften des Bruders zu stöbern, ohne jede Bemühung, ohne jede Gegengabe ihrerseits. Da richtete sie ein paar Blätter des frischen Papiers her, legte einen Haufen der losen Notizen neben sich, ergriff zärtlich Placidos Federstiel und begann mit kindlich kalligraphischer Schrift des Bruders Expektorationen abzuschreiben. Ihr Kopf lag schief über ihrem linken Arm. Ganz der Arbeit hingegeben, merkte sie nicht, daß ihr eine Haarsträhne in die Stirne hing, daß ihre nackten Füße auf dem Steinboden ausfroren, und daß gegen vier Uhr der Tag zu grauen begann. Sie brachte in dieser Nacht, ohne abzusetzen, die Abschrift von etwa vierzig kurzen Betrachtungen, Sentenzen und Skizzen zustande. Einige davon galten der Wesenserkenntnis Don Domenicos, der Geschwister, sowie des Autors eigener Selbstschau. Sie dürfen in dieser Geschichte nicht fehlen, wenngleich sie an literarischem Wert den Gedichten und allgemeinen Gedankenreihen, die Grazia in der Schublade fand, gewiß nachstehen.

1

Papa und wir: Es gibt unermeßlich flüchtige Augenblicke, in denen alles, was zwischen Papa und uns vorgeht, eine andre Bedeutung erhält. Ich kann es nicht besser definieren als durch den Ausdruck: »Andere Bedeutung«. Denn könnte ichs, würden mich jene unermeßlich flüchtigen Augenblicke der Ahnung nicht überfallen.

2

Papa und ich: Es gibt niemanden, von dem ich weniger wüßte als von ihm. Daß ich seine Gewohnheiten kenne, seine Stimme, seine Art zu essen, macht ihn mir noch fremder. Der Nächstbeste auf der Straße kommt mir oft bekannter vor als er. Gut, ich kann Papas Zufriedenheit und seinen Unmut vorausberechnen. Aber das geschieht aus Furcht, und ich gleiche darin einem Sklaven oder einem Hund. Durch das, was ein Hund von seinem Herrn weiß, wird der Herr dem Hund verhüllt und nicht erhellt. Wird jemals der Tag kommen, an dem ich gleichmütig bleibe, wenn Papa ins Zimmer tritt? Am nächsten bin ich ihm in der Nacht, wenn ich plötzlich erwache und weiß, daß er im Zimmer über mir schläft. So alt bin ich, ich spüre das gleiche tiefe Beschütztsein wie einst als Kind, und Dankbarkeit, ja Zärtlichkeit für ihn erfüllt mich. Ich kann es sagen ohne zu lügen: In solchen Stunden glaube ich sein wirkliches Wesen zu verstehen. Es ist eine Eigenart seines wirklichen Wesens, daß er es nie enthüllt.

3

Papa und mein Geheimnis: Es ist mir völlig unverständlich, wodurch Papa von meinen Schreibereien Wind bekommen hat. Giuseppes Spionage? Nein! So unordentlich ich auch sonst bin, den Schreibtisch lasse ich nie unversperrt. Jedenfalls bedeutet meine schriftliche Arbeit für Papa nicht nur eine der verhaßten Vordringlichkeiten, wie etwa das Singen bei offenem Fenster, es bedeutet für ihn Ärgeres, Aufrührerei. Dadurch, daß ich denke, Philosophen lese, Gedichte mache, habe ich einen Standpunkt gewonnen – ach nur einen Punkt –, wohin er mir nicht folgen kann. Hier bin ich ihm überlegen, und er vermutet, daß ich mich in dieser Richtung nicht um der Wahrheit, sondern um der Überlegenheit willen entwickle. Es ist also ein sehr gesunder Widerstand, den er mir leistet, so schwer ich auch unter ihm leide. Soll aber die Objektivation des Lebens leicht erkauft werden? Ist es denn nicht ein häßlicher Verrat, daß ich hier sitze und Papa unter meine überhebliche Lupe nehme, als wäre ich Gott weiß wer?

4

Die Heimat: Papa hat uns soviel Heimat geschenkt, daß ich in ihr oft vor Fremdheit erschauern muß. Alles steht in unverrückbarer Ordnung auf seinem Platz: der große Tisch, das Klavier, die Schränke, der Küchenherd. Diese Gegenstände scheinen nicht im Jahre 1895, als unsere Eltern heirateten, gekauft worden zu sein, sondern seit jeher zu existieren. Manchmal wandre ich – wenn Papa und die Geschwister nicht zu Hause sind – durch unsre heimatliche Wohnung wie durch eine Landschaft, und mich bewegt unfaßbare Trauer. Ist Heimat nichts anderes als der langhingezogene Abschied von ihr, der sich in jeder Sekunde wiederholt, so wie eine Linie aus einer unendlichen Reihe von Punkten besteht? Besitzen wir die Heimat erst dann, wenn wir sie verloren haben? Der Feldherr weinte auf den Trümmern Karthagos. Ich weine mitten in der wohlbestellten und ragenden Ordnung, die durch nichts bedroht wird.

5

Die falsche Frage: In früherer Zeit habe ich mich dann und wann gefragt: »Ist Papa böse?« Es war die rückständigste Frage der Welt, denn sie stammte aus der Selbstverteidigung meines Behagens, das durch die Energie unseres Vaters gestört wird. Papa ist zu uns gütiger als gut und böser als böse. Warum? Er ist unlöslich verbunden mit uns Kindern, er steht und fällt mit uns.

6

Die Straße: Die Hellenen erzählten, daß es eine ganz gut geebnete Straße gebe, die vom Meere ins Gebirge und von da tausend Meilen weit bis zum Eingang des Hades führe. Man müsse sie nur unaufhörlich zu Ende gehen und habe dann lebendigen Leibes und Geistes alles erlebt und erkannt, selbst das Totenreich. Gefährte freilich und Reiter dürften nicht verkehren, und so sei noch niemand auf dieser Lebensstraße bis zur Pforte der Unterwelt gelangt. Ich aber fürchte, daß die vielen Osterien und Einkehrhäuser, die den ersten Teil der Strecke zieren, viel mehr Schuld an der mangelnden Wanderbereitschaft tragen als die zu überwindenden Schwierigkeiten. Hier gibt es einen besonderen Wein, dort vorzügliche Langusten. In größeren Wirtschaften treten Tänzer auf, und die kleinsten noch bieten gewiß ein Grammophon. Täglich machen sich Leute auf, aber schließlich kehrt jeder zur heißen Mittagsstunde oder am Abend ein, selbst der Habenichts. Und noch eines! Bei diesem Unternehmen steht der Rekord im umgekehrten Verhältnis zum Ruhm. Je weiter einer auf der Straße vorwärtsdringt, um so sicherer wird er vergessen. So bleibt uns zum Trost die Ungewißheit, ob nicht dieser oder jener verschollene Heros das Ziel dennoch erreicht habe.

7

Eine einzige Ablenkung kann alles verderben. Gilt dieser Satz fürs Leben nicht, fürs Denken und für die Gedichte gilt er bestimmt. Meine Gedichte sind leider nichts als Ablenkungen. Auf der griechischen Straße kehre ich meist schon in der ersten Osteria ein, lang ehe es noch heiß wird. Papa hat keine Ahnung, was es bedeutet, Herr über die Sprache sein zu wollen. Die Worte sind wie eine Herde, die in dumpfer Schar dem Leithammel nachdrängt, der Phrase. Die Worte scheinen den Dichter zu fürchten. Sie hüpfen nur denen liebenswürdig zu, die nichts von ihnen wollen. Werde ich je die große Geduld bekommen, ein Jahr lang über einen einzigen Vers nachzudenken? O Ungeduld, du bist des Geistes tiefste Schuld! Eine einzige Ablenkung kann alles verderben. Gilt dieser Satz wirklich nicht fürs Leben? Er gilt, er gilt!

8

Fluch der Sprache

Erlogenes klingt im Worte wie Erlittnes,
Erschlichenes nicht anders als Erschrittnes.

9

Kleiner Trost: Ich kann vielleicht Besseres tun, als ich tue, ich kann aber nicht besser sein, als ich bin, doch kann ich wahrer werden, als ich war.

10

Der Schmelzakt: Dichten heißt, das Universum der Dinge zum Universum der Sprache umschaffen. Das Wichtigste dabei ist der Schmelzakt beider Materien, der Dinge und der Worte, im Dichter selbst. Damit er gelinge, ist höchste Glut nötig und höchster Druck bei höchster Besonnenheit. Um dieser fast unmenschlichen Verbindung willen wurde der echte Dichter von den Alten als Halbgott verherrlicht.

11

Meine Geschwister und ich: Wir sind eine große Familie. Unser sind sechs. Ich wähle dieses Thema, nicht weil ich uns für ungemein interessant halte, sondern weil ich kein anderes stärker erlebt habe. Und doch, wie schwer fällt es mir, auf diesem heimlichen Blatt über meine Geschwister etwas zu schreiben, obgleich es ja nur ins Leere gesagt ist. Es kommt mir vor wie Untreue und Hinterlist. Ich schleiche mich an sie heran und schrecke mit wehem Herzen zurück vor ihrer Wirklichkeit, ihrem Wert und ihrer Unschuld. Am meisten Scheu erfüllt mich, wenn ich Annunziata und Lauro ins Auge fasse. Dafür gibt es freilich eine Erklärung. Wir Sechs zerfallen in zwei natürliche Gruppen. Annunziata und Lauro bilden die eine, weil sie die ausgesprochenen Kinder von Mama sind. Ich will damit durchaus nicht sagen, daß sie Papa ferner stehen als wir vier anderen. Das wäre eine lächerliche Fälschung, wenn man bedenkt, wie vertrauensvoll sich Papa auf Annunziata stützt und wie gehässig er sich zu mir verhält. Zu Lauro hat er eine beinahe respektvolle Stellung, vielleicht weil er in ihm der armen Mama immer wieder begegnet. Trotzdem sind Annunziata und Lauro zwei *verwaiste* Wesen. Wenn man zufällig in ein Zimmer tritt, wo sie im Dunkeln sitzen, brechen sie ihr Gespräch mitten im Satz ab. So benehmen sich zwei Waisenkinder in der Fremde. Vor einigen Tagen hat mir Grazia eine der Tierphantasien gezeigt, die Lauro modelliert. (Er selbst würde mich, was ich vollkommen verstehe, nie einweihen.) Lauro ist viel mehr Künstler als ich. Das sage ich nicht, weil mir das verrückte Tierchen gefällt, sondern weil ich ihn für freier und großmütiger halte als mich. Er ist selbst gegen Papa frei, und wie er sich zu Grazia wegen des Balles am nächsten Dienstag benimmt, ist wahrhaft großartig. Ich verstehe Annunziata, daß sie Lauro hoch über ihre andern Geschwister stellt. Vielleicht werden die beiden einst in ihrem Alter zusammenziehen und -leben. Solange sie einander haben, kann ihnen nichts geschehen. Und jetzt müßte ich über Grazia schreiben. Aber ich habe meine Objektivität überschätzt. Ich kann es nicht. Merkwürdig, daß Grazia gar nicht zu wissen scheint, wie nahe sie dem Herzen unsres Vaters ist. Die Nächste ohne Zweifel. Denn seine Neigung zu Iride scheint nur oberflächlich zu sein, ist sie doch von uns die Jüngste und Zarteste. Iride weiß auch gar nicht mehr genau, wer Papa ist. Ich fürchte, daß ihre Anlage zur Eitelkeit und zum Übersiedeln nicht genug gebändigt wird. Gerade umgekehrt steht es mit Ruggiero. Papa läßt ihm nicht das Geringste durchgehn, und doch haben Schimpf und Züchtigung in diesem Falle nichts Tragisches an sich. Ruggiero ist auf kindlicher Stufe sein Ebenbild. Ich glaube, wenn Papa an einen Stammhalter denkt, so sieht er immer nur ihn. Und ich? Vorhin habe ich mich den Kindern Papas zugezählt. Darf ich das? Gehöre ich nicht ebensowenig auf die eine wie auf die andere Seite? Oft komme ich mir unter meinen lichten Brüdern und Schwestern wie ein kaltes dunkles Wesen vor, das nirgendwo zu Hause ist. Ich sitze unter ihnen, teilnehmend an all ihrem Treiben, doch dies ist nur Schein, denn mein Verrätergeist belauert sie von fern. O meine sehnsüchtig geliebten Geschwister, ihr wißt nicht, daß ein dunkler und kalter Gast unter euch lebt.

12

Papas Gesang: Einmal werde ich vielleicht alt sein, siebzig Jahre, und dann sitze ich gerne auf einer Bank am Meeresufer. Doch ich sehe das Meer nicht, mag es auch die Mittags- oder Abendsonne mit dem herrlichsten Gold überziehen. In meinem Herzen geht etwas anderes auf als das goldene Meer. Alles habe ich vergessen, nur dieses nicht. Nach einem halben Jahrhundert finde ich uns Kinder wieder im Salotto und wir lauschen mit tiefgesenkten Köpfen Papas Gesang. Ich höre deutlich den Monolog des Barnaba oder die Arie des Renato. Möge mich in meiner nahen Todesstunde der sternenferne Hauch dieses Gesanges berühren! War denn Papas Stimme damals vor undenklichen Zeiten so schön, und hat er wirklich so trefflich gesungen? Ach, ich weiß es nicht mehr, doch seine Gesangskunst werden gewiß die beruflich ausgebildeten Sänger übertroffen haben. Was also war dann der Zauber? Papa überwand seine tiefe Scham, um uns, den Kindern, an großen Feiertagen das Innerste seines Herzens zu offenbaren. Und dadurch entriegelte er unser eigenes Herz. Das war der Zauber von Papas Gesang. Unsere italienische Sprache muß an einen Mann seiner Art gedacht haben, als sie beiden Worte gleichsetzte, Gesang und Zauber, canto e incanto.

Der erste Brief der Brüder aus Rio de Janeiro traf zu Pfingsten ein. Es war einer der letzten Maitage. Quälende Hitze herrschte. Die Fenster der Sala da pranzo standen weit offen. Giuseppe schlich gebeugt umher und beaufsichtigte geringschätzig die Tätigkeit Irides, die den Tisch zum Abendessen deckte. Manchmal zupfte er am Tuch und rückte mit den Gedecken, um sich kritisch bemerkbar zu machen. Als es draußen schrill läutete, hörte er nichts und wartete, ob Iride ihm nicht den Gang zur Wohnungstür abnehmen werde. Erst als es neuerdings und noch länger schellte, summte er

beleidigt in sich hinein und schickte sich mit tragischer Langsamkeit an, zu öffnen. Er brachte den Brief, wog ihn aufmerksam prüfend in der Hand und legte ihn dann mit nachdrücklicher Gebärde auf Don Domenicos Teller, was heißen sollte: Hierher gehört der Brief und nirgendwo andershin. Iride stürzte in die Küche und rief die Schwestern herbei. Alle drei umstanden Papas Platz und ließen erregt den Brief von Hand zu Hand wandern. Er war adressiert an Signor Domenico Pascarella. Ihn zu öffnen, lag also jenseits aller Möglichkeit. Ach, wenn Papa nur schon käme! Doch gerade heute kam Papa nicht. Es vergingen zwei martervolle Stunden, ehe sein Schlüssel draußen knirschte. Iride konnte die Tränen der schmerzhaften Spannung nicht länger zurückhalten. Sie schrie, wobei sie den altheiligen Ritus der Begrüßung vergaß:
»Ein Brief, Papa, aus Brasilien! Komm schnell!«
Don Domenico drehte den Brief nach allen Seiten und warf ihn schließlich auf den Teller zurück. Dann setzte er sich ächzend hin und entfaltete die Serviette. Er war verschwitzt, die Krawatte saß verschoben, seine weißen Haare, lange nicht mehr geschnitten, starrten aufrecht, in borstigen Büscheln. Gott weiß, was für einen Tag er hinter sich haben mochte. Vor längerer Zeit schon hatte er all seine Angestellten bis auf den Kassier und einen Praktikanten entlassen. Neben seinen Kämpfen und Reisen lastete also auch noch niederdrückende Büroarbeit auf ihm. Und Gnolli? Der lungerte in der Azienda herum und störte, ohne daß man ihn loswerden konnte. Die Augen der Mädchen, starr auf den Teller gerichtet, sahen nichts. Sie bemerkten nicht einmal, daß Papa es heute vor Müdigkeit unterlassen hatte, sich die Hände zu waschen und den Hausrock anzuziehen. In Grazia stieg ein drohendes Zorngefühl auf: Wenn er jetzt den Brief nicht öffnet! Wenn er zuerst auftragen läßt! Wenn wir warten müssen!
Der Vater aber nahm sein Messer, durchschnitt bedächtig den Umschlag und reichte Iride die Blätter: »Lies vor!«
Die Stimme der Jüngsten gickste und überschlug sich vor Eifer. Grazia und Annunziata forderten mit nervösem Tadel immer wieder Deutlichkeit, Langsamkeit, und riefen jeden Augenblick, ohne Rücksicht auf Papa:
»Noch einmal! Aber lauter! Hörst du?«
Der Brief, obgleich von allen drei Brüdern unterfertigt, zeigte in den meisten Sätzen unverkennbar Placidos wohlüberlegten Stil. Er berichtete eingangs von der glücklich überstandenen Seereise und vom gegenwärtigen Wohlbefinden der Jünglinge. Sie seien noch immer im Auswandererhaus der Ilha das flores, der Blumeninsel,

untergebracht, wo sie bis auf weiteres wohnen dürften. Diese Herberge habe den Vorteil, daß sie samt Verköstigung vom Bundesstate Rio de Janeiro den Arbeitsuchenden unentgeltlich zur Verfügung gestellt werde, bis sich für sie etwas finde. Für Leute ihres Schlages freilich sei es nicht leicht, irgendwo schnell anzukommen. Immer die gleiche Geschichte spiele sich ab: »Zeiget eure Hände! Aha, ihr seid feine Herren! Was soll man denn mit so feinen Herren anfangen? Schaut zu, daß ihr in Rio, in São Paulo oder in einer andern Stadt angestellt werdet, am besten bei einem Konfektionär, in einem Warenhaus oder Büro.« Täglich gingen von der Auswandererstation Transporte in die verschiedensten Staaten und Kolonien ab, nach Santa Catarina, nach Espirito Santo, nach Paraná. Doch die Kolonisten, die ein Stück Land am Urwald vom Staate geschenkt bekämen, seien zumeist mehrköpfige Familien, die keinen Anschluß wollten. Und die schwere Fron der Kaffeepflücker und anderer Erntearbeiter könne man mit Rücksicht auf die eigenen Körperkräfte guten Gewissens nicht auf sich nehmen. Zwar habe Ruggiero schon einmal auf dem Transportschiff einer Kaffeepflükkerpartie Unterschlupf gefunden, doch sei es dem ernsten Einspruch Lauros und Placidos gelungen, ihn von seinem Vorhaben abzubringen. Man dürfe nichts erzwingen wollen und es empfehle sich, mit Geduld zu warten, bis das Richtige auftauche.

»Indessen«, hieß es weiter, »studieren wir Portugiesisch und fahren täglich mit dem kleinen Dampfschiff der Ilha das flores in die Stadt, um uns nach einer Arbeitsgelegenheit umzusehen. Es ist jetzt eine schlechte Zeit, der Winter, darum schickt man uns überall fort. Im nächsten Monat schon wird es viel besser sein, so versichert man uns auf dem Arbeitsamt der italienischen Kolonie. Leider ist der Generalkonsul Echeverria verreist, so daß wir den Empfehlungsbrief nicht abgeben konnten. Die anderen Herren auf dem Konsulat haben wenig Zeit, sich mit uns zu befassen, da in den Vorzimmern täglich mindestens hundert Leute auf Hilfe warten. Trotz diesen Erfahrungen, die gar nichts Besonderes sind, und die jeder Fremde hier durchmacht, fühlen wir uns überaus wohl, haben keine Not und Angst und hoffen von einem Tag zum andern. Es ist unbeschreiblich schön hier, und wir genießen jeden Morgen den herrlichen Anblick von neuem. Damit Ihr wenigstens eine blasse Vorstellung habt, legen wir drei Ansichtskarten bei. Wüßten wir nur, daß es Euch ebenso gut geht wie uns, daß Ihr ebensoviel freudigen Mut in Euch besitzet wie wir, dann wären wir zufrieden. Aber wenn wir an Euch denken, und wir denken immer an Euch, dann wird uns schwer ums Herz.«

Die Schwestern fühlten sofort, daß nur der Schlußsatz die ganze Wahrheit enthielt, zu der die fröhliche Stimmung, von der in dem Briefe mehr als einmal die Rede war, in heuchlerischem Gegensatz stand. Don Domenico eröffnete das Gespräch mit der Feststellung, er habe es ja immer wieder gesagt, daß Argentinien das Richtige sei und nicht Brasilien. Die großen Herren aber hätten ihm die Erlaubnis in einem Zeitpunkt abgelistet, wo er, durch Sorge und aufreibende Arbeit festgebunden, seinen Willen nicht durchgesetzt habe wie sonst. So sei alles gekommen, wie es ohne seine Leitung eben kommen mußte. Ihn treffe keine Schuld. Ein sonnenklarer Beweis dafür, wie fehlerhaft sich das Leben entwickle, wenn er nur eine Sekunde lang die Augen abwende. In seinem Tonfall lag grimmige Befriedigung. Doch verzehrte er sein Essen sichtlich ohne Appetit.
Später stand er auf und begann seinen stiefelknarrenden Rundgang um den Tisch. Die Mädchen flüsterten miteinander, eine Respektlosigkeit, die noch vor wenigen Monaten niemand gewagt hätte. Die Entwicklung des Lebens bröckelte von der strengen Orthodoxie täglich ein anderes Stück ab. Nach der Sitte des Willkomms verfiel nun auch die schweigende Ehrfurcht bei Tisch. Don Domenico, von seinen Gedanken geplagt, die ihm so viel traurige Bestätigung brachten, schien das Schwestergeflüster gar nicht zu bemerken. Auf einmal aber blieb er stehn und pflanzte sich dicht vor Grazia auf, als wolle er nicht die Brüder, sondern sie (die doch so verzweifelt gegen die Brasilienfahrt gekämpft hatte) zur Verantwortung ziehn:
»Ihr glaubt alle, es sei eine gar so einfache Sache, sich ohne mich ein Leben zu schaffen. Da habt ihr es nun!«
Grazia mußte wiederum eine rasche Zornwallung unterdrücken. Papa aber schloß grollend:
»Meine Herren Söhne werden jetzt erst sehn, was ihr Vaterhaus ist.«
Dann ging er schlafen. Doch der Donner, den er sonst mit dem Zuschlagen der Türen im oberen Stockwerk verursachte, ertönte heute nur schwach und unentschieden.
Die Schwestern saßen noch bis ein Uhr nachts beisammen. Ein einziger Gedanke folterte ihr Hirn: Geld verschaffen! Eine Summe aufbringen und nach Rio senden, um die Brüder vor Elend und Untergang zu retten! Aber wie Geld verschaffen? Sie ließen all ihre Bekannten vorüberziehen, sie träumten von der Lotterie, sie wühlten in jeder entferntesten Möglichkeit. Nichts! Kein Weg zeigte sich. Man konnte aus dem Fenster springen und sich töten, doch Geld schaffen konnte man nicht in dieser Welt.

Zehntes Kapitel

DIE HEILIGE NONNE

(Lauro und Annunziata)

Fronleichnam ging vorüber und Peter und Paul kamen, ohne daß es den Schwestern gelungen wäre, eine geldzeugende Idee zu fassen. Sie hatten zwar ihren kindlichen Schmuck zusammengehäuft, die dünnen Silber- und Goldkettchen, die sie besaßen, die Korallen, Kreuzchen, Madonnen- und Engelbroschen, all die kleinen Geschenke Mamas – doch der Juwelier, bei dem sie die Angedenken schätzen ließen, behauptete, das Zeug sei insgesamt keine dreihundert Lire wert. Da trugen sie es wieder nach Hause.

Grazia dachte einen Augenblick lang daran, Miß Violet Friggs um Hilfe zu bitten. Als sie aber der rothaarigen Luxusdame gegenübersaß, vermochte sie kein Wort zu sagen, obgleich ihr Violet wie immer zärtlich die Hand streichelte. Wer gleich Don Domenicos Tochter im altbürgerlichen Stolz und in der Geldscheu aufgewachsen ist, wird ihr aus diesem Versagen schwerlich einen Vorwurf machen. Es wäre für sie eine Schamüberwindung gewesen, der sich von allen sechs Pascarellakindern vielleicht nur Lauro gewachsen gezeigt hätte. So mächtig auch die Geschwisterliebe in Grazia glühte, hier lag die Erziehungsgrenze ihrer Freiheit und ihres Opfermaßes.

Annunziata streckte die Waffen nicht. Sie nahm den Kampf auf, wenn auch nicht auf irdischem Gebiete. Der geheime Trieb, dem sie schon seit Jahren nachhing, ihre Versuche, in mystische Erstarrung zu verfallen, diese selbstische und etwas leere Form der Ekstase, genügte ihr nicht mehr. Priester Ildefonso hatte an ihr gerüttelt und die Notlage der Brüder in Brasilien brachte sie ganz um ihren Wert. Was konnte der eitle Muskelschmerz und die schweifende Träumerei, hinter der sich nichts verbarg als gereizte Selbstsucht, jetzt noch helfen? Lauro hungerte. Lauro war in Gefahr, zugrunde zu gehen. Annunziatas ziellose, bisher ungefaßte Frömmigkeit bekam plötzlich einen festen Bezugspunkt und damit eine tiefere Perspektive. Zum erstenmal in ihrem Leben wollte sich die gestaltlose Stimmungsdisposition zu wirklichem, himmelbewegendem Gebet verdichten. Die Angst um Lauro bewirkte diese Entwicklung. Es gibt eine Mathematik Gottes, die sich in gewissen Beziehungen nicht unähnlich der irdischen verhält. Sind in einem Koordinatensystem zwei Punkte gegeben, so läßt sich aus ihnen der dritte bestimmen.

Steht im Leben ein Ich zu einem Du in liebender und angstvoller Beziehung, so ist der dritte, nicht gegebene Punkt realisiert, Gott.

Nach Santa Maria la Stella und nach Santa Maria Avvocata hatte Annunziata in letzter Zeit so manche Kirche Neapels probiert. Keine davon befriedigte sie. Alles war jetzt schwieriger geworden. Ihr Gemüt zeigte sich weit störbarer als früher. Sie schämte sich vor den alten Leuten, die in den geweihten Räumen überall umherhockten und -schlurften. Die Gnade des Gebetes wurde nicht so freigebig gespendet wie das Schattenkarussell sentimentaler und unverbindlicher Bilderreihen.

Einmal – es war vielleicht der heißeste Tag dieses glühenden Sommers – geriet sie auf ihren Streifzügen in eine Gegend, die sie nicht kannte. Sie hatte die Via Foria und den schattenarmen botanischen Garten durchquert, um an der Seite des langgestreckten Albergo dei Poveri vorbei einen elenden Stadtteil zu betreten, der die nordöstliche Ecke der neapolitanischen Peripherie bildet und Rione Sant Eframo heißt. Es war ein verfallener Bezirk, teils im Abbruch, teils im Neuaufbau befindlich, an dem sich gerade die große Assanierung Italiens durch das neue Regime vollzog. Widrige Gassenenge. Doch in der Nähe begannen schon freie kalkweiße Straßenahnungen den Stein- und Gerümpelberg des Altertums zu durchbohren. Ein unsäglicher Gestank von Aas und faulem Fisch, kochendem Öl und erbrochenem Wein, von Knoblauch und verdorbenem gärendem Obst schwelte dick durch die Luft. Die türlosen Wohnungen klafften gassenwärts mit schwarzen Mäulern. An die Bettpfosten gepflockte Ziegen meckerten schamlos im Hintergrund der Stuben. Unter den Madonnenbildern schnurrten die großen Katzen oder sie verzehrten ihr Fischmahl. Und das alles bedeckte, wehend und surrend, ein schwarzer Schleiermusselin von Fliegen. Die Stätte zeigte genau das gleiche Bild, wie es vor einem halben Jahrhundert Renato Fucini in seinem berühmten Buche »Napoli a occhio nudo« gemalt hatte.

Mitten in dieser Welt stand eine grelle Kirche, das Armseligste von einem Gotteshaus, das man sich denken kann, ein trister Bau, der gewiß keine zehn Jahre alt war. Die Wände schienen übrigens frisch gestrichen zu sein und vermehrten die grausame Polyphonie der Gerüche um den beißenden ammoniakscharfen Geruch des gelöschten Kalks. Der rote Vorhang des Portals wehte, von innen her aufgebläht, in den schreiend weißen Tag, als läge er vor dem Winde des außerordentlichen Vorgangs, der sich in der Kirche abspielte. Auf dem Platz drängte sich ein Haufe von etwa zweihundert Menschen; Frauen zumeist, und zwar alte Frauen, Kranke oder verkrüppelte Wesen. Einige Burschen, junge Arbeiter, hielten sich höhnisch abseits, rauchten und warfen stichelnde Bemerkungen in den Weiberhaufen. Sie wurden gar nicht beachtet, denn eine eigenartige Erregung hatte sich der kleinen aber dichtgescharten Menge bemächtigt. Abgezehrte Arme stießen ekstatisch in die Höhe, Humpelgestalten an Krücken hüpften verrückt im Kreis, schrille Stimmen keiften auf und verloren sich in langen psalmodierenden Trillern.

Die Kirchentür wurde von zwei groben stoppelbärtigen Sakristansgestalten bewacht, die dem Volke draußen den Eintritt verwehrten, Annunziata aber, wenn auch mit mißtrauischen Blicken, durchschlüpfen ließen. Der dunkle Innenraum bot einen Anblick, der durchaus von dem verschieden war, was Annunziata draußen erlebt hatte. Auch hier drängte sich eine Menge von mindestens zweihundert Personen im schmalen Schiff zusammen. Jedoch sie schwieg, und zwar nicht mit einem gewöhnlichen Schweigen, sondern inbrünstig, erschüttert und atemlos. Die meisten lagen auf den Knien. Einige beugten sich so tief, daß sie mit der Stirn die Fliesen berührten. Wars ein Fest, ein Heiligen- oder Bußtrag, den Annunziata nicht kannte? Sie sah zum Altar hin. Nein! Nur wenige Kerzen brannten. Kein Priester amtierte. Die Stimme keines Celebranten hallte aus dem Dunkel. Alles wie an einem gewöhnlichen Wochentag. Doch dort, unter den Stufen, die zum Gottestisch emporführten, schien sich eine Gruppe weißer Gestalten in unverständlicher Regsamkeit zu bewegen. Was war das? Annunziata wagte es kaum, die schüchterne Frage an eine der Frauen zu stellen, die nicht kniete. Sie zog sich sogleich einen Tadel zu:

»Das wißt Ihr nicht, Signorina? La santa monaca! Suor Concetta stirbt.«

»Die heilige Nonne?«

»Suor Concetta! Ihr fragt noch? Sie ist gekommen, die gute süße Tina, um hier in ihrer Kirche zu sterben.«

Annunziata sah die Frau erschrocken an, so daß diese sich zu weiteren Erklärungen herabließ:

»Dort? Seht Ihr noch immer nichts, Signorina? Sie ist gekommen, sie hat sich auf der Bahre hierher tragen lassen, um unter dem Altar zu sterben, den sie so sehr liebt. Die Kirche hat sie erbaut und zwei Spitäler hat sie erbaut und den niedrigsten Dienst hat sie getan bis in ihr Alter. Die Krankenwäsche hat sie gewaschen und die Abtritte hat sie geputzt und keine Arbeit und kein Dienst war ihr zu schlecht und sie war eine Reiche und eine der Allerreichsten war sie und eine hochadlige Dame und Ihr wißt nichts davon, Signorina . . .«

»Ich bin hier fremd«, entschuldigte sich Annunziata und sah noch immer mit scheuem Frageblick auf den zahnlosen Mund, der sich zu geschwätzig klagendem Wortgerinnsel öffnete:
»Im Hals hat es sie erwischt. Und die Ärzte haben ihr vorgestern die Kehle aufgeschnitten und haben ihr eine silberne Röhre hineingesteckt. Und jetzt kann sie nicht mehr reden und ist ganz stumm vor ihrem Tod. Und sie stirbt hier, und sie war eine der Allerreichsten und eine Duchessa, und es hilft ihr nichts. Und als ich im Spital lag, hat sie sich an mein Bett gesetzt und ist eine Stunde lang sitzen geblieben und hat mit mir über alles geredet. Und daneben hat sich eine zu Tode gehustet, und sie hat ihr das Spuckglas gehalten und sich nicht geekelt, sie, eine Duchessa. Wir sind gekommen, weil wir sie alle kennen, lange schon, Suor Concetta, la nostra dolce Tina.«
Schon während dieser Litanei war die Frau ins Schluchzen geraten. Jetzt aber, von der Erschütterung, die den ganzen Raum in Bann schlug, epileptisch geschüttelt, sank sie zu Boden und heulte:
»Du wirst noch heute bei der Madonna sein, und ich bleibe hier in dieser Welt.«
Der laute Ausbruch verbreitete sich durch die ganze Kirche wie ein dumpf aufwinselndes Glissando. Die von unbekannter Macht zusammengeschweißte Menge bildete einen empfindsamen Resonanzkörper, der bei der geringsten Berührung zu schwingen begann. Schon lösten sich aus dem Schweigen seufzende Frauenstimmen, zu ähnlichen Ausrufen bereit wie Annunziatas Nachbarin. Es bedurfte einiger gedämpfter Silenzio-Mahnungen, um die schadhafte Ruhe, die jeden Augenblick zu zerreißen drohte, wieder herzustellen.
Annunziata schob sich durch den Mittelgang vorwärts. Sie spürte unter diesem Volke und an dieser Stätte nichts anderes als Verlegenheit und das peinliche Bewußtsein ungebetener Zeugenschaft. Eine ähnliche Beklemmung empfindet jemand, der bei einem zufälligen Besuch in eine Familie gerät, wo ein Angehöriger gerade den letzten Atemzug tut. Annunziata ging auf Zehenspitzen, und als die Leute ihr Platz machten, zögerte sie, näher zu treten, und blieb in ziemlicher Entfernung stehn. Dennoch konnte sie alles genau beobachten. Ein leichtes weißes Metallbett. Darauf, völlig zugedeckt, eine weiße Gestalt, die sich kaum abhob. Von einem Gesicht war beinahe nichts zu sehen, denn der ganze Kopf dieser Gestalt steckte in einem weißen Verband. Ein Arzt und zwei barmherzige Schwestern, alle in weißen Kitteln. Und ein weißes fahrbares Tischchen, mit Flaschen und Pinzetten auf der Glasplatte, absonderlich genug an dieser Stätte. Ein wenig abseits von der Gruppe,

aber noch im freigelassenen Kreis, stand ein alter Pfarrer im Chorrock, der die Hände gefaltet hielt und in seinen Zügen Verlegenheit, ja Bestürzung über ein Begebnis zeigte, das sich seines Wissens in einer Kirche noch niemals zugetragen hatte.

Die Blicke der Gemeinde hingen unbeweglich an dem weißen Bett und an der weißen Gruppe. Es war ein starrer Ausdruck in ihnen, den man schreckerfüllte Wunderbereitschaft hätte nennen können, eine überschwengliche Entsetzensmiene, obgleich das mittelalterliche Ereignis, Tod einer Heiligen inmitten einer frommen Menge, eher eine segensreiche Bedeutung zu haben schien. Die Sterbende schlief oder hatte schon das Bewußtsein verloren, so kam es wenigstens Annunziata vor, die nun gleichfalls niederkniete und mit den anderen Seelen verschmolz.

Nein, es war Täuschung. Suor Concetta, la santa monaca, schlief nicht und war nicht bewußtlos. Die liegende Gestalt, die sich kaum abhob, machte eine leichte Bewegung und legte den eingefatschten Kopf von rechts nach links. Dieses Nichts von Bewegung lief wie ein Nervenzucken durch das Volk und erweckte ein lautloses Geflüster: »Sie will etwas . . . Achtung . . . Trinken will sie . . . Aber das geht doch nicht . . . Wie könnte sie trinken . . . Sie hat keinen Durst mehr . . . Da, sie hat etwas zu sagen und kann nicht sprechen . . . O Madonna, o ihr Heiligen, erleichtert es ihr . . . Achtung, der Arzt . . . Er redet zu ihr . . . Der Dumme . . . . Wie soll sie ihn verstehen . . . Ah, sie versteht ihn . . .«

Der Arzt, ein noch junger Mann, hatte sich tief über die Kranke gebeugt. Man hörte seine Stimme, ohne die einzelnen Silben zu verstehen, die er langsam und abgehackt aussprach, als beschwöre er ein gespenstisches Wesen. Annunziata glaubte zu hören, aber vielleicht war es bloß Einbildung.

»Keine Angst! Gedulden Sie sich nur noch ein paar Minuten! Gleich wird er bei Ihnen sein.«

In den Kirchenbänken erhob sich jetzt ein Mann und versicherte mit heiserem Ton:

»Sie will, daß wir beten.«

Er blieb allein. Nur der Pfarrer kniete vor dem Altar hin. Im Kirchenschiff aber begann ein reges Gewisper und Geflüster, als müsse die spannungsvolle Zeit durch irgend etwas ausgefüllt werden. Suor Concetta machte jetzt eine stärkere Bewegung als früher. Sie hob sogar die rechte Hand und fuhr über einen unsichtbaren Wasserspiegel hin, wie um ihn zu beruhigen. Es war eine ausgesprochene Gebärde des Unbehagens und des Ruhewunsches. Der Arzt legte beide Hände an die Lippen und bekehrte die Versamm-

lung damit wieder zur Stille. Inzwischen hatte sich ein halbwüchsiger Junge, der den Pendeldienst zwischen Kirche und Außenwelt besorgte, durchgezwängt und winkte dem Arzt aufmunternd zu, der neuerdings seinen Mund zum Ohr der Kranken neigte.
Es war zum Ohnmächtigwerden heiß. Durch die Fensterrose quoll gelblich fettes Licht und gerann in Flecken und Pfützen. Die Gerüche des Rione Sant Eframo drangen unabweislich herein und nahmen den abgestandenen Weihrauchduft in sich auf und einen leisen Ätherhauch. Wird das ewig so weitergehen? Ist die Grenze des Erträglichen nicht schon erreicht? Annunziata glaubte, nicht *sie* kniete, sondern ein fremder Körper, der sich anrührte wie Holz. Selbst wenn sie sich jetzt hätte losreißen wollen, es wäre nicht mehr in ihrer Macht gelegen. Auch sie war in den Stromkreis der religiösen Spannung mit eingeschlossen, die alles hier auf den Knien hielt. Da begannen draußen die Glocken zu läuten.
Ein erlöstes »Ah« ging durch die Reihen. Selbst diejenigen, welche keine Ahnung hatten, was das Läuten bezwecke, atmeten auf. Es war der befreite Atemzug, der jedem Schauspielbeginn vorangeht, wenn die eine Welt versinkt und die andere sich auftut. Zwei Kirchendiener kamen den Mittelgang hinan und drängten die Frommen in die Bänke. Ihnen folgten eilig mehrere junge Geistliche. Dann hörte man ein lautes Autosignal, wenige Minuten später Stimmengewirr im Portal und langsam schritt nun der hohe Priester dem Altar zu. Es war Kardinal Santinelli, der Erzbischof von Neapel in Person. Die Züge des alten Herrn zeigten trotz der schrecklichen Temperatur und den lastenden Gewändern ein freundlich ernstes Lächeln. Einiger Klerus und ein Kammerdiener in Escarpins bildeten sein Gefolge. Der Kardinal strebte geradewegs auf das Krankenlager zu. Nach einem kaum merklichen Genuflex gegen den Altar kniete er sofort an dem weißen Bette der Santa Monaca nieder. Zu diesem Zwecke hatten die jungen Geistlichen inzwischen ein purpurnes Kissen vorbereitet. Mit einer unnachahmlich schönen Gebärde nahm er die schlaffe Rechte Suor Concettas zwischen seine beiden Hände. Und nun begann er zu der Sterbenden zu sprechen, leicht und ohne Nachdruck. Es war wie eine einseitige aber liebreizende Art von Konversation. Dieser Botschafter einer erhabenen Ordnung schien zunächst vom Tode und vom ewigen Leben mit gelassener Heiterkeit zu plaudern. Dabei hatte er eine einfache bäurische Gestalt, die von allem Aristokratisch-Gesellschaftlichen weltenweit entfernt war. Auch der heilige Vorgang selbst, die Versehung mit dem Viaticum, von Gebeten der Priester und von Tränen des Volkes umspielt, geschah

mit gleich unnachahmlicher, erschütternder, man kann es nicht anders bezeichnen, mit überirdischer Elegance. Es ging so sanft und schnell vor sich. Wie lang ein Akt der Ewigkeit, der nicht nach Zeit mißt, in der irdischen Spiegelung dauert, ist ja ohne Bedeutung. Kardinal Santinelli verschwand, wie er gekommen war. Er liebte und verehrte Suor Concetta, sein Herz litt unter ihrem qualvollen Sterben, sie war für jeden Gläubigen ein leuchtendes Vorbild christlicher Demut und Barmherzigkeit. Der Kirchenfürst aber hatte an diesem glühenden Vormittag noch eine feierliche Priesterweihe vorzunehmen.

Ein Teil der Menge strömte dem Kardinal nach. Die Schaulust siegte über die heiligere Neugier. Annunziata blieb unter den Treuen zurück. Die Kranke aber schien durch die himmlische Tröstung tief aufgewühlt zu sein. Immer unruhiger bewegte sie sich auf ihrem Lager. Hatte das Labsal ihre Lebensgeister gestärkt? Kamen die Schmerzen mit neuer Gewalt über sie? Wollte sie den Kardinal zurückrufen?

Ehe der Arzt und die Schwestern noch eingreifen konnten, geschah folgendes. Suor Concetta setzte sich mit einem Ruck auf. Eine Tat übermenschlicher Kraftanstrengung, die freilich nicht weiter reichte. Der Kopf verlor den Halt. Nun sprangen die Schwestern hinzu und stützten sie. Annunziatas weit aufgerissene Augen sahen diese weiße, krampfdurchbebte Gestalt, die keinem Weibe glich. Es war ein Mann mit einer großen Hakennase, die aus dem Verband hervorstach, ein Dante. Dieses jammervolle Wesen breitete weit die Arme aus, als flehe sie um Gnade, um endliche Zertrümmerung des Kerkers. Suor Concetta wollte ohne Zweifel schreien. Das Ungeheure der Qual aus sich herausschreien. Doch es kamen nur leise piepsende Töne zustande, wie wenn einem Gummiball die Luft entweicht.

Das war zuviel für die Frommen. Ein gesammeltes Aufklagen antwortete der grauenhaften Dramatik der stummen Schmerzensschreie. Auch Annunziata senkte den Kopf bis auf den Steinboden hinunter. Dabei schlug sie sich heftig die Stirn an. Ihre Sinne kamen ins Wanken. Einen Augenblick lang vergaß sie alles. Doch tief aus dem Dunkel traf sie ein Ruf: »Zia!« Und noch einmal: »Zia!« Lauros Stimme. Nicht hilfesuchend, nicht in Gefahr. Nein, zärtlich. Nur so leise, nur so weit weg. Doch um so wirklicher: »Zia!« Sie wußte sofort. Eine Nachricht kommt von Lauro, und es ist keine schlechte Nachricht.

Als sie sich wieder aufrichtete, trug man das Bett mit der Kranken davon. Es war der Santa Monaca nicht vergönnt, in diesem von ihr gestifteten Heiligtum zu sterben. Die Zeitungen brachten lange Berichte über die herzbewegenden Szenen in der Vorstadtkirche von Sant Eframo und über Leben und Wirken der barmherzigen Suor Concetta, die Reichtum, Glanz und Würde dahingegeben hatte, um den Elenden zu dienen. Sie aber erlöste der Tod erst zwei Tage später im Hospital.

Annunziata flog nach Hause. Dort fand sie nichts vor. Es vergingen volle vier Tage, ehe die Nachricht eintraf, die ihr Lauro in der Kirche von Sant Eframo angekündigt hatte. Es war ein dicker Brief, der sich füllig anfaßte wie ein lebendiges Wesen. Annunziata stand gerade am Herde, als ihn ihr Giuseppe mit herablassender Verwunderung übergab: Welch merkwürdige Einführung bei der königlichen Post, daß sie nun auch Briefe befördert, die nicht an Don Domenico adressiert sind, sondern an eines der Kinder! Sie schickte den Alten sofort mit einem Auftrag davon. Da der auswärtige Dienst des Haushaltes bekanntlich die einzige Bemühung war, der sich Giuseppe widerspruchslos unterzog, nahm er auch diesen Auftrag mit gnädigem Nicken an, ohne von seiner Taubheit nützlichen Gebrauch zu machen. Annunziata vergaß, die brutzelnde Pasticcia di maccheroni vom Feuer zu rücken. Die Mädchen bereiteten dies Gericht fast zu allen Mahlzeiten. Wie jeglicher Italiener liebte Papa die Abwechslung weder in der Musik noch im Essen.
Sie saß auf dem Küchenschemel und wühlte mit gierigen Händen in den Blättern des Briefes. Wie ein Tier sein Futterfleisch zuerst mit der Zunge von allen Seiten ableckt, ehe es zubeißt, so kostete Annunziata zuerst an vielen Stellen mit kosenden Augen Lauros Schrift, ehe sie im Zusammenhang zu lesen begann. Das Schreiben war vom dreißigsten Mai datiert und trug den Poststempel São Paulo. Lauros schriftliche Ausdrucksweise unterschied sich grundlegend von der Placidos, und nicht etwa nur durch die geringere Sorgfalt und durch den Mangel künstlerischen Stils. Vor allem fehlte jede grüblerische Betrachtung und der abstrakte, schlußziehende Sinn, wenn sich auch hie und da, schamhaft fast, Gedanken einschlichen. Dafür zeichnete den Briefschreiber Leichtigkeit aus und ein anschaulich heiterer Ton, der stellenweise sogar an Humor heranreichen konnte. Die Geschwister waren bisher noch nie getrennt gewesen, und so empfing denn Annunziata zum erstenmal im Leben einen Brief von Lauro. Dennoch las sie ihn richtig, das heißt, sie ließ sich durch Lauros Eindeutigkeit nicht über das Zweideutige, Heimliche, Mühsame hinwegtäuschen, das zwischen den Zeilen stand.

Eine weitere Analyse erübrigt sich aber, da es notwendig sein wird, die brasilianischen Lebensberichte aller drei Brüder in die Folge der Geschehnisse einzuschalten, und zwar jeweils nach dem Zeitpunkt ihres Einlangens.

»Meine liebe Zia! Ich teile Dir mit, daß es uns allen gut geht und daß wir bisher gesund geblieben sind. Ruggiero hat großes Glück gehabt. Das kommt hauptsächlich daher, daß sich der Lump (briccone) um vier Jahre älter gemacht hat, trotz seinem Paß. Hoffentlich imponiert Dir das ebenso wie mir. Commendatore Echeverria, der Papa herzlich grüßen läßt, war sehr nett zu uns, das heißt, er lud uns zu sich ein und schrieb einen Brief an den Konsul in São Paulo. Er meinte, hier lasse sich augenblicklich mehr erreichen als in Rio. Signor Echeverria stellte auch Ruggiero dem Frazendeiro Attilio Salvafede vor, der ein italienischer Millionär ist und im Staate São Paulo eine der größten Kaffeeplantagen besitzt. Sie liegt sehr weit ab von dieser Stadt, woher ich Dir schreibe, weiter als Neapel von Florenz etwa, schon in der Nähe eines anderen Staates, der Paraná heißt. Du kannst Dir denken, wie stolz unser kleiner Orso war, als ihn Signor Salvafede zwei Tage später mit auf seine Fazenda nahm, und nicht als unbezahlten Volontär, sondern sogleich als Verwalter. Es gibt dort freilich über dreißig Verwalter, und auch sie haben Vorgesetzte. Aber immerhin hat Ruggiero dem großen Fazendeiro sehr gefallen, sonst hätte er ihn nicht auf die bloße Bekanntschaft hin auf einen so hohen Posten gestellt. Unser jüngster Bruder verdient also das meiste Geld, er hat es mir geschrieben. Ist das nicht komisch? Ich verdiene ebenfalls Geld, im Instituto Butantan, wenn es vorläufig auch nur dreißig Milreis in der Woche sind. Das Instituto Butantan ist eine weltberühmte Anstalt. Ich nehme an, daß Du davon schon gehört oder gelesen hast. Ich kann übrigens jeden Tag einen Posten im Empfangsbüro des Hotels Esplanade bekommen, wo Italienisch sprechende Leute sehr gesucht sind. Dazu aber müßte ich zuerst einen Cutaway haben. So freundlich der Direktor auch zu mir war, der Cutaway ist eine unerläßliche Bedingung. Placidos Frack würde mir gar nichts nützen, denn man kann im Empfangsraum nicht als Kellner auftreten. Placido ist noch immer in Rio. Ich erwarte täglich eine Mitteilung von ihm, daß er einen brauchbaren Posten gefunden hat. Meine liebe Zia! Aus Eifer, ja nichts zu vergessen, bringe ich alles durcheinander. Ich will deshalb der Reihenfolge nach erzählen. Sei aber so gut und schreibe mir sofort und ebenso genau wie ich. Auch du mußt chronologisch erzählen, denn ich will jede Einzelheit von Euch wissen, wie Du Dir

ja leicht denken kannst.
Die Kost im Auswandererhaus der Ilha das flores ist uns auf die Dauer nicht bekommen. Zweimal am Tag schwarze Bohnen mit Dörrfleisch, das man weich prügelt, wie bei uns den Stockfisch. Und Brot aus Mandiokamehl, aus »Farinha«, wie sie es hier nennen. Mein Darmkatarrh übertraf bei weitem das, was in dieser Hinsicht Placido und Ruggiero leisteten. Als ich aber vor einiger Zeit hier in São Paulo ankam, war alles wieder in Ordnung, und es ist geblieben bis heute. Der hiesige Konsul nahm sich auf Wunsch des Generalkonsuls meiner an und schickte mich mit seiner Visitkarte zu ein paar Firmen. Diese Firmen schickten mich aber samt der Visitkarte wieder fort, nachdem ich jedesmal ein bis zwei Stunden hatte warten müssen. Für Arbeiter aller Völker findet sich hier sofort ein Unterkommen, ebenso wie für Brasilianer. Wer keines von beiden ist, hängt in der Luft. Die Geschichte begann langweilig zu werden, und der Konsul von São Paulo wollte mir bereits das Reisegeld nach der Stadt Ribeirão Preto geben sowie eine Empfehlung an den dortigen Konsul, der aber kein echter ist, sondern nur ein Honorarkonsul. Das scheint ein beliebtes Spiel der Konsuln untereinander zu sein. Der Schutzbefohlene wird vom Größeren dem Kleineren zugeschoben. Ich habe aber dabei nicht mehr mitgespielt und bin in São Paulo geblieben. Hier gibt es auf der Rua direita – sehr ähnlich wie unsere Via Roma, nur noch enger – viele hundert Geschäfte. Das schönste für mein Gefühl ist Alvarez Carvalho & Co. Vor diesem Schaufenster bin ich täglich lange gestanden. Eine solche Pracht kannst Du Dir gar nicht ausmalen, liebe Zia. Alle Vögel und alle Schmetterlinge Brasiliens sind hier zu sehen, nicht lebendig, sondern ausgestopft und aufgespießt. Das Gefieder in hundertfacher Verarbeitung, als Fächer, als Bijouterie, als Hutschmuck, als Haarschmuck, man kann das alles gar nicht aufzählen. Und Farben, von denen Du in Deinem Leben nicht geträumt hast. Einmal ging ich hinein und bat um eine Anstellung. Der Chef sagte mir, ich solle mich in der Manufaktur melden, die draußen in einer Vorstadt liegt. Dort nahm mich der erste Magazineur, auch ein Italiener, ein Genuese, sofort als Gehilfe auf. In einer großen Halle werden täglich an die tausend Vögel aller Arten abgeliefert. Die Magazineure sortieren sie und teilen die Ware den einzelnen Arbeitsabteilungen zum Ausstopfen, zum Entfedern oder zur weiteren Konfektionierung zu. Die Papageien nennt man hier Araras oder Periquitos. Es gibt so viel verschiedene Arten davon, daß sich selbst der alte Magazineur in ihnen noch nicht auskennt. Und dann die Tukans und die Pfefferfresser und die Caboclinhos und die Bejaflores, die

Blumenküsser, wie auf portugiesisch die Kolibris heißen. Ich würde bis morgen früh mit dem Vogelverzeichnis brauchen und doch nicht fertig werden. Dennoch habe ich es in der Manufaktur von Alvarez Carvalho nicht länger als eine Woche ausgehalten, und das heißt schon etwas. Schuld daran war der Gestank. Du kannst Dir wirklich keinen Begriff davon machen, wie es in dieser zweistockhohen Magazinhalle, wo die toten Vögel in Pyramiden aufgeschichtet liegen, durchdringend stinkt. Placido hat mich in Neapel einmal ins anatomische Institut mitgenommen. Das war nichts dagegen. Es ist ein wilder Gestank, den die Vogelbälge mit den entzückenden Federn von sich geben. Ich war direkt wütend darüber, daß die Schönheit in der Welt solch eine ekelerregende Rückseite hat. Einige Tage später bin ich von den Vögeln zu den Schlangen übersiedelt.

Das kam kurz gesagt so, daß mich Doktor Pereira von selbst angesprochen hat. Pereira ist nicht der Hauptleiter des Instituto Butantan. Der heißt Doktor Vidal Brazil und man bekommt ihn nur selten zu sehn. Doch auch Doktor Pereira ist bei uns einer der angesehensten Herren. Nach der Vogelgeschichte war ich wieder arbeitslos, und da die Polizisten in der Rua direita schon auf mich aufmerksam wurden, mußte ich mir einen anderen Platz aussuchen. In dem italienischen Männerheim nämlich, wo mich der Konsul untergebracht hatte, darf man sich tagsüber nicht aufhalten. Für die berühmte Schlangenfarm habe ich mich schon immer interessiert, und so ging ich denn nach drei Uhr täglich hinaus, der Eintritt ist unentgeltlich, und besichtigte die Tiere, bis man das Tor schloß. Es ist jetzt Winter hier, also unser Frühjahrsklima, und man erträgt daher einen Nachmittag im Freien wundervoll. Auf der Terrasse, von der das Publikum den Schlangenrasen überblickt, unterhielt sich Doktor Pereira mit mir und fragte mich am dritten Tag schließlich, ob ich in den Dienst des Instituto treten und auch sein Sekretär werden möchte. Er schreibt nämlich ein Schlangenbuch in italienischer Sprache und braucht dafür eine Hilfe. Ich habe, wie Du Dir denken wirst, liebe Zia, im ersten Augenblick an Placido gedacht, der für diese Bücherarbeit eher in Betracht kommt als ich. Doch ich hatte keine Zeit und mußte mich schnell entscheiden, was ich natürlich auch tat. Ich bin zufrieden. Doktor Pereira ist ein sehr liebenswürdiger Mensch und noch gar nicht alt. Er behandelt mich wie einen Freund. Das Schönste aber ist: Ich habe wieder ein Zimmer, ich habe ein reines Bett, und vor allem einen eigenen Waschtisch. Das ist mehr, als sich ein Mensch wünschen kann.

Mein Dienst ist äußerst angenehm. Von morgens bis Mittag bin ich

Beamter des Instituts und am Nachmittag diktiert mir Doktor Pereira. Dieser zweite Teil meiner Tätigkeit ist weniger interessant. Um neun Uhr früh beginnt der Schlangenbesuch, bei dem ich dabei bin. Es ist übrigens eine ganz ungefährliche Prozedur, und seit vielen Jahren schon ist niemand gebissen worden. Und selbst wenn jemand gebissen würde! Die Herstellung des Heilserums gegen Schlangenbisse ist ja die wichtigste Aufgabe des Instituto Butantan. Wir versenden täglich viele hundert Serumpackungen nach ganz Brasilien und auch ins Ausland. – Die Tiere, es sind mehr als zweitausend gegenwärtig, leben auf einem sehr großen Rasenstück, das durch einen Wassergraben abgesperrt ist. Sie schlafen in kleinen Steinhäusern, die wie Kuppeln aussehn. Am Morgen kriechen sie heraus und liegen in der Sonne, entweder zusammengerollt oder lang ausgestreckt. Bei der Giftentnahme ist immer einer der Ärzte oder Chemiker dabei, ein Laborant und ein paar Wärter, Neger zumeist. Jeder von diesen Negern trägt eine Stange, an deren Ende eine Lederschlinge angebracht ist. Die Kerle rudern ein wenig mit den Stangen im Gras herum und schon hängt eine Jararaca, eine Urutú, eine Schauerklapperschlange oder eine Korallenviper in der Schlinge. Unter diesen Dir unbekannten Namen mußt Du Dir Exemplare vorstellen, die manchmal zwei Meter lang sind und länger. Die Neger packen die Tiere blitzschnell am Hals, reißen ihnen den Rachen auf und der Arzt kitzelt und drückt dann mit einer Pinzette die Drüsen so lange, bis das gelbe Gift herausläuft, das er in einem kleinen Napf auffängt. Ich erlebe das täglich, aber es ist immer noch merkwürdig spannend für mich. Das Gift kommt zuerst ins Laboratorium, wo man es ein wenig präpariert. Dann aber wird es den Pferden eingespritzt, aus deren Blut man das Serum gewinnen will.
Ach, meine liebe Zia, Du weißt, wie sehr ich Pferde liebe und immer geliebt habe. Erinnerst Du Dich noch, wie wir einmal in der großen Reitschule der Quadrille zugesehen haben? Ich kann Dir nicht beschreiben, wie traurig der Anblick unserer vergifteten Pferde hier ist! Traurig? Ein ganz ungenügendes Wort! Unsere Gäule sind natürlich keine kostbaren Reitpferde, sondern armes ausrangiertes Vieh. Ich besuche am Nachmittag oft ihre Stallungen. Alle fiebern sie hoch und zittern vor Schüttelfrösten. Sie drehen sich nach mir um. Du würdest weinen, liebe Zia, wenn Du das fragende Entsetzen in diesen Pferdeaugen sähest. Gestern sind drei von ihnen durch das Gift verrückt geworden, haben sich losgerissen und sind auf die Weide hinausgaloppiert. Wer es nicht gesehn hat, wird es nicht glauben, aber die drei wahnsinnigen Rosse haben plötzlich zu

tanzen begonnen. Sie sind immer wieder hochgestiegen und haben sich auf den Hinterbeinen umeinander gedreht. Man mußte sie später mit dem Lasso einfangen. Wenn ich nur ein bißchen mehr Talent zum Modellieren hätte! Die drei tanzenden Pferde. Es müßte eine fabelhafte Gruppe werden, mit dem Titel: »Der Wahnsinn« oder »Die Vergiftung«.

Meine liebe Schwester, Dich dürften vielleicht schon die Pferde und das Schlangengezücht langweilen. Wenn ich es satt bekommen werde, so wartet das Empfangsbüro des Esplanade-Hotels jederzeit auf mich. Den Cutaway muß ich mir zusammensparen. Vorläufig bleibe ich aber noch bei den Schlangen. Ich bin doch schon lange genug hier, kann aber diese unbeweglichen Bestien noch immer stundenlang betrachten. Wenn eine zornig wird, sich ganz dick zusammenrollt und einen halben Meter in die Höhe fährt, das ist immer noch ein höllenmäßiger Schreck.

Die Hauptsache aber, ich habe mein kleines, weißes, eigenes Zimmer. Ich habe sogar einen Tisch, an dem ich Dir diesen Brief schreibe. Liebste Zia, Du hast es gewiß verstanden, daß ich Dir nicht schreiben wollte, ehe die Umstände danach waren. Ich lasse jetzt am Abend das Fenster offen, solange es geht. Die Mosquitos sind noch nicht gefährlich. Unter mir singen die Neger schon seit sieben Uhr. Der Negergesang kann mir übrigens gestohlen werden. So weit ist alles glänzend. Für den Anfang kann man nicht mehr verlangen, wenn man wie ich die Verhältnisse genauer kennen gelernt hat. Ich hoffe bestimmt, daß auch Placido nun schon untergebracht ist und einen hinreichenden Verdienst hat. Wir hatten vielleicht bei der Abreise unsere Erwartungen etwas zu hoch gespannt. Das tut nichts. Placido war mit seinen Plänen durchaus im Recht, und ich habe noch keine halbe Stunde lang bedauert, daß wir hier sind. Drei müßige Söhne im Hause, das ist eine unerträgliche Vorstellung. Das Beispiel Ruggiero beweist, daß wir hoffentlich alle bald genügend Geld verdienen werden, um Papa und Euch das Überflüssige nach Hause senden zu können.

Ich bin hier restlos zufrieden. Wenn Ihr nur nicht so weit weg wäret! Deshalb frage ich gar nicht: Was macht Ihr alle? Was geht in unserem Hause vor? Du mußt mir ganz ausführlich antworten, ohne daß ich erst frage. Vergiß nicht, mir die kleinste Kleinigkeit mitzuteilen! An Camaldoli denke ich noch manchmal. Du weißt, was ich meine. Aber das waren ja Unmöglichkeiten, leider. Deinen Rat, geliebte Schwester, den Du mir am letzten Tag gegeben hast, befolge ich oft und denke an unsere M. . . Es gibt gewisse Momente hier, wo man einen Halt suchen muß. Mein Fenster zum Beispiel geht aufs endlose Land hinaus. Wer bloß dieses Wort hört, weiß nicht, was es bedeutet. Vom Horizont kommt es auf mich zu, gegen Abend, wenn die Arbeit mit Doktor Pereira zu Ende ist. Es sind nicht Wolken. Es ist am ehesten ein stilles unsichtbares Meer, diese Traurigkeit, diese Depression. Ich schreibe nur ordnungshalber darüber, weil ich in meinem Brief an Dich auch die kleinsten Nebensachen nicht auslassen will. Ich habe sehr übertrieben. Diese deprimierten Momente kommen nur ganz selten vor, und jeder Fremde hier muß sie durchmachen. Es hängt mit den Luftströmungen zusammen. Doktor Pereira sagt, daß der Sommer, trotz der unmenschlichen Hitze, viel angenehmer sein kann als der Winter. Ich gerate aber in Überflüssiges, weil ich Dir nichts mehr zu schreiben weiß. Zu sagen hätte ich Dir noch tausend Dinge. Das ist aber etwas ganz anderes.«

Der Rest des Briefes war von Sonderfragen und -grüßen an Grazia und Iride ausgefüllt. In verschämt ehrfürchtiger Weise bat Lauro Annunziata, dem Vater in seinem Namen die Hand zu küssen. Nach der Formel des Abschieds folgte noch nachstehendes Postskript:

»Bitte, liebe Zia, vergiß ja nicht, meinen Kontrabaß im Salotto mit dem großen grünen Tuch zuzudecken, wenn es nötig ist. Ich bilde mir nämlich bei Nacht immer ein, daß ich ihn nackt zurückgelassen habe. Wenn bei heißem Wetter die Sonne auf das Holz scheint, dehnt es sich aus, und es entstehen dann bei der nächsten Abkühlung Sprünge. Es wäre auch gut, die Saiten zu entspannen.«

Elftes Kapitel

WEISSES BLUT

(Ruggiero und Iride)

Erst als die Schulferien begannen und Iride den ganzen Tag zu Hause verbrachte, fiel den älteren Mädchen der veränderte Zustand der Kleinen besorgniserregend auf. Iride litt an unaufhörlichem Kopfschmerz, an Schwindel und Mattigkeit. Diese Leiden aber waren es nicht allein, die zu Befürchtungen Anlaß gaben. Eine körperliche Umwandlung, die sich nicht genau beschreiben ließ, wirkte viel bedenklicher. Gewiß! Iride war in den letzten Monaten um ein paar Zentimeter gewachsen, damit ließ sich einiges erklären. Die großen Schwestern wurden durch die Tatsache beruhigt, daß sich zugleich mit dem jähen Wachstum die Reife vollzogen hatte und das Kind zum jungen Weibe geworden war. Wer aber Irides Gesicht sah, das der mächtige Haarrahmen einer Pharaonentochter unnatürlich schmal machte, der mußte erschrecken. Es war keine gewöhnliche Blässe, keine jungmädchenhafte Bleichsucht, die sich auf ihrer gelblichen Haut, auf ihren farblosen Lippen und Lidern zeigte, nein, es war ein fortschreitendes Verblassen, so wie etwa ein Stoff, der dem Sonnenlichte ausgesetzt wird, eine verschossene Farbe bekommt.

Zu diesen physischen Verfallserscheinungen trat eine wachsende, selbst für Irides Temperamentsmaße unheimliche Reizbarkeit. Ihr erster Ausbruch folgte dem Unglück mit der Vitrine. Iride hatte aus ihrer Kindheit einen wahren Fanatismus für kleine Dinge herübergenommen, für winzige Nachbildungen der Wirklichkeit, als da sind, Tierchen, Figürchen, Tellerchen, Schüsselchen, kurz Puppengeschirr aller Sorten und dergleichen noch anderes. Mit Geschenken dieser Art konnte man ihr Herz sehr leicht gewinnen. Sie bewahrte die Sammlung in einem kleinen Glaskasten auf, wo sie jedes einzelne Stück täglich abstaubte und wenigstens wöchentlich einmal neuen Ordnungsprinzipien unterwarf. Bei einer dieser Umstellungen nun fiel der Glaskasten, nicht von ihren, sie schwor es, sondern von Teufelshänden gestoßen, vom Postament herunter. Nicht nur das Glas zerbrach, sondern auch einige der Schüsselchen, Tellerchen, Täßchen und sogar ein paar Figürchen lagen in Scherben. Und Iride hockte unter ihnen mit völlig verzerrtem Gesicht, unfähig, einen Finger zu rühren, mit erwürgter Kehle, als hätte sie ein Unheil getroffen, wogegen das gegenwärtige der Familie Pascarella ein harmloses Spiel sei. Eine halbe Stunde später fand die heimkehrende Grazia das Kind in dieser Stellung. Annunziata in der Küche hatte nichts bemerkt, da Iride, von einem Stimmritzenkrampf gepackt, keinen Ton von sich geben konnte. Der Krampf löste sich noch knapp vor dem Mittagessen, weshalb Papa Gott sei Dank nichts davon erfahren mußte.

Da aber die Mattigkeit und das schleichende Unwohlsein der Kleinen sich nicht besserten, wurde Don Domenico eines Abends doch von diesen Erscheinungen in Kenntnis gesetzt, als Iride schon zu Bett gegangen war. Grazia hatte es übernommen, mit ihm zu sprechen.

Die Beziehung Papas zu seiner Jüngsten unterschied sich in mancher Weise von seinem Verhalten zu den anderen Geschwistern.

Man wird natürlich nicht annehmen dürfen, daß seine harte und keusche Vaterschaft irgendwelche Liebkosungen oder Herzensworte hervorgebracht hätte. Immerhin aber gehörten Gerichtsszenen oder Bannsprüche wider Iride zu den großen Seltenheiten. Sie erhielt manchmal einen leichten Klaps, der strafende Mißbilligung, heimliche Aufmunterung und verschämte Berührung zugleich beinhaltete. Nun aber stand Don Domenico vom Tische auf, ging in das Kinderzimmer hinüber und trat, von Annunziata und Grazia gefolgt, an Irides Bett. Ein paar Sekunden lang betrachtete er mit hellen Augen, die zu starr waren, um jemals die Wahrheit geoffenbart zu bekommen, das Antlitz des Kindes, das dem seinigen in keinem Zuge glich. Dann legte er Iride die linke Hand auf die Stirn und fühlte mit der Rechten ihren Puls. Das Mädchen streckte selig seinen Körper aus und bog sich dankerfüllt der väterlichen Berührung entgegen, als wolle es im Hohlen dieser Hand völlig verschwinden. Don Domenico spürte, von dem kindhaften Entgegenstreben ergriffen, ein sanftes Verwundern. Gerade darum aber zog er die Hände von Stirn und Gelenk zurück und gab mit beinahe ärgerlichem Ton seine Meinung kund:

»Deine Stirn ist ganz kühl. Du hast kein Fieber.«

Iride, in der die Wärme der Vaterhand noch nachzitterte, stimmte Papa mit Begeisterung zu:

»Ich, Fieber? Warum denn? Ich bin überhaupt nicht krank. Mir geht es ja glänzend.«

»Ich möchte auch darum gebeten haben«, ließ sich Don Domenico rauh vernehmen und brandmarkte damit Fieber, Übelbefinden und ähnliche Vordringlichkeiten als Übergriffe der Natur, die er in seinem Hause nicht zu dulden gedenke. Zum Beweise der wahren Widerstandskraft zog er sich selber heran:

»Habt ihr *mich* schon jemals krank gesehen? Nun? Eh?«

Der gewohnte Chor bestätigte sofort:

»Nein, Papa.«

»Da seht ihrs! Du bist auch nicht krank. Wir haben jetzt nicht die Zeit für solche Geschichten.«

Dennoch bestellte er am nächsten Tag um die Mittagsstunde den Doktor Platania in die Via Concordia. Auch dieser Hausarzt, Signor Gaetano Platania, war ein Teil des bürgerlichen Lebensinventars, für das Domenico Pascarella schon in grauen Zeiten Vorsorge getroffen hatte. Er erschien, wenn keine andere Notwendigkeit vorlag, einmal jährlich, meist um die Zeit des Schulbeginnes, und unterwarf die Kinder äußerst summarisch einer ärztlichen Inspektion. Doktor Platania war ein bleicher skelettmagerer Mann, der für

ein Grablegungsbild das vortrefflichste Modell hätte abgeben können. Er wirkte als überzeugendes Reklamestück seiner medizinischen Kunst, die den eigenen siechen und ausgezehrten Körper zu hohen Jahren gebracht hatte. Mit seinen tiefliegenden Augen, hohlen Wangen und dem dunkelgrauen Wildbart wäre er in Neapel um den Ruf des bösen Blicks und der schwarzen Magie nur schwer herumgekommen, wenn seine hohe sanfte Stimme und der hasenhafte Oberkiefer mit vor- und auseinanderstehenden Zähnen nicht einen Charakter von höchst beanspruchbarer Gutartigkeit gewährleistet hätten. Der Eindruck seiner Sanftmut wurde noch dadurch erhöht, daß er an den Krankenbetten beim Reden unablässig Diminutiva anzuwenden liebte, selbst dort, wo sich die italienische Sprache dagegen sträubte. In solchen Fällen erfand er eben, kühnen Sinnes, seine eigenen Verkleinerungen. Zu Iride sagte er nach beendigter Untersuchung:
»Wir werden Leberchen essen, Iridina, sehr viel Leberchen.«
Iride, deren Leidenschaft für alles Winzige bekannt ist, blieb bei Doktor Platanias Diminutiven nicht unempfindlich und sah ihm gespannt auf den seltsamen Mund, aus dem die Zähne fächerartig hervorlugten. Der Arzt wandte sich an Don Domenico:
»Sie werden ja unsere Stadt jetzt bald verlassen und irgendwo draußen ein Sommerhäuschen mieten. Una casettina feriale. Das wird für unser Kindchen hier sehr empfehlenswert sein.«
Papa richtete sich auf und bekannte dunkel, aber hochmütig:
»Nein! Dieses Jahr muß unser Sommeraufenthalt entfallen. Wir sind dringend in der Stadt zurückgehalten.«
Platania schraubte seine Stimme noch ein sanftes Stück höher:
»Schade! Da werden wir eben ein paar Meerbäderchen verordnen. Auch die anderen Fräuleinchen hätten es nötig, wie ich sehe. Was meinen Sie dazu, Signorina Graziella, Signorina Zitucina? Am Strande in hübschen Badekostümchen, wie?«
Bei diesem ärztlichen Rat hatte Gaetano Platania vergeßlicherweise die Wesensart Don Domenicos gänzlich außer acht gelassen. Dieser ballte sich murrend zusammen:
»Lassen Sie das, Dottore! Meine Töchter gehören nicht zu jenen, die sich nackt vor den Augen der Welt herumtreiben.«
Der Hausarzt lenkte erschrocken ab:
»Dann werden wir halt das Meer ins Haus bestellen und Wannenbädchen mit Seewasser nehmen. Es ist zwar nicht dasselbe, doch auch ganz gut. Die Hauptsache aber ist, Iridina muß vorläufig im Bettchen liegen bleiben.«
Als Doktor Platania gegangen war, brach Iride in ein begeistertes

Gelächter aus, wobei sie immer wieder jauchzte:
»Leberchen ... Iridina soll Leberchen essen ... Und diese Zähne!«
Annunziata und Grazia lachten mit, obgleich ihnen das forcierte Lachen der Schwester nicht geheuer schien. Die Diagnose des Arztes jedoch war so zufriedenstellend ausgefallen, daß sie jede Sorge weit von sich wiesen. Große Blutarmut und Körperschwäche bei völlig gesunden Organen, hatte Doktor Platania konstatiert und nichts Eingreifenderes verordnet als reichliche Ernährung und eine weitbekannte Arzenei.
Die beiden großen Schwestern verständigten sich mit einem Blick. Von nun an mußten, ohne daß der Aufwand vergrößert wurde, die Mahlzeiten so eingerichtet werden, daß nicht nur Papa, sondern auch Iride zweimal täglich Fleisch erhielt und überdies noch einen Liter Milch. Dieses Rechenexempel war nur auf eine einzige Art zu lösen, dadurch nämlich, daß Annunziata und Grazia noch einiges von ihren Bedürfnissen abzwackten. Der Verzicht aber fiel ihnen nicht besonders schwer, obgleich sie jetzt schon hungerten und ihre Garderobe immer ärmlicher wurde.
Es bedurfte eines bestimmten Ereignisses, und zwar eines Ereignisses der Freude, um zu beweisen, daß Irides Zustand nicht so harmlos war, wie es nach Doktor Platanias Besuch den Anschein hatte. Diese Wendung brachte Ruggieros Brief, der einige Tage später eintraf.
Die Geschwister, hauptsächlich Annunziata, hatten mit Iride oft ihre Plage gehabt. Von allen war sie die Unberechenbarste. Auch Lauro schien unberechenbar, doch seine überraschenden Handlungen waren nicht so unvorbereitet, wie man annehmen konnte, sie traten nur nach einer langen Entwicklung im Dunkeln plötzlich ans Licht. Iride jedoch hatte vom Vater Jähzorn und Maßlosigkeit geerbt, Eigenschaften, die den anderen Geschwistern fehlten. Sie litt an Wutanfällen, an Weinkrämpfen, die sie nach einer halben Stunde schon wieder vergaß, doch auch an Ausbrüchen der Zärtlichkeit und ziellosen Affekten. Während Wesen wie Annunziata und bis zu einem gewissen Grade auch Placido alles in sich hineinfraßen, bei unbewegt äußerer Ruhe sich innerlich verzehrten und vereisten, war Iride zu lauter Empörung fähig. So hatte sie als einzige, und schon als kleines Kind, dem Basilisk Giuseppe die Krallen gezeigt. Und mehr als das, sie war ihm einmal, und nicht nur bildlich, mit diesen Krallen ins Gesicht gefahren. Als staunenswerte Folge zeigte sich, daß der Diener diese Mißhandlungen dem Herrn nicht nur verschwieg, sondern der kleinen Berserkerin von Stund

an mit einer Achtung und einem Anstand begegnete, den er den Erwachsenen vorenthielt.
Dennoch hätte ihr niemand jenen Grad von Raserei zugetraut, den sie beim Empfang von Ruggieros Brief offenbarte. Annunziata brachte ihn zu ihrem Bett. Und sie selbst hatte durstige, ja neidische Augen dabei. Mit einem Schrei warf Iride die Decke zurück und sprang auf die Füße. Sie preßte den Brief mit aller Kraft an ihre kleinen Brüste, die unter dem Hemd hervortraten. Dann lief sie durch die Stube, immer rund herum, wie ihr Vater. Annunziata mußte hinausgehen. Sie befahl es. Nach einer Weile aber zeterte sie wieder: »Zia, Zia!« Und die Schwester mußte kommen, um ihr beim Öffnen des Kuverts zu helfen, denn ihre Kinderhände zitterten. Sie kroch ins Bett zurück. Kaum aber lagen die Briefblätter offen auf der Decke, wurde Annunziata, trotz ihrem gekränkten Protest, wieder hinausgejagt. Ihr, Iride, gehörte dieser Brief ganz allein, er war an sie gerichtet und an niemand anderen, nur sie hatte über ihn zu verfügen. Wenn sie es nicht wollte, durfte ihn weder Annunziata noch Grazia lesen, ja nicht einmal zuschauen, wenn sie ihn las. Doch sie selbst, von einem unbekannten Dämon genarrt, vermochte ihn nicht zu lesen. Sie buchstabierte die Zeilen, die keinen Sinn ergaben, sie fing wieder von vorne an, ging unvermittelt zum Schluß über, drückte das letzte Blatt mit der Unterschrift an die Wange, blieb in dieser Haltung lange Zeit liegen, ergriff dann den Briefumschlag und drehte ihn um, worauf noch zwei Banknoten herausfielen, die sie fassungslos anstarrte wie ein Wunder.
Indes war auch Grazia nach Hause gekommen. Sie und Annunziata standen gierig vor der Zimmertür und trauten sich nicht hinein, die Heftigkeit des kranken Kindes fürchtend. Endlich hatte sich Iride gesammelt und begann mit angestrengtem Gesichtsausdruck, sich selbst zum Gehorsam zwingend, Ruggieros Brief Satz für Satz zu lesen.

FAZENDA
des
SENHOR ATTILIO SALVAFEDE

Bahnstation Limeira, Bezirk Limeira
im Bundesstaat São Paulo

Am 2. Juni 1924

»Liebe Iride!« Anbei liegen $ 200, in Worten zweihundert U.S.A. Dollar. Bitte übergib sie sofort Papa, damit er sie für seine Angelegenheiten verwendet. Ich schicke zur Bequemlichkeit Dollar und kein brasilianisches Geld. Teile Dir mit, daß ich sie gestern als

Prämie von Signor Salvafede erhalten. Es war für die erste Roça, die ich mit meiner Negerabteilung allein durchgeführt habe. Roça nennt man hier die Urwaldrodung, und es war nur noch ein älterer Herr dabei, den der Fazendeiro zur Oberaufsicht mitgeschickt hat, und er war mit unserer Leistung zufrieden. Nächstens sende ich wieder Geld, denn ich verdiene erstklassig und brauche nichts. Placido und Lauro werden Euch wahrscheinlich schon von meiner Anstellung bei Signor Salvafede geschrieben haben. Ich darf auch bei ihm wohnen. In der großen Villa. Noch nie hat ein Verwalter in der großen Villa gewohnt. Auch die Ältesten von den Ledigen nicht. Der Fazendeiro aber hat es ausdrücklich so gewünscht. Er will mich selbst anlernen und spielt am Abend Halma oder Domino mit mir. Leider ist die Photographie noch nicht fertig, die der Ingenieur Machado gestern aufgenommen hat, so kann ich sie erst das nächstemal mitschicken. Ich habe darauf den ledernen Schlapphut wie ein Gaucho, Lederwams, Poncho und echte Reitermokassins mit ganz großen Rädersporen. Und das ist keine Verkleidung, wie Du vielleicht denken wirst, sondern ich trage das wirklich bei größeren Ritten. Du wirst staunen, ich schaue für meine zwanzig Jahre nicht zu jung aus.«

Iride richtete ihren Blick in die Zimmerecke, wo sie Ruggiero als tadellosen Waldläufer sah. Neid und Sehnsucht nach dem Bruder stritten in ihr. Sie träumte sich weit fort und fand erst nach einigen Minuten zu dem Brief zurück.

»Eine Roça ist kolossal interessant. Habe das erstemal dabei nur zuschauen dürfen, das zweitemal aber habe ich schon kommandiert. Alles, was man in der Schule lernt, ist Unsinn, und der Urwald ist gar kein Wald. Wenn man davorsteht, ist er ein hohes, grünes, verrücktes Gerüst, unabsehbar nach allen Seiten. Nicht einen halben Schritt kannst Du drin vorwärts kommen. Die Wurzeln und Schlingpflanzen hängen von oben herunter wie Schiffsseile. Die kleinen Negerkinder klettern darauf herum, als wären es Strickleitern des Schulschiffes im Bacino. Manchmal erschrickt man, denn so riesengroß sind die Orchideen, die in diesem Netz hängen. Für eine solche Orchidee zahlt man bei Savini in der Via Chiaja wenigstens dreißig Lire. Sie werden hier fortgeworfen wie Kartoffelschalen. Das wichtigste bei der Arbeit ist der Umgang mit den Negern. Es sind sehr brave Leute, aber faul. Wo sie sich nur drücken können, tun sie es und hocken herum. Ich bin sehr streng mit ihnen, da kannst Du jeden fragen. Wir haben in einigen Tagen mehr als vier Kilometer Urwald herausgebrannt. Ehe so ein Stück Urwald Feuer fängt, dauert es sehr lange, obschon es um diese Zeit noch nie so

trocken gewesen sein soll wie heuer. Wenn es aber zu brennen beginnt, dann geht ein Lärm los, der schrecklicher ist als ein Trommelfeuer, so knallt und prasselt es. Am Abend haben wir dem Brand stundenlang zugeschaut und dabei Mate getrunken. Dieses Getränk schmeckt mir leider noch nicht, aber jeder echte Brasilianer liebt es, und ich hoffe, daß es mir auch bald schmecken wird. Ich bin als letzter in die Palmitohütte zum Schlafen gegangen und habe an Dich gedacht und an unsere liebe Familie. Mir gefällt es hier gut. Signor Salvafede hat mir versprochen, daß er mir weiter helfen wird. Vielleicht kann ich selbst einmal ein Fazendeiro werden. Dann müßtest Du bei mir sein, liebe Iride. Es kommt mir wirklich so vor, als hätten wir uns viele Jahre schon nicht mehr gesehen. Bitte, liebe Iride, laß Dich sofort photographieren, auf meine Kosten natürlich, und sende mir das Bild umgehend. Ich möchte auch ein Bild von unserer lieben Zia und Grazia haben. Glaubst Du, daß Papa sehr böse werden wird, wenn ich ihn ebenfalls um ein Bild bitte? Vielleicht könnte der Photograph zu ihm ins Haus kommen. Alle hier haben Bilder von den Ihrigen, nur ich nicht.«
Iride unterbrach sich im Lesen und sann diesem zaghaften Wunsch Ruggieros nach. Im Hause Pascarella gab es seltsamer- und fast unbürgerlicherweise nur ein einziges Bild, die vergrößerte und farbige Photographie Mamas in der Stanza della Mammina. Von Don Domenico und demzufolge auch von den Geschwistern bestand überhaupt keine photographische Verewigung. Unzweifelhaft hatte dieser Umstand nicht etwa im Zufall oder in der Lässigkeit seine Ursache, sondern in dem herben Charakter Don Domenicos. Wahrscheinlich hieß ihn seine altrömische Selbstgenügsamkeit jenen eitlen Trieb mißachten, der andere Leute dazu bewog, ihr Antlitz mehrmals im Jahr für künftige Äonen festhalten zu lassen. Tatsache bleibt, daß weder an den Wänden des Salotto noch in irgendeiner Schatulle Familienbilder vorzufinden waren, die Iride dem Bruder hätte schicken können. Wie immer, wenn die Wirklichkeit mit dem unerschöpflichen Gesetze Don Domenicos zusammenstieß, dachte das betreffende Pascarellakind angespannt nach, wie ein Ausgleich zu schaffen sei. Dabei fielen Irides Blicke auf die beiden Hundertdollarnoten. Da war es beinahe ein aufrührerischer Triumph, der ihr das Herz zusammenschnürte. Der kleine Ruggiero schickt Papa Geld, um ihm zu helfen. Und sie, die kleine Iride, wird Papa dieses Geld eigenhändig überreichen. Wiederum fuhr der Teufel in sie und sie wäre um ein Haar aus dem Bette gesprungen und hätte geschrien, getollt. Doch sie bezwang sich. Die Schwestern sollten noch nicht hereinkommen, sie sollten noch warten. Noch

gehörten Brief und Geld ausschließlich ihr allein. Und krampfhaft, während ihr die Gedanken immer wieder durchgingen, begann sie von neuem mit gerunzelter Stirne zu lesen:
»Wir haben hier neunhunderttausend Kaffeebäume. Man braucht mehrere Tage, um die Fazenda zu umreiten. Morgen macht Signor Salvafede selbst einen Ritt mit mir, um mir alles persönlich zu erklären, und auch der Herr Generalverwalter reitet mit. Wir werden die Terreiros besichtigen, wo die gepflückten Kaffeekirschen trocknen, und dann die Maschinenanlagen, die Despolpadores und die Separadores. Das nächste Mal, liebe Iride, werde ich Dir genau über diese Dinge schreiben, damit Du genügend informiert bist, wenn Du zu mir kommst. Daß Signor Salvafede mich selbst unterrichtet, ist eine ganz große Ehre und war überhaupt noch nie da. Es ist mir ganz egal, daß mich manche Angestellte deshalb hassen. Wir haben die größte Fazenda im Staate São Paulo, und das heißt etwas, da es fünfzehntausend Plantagen gibt. Ich bin sehr stolz darauf. Aus diesem Grunde habe ich etwas unternommen, weshalb mir Papa wirklich nicht böse sein darf. Unser Fazendeiro ist auch ein sehr großer Sportfreund, trotz seinem Alter. Er hat mir persönlich den Auftrag dazu erteilt. Auf anderen Fazenden haben sie längst schon Fußballmannschaften gebildet. Wir, als die größte, dürfen da doch nicht zurückbleiben. Ich habe darum aus unseren besten Leuten ein Team zusammengestellt. Auf Wunsch und mit Erlaubnis von Signor Salvafede, das muß Papa wissen. Elf Mann. Vier davon sind junge Neger, zwei Mestizen, drei Brasilianer aus dem Norden, einer ein Italiener aus Pisa und ich Kapitän und linker Flügelstürmer. Der Pisaner ist ein alter wundervoller Spieler, der schon zu Hause Mitglied eines wirklichen Klubs war, F. C. Liguria, und viel mehr kann als ich. Aber da er nur Kolonist ist und ich Verwalter, muß ich der Kapitän sein. Wir haben einen schönen Platz und trainieren täglich gegen Abend. Signor Salvafede will schon im Frühjahr Wettspiele mit den Nachbarmannschaften veranstalten. Wenn Papa wüßte, daß hier alles ganz anders ist als in Europa, wäre er sicher nicht böse.«
Iride lachte in sich hinein. Also da ist er nach Brasilien gefahren, um sich im Fußballspiel austoben zu dürfen. Und Giuseppe kann ihn nicht erwischen. Papa bekommt vom Orso zweihundert Dollar. Wieviel ist das eigentlich? Oh, sehr viel! Ein angenehmer rosenfarbener Stolz umwölkte sie. Sie nahm den Brief wieder zur Hand. Eigentümlich liefen die Zeilen. Immer schiefer.
»Von Placido und Lauro habt Ihr gewiß schon früher und öfter Nachricht gehabt als von mir, der ich fast nie eine freie Stunde habe.

Lauro hat im Instituto Butantan in São Paulo City ein recht hübsches Leben. Das Gehalt freilich ist schlecht, auch wenn ich nicht gerade an meine Einkünfte denke. Und dann, ich möchte nicht alle Tage nur mit Schlangen zu tun haben wollen. Sie liegen hier auf allen Wegen herum. Man schlägt sie mit einer starken Gerte auf den Kopf, dann sind sie tot. Man muß das von den Negern lernen. Placido hat endlich in Rio eine Bürostellung gefunden. Ich hatte schon große Sorge seinetwegen und wollte mit Signor Salvafede sprechen. Aber ich habe eingesehen, daß die Arbeit auf einer Farm für Placido nicht das Richtige ist. Meiner Meinung nach macht sich unser lieber Bruder das Leben noch schwerer, als es ist. Nun, wir werden sehn! Ich fahre am Ende dieses Monats in Fazenda-Geschäften nach Santos. Dabei werde ich mich auch in São Paulo aufhalten, um nachzuschauen, ob ich für unseren Lauro nichts tun kann. Und bei der nächsten Gelegenheit will ich um einen kurzen Feriado nach Rio bitten, um zu sehen, was mit Placido los ist!«

Der kleine Bruder betreut die großen Brüder. Der Siebzehnjährige, der zu Hause die unbedeutendste Rolle spielte, er zähmt das Glück, er ist dem Leben herrlich gewachsen. Welch ein Aufschwung des jüngsten Paares, der Ruggiero-Iride-Gemeinschaft! Draußen klopft es und die Stimmen von Grazia und Annunziata mahnen:

»Bist du endlich fertig, Iride? Dürfen wir schon kommen?« Iride antwortete nicht. Mögen sie noch warten! Ah, wie werden sie sich wundern! Sie streichelt die Banknoten. Was ist das? Da liegt noch ein Blatt. Es stammt von der steifen Hand des großen Fazendeiro Signor Attilio Salvafede höchstselbst. Dem Briefe beiliegend, ist es an Signorina Pascarella Iride persönlich gerichtet. Sie wird sich durch die unvermutete Rangerhöhung, die in der direkten Ansprache durch den mächtigen Mann besteht, selbst ganz staunenswert. Alles wird ihr nun staunenswert, sogar ihre Hände, die in unbeschreiblich weiter Entfernung von ihren Augen auf der Bettdecke im eiskalten Papier des Briefes wühlen. Mehrere Tage braucht man, um die Fazenda zu umreiten. Sie hat es auch nicht leicht, das Blättchen Herrn Salvafedes vor die Augen zu bringen. Nun aber liest sie schnell, im Galopp gleichsam, froh über jedes Wort, das sie ohne Verständnis verschlingt, denn es scheint spät zu sein und Nacht zu werden.

»Mein liebes kleines Fräulein Iris! Ich erlaube mir an den Brief Ihres Bruders einen freundlichen Gruß anzuhängen. Es bereitet mir Freude, zu sehn, wie Ruggiero Pascarella mit seiner werten Familie daheim verknüpft ist. Er erzählt mir am Abend von ihr und dabei ganz besonders auch von Ihnen. Ruggiero ist auch sonst ein lieber

Junge, ich bin zufrieden mit ihm, und wenn er sich weiter gut aufführt, wird er bei uns hier und in Brasilien wahrscheinlich sein Glück machen. Er phantasiert davon, daß Sie ihn einmal besuchen werden. Ich schließe mich seinem Wunsche gerne an. September und Oktober sind in unserem Klima die angenehmsten Monate. Vielleicht gibt Ihr Herr-Vater, der hochgeehrte Domenico Pascarella, dem ich meine achtungsvollsten Grüße anbiete, die Erlaubnis dazu. Ich bin ein alter, kinderloser Mann und liebe nichts mehr in meinem Hause als frische Jugend – – –«

Als Annunziata und Grazia, durch die Stille geängstigt, ins Zimmer traten, fanden sie Iride in tiefer Bewußtlosigkeit. Wie bei einem epileptischen Anfall waren die Augen offen und verdreht. Nur die Hände hielten, nicht zu Fäusten geballt, krampfhaft die Banknoten und die Briefblätter fest. Tödlich erschrocken wandten die Schwestern alle Mittel an, von denen sie gehört hatten: Eiswasser, Essig, Alkohol. Die Wirkung erfolgte sehr langsam. Iride kam zwar zu sich, ihr Kopf aber schwankte in schwerer Benommenheit hin und her. Sie konnte noch lange nicht sprechen und kaum lallen. Brief und Geld hingegen ließ sie mit eifersüchtiger Kraft nicht los. Zwanzig Minuten nach dem Anfall etwa schien sie ruhig einzuschlafen.

»Wir müssen Giuseppe sofort um Doktor Platania schicken«, flüsterte Grazia. Annunziata aber schätzte den Diener richtig ein:

»Warte! Ich laufe lieber selbst. Es ist sicherer!«

»Nimm die Elektrische, Zia! Nein, nimm ein Taxi! Was liegt daran? Nur schnell!«

Es gelang Annunziata, vor Ablauf einer halben Stunde den Hausarzt an Ort und Stelle zu bringen. Dieser untersuchte die Kleine eingehender als das letztemal, beruhigte aber die Schwestern neuerdings:

»Ich finde nichts. Es war eine ganz gewöhnliche Ohnmacht, eine Gehirnanämie, wie sie in diesem Alter hundertmal vorkommt.«

»Was ist das, Gehirnanämie?« erkundigte sich Iride nicht ohne Selbstgefühl. Sie hatte ihr altes Temperament wieder. Ihr Aussehen war nur durch blaue Schatten unter den Augen leicht verschlechtert. Doktor Platania näherte sein Grabesantlitz scherzhaft dem ihren: »Eine Blutleere im Köpfchen, Iridina. Nichts, wodurch man interessant wird.«

»Also das Blut«, meinte Iride träumerisch.

»Im Bett liegen bleiben«, ordinierte Platania abschließend, »und Ruhe, das ist alles.«

Diese Weisung wiederholte er noch einmal an der Wohnungstür, wohin ihn die großen Schwestern geleiteten. Als er fort war, stellte Annunziata folgende wichtige Frage an Grazia:
»Sollen wir Papa von der Ohnmacht Irides Meldung machen?«
»Ich halte das für selbstverständlich, Zia.«
»So? Meinst du?« Die Älteste blickte bedrückt zu Boden:
»Papa kommt heute erst um neun Uhr nach Hause. Er war den ganzen Tag unterwegs in dieser Glut. Wozu sollen wir ihn noch nervöser machen, als er schon ist? Er braucht Schonung.«
Grazias Stimme klang hart und eckig:
»Findest du? Ich weiß nicht, ob diese Schonung das Richtige ist. Doch bitte, wie du willst. Jedenfalls kann man nicht mehr lange zuschauen. Signor Platania ist ein großer Optimist. Mir erscheint die Sache mit Iride nicht besonders spaßhaft.«
Scharfe Rufe des Kindes unterbrachen dieses Gespräch. Iride wollte aufstehn und ihr bestes Gewand anziehen, um Papa Ruggieros Dollargabe in Gala zu überreichen. Grazia entwickelte unnachgiebige Strenge. Das sei unmöglich. Papa werde heute erst mitten in der Nacht heimkehren. Morgen früh sei die Gelegenheit für den feierlichen Akt viel günstiger und würdiger. Und jetzt heiße es, ohne Pardon, schlafen, und zwar sofort! Nach einem längeren Zwist gelang es der Energie Grazias, den Widerstand der aufgewühlten Kleinen zu brechen. Aufsässig steckte Iride die Banknoten unter das Kopfkissen:
»Aber ihr versprecht mir, daß ihr Papa nichts von Ruggieros Brief sagt und nichts von dem Geld, Graja, Zia!?«
Die Schwestern erneuerten ihren Schwur. Grazia schloß die Fensterläden. Da fing Iride wieder zu maulen an:
»Und ich soll hier allein liegen? Allein im Finstern? Und ihr werdet euch unterhalten.«
»Nein, ich bleibe bei dir, Iride, bis du schläfst.«
Und Grazia zog einen Stuhl ans Bett heran.
»Nur bis ich schlafe? Dann kann ich ja gar nicht schlafen, wenn ich weiß, daß du hinausgehst, sobald ich schlafe. Die ganze Nacht mußt du bei mir bleiben, Graja!«
»Gut, wir werden abwechselnd die ganze Nacht bei dir wachen, Iride«, begütigte sie Annunziata und ging in die Küche, um die Vorbereitungen für Papas spätes Abendessen zu treffen. Grazia betrachtete in der künstlichen Dämmerung den hellen Fleck auf der Bettdecke, Ruggieros Brief. Sie hatte ihn erst einmal rasch überflogen und sehnte sich danach, die Stelle über Placido genauer kennenzulernen. Iride aber, die ihren Brief mit der Hand schützte, dachte

jetzt nicht daran, ihn der Schwester ein zweites Mal zu leihen. Sie hatte ganz andere Absichten:
»Wir wollen jetzt ein bißchen klatschen, chiacchierare, nicht wahr, Graja!? Bitte fang du an!«
Iride, die sich fast niemals mehr kindisch gab und auf der Würde ihrer dreizehnjährigen Erwachsenheit sonst unnachsichtig bestand, suchte sich für den alten Kinderwunsch dieses abgeblaßten Spiels immer Momente aus, in denen es Grazia bitter schwer ums Herz war. Als die Schwester auf ihr »Chiacchierare« nicht unverzüglich einging, wurde sie sehr böse, so daß Grazia nichts übrigblieb als sich zu ergeben. Wie erschrak die Ältere vor dem falschen und forcierten Plapperton ihrer eigenen Worte, als sie nun begann:
»Ich kaufe dir einen kleinen Garten, un giardino piccino piccino. In diesem Garten stehn hundert kleine Bäume. Die Bäume sind alle aus Schokolade und die Blätter aus Pistazien.«
»Kaffeebäume«, korrigierte Iride streng.
In Grazia wuchs Ärger auf:
»Warum denn Kaffeebäume? Es sind Schokoladebäume und nichts andres.«
Hartnäckig bestand sie auf ihrer Fassung. Iride wandte sich aber giftig ab:
»Wie, Schokoladebäume? Ah! Immer etwas zum Essen! Vielleicht wirst du mir das nächste Mal Mortadellabäume anbieten.«
»Bitte, wenn dus nicht magst, kann ich ja aufhören«, erklärte Grazia tief beleidigt. Dieser kleine Frosch da besaß einen eigenen Brief und Geld dazu. Ihr, Grazia, aber hatte Placido noch immer nicht geschrieben. Was war mit ihm geschehen? Welche Qualen mußte er durchleben, von denen sie nichts wußte? Und sie konnte keinen Finger rühren für ihn. In diesen Minuten lagen Berge des Elends auf Grazias Brust. Ein Teil dieses Elends gehörte aber der Eifersucht, ohne daß sie etwas davon ahnte. Lange dauerte das gekränkte Schweigen. Grazia glaubte schon, Iride sei eingeschlafen, als sie plötzlich merkte, wie die Augen des Kindes sie hinterhältig aus der Finsternis anstarrten:
»Hör einmal, Graja! Glaubst du, daß ich weißes Blut habe?«
»Was ist das wieder für ein Blödsinn?«
Iride setzte sich verächtlich auf:
»Du weißt nicht, was das ist, weißes Blut? Bei uns in der Schule ist doch die Tadolini Dina an weißem Blut gestorben. Sie hat drei Monate gefehlt. Im März war das. Wir mußten damals alle zum Begräbnis, die ganze Klasse.«
Die Stirn der Kleinen war auf einmal naß von Schweiß. Grazia

trocknete ihn mit ihrem Tuch.
»Kannst du wirklich nicht an gescheitere Sachen denken?«
»Gescheitere Sachen?« murrte Iride. »Mit dir kann man heute doch nicht ernst reden.«
»Denk doch lieber an deinen Brief hier!«
Grazia wollte der verstörten Seele einen besseren Weg weisen. Es gelang. Iride hob den Kopf und lauschte ins Dunkel:
»Der Fazendeiro hat mich persönlich eingeladen . . . Ach, Graja, Papa wird es ja nie erlauben . . .«

Zwölftes Kapitel

DIE FLASCHENPOST IM OZEAN

(Placido und Grazia)

Die nächsten Wochen bis tief in den Herbst hinein waren für Annunziata und Grazia die schwersten ihres Lebens. Wenn auch der Zustand Irides sich nicht wesentlich verschlechterte und in den Augen Doktor Platanias noch immer zu keinen ernsten Besorgnissen Anlaß gab, wenn auch das Kind oft ganze Tage außer Bett verbrachte, so mußten sich die großen Schwestern neben der Arbeit des Haushalts noch in einen Krankendienst teilen, der durch Irides störrisches Wesen immer mühsamer wurde. Es mußte erst November werden, ehe der Hausarzt im berechtigten Zweifel an seinen Heilmethoden die Überführung des Kindes in die Poliklinik beantragte. Es wird hier den Ereignissen nur deshalb vorgegriffen, um durch den Hinweis auf sie einige Stunden völliger Verlorenheit im Leben Grazias vorauszubegründen. Freilich holte das Schicksal vorher noch zu einem Streich aus, der die Familie Pascarella von anderer Seite vernichtend traf.
Die Folge mangelhafter Ernährung und ungenügenden Schlafes zeigte sich, was Grazia betrifft, in doppelter Weise. Erstens: Die Unruhe um Placido wuchs sich zu krankhaften Angstvorstellungen aus. Und zweitens begann sie mit geradezu tropischem Überfluß zu träumen. Kaum legte sie sich hin, umwucherte sie schon dichtverschlungener Traumwuchs, eine Wirrnis, die aller Gesetzmäßigkeit spottete. Doch auch mitten am wachen Tage konnte sie, von Übermüdung angefallen, die häßlich üppige Träumerei ihrem Willen nicht unterwerfen, in der Küche, auf der Straße, während ihrer

Unterhaltung mit Miß Friggs, ja selbst bei Tische in Gegenwart Papas. Das Quälendste dabei war, daß diese Ausgeburten des Krassen und Verzerrten nicht zerrinnen wollten, daß die Schrekkensbilder ihr scharf im Gedächnis haften blieben und sich in vielen Nächten regelmäßig wiederholten. Ein beklemmender Traum machte ihr vor allen anderen Beschwer, und selbst viele Jahre später noch, da Gott nach harter Prüfungszeit alles verhältnismäßig zum Guten gelenkt hat, ist dieser Traum noch immer nicht ganz verblaßt und schleicht nächtlicherweile noch manchmal an ihr vorüber.
Die Szene spielt in dem verwilderten Garten am Posilipo. Grazia sitzt mit jemandem auf der Steinbank. Dieser Jemand ist aber keineswegs Placido, sondern Mr. Arthur Campbell, der aus Afrika endlich zu ihr zurückgekehrt ist. Die jugendlich schlanke Gestalt des Engländers steckt in einem unglaublich eleganten und unglaublich lässigen Jagdgewand. Nun, er kommt ja von Löwen- und Leopardenjagden, denkt sie, und genießt dabei das eigentümlich süße Gefühl von ihrem eigenen Körper, das ihr bisher nur in seiner Gegenwart gespendet war. Die Zeit hat nichts von dem köstlichen Gefühl verwaschen, von diesem seligen Sich-Strecken und -Dehnen im bewußten Futteral ihrer selbst. Zugleich betrachtet sie mit hoher Bewunderung den Kopf des Engländers. Er ist von der Sonne Afrikas braun, nein – kupferrot gebrannt. Um so blitzender treten die Zähne hervor, und wie bleiches gescheiteltes Licht die Haare. Campbell hat den linken Arm um Grazias Schulter gelegt. Die große, knochig braune Hand hängt gelassen herab und berührt ihre Brust. Mit der Rechten zeigt Campbell aufs Meer hinaus, ohne Zweifel in der Richtung Afrikas, von dem er erzählt. Sie unterbricht ihn mitunter und fragt etwas. Und beides, Erzählung und Frage, sein Wort und ihr Wort, ereignen sich in einer Sprache, die es nur für sie gibt, in einem Wohllaut, den allein sie verstehn, und der auf Erden nicht, doch in Gottes Registern verzeichnet ist. Während sie den beglückenden Silben dieser Sprache lauscht, bemerkt Grazia staunend, daß die alte verwahrloste Villa mit der großen Ausbietungstafel »Affittasi o Vendesi« um und um gewandelt ist. Sie besteht nicht mehr aus Stein, sondern aus Kristallglas, das in den Farben des Prismas wundersam erglüht. Nach allen Seiten hin stehn Glastüren offen in den sanft wehenden Garten. Bis hierher ist der Traum zauberhaft schön. Um so schrecklicher der Absturz: Es fängt damit an, daß plötzlich ein Unwetter hereinprescht. Der Garten beginnt unter dem Sturm zu wanken, die Glastüren zersplittern, unten brüllt das Meer gegen die Klippen des Posilipo. Campbell hält Grazia fest. Er lacht und kennt keine Furcht. Doch er weiß ja auch

nicht, was ihn bedroht, der Klare, der Unschuldige. Von hinten schleicht und schleppt es sich heran. Ist denn der andre nicht im Recht? Ist diese Bank nicht Placidos Bank? Grazias Gedanken keuchen: Wie kann ich nur meinen Geliebten retten? Placido will ihn ins Bein beißen. Und sein giftiger Biß wirkt absolut tödlich. Zugleich aber bricht ihr das Herz, daß Placido nicht mehr der ist, der er war, nicht mehr der herrliche Bruder, der herrliche Geist, sondern etwas anderes, etwas ganz Unsägliches. Was aber ist Placido? Grazia fühlt das Wort »Mostro« in allen Poren. Doch welch ein Ungeheuer bist du geworden, Placido, der du hier auf dieser Bank einst mit deiner schönen und genauen Stimme Gedichte rezitiertest? Grazia kann dich nicht erfassen und beschreiben. Mit allen Sinnen spürt sie deine tierhaft dämonische Verwandlung, nur nicht mit dem Augen- und Sprachsinn. Wenn sie sich am Tage dann schaudernd der Traumqual erinnert, denkt sie dich als ein kombiniertes Gewese von Hund und Schlange etwa, wie es Lauros phantasierende Hand aus Ton modelliert haben könnte. Das ist grundfalsch. Warum aber bist du, Placido, du innigster der Brüder, deine ganze geheimnisvolle Kraft zusammenraffend, zum Erzfeind geworden? Was hat dir Grazia getan? Du kennst ja Arthur Campbell gar nicht, den du ins Bein beißen willst. Der Engländer lacht noch immer in seiner hohen sonnverbrannten Unschuld. Da reißt ihn Grazia empor und zieht ihn atemlos ins kristallene Haus. Der »Mostro« dicht hinter ihnen. Doch die Rettung gelingt. Schon sind sie in der Vorhalle. Grazia stemmt ihren bebenden Leib gegen die Glastür. Der Sturm draußen, im Bunde mit dem Unhold, wirft sich entgegen und will die Tür aufstoßen oder zerschmettern. Während dieses entsetzlichen, aussichtslosen Kampfes überströmt Grazias entzweigerissenes Herz von Jammer: Placido, was ist aus dir geworden? Wohin mußte es mit dir kommen? Erkennst du mich nicht mehr? In dem Augenblick, da dieser Jammer sie zu töten droht, bricht der Traum ab.

Und dies war nur ein Traum von vielen, und einer der einfachsten und übersichtlichsten dazu. Um so deutlicher bewies es Grazias gesunde Veranlagung, daß sie in diesen Zeiten innerer Wirre ihre ganze leidenschaftliche Kraft dem Studium des Englischen ohne den geringsten Abstrich widmete. Sie saß allabendlich und in jeder freien Stunde an Placidos Schreibtisch und übersetzte lange Zeitungsartikel aus dem Corriere della Sera oder was ihr sonst in die Hand fiel, in Mr. Arthur Campbells Sprache. So mehrte sie an Hand des Vokabulariums und einer Grammatik fortschreitend ihren Wortschatz und ihr Formenwissen. Miß Violet Friggs war über

Grazias wachsende Kenntnisse verblüfft. Ihr Austausch-Italienisch steckte dagegen noch immer in den Kinderschuhen. Kein Wunder, da Grazia in ungehöriger und selbstischer Weise stets auf englischer Konversation bestand.

Während einer dieser egoistischen Unterhaltungen, die an Miß Violets Teetisch geführt wurden, kam es einmal zu nachfolgendem Gespräch. Die Rothaarige, die heute in einen hauchzarten, grauvioletten Schleierschaum gehüllt erschien, musterte die Blonde, die wie aus Protest immer in demselben, nähmädchenhaft bescheidenen Straßenkleid zur Tür hereinkam. Gerade diese Einfachheit, verbunden mit trotzigem Zielbewußtsein, bestrickten die angehende Sängerin. Wäre Grazia überaus raffiniert gewesen, sie hätte sich nicht verschlagener geben können, um Violets Neigung zu reizen und wachzuhalten. Die Britin empfing sie mit gekränktem Spott:

»Ihr Fleiß, liebe Grazia, beängstigt mich langsam. Täglich fertigen Sie meterlange Hausarbeiten an und sprechen schon wie ein Oxfordprofessor. Und ich kenne mich in eurem unglückseligen ›sarebbe, dovrebbe, vorrebbe‹ noch immer nicht aus. So viel Fleiß meine ich, kann eine Frau doch nur dann aufwenden, wenn sie verliebt ist.«

»Nun, vielleicht . . .« lächelte Grazia in der unfreien Art eines sehr ernsten Wesens, das sich um der Unterhaltung willen einen bloßen Scherz leistet, hinter dem nichts steckt. Miß Violet Friggs aber faltete die Hände: »Um Gotteswillen, verlieben Sie sich nur ja in keinen Engländer, Grazia!«

»Warum denn nicht einen Engländer?«

»Weil das keine Männer sind, sondern Stoppuhren oder andre Präzisionsmaschinen.«

Grazia blinzelte feindselig zu Violet hinüber:

»Mir gefallen die Engländer hundertmal besser als zum Beispiel die Italiener.«

Die andere nahm den Kampf auf und schob ihre schönen, nur ein wenig sommersprossigen Arme vor:

»Und ich sage Ihnen, wenn es schon ein Mann sein muß, dann am ehesten ein Italiener, ein Spanier, oder überhaupt ein Südländer.«

Grazia schwieg, denn das gewaltige Herzklopfen, das sie während dieses Gespräches befiel, hätte ihre Stimme zittern gemacht. Miß Friggs aber riskierte nach einer Weile mit selbstironischem Augenaufschlag die schlüpfrige Frage:

»Können Sie sich vorstellen, daß man sich in solch einen Alten wie den Maestro Capironi verliebt?«

Etwas in Grazia drängte sie, auf alle Fälle Partei für das Alter zu nehmen:

»Warum nicht? Ich kann mir das sehr wohl vorstellen.«
»Nicht wahr«, versicherte Miß Violet, durch Grazias Anerkennung freundlich angeregt, »er hat doch ein ausgezeichnetes Gesicht, so entzückend morbid. Und fabelhaft zynische Hände. Wenn er am Klavier sitzt, sind dieselben Hände schrecklich ernst. Es sind wundervolle Künstlerhände . . .«
Grazia hörte diesem Geständnis gar nicht mehr zu. Sie war innerlich krampfhaft mit einer Frage beschäftigt, die zu stellen sie ihre ganze Kraft brauchte:
»Miß Volet! Kennen Sie in London vielleicht eine Familie namens Campbell?«
Sie sagte »Familie«, weil sie damit die Deutlichkeit der Frage zu verwischen hoffte. Gleichzeitig aber spürte sie sich rot und heiß werden bis in die Schuhe hinein. Violet Friggs, die anfangs dem Rätsel so nahe gewesen war, merkte nichts:
»Campbell? Welche Campbells? Meine Liebe, das ist ein Name, der so häufig vorkommt wie Wiesengras. Die Campbells haben meist Zusatznamen. Campbell Grifforth, Campbell Bannerman, das ist ein Politiker, glaube ich . . .«
Nein, sie meine einen Campbell ohne Zusatznamen. Aus ganz verengter Kehle verriet Grazia Arthurs Wohnsitz, wie er auf der Visitkarte in dem Medaillon verzeichnet stand, das sie bei sich trug. Doch auch diese Adresse schien der Engländerin weder zu imponieren, noch auch sie klüger zu machen:
»Dort wohnen gewiß mindestens hundert Campbells«, verkündete sie und wandte sich ihrem Lieblingsthema zu, das teils nach Emanzipation, teils nach Liederlichkeit lautete. Es habe ihrer Ansicht gemäß überhaupt keinen Sinn, das Leben nach den Männern zu orientieren. Die Liebe sei ein Vergnügen, doch ein gefährliches. Sie persönlich schätze die Freundschaft mit einem gleichgearteten Geschöpf weit höher ein. Darüber hinaus aber müsse jede Frau einen Beruf haben. Aus keinem anderen Grunde lebe sie in Italien und studiere bei Maestro Capironi, obgleich dieser ihr täglich erkläre, ihre Stimme sei durchaus nicht erstklassig.
Grazia saß während dieser Konfessionen, die sie schon öfters zu kosten bekommen hatte, teilnahmslos und versonnen da. Beim Abschied aber zwang sie sich zu folgender scharfen Erklärung, als läge es ihr unbedingt ob, die Ehre eines Abwesenden zu verteidigen:
»Ich glaube nicht, liebe Miß Friggs, daß die Familie Campbell, nach der ich Sie vorhin gefragt habe, eine so ganz ungewöhnliche Familie ist.«

Als Grazia, noch immer von der Stunde bei Miß Violet Friggs heftig erregt, nach Hause kam, fand sie Placidos Brief schon vor. Mit diesem Brief hatte es eine eigene Bewandtnis. Er war fast zu gleicher Zeit aufgegeben wie die vorhergehenden der beiden anderen Brüder. Dennoch langte er erst zwei und einen halben Monat später ein, denn der September neigte sich schon dem Ende zu. Diese Verspätung blieb unaufgeklärt. Es war ein Pech Grazias und Placidos, und hat ihnen viel Leiden verursacht. Man bedenke doch nur, Annunziata und Iride hatten jede schon zwei oder drei Briefe ihres Bruders erhalten und Grazia keinen. In diesem täglich enttäuschten Hangen und Bangen lag einer der wichtigsten Gründe für die Verwirrung, die sich über Grazia senkte. Schuld an allem war höchstwahrscheinlich ein Postsack, der durch Zufall, Fahrlässigkeit oder aus anderen Ursachen liegen blieb.
Spiegelten die Briefe Lauros und Ruggieros das äußere Leben in Brasilien, soweit ein flüchtiger persönlicher Bericht dazu imstande ist, so verriet Placidos Brief weit weniger von der bunten fremden Welt, in der nun der Schreiber lebte. Wer hätte es nicht von dem Dichter erwartet, daß er neben der Schilderung seines eigenen Lebens ein farbengesättigtes Bild Brasiliens und Rio de Janeiros entwerfen werde, um seine Lieblingsschwester damit zu erfreuen? Gab es nicht wahrlich Stoff genug? Die göttliche Bai mit dem Zuckerhut, der seltsame Gaveberg, den man auf der städtischen Avenida Niemeyer leicht erreichen kann, das Orgelgebirge in der Ferne, die Königspalmen im Botanischen Garten, das tumultuarische Badeleben an der Praia und die Geschäftigkeit der Avenida Branco und Assemblea! Kein Wort von all diesen schönen Dingen, die einer lebhaften Schilderung warteten. Der Dichter Placido schien sich gegen die Fülle der Eindrücke abzusperren und sie nur in Beziehung zu seinem inneren Zustand gelten zu lassen. Doch auch über diesen konnte er der Lieblingsschwester nicht ganz frei und offen schreiben. Die Annahme, Papa werde seinen Brief lesen, behinderte ihn fühlbar in jeder Zeile. Trotz alldem darf dieser wichtige Brief, wenn auch zeitlich überholt und von tragisch nahenden Ereignissen bedrängt, nicht fortgelassen werden.

»Rio de Janeiro. Rua Guarani 26. Am 14ten Juni

Liebste Graja! Ehe ich beginne von mir zu reden, habe ich eine dringende Bitte auf dem Herzen. Soeben erhalte ich von Lauro aus dem Instituto Butantan in São Paulo eine ziemlich deprimierte Postkarte. Sein Ring ist ihm abhanden gekommen, und er weiß selbst nicht wie. Vielleicht hat ihn jemand ihm vom Finger gezogen.

Sehr unwahrscheinlich! Vielleicht ist er ihm bei einer seiner beruflichen Arbeiten vom Finger geglitten, ohne daß er es bemerkt hat. Das wäre schon möglicher, da Lauro nach einer recht unangenehmen Dysenterie auf der Ilha das flores stark abgemagert ist. Wir wissen ja alle, wie sehr er an diesem Erbstück hängt und daß er es immer als sein Amulett betrachtet hat. Ich schlage deshalb vor, daß Ihr, Du, Iride und vor allem Zia, unter den Sachen, die in der Stanza della Mammina aufgehoben werden, etwas aussuchet, das als Amulett und Ersatz für den Ring dienen kann. Papa wird gewiß nichts dagegen haben. Was es auch immer sei, packet es in eine kleine Schachtel und sendet es eingeschrieben an ihn. Ihr braucht Euch aber bei dieser Sendung nicht auf mich zu berufen. Am besten wird es sein, wenn Ihr sie ohne Begleitschreiben aufgebet. Lauro wird sofort wissen, worum es sich handelt.
Im übrigen fühlt er sich jetzt sehr wohl in São Paulo und wird nur von einem kleinen Zweifel gequält, ob er seine derzeitige Anstellung nicht mit dem Empfangsbüro des dortigen größten Hotels vertauschen soll. Ich habe ihm aufrichtig dazu geraten, denn das Instituto Butantan halte ich, was Lauro anbelangt, für eine Sackgasse, aus der es kein Vorwärts gibt, weder bezüglich des Salärs noch der Arbeit. Die Hotelwelt hingegen spielt hier eine große Rolle. Die reichen Brasilianer wohnen und speisen nicht nur in den großen Hotels, sondern verlungern ihren ganzen Tag in ihnen, und in der Nacht wird jedes zum mondänen Spielkasino. Die Möglichkeiten für einen gutaussehenden jungen Mann in diesen Betrieben sind jedenfalls größer als in einem Institut für Schlangenserum. Dasselbe habe ich Lauro geschrieben, ohne ihm meinen Rat allzusehr aufzudrängen. Ruggiero freilich brauchte meinen Rat nicht. Im Gegenteil. Ich verdanke ihm hier alles, auch meinen gegenwärtigen Posten. In großer Bewunderung neige ich mich vor unserem jüngsten Bruder. Ihr sollt nicht sagen, daß er Glück gehabt hat. Das gibt es nicht. Es ist eine solche Bewährung des Lebens in ihm, so viel Mut und Frische, ich habe es ja selbst erlebt. Der Fazendeiro Salvafede ist ganz vernarrt in ihn. Durch dessen Protektion habe ich auch, auf Betreiben Ruggieros natürlich, den Posten bei der großen Companhia para Construcçoes Hydraulicas bekommen. Ich bin als italienischer Korrespondent angestellt. Das Gehalt ist klein und reicht leider nur für mich aus. Meine akademischen Studien gelten hier nicht. Man muß brasilianischer Bacharel em Sciencias e Lettras sein, um für die höhere Bildung in Betracht zu kommen. Generalkonsul Echeverria lud mich öfters zum Essen ein, sonst konnte er nichts für mich tun. Auch meinen Freund Bombilli, von dessen

Karriere man in Neapel so viel Wunder erzählte, habe ich noch nicht auftreiben können. Es ist alles anders, als man es sich denkt. Bitte verzeih diese dumme Phrase. Nein, die Welt ist überall grauenhaft gleich. Würdest Du es für möglich halten, daß ich jeden Morgen fast mit geschlossenen Augen in mein Büro gehe, und jeden Nachmittag ebenso in die Rua Guarani heimkehre, wo ich mein Dormitorio habe? Es ist schrecklich zu sagen, aber mich interessiert die fremde Welt nicht, die so viele Reisende berauscht. Ich möchte bei mir sein und muß außer mir sein. Darin liegt gewiß eine Schuld. Ebenso wie auch in der Tatsache, daß ich mich für meinen Beruf nicht im geringsten interessieren kann, daß es mir gänzlich gleichgültig ist, ob ich hundert Kupferröhren anfordere oder einer italienischen Versicherungsgesellschaft einen gedrechselten Brief schreibe. Ich beneide unseren Ruggiero von Herzen. Er ist Feuer und Flamme für Kaffee, sein Lebenszentrum ist Kaffee. Auch Lauro in seinem Instituto Butantan hat seit jeher sich mit der Tierwelt beschäftigt. Du darfst aber nicht meinen, liebste Grazia, daß ich mich beklage. Ich klage mich an! Ich klage mich an, daß ich die Gleichgültigkeit gegen die Lebensrealitäten in mir nicht vernichten kann, wie ich es gehofft habe. Ich klage mich an, daß ich als der Älteste so wenig Geld verdiene, daß ich, der unsere Fahrt nach Brasilien angeregt hat, Euch noch nicht zu helfen vermag und vielleicht niemals werde helfen können. Ich sage es offen, mir fällt es nicht leicht, in der Verbannung zu leben, in der Sonnenferne. So heiß es hier ist, mich friert – – –«

Grazia wandte das Briefblatt um, da fiel etwas zur Erde. Es sah aus wie ein weißes Knöpfchen, war aber ein hundertfach zusammengefalteter Zettel.

Sie las folgendes Gedicht:

Die Avenue ihr Luxus-Licht verschwendet.
Doch setz ich in die Armenstadt den Fuß,
Empfängt Verfall mich, Schmutz und Spülicht-Guß.
Dort liegt ein Maultier, tot, noch kaum verendet.

Vom Urwald aber, witternd hergewendet,
Ein Volk von Geiern schwelgt, von Urubus,
Und hackt und prackt das Mahl zu rotem Mus,
Stets rückwärts hüpfend, wie vom Werk geblendet.

Ein Bild des heißen Alltags nur! Wer las es?
Und welcher Sinn ist dunkel eingestiftet
In dieses Vorgangs grausige Charade?

Ich weiß nicht. Doch, vom Leichengift vergiftet,
Ergreift den Geist aus dieser Welt des Aases
Ein großes Heimweh nach der Welt der Gnade.

Und darunter: »Das einzige Sonett, das ich hier geschrieben habe. Ich könnte mehr schreiben, aber ich verwehre es mir aus vielen Gründen. Hoffentlich ist das obige nicht ganz unverständlich und verstiegen.«
Ach, wie hätte sie es nicht verstehen sollen!? Das letzte Wort des Gedichtes »Gnade« war ja ihr Name »Grazia«. Sie las es immer wieder. Und jedesmal wurde der schartige Schmerz in ihrem Inneren schärfer.

Gleich nachdem die Schwestern durch Grazia von Lauros Verlust erfahren hatten, gingen sie gemeinsam in die Stanza della Mammina, um nach irgendeinem Erinnerungsstück zu suchen, das Lauros Ring ersetzen könnte. Leider fand sich unter Mamas Erbschaft nichts Brauchbares. Man konnte ja nicht gut Fächer, Schirmgriffe, Schildpattkämme, Operngläser, Schuhschnallen, Fingerhüte und Nähschatullen einem jungen Mann als Schutzgeister in die Fremde senden. Es blieb nichts anderes übrig, als daß Annunziata ein kleines goldenes Armband, welches sie selbst zu tragen pflegte, diesem Zwecke weihte. Das Schmuckstück stammte zwar nicht aus Mamas Besitz, doch kam es von ihr, da sie es einst Annunziata zum fünfzehnten Geburtstag geschenkt hatte. Wird es die Kraft haben, Lauro vor Mißgeschick zu bewahren? Tiefe Betrübnis wandelte Annunziata an. Sie zweifelte nicht an der Kraft ihrer Liebe zu Lauro, sie zweifelte aber an der Kraft ihres Beistands. Die Mädchen legten das Armband ganz nach Placidos Wunsch in eine kleine mit Watte ausgepolsterte Schachtel und verschlossen sie in ein rekommandiertes Paketchen. Auf der Post erfuhren sie zu ihrem Leidwesen, daß der nächste Dampfer nach Rio und Santos erst am zweiten Oktober abgehe, die Sendung daher nicht vor Anfang November in Brasilien sein könne.
Daß sich Grazias Seelenverfassung durch Placidos Brief und das ihm beiliegende Sonett nicht aufhellte, wird man leicht begreifen. Sie hatte von ihrem Bruder Worte der Hoffnung und Aufmunterung erwartet, wie sie es gewöhnt war. Wie schlecht mußte es um ihn bestellt sein, daß er, der niemals einen Schmerz verriet, nicht mehr die Kraft fand, seine wahre Lage zu verhüllen. Grazia verkroch sich und starrte in die leere Luft, doch ein Ausweg fiel ihr nicht ein. Indessen wurde auch das Hiesige unklarer von Stunde zu Stunde.

Im Nebenzimmer jammerte Iride oft leise, oder lag, was noch verdächtiger war, tagelang in apathischem Halbschlaf. Don Domenico blieb wegen seiner vielen Reisen mittags immer häufiger aus und kehrte am Abend jetzt regelmäßig erst gegen neun Uhr heim. Bei Papas Heimkehr fuhr stets ein neues Leben in die Kranke, sie streifte ihre Mattigkeit ab, empfing den Vater mit glühend erwartungsvollen Augen und bot ihm dadurch ein völlig falsches Bild ihres Zustandes dar. In dieser Zeit entwickelte sich Papas Mißlaune zu schreckeinflößenden Maßen. Die Mahlzeiten verliefen meist ohne ein Wort, wenn es nicht gerade wegen irgendeiner Kleinigkeit zu wilden Ausbrüchen kam. Die Schwestern warteten gierig darauf, durch eine nebensächliche Bemerkung wenigstens *einen* Anhaltspunkt über den Stand des geschäftlichen Kampfes zu erhalten. Vergebens! So widernatürlich es auch klingen mag, seit jenem Schreckensmorgen in der Azienda hatte Don Domenico kein Wort über seinen Krieg gegen den Bankrott gesprochen und keines der Kinder weiter ins Vertrauen gezogen.
Nach Empfang des Placidobriefes (der übrigens nicht anders schloß, als er begann) kam in Grazia die lastende Dumpfheit, die sie über die Monate des Unglücks hinweggehoben hatte, langsam in Bewegung wie ein Bergrutsch. Sie wußte nicht, was vorging, aber ihr war so, als sei die Zeit schneller geworden, als überstürzten sich heimlich die Sekunden in verdächtigem Tempo. Man mußte den qualvollen Wettlauf mit der Zeit aufnehmen. Sie tat, was sie konnte. Keinen Augenblick der Muße gönnte sie sich, schon um die lauernden Tagträumereien zu bannen. Placidos Gedichte, seine Betrachtungen und Skizzen waren nun alle schon abgeschrieben und geordnet. Grazia saß, wenn sie nicht gerade Dienst bei Iride oder in der Küche hatte, am Schreibtisch und übersetzte hastig, als verfolge sie damit eine unabweisliche Notwendigkeit, den Corriere della Sera ins Englische. Alles übersetzte sie, schön nach der Reihe, ohne Ansehung des Gegenstandes, mit schiefgeneigtem Kopf, wie eine brave Schülerin: Leitartikel, Tagesberichte, Theaterkritiken und Feuilletons. In der Hitze des syntaktischen Gefechtes nahm sie meist den Inhalt des Übersetzten gar nicht wahr. Einmal aber stieß sie bei dieser Tätigkeit auf eine Geschichte, die Eindruck auf sie machte und ihr nicht aus dem Sinn kam. Es wurde da in ziemlich romantischer Ausdrucksweise erzählt, daß vor einiger Zeit vom Leuchtturmwächter einer kleinen Insel im Atlantischen Ozean eine Flaschenpost aufgefischt worden sei, wie sie Schiffbrüchige in schwerster Seenot dem Meere anzuvertrauen pflegen. Als man die Flasche zerschlug und ihr den unversehrten Brief entnahm, habe sich

herausgestellt, daß dieser schon seit dem Jahre 1837 unbestellbar auf den Fluten umherirre. Ein englischer Marineoffizier gesteht darin einer fernen Dame, die nichts von ihm und seinen Gefühlen ahnt, in der Stunde des Todes seine heimliche und unvergängliche Liebe.

Diese auf der Feuilletonseite des Corriere della Sera geziemend ausgeschmückte Ballade war wohl das Muster für Grazias eigenes Unternehmen. Wollte man freilich den Antrieb dazu genauer zergliedern, so käme ein weit weniger romantisches und fast gar nicht sentimentales Planen ans Licht. Gewiß, auch dies war ein Sehnsuchtsruf. Doch viel mehr wars noch ein Ruf um Hilfe. Träumerei war ihm beigemischt und sogar Verspieltheit. Dem Wunsche, durch diese Mittel ans Ziel zu kommen, begegnete ebenso lebhaft der Wunsch, damit nicht ans Ziel zu kommen. Eine verzwickte Sache, ohne Zweifel!

Kurz und gut, auch Grazia wandte das Mittel der Schiffbrüchigen an, die Flaschenpost. Wenn sie die ihrige weder einer Flasche noch dem Ozean anvertraute, so warf sie sie doch nicht minder in die Fluten der Ungewißheit. Zu diesem Zwecke bediente sie sich aber keiner Postkarte, die man käuflich erhält, sondern schnitt aus einem Stück steifen Papiers eigenhändig ein Rechteck im üblichen Format aus. Auf dieses Papier schrieb sie in charakterloser Blockschrift, die sie keinesfalls verraten konnte, nichts als Namen und Adresse von Mr. Arthur Campbell. Da ihr aber die Chance, die sie sich dergestalt selbst gab, zu groß und einer echten Flaschenpost unangemessen erschien, zerriß sie die Karte wieder und fertigte sorgsam eine zweite an, auf der sie Arthur Campbells Adresse insofern verstümmelte, als sie eine falsche Hausnummer einsetzte, statt fünf sieben, gerade nebenan, aber doch nicht richtig. Zum Überfluß schmuggelte sie auch noch in den Namen des betreffenden Stadtteiles einen fehlerhaften Buchstaben ein, wodurch der Empfänger für Londons Briefträger immer unauffindbarer werden mußte, selbst wenn Miß Violet Friggs Ausspruch eine dreiste Übertreibung war, daß in England die Campbells so zahlreich seien wie der Sand am Meer.

Trotz allen diesen Vorsichtsmaßregeln blieben die Gründe zur nagenden Scham noch genug übrig. Auf dem Poststempel würde Arthur Campbell – käme die Karte unerwarteterweise doch an – klar und deutlich »Napoli« lesen können. Das war ganz unmöglich. Grazia begegnete dieser Gefahr folgendermaßen. Sie sagte die Zusammenkunft bei der Friggs ab und fuhr mit der Straßenbahn nach Portici hinaus, das noch nicht in Neapel eingemeindet ist und daher einen eigenen Postaufdruck hat. Dort warf sie nach einem kurzen aber wilden Kampf mit sich selbst die Karte, auf der nichts anderes stand als eine unvollkommene Adresse, in den erstbesten Briefkasten. Kaum war es geschehen, erglühte sie vor Entsetzen über ihre zudringliche Schamlosigkeit. Nun hatte sie sich einem fremden Mann an den Hals geworfen. Der blanke Briefkasten starrte sie mit amtlichem Vernichtungsblick an wie ein Organ der öffentlichen Ordnung und Sicherheit, das auch über die Tugend zu wachen hat. Doch als sie sich entfernte und es nicht mehr in ihrer Macht stand, die davonschwimmende Flaschenpost einzuholen, zog eine Stunde köstlicher Ruhe und Freudigkeit in Grazia ein.

Dreizehntes Kapitel

EIN DREIZEHNTER NOVEMBER

In den ersten Novembertagen brachte Doktor Platania Iride auf die interne Abteilung der Poliklinik, wo sie ein winziges, aber eigenes Zimmer erhielt. Das geschah nicht deshalb, weil die häusliche Pflege nicht mehr hinreichte – der Zustand der Patientin war nach wie vor der gleiche –, sondern weil sich der Hausarzt in der Krankheit gar nicht mehr auskannte. Er wäre geneigt gewesen, in Irides Mattigkeit, Kopfschmerzen, Schwindelanfällen und in der neuerdings hinzutretenden Nahrungsverweigerung eine Form der jugendlichen Hysterie zu erblicken, hätten ihn nicht gewisse organische Veränderungen stutzig gemacht. Mit Irides Hospitalsaufenthalt verfolgte er die Absicht, die Kranke unter ständige Beobachtung zu stellen und seine eigene Verantwortlichkeit mit anderen Kollegen und zuvörderst mit der klinischen Kapazität des Faches zu teilen. Das sagte er auch dem Vater offen heraus.
Für Don Domenico bedeutete die Überführung seines Kindes in ein öffentliches Krankenhaus den schwersten Schlag seit der Unglücksnacht des Karnevals, obgleich er an Doktor Platanias Versicherung fest glaubte, daß keine Gefahr bestehe und mit dem prekären Ortswechsel nur ein Akt der Vorsicht geübt werde. Sein Stolz empfand in dem ganzen Komplex von Krankheit, Spital und was sonst dazu gehörte, nicht nur ein Unglück, sondern ebenso eine Schande. Durch Krankheit stieg der Mensch herab, durch Aufnahme in ein Siechenhaus, selbst wenn es eine private Casa di cura war, wurde er deklassiert. Das Klägliche, da Unterbürgerliche griff nach solchen Familien, die ein Mitglied in fremde und berufsmäßige

Pflege abgeben mußten. Sie traten damit gleichsam aus dem heilig-dunklen Bezirk der häuslichen Abgeschiedenheit, sie machten sich im Schmerze gemein, sie zeigten ihre Wunden offen den Vorübergehenden, die Straße hatte ein Recht, ihnen nachzublicken. Das ist eine kühle Analyse dessen, was im Herzen Don Domenicos vorging, als er dem Antrag Doktor Platanias zustimmte. Doch es wäre ungerecht zu verschweigen, daß neben diesen feinfaserigen Schamgefühlen in seinem Herzen auch die bange Sorge um das Kind mahnend wuchs. Doch davon merkten weder die Schwestern noch der Hausarzt etwas, obgleich Papa die Übersiedlung der Kleinen unverzüglich anordnete. Iride selbst hatte nichts dagegen, da ihre neugierige und abwechslungshungrige Natur frischen Erlebnisstoff witterte. Es wurde beschlossen, das heißt Papa erließ den Befehl, daß Annunziata so viel Stunden des Tages wie nur möglich bei Iride verbringen solle. Die Küche hingegen ward Grazia nunmehr vollständig anvertraut, bis auf die Tage, wo sie und Annunziata auf Vereinbarung ihre Dienste tauschen würden.

Don Domenico erschien nun täglich um drei Uhr in der Poliklinik und saß eine halbe Stunde lang an Irides Bett. Die Ärzte hatten sich darauf geeinigt, daß hier ein Fall von Leukämie vorliege, von jener Erkrankung des Blutes, bei der die roten Blutkörperchen von den sich mehrenden weißen, den Leukozyten, verdrängt werden. Iride hatte also jüngst mit ihrer überbewußten Selbstdiagnose recht gehabt. Domenico Pascarella fragte den leitenden Professor um sein aufrichtiges Urteil. Kein Grund, den Kopf hängen zu lassen. Ein leichter Fall. Das Stadium günstig. Es werde nichts unversucht bleiben. Die Heilung jedoch beanspruche geraume Zeit. Auch diese hoffnungerweckende Äußerung vermochte die verborgene Niedergeschlagenheit nicht zu bannen, die sich Don Domenicos bemächtigte. Doch war es eine andere Prüfung als jene, der er durch den Zusammenbruch seines Geschäftes nun schon so lange unterworfen war. Diese hatte ja in ungeahnter Weise seine Kampfeskräfte geschärft, während die Sorge um Iride, zu der gleichfalls verschwiegenen Sorge um die Brüder in Brasilien tretend, ihn lähmte und müde machte. Nach so vielen Jahrzehnten der Wohlfahrt drohte ein einziges Jahr des Unheils sein Leben aufzubrauchen. Derartige Anwandlungen der Schwäche setzten ihm freilich erst zu, seitdem er Iride im Hospital besuchte. Er haßte von ganzer Seele den Tod und dessen Nachbarschaft. Greulich war es ihm jedesmal, über die übelriechenden Höfe und Gänge des Krankenhauses seinen Weg suchen zu müssen. Don Domenico schätzte das Sonnenlicht, die Reinheit, die Herrlichkeit, die Ehre, einen andächtigen Familientisch, zuchtvolle Kinder, die Abgeschlossenheit des Hauses, den Gesang, die Oper Gioconda – und wenn es ans Sterben ging, so sollte sich auch diese Lebensstunde in einer gesetzmäßigen und geheiligten Zeremonie vollenden. Er gedachte ordnungsgemäß auf seinem Totenbett zu liegen, oben im Halbstock der Via Concordia, in gewohnter Umgebung. Annunziata und Placido, Grazia und Lauro, Ruggiero und Iride, alle, alle sollten um sein Bett knien und die kargen Vaterworte des Abschieds entgegennehmen, mit denen er auch noch als ein Toter ewig unter ihnen bleiben würde. Daß ihm eines der Kinder im Tode vorangehen könne, das erschien ihm als regellos und gottverboten. Nun aber hatte eine Macht eingegriffen, der alle Ordnung und Reinheit zuwider war. Das Niedrige (unter Battefioris Führung) empörte sich und zog ihn hinab. Das Barometer seines Lebens stand auf den Zeichen Bankerott und Spital. Die Söhne hatte er ziehen lassen, und sein jüngstes Kind lag in dem häßlichen Haus, dessen Torgang er nur mit Grauen betrat.

Es war sehr traurig, daß die neuerliche Verdüsterung gerade in dem Zeitpunkt eintrat, da Don Domenico zum erstenmal das Recht gehabt hätte, ein wenig aufzuatmen. Der fast neunmonatige Verteidigungskrieg, den er bis an die letzten Grenzen seiner Kraft führte, begann gute Früchte zu zeitigen. Die Reisen zu den Weinleuten, Gastwirten, Schiffern und kleinen Grundbesitzern der Umgebung schienen sich belohnen zu wollen, all diese Fahrten in den vollgepferchten Zügen, bei Regen und Höllenhitze, all das vergebliche Warten in dumpfigen Räumen, all das Reden, Raten, Handeln, Ausweichen, Anbieten, Zurücknehmen, dieses ganze demütige oder zupackende Treiben, das er nach einem Leben untadeliger Würde im Alter auf sich nehmen mußte. Es war nach und nach gelungen, die meisten dieser kleinen Gläubiger, die ländlichen Sparer und Einleger, zur Zinsenstundung zu bewegen, indem Don Domenico sie davon überzeugte, daß sein Ruin nicht minder den ihren bedeute. Die hohen Herrschaften freilich zeigten sich weit weniger zugänglich. Nur ein großes Bankhaus, das Don Domenico persönlich schätzte, gewährte ein Moratorium. Die anderen frevelhaften Verbindlichkeiten, die Battefiori eingegangen war, mußten beglichen werden. Durch Pascarellas beispiellose Anspannung war es bisher wenigstens geglückt, den Zusammenbruch hinauszuschieben und, wer weiß, vielleicht abzuwenden. Noch blieb die Ehre unangetastet.

Daß aber die Dinge für ihn weit besser lagen als er ahnte, erwies sich erst jetzt im November, als er an zwei ruhigen Vormittagen aus sämtlichen Kontis eine rasche Vorbilanz zog. Obgleich es, wie schon

gesagt, untunlich ist, das ganze geschäftliche Gewebe der Firma Pascarella hier bloßzulegen, so müssen doch die wichtigen Ursachen der Wandlung angeführt werden.
Häusliche Ersparnisse? Nun, sie stellten das Äußerste des Möglichen dar. Der Verbrauch war bis zur untersten Grenze des Möglichen herabgesunken. Die Mädchen hatten sich über alles Maß bewährt, indem sie an jedem Stückchen Zucker, an jedem Zwirnfaden und an jeder Minute des elektrischen Lichtes geizten. Doch zu den wichtigen Ursachen gehörte nicht einmal die Entlassung des Aziendapersonals. Trotzdem aber muß eingestanden werden, daß der Vater auch die dreihundert Dollar Ruggieros (kein Irrtum, der Jüngste hatte der ersten Sendung noch einmal hundert folgen lassen) nach Wunsch für das Geschäft verwandte. In der damaligen Umrechnung ergaben sie eine Summe von mehr als sechstausend Lire. Don Domenico verabsäumte nicht, ein eigenes kalligraphiertes Konto »Pascarella Ruggiero« zu eröffnen und den Sohn somit unter seine Gläubiger aufzunehmen, was doch, wie man zugeben wird, an den Umsturz der Weltordnung grenzte. Wichtiger als all dies war der Aufschwung des laufenden Straßengeschäftes, den der Fremdenzustrom in diesem Frühjahr mit sich brachte. Doch weder er, noch die Gewinnung von drei oder vier neuen Kommittenten hätten genügt, die Besserung der Lage zureichend zu erklären. Die Entscheidung zum Guten kam von anderer Seite.
Man wird sich erinnern, daß nach Renato Battefioris schändlicher Flucht Don Domenico sogleich sein ganzes Vermögen in die allzuleichte Waagschale geworfen hatte. Dieses Vermögen bestand bekanntlich aus der Mitgift der Mädchen, aus Mamas Schmuck, aus einem Hausanteil und dem Grundstück außerhalb der Peripherie Neapels. Die ersten drei Vermögensteile wurden unverzüglich realisiert. Der Verkauf des Grundstückes zog sich hinaus. Und gerade auf dieser Verzögerung ruhte ein reicher Segen. Im Sommer nämlich wurde bekannt, daß sowohl die Gemeinde Neapel als auch ein großes Industrieunternehmen, das einem Konsortium englischer Kapitalisten gehörte, den Besitz des Grundes und überhaupt des ganzen umliegenden Areals für ihre Zwecke anstrebten. Hatte man bisher jeden Quadratklafter dieser unebenen Wüste fast umsonst feilgeboten, so schoß jetzt, durch den Kampf der einander lizitierenden Mächte belebt, der Marktwert des Terrains blitzschnell in die Höhe, und Don Domenico Pascarella konnte das Grundstück schon im Oktober um das Vierfache des ursprünglichen Preises an die englische Gesellschaft losschlagen. Es war das beste Geschäft seines Lebens.

Die Bilanz bewies ihm noch immer nicht, daß er flott war. Hätte die Behörde von ihm Aufklärung über den wahren Stand der Dinge gefordert, so wären seine Schulden noch immer weit größer gewesen als seine Aktiven, und er mithin nach wie vor im kriminellen Sinne eigentlich ein betrügerischer Kridatar. Immerhin aber hatte sich im Laufe dieser neun Monate die Schuldensumme so unerwartet verkleinert, daß Hoffnung bestand, sie im Laufe der nächsten neun Monate völlig zu tilgen und das Gleichgewicht wieder herzustellen. Dann aber Schluß! Liquidieren und zusperren! Das schwor er sich zu.

Wenn Don Domenico jetzt alles klar überdachte, so waren ihm auf der Sollseite seiner (nun nicht mehr selbstrastrierten) Kontoauszüge jene grausamen Kredite am unangenehmsten, die Avvocato Gennaro Gnolli ihm zugeführt hatte. Sie zeichneten sich nicht nur durch einen unanständigen Zinsfuß aus, sondern waren groteskerweise, was Don Domenico sich erst durch Nachschlagen der Verträge ins Gedächtnis rief, über Nacht kündbar und mußten sieben Tage nach erfolgter Kündigung zurückerstattet werden. Der Zorn über die Zumutung dieser Verträge bildete eine der Ursachen des wilden Skandals, der am dreizehnten November verhängnisvoll zwischen Pascarella und Gnolli losbrach. Der unmittelbare Anlaß aber waren die »Spesen«, die der körperlich so hinfällige Advokat für seine Tätigkeit einzuheben geruhte.

Es kann gar nicht bestritten werden, daß so manches im Wesen Don Domenicos, dieses Mannes der Ehre und Ordnung, unerlaubt widerspruchsvoll ist. Wie »eigentümlich« im reinsten Wortsinn er die Wirklichkeit anschaute, weiß man ja von Anfang an. Ganz zu schweigen von seinem häuslichen Königreich, der Fall Battefiori zuerst und jetzt der Fall Gnolli bestätigen es aufs neue.

Avvocato Gennaro Gnolli hatte sich in der Kommerzwelt Neapels als Sachverständiger und Konsulent in schwierigen Lagen einen bekannten, wenn auch nicht angesehenen Namen erworben. Er wurde meist dann gerufen, wenn es brannte und wenn es durch findige und kniffige Mittel den Brand zu ersticken galt. Da er ein vielerfahrener Mann war und eine weitgehende Bekanntschaft besaß, pflegte sein Beistand in manchen Fällen erfolgreich zu sein. In Kenntnis dessen hatte ihn Don Domenico herangezogen und ihm vollen Einblick in die Katastrophe gewährt. Der Unglückliche war ja damals folgender Zweifelsfrage gegenübergestanden: Soll ich, der selbst nur das ehrenhaft unschuldige Opfer eines Verbrechers ist, den Zusammenbruch offen einbekennen, den Gläubigern alles hinwerfen und bis ans Ende meiner Tage als freier Bettler leben?

Oder soll ich um meiner Kinder willen das Unheil vertuschen und versuchen, mich durchzuschlagen? Avvocato Gnolli war es in jenen Tagen gewesen, der durch tröstlichen Zuspruch die Zweifelsfrage positiv entschied, der mit pfiffigen Einfällen half, der Kredite brachte und sich auf viele Arten notwendig machte. Dann aber kam der Moment, in dem Gnollis Aufgabe beendet war. Und jetzt hätte jeder vorsichtige Kaufmann, der etwas auf sich hielt, diesen Geist entfernt, ihn abgelohnt und das Verhältnis so schnell wie möglich gelöst. Hierin aber versagte Domenico Pascarella, und man muß tiefer schürfen, um zu erkennen, warum.
Der erste Fehler: Don Domenico hatte mit Gnolli überhaupt keine Vereinbarung getroffen, das heißt, wenn die Rede darauf kam, war er der Verschiebungs- und Verschmierungstaktik des Advokaten erlegen. Später, wenn ihn sein Gewissen diesbezüglich mahnte, redete er sich auf die Überlastung mit hundert wichtigeren Problemen aus, ebenso wie er die langmütige Duldung Gnollis in der Azienda auf seine zerstreuende Reisetätigkeit zurückführte. Doch hätte er selbst zugegeben, daß ihn des Advokaten restlose Mitwisser- und Hehlerschaft unsicher mache, die Wahrheit wäre damit noch immer nicht voll eingestanden worden. Die tiefste Wahrheit war dies: Don Domenico hatte eine heimliche Schwäche für Koboldnaturen wie Battefiori und Gnolli. Er, der hochgestrenge Vater, der die reinste Form des Guten in seinen Kindern heranziehen wollte, er ließ zugleich das Böse und Schmutzige irgendwo durch eine Hintertür in seine Welt. Gewiß, er hatte Battefiori niemals ins Haus geladen. (War nicht die Tat des Kobolds die Vergeltung dafür?) Schließlich aber hatte er ihn ein Vierteljahrhundert lang am gleichen Schreibtisch ertragen samt seinem Zigarettengewölk, seinem Zeitungswirrwarr, seiner Unsauberkeit. Domenico Pascarella, der keinem Menschenschlag gegenüber schlaff und schwach wurde, war einzig diesem schleimigen und schmeichlerischen Typus verfallen. Er wirkte wie muskellähmendes Gift auf ihn. Und ärger noch, die Battefioris schienen in einem verborgenen Seelenwinkel sein Wohlgefallen zu erregen. Ein vertracktes Wohlgefallen, das sich in verächtlicher Behandlung der Betreffenden äußerte. War es aus der hündischen Schmeichelei und Selbsterniedrigung der Kobolde zu erklären? Man vergesse nicht, daß Don Domenico die Verfolgung Battefioris schon nach der ersten Nacht einstellte. Wenn dafür auch andre Gründe in Betracht kamen als der Wunsch, den Lumpen zu schonen, so war vielleicht auch jene ganz unbegreifliche Sympathie mit der Niedrigkeit dabei im Spiel. Das Rätsel muß leider ungelöst bleiben.

Die Sache mit den Spesen freilich war zu dreist, um Don Domenico nicht aufs äußerste zu erbittern. Hier rächte sich jene schwere Fahrlässigkeit, die ein Übereinkommen mit Gnolli verabsäumt hatte. Dieser tauchte in der Azienda auf, wann es ihm paßte, erledigte auf der bewußten Schreibtischseite seine privaten Geschäfte und benahm sich auch sonst durchaus im Sinne seines Vorgängers, nur daß er dessen Lebensrepertoire noch um das abwechslungsreiche Einnehmen von Tropfen, Pillen und Pulvern vermehrte. Je überflüssiger er wurde, um so regelmäßiger stellte er sich ein. Mit dem psychologischen Feingefühl eines echten Kobolds vermied er es jedoch, dem Patron täglich zu begegnen, was ja nicht schwer war, da sich dieser oft außerhalb Neapels befand. In solchen herrenlosen Stunden spielte Gnolli vor dem nunmehr auf zwei Mann zusammengeschrumpften Personal den Chef. Er gab Aufträge, schaltete und waltete nach eigenem Ermessen und setzte dafür »Spesen« in Rechnung, ganz abgesehen von den Provisionen, die er für zugebrachte Kundschaften einhob.
Dies alles war Don Domenico natürlich nicht ganz unbekannt, doch hatte er bisher nicht besonders darauf geachtet. Erstens bestand keine Abmachung darüber, wie Avvocato Gnolli für seine dankenswerte Anfangstätigkeit zu honorieren sei. Der Mitwisser konnte sich deshalb in dem Glauben wiegen, Pascarella erkenne in ihm eine Art stillen Gesellschafters an, dem er Vertrauen und bis zu einem gewissen Grade Verfügungsrecht gewähre. Und zweitens waren die Spesen, deren Buchung dem Prinzipal hie und da auffiel, nicht hoch und sicherlich auch entsprechend. Der Kassier, der keine Gegenweisung erhielt, zahlte sie auch prompt aus.
Erst die Generaldurchsicht der Bücher bewies, daß Don Domenico diesmal nicht einem großen, sondern einem kleinen Räuber auf den Leim gegangen war. Mehr noch als Empörung ergriff ihn schmerzhafte Bitterkeit. Er berechnete rasch, daß er für all diese Provisionen und Spesen nicht nur seine Töchter hätte aufs Land schicken können, sondern seine Söhne auch weiter zu Hause erhalten. Schuldgefühl und Reue war etwas, was diesem Manne sehr fern lag, nun aber streiften sie auch ihn in einer schwarzen Wolke von Wut.
Am dreizehnten November kam er schon sehr zeitig in die Azienda, aus Mißtrauen, Gnolli könne ihm entschlüpfen, obgleich dieser (wie Battefiori) niemals vor elf Uhr auftauchte. So geschah es auch heute. Der Avvocato mußte gleich bei seinem Eintritt brenzlige Luft gerochen haben, denn sein aufmerksamer Blick stand mit dem kecken Ton im Widerspruch, der Pascarella sogleich eine angenehme Mitteilung zu machen versuchte:

»Ich habe für Sie eine glänzende Sache ausgedacht. Aber Geduld bitte! Pazienza! Ich werde sie Ihnen erst am Ende der nächsten Woche verraten.«
Der Inhaber des Studios stand kerzengrade am Schreibtisch und gab keinen Laut von sich. Gnolli kostet den Ernst dieses Schweigens eine Weile aus wie eine Weinprobe, dann begann seine Gestalt einzuschrumpfen und sein Stimmchen wehleidig zu lachen:
»Wir können wirklich zufrieden sein, Don Domenico. Wir haben gut zusammengearbeitet. Was sagen Sie? Und Ihre Bilanz? Ich bin überzeugt, wir sind bereits heraus, wir sind auf gleich, wenn nicht gar schon aktiv, wie?«
»Wieso wir?«
Es klang eher bebend als eisig. Der Advokat ließ sich seufzend auf Battefioris Platz nieder. Um zu betonen, wie sehr er sich noch immer zu Hause fühle, zog er sein medizinisches Heilmittelinventar aus der Tasche und reihte die Fläschchen und Schächtelchen mit gezierten Gesten vor sich auf. Es war wie eine stumme Musikbegleitung zu seinen Worten:
»Mein Gott, ja! Sie haben recht, Don Domenico. Ich habe einige Ideen gehabt und Ihnen beträchtliche Kredite geschaffen. Aber wirklich gearbeitet haben nur Sie. Nur Sie haben das Unmögliche möglich gemacht. Das ist die lautere Wahrheit.«
Domenico Pascarella blieb noch immer leise:
»Vor allem stehen Sie auf. In einem fremden Hause nimmt man nicht ungebeten Platz.«
Gennaro Gnolli stand wirklich auf. Er tat das nachsichtig wie ein verständiger Mann, der einem großen Kinde jeglichen Gefallen erweist. Dabei lächelte er noch immer, als wäre das aufmunternde Lächeln von vorhin auf seinem Gesicht aus purer Vergeßlichkeit liegen geblieben:
»Was haben Sie denn heute?«
Don Domenico holte mit einem gewaltigen Ruck das Kassabuch heran und öffnete es:
»Ich fordere Sie hiermit auf, mir Ihre sogenannten Spesen Punkt für Punkt nachzuweisen!«
Avvocato Gnolli schloß halb die Augen und legte den Kopf schief nach rechts, als sei er zu müde, ihn aufrecht zu halten. Es war die richtige Koboldgebärde der moralischen Schreckensverwunderung über Undank und Bosheit der Welt. Battefiori hätte es genauso gemacht. Don Domenico glaubte seine Stimme zu hören:
»Ist das Ihr Ernst?«
»Ich frage, woher nehmen Sie das Recht, sich hier herumzutreiben

und dem Kassier dafür Spesenrechnungen vorzulegen?«
Der Advokat dachte eine Weile nach, indem er sich an seiner kleinen Evazigarette festsog, mit der freien Hand aber langsam von der Hüfte gegen den Magen fuhr, als nahe von dorther tückische Gefahr:
»Verzeihen Sie, werter Don Domenico, wäre es nicht besser, diese Unterredung auf eine günstigere Stunde zu verschieben?«
»Wir werden dazu keine Gelegenheit mehr haben!«
Pascarella hatte seine Stimme nicht länger in Gewalt. Um so besonnener aber und traurig-leiser wurde der andere:
»Ich liebe keinen Streit. Er ist für mich überhaupt das Ärgste. Darum habe ich auch nicht geheiratet. Ich bin ein sanfter und sehr kranker Mensch. Nur ungern spreche ich von meinen Verdiensten. Sie zwingen mich leider dazu, Sie zu erinnern, daß ich im Februar dieses Jahres Ihr Geschäft durch gewisse Kredite gerettet habe . . .«
Don Domenicos Faust hieb donnernd auf die Kontrakte nieder:
»Diese Kredite sind eine Gemeinheit!«
»In Ihrer Situation bekommt man keine anderen. Es war schon eine enorme Leistung, sie Ihnen zu verschaffen. Einem andern wäre es nicht gelungen.«
Gerade die Tatsache, daß in diesem Satz einige Wahrheit enthalten war, brachte Don Domenico um die letzte Ruhe:
»Sie sind ein Dieb! Sie bestehlen mich!«
Gnolli knickte zusammen und bohrte beide Fäuste tief in die Magengrube:
»Da haben Sie es nun«, ächzte er schadenfroh, »da haben Sie es nun.« Sein schmerzverzerrtes Gesicht wandte sich gierig den Medikamenten auf dem Schreibtisch zu. Vorsichtig ließ die eine Hand den Magen los, den nun die andere ganz allein festhalten mußte wie ein ungebärdiges Tier, das am Strick reißt. Er packte eine der Tropfflaschen und hielt sie hoch, um sich die abgemessene Flüssigkeit von oben in den Mund zu träufeln. Nach dieser Anstrengung hatte seine Stimme wie die eines Sterbenden mit der Welt abgeschlossen:
»Wenn Sie diese Beleidigung nicht zurücknehmen, Don Domenico, ist sie nicht mehr ungeschehen zu machen.«
Und da Don Domenico nichts zurücknahm, gedachte die erlöschende Stimme wehmütig der vergeudeten Tätigkeit:
»Seit neun Monaten arbeite ich tagtäglich für Sie . . . opfre Ihnen meine ganze Zeit . . . Die Verluste, die ich durch Sie erleide, übersteigen zwanzigfach diese lächerlichen Spesen, mit denen ich nicht einmal meine Taxiunkosten decken kann . . . Im übrigen . . .

ich schenke sie Ihnen, Commendatore!«
»Ich bin kein Commendatore.«
»Ich weiß auch, warum Sie es nicht werden können.«
Domenico Pascarella hielt sich an der Schreibtischkante fest:
»Was heißt das?«
Avvocato Gnolli sah verschämt zur Seite, als sei er wider Willen gezwungen, Intimitäten preiszugeben, die noch weit unantastbarer sind als Liebesgeheimnisse:
»Sie kennen ja meine großen Beziehungen. Man ist sich über manches schon im klaren, Signor Pascarella. Bisher aber habe ich Sie immer gehalten.«
Er tastete jetzt beruhigend seine linke Seite ab, um das gekränkte Herz in Schach zu halten. Dabei streifte er wie zufällig das Parteiabzeichen im Knopfloch. Don Domenico aber neigte sich gierig immer weiter vor:
»Sie . . . haben mich . . . gehalten??«
Der Advokat trat ein wenig zurück. Sein Gesicht nahm den gezukkerten Ausdruck mystischer Informiertheit und pietistischer List an, den man in allen diktatorisch beherrschten Ländern immer dann antrifft, wenn das Gespräch sich dieser Herrschaft nähert:
»Nicht das, was Sie meinen, Signore. Um Ihre Geschäfte kümmert sich vorlaufig noch niemand. Aber Ihre – wie soll ich es nur sagen – Ihre Sympathien sind recht unklar. Ich habe Sie bisher noch nicht fallen lassen. Und wenn Sie wieder zur Vernunft kommen, so . . .«
»Hinaus!« brüllte Domenico Pascarella. Und da Gnolli sich nicht rührte, sprang er hinterm Schreibtisch hervor, packte den kleinen Mann und stieß ihn zur Wendeltreppe, die in den Straßenladen führte. Der Advokat kam zu Fall und polterte auf allen vieren ein paar Stufen hinab. Es war eine Szene wie in der alten Kömödie. Pascarella schrie dem Praktikanten unten zu:
»Hinauswerfen, wenn er sich noch einmal zeigt!«
Dann raffte er mit bebenden Händen die Arzneiflaschen und Schachteln vom Schreibtisch und schleuderte sie dem Kobold nach. Eines der Fläschchen zerbrach. Wie der Teufel Schwefelgestank, so hinterließ Gennaro Gnolli den süßen Geruch von Medizinaläther, der mehrere Tage lang auch durch fleißigstes Lüften nicht aus dem Studio zu vertreiben war.
Nachher verbrachte Don Domenico, obgleich die Essenszeit vorüberging, noch zwei Stunden in dem engen Raum. So mitgenommen hatte ihn der Vorfall, daß seine Glieder ihm nicht gehorchten und er sich deshalb nicht forttraute. Er verzichtete auf seine Mahlzeit und begab sich gegen drei Uhr gleich ins Hospital, um Iride zu

besuchen. Sie hatte am Vormittag irgendwelche Injektionen empfangen und schlief jetzt fest und wie betäubt. Don Domenico starrte aus großen, etwas vorgewälzten Augen auf sein Kind. Es war ein trauriger und zugleich sonderbar gieriger Blick. Um halb vier Uhr kehrte er wieder in die Azienda zurück. Die Kündigung jener ominösen Kredite lag schon auf seinem Schreibtisch.

Sieben oder acht Tage früher hatte Annunziata ein rätselhaftes Erlebnis gehabt, das die meisten leicht auf den Begriff des Sinnentrugs zurückführen werden. Iride war an demselben Tag ins Krankenhaus eingezogen und zeigte, durch die traurige Umgebung tief niedergeschlagen, eine von Stunde zu Stunde wachsende Nervosität. Annunziata sann auf ein Mittel, sie heiter zu stimmen. Nun liebte Iride noch immer nach Kinderart nichts leidenschaftlicher als jene klebrige Sorte von Fruchtkaramellen, die in prächtig unnatürlichen Farben prangen. Die Schwester machte sich also nach fünf Uhr auf den Weg, um in einem bekannten Zuckerwerkladen auf der Via Roma ein Päckchen dieser Karamellen für die Kleine zu besorgen. Es regnete und die schmutzige Dämmerung des Novembers herrschte, die sich wie eine glasig distanzerweiternde Materie zwischen die eilenden Menschen drängte. Trotz dem nieselnden Regen steigerte sich der abendliche Verkehr in jeder Minute. Insbesondere vor dem Geschäft, das Annunziatas Ziel bildete, standen und schoben sich die Leute am dichtesten. Es gab dort nicht nur Schokolade und Süßigkeiten aller Arten zu kaufen, sondern auch Kaffee, Tee, Marmelade und andere Artikel des täglichen Hausbedarfs. Im Hintergrund des Lokals war überdies ein Espressoschrank eingerichtet, der viele Männer von der Straße abzog. Gerade als sich Annunziata dem Laden näherte, flammte die Bogenlampe auf und besonnte den matten Regen in ihrem Kreis wie einen tanzenden Mückenkranz. Zugleich wurde auch eine Reklame im Schaufenster magisch erleuchtet. Sie stellte das Modell einer altertümlichen Fregatte oder Caravelle mit hohem Bug dar, die zwischen zwei gemalten Wellen-Versatzstücken automatisch schaukelte. Darüber stand in rötlicher Transparentschrift zu lesen: »Café Santos«.

Annunziata blieb vor der Auslage stehn und betrachtete träumerisch das alte Schiff, das auf papierenen Wogen von Brasilien heimwärtsschaukelte. Zugleich aber betrachtete, dicht neben ihr, eine andere Dame dieses Schaufenster. Ihr fiel zuerst der unmoderne Schirm auf, den die Dame, trotz dem Regen, geschlossen in der Hand hielt. Der Schirm mußte schon deshalb auffallen, weil er ganz

verbogen, ja fast zerbrochen aussah. Die Handschuhe der Dame waren hell. Sonst aber schien sie Trauer zu tragen oder wenigstens tief dunkel gekleidet zu sein. Auf einmal kam Annunziata die Nähe ihrer Nachbarin unglaublich bekannt vor, alles, der altmodische Hut mit dem Halbschleier, der schwarze Mantel mit dem dürftigen Astrachankragen und mehr noch als alles andere der Regengeruch des durchnäßten Stoffes. Die Fremde löste sich von der Spiegelscheibe, um in das Geschäft einzutreten. Aber in der Tür drehte sie sich nach Annunziata um, die ihr folgen wollte. Ein kummervoller, doch verschwörerischer Blick aus Augen, die durch den Schleier zwar beschattet, aber auch vertieft wurden: Vorsicht! Wir sind nicht allein. Tu das Deine! Annunziata blieb regungslos in der Menschenströmung stehn. Zwei volle Minuten brauchte sie, damit sich der Schwamm ihres Bewußtseins mit der Erkenntnis vollsauge: Mama! Auch sie trat nun ein und kaufte wie im Tiefschlaf ihre Karamellen. Sie versuchte, sich Mama zu nähern. Aber diese wußte es so einzurichten, daß sie Annunziata immer den Rücken kehrte. Nur ihre Stimme konnte die Tochter deutlich vernehmen:
»Ein halbes Kilo Kaffee wie immer.«
»Bitte sehr, Signora. Gemahlen oder ungemahlen?«
»Ungemahlen! Die Drei-Stern-Sorte.«
Diese reale Einkaufsformel überzeugte Annunziata noch keineswegs, daß sie sich der Menschenwelt assimilierte. Sie zahlte sogar umständlich an der Kassa, wobei sie den alten Schirm unter den Arm steckte. Dann aber wurde Annunziata nochmals von dem schweren und trostlosen Blick getroffen, der zu klagen schien: Warum hast du dich nicht gerührt, Kind? Warum hast du unsere Begegnung nicht ausgenützt und die letzte Möglichkeit damit versäumt?
Schon an der nächsten Straßenecke sagte sich Annunziata: Das Ganze war natürlich ein Unsinn. Ich leide und ängstige mich um Lauro. Irgendeine Ähnlichkeit an dieser Dame, ihr schwarzer Mantel mit dem Fellkragen und vor allem der nasse Geruch hat das Bild heraufbeschworen. Das ist klar. Und der Blick? An dem war ja nur der Schleier schuld. Und nun erschien es ihr nicht mehr als eine Kriegslist, daß abgeschiedene Geister Kaffee kaufen.
Diese einleuchtende Beruhigung wirkte aber nur auf die Oberfläche ihres Gemütes. Die tieferen Schichten vermochten mit dem Erlebnis nicht fertig zu werden. In der Nacht erhoben sich beklemmende Fragen: Was hat der verbogene Schirm für eine Bedeutung? Wollte sie mit mir sprechen? Weiß sie etwas von Lauro?
Am nächsten Tag suchte Annunziata nach langer Zeit wieder die

Kirche Santa Maria Avvocata auf und beichtete. Nachher bat sie den Pater Ildefonso leise, noch ein paar Worte sprechen zu dürfen: »Hochwürden . . . Ich habe nicht vergessen . . . Und wenn ich jetzt dieses Leben verlassen will . . .«
Schwerflüssig nur löste es sich von ihren Lippen. Immer sah sie Suor Concetta vor sich mit dem eingefatschten Dantegesicht. Der Priester schien nicht überrascht:
»Haben Sie Ihren Entschluß unwiderruflich gefaßt, meine Tochter?«
Um den lippenlosen Mundschnitt blitzte es stumm: Sind wir also so weit? Habe ich deine Seele richtig erlotet? Annunziata wich aus:
»Ich frage ja nur . . . Wenn . . . Oh, es wird schwer sein . . .«
»Ich weiß das, meine Tochter. Die Familie! Man wird es nicht dulden. Man wird Sie vielleicht verfolgen. Doch Sie sind großjährig, nicht wahr? Wenn die letzten Zweifel in Ihnen selbst besiegt sind, dann kommen Sie, kommen Sie zu mir! Ich werde Ihnen helfen und Sie schützen.«
Nach diesem Gespräch kehrte Annunziata in ihren Alltag zurück, ohne sich vor den Schwestern das Geringste anmerken zu lassen. Sie verbrachte viele Stunden bei der ungeduldigen Iride, sie nahm, so oft es nur ging, Grazia den Küchendienst ab und sorgte aufmerksam für alle Bedürfnisse Papas wie bisher.
Am dreizehnten November aber, und wiederum gegen Abend, begegnete sie zum zweitenmal der Erscheinung Mamas. Diese Begegnung war weniger natürlich erklärbar und seelenzerrüttender als die erste. Annunziata hatte die Klinik verlassen, um Grazia daheim zu helfen, denn Giuseppe, durch die Ereignisse um seinen Hauptberuf betrogen, wurde täglich fauler und unbrauchbarer. Sie bog von der Via Roma in eine schmale Gasse ein, die zur Via Concordia ziemlich steil emporführt. Vor ihr polterte eine Pferdedroschke in der Dämmerung den Vico langsam hinan. Annunziata folgte dem Gefährt immer im gleichen Abstand. An der Ecke der Via Concordia überholte sie den Einspänner und wartete, ob er weiter zum Corso Vittorio Emanuele hinauffahren oder den Weg in ihrer eigenen Wohngasse fortsetzen werde. Ein Blick in den Wagen. Der Fahrgast war Mama. Nicht die Dame aus dem Kaffeegeschäft. Eine andere Dame, aber doppelt und dreifach mehr Mama als die frühere. Die Kleidung ließ sich in der Dunkelheit nicht erkennen. Das Gesicht aber leuchtete fahl unter dem Hut, dessen sich Annunziata noch gut erinnerte. Und das Furchtbarste! Mama erkannte ihre Tochter, erhob sich in der Droschke ein wenig, drehte sich ihr zu und breitete die Arme aus. Und dies war keine Gebärde der Liebe,

sondern eine Gebärde unauslöschlichen Schmerzes, ein ›Zuspät für ewig‹. Annunziata machte zwei Schritte auf den Wagen zu, der eine ganz gewöhnliche neapolitanische Taxameterdroschke mit einem schläfrigen Kutscher war. In diesem Augenblick aber zog das Pferd an, und der Wagen rollte in donnerndem Trab durch die menschenleere Via Concordia dem Pascarellahaus entgegen. Dort schien er ein paar Sekunden zu halten, um dann mit dumpferem Lärm im Vico San Mattia zu verschwinden.

Annunziata floh im Laufschritt. Sie rannte zweimal die Via Roma auf und nieder. Dann kehrte sie zu Iride zurück, wo sie eine Stunde wortlos im finsteren Zimmer sitzen blieb. Gegen neun Uhr wagte sie es endlich wieder, die Via Concordia zu betreten. Sie betete im Gehen, doch nicht mehr, um erhört zu werden sondern um zu beten. Ein Ave-Maria nach dem andern fiel von ihren flüsternden Lippen. Mehr als eine halbe Stunde stand sie dann noch unentschlossen im Hausflur, bis das eintraf, worauf sie mit eiskalten Gliedern wartete, seitdem ihr Mama das Unabwendliche in einer zweiten Begegnung angekündigt hatte.

Am Abend dieses dreizehnten Novembers kam Don Domenico, noch immer durch den Auftritt mit Gnolli verstört, schon um sieben Uhr nach Hause. Da seit der Umwälzung der Lebensverhältnisse sich das späte Abendmahl eingebürgert hatte, war Grazia bei Papas Heimkehr noch lange nicht mit dem Essen fertig. Diese Hauptmahlzeit des Tages, der Pranzo, erforderte die meiste Mühe und Aufmerksamkeit, da Papa jetzt mittags oft nur eine kleine Erfrischung zu sich nehmen konnte. Man mußte also außer Früchten und Käse zwei warme Gänge bereithalten. Heute hatte Grazia neben einer Zuppa di fagioli ein Stück Capretto in der Bratröhre, das noch lange nicht daran dachte, weich zu werden. Giuseppe hockte wie immer, ablehnend interessiert, auf einem Küchenschemel und sah dem Werke unverwandt zu, als brächte er damit folgende Meinung zum Ausdruck: Bei euch unzulänglichen Geschöpfen arbeitet nicht einmal das Feuer so, wie es sich gehört. Der Diener war in letzter Zeit sehr gealtert. Da ihm niemand zutrauen konnte, das Familienunglück habe ihm so stark zugesetzt, muß angenommen werden, daß ihm die neue magere Lebensweise nicht gut anschlug. Grazia schrak zusammen, als sie draußen um diese ungewohnte Stunde Papas polternden Hausschritt vernahm. Dabei fuhr ihr das Messer, mit dem sie gerade arbeitete, tief in den Finger. Don Domenicos Stimme mahnte im Vorzimmer unerbittlich:

»Giuseppe, das Essen!«

Grazia begann sich trotz ihrer mit dem Taschentuch verbundenen

Wunde nervös zu tummeln. Sie rührte in der Suppe, sie rückte mit der Pfanne, was nicht viel Sinn hatte, da ja die Eile der Köchin die Speisen um nichts rascher gar macht, als die Eile des Landmanns etwa das Getreide reif werden läßt.
Giuseppe trollte sich in die Sala da pranzo, um den Tisch zu decken, an welchem dann der ausgehungerte Vater saß und gedankenvoll auf das Abendmahl wartete. Er hatte zu hundert Überlegungen Zeit. Gnollis Spesen, eine runde Summe, ließen sich nicht ausschalten. Priscillas Lohn zum Beispiel war gegenüber dieser Summe eine Lächerlichkeit gewesen. Und jetzt mußten anstatt ihrer seine Töchter, vornehme junge Damen also, ein Amt besorgen, das alles eher als standesgemäß war. Weiter! Iride lag im öffentlichen Krankenhaus, auf dem Zahlstock zwar, aber immerhin im öffentlichen Hospital. Er konnte für sie keine feinere Heilstätte, keine gute Casa di cura bezahlen, aber diesem Lumpen, diesem Battefiori Nummer zwei, hatte er das Geld auf Konto »Spesen« nachgeworfen. Mit dem gleichen Refrain als Beschluß ging er Punkt für Punkt seiner Lebensführung durch.Und in dieses Lied mischte sich die Sorge wegen der gekündigten Kredite wie ein häßlich pfeifender Ton.
Endlich kam Grazia und hinter ihr Giuseppe mit den Schüsseln. Ihr Gesicht war rot und von der Herdhitze gedunsen. Die rechte Hand trug sie verbunden. Auch ihre Schönheit war, in dieser Stunde wenigstens, herabgekommen und entwertet. Dennoch sah Don Domenico jetzt seit neun Monaten wieder, daß seine Tochter schön war. Eine unbekannte Art von eingefrorenem Erbarmen schmolz bei ihrem Anblick. Sie waren heute nur zwei bei Tisch und saßen weit auseinander. Nur zwei, das erstemal, seitdem die Welt bestand. Beiden war es unheimlich. Vater und Tochter wurden verlegen, als befänden sie sich in einer Situation, die von ihnen fremdartige Anspannung verlangte. Ein Gespräch kam schwerfällig in Gang, man kann es nicht besser sagen:
»Wo ist Annunziata?«
»Ich weiß es nicht, Papa.«
Schweigen. Die rote Bohnensuppe wird in den Teller geschöpft, der Wein ins Glas geschenkt. Das Besteck beginnt zu klappern. Papa schlürfte die Suppe angelegentlich und hörbar wie immer. Da hält der Löffel auf dem Wege vom Teller zum Mund inne:
»Annunziata sollte doch eigentlich schon zu Hause sein, eh?!«
»Wir haben dich heute nicht so zeitig erwartet, Papa.«
» Wo kann sie denn stecken?«
»Ganz sicher bei Iride, Papa.«
»Bei Iride? Nun ja . . .«

Grazia hört beim dritten Löffel zu essen auf. Sie hat Angst, ihr müsse übel werden. Nichts Körperliches. Die rote Farbe der Suppe erinnert sie an irgendwelche scheußliche Traumvorstellungen. Papa bemerkt gar nicht, daß sie nichts ißt. Er sitzt tief über seinen Teller gebeugt, löffelt mit stattlicher Kraft und schlürft in musikalischen Tönen, oft genußvoll dazwischenstöhnend, die Suppe mit den großen braunroten Bohnen in seinen gierigen Mund. Als er mit der Portion fertig ist, beginnt er eifrig im Teller herumzuschaben, um die gestockten Reste der Brühe noch auf den Löffel zu bekommen. Der kreischende Klang der gesunden Gier schauert Grazia den Rücken hinab. Was ist doch so ein Mann für ein Mensch? Diese unnütze Frage stellt sie sich, ehe Giuseppe den nächsten Gang bringt. Papa arbeitet mit der Serviette an seinem ausgezogenen Schnurrbart:
»Heute sieht Iride schon besser aus.«
»Findest du, Papa?«
»Nach dieser Beobachtung in der Poliklinik werde ich sie sofort aufs Land bringen. Nach Capo Miseno vielleicht. Annunziata geht mit ihr. Das ist jetzt das Wichtigste. Gute Luft tut größere Wunder als alle diese Ärzte zusammen.«
»Es ist sicher das Wichtigste, Papa.«
Giuseppe bringt den Braten, stellt ihn vor Don Domenico hin und tritt zurück. Es ist ein einziges größeres Rippenstück. Papa stürzt sich darauf, macht aber mitten in seiner Bewegung halt:
»Und du?«
»Ich bin fertig, Papa.«
Und mit einem unmerklich leisen Nachdruck in der Stimme:
»Ich esse ja überhaupt kein Fleisch . . . Schon lange nicht.«
Er stößt die Gabel in das Zicklein, und nachdem er Grazias Teller mit einem flüchtigen Blick gestreift hat, beginnt er zu knurren:
»Ah! Diese modische Fasterei! Wie oft soll ich euch noch sagen, daß ihr anständig essen müßt. Sonst werdet ihr zwei am Ende auch noch krank.«
Sie wendet nicht den Blick von seinem Teller. Wie ahnungslos bist du doch, Papa. Sie bleibt ganz kalt. Nicht eine Träne verirrt sich in ihr Auge. Da der Vater im Schelten fortfährt, vertröstet sie ihn:
»Ich werde ja noch Käse und Obst essen.«
Neues Schweigen. Papa gibt sich nur mehr leidenschaftlich dem Mahle hin und hat alles vergessen. Es ist nicht leicht, aus den Höhlen und Scharten des Kotelettknochens alles Fleisch herauszubekommen. Manchmal gleiten Gabel oder Messer aus und schrillen über den Teller. Da es nicht anders geht, nimmt Don Domenico den

Knochen in die Hand und macht sich daran, ihn abzunagen. Dabei beißen seine noch unverbraucht jugendlichen Zähne dann und wann auf einen harten Knorpel, was ein imponierendes Knacken ergibt. Grazia wendet ihre Augen nicht von dem hungrigen Vater. Sie sieht ihn das erstemal essen, nein, rücksichtslos die Speisen vertilgen. Da erschauert sie vor dem, was angesichts des knochenabnagenden Vaters unbezähmbar in ihr aufsteigt: Haß. Das sumpfige Loch, das der versiegende Glaube zurückläßt, füllt sich mit schwarzer Substanz, mit Haß. Und dieser Haß ist nicht erst heute geboren. Krampfhaft versucht sie an Placido zu denken, um einen Halt zu finden. Wie soll sie weiterleben, wenn dieses schreckliche Gefühl nicht vergeht? Papa verlangt eine Fingerschale. Sie läuft dienstbeflissen in die Küche und bringt die geforderte Schale, mit warmem Wasser gefüllt. Der Vater mißt sie wieder, mit einem ihr unbekannten Blick:
»Ruggiero und Lauro haben schon dreimal geschrieben, Placido erst einmal, nicht wahr?«
Grazia drückt die Ellbogen an den Leib und verengt so ihre Angriffsfläche wie ein Tier in Kampfstellung:
»Placido ist gewiß sehr überlastet, Papa.«
»Überlastet? Was heißt das?«
»Er muß ja in seinem Büro die ganze italienische Korrespondenz besorgen.«
»Da könnte er einen Brief an uns auch noch mitbesorgen.«
»Placido fühlt sich in Rio nicht wohl, Papa. Er ist nicht zum Büromenschen geboren.«
»Das bin ich auch nicht, aber noch weniger zum Obenhinaus . . .«
Grazias Körper brennt. Was hat Placido durch Papa schon seit Jahren leiden müssen?! Und dennoch bringt er ihm das Opfer seines Geistes und Lebens. Seine Idee war es, nach Brasilien zu ziehen, um dem Vater zu helfen und ihn zu retten. Eine tragische Kinderei, aus übermenschlicher Liebe stammend. Drei junge, lächerlich junge Burschen ziehen aus um ihres Vaters willen. Und dieser Vater mäkelt nach gewohnter Art weiter an Placido herum, anstatt zu weinen und sich an die Brust zu schlagen. Wer trägt die Schuld an dem ganzen Unheil? Wer hat in guten Zeiten ein Schreckensregiment geführt und im Mißgeschick drei Knaben mittellos und waffenlos ohne Widerstand in die Welt gehn lassen? Wie reimt sich das zusammen? Papa ist der Schuldige, Papa. Hundert Anklagen durchwirbeln Grazias Kopf. Grauenvolle Klarheit überfällt ihren Geist, der erblinden will wie ein Auge, das allzu grellem Lichte ausgesetzt wird. Sie wendet ihr Gesicht vom Vater ab, der gelassen

eine Orange zerteilt:
»Wo nur die Annunziata bleibt? Iride wird doch schon längst schlafen.«
Sie antwortet nicht. Sie kann nicht reden. Denn könnte sie es, so müßte sie schreien. Entsetzliches Erwachen aus den Gewißheiten des Kindseins, aus dem einfachen fragelosen Glauben. Wie kann ein Mensch *das* überleben? Nein, Papa ist nicht gut, Papa ist nicht gut.
Don Domenico führt langsam die letzte Orangenspalte zum Mund. Er spürt nicht den schwächsten Hauch von dem Sturm, der in Grazia entfesselt ist. Allzusehr beschäftigt ihn ein eigenes Mißbehagen, das urplötzlich erwacht. Was ist geschehn? Welch dumpfe Einsamkeit umgibt ihn? Er hat keine schlimmeren Kinder als andere Leute. Und dieses Mädchen da? Man kann mit einer solchen Tochter zufrieden sein. Aber warum sind all seine Kinder so scheu zu ihm und so wortkarg? Man muß ja nicht gerade an Liebkosungen denken, an unstatthafte Grenzüberschreitungen. Aber es gibt doch einen anständigen Mittelweg. Warum kommt keines der Mädchen je zu ihm und berührt ihn mit der Hand und sieht ihm ins Auge und fragt ihn nach seinen schweren Sorgen? Noch nie hat er auch nur eine Spur von kindlicher Zärtlichkeit erlebt. Wieso kommt das? Er ist jetzt ganz erstaunt über diesen Mangel seines Vaterlebens, der ihm bisher noch nie aufgefallen war. Er sieht zu Grazia hinüber, die nach und nach ans andere Ende des großen Tisches geraten ist:
»Du sitzt so weit weg. Willst du nicht näher rücken?«
Ihr Gesicht verzerrte sich zu einer gepeinigten Grimasse:
»Ich kann nicht . . .«
Diese erstaunliche Antwort bemerkt Don Domenico nicht mehr, denn kaum ist sie ausgesprochen, verlischt jäh das elektrische Licht.
»Kurzschluß«, stellt er fest und geht an ein Fenster, das er öffnet. Doch auch draußen in der Via Concordia ist es stockdunkel, keine Wohnung leuchtet. Er murrt:
»Wieder einmal eine Schweinerei im Elektrizitätswerk. Überall Lumpenpack, mascalzoni, heutzutage.«
Grazia aber weiß es besser. Sie hätte nicht denken und fühlen sollen, was sie gedacht und gefühlt hat. Eine rasche drohende Antwort, die plötzliche Finsternis. Grazia ist straffällig für jenen gottverfluchten Haßanfall. Und sie weiß: Es muß kommen, die Treppen empor, zwei Stockwerke, bis zur Wohnungstür der Pascarellas. Vater und Tochter sitzen und warten, daß die Arbeiter im Elektrizitätswerk den Schaden beheben. Keiner spricht. Grazia schneidet in der Dunkelheit, sie weiß nicht warum, eine verrückte Fratze, als kitzle sie der Teufel.

»Hol Kerzen«, befiehlt endlich Papa.
Sie tastet sich langsam durch den Salotto bis in die Stanza della Mammina. Dort ist die Nacht am stofflichsten. Sie spürt den Widerstand der elastischen Schwärze im Vorwärtstappen. Auf dem Sims der Kaminattrappe steht ein dreiteiliger Kerzenleuchter. Ihre Hände erschrecken vor dem Metall, in dem ein leise prickelnder Strom zu kreisen scheint. Sie trägt den Silberleuchter Mamas in die Sala da pranzo und ist sich bewußt, damit eine Entheiligung, ja eine Art Kirchenraub zu begehen. Papa zieht seine Cerini aus der Hosentasche und entzündet alle drei Kerzen. Ein gelbes todfremdes Licht. Don Domenico hat das Fenster vorhin nicht gut verschlossen. Die Kerzenflammen neigen die Köpfe vor einem Zugwind, der nicht fühlbar ist. Grazia öffnet die Fensterflügel noch einmal und schlägt sie fest und laut zu. Während dieser Handlung spürt sie mit dem Rücken, daß jemand ins Zimmer getreten ist. Und schon hört sie Annunziatas Stimme, eine hohe und klirrende Stimme jetzt:
»Ein Telegramm, Papa.«
Die Finsternis hat die älteste Schwester im Hausflur überfallen. Wie wohl tat es, im ungegliederten Weltraum zu stehn, ohne rechts und links, ohne oben und unten, allein nur mit dem klopfenden Herzen. Als der Bote kam und mit seiner Taschenlampe die Parteientafel suchte, da streckte sie ruhig die Hand aus: Es ist für uns. Und dann mit ganz gelockerten Knien die Stiegen emporgeschwebt, als sei die Nacht der eigentliche Ort der Sicherheit und Orientierung. Der taube Giuseppe vernahm ihren Elfenschritt und öffnete, ohne daß sie erst läuten mußte.Und weiter unaufhaltsam, hinein in die Sala da pranzo, wo der heilige Leuchter auf dem Tisch flackert: Ein Telegramm, Papa.
Die Glühlampen beginnen zu blinzeln, dann zu zwinkern. Endlich beruhigt sich der neuerwachte Lidschlag dieses vernunftscharfen Lichtes. Es beherrscht nun wieder die Welt und läßt nichts zweifelhaft. Grazia hat noch Zeit, sich über Annunziatas Augen zu wundern. Die Pupillen sind so stark vergrößert, als hätte die Schwester Tollkirschen gegessen oder sich eine Atropinlösung eingespritzt.
Papa reißt die widerspenstige Depesche auf, liest und reicht sie Grazia. Grazia liest und reicht sie Annunziata. Annunziata liest und hört nicht auf zu lesen.Dabei enthält der Kabelstreifen nicht mehr als fünf Textworte:
»São Paulo. Lauro schwer erkrankt. Brief folgt, Placido, Ruggiero.«
Nach der ersten Erstarrung tritt Papa zur Wand, wo er mit abgekehrtem Gesicht etwa zwei Minuten stehen bleibt. Dann dreht er sich um und ist ein anderer. Ein Sturm von Optimismus und

Aktivität hat sich seiner wie in allen verzweifelten Lebenslagen so auch jetzt bemächtigt. Er reißt die Tür auf und schreit:
»Giuseppe . . . olà . . . Giuseppe . . . Zum Teufel . . . Giuseppe!« Er packt den Diener an. Er schüttelt ihn:
»Sofort ans Hafenamt telephonieren, wann das nächste Schiff nach Brasilien, nach Rio oder Santos, geht! . . . Was stehst du noch herum? Hinunter mit dir, zum nächsten Telephon! Avanti, du alter Kretin!«
Nun läuft er auf und ab und monologisiert eher, als daß er zu seinen Töchtern spricht. Nur hie und da wirft er ihnen Weisungen zu, ohne Antwort abzuwarten:
»Ich fahre hinüber . . . Der wievielte ist heute? . . . Das wißt ihr natürlich wieder nicht . . . Der dreizehnte, ja, der dreizehnte . . . Am fünfzehnten geht hoffentlich der Giulio Cesare . . . Sicher geht er . . . Die Fahrt dauert vier Wochen . . . Sehr lang . . . Aber zu spät, das gibt es doch nicht . . . Vielleicht ist die Sache gar nicht so schwer . . . Wenn ich komme, wird sich alles selbstverständlich ändern . . . Sie sind zu jung . . . Und das Klima . . . Und Brasilien . . . Habe ich es nicht immer gesagt . . . Es hätte nicht geschehen dürfen . . . Zu viel ist auf mir gelegen . . . Also ich fahre . . . Den Zwischendeckplatz müßt ihr mir morgen früh besorgen . . . Verstanden? . . . Wir wollen gleich einpacken . . . Ich nehme nur das Nötigste mit . . . Keine warmen Sachen . . . Ihr könnt sofort den Koffer vom Boden holen . . . Nein, eine kleine Handtasche genügt vollständig . . . Nun, was, geht der Giulio Cesare übermorgen? . . . Keine Verbindung mehr, du alter Kretin!? . . . Ich fahre . . . Es wird gehn, es muß gehn!«
Während dieses Ausbruches von überströmendem Leichtsinn, von donnernder Selbstberuhigung und leerem Tätigkeitswahn rühren sich die Töchter nicht. Grazia sitzt regungslos am Tisch, den Kopf auf beide Arme geworfen. Annunziata steht noch immer blind und taubstumm auf demselben Platz. Papa aber wird immer aktiver und zuversichtlicher. Da die starre Gegenwart der Töchter seiner Hoffnungswut in die Arme zu fallen droht, entläuft er hinauf in seine Zimmer. Dort reißt er die Schubladen auf, wirft Wäschestücke aufs Bett, schleudert Stiefel ins Zimmer und bereitet mit dröhnendem Willensrumor sein Gepäck zur Abreise.
Als erste der Schwestern bewegt sich Annunziata. Sie nimmt den noch immer brennenden Silberleuchter vom Tisch und trägt ihn hinüber in die Stanza della Mammina. Dort läßt sie sich langsam zu Boden gleiten. Das Gesicht auf den Teppich gepreßt, bleibt sie liegen. Sie selbst weiß nicht, wie lange.

Vierzehntes Kapitel

DER RETTER AM ENDE DES WEGES

Tage der Brände, der Erdbeben und Springfluten sind erfüllte Tage. Gott läßt den Menschen im Schmerz und in der Not nicht zu sich kommen. Alle Tätigkeit ist von der Schöpfung als Narkotikum gedacht, womit sie das welteingeborene Leiden der Kreatur betäuben will. Im zertretenen Termitenhaufen wimmelt es am emsigsten. Das Thermometer des Tatglaubens steigt gleichmäßig mit dem Fieber des Leidens. Tat und Arbeit bedeuten Flucht und nicht Geist. Darum sind sie nicht das Höchste. Höher als sie ist die Hingabe an das Leben. Wer aber besitzt diese seltenste aller Kräfte, die Kraft zur Hingabe?

Die Kraft Don Domenicos war anders gerichtet. Er hoffte! In den beiden folgenden Tagen ohne Nachricht hoffte er von Stunde zu Stunde glühender. Ach, wären es nur Tage des Brandes, des Erdbebens, der Springflut gewesen, in denen alles Tun und Lassen durch eherne Notwendigkeit vorgezeichnet ist. Aber es waren Tage der schleppenden Ungewißheit, freilich nur für den Vater und nicht für die Schwestern. Wieder einmal zeigte es sich, daß die weibliche Seele weit weniger illusionswillig ist als die männliche! Für die beiden Mädchen, die schlaflos gespenstisch durch die Räume schlichen, war alles schon entschieden, sie brauchten keinen letzten Beweis, das Telegramm des dreizehnten Novembers hatte die ganze Wahrheit verraten, sie betrachteten verständnislos den Tumult von Hoffnung und Geschäftigkeit, in den sich Papa stürzte.

Der Giulio Cesare ging nicht am Mittwoch ab, sondern erst am Sonntag, ein unglücklicher Umstand, gegen den sich nichts unternehmen ließ. Don Domenico durchstöberte alle Fahrpläne und Schiffsprospekte der einzelnen Reedereien nach schnelleren Möglichkeiten einer Brasilienreise. Es gab keine. So ließ er sich denn für das Zwischendeck des Giulio Cesare vormerken. Kein Selbstbetrug. Er nahm seine Reiseabsicht bitter ernst und begriff das schlaffe ungläubige Verhalten seiner Töchter nicht. Waren sie wirklich fest überzeugt, daß es so schlimm stand? Konnte sich Lauros Krankheit nicht gestern oder heute schon gebessert haben? Er hatte vor zehn Stunden nach Rio und São Paulo gekabelt, an Echeverria, an Placido und an das Instituto Butantan. Nun, Antwort war noch nicht eingetroffen. War das nicht schon ein gutes Zeichen? Es bewies jedenfalls, daß sie dort drüben das Ärgste nicht zu berichten hatten. Solange das Wort »Tod« nicht unwiderruflich gefallen war, konnte ihm niemand und nichts die gute Zuversicht verwehren. Warum auch? Ein junger Mensch! Neunzehn Jahre! Ein geschmeidiger Körper, frisch, noch mit allen Widerstandskräften gewappnet, so leicht war dem nicht beizukommen. Im Kriege wars anders gewesen. Aber jetzt gab es keinen Krieg, keine Minen und Granaten, und Lauro war schließlich aus seines Vaters Holz gemacht. Von der Tuberkulose seiner Mutter hatte er, nach Doktor Platanias mehrmaliger Versicherung, die Anlage nicht geerbt. Eine schwere Krankheit, gut! Doch welche Krankheit ist so schwer, um ein junges Lebenslicht auf der Stelle auszublasen? Typhus, gelbes Fieber, selbst Cholera, jeder Krankheitsverlauf braucht seine Zeit. Sofort stirbt man nur an Hirnschlag oder Herzlähmung. Dazu aber muß man schon ein älterer Mensch sein, zumindest so alt wie er, Don Domenico. Auch schwere Krankheiten können bekanntlich zwei Wege nehmen, entweder den guten oder den schlimmen. Warum soll denn gerade sein Kind, der Sohn eines Domenico Pascarella, auf den schlimmen Weg geraten? Das ist sogar, wenn er seinen tiefsten Überzeugungen trauen darf, vollkommen ausgeschlossen. In dieser seiner tiefsten Überzeugung ist er, Don Domenico, noch immer der Auserwählte, der zwar als Opfer eines Schurken schweres geschäftliches Mißgeschick gehabt hat, dem aber im eigentlichen und wesentlichen Leben nichts zustoßen kann. Er wird bald sterben – daran ist ihm nichts gelegen –, aber in seiner letzten Stunde darf keines seiner Kinder fehlen. Zu diesem Zwecke werden Lauro und Iride gesund werden, Iride und Lauro. Das hält er für sicher und abgemacht, als bestehe ein Vertrag darüber zwischen Gott und ihm. Der Inbegriff aller Vaterschaft dort oben kann doch, was Don Domenico anbelangt, nicht gegen sein eigenes Interesse handeln.

Papa verfluchte jetzt die zurückgebliebene Technik seiner Zeit. Gäbe es schon einen interatlantischen Flugverkehr, könnte er morgen bereits in Brasilien sein, dann würde gewißlich alles mit einem Schlage gut werden. Er war der allmächtigen Kraft des Vatereinflusses so sicher, daß er seiner Ankunft die Verwandlung ganz Brasiliens zutraute. Selbst das tropische Klima würde sich furchtsam mäßigen, wenn er landete, um seinen Sohn zu erlösen. Inzwischen ließen ihm die Reisevorbereitungen keinen Augenblick freie Zeit. Er lief von Amt zu Amt, kämpfte erbittert gegen die Paßschwierigkeiten, ordnete in der Azienda das Nötigste für seine Abwesenheit an und fand sogar noch die Kraft, eine Menge der laufenden Arbeit zu erledigen. Gänzlich ratlos stand er nur den gekündigten Wucherkrediten gegenüber. Er überlegte, ob er nicht noch rasch vor der Abreise die Angelegenheit dem angesehensten

Rechtsanwalt Neapels in die Hand legen solle. Giuseppe wurde umhergehetzt. Er mußte ununterbrochen dem Herrn zur Verfügung stehn und sein Tagesquartier unten im Straßenladen aufschlagen. Vier- oder fünfmal zu jeder Tageszeit schickte ihn Don Domenico nach Hause, ob Nachricht aus Brasilien gekommen sei. Jetzt rächte sich jener Neuerungshaß, der es immer verschmäht hatte, die abgeschlossene Häuslichkeit durch ein Telephon mit der feindlichen Welt in Verbindung zu setzen. Der alte Diener sah graugelb aus und kam auf immer krummeren und müderen Beinen angetrabt, unterließ aber auch jetzt das Zeremoniell nicht:
»Eccellenza wünscht Auskunft wegen Brasilien.«
Als jedoch die drei Kabeldepeschen dann wirklich eintrafen, war Giuseppe nicht zur Stelle. Annunziata und Grazia standen in der Küche. Es läutete. Sie sahen sich aus hohen entzündeten Augen an, die alles wußten. Merkwürdig war es, daß sie erst lange einen Bleistift suchten, um die Empfangsbestätigung zu unterschreiben, und Grazia in ihr Zimmer ging, um eine Trinkgeldmünze für den Briefträger zu holen. Dann erst traten sie dicht zueinander, um die Telegramme zu öffnen. Das erste kam von Generalkonsul Echeverria und war nichts als eine herzlich gehaltene Kondolenz. Das zweite, von den Brüdern gesandt, enthielt folgenden Satz:
»Wir haben heute unseren armen Lauro begraben.«
Das dritte, ausführlichste, stammte von Doktor Pereira, Lauros Vorgesetzten, und lautete:
»Lauro Pascarella am zwölften November elf Uhr nachts verschieden. Ob Unglücksfall oder Selbstmord unaufgeklärt, da er nicht mehr Auskunft geben konnte. Entfernte sich mit giftigem Schlangenbiß vom Institut, ohne ein Wort zu sagen und Serum zu fordern. Bei Auffindung war es trotz aller Gegenmittel zu spät. Beklage untröstlich mit Ihnen den Verlust meines lieben jungen Freundes.«
Die Schwestern blieben in gleicher Haltung stehn und starrten auf den überkochenden Suppentopf. Im Dampf schienen sie unendlich Wichtiges zu lesen. Sie schrien nicht auf, sie weinten nicht, kein Wort über Lauro fiel. Nur Grazia bog plötzlich den Oberkörper ab, tief, und stemmte die Hände gegen den Leib, als zerreiße ein ungeheurer Schmerz ihre Eingeweide. Ihr erstes Wort war:
»Placido und Ruggiero müssen zurück. Sofort! Mit dem nächsten Schiff!«
Annunziatas Blick las immer noch im Suppendampf:
»Sie werden zu dir zurückkommen . . .«
»Papa muß sogleich Geld hinüberschicken . . . Ach, das dauert zu lange . . . Alles dauert zu lange . . .«

Sie setzte sich auf den Schemel und senkte den Kopf beinahe bis zu den Knien. Annunziata hingegen machte einen unnatürlich gefaßten Eindruck. Sie war es auch, die jetzt den Topf vom Feuer schob:
»Ich bitte dich, Graja, sorge für Papa und gib auf das Mittagessen acht!«
»Das Mittagessen?«
Grazia hob verständnislos den Kopf und suchte Annunziatas Blick, der aber nicht zu finden war:
»Ich muß nämlich jetzt gehn, Graja . . .«
»Du willst gehn? Und ich soll allein bleiben? Was fällt dir ein?«
»Sei mir nicht böse, Graja, aber ich muß jetzt wirklich gehn. Es ist sehr dringend . . .«
»Ach so? Zu Iride . . .«
»Vielleicht . . . Natürlich werde ich auch zu Iride gehn . . .«
»Aber bitte komm pünktlich zurück, Zia! Ich kann mit Papa nicht allein sein . . .«
Annunziata krampfte ihre Hände ineinander und hielt sie Grazia flehend entgegen:
»Ich bitte dich um ein sehr großes Opfer, Graja. Ich möchte mittags nicht zu Hause sein. Verzeih! Hilf mir! Ich habe eine Unterredung. Du wirst alles erfahren. Sei nicht böse und hilf mir, Graja! Ich kann nicht mehr. Bring mir um Gottes willen das Opfer! Bleib diesen Tag allein!«
Es war noch nie vorgekommen, daß Annunziata, die alle Lasten, Arbeiten, Vergehungen der Geschwister immer auf sich genommen hatte, je einen eigenen Wunsch aussprach, und so verzweifelnd flehend noch dazu. Grazia nickte, obgleich sie nicht wußte, wie sie die nächsten Stunden werde ertragen können:
»Bitte, Zia! Wenn es nicht anders geht. Aber ich beschwöre dich, komm nach Hause, sobald du nur kannst!«
Annunziata kniete neben Grazia nieder und legte ihr wortlos die eisige Wange ans Gesicht, eine wehe Liebkosung, etwas, das sich zwischen den Schwestern noch nie ereignet hatte. Als sie sich erhob, wankte sie, bezwang aber die Schwäche sogleich:
»Ich danke dir, Graja! Und noch eins. Iride darf wie bisher nichts erfahren. Das ist ja klar. Es wäre vielleicht nicht wiedergutzumachen. Wir müssen alle die Kraft haben, in ihrer Gegenwart zu schweigen.«
»Welche Kraft noch«, höhnte Grazia und senkte wieder den Kopf bis zu den Knien.
Etwas in ihr mahnte zwar, der Schwester ins Vorzimmer zu folgen. Sie blieb aber festgebannt auf ihrem niedrigen Schemel sitzen. Und

so erfuhr auch sie nicht, daß Annunziata, bevor sie das Haus verließ, leise in die Stanza della Mammina ging, dort sinnend mehrere Minuten verweilte und dann, nach einem raschen Abschiedsblick, die Tür des Zimmers der Toten zweimal versperrte und den Schlüssel mit sich nahm.

Verlassen in der großen Wohnung, fürchtete sich Grazia viel mehr noch vor Papas Heimkehr als vor der Einsamkeit. Wie schrecklich war es, mit leeren Händen dazusitzen. Sie erhob sich und begann zu hantieren. Der Schmerz in der kleinsten Gemeinschaft erschafft sich eine Haltung und Form. In der Einsamkeit läuft er auseinander wie vergossenes Wasser. Der Mensch ist nicht fähig, ihn zu sammeln. Ein laues Elend schweifender Nebengedanken ergreift ihn. Auch Grazia war nicht fähig, ihren Geist auf Lauros furchtbaren Tod zu konzentrieren und auf die Gefahr, in der sie Placido schweben fühlte. Ihre Hände zogen Tischtuch, Servietten, Geschirr und Besteck aus dem Schrank. Sie deckte mit hingebungsvoller Sorgfalt den Tisch für zwei Personen. Dann hob sie die Todesdepeschen vom Küchenboden auf, trug sie in die Sala da pranzo und legte sie auf Papas Teller. Nun ging sie in Placidos Zimmer und blieb mit geschlossenen Augen am Schreibtisch sitzen. Es verging vielleicht eine halbe Stunde, ehe sie die Schublade öffnete und das Paket mit den abgeschriebenen Blättern herausnahm. Sie hatte es vor vielen Wochen schon mit einem mädchenhaft blauen Band zugebunden. Jetzt aber bog sie es zusammen und stopfte es mühsam in ihr Täschchen. Für alle Fälle, dachte sie, ohne eine Vorstellung dieser Fälle zu haben. Jene Verlorenheit, von der schon gesprochen worden ist, drang langsam in alle Ritzen ihres Wesens wie ein nebliges Element. Sie trat vor Placidos Spiegel und sah sich tiefverwundert an, als sei es durchaus keine einfache Sache, sein Gesicht mit sich selbst zu identifizieren. Auf dem Waschtisch fand sie eine kleine Schachtel mit Rasierklingen, die der vergeßliche Placido liegen gelassen hatte. Sie sah sich furchtsam nach allen Seiten um, ob sie nicht jemand Unsichtbarer beobachtete, und steckte mit rascher Diebslüsternheit auch diese Schachtel in ihre Tasche. Als aber Don Domenicos und Giuseppes Heimkunft im Treppenhaus vernehmbar wurde, fuhr sie wie eine Rasende in die Küche zurück und preßte sich mit entsetzensstarren Augen in einen Winkel.

Sie hörte Papas Schlüssel, sie hörte sein Eintreten, sie hörte die Aufträge, die er Giuseppe für den weiteren Tagesverlauf erteilte, sie hörte, wie er die Tür der Sala da pranzo hinter sich zuwarf. Noch wußte er nichts. Dann war es still. Mit vorgebeugtem Kopf wartete sie minutenlang auf das Schreckenszeichen, auf den rauhen Aufschrei im Zimmer. Nichts. Da goß sie vorsichtig die unfertige und kaltgewordene Suppe in die Terrine, stellte sie auf das Tablett wie immer und trug sie, da Giuseppe wahrscheinlich in Papas Zimmer zu tun hatte, eigenhändig in die Sala.

Don Domenico saß am Tisch und hatte die Todesmeldungen neben sich liegen. Ohne schärfer hinzusehen, hätte Grazia meinen können, Papa warte nachdenklich und gefaßt aufs Essen. Erst als sie näher kam, merkte sie, daß es ihm in der Brust heiser keuchend arbeitete und daß sein Atem jagte. Dennoch schöpfte sie die Suppe in seinen Teller, stumm, als ei der Alltag stärker als der Tod. Er wendete ihr blasse, fast fischhafte Augen zu und erkannte sie. Röchelnd machte er eine greifende Bewegung mit den Armen nach ihr. Sie wich zurück. Er aber krampfte beide Hände ins Tischtuch, um sich aufzuziehn. Auf dem Boden zerscherbten Teller und Gläser. Sein Stuhl fiel um. Und das Entsetzliche jetzt. Papa stieß ein langes unmenschliches Gebrüll aus, das Gebrüll eines Tieres, das es nicht gibt. Aus demselben mächtigen Brustkasten, aus dem einst der herrliche Gesang gedrungen war, vor dem man zusammenschauern mußte, erhob sich nun das heulend unmenschliche Aufbrüllen. Grazia hatte sich bis zum Fenster zurückgezogen und betrachtete den Vater. Sie selbst war voll Staunen über die Kälte ihrer Seele in diesem Augenblick. Hätte sie nicht die Macht gehabt, Papa von dem Dämon zu befreien? Auf ihn zustürzen, ihn umarmen, ihn an sich pressen, durch die eigenen Tränen ihn zum Weinen erlösen! Sie hatte keine eigenen Tränen, sie konnte ihn nicht umarmen, nicht ein Wort, ja nicht einen Laut brachte sie heraus, um ihn zu befreien. Sie beobachtete diesen Mann mit starrer Aufmerksamkeit wie einen tobsüchtigen Fremden und nicht wie den geliebten Vater. Hingegen tanzten ihr Tollheiten durchs Hirn: Kommt jetzt die Strafe für die Bertolini-Nacht? Lauro ist tot. Die nächste bin ich. Wird Papa wieder brüllen, bis ich drei gezählt habe? Eins und zwei und drei!

Nein, der erste Ausbruch schien vorüber. Was jetzt kam, war wenigstens menschlich. Don Domenico hämmerte mit den Fäusten gegen die Schläfen und rief immerfort: »Meine Kinder! Ich will meine Kinder wieder, meine Kinder wieder!«

Es war aber kein Klageruf, sondern ein trotziger herrischer Befehl, der sich nach und nach wiederum zu wütendem Schreien steigerte. Dabei lief er zuerst gehetzt um den Tisch, stürzte dann in den Salotto, wo er sich gegen Lauros Kontrabaß warf, als wolle er an diesem Stellvertreter des Toten Rache nehmen. Vom Salotto rannte er ins Vorzimmer:

»Meine Kinder! Ich will meine Kinder wieder!«
Die Macht seiner Stimme hatte keine Grenzen. In antiker Raserei begann er an seinen Kleidern zu zerren, die Weste riß er mittendurch, so daß die Knöpfe nach allen Seiten flogen. Und schon an der Wohnungstür gerüttelt: »Meine Kinder!« In den Hausflur hinaus wollte er, und auf die Gasse, und in die Stadt, schreien, schreien, daß alle es hören: Ich will meine Kinder wieder! Der alte Giuseppe aber schützte die Tür und rang mit Don Domenico. War es nicht des Herrn heiligstes Verbot, sich vor den Leuten laut und unbeherrscht zu benehmen? Mußten nicht die Fenster bei Musik geschlossen bleiben, auch an den schwülsten Tagen? Giuseppe durfte es nicht dulden, daß der Herr sich über sich selbst hinwegsetzte und dadurch zum Gespött werde. So rang der Hüter des Gesetzes mit dem Herrn des Gesetzes um des Gesetzes willen. Doch die Kräfte des Alten waren zu schwach, er stürzte und blieb zu Füßen des Vaters liegen. Der Sturz des Dieners weckte Don Domenico auf. Er besann sich, wartete, bis sein Atem ruhig wurde, knöpfte den Rock zu und eilte, ohne Grazia anzusehn, in sein Zimmer. Giuseppe klaubte sich schwerfällig auf und folgte ihm.
Nahezu eine Stunde wartete Grazia in der Sala da pranzo auf Papas Rückkunft. Statt seiner kam Giuseppe angeschlichen. Der unbändige Verzweiflungsausbruch des Herrn und der Kampf schienen ihn völlig gebrochen zu haben. Er lallte:
»Eccellenza hat sich schlafen gelegt. Ich werde Eccellenza nicht wecken, wenn nicht geläutet wird.«
Grazia übergab ihm den Schlüssel zur Vorratskammer:
»Es ist alles vorbereitet. Sie müssen heute abend für Papa das Essen bereiten, Giuseppe, wenn ich nicht zur Zeit zu Hause bin.«
In ihrem Zimmer kleidete sie sich vollständig um. Von allen Sachen, die sie besaß, wählte sie die besten, Wäsche, Strümpfe, Schuhe. Niemand sollte sie häßlich sehn, wenn es so weit war. Doch welches Kleid? Nicht viele hingen in ihrem Kasten, um ihr die Auswahl schwer zu machen. Kein Wunder, daß sie jenes Theaterkleid herausnahm, das sie an dem Gioconda-Abend in San Carlo getragen und in dem sie Arthur Campbell das erstemal gesehen hatte. Sie brauchte diesmal viel länger als gewöhnlich zum Anziehen. Es kam ein merkwürdiger Augenblick, als sie das Hemd abstreifte und nackt vor sich selbst stand. Die Töchter Pascarella hegten seit je eine empfindsame Scheu vor ihrer eigenen Nacktheit. Selbst beim Waschen oder Baden sahen sie nur flüchtig ihren Körper an, den sie dafür um so rauher, ja fast wie zur Strafe, mit Schwamm und Kratzbürste behandelten. Nun aber widmete Grazia ihrem nackten

Leib eine wehmütige Betrachtung. Sie begann ihre Brüste zu streicheln und die Hüften. Es war ein zärtliches Abschiednehmen. Zehn Minuten vor drei Uhr verließ sie das Haus, ohne sich umzublicken.

Es beginnt die Geschichte von Grazias Irrweg durch die Stadt Neapel.
Ein Irrweg, doch er führte sie aus dem Labyrinth. Sie strebte ein endgültiges Ziel an, und sie fand eines, das endgültig war.
Allen jungen Menschen, die eine gleiche Absicht wie Grazia im Kopfe tragen, könnte und müßte man zurufen: Was wollt ihr, was tut ihr? Ihr plant einen vollkommenen überflüssigen Wahnsinn, der schon deshalb ein Wahnsinn ist, weil er euch nachher, wäret ihr dann nur noch imstande dazu, ganz und gar als verbrecherische Lächerlichkeit erschiene.
Ginge Grazia jetzt nicht in ihrer tiefen Verlorenheit die Via Concordia hinab, sondern könnte sie noch klar überlegen, ihr bliebe Antwort genug auf diesen Zuruf: Welchen Zweck hat das Leben für mich? Lauro ist tot, unsere Familie zersprengt für immer. Placido, auf dessen Zukunftsgröße ich all meine Träume gehäuft habe, wird keine Zukunft haben, er muß in der Fremde und in der Erniedrigung seines Geistes zugrunde gehn. Wer weiß, ob Iride jemals gesund wird? Der Mann, den ich liebe, lebt weit überm Meer und weiß nichts von mir. Kann ich auch wirklich erwarten, daß er ein kurzes holpriges Gespräch ernst nimmt für ewig? Und dann? Ist es denn gar so schön, die nächsten Jahre des Lebens an jedem Montag, Mittwoch, Freitag Pasticcia di maccheroni zu backen und, von dieser begeisternden Tätigkeit befriedigt, geduldig zu warten, bis man ein altes Scheusal wird? Wir sind arm und Papa wird sich kaum mehr erholen. Und wer kein Geld hat, kann sich nicht einmal mehr in der Nacht heimlich auf eine Festa di ballo schleichen. Doch alles, alles war ja ganz anders, solange ich noch an die höhere Gerechtigkeit und Überlegenheit Papas geglaubt habe! Nun aber?
Mit keinem dieser einleuchtenden Gründe stützte Grazia ihren Entschluß, soferne man den ungestalten Drang, der sie jetzt durch die Via Roma lenkte, überhaupt einen Entschluß nennen kann. Obgleich sie ursprünglich vorgehabt hatte, zuerst ins Hospital zu gehn, um sich unauffällig von Iride zu verabschieden, trieb sie nun ganz anderswohin, zum Meere. Für den Gang ins Hospital blieb noch immer Zeit genug, so übte sie denn keinen Zwang auf ihren Schritt aus, der als ein völlig selbständiges Wesen seinen Weg wählte. Sie ließ mit einer leisen Neugier die Willenszügel hängen

wie ein Reiter, der auf schwierigem Terrain dem Spürsinn seines Pferdes mehr vertraut als seiner eigenen Orientierung. Die Wortfolge, die sie sich innerlich hundertmal automatisch und wie schlaftrunken vorsang: Ho tempo, ho tempo abbastanza. Und wahrlich, sie hatte Zeit, Zeit genug, eine Menge von Stunden, ehe es so weit sein würde, nicht Abend, sondern tiefe Nacht. Keine Spur von Erregung verschnellerte ihr Herz. Im Gegenteil. Alles in ihr war langsam. Zeit genug. Die hundert Zifferblätter eines Uhrenladens der Via Roma zeigten drei Uhr, fünf Minuten vor drei, fünf Minuten nach drei, das glich einem internen Wettrennen der kleinen Zeittierchen. Noch nie war ihr Gedächtnis so voll von Placido gewesen, von seiner Stimme, von den Lehrgesprächen, deren er sie gewürdigt. Ach, ihr lächerlicher Kopf! Sie verstand seine Philosophie nur, wenn er neben ihr auf der Steinbank saß. Nachher verwirrte sich alles. Wie war das mit der Zeit? Placido hatte sie belehrt, daß es in den Uhren keine wirkliche Zeit gebe, die wirkliche Zeit zähle nach Lichtjahren. Welch ein Wort, Lichtjahre! Keine Zikaden wie in den Uhren, sondern goldne am Himmel galoppierende Strahlenrosse. Der kühle Tramontanawind hatte den Novembertag reingeblasen. Ein riesiger See tiefblauen Himmels beherrschte die Mitte des Firmaments und ein Rad ausgefranster, sich sträubender Wolken bildete seine Küste. Wenn Gott eine unermeßliche Mönchsgestalt wäre, derart könnte man sich seine Tour vorstellen. Grazia blieb in der Loggia von San Carlo stehn. Der neue Cartellone war schon angeschlagen: »Stagione lirica – San Stefano – 1924–1925«. Zwölf Opern wurden angekündigt, Gioconda aber fehlte. Bedauerlich für Papa, dachte sie, er wird nun viel entbehren müssen. Ob Annunziata heute abend zurückkommt? Schließlich wissen wir beide allein, wie er die Pasticcia di maccheroni haben will. Wenig Fleischragout und viel Hühnerlebern müssen hineinkommen. Was das anbelangt, hat selbst Priscilla geschwindelt und den Sugo beim Kaufmann geholt, wie es nur in schlechten Familien geschieht. Dies aber hat Giuseppe dem Papa nicht angezeigt. Die Dienstboten halten eben immer zusammen. Wenigstens singt die Bruna Rasa wieder. Questa donna è un dio. Aber was nützt das Papa jetzt? In der Loge Nummer drei, links, erster Rang werden wir nicht mehr sitzen. Die Dallorso hingegen, die Pugno-Sarti, die Spagnuoli dürften das gar nicht bemerken. Nicht einmal Gia-Gia, der mich auf der Straße nie erkennt. Wie sollte er mich auch erkennen? Wir sind eben doch eine schlechte Familie, wenn ich auch von den Normannen mein blondes Haar geerbt habe. Ihr Weg führte sie weiter, den Santa Lucia-Quai hinab. Klar und leicht dehnte sich der Golf. Bis auf seine Dampf- und Wolkenkuppel lag der Vesuv herrlich und frei. Grazia trat auf die vorgebaute Straßenterrasse, die wie ein Theaterbalkon der süßbeschwingten Oper dieser Landschaft zugekehrt ist. Sie glaubte als Fremde hier zu stehn, so selten kam sie mit dem repräsentativen Glanz ihrer Heimat in Berührung. Früher, zu Zeiten des reinen Gesetzes noch, hatten ziellose Spaziergänge zu den untersagten Ausschweifungen gehört. Insbesondere die strahlende Promenade am Meere, die Via Partenope, war, wenn nicht unumgängliche Notwendigkeit bestand, zu vermeiden. Mußte man sie dennoch betreten, so schlugen die Pascarellatöchter die Augen nieder. Nun aber war die strenge Orthodoxie schon lange ins Wanken geraten, ohne Scheu und Rechtfertigung konnten die Mädchen ihren Weg wählen. Die Periode der großen Verbote war voll heimlicher Sehnsucht gewesen. Das Elend hatte die Freiheit gebracht und die Freiheit hatte die Welt verkleinert. Mit leerem erwürgtem Herzen schritt Grazia über die herrliche Partenope dahin. Die Straße, die nach Neapels ursprünglich griechischem Namen die Jungfräuliche hieß, umschlang mit zärtlichen Armen das Meer. Nur Menschen ohne Neid, Menschen über dem Schicksal thronend, schienen sie zu bevölkern. Unablässig rollten schlankblitzende Phantasiegebilde von Autos schwerelos dahin. Grazia hätte gerne ihren Schritt verlangsamt. Aber noch war das Gesetz in ihr zu mächtig. Und was den Gang eines wohlerzogenen Mädchens anbelangt, befahl es: Dein Schritt sei rasch, rhythmisch, gleichmäßig. Es schadet nichts, wenn die Stöckel laut klappern. Das bedeutet die Warnung: Kommt mir nicht nahe! Ich sehe und höre nicht rechts und nicht links. Der Schritt einer tugendhaften Frau wirke wie ein zielbewußtes Unternehmen und wie eine verhehlte Flucht zugleich! Obwohl Grazia diese Weisung tief in ihrem Wesen trug, mäßigte sie dennoch vor den großen Hotels Continental, Vesuvio und Royal ihr Tempo. Dort standen einige Gruppen von englischen Touristen und besprachen die Pläne des Nachmittags. Sie konnte nicht umhin, an die Leute zu streifen und ihre Unterhaltung abzufangen. Mit Befriedigung stellte sie fest, daß sie jedes Wort verstand und auf jede Frage in fließendem Englisch hätte entgegnen können. Dann aber wunderte sie sich, daß sie, der nur mehr ein Bodensatz von Stunden blieb, über diese nutzlosen Kenntnisse Befriedigung empfinden konnte. So unglaublich es jedoch klingt, im Augenblick tat es ihr weniger leid um sich selbst als um die Vergeudung solchen mit energischem Fleiße erworbenen Sprachschatzes. Sollte sie nicht auch noch Miß Violet Friggs besuchen, die sie schon seit mehreren Tagen vergeblich erwartete? Eine halbe

Stunde englisch konversieren, bevor alles aus war, das müßte ganz hübsch sein. Ho tempo, ho tempo abbastanza. Sie überquerte die Fahrbahn, um die Kaufstände beim Castello dell'Ovo zu betrachten. Denn so strenge auch das Gesetz den Straßenschritt der Mädchen regelte, vor Schaufenstern, Auslagen und ähnlichen Gelegenheiten durfte man es ein wenig umgehen. Grazia studierte – als wäre alles vergessen – die Ziermuscheln und eßbaren Meerfrüchte eingehend, die peoci, conchiglie, cozziche und datteri di mare. Sie löste sich erst aus ihrer Versunkenheit, als ein Händler sie höchst dringlich zum Kaufen anspornte. Die Straße nahm sie wieder auf, und der Giardino Pubblico öffnete sich ihr mit Palmen und Zedern, mit Tennisplätzen, Erfrischungskiosken, Restaurants und breiten Parkwegen. Da das Leben noch lang war und die Muße groß, kehrte sie für eine Lira Eintrittsgeld in das Aquarium ein, von dem sie schon so viel gehört hatte. Das Fischzeug und Ozeangetier vor Tiefseekulissen und hinter Glas machte nicht den geringsten Eindruck auf sie. Ein Gedanke Placidos aber fiel ihr unmotiviert ein. Es war eine der letzten Maximen, die sie im Sommer abgeschrieben hatte, und zwar dreimal, weil ihr die erste Abschrift durch Fehler, die zweite durch Tintenkleckse mißlungen war: »Wenn sich einmal herausstellen sollte, daß dieses Weltall endlich und daß die Arten und Varietäten der Schöpfung abzählbar sind, müßte der Mensch geistig zugrunde gehen. Warum? Weil dann Gott zu klein wäre und der Mensch zu groß. Gott darf nicht das Ebenbild des Menschen sein, damit der Mensch das Ebenbild Gottes werden kann.« Bei der dritten Abschrift hatte sie damals, auf Placidos Geist leidenschaftlich abgestimmt, den Satz endlich zu verstehen geglaubt. Doch erst jetzt wandte sie ihn an: Meine Welt ist endlich geworden und alles grauenhaft abzählbar. – In einem Nebenraum rollte sich eine ausgestopfte Schlange auf Sägespänen. Grazia floh aus dem Haus. Ihr war, als müsse sie umsinken. Draußen im Park setzte sie sich auf eine Bank, wie ungehörig dies auch sein mochte, doch ihr Herz zuckte zu sehr. Nach einer Weile erst wurde es ihr klar: Ich habe seit gestern abend nichts gegessen. Bei einer der Erfrischungshütten kaufte sie zwei Brioches und eine Tafel Schokolade. Verlegen hielt sie das Säckchen in der Hand. Sie konnte doch unmöglich hier auf der Bank vor allen Leuten sitzen und essen. Es blieb also nichts übrig, als vorläufig weiter zu hungern und den Weg fortzusetzen. Und nun verließ sie die helle Szene des Golfes, die glückselige Partenope, den immergrünen Stadtpark und schlug sich in das Gassengewirre der alten Stadt, um auf dumpfen Umwegen zu Iride zu gelangen. Kaum aber stand sie in der Einfahrt der Poliklinik, wo sich eine große Menge armer Leute muffig und wispernd drängte, kehrte sie wieder um. Die eigene Familie war ihr auf einmal so fremd geworden, daß sie nicht das geringste Bedürfnis empfand, ihre kleine Schwester vor dem Ende zu sehn und mühsam lügnerische Gespräche zu führen. Es war ihr, als hätte sie das Vaterhaus nicht vor einer Stunde verlassen, sondern vor Jahren, vor Lichtjahren, und hätte von der Partenope bis zum Hospital unzählige Meilen in einem geheimnisvollen Raum zurückgelegt. Doch was nun? Sie hob wieder die Füße und verfiel in ihren gleichmäßigen Schritt, der sie in die Via Roma brachte. In der Gegend des Museo Nazionale wurde es ihr aber klar, daß sie nicht mehr weiter könne, daß die unzähligen Meilen des Irrwegs und das Fasten ihre Kräfte aufgebraucht hatten. Es blieb ihr nichts andres übrig, als die Straßenbahn bei der nächsten Haltestelle (eine schier unüberwindliche Entfernung) zu besteigen und den Corso Salvator Rosa und Vittorio Emanuele hinanzufahren. Bis zu völliger Starrheit erschöpft, saß sie zwischen fremden Schenkeln und katarrhalischen Rümpfen eingeklemmt. Auf dem Schoß hielt sie die Handtasche und die Tüte mit Brötchen und Schokolade. Wohl wußte sie, daß sie auf diese Weise ihren Bestimmungsort viel zu früh erreichen werde, aber was half das, da es keine andre Zuflucht gab. Bei der Station Posilipo verließ sie, nun wieder bei Kräften, den Waggon und saß schon zehn Minuten später auf der Steinbank des verwilderten Gartens, der ihr und Placidos Reich war. Sie brach ein Stück von der Schokoladentafel ab und begann langsam zu kauen. Ihre Augen waren dabei in unsichtbaren Fernen ertrunken, und oft vergaß sie, den Bissen zu schlucken. Der volle Nachmittag hatte sich noch nicht verfärbt. Die Sonne aber rückte schon gegen die entflammten Berge der Insel Ischia zu. Hoffentlich schläft Papa noch. Ja, er kann schlafen! Und morgen, wenn man ihm die neue Todesmeldung bringt, wird er sich wieder hinlegen und schlafen. Das ist sein Zeugnis der Liebe. Oh, Papa ist stark! Sie öffnete ihr Täschchen und zog die Rasierklingen hervor. Sie prüfte lange die Schärfe der Messer, bis sie das richtige fand: Ihre Wunde am Finger war im Vernarben. Es hat gar nicht weh getan, überlegte sie. Tiefer muß der Schnitt nicht gehn. Jetzt aber ist es noch viel zu früh. Erst muß es schwarze Nacht werden und der Stadtlärm hinter ihrem Rücken ganz verschollen sein. Grazia wollte gar nichts sehn. Kein Blut. Alles hing vom Mondaufgang ab. Sie hoffte, daß er heute nicht vor Mitternacht am Himmel erscheinen werde. Und auch dann noch, in der tiefen Finsternis, wird sie die Hände weit vom Leibe halten, am besten die Arme rückwärts über die Banklehne hängen lassen, damit sie das gute Kleid nicht besudelt. Doch wozu jetzt noch länger hier sitzen? Es wurde kalt. Stundenlang untätig hocken und auf den rechten Augenblick der Nacht warten, das kann niemand fertig bringen. Überdies drang von der verwahrlosten Villa mit der Aufschrift »Vendesi« ein deutliches Grauen näher, obgleich sie aus Stein gebaut war und nicht aus Kristallglas. Grazia verließ den Garten und vermied es geflissentlich, sich nach dem Grund des Grauens umzusehen. Es war eine feige Flucht, obwohl sie sich unerbittlich sagte: Später muß ich ohne Furcht hierher zurückkehren und dann wird es stockfinster sein. Daß der Garten in der Nacht versperrt sein könnte, bedachte sie nicht. Sie lief zwischen hohen Parkmauern die schmale Gasse hinan, die zur Höhe des Posilipo emporführt. Dieser Hohlweg war lang, ziemlich steil, und sie mochte zu schnell gelaufen sein, denn nun und hier wurde es ihr zum zweitenmal schwarz vor den Augen und ein kurzes Sinnenvergehn befiel sie. Einige Sekunden lang blieb sie stehn und lehnte ich gegen die Umfassungsmauer. Doch gerade aus dieser Dunkelheit tauchte die Gefahr und trieb sie atemlos weiter. Kein Wunder, daß es von ihrem Garten her mit scheuen Sprüngen auf sie zustrebte und sich, einen Schritt etwa zurückbleibend, an ihre rechte Seite heranpirschte. Sie hielt die Augen halb geschlossen. Doch die Augen brauchte sie ja nicht, um »Mostro« zu erkennen, jene Zusammensetzung von Placido mit geträumten Tierformen, die sie vorhin aus einem Gebüsch des herbstlichen Gartens aufgescheucht haben mußte. In sich selbst hörte sie nun die Stimme des Mostro, die eigentlich Placidos unveränderte Stimme war: Lauro ist einen furchtbaren Tod gestorben, Graja! – Auch mit ihrer inneren Sprache wollte sie ihm keine Antwort geben. Sie lief nicht, doch machte sie immer geschwindere Schritte: – Lauros Tod wird ein Geheimnis bleiben, Graja, auch für Papa. Ein strikter Beweis dafür, daß Papa nicht allwissend ist. – Den Beweis brauchte sie nicht mehr. Nur fort aus dieser Klemme hier! Da sie das Tempo nicht mehr beschleunigen konnte (Laufen war ihr jetzt verboten), suchte sie ihre Schritte zu verlängern: – Ach, Graja, geh nicht so schnell. Ich bin körperlich sehr heruntergekommen, keine Nacht schlafe ich vor Brustschmerzen, ich kann dir nicht folgen, wenn du so rennst. – Ich darf dir nicht antworten, Placido, auch mit meiner inneren Stimme nicht, ich darf nicht langsam gehn und mich auch nicht umblicken, denn ich will nicht wissen, wie du springst und kriechst. – So warte doch ein bißchen, Graja! Ich möchte dir nur sagen, daß ich damit einverstanden bin. Wäre ich hier, wir würden es gemeinsam tun. So vollbringt es jeder von uns einsam. Es ist das einzige und beste. – Inzwischen hatte sich etwas zweites links herangeschlängelt, um auch nicht weiter als zwei Schrittchen hinter ihr zurückzubleiben. Grazia erkannte es sofort an dem plärrenden Grammophon, voll von Nebengeräuschen. Ohne Zweifel Caruso, wie sie ihn unter Glas im Frack gesehn hatte. Was er sagte, war freilich nicht leicht auszunehmen, doch schien es für eine einbalsamierte Mumie enorm unternehmungslustig, ja lebemännisch zu sein. Die elektrische Straßenbahn kreischte heran. Dort, die Haltestelle Posilipo! Die beiden Stimmen rechts und links hinter Grazia wurden immer lauter und frecher: »Signorina, einen Moment, Signorina! Wozu diese Lauferei? Trinken wir einen Wein in den Promessi sposi um die Ecke! Kommen Sie mit uns ins Kino, Signorina!« Die beiden Burschen, geschniegelte Ladenschwengel mit hochaufgekrepptem Haar, hatten sie eingeholt, gingen neben ihr, atmeten Zigarettenrauch ihr ins Gesicht, der eine legte dreist die hohle Hand um ihre Hüfte, der andere nahm ihren Arm. Es war gar nicht so arg, gar nicht so unangenehm, sie taumelte leicht. Doch die Elektrische läutete ungeduldig und Grazia riß sich im letzten Nu von ihren Begleitern los und wurde von anderen Armen – der Wagen setzte sich schon in Bewegung – auf die Plattform gehoben. Da lehnte sie nun ohne Widerstand an der niedrigen Rückwand, von der ruckigen Fahrt hin- und hergeschüttelt. Ein alter Herr beobachtete die Verlorene aufmerksam. Er sah Papa sehr ähnlich, wenn auch einem zärtlichen Papa, den es nicht gab. Als der Schaffner zu Grazia trat, rührte sie sich nicht. Da löste der alte Herr die Karte für sie. Ohne zu danken, nahm sie das Blättchen entgegen. Der gütige Herr wandte den besorgten Blick nicht von ihr. Nach einer Weile zog er eine Silberbüchse aus der Tasche und bot ihr schwarze klebrige Bonbons an: »Sie fühlen sich nicht wohl, Signorina. Versuchen Sie diese Cachous! Sie sind ein Zaubermittel. Wenigstens für mich. Und ganz harmlos.« Grazia brach eine Pastille aus der festgeklebten Masse los. Der Fremde eiferte sie an: »Mehr, Signorina, drei, vier, fünf, das genügt gerade. Wenn ich fünf nehme, bin ich wie neugeboren.« Grazia nahm fünf, steckte alle auf einmal in den Mund und ekelte sich. Der Herr mit Papas ausgezogenem Schnurrbart ließ befriedigt sein Zaubermittel verschwinden: »Jetzt müssen wir ein paar Minuten auf die Wirkung warten.« Und er betrachtete mit gespannter und triumphbereiter Neugier das Gesicht des jungen Mädchens, während der holpernde Wagen immer tiefer in die Stadt drang, an dichtumscharten Haltestellen vorüber, wo mit Geläute und Gelärme die Menschheit ausgewechselt wurde. »Nun, hat es geholfen?«, erkundigte sich der Wohltäter, nachdem die ihm genau bekannte Einwirkungsfrist verstrichen war. Grazia konnte es nicht leugnen:

»Ja, danke, ich glaube, es hat geholfen.« Über die Anerkennung sichtlich erfreut, war der Herr zu weiteren Diensten bereit: »Darf ich Ihnen mit dem Namen des Mittels aufwarten, Signorina? Es ist englische Ware. Vergessen Sie das nicht! Sie erhalten es nur in der Farmacia Inglese, Via Filangieri.« Und er wiederholte ein komisches langschwätziges Wort, das Grazia, obgleich es englisch war, nicht vergessen konnte, weil sie es gar nicht auffaßte. Wie vollgezwängt die Straßen waren! Feiertag, ach ja, und sie hatte es bisher gar nicht bemerkt. Die Besorgnis des alten Herrn um Grazia nahm nicht ab: »Sind Sie am Ziel? Steigen Sie hier aus, Signorina?« Warum sollte sie hier nicht aussteigen? Sie sprang ab. Der gesetzte Herr, kraftvoll wie Papa, folgte ihr leichtfüßig. Unentschlossen sah sie sich um. Der väterliche Freund wurde ängstlich: »Sie sind noch immer erschöpft, Signorina. Darf ich Sie mit einem Taxi nach Hause bringen?« Bei dem Gedanken an die sternweit entfernte Via Concordia schüttelte Grazia energisch den Kopf. Dann wandte sie sich rasch zum Gehen und suchte Anschluß an den Menschenstrom. Der Beschützer an ihrer Seite gab sein mitleidiges Forschen noch immer nicht auf: »Ah, Signorina, Sie haben Ihr Vaterhaus auf dem Corso oben, wie?« – »O nein, nicht auf dem Corso.« Ein großer Teil der Menge ergoß sich in das Stationsgebäude der Funicolare: »Ich verstehe«, begeisterte sich der alte Herr, »Sie fahren mit der Drahtseilbahn auf den Vomero hinauf. Das nenn ich einen klugen Lebensaufenthalt! Die beste Luft von ganz Neapel. Warten Sie hier, Signorina! Ich dulde nicht, daß Sie sich zum Schalter drängen. Sofort sollen Sie die Fahrkarte haben.« Und Papas liebenswürdiger Doppelgänger schwamm mit frischen und rücksichtslosen Armstößen durch die Brandung des festtäglichen Volkes und brachte nach zwei rüstigen Kampfminuten das Billett. Zuletzt eroberte er Grazia noch einen Sitzplatz, schwenkte dann beglückt seinen Hut und sah ihr nach. – Das war aber ein besonders guter Mensch trotz seinen schmutzigen Klebebonbons. Nicht nur Anerkennung sprach aus diesem Müdigkeitsgedanken, sondern tiefe Dankbarkeit ließ langsam wieder Grazias Hände und Füße erwärmen. Diese Dankbarkeit aber galt nicht der galanten und vielleicht lüsternen Hilfeleistung des alten Herrn, sondern dem rätselhaften Umstand, daß er ihr den Weg gewiesen, den einzigen, der möglich war. So hatte er, ohne etwas davon zu ahnen, die lenkende Aufgabe erfüllen dürfen, die in der biblischen Vorzeit den Engeln und Gottesboten zugeteilt war, als sie sich unerkannt unter die Menschen mischten. Die Wärme in Grazia wuchs. Die Aufwärtsbewegung erfreute ihre Sinne. Oben spülte die Sonntagsflut eine fast erloschene, aber verwandelte Seele auf die

Via Cimarosa. In dieser Viertelstunde wogte die Welt in loderndem Rot. Man stand tief in der Regenzeit und hatte sich an die schmierigen Dämmerungen des Spätherbstes gewöhnt. Die seltene Sonnenuntergangsparade dieses Tages fiel also selbst den abgestumpften Neapolitanern auf, und mancher sprach sogar noch am nächsten Tage davon. Insbesondere der wolkenentblößte Vesuv sollte sich durch beinahe übernatürliche Tinten hervorgetan haben. Grazia aber konnte nicht mehr Innen und Außen unterscheiden. Sie ging mitten durch safrangesträhnten Purpur und wunderte sich nicht. Auch die große Lichtschrift »Hotel Bertolini« wunderte sie nicht, die sich nur blaß vom vollgetrunkenen Himmel abhob. Sie ging mit kleinen, aber versammelten Schritten über die Fahrstraße, deren Bild seit jener schon märchentief versunkenen Karnevalsnacht überdeutlich in ihr lebte. Sie dachte nicht an Lauro, sie dachte nicht an das erstickte Abschiednehmen damals vor dem Hotelportal, sie dachte mit großem Ernst nur eines: Wie bringe ich noch die zweihundert Schritte bis zum Hotel Bertolini fertig? Vorher darf ich nicht zusammenfallen. Hier auf der Straße? Unmöglich! Nur bis zur Terrassentreppe will ich kommen, und dann noch hinauf und im Garten verschwinden. O nein, sie gibt den Lockungen der Ohnmacht nicht nach. Weiter! Wie ein Schiff gleitet die Terrasse auf sie zu. – Und hier erhebt sich die große Frage nach Glück und Seligkeit des Menschen. In den nächsten dreißig Sekunden wird Grazia einen jener ganz außerordentlichen Augenblicke erleben, wie sie nur den wenigsten vergönnt werden, und sie wird nicht glücklicher sein als ein erschöpfter Schwimmer, den rauhe Arme ans Land ziehn. Dahingegen bemerkt sie mit geschärftesten Sinnen, wie Arthur Campbell gekleidet ist. In ihrem Gartentraum hat er immer einen grünbraunen Jägerdreß angehabt, während er jetzt in Wirklichkeit den alten Ulster trägt, der ihr ja so herzlich vertraut ist. Seine gelbweißen Haare aber sind kürzer geschnitten, und das stimmt getreulich mit dem Traum überein. Er sieht auf den Golf hinaus und schützt die Augen vor dem roten Sonnenwirbel mit der Hand. Sein Gesicht ist über und über rot. Grazia hißt ein gleichmäßiges und leeres Lächeln, wie man ein Morgenkleid umwirft, nur um angezogen zu sein. Er läßt die Hand fallen, und es dauert lange, ehe er aufschreit: »Grazia!« Und noch länger, ja eine Ewigkeit lang dauert es, bis der letzte kleine Abstand überwunden ist. Als er endlich atemnahe vor ihr steht, sinkt sie in seine Arme und weiß nichts mehr.

Sie erwachte auf dem Diwan in seinem Hotelzimmer. Er kniete bei ihr und hielt ungeschickt verlegen ein mit Eau de Cologne getränktes Handtuch vor sich hin, um es auf ihre Stirn zu legen. Sie erwog: Ich könnte eigentlich noch länger ohnmächtig bleiben. Schöneres gibt es nicht. Ihr Wahrheitstrieb aber verdarb ihr den seligen Zustand. Dies war Grazias erstes Wort:
»Mein Bruder Lauro ist in Brasilien gestorben.«
Sie sagte das italienisch, glaubte aber sofort, dies sei ein Fehler, und fing von neuem englisch an:
»Mein Bruder Lauro ist in Brasilien gestorben. Heute früh haben wir es erfahren. Ich habe große Furcht für meine anderen Brüder, die Sie nicht kennen, besonders für Placido. Er ist ein Dichter. Ich will, daß meine beiden Brüder mit dem nächsten Schiff zurückkommen.«
Wundersam war Campbells Hellsichtigkeit. (Sollte er vielleicht Erkundigungen über die Familie Pascarella eingezogen haben? Wer kann es wissen?) Er spürte genau, warum Grazia mit diesem tragischen aber trockenen Bericht aus ihrer Ohnmacht erwacht war. Hätte sie denn mit ihm auch nur ein Wort sprechen können, ehe er alles wußte? Darum zeigte sich Campbell auch wissend, ohne einen überflüssigen Laut der Mittrauer oder des Trostes einzuflechten. Eine uralte Nähe und Vertrautheit war damit sogleich hergestellt. Und nun legte er ihr endlich auch die Kompresse auf die Stirn:
»Für Ihre Brüder muß und wird alles geschehen, Grazia! Wir werden sofort kabeln, wenn es Ihnen recht ist. Und wenn Sie es erlauben, werde ich durch meine Bank nach Rio de Janeiro Geld anweisen lassen.«
Sie nahm das Handtuch vom Kopf und setzte sich halb auf:
»Oh, you speak Italian?!«
»Ma non cosi bene, come lei parla l'inglese.«
Er blinzelte lustig und verschämt. Sein Übungsbuch-Italienisch zog in stockendem Gänsemarsch einher, Wort nach Wort, mühsam eingepaukt, doch mit unausrottbarem Akzent. Grazia fiel wieder zurück und Arthur Campbell wurde von neuerlicher Schüchternheit ergriffen:
»Wollen wir nicht gleich kabeln, Grazia? Darf ich von unten Blankette kommen lassen?«
Er stand auf, um zu läuten, oder besser noch, um sich (ein kleiner Fluchtversuch vor so viel namenloser Erfüllung) selbst hinabzubemühen. Sie knirschte mit den Zähnen:
»Nein!! So bleiben Sie doch bei mir, um des Himmels willen!«
Grazia hielt die Augen geschlossen, packte aber nach einer Weile

seine Hände mit leidenschaftlicher Angst:
»Wissen Sie, meine Familie ist mir jetzt ganz gleichgültig. Mir kommt vor, als hätte ich gar keine Familie. Eine andere Frage ist mir viel wichtiger, hören Sie . . .«
Er preßte sein Gesicht auf ihre Hände. Sie aber bekam eine unnachsichtige strenge Stimme:
»Haben Sie meine Karte erhalten?«
»Ich habe Ihre Karte erhalten, Grazia!«
»Sie hätten sie aber nicht erhalten dürfen. Es war nur eine Flaschenpost. Ich bin sehr böse, daß Sie die Karte bekommen haben.«
»Ihre Karte, Grazia, kam im letzten Augenblick. Ich weiß wirklich nicht, was sonst geschehen wäre. Sie werden es nie erfassen, was für Monate ich hinter mir habe.«
»Aber Sie waren ja auf einer Vergnügungsreise in Afrika.«
»In Afrika? Von einem Schiff zum andern.«
»Wären Sie auch ohne meine Karte zu mir gekommen?«
»Ich wäre gekommen oder gestorben.«
Sie öffnete die Augen und sah ihn an. Sein Gesicht war klein geworden. Das knabenhaft aufgerauhte Rot der Wangen war einem bräunlichen Gelb gewichen. Sie fragte jetzt ungeduldig und gar nicht sehr freundlich:
»Lieben Sie mich wirklich?«
Er schwieg lange, und dann rang auch er sichs nicht ohne Feindseligkeit ab:
»Das Wort sagt sich leicht. Aber Sie ahnen ja gar nicht, was es für mich bedeutet, Grazia. Für mich! Für einen Menschen, der schon weiter im Leben steht, als es gut ist.«
Die unersättliche Fragerin war noch nicht zu Ende:
»Wissen Sie, daß ich noch vor einer Stunde Selbstmord begehen wollte?«
»Ich habe eine schreckliche Ahnung gehabt. Seitdem ich hier in Neapel bin, also seit heute um acht Uhr früh, zittre ich um Sie, Grazia. Bis zwei am Nachmittag bin ich in der Via Concordia hin und her gelaufen wie ein Verrückter. Dann habe ich Sie in allen belebten Teilen der Stadt gesucht. Ich wußte bestimmt, Sie werden mir entgegenkommen. Bis am Posilipo war ich draußen. Nicht sehr gescheit, was? Erst seit fünf Uhr bin ich zurück. Aber ich bin nicht ins Hotel hineingegangen, sondern habe immer nur ausgeschaut . . .«
Sie stützte sich auf, mit Staunen dem ergrauenden Fenster zugewandt:
»Können Sie sich das vorstellen? Ich habe mir mit der Rasierklinge

von Placido die Pulsadern aufgeschnitten und bin gestorben und dann bin ich auferstanden. Bei Ihnen! Gestorben und bei Ihnen auferstanden. Komisch, nicht wahr? Jetzt bin ich bei Ihnen.«
Grazias Füße glitten vom Diwan. Sie saß. Er fiel vor ihr nieder und umklammerte ihre Knie:
»Ja, jetzt bist du bei mir!«
Sie aber bog ihren Körper zurück:
»Sie kennen mich doch gar nicht. Sie wissen nichts von mir.«
Arthur Campbell erhob sich und zog auch die Geliebte mit in die Höhe:
»Ah, Grazia! In einer halben Sekunde wissen wir schon alles voneinander und in einem halben Jahrhundert noch immer nichts.«
Sie zwinkerte angespannt:
»Wie ist das? Ich habe nicht verstanden. So gut kann ich noch nicht Englisch. Bitte noch einmal!«
Er begann ihr mit großem Ernst jene Erkenntnis aus dem Englischen in sein Italienisch zu übersetzen, wodurch das gemischte Idiom aufklang, das für die Zukunft ihre gemeinsame Sprache werden sollte. Hatte sie's nicht in ihren Träumen schon vorauserlebt? Diese Sprache gehörte auf der Welt nur ihnen beiden. Dies neue Eigentum rührte sie so sehr, daß sie sich wegwandte. Nun strich sie ihr Kleid glatt und ging durch das Hotelzimmer. Sie betastete mit zärtlichen Händen seinen Koffer, den Ulster am Kleiderrechen und sogar auch die Dinge, die nicht ihm gehörten, doch jetzt in seinem vorübergehenden Dienst standen:
»Wissen Sie, daß ich schon sehr gerne hier bei Ihnen bin?«
Er riß sie an sich. Ihre Augen waren tränengebadet und er hatte es gar nicht bemerkt. Als sie die Umarmung lösten, mahnte Arthur Campbell schweren Herzens:
»Du wirst nach Hause müssen. Dein Vater erwartet dich gewiß. Darf ich dich im Auto begleiten?«
Sie trat weit von ihm zurück:
»Das ist ausgeschlossen. Ich gehe nicht nach Hause zurück zu Papa.«
Er begriff noch immer nicht:
»Und was soll geschehn? Wo willst du denn übernachten?«
Grazia sagte mit dem ruhigsten Tonfall der Welt, als könne sie sich eine andere Möglichkeit gar nicht vorstellen:
»Ich bleibe bei Ihnen.«
Es war ganz finster im Zimmer. Beide fürchteten sich davor, durch Einschalten des Lichtes eine neue Situation zu schaffen. Sie saßen umschlungen auf dem Sofa. Auf Grazia senkte sich wieder eine

wohlige Halbbetäubung. Es war gut so. Vielleicht hätte sie sonst ein Grauen erfaßt, wie unerreichbar ferngerückt ihr nun all das Ihrige war: Lauros Tod, Placidos Verzweiflung, Papas Schmerzgebrüll, Iride und ihr Leiden. Der Katastrophenhagel der letzten Tage, ihr eigener Irrweg und sie selbst, Grazias ganzes Leben von der Geburt bis zur Fünf-Uhr-Abendstunde dieses Tages. Dies alles gab es nicht mehr, dies alles ging sie nichts mehr an. Die Fenster des Zimmers sahen auf Stadt und Golf hinaus. In ihnen lag ein schwacher aber gesammelter Abendschein der Welt, genug, um ein Gesicht bis in die leichtesten Runzeln und Krähenfüße zu enträtseln. Arthur Campbell wollte noch einmal, ehe es endgültig zu spät war, seine harte Pflicht tun. Er zog Grazia zum Fenster und in den bleichen aber aufrichtigen Abschein der Welt, damit ihr die Wahrheit nicht verborgen bleibe:

»Hast du dir alles klar gemacht, Grazia? Du bist zwanzig Jahre und herrlich schön. Ich bin nicht reich, ich trage keinen großen Namen, habe keinen glänzenden Beruf und werde nächstes Jahr um diese Zeit sechsundvierzig Jahre alt sein. Ich bitte dich, Grazia, rechne jetzt genau mit mir! Ich bin mehr als fünfundzwanzig Jahre älter als du. Kannst du ermessen, wie grauenhaft das ist? Also! Wenn du eine junge Frau von Dreißig sein wirst, dann werde ich fünfundfünfzig sein, bist du vierzig, bin ich fünfundsechzig und so weiter. Hast du keine Angst davor?«

Sie hob die Arme langsam zu ihm hinauf und nahm sein Gesicht zwischen ihre Hände:

»Ich habe nur Angst, Arturo, daß du früher sterben könntest als ich.«

Fünfzehntes Kapitel

DAS BLUTOPFER

Don Domenico hatte den halben Nachmittag und die ganze Nacht wie ein Toter geschlafen und war erst nach sechs Uhr aufgewacht, als das Morgenlicht schon durch die Vorhänge fiel. Das vollkommen abgedichtete Gewebe dieser vielen Stunden hatte kein Alpdruck, kein Traumschmerz, kein jäher Schreckensschrei durchlöchert. Ein gieriger kräftesammelnder Schlaf, der mehr noch als manches andre auf eine gewaltige leibliche und seelische Konstitution hinwies. Lauro und sein Tod wurden von des Vaters Schlaf nicht vorgelassen, sie mußten draußen warten. Auch als Domenico Pascarella die Augen aufschlug, brauchte die schmerzhafte Wirklichkeit eine ganze Minute, um in diese widerständige Natur einzudringen. Er fühlte vorerst nichts anderes als das ungeheure Behagen einer Regeneration, wie sie seinem Körper seit Monaten nicht zuteil geworden war. Dann freilich füllte sich das Bewußtsein mit Lauros Namen, und der zerstreute Vaterschmerz bezog nach und nach alle verlassenen Positionen wieder. Don Domenico sprang aus dem Bett. Man muß sofort etwas unternehmen! Dies war die erste Regung! Wiederum sollte Tätigkeit alles verschleiern. Er überlegte, in Pantoffeln durch das Zimmer rennend, ob die Reise nach Brasilien nicht dennoch notwendig sei. War es nicht seine Pflicht, die Wahrheit zu erforschen, an Ort und Stelle zu untersuchen, ob ein tödliches Unglück oder Selbstmord vorliege, und gegebenenfalls die Schuldigen zur Rechenschaft zu ziehn? Durfte man es denn so ergeben hinnehmen, daß sein Sohn, ein Sohn Don Domenicos, ein Pascarella, Selbstmord beging, etwas Schandbares also und Abnormales tat? Die Pascarellas waren immer normal gewesen, immer unauffällig. Was mußte vorgegangen sein, damit ein junger Sproß in solch furchtbaren Abgrund stürzte? Hatte man ihn vielleicht hineingetrieben. Dieser Herr Doktor Pereira etwa, der sich in seiner Depesche ohne Zweifel aufspielte. Rachsucht und der Trieb, zu beschuldigen, erfaßten den Vater, zwei erprobte Ausfluchtsmittel, um sich einer qualvollen Wahrheit nicht hingeben zu müssen. Es dauerte ziemlich lange, bis die gerechte Vernunft einsah, daß mit all dem Unsinn nichts getan sei und keine Aufklärung und keine Rechenschaft der Welt Lauro vom Tode erwecken könne. Don Domenico lief in das Badezimmer, zog die eiskalte Dusche auf und verharrte unter ihr eine Minute länger als sonst. Die Folge war eine noch schärfere Diskrepanz zwischen körperlicher Erfrischung und seelischer Zerschlagenheit. Auch ein neuer Käfig-Rundlauf behob diesen Widerspruch nicht. Eine leichte Beruhigung trat erst ein, als der Vater seinen Kleiderkasten öffnete und aus der vorhandenen Garderobe mit Eifer ein Trauergewand zusammenstellte. Er wählte eine schwarze Krawatte aus und vergaß auch die schwarzen Glacéhandschuhe nicht, die er seit Mamas Todesjahr nicht mehr getragen hatte. Dann erst läutete er dem Diener.

War das aber noch Giuseppe, was da zur Tür hereinstolperte? Nein, das waren nicht mehr die betretungsfreudigen Sbirren-Augen, die dem Herrn einst hündisch-lebhaft zugezwinkert hatten: Eccellenza, ich habe Mitteilungen zu machen. Das rechte tränte halbverschlossen unter einem geschwollenen Lid, das linke stand starr und

schreckensgroß offen. Doch auch die straßensüchtigen Lungererbeine, die, stets einem Gesetzesfrevel auf der Spur, Ruggiero so oft auf frischer Fußballtat ertappt hatten, waren nicht wieder zu erkennen, denn sie schlotterten haltlos, und das eine schleppte bedenklich nach. So traurig das auch für einen alten Diener ist, es kann sich nicht lange verheimlichen lassen, daß den armen Giuseppe in dieser Nacht ein kleiner Schlag gestreift hatte. Und niemand wird dies verwunderlich finden, der an Don Domenicos furchtbaren Ausbruch denkt und an jenen Ringkampf, den der Diener des Gesetzes mit seinem Herrn gestern hatte austragen müssen. Jetzt musterte der Herr diesen verwandelten Diener mißtrauisch:
»Was ist mit dir, Giuseppe?«
Der Alte riß sich zusammen, wälzte lange die Zunge zurecht und brachte schließlich einen gaumigen Singsang hervor:
»Nichts, Eccellenza, gar nichts ist mir ... In der Nacht ... Mein alter Rheumatismus ... Schlechtes Wetter kommt ... Ein kleiner Hexenschuß vielleicht, sonst nichts.«
Das schreckensgroße Auge flehte: Nur nicht kündigen, Eccellenza, bitte mich nur nicht wegschicken! Don Domenico aber fuhr Giuseppe empört an:
»Machst auch du noch Geschichten? Bei allem Unglück machst auch du dich noch wichtig!?«
Giuseppe versuchte lebensfreudig zu wackeln und stammelte:
»Ich bin gesund, Eccellenza ... Mir fehlt gar nichts ... Eine kleine Erkältung ... Der verfluchte November ... Sie werden sehn ... Ich habe auch schon das Frühstück gekocht.«
Der Herr ergriff die Kleiderbürste und begann zur strafweisen Belehrung des Dieners seinen Rock wütend zu bearbeiten. Giuseppe vollführte ein paar einknickend mutwillige Sprünge auf seinen Herrn zu und markierte so die Absicht, ihm die Bürste zu entreißen. Don Domenico aber schob ihn fort:
»Sind meine Töchter schon unten?«
Oh, mit welcher Wonne hätte in früherer besserer Zeit Giuseppe die empörungsbebende Mitteilung gemacht (ein unausdenklicher Fall freilich), daß er die Betten Annunziatas und Grazias unberührt vorgefunden habe und daß die jungen Damen seit gestern nicht heimgekehrt seien. Jetzt aber als kranker und schwacher Greis, als feige gewordener Hüter des Gesetzes, fürchtete er des Vaters Zorn und lallte nur:
»Nein, sie sind nicht da.«
Don Domenico stieg in die Sala da pranzo hinab. Da niemand das Zimmer gelüftet hatte und die Spuren des gestrigen Verzweif-

lungsausbruchs nur notdürftig beseitigt waren – auf dem Teppich machten sich der Suppenfleck und ein paar kleinere Scherben noch immer bemerkbar –, so warf sich die stickige unerlöste Atmosphäre dem Eintretenden sogleich auf die Brust. Er stürzte den schwarzen Kaffee in einem Zuge hinunter. Die Verlassenheit begann an seiner Seele zu zehren. Was noch niemals geschehen war, er sehnte sich aus diesem seinem Hause in die Azienda. Ein furchtbarer Richterblick traf Giuseppe, der es wegen seiner kläglichen Gangart nicht wagte, vor den Augen des Herrn in die Küche zu verschwinden:
»Und gerade heute!? Was haben sie sich am frühen Morgen schon in der Welt draußen herumzutreiben, diese Damen!? Können sie den Vater nicht mehr erwarten? Und gerade heute?! Nach all dem Unglück! Wo sind sie? Allzulange schon schaue ich der Unordnung zu. Sie ist schuld an allem. Ja, sehr weit ist es mit uns gekommen, sehr weit, ja ja, sehr weit . . .«
Giuseppe hörte nicht auf, in verzweifeltem Gleichtakt zu nicken. Wie es schien, konnte er dieses mechanische Zeichen der rückhaltlosen Bejahung seines Herrn nicht mehr selbsttätig und willkürlich abstellen.

Grazia und Arthur standen schon lange an der Straßenkreuzung der Via Concordia und der Via Monte Calvario. Sie boten den unverwechselbaren Anblick eines Liebespaares im Zenith. Einige Mägde und Klatschweiber des Viertels erkannten die schöne Pascarellatochter und drehten sich mit offenem Mund nach dieser unglaubwürdigen Tatsache um. Campbell redete heftig auf Grazia ein. Der sprachkarge Engländer war nicht wieder zu erkennen. Im übrigen hatte eine Nacht genügt, das gemischte Idiom ihrer Liebe vollkommen auszubilden. Nun war es schon fähig, die feinsten Winkelzüge des Herzens auszudrücken. Unbegreiflich ist es, daß in dieser Morgenstunde Grazia wolkenlos glücklich schien. Von all den schweren Erlebnissen, von den Strapazen des Irrwegs, vom Todesschatten, der sie gestreift, war keine Spur zu finden, ebensowenig wie die Angst vor dem, was in wenigen Minuten ihrer wartete. Arthur Campbell war es, der sie jetzt mit gequälter Miene zurückzuhalten suchte:
»Gut! Ich sehe alles ein, Grazia. Aber ich kann dich nicht von mir lassen. Nicht für eine halbe Stunde, nicht für zwei Sekunden.«
»Es geht ja nicht anders, Arturo.«
»Laß mich statt deiner mit dem Vater sprechen. Ich kann mit ihm umgehn, ganz gewiß. Habe ich dir nicht die Geschichte erzählt, wie ich damals in die Wechselstube kam?«

»Ach, mein Arturo, das stellst du dir viel zu leicht vor. Was weißt du von Papa? Was weißt du von unserem Unglück? Ich muß alles ganz allein auf mich nehmen.«
»Aber wie soll ich hier unten den Gedanken aushalten, daß er dich anschreien wird oder gar schlagen? . . . Das kannst du nicht von mir verlangen. Laß mich irgendwo in der Wohnung warten, daß ich eingreifen kann, dich schützen . . .«
»Nein, du wirst unten stehn, Arturo! Ich habe gar keine Angst. Was kann mir denn geschehn, wenn du unten stehst? Ich werde mir immer sagen, er steht unten.«
So sehr er auch widerstrebte, sie ging frisch auf das Vaterhaus zu. Als der fatale Abstand schon sehr klein geworden war, machte er einen neuen Vorschlag:
»Könnten wir nicht einfach verreisen? Was meinst du dazu? Du schreibst dann morgen von Rom einen langen Brief . . .«
»Aber das wäre doch schäbig und feig von mir!«
Er umklammerte inbrünstig ihre Hand:
»Du hast recht, Grazia, es war eine sehr gemeine Idee und ich schäme mich. Ich danke dir, daß ich mich vor dir schämen darf.«
Sie nahm ihm leise die Hand fort, als dränge sich nun endlich im magnetischen Kraftfeld des Hauses das Trennende unabweislich zwischen ihn und sie:
»Da sind wir . . . Ich gehe jetzt hinauf . . .«
Trotz diesen Worten aber rührte sie sich nicht und sah ihn an, indem sie an ihm vorbeisah:
»Gestern, Arturo, nein, ich werde das bis an mein Lebensende nicht verstehn. Aber heute, aber jetzt, kommt alles wieder zurück. Das Schwere! Lauro! Und Iride! Und Papa . . . Sei mir nicht böse, Arturo.«
Er folgte ihr in den Hausflur, er flehte:
»Willst du mich nicht doch mitnehmen, Grazia?«
»Warte hier, mein Arturo! Ich komme zurück. Wenn es auch lange dauern sollte, ich komme zurück.«
Sie entschwand ihm in der Novemberdunkelheit des fremden Hauses und der fremden Familie wie im Tod. Als aber Grazia ihrerseits den Geliebten nicht mehr sah, entfernte sich das Heimische wieder von ihr, alles, was sie vorhin für so nahe erachtet hatte. Der Hausflur war ihr unbekannt, die Treppe, die vertrauten, tausendmal gestreiften Türen. Aus der Dämmerung des Vorzimmers hatte sich ihre eigene Kindheit verloren. Während dieses schweren Ganges beherrschte sie mehr eine peinliche Stimmung als ausgesprochene Furcht. Das fremdblickende Vaterhaus verkündete ihr,

daß Campbells kleines Hotelzimmer binnen einer Nacht ihre Heimat geworden war. Es kann als ein Sinnbild dieser neuen Fremdheit und natürlichen Untreue angesehn werden, daß sie an die Tür der Sala da pranzo klopfte, ehe sie die Klinke niederdrückte. Papa empfing sie mit höhnischer Reverenz:
»Daß du mir die Ehre gibst! Ich bin dir aber wirklich dankbar. Am heutigen Tag! Nach all dem, was geschehn ist. Zu gütig von dir!«
Grazia wagte keinen Schritt ins Zimmer und klebte am Eingang regungslos fest:
»Papa, ich habe mit dir dringend zu reden.«
Er neigte, noch wütend verbindlich, sein Haupt:
»Ich nehme gerne an, daß wir miteinander dringend zu reden haben.«
Sie krampfte instinktiv ihre Hände ineinander, als könne der geschlossene Lebensstrom ihre Kräfte steigern:
»Vorerst aber bitte ich dich innigst, Papa, deine Ruhe zu bewahren.«
Don Domenico schob sich ein wenig vom Tisch, eine Bewegung, die er in dramatischen Momenten bei den häuslichen Mahlzeiten niemals verabsäumte. Grazia aber sprudelte ihr Bekenntnis monoton herunter. Je schneller, desto besser:
»Ich habe mich gestern abend verlobt, Papa. Er heißt Arthur Campbell, ein Engländer. Du kennst ihn und hast mir ihn im Foyer von San Carlo in der Pause der Gioconda selbst vorgestellt. Du erinnerst dich gewiß. Er hat seine Fabrik in England verkauft, um nach Neapel zu ziehn und bei mir zu bleiben. Er ist etwas über vierzig Jahre alt und ich liebe ihn.«
Papa stand auf, schob den Stuhl an den Tisch zurück und näherte sich Grazia mit runden forschenden Augen:
»Ich glaube, du hast den Verstand verloren.«
Sie spulte das Ungeheuerliche auch weiter noch im Leierton ab:
»Nein, Papa, alles was ich sage ist wahr. Wir sind nicht nur verlobt, wir sind schon Mann und Frau. Ich will dich mit keinem Wort anlügen, Papa. Hätte ich Arturo gestern nicht wiedergefunden, das mußt du mir glauben, ich wäre ganz gewiß heute nicht mehr am Leben.«
Don Domenico wich vor Grazia weit zurück, bis zum Fenster, dort hielt er sich an der Schnalle fest:
»Dann bin *ich* toll.«
Sie wechselte vom Anfang bis zum Ende dieser überlangen Minuten ihren Standort nicht:
»Ich bitte dich noch einmal flehentlich, Papa, bleib ruhig! Es wird mir entsetzlich schwer, an diesem Tag so mit dir sprechen zu

müssen. Auch ich vergesse Lauro keinen Augenblick. Gerade deshalb ist ja für mich alles so gekommen . . . Oh, versteh mich doch, Papa, um Gottes willen!!«
Don Domenico dämpfte seine Stimme zum halblauten Richterton, wie er ihn einst für minder grobe Verbrechen in Gebrauch gehabt hatte:
»Geh in dein Zimmer! Von dort rührst du dich nicht fort. Wenn du wieder gesund bist, meldest du dich bei mir!«
Grazia senkte den Kopf tief auf die Brust, damit er ihr Gesicht nicht sehen könne:
»Ich werde nicht in meinem Zimmer bleiben, Papa, sondern von hier fortgehn, ob du es willst oder nicht.«
Er schnellte sich ab und stürzte auf sie los. Beim Tisch angelangt, hielt er aber inne und legte die Hand auf die Stirn:
»Mein Sohn Lauro hat Selbstmord begangen . . . Iride liegt im Krankenhaus . . . Was willst du von mir? . . . Ich bitte dich, Grazia, mach jetzt Ernst!«
Sie hielt das Kinn noch immer fest an die Brust gedrückt und sah nicht auf:
»Es ist ernst, Papa!«
Der schwere Mann krachte auf den Sessel nieder und stöhnte vor sich hin:
»Meine Kinder vernichten mich.«
Hätte er jetzt nur einmal aufgeschluchzt, wer weiß, was geschehen wäre. Sicherlich hätte sich Grazia ihm weinend zu Füßen geworfen. So aber flehte sie nur zaghaft:
»Arthur Campbell steht unten. Darf ich ihn heraufrufen, damit er mit dir sprechen kann, Papa?«
Statt tränenschwerer Blicke wandten sich ihr die Kugelaugen eines großen gereizten Meerestieres zu:
»Wer steht unten?«
Erstickte Antwort, doch nicht ohne Renitenz:
»Er! Erlaub mir, Papa, daß ich ihn rufe. Wenn du ihn siehst, wenn du mit ihm redest . . .«
Don Domenico wurde blutrot bis unter die weißen Haare. Sein Gesicht schwoll auf. Er stierte die Tochter wie ein Betrunkener an, aber schrie nicht:
»Und ich soll dieses Schwein noch zu mir bitten!? Hier in meinem Haus, in meinem Zimmer soll dieses bejahrte Schwein stehn?! Und du stehst auch noch hier, du!?«
Er unterbrach sich, indem er mit beiden Händen die Schläfen preßte, als wolle er Grazias Geständnis aus dem Hirn quetschen:

»Zwanzig Jahre hat sie bei mir gelebt und ich habe immer für sie gesorgt und nichts außer acht gelassen . . . Er steht unten . . . Du hast die Gehorsame gespielt . . . Ja Papa, hin, ja Papa, her . . . Und alles, alles Betrug . . . Unfaßbar . . . Ich habe deiner Anständigkeit vertraut, du aber hast dich mit hundert Männern herumgetrieben und abgeschmiert, du hast deinen Vater, mich, mich, lächerlich gemacht, wie die letzte Vorstadtschlampe, wie die niedrigste Bagascia ihren Vater nicht lächerlich macht . . . Er steht unten . . . Warum stehst du noch hier? Warum hast du dich nicht auch umgebracht?«
Grazia stieß, sich zurücklehnend, an die Tür, die mit einem dumpfen Laut für sie Partei nahm:
»Sag das nicht, bitte, sag so etwas nicht, Papa!«
In den Vater aber drang jetzt eine Drachenhaftigkeit ein, von der er nichts wußte. Seine blutunterlaufenen Augäpfel waren bloßgelegt, seine langgezogenen Schnurrbartspitzen zitterten. Gierige Wut erfüllte ihn, die Seele seiner Tochter zu vernichten:
»Ich könnte dir nachtrauern. So aber werde ich mich nur ekeln, wenn ich an dich denken muß.«
Grazias Körper brannte vor Trockenheit. Unter ihren Lidern war alles Feuchte versiegt:
»Du weißt nichts, Papa, von uns allen weißt du nichts, sonst könntest du nicht so sein . . .«
Der Drache, der sich Don Domenicos bemächtigt hatte, versuchte zu lachen:
»Es stimmt! Nichts weiß ich von euch! Ihr seid ja Engel, alle Engel!«
Schwäche schien ihn zu überfallen. Sein Atem wurde lauter und seine Stimme gepreßter:
»Gott ist mein Zeuge! Ich habe nur für euch gelebt, Tag und Nacht . . . Warum stehst du noch hier? Ich kann mich nicht länger aufregen. Siehst du es nicht? Es ist zu viel.«
Grazia machte eine Bewegung über den unsichtbaren Drahtverhau hinweg:
»Papa, ich verspreche dir, bis Mittag in meinem Zimmer zu bleiben, damit du nachdenken kannst.«
Don Domenico stemmte sich mühsam empor:
»Ich verzichte auf deine Anwesenheit. Du brauchst überhaupt nicht mehr in dein Zimmer zu gehn. Deine Lumpen schick ich dir nach, wohin du willst.«
Grazia fühlte kaum mehr, daß sie es war, die sprach:
»Das kann doch nicht das Ende sein, ohne daß du die Wahrheit

kennst und gerecht bist . . .«
»Die Gerechtigkeit kommt nach, verlaß dich drauf. Ein Glück, daß du nicht großjährig bist! Ich will dafür sorgen, daß die Polizei dich und das Schwein von Verführer einsperrt!«
Da schrie Grazia laut auf:
»Nein, das wirst du nicht tun! Das ist zu gemein!«
Don Domenico tappte zur Kredenz, um irgendein Wurfgeschoß zu finden. Sie aber hatte schon die Wohnungstür hinter sich zugeschlagen. Nicht einmal an Annunziata vermochte sie zu denken. Campbell erwartete sie unten am Treppenende. Ihre kurze Abwesenheit schien ihn mehr mitgenommen zu haben als alle schwierigen Erfahrungen seines bisherigen Lebens:
»So schnell, Grazia?«
Sie lief gehetzt an ihm vorüber und hinaus:
»Komm, ich bitte dich! Frag nicht und komm!«
Trotz seinen langen Beinen konnte er ihr kaum folgen. Erst in einer entfernteren Nebengasse bekannte sie:
»Ich kann nicht bei dir bleiben! Es ist aus zwischen uns. Frag nicht! Es war so furchtbar. Ich habe mich geirrt. Ich bin nicht stark genug. Ich bin nicht frei genug. Ich werde dir ewig dankbar sein, Arturo, aber ich will nicht länger leben.«
Nur solche abgerissenen, wirren Sätze und gar nichts Vernünftiges brachte Campbell aus Grazia heraus. Und es war ein ziemlich langer Weg. Auch er war völlig verstört, als sie endlich das Hospital erreicht hatten.

Annunziata hatte die Nacht im Novizinnentrakt jenes Frauenklosters verbracht, wohin sie von Priester Ildefonso noch gestern persönlich geleitet worden war. Sie durfte ein eigenes Zimmerchen bewohnen, ein winziges Mittelding zwischen Zelle und Mägdekammer. Man benahm sich mit Güte und Rücksicht zu ihr. Ein junges Ding klopfte von Zeit zu Zeit und fragte nach ihren Wünschen. Die längste Nacht ihres Lebens brach an. Sie verharrte stundenlang auf dem Betschemel und flüsterte alle Gebete und Sequenzen, die sie kannte, in unaufhörlicher Reihenfolge. Sie hoffte durch eine äußerste Anspannung all ihrer Kräfte die Qual zu überwinden. Es mußte einen Punkt geben, den es zu erreichen galt, damit alles Persönliche zerschmolz und zerging. Sie preßte die Stirn auf das Pult. Sie rang mit verzweifeltem Willen gegen einen ungeheuren Strom, der stärker wurde, je weiter man in ihm vorzudringen meinte. Wie alt müßte sie werden, um jenen Punkt zu erreichen? Der Widerstand des Göttlichen warf sie spielend immer wieder zurück. Es war schon elf Uhr geworden, ehe sie nachgab. Sogleich trug sie der Strom, auf weichen gütigen Armen jetzt, weit hinter ihren Ausgangsort. Sie fand die ersten Tränen seit der Todesnachricht. Ein menschliches, ein weibliches Weinen, das sich nicht sättigen ließ. Annunziata weinte um Lauro, sie weinte aber auch um Iride, um Papa und um sich selbst. Heimweh und Bangigkeit ohne Ende lösten jedes Streben in ihr auf. Sie hatte eine sanfte Niederlage an einer Welt erlitten, die hartnäckigere Kräfte zu besiegen wußte als die ihren.

Am nächsten Morgen suchte sie um eine Audienz bei der Badessa, der Oberin, an, die ihr gewährt wurde. Annunziata hatte jedoch bis gegen Mittag zu warten. Dann stand sie in einem engen Kanzleiraum einer männlich alterslosen Frau in Nonnenkleidern gegenüber, die am überhäuften Schreibtisch mit einem mächtigen Blaustift Zahlenreihen kollationierte. Geistige aber müde Augen musterten Annunziata durch goldgefaßte Brillen, ohne sie zum Sitzen aufzufordern. Durch die erstaunte Regungslosigkeit der Badessa irritiert, begann sie einiges über den Zusammenbruch der Familie Pascarella zu stammeln, über Papas Verlassenheit, über Irides Krankheit und über die eigene Sorge, die seit ihrer Entfernung vom Haus ins Unerträgliche wachse. Schließlich bat sie, sich heute tagsüber nach den Ihrigen umsehn zu dürfen, die sie sogleich nach Empfang der Todesnachricht aus Brasilien ohne ein Wort verlassen habe. Die geistigen Augen verfolgten Annunziatas Worte mit abgehärteter Teilnahme und gewährten schon den Wunsch, ehe sich noch der breitgeschnittene Mund zur Rede auftat:

»Aber bitte, mein Kind. Sie sind durchaus frei. Wir haben Ihnen auf Ihr eigenes Ansuchen hin eine Zufluchtsstätte geboten, weiter nichts. Sie können gehen und kommen, wie es Ihnen paßt, nach Maßgabe der Hausordnung natürlich.«

»Hochwürdige Mutter! Ich werde über jeden Gang Rechenschaft ablegen.«

»Das ist ganz und gar nicht notwendig, mein Kind, so gerne ich Ihnen auch wöchentlich einmal eine halbe Stunde weihen will, und zwar am Freitag zwischen fünfzehn und sechzehn Uhr. Sie haben hier vorläufig keine Pflichten. Gehen Sie mit sich zu Rate!«

»Ich danke, hochwürdige Mutter.«

Da kein Wort der Verabschiedung erklang, zog sich Annunziata vor den Augen hinter der goldenen Brille mit einem tiefen Knicks zurück. Die Stimme der Badessa aber, die ein wunderschönes Toskanisch mit klar-gesangvollen Vokabeln sprach, hielt sie zurück:

»Ich möchte Sie darauf aufmerksam machen, meine Tochter, daß für jede Entwöhnung der Rückfall das gefährlichste Gift ist!«
»Es ist in den letzten Tagen zu viel Leid über uns gekommen, hochwürdige Mutter.«
»Ich weiß das, mein Kind, es ist eine schwere Prüfung.«
Die knochige Willenshand machte eine sonderbare Bewegung, trostreich und wegwerfend zugleich:
»Alles, was in diesem Hause halbwegs Wert hat, ist überwundener Schmerz.«
Sie hob den mächtigen Blaustift und kehrte zu den Ausweisen zurück, die von der Klostergutsverwaltung ihr alltäglich vorgelegt wurden.

Der Zustand Irides hatte sich durchaus nicht gebessert. Alle Heilversuche mit Bestrahlung und intravenösen Injektionen waren ohne Erfolg geblieben. Bei der letzten Blutanalyse am heutigen Morgen hatte es sich gezeigt, daß die Leukozyten nicht etwa zurückgegangen waren, sondern sich beängstigend vermehrt hatten. Das Kind lag mit fürchterlichen Kopfschmerzen in lethargischer Mißlaune auf dem weißen Metallbett. Iride fühlte sich gänzlich verlassen. Was war geschehen? Seit zwei Tagen hatte weder Papa noch Grazia sie besucht und selbst Annunziata war nur einmal flüchtig aufgetaucht und wollte nicht reden und nichts erzählen. Wenn Iride auch keine Ahnung von dem Entsetzlichen hatte, so schien doch Lauros Tod auf verborgenem Weg in ihren Organismus eingedrungen zu sein und die Kampfstellung des weißen Blutfeindes verstärkt zu haben. Als am heutigen Tage Grazia endlich wieder bei ihr eintrat, sammelte sich in der Kleinen alle Bitterkeit über die Vernachlässigung, sie sagte kein Wort und stellte sich, um die Schwester zu erschrecken, noch apathischer, als sie in Wirklichkeit war. Grazia konnte sich nicht beherrschen, warf sich vor dem Bett hin und wühlte ihren Kopf in die Decke:
»Iride mia! O meine kleine Schwester!«
Dieses Versinken Grazias im eigenen Schmerz verletzte den Krankenegoismus in Iride. Sie streckte sich ablehnend steif auf:
»Mir geht es gar nicht gut, Graja, absolut gar nicht gut. Ihr werdet schon sehn!«
Grazia erschaute ganz aus der Nähe das papierweiße Gesichtchen, das im schlechtgekämmten Haarrahmen verloren stak wie eine vergilbte Miniatur:
»O Iride! Du weißt ja nichts. Hab doch nur noch ein bißchen Geduld!«

Iride unterbrach sie spitz und mit altkluger Schadenfreude:
»Geduld, bis ich tot bin wie die Tadolini. Ihr werdet schon sehn, du wirst schon sehn!«
Jetzt erst bemerkte die Kleine Arthur Campbell, der an der Tür mit einer Schüchternheit stand, die seiner hochgewachsenen Figur und seinen Zügen nicht entsprach. Wer war das? Wo hatte sie den nur gesehn? Ein neuer Arzt? Aber er trug ja keinen weißen Kittel. Irides Gesicht verzog sich feindselig. Grazia bekam Herzklopfen bis in den Hals hinauf. Sie erhob sich und lächelte bittflehend zu der Schwester nieder:
»Das ist Arthur Campbell, ein Freund, Iride . . . Du kennst ihn ja. Erinnerst du dich nicht? In San Carlo . . .«
Campbell ging artig auf das Bett zu. Er behandelte von allem Anfang an Grazias kleine Schwester mit gravitätischer Wohlerzogenheit als erwachsene und vollgültige Dame. Sein stockendes Italienisch schnellte ruckweise die englisch gefärbten Laute ab:
»Ich freue mich sehr, Signorina Iride. Habe von Signorina Grazia schon viel gehört. Wie geht es Ihnen?«
Iride schien sich ihre Gedanken zu machen, ehe sie das Gesicht stumm zur Wand kehrte. Trotz dieser verächtlichen Behandlung zog Campbell zwei Stühle für Grazia und sich zum Bett, wobei er sichtbar seine Verlegenheit überwand:
»Verzeihn Sie, Signorina Iride, daß ich mit Ihrer Schwester hierher gekommen bin und daß ich ein bißchen bei Ihnen bleibe . . .«
Iride fuhr unvermittelt herum und schaute den Engländer mit Papas gereizten Augen an:
»Ich habe Kopfschmerzen.«
Er nahm diese Zurechtweisung freundlich entgegen:
»Es tut mir leid, daß ich gesprochen habe, Signorina. Ich werde warten, bis es Ihnen besser geht. Bitte, kümmern Sie sich nicht um mich.«
Eine barmherzige Schwester war eingetreten und meldete, daß der Herr Professor und Primarius »jemanden von den Herren Angehörigen« zu sprechen wünsche. Da Grazia daraufhin mit der Pflegerin aus dem Zimmer ging, blieben Iride und Arthur notgedrungen allein. Er ließ sich behutsam auf den Sessel nieder, während sie bösartig die Wand anstarrte.
Der Primarius erklärte Grazia nach kurzer Einleitung, daß es mit Iride nicht gut stehe. Die bisher angewandten Kuren hätten nicht gefruchtet und deshalb sei er, im Einvernehmen mit Doktor Platania, zu dem Entschluß gelangt, einen radikalen Weg zu beschreiten. Er setzte die besten Hoffnungen auf eine Bluttransfusion. Bei einer

solchen Bluttransfusion handle es sich, damit die Signorina den genauen Vorgang erfahre, um die Einflößung einer beträchtlichen Menge frischen und gesunden Blutes in die Gefäße der Patientin und mithin um eine Reaktivierung der geschädigten Blutpartie. Der Eingriff bedrohe den Blutspender wohl nicht mit Gefahr, stelle aber doch eine ziemlich starke Inanspruchnahme vor, deren Folgen je nach körperlicher Verfassung länger oder kürzer sich bemerkbar machen könnten. Blutspender habe die Poliklinik mehr als genug zu ihrer Verfügung, arme Leute, die sich auf diese Weise einen Verdienst schafften. Der Vater der Patientin müsse in diesem Falle dann die Kosten tragen. Er aber, der Primarius, vertrete den Standpunkt – obgleich Erfahrung und Wissen auf diesem Gebiete noch lange nicht hinreichten –, daß ein Familienmitglied als Blutspender jedem Fremden vorzuziehen sei. Das alles gebe er hiermit zu bedenken. Grazia bedachte sich nicht lange:
»Ich bin bereit, Herr Professor.«
Der Primarius warf einen langen Blick auf Grazia und einen kurzen auf die Vormerkung, die er in der Hand hielt:
»Sie sind die Schwester?«
»Ja! Pascarella Grazia.«
»Schon einundzwanzig Jahre alt?«
»Gewiß! Kann der Eingriff noch heute vorgenommen werden? Ich möchte dringend darum bitten.«
»Heute nachmittag um drei. Mein Assistent wird ihn durchführen. Sie müssen vorher untersucht werden, Signorina.«

Domenico Pascarella saß noch immer an dem großen Familientisch, an der vereinsamten Stätte seiner Herrschaft, und glotzte vor sich hin. Lauro war tot und Grazia war tot! Ärger! Er schüttelte mit einem verständnisleeren Lächeln minutenlang den Kopf. Grazia, sein gutes Kind! Und dieser unfaßbare, allerschmierigste, allerabgefeimteste Betrug ihm! Immer brav sein, madonnenhaft rein scheinen, in der Küche arbeiten, unermüdlich fürsorgen, alltäglich mit holder Scheu zu Tische treten, und zugleich schweinisch buhlen, eine geile Hündin in Chambres garnies, Pascarellas Tochter, sich entblößen in klebrigen Mietzimmern, alles entblößen, die Brüste, den Schoß, und er, der Vater, hat stets erschrocken die Tür zugeworfen, wenn er durch Zufall seine Töchter beim Ankleiden überraschte. Und dieser englische Verbrecher, ein lüstern-abgelebter Bursche, der notorische Geschlechtswegelagerer, angesteckt gewiß, syphilitisch, er raubt ihm sein Kind, und Italien mit all seinen Großmäulern erklärt an England nicht den Krieg. – Er, der

Vater, hatte seine Tochter ja nicht für sich behalten wollen. Wäre die Zeit gekommen, sie hätte heiraten dürfen. Aber hierin, in dem innersten Ring der Ehre gleichsam, forderte sein Gesetz die strengste Erfüllung. Den Vorgang einer Eheschließung hatte sich Don Domenico so und nicht anders gedacht: Eines Tages kommt ein anderes Familienoberhaupt, ein zweiter Stammesregent und Don Domenico, zu ihm und erklärt: Signor Pascarella, Sie haben eine liebliche und makellose Tochter. Ich weiß es genau, obgleich man Signorina Grazia weder auf der Straße noch auch bei überflüssigen Gesellschaften antrifft. Sie haben sie erzogen, wie man es von Ihnen erwarten konnte. Mein eigener Sohn ist gesund, um drei Jahre älter als Ihr Fräulein Tochter und kann schon heute durch seinen Beruf eine Familie standesgemäß ernähren. Es wäre für uns eine hohe Auszeichnung, dürfte unsere altbekannte Familie mit der verehrten Ihrigen verwandtschaftliche Bande knüpfen. Auf eine derartige Ansprache hin würde Don Domenico eine huldvolle aber unbestimmte Antwort erteilen. Denn vorerst muß ja die Wertigkeit der Gegenfamilie geprüft werden, das Karat, der Goldgehalt dieser Sippe. Nicht der tatsächliche Goldgehalt, das Vermögen, o nein, Don Domenico denkt ans Geld zuletzt. Er forscht nach dem generativen Goldgehalt des ehewerbenden Geschlechts, nach seiner Würde, seinem Alter, seiner körperlichen und moralischen Untadelhaftigkeit. Erst wenn Auskunftsbüros und heimliche Umfrage die Ebenbürtigkeit des Gegenschwähers erwiesen haben, wird der gesellige Abend im Hause Pascarella vereinbart, (der erste und einzige, solange das Gedächtnis reicht), wo Vater und Sohn der freienden Partei an dem geheiligten Tisch der Sala da pranzo empfangen werden.

Daß die beiden jungen Leute sich dem prädestinierten Ablauf der Dinge widersetzen könnten, hat Don Domenico niemals in Betracht gezogen. Das Gesetz in großartiger generationenumspannender Weitsicht legt wenig Wert auf Glück und Unglück zufälliger Individuen. – Doch jetzt? Selbst wenn sich Grazia nicht als niedrige Buhlerin gezeigt hätte, selbst wenn der Verrat nicht so unermeßlich wäre wie er ist, selbst wenn ihre Sünde nur darin läge, daß sie hinter dem Rücken des Vaters einen Mann gewählt, so könnte auch diese Todsünde ihr nicht vergeben werden.

Nein, er durfte ihr nicht einmal solchen milderen Grad der Todsünde zubilligen. Sie war nichts als eine Bagascia, und er hatte sie nicht zu hart behandelt. Nun schwört er sich zu, daß er die Angst vor der Schande überwinden und das unzüchtige Paar der rächenden Behörde ausliefern werde, die seiner juristischen Meinung nach gegen

solche Fälle unnachsichtig vorgeht wie gegen Kapitalverbrecher. In neuer Aufwallung bearbeitet Don Domenico den häuslichen Tisch mit rasenden Fäusten. Es hilft ihm aber nichts. Die Einsamkeit wird nicht kleiner. Da beginnt er nach Annunziata zu schreien. Sie ist die Letzte, die ihm geblieben ist, sie das stillste, das gehorsamste, das treueste seiner Kinder. Wo ist Annunziata? Warum kommt sie nicht zurück? »Annunziata, Annunziata!« (Es muß nicht eigens erwähnt werden, daß der Vater die geschwisterliche Abkürzung »Zia« niemals in den Mund nahm.) Obgleich er weiß, daß die älteste Tochter nicht zu Hause ist, beginnt er sie doch zu suchen, um seine Einsamkeit niederzukämpfen. Wo bleibt Annunziata? Das geht nicht mit rechten Dingen zu. Er wehrt sich gegen eine innerste Ahnung, daß er nun auch das Allerletzte verloren hat. Laut rufend stößt er die Küchentür auf. Dann kehrt er in die Sala da pranzo, in den Salotto zurück, er rüttelt selbst an der versperrten Stanza della Mammina und erinnert sich nicht, wann er den Schlüssel abgezogen hat. Endlich steht er in den Zimmern der Kinder. Placidos Kammer, ausgestorben! In Lauros und Ruggieros Stube zeigt die Raumhälfte des Toten noch Reste von Leben, furchtbar, wie zum Hohn! In Grazias schmalem Zimmer verweilt der Vater am längsten. Hier steht alles rührend an seinem Ort: Die Flaschen auf dem Waschtisch, Kämme, Bürsten, Manikürzeug, Nähschatulle auf der dürftigen Spiegeltoilette. Don Domenico kämpft gegen seine schwere Erschütterung an. Sie läßt sich nicht niederstampfen. Er tritt zu Grazias Bett, reißt das Kopfkissen heraus und preßt es an sein Gesicht. Grazia will er wiederfinden, sein reines Kind. Und er findet sein reines Kind in dem leichten Duft dieses Kissens, in dem fernen Schlafgeruch von Nächten ohne Niedrigkeit. Grazia streichelt ihn mit dem bleichen Echo ihres verbannten Leibes. Doch schon wird er wieder geweckt. Ein großes und ein kleines Auge stiert ihn an. Das Wrack Giuseppes hat sich ihm nachgeschleppt. Domenico Pascarella schleudert das Kissen aufs Bett zurück:
»Ich kann nicht länger warten! Höchste Zeit! In die Azienda! Auf! Du kommst mit!«
Der Diener bändigt all seine Kräfte und hüpft dem Herrn, um die gesunde Leichtigkeit seiner Beine augenfällig zu bewähren, an einem Stöckchen seltsam nach. In Don Domenico ballt sich alle Unerbittlichkeit, die er besitzt, schwarz zusammen. Doch das Schicksal, dem er entgegeneilt, ist noch weit unerbittlicher.

Als Grazia aus dem Studio des Primarius ins Krankenzimmer zurückkehrte, schien der volle Friede zwischen Arthur und Iride noch nicht geschlossen zu sein. Einen Fortschritt aber bildete es immerhin, daß Irides Augen dem Engländer mißtrauisch aber gespannt zuhörten. Campbell erzählte etwas. Die Worte kamen nicht mehr im Gänsemarsch, sondern einzeln in großen Abständen, erschöpft von ihrer Mühe. Nur Grazia und die Liebe gaben ihnen Leben. Vor anderen Partnern verschrumpften sie zu fehlerhaft eingelernten Vokabeln. Er hatte gewiß von Afrika gesprochen, da ihm Iride geringschätzig entgegenhielt:

»Das ist alles gar nichts gegen Brasilien. Auf der Fazenda meines Bruders Ruggiero wachsen die kostbarsten Orchideen im Urwald in der Luft.«

Grazia ließ sich still nieder. Campbell hütete sich, die Überlegenheit der brasilianischen Flora anzuzweifeln. Über Iride aber kam einer der Wildheitsanfälle, die in letzter Zeit sehr selten geworden waren. Sie setzte sich mit einem Ruck auf und schnitt eine gehässige Grimasse. Grazia erschrak über die plötzliche Ausdrucksähnlichkeit mit Papa heute morgen. Die Kleine höhnte:

»Was der da für lächerliche Worte erfindet, sag ich dir!«

Grazia verteidigte ihren Geliebten ohne Zögern:

»Kannst du vielleicht Englisch sprechen? Paß nur auf, wie bald Signor Campbell besser Italienisch reden wird als wir.«

Arthur Campbell aber nahm sofort Irides Partei, indem er sich mit unbeirrbarem Anstand und Ernst vor der Kleinen verneigte:

»Sie haben vollkommen recht, Signorina. Es ist wirklich lächerlich. Ich reise jedes Jahr nach Italien. Seit Monaten nehme ich täglich Unterricht. Und dann blamiere ich mich bei jedem Wort. Bitte, lachen Sie mich nur aus!«

Grazia überlegte gerade, wie sie Iride das kommende Ereignis beibringen könne, als das Gespräch ein Ende fand. Weißbekittelte Ärzte drängten in das Zimmerchen, an ihrer Spitze der Assistent des Professors und mit ihm Doktor Platania. Alle Verfügungen für den Nachmittag wurden getroffen. Campbell mußte den Raum verlassen und Grazia sich einer ausführlichen Untersuchung fügen. Man zapfte ihr auch einen Blutstropfen aus der Fingerspitze, um seine Zusammensetzung vor der Transfusion zu analysieren. Doktor Gaetano Platania wackelte mißvergnügt mit seinem schwarzumwucherten Totenschädel:

»Signorina Graziella, mir scheint, Sie könnten Ihr wertes Blut für das eigene Maschinchen besser verwenden? Wie sehen Sie denn aus? Sie haben ja ein ganz kleines Gesichtchen bekommen.«

»Ach, das bedeutet nichts als zu wenig Schlaf in den letzten Tagen.«

Der Hausarzt schob bedauernd die Lippen von seinen fächerförmig

vorspringenden Zähnen, die den Speichel nicht immer genügend im Zaum hielten, weshalb der angesprochene Assistent sich jetzt auch wütend die Wange wischte.
»Mir gar nicht angenehm«, erklärte Platania, »gibt es denn keine andere Möglichkeit?«
Ehe der Assistent noch antworten konnte, lehnte Grazia derartige Erwägungen herb ab, indem sie sich auf den Entschluß des Primarius berief und ihren Willen, keiner anderen Person zu weichen, nachdrücklich betonte. Platania erkundigte sich, ob denn der Herr Vater seine Zustimmung erteilt habe, welche Frage Graziella geflissentlich überhörte. Iride aber, die das Hin und Her nur unvollkommen erfaßte, lag erstarrt da und blickte mit schreckenstiefen Augen von einem zum andern.
Kurze Zeit darauf ging Grazia mit Campbell den langen Gang der Poliklinik hinab. Man hatte ihr eingeschärft, bis zwei Uhr spätestens wieder an Ort und Stelle zu sein. Es lagen noch mehrere Stunden der Freiheit vor ihnen. Bevor sie die große Treppe erreicht hatten, gestand sie Campbell mit wenigen Worten alles. Niedergedonnert von diesem neuen Schlag, blieb er stehn:
»Ich bringe dir Unglück, Grazia . . . Wäre ich doch nur in London geblieben . . . um deinetwillen . . .«
»Ganz falsch, Arturo! Du hast mich gerettet und ich ziehe dich in mein Unglück hinein.«
»Wenn mir etwas ein Recht gibt, du junges Leben, so (seine Sprache verwirrte sich plötzlich; er fand weder den englischen, noch den italienischen Ausdruck) . . . so . . . du solltest Freude haben durch mich. So aber hast du Schmerz durch mich! Und jetzt mußt du dich opfern noch und leiden für andre.«
Sie nahm wieder den Weg auf und ging ihm über die ausgetretene, deprimierende Spitaltreppe voraus. Auf der Straße wurde ihr Schritt langsam. Sie drängte sich nahe an ihn:
»Daß ich der Iride ein wenig von meinem Blut geben soll, ist kein Unglück, sondern ein ganz besonderer Glücksfall. Denk doch nach, Arturo! Papa hat mich verstoßen. Er will die Polizei auf uns hetzen. Den Auftritt mit Papa hätte ich nicht so überleben können, als wäre nichts geschehn. Ich hätte nicht mit dir ins Bertolini zurückgehn können und alles vergessen! Papa hat uns so schrecklich getrennt, wie du es gar nicht begreifen kannst. Jetzt aber ist alles wieder anders. Ich werde krank sein und schwach. Ich werde nicht meiner Familie gehören und nicht dir, ich werde ein Heim haben, nicht bei Papa und auch nicht bei dir, und du wirst mir doch nicht ganz und für immer verloren sein. Verstehst du, Arturo? Es hat sich ein Weg

gefunden. Ich bekomme einen Gnadenaufschub und bezahle ihn höchst billig damit, daß ich Iride hoffentlich gesund machen darf. Das, was du Opfer nennst, ist also nichts als einfacher Egoismus. Verstehst du mich, Arturo? Ach, wie würde mich Placido verstehn! Ich kann für ein oder zwei Liter Blut unsere Zukunft erkaufen, Arturo. Und das soll kein Egoismus sein?«
Sie hatte immer schneller und leidenschaftlicher ihre Schlüsse gefolgert. Während sie aber sprach, erfüllte sie eine tiefe Dankbarkeit für Placido, der sie gelehrt hatte, zu denken und sich nichts vorzumachen. Das trübe Haus lag schon weit hinter ihnen und sie schritten auf die Piazza Dante zu. Campbell hatte lange geschwiegen und mit angespanntem Interesse die vorüberlärmenden Autos und die Straßenbahn betrachtet. Jetzt aber verhehlte er nicht länger die Rötung seiner hellen Augen:
»Seitdem du bei mir bist, schäme ich mich vor dir, Grazia. Ich habe mich geschämt vor deiner göttlich schönen Liebe, ich, ein unjunger und sehr gewöhnlicher Mensch. Und heute morgen habe ich mich in der Via Concordia vor deinem Mut geschämt. Und jetzt schäme ich mich vor . . . Verdammt, Grazia, ich möchte niederknien vor dir auf der Straße hier . . .«
Sie lachte und preßte seinen Arm, als wäre schon alles in schönster Ordnung. Eine große Heiterkeit zog in sie ein. Und wieder schienen sich Lichtjahre zwischen den heutigen Morgen und diese Stunde geschoben zu haben. Sie verriet ihm, daß sie ein paar Kleinigkeiten brauche, da sie ja unmöglich ins Vaterhaus zurückkehren könne, um sich ihre eigenen Sachen abzuholen. Er hielt nach dem glanzvollsten Laden der Via Roma Umschau. Am liebsten hätte er ihr ganze Warenlager aufgedrängt. Es war die primitive Sprache seines Verstummens. Denn er konnte und durfte sie ja nicht anflehn, um seinetwillen ihr Blut nicht hinzugeben. Domenico Pascarellas Tochter lehnte den blendenden Überfluß ab:
»Was soll ich mit diesen Herrlichkeiten im Hospital anfangen?«
Trotz Arthur Campbells Verzweiflung nahm sie nur das Notwendige mit. Der Novembertag heute war nicht weniger anachronistisch schön als der gestrige. Sie strichen lange durch die Straßen, Grazia beschwingt, Campbell wie ein Träumer, der mit gequältem Gewissen etwas Seliges und Furchtbares durchlebt. Sie fühlte jetzt nichts als seine Nähe. Scham vor den Menschen und Angst, verklatscht zu werden, berührten sie nicht mehr. Trotz dem dichten Gewühl ließ sie seinen Arm nicht los. Jene alte Vertrautheit, die beide schon bei der ersten Begegnung in der Via Concordia so unerwartet umsponnen hatte, wurde immer älter und zeitentiefer. Das wunderbar

verschwiegene Fragen, kenn ich dich nicht, seitdem ich mich kenne, hörte nicht auf im Blut zu zirpen. Noch keine zwanzig Stunden hatten sie nebeneinander gelebt, und schon umkreiste die Atmosphärenhülle der ewigen Bekanntschaft, in der einzig die Liebe atmen kann, das versunkene Paar. Gegen Mittag kehrten sie in ein kleines Café ein. Dort holte Grazia aus dem Täschchen ihre Abschriften hervor:
»Hier habe ich Placidos Gedichte und Aufzeichnungen, natürlich nicht alle. Es ist das einzige, was ich gestern vom Hause mitgenommen habe, als ich nicht wieder zurückkommen wollte. Man weiß ja nie, was geschieht. Ich möchte, daß du sie aufbewahrst, Arturo.«
Er nahm die Blätter mit ehrfürchtigen Fingern entgegen:
»Erlaubst du, daß ich darin lese?«
»Du mußt Placidos Sachen lesen. Ich will es! Bitte, kaufe dir ein Vokabular und eine Grammatik, damit du auch wirklich jedes Wort verstehst. Später werde ich dir helfen. Du mußt wissen, daß ich auf der Welt nichts Besseres besitze.«
»Was von Placido kommt, wird mir immer heilig sein.«
Er sagte das mit einem eingekniffenen Mund, dem man sogleich die Verlegenheit der großen Worte anmerkte. Überdies hatte er nun zum erstenmal den Namen Placidos ausgesprochen, ohne ein die Nähe abschwächendes »Dein Bruder« vorauszuschicken. Ihn umfing ein neuartiger Blick des Dankes, der die Zukunft besiegelte.
In diesen und in den nächsten Stunden litt Campbell nicht nur um Grazia, er litt auch an einem schweren Mißgefühl von seiner eigenen Kargheit und Lähmung. Sie verschwendete Leib und Seele und er hatte nichts zu geben, er, dessen Pflicht es doch gewesen wäre, Opfer um Opfer zu bringen. Widerspruchslos mußte er sich dem Pascarella-Schicksal beugen. Er hatte im Leben und Lieben bisher immer sein ruhiges Bewußtsein und seine regelmäßige Überlegenheit bewahrt. Und nun wurde durch Bedrängnis und Tapferkeit der Geliebten sein Selbstbewußtsein so tief herabgestimmt, daß er sich in dieser fremden Welt selbst nicht mehr kannte. Als er nach ein Uhr in der Kanzlei des Hospitals das beste zweibettige Zimmer bestellte, das vorhanden war, erreichte sein Mißbehagen den Höhepunkt.

Annunziata fand die väterliche Wohnung geschlossen vor. Was hatte sich ereignet? Wo war Grazia? Wurde heute für Papa kein Mittagessen bereitet? Sie lief zur nächsten Tramway-Haltestelle, um so schnell wie möglich bei Iride zu sein. Die Kleine empfing sie ohne Vorwurf, mit Worten, die sich überstürzten. Heute nachmittag wird man ihr und Grazia die Pulsadern aufschneiden, um Grazias Blut ihr einzuflößen. Es tut nicht weh, haben die Ärzte fest versprochen. Iride zeigte angesichts der Operation keine furchtsame, sondern eine sensationsfreudige Erregung. Das wochenlange Liegen zwischen weißen Wänden, wo sich nichts andres ereignete als Fliegenflug und drei greuliche Mahlzeiten täglich, war ja nicht länger auszuhalten. Dazu kam noch, daß sich Iride durch das Blutgeschenk Grazias geadelt fühlte. Hatte sie nicht Grazias Schönheit seit ihren frühesten Tagen bewundert, das blonde Haar, den weißen Teint, den schmalen hohen Wuchs, die Beine? Hatte sie sich nicht oft am Morgen in das Zimmer der Schwester geschlichen, um sich an ihrer Schönheit zu weiden, wenn sich Grazia ankleidete? Ihr eigener Anblick mißfiel Iride gründlich. Sah sie ihr gelbes eingeschrumpftes Gesicht im Spiegel, streckte sie meist die Zunge heraus. Vielleicht würde sie durch Grazias Blut auch etwas von ihrer Schönheit profitieren. Jedenfalls sah sie den Dingen mit gespannter Erwartung entgegen. Sie vergaß auch nicht von Grazias englischem Begleiter zu erzählen als von einer unerhörten Neuerscheinung, die genaue Aufklärung forderte. Annunziata möge sie ihr geben. Der Entschluß der Schwester stand alsobald fest. Nicht Grazias Sache war dieses Blutopfer, nur sie, Annunziata, hatte das Anrecht darauf, es darzubringen. Das älteste Pascarellakind, am längsten im Gesetze erzogen, im Hinnehmen geprüft, im Schweigen erprobt, wollte sich diesmal nicht um sein Recht bringen lassen. Sie streifte alle Passivität ab, die man sonst für ihr Wesen halten konnte, und begann einen leidenschaftlichen Feldzug für jenes Recht. Bis zum Primarius drang sie vor. Dort versuchte sie sogar mit nicht gerade vornehmen Kampfmitteln zu arbeiten, indem sie ihr gereifteres Alter gegen Grazias selbstbestimmungslose Jugend ins Treffen führte. Der Professor, eben im Aufbruch befindlich, den Kopf voll hundert Pflichten und ohne Interesse für diesen Schwesternkrieg, schickte Annunziata zum Assistenten. Dieser wiederum erklärte, er werde sich vorerst mit Doktor Platania beraten, war aber bereit, die notwendige Untersuchung auch an dieser zweiten Blutkandidatin vorzunehmen.

Als dann etwas vor der festgesetzten Stunde Grazia erschien, kam es in Irides Zimmerchen zu einem Auftritt zwischen den Schwestern, so heftig, wie er bisher noch nie stattgefunden hatte und aller Voraussicht nach auch nie wieder stattfinden wird. Grazia hielt noch die Türklinke in der Hand, als Annunziata sie schon bestürmte:

»Das ist nicht deine Pflicht, Graja! Du mußt es einsehn. Ich bitte

dich, geh nach Hause und laß mich hier!«
Grazia wehrte kalt ab:
»Da bist du zu spät gekommen, Zia. Ich war als erste hier und nun ist schon alles vorbereitet.«
Annunziata aber ließ sie kaum ausreden:
»Das gibt es nicht, das gilt nicht. Ich habe Iride aufgezogen. Mama hat sie *mir* anvertraut, *ich* habe, seitdem sie auf der Welt ist, immer mit ihr das Zimmer geteilt, nicht du!«
Durch Annunziatas wilden Ton gereizt, erhob nun auch Grazia ihre Stimme:
»Es ist sehr wenig nett von dir, daß du mich wegschieben willst. Ich möchte dir nicht nähertreten, aber ich habe mich um Iride nicht weniger gekümmert als du. Übrigens ist alles Gerede überflüssig. Ich war die erste hier. Der Primarius und die anderen Ärzte haben mich bestimmt und ich verzichte nicht.«
Annunziata, die auf diesem Wege nicht vorwärtskam, wurde leise:
»Graja, habe ich nicht mehr verloren als du?«
Über diese Frage empörte sich Grazia. Fast hätte sie schon Lauros Namen genannt, der ja nicht nur der Schwester gestorben war. Irides wegen, die nichts wissen durfte, riß sie sich zurück:
»Du tust ja so, als wäre ich an allem, was geschehen ist, unbeteiligt? Ich will von meiner Angst um Placido nichts reden. Aber heute früh habe ich Papa verloren, für immer.«
»Auch ich habe Papa verloren, Graja.«
»Bei dir, liebe Zia, mag das eine sentimentale Redensart sein, bei mir ist es furchtbare Wahrheit. Du hast die Pflicht, nach Hause zu gehn und für Papa, der gänzlich verlassen ist, zu sorgen.«
Wie böse Annunziatas Augen funkeln konnten! Es war, als ringe sich alle jahrelang hinabgewürgte Bitterkeit im unrechten Augenblick aus ihr los:
»Ah, nach Hause gehn!? Das hat dir ja immer gepaßt, daß ich den Dienstboten spiele! Ich soll nach Hause gehn, kochen, decken, Geschirr waschen, aufräumen, wie!? Sehr einfach. Und du!? Ich gehe *nicht* nach Hause.«
»Du würdest nach Hause gehn, Zia, wenn du wüßtest, daß *ich* nicht nach Hause gehen *kann.*«
»Du irrst dich! Auch du kennst die Gründe nicht, weshalb ich noch viel weniger nach Hause gehn kann.«
»Zia, Zia, was können das für große Gründe sein? Mich aber hat Papa ausgestoßen und mit der Polizei bedroht.«
Der Zwist hatte schon jenen Punkt erreicht, wo die Streitenden die Argumente des andern nicht mehr zu Ende hören. So faßte Annun-

ziatas Bewußtsein die Worte »Verstoßen« und »Polizei« nicht mehr auf, da sie der Schwester ihr eigenes Bekenntnis entgegenschleuderte:
»Ich habe die heutige Nacht im Kloster verbracht, und wenn du nicht nachgibst, wirst du mich nie mehr wiedersehn.«
Grazia aber konnte mit einem nicht minder kühnen Bekenntnis aufwarten:
»Auch ich habe diese Nacht nicht mehr zu Hause verbracht und werde heiraten.«
Iride hatte den Streit bisher mit glühenden Augen aber wortlos verfolgt. Jetzt fuhr sie triumphierend auf, als sei ihr die Lösung eines verworrenen aber dankbaren Rätsels geglückt:
»Signor Campbell! Ah! Ah!«
Grazia ließ eine Weile vorübergehen, um dann mit versöhnlicher aber fester Stimme zu bestätigen:
»Ja, Iride, es ist Mister Arthur Campbell. Ich war mit ihm auf der Festa di ballo zusammen . . . damals.«
Auch Annunziata sagte lange nichts, um sich dann Grazia mit ganz verwandelter, bittender Stimme zu nähern:
»Was willst du noch, Graja!? Ich werde dich immer unterstützen, du weißt es. Sag, bin ich nicht *wirklich* viel unglücklicher als du?!
Da wurde Grazia zum erstenmal schwankend. Zia war wirklich unglücklicher als sie. Nur unglücklicher? Sie, Grazia, war ja das glücklichste Mädchen in dieser Stadt. Sie sah unsicher von einer zur anderen:
»Iride soll entscheiden . . .«
Aber Iride dachte nicht daran, sich den Genuß zu verkürzen, den dieser Streit der Schwestern ihrer umworbenen Person bereitete. Sie schloß ihre Lippen fest wie ihre Augen und stellte sich schlafend. Es war kein alltäglicher Kampf, da es sich nicht häufig ereignen dürfte, daß ein Wettstreit der echten Opferbereitschaft den nackten Egoismus zum Motiv hat. Beide aber, Annunziata und Grazia, waren völlig aufrichtig und dachten keine Sekunde daran, ihr Ziel edelmütig zu verschleiern. Das Leben war ihnen versperrt. Annunziata ertrug sich zu Hause nicht, und im Kloster verging sie vor Heimweh. Und auch für Grazia war das Blutopfer der einzige Ausweg aus ihrem Konflikt. Es kann nicht erforscht werden, wer von den beiden gesiegt hätte, da die Entscheidung von außen fiel, und zwar zugunsten Annunziatas. Als sich nämlich Iride gerade, vielleicht um weder die eine noch die andere zu kränken, in Schlaf und Schweigen hüllte, klopfte es an der Tür. Der eben genannte Arthur Campbell trat mit verlegener Vorsicht ein und berichtete,

daß jemand draußen stehe, der Signorina Grazia zu sprechen wünsche.
Sie konnte zuerst in dem schlotternden Greis mit dem geschlossenen und dem schreckensstieren Auge den vielgewandten Quälgeist ihrer Jugend kaum erkennen. »Giuseppe«, fragte sie ungläubig. Der Diener wälzte die Zunge im Mund und gab gurgelnde Laute von sich, ehe ihm mit Wehgeheul die Wahrheit entfuhr:
»Sie haben Eccellenza verhaftet!«
Grazia erstarrte wortlos. Campbell aber packte sie mit schmerzhaftem Griff:
»Ich hole dir deinen Vater heraus, Grazia! Doch du versprichst mir, dein Blut nicht herzugeben . . . Sonst kann ich es nicht!«

Sechzehntes Kapitel

DER NEUE BUND

In der Azienda angelangt, machte sich Don Domenico sogleich an die Ausführung der entschlossenen Vorsätze, die er auf dem Wege zur Piazza del Municipio gefaßt hatte. Er war die Strecke im Schnellschritt gegangen, ohne zu bemerken, daß der Diener schon an der Straßenecke abfiel und zurückblieb. Es dauerte eine halbe Stunde, ehe Giuseppe, sich an seinem Stock sonderbar vorwärtsschnellend, dem Herrn nachkam. Er grinste, sein Leiden angstvoll bagatellisierend:
»Drei Tage dauert so ein Rheumatismus, länger nicht. Ich kenne das schon, Eccellenza.«
Domenico Pascarella verfaßte ein Kabeltelegramm an seine Söhne. Es war im streng militärischen Befehlston gehalten: »Widerspruchslos mit nächstem Schiff heimkehren, Papa.« Nein, Papa war nicht gesonnen, sich von seinen Kindern völlig vernichten zu lassen. Trotz den beiden offenen Wunden, Lauro und Grazia, wollte er nicht untätig verbluten. Der scharfe Befehl an die Söhne war der Ruck, mit dem er wieder die Zügel ergriff, die ihm nach der Karnevalsnacht zum tödlichen Unsegen seiner Familie entglitten waren. Vor allem mußten die Übriggebliebenen wieder im Hause versammelt werden, als Don Domenicos Trutzmacht, so wie eine geschlagene Armee sich in befestigte Stellungen rückwärts konzentriert. Der furchtbare Verlust Lauros war durch äußerste Selbstzucht und Willensanspannung aus dem Leben zu schalten. Der

Vater durfte sich in seiner Lage dem gefährlichen Schmerz nicht hingeben, ebensowenig wie der bohrenden Qual um Grazia. Dennoch erfaßte ihn jetzt, da er sich zu kalter Ruhe zwang, eine überschwengliche Begierde, die Körper seiner Kinder wieder in der Nähe zu haben, sie wohlaufgehoben in der Via Concordia zu wissen: Placido und Ruggiero, Annunziata, ach, und Iride. Und damit war die Aufzählung, aber nicht die Begierde zu Ende. Bis zur Rückkehr der Brasilianer mußte Iride wieder hergestellt sein, koste es, was es wolle. Don Domenico konnte sich eines erregenden Gesichtes nicht erwehren, das sein inneres Auge unnachgiebig umgaukelte. Sein Tisch, schön gedeckt und wohlbestellt wie früher. Und hinter ihren Stühlen erwarten ihn in respektvoller Haltung alle, alle, Annunziata und Placido, Grazia und Lauro, Ruggiero und Iride. Es war ja Wahnsinn, aber dennoch hatten die drei Todesdepeschen in ihm nicht die letzte Hoffnung auszulöschen vermocht, daß mit den beiden andern auch Lauro, durch ein Wunder erweckt, noch zurückkehren werde. Er rief seine Angestellten zu sich, den Kassier und den Praktikanten, die in ihren dürftigen Personen Buchhaltung und Parteiendienst der Bank repräsentierten. Der Praktikant bekam den Auftrag, den Drahtbefehl auf die Post zu bringen, und der Kassier sollte eine hinreichende Summe an die Brüder Pascarella durch den Credito Italiano nach Brasilien überweisen lassen. Es sei nur wenig flüssiges Geld vorhanden, meldete der Kassier. Er möge tun, was er wolle, fauchte ihn der Patron an, die Summe müsse noch heute angewiesen werden, und zwar auf kürzestem Wege, telegraphisch, er wünsche, daß seine Söhne diesmal nicht wie das Vieh reisten. Nach einer kurzen Pause machte er den beiden Angestellten in kurzen unfreundlichen Worten die Mitteilung von dem schrecklichen Schicksalsschlag, der ihn und die Familie getroffen hatte. Bestürztes Gemurmel antwortete. Er zeigte sich nicht schwach, zog sein Trauergewand straff, ließ den Beileidston ausklingen und wandte sich dem Alltag zu:

»War etwas los gestern und heute?«

Doktor Platania sei hier gewesen. Ein kurzer Schreck Irides wegen. Giuseppe bekam nun den Befehl, den Arzt in seiner Wohnung aufzusuchen und dort zu bestellen, daß Don Domenico ihn gegen ein Uhr im Hospital zu sprechen wünsche. Als sich die Beine des Dieners allzu munter-eigenwillig in Bewegung setzten, gab ihm der Herr ein paar Lire, damit er ein Taxi oder eine Droschke benütze. Und sonst war niemand hier? O doch! Es habe noch jemand nach Don Domenico gefragt. Avvocato Gnolli am Ende? Nein, nicht Avvocato Gnolli. Zwei fremde Herren! Was für fremde Herren?

Die Nachricht fiel Domenico Pascarella sogleich auf die Nerven und erzeugte ein unbestimmtes, aber widerwärtiges Vorgefühl.
Als er in seinem Studio wieder allein war, warf sich der Fall Grazia mit scharfen Krallen über ihn, daß er aufstöhnte. Seine dicken Fäuste ballten sich krampfhaft. Durfte er hilflos lässig zuschauen, diesen unbeschreiblichen Betrug, diese stinkende Unzucht ohne Rache hingehn lassen? Nein, niemals! Das Paar mußte abgefangen und gestraft werden! Doch Grazia lebte und Lauro war tot. Was ist das, tot? Das ging doch nicht! Das durfte man ja nicht denken! Er zersprengte den Schädel, wenn man darüber nachgrübelte. Es zu verstehn, wäre sein Ende. Darum handeln, irgend etwas tun, die Hände bewegen! Er schnitt mit Genauigkeit einen halben Bogen zurecht, um nach bürgerlichem Brauchtum eine Parte zu stilisieren, die durch die Post und Zeitung der Welt Kunde vom Tode seines Sohnes geben sollte. Das war seelisch und körperlich ein schwierigeres Vorhaben, als er gedacht hatte. Schon der erste Satz:
»Von tiefem Schmerze gebeugt, geben ich und meine Familie Nachricht . . .« Gebeugt? Das stimmte nicht. Wer konnte sagen, daß er gebeugt sei? Er ließ sich nicht beugen. Er fühlte sich aufrecht. Trotz dieser Überzeugung aber sah er, daß seine Hände so stark zitterten, daß er kaum schreiben konnte. Und unter dem Tisch schlugen die Knie unbeherrscht gegeneinander. Der Satz blieb stehn, nur die patriarchalische Formel »Ich und meine Familie« wurde in ein schlichtes »Wir« gemildert. Einen weit größeren Konflikt aber schuf das Wort »plötzlich« in folgendem Nachsatz:
»– – – daß unser innig geliebter Sohn und Bruder Pascarella Lauro in São Paulo plötzlich verschieden ist.«
Dieses »plötzlich« erschien Don Domenico als rückhaltloses Eingeständnis des Selbstmordes und damit der Schmach. Bisher lag ja um Lauros Tod noch völliges Dunkel und niemand mußte Unerwiesenes bekennen. Er wollte also das Wort »plötzlich« in »nach kurzem Leiden« umändern, als das Blatt vor seinen Augen zu brennen begann, ohne zu verbrennen. Feuerkurven und Ringe krochen durcheinander. Es konnten aber auch Schlangen sein. Er lehnte sich zurück und schloß die Lider. Kaum aber hatte er sich halbwegs wieder beruhigt, da meldete der Kassier die beiden Herren an, die auch schon ohne Aufforderung die Wendeltreppe emporstapften und eintraten. Sie trugen zwar keine Uniform, jedoch unter ihrem Zivilrock schwarze Hemden und Krawatten, die einen halboffiziösen drohenden Eindruck erweckten. Der jüngere, ein breitgebauter Mann mit flacher Nase, blaurasierten Wangen, dunklen Augen und vorstoßendem Willenskinn, der Ältere ein Durchschnitts-Glatz-

kopf. Der jüngere Mann schien nicht nur der Wortführer zu sein, sondern eine hervorragende Stellung einzunehmen, die ihn mit um so ruhigerem Selbstbewußtsein erfüllte, je weniger sie Don Domenico zur Kenntnis nehmen wollte. Er vergaß keinen Augenblick seine beherrschte und gemessene Höflichkeit:
»Signor Pascarella, nicht wahr?«
Don Domenico dachte, schade, daß ich vernichtet bin, daß mich die letzten Tage über den Haufen geworfen haben, daß ich vor fünf Minuten einen Schwindelanfall überstehn mußte. Ich bin in keiner erstklassigen Kampfesverfassung. Ruhe, nur Ruhe, das ist die Hauptsache. Und Lauro ganz vergessen! Doch trotz diesem weisen Zuspruch wuchs in ihm Unruhe von Minute zu Minute und ein hassenswertes Gefühl der Furcht. Seine Haltung aber – lässig aufgerichtet, die rechte Faust auf den Schreibtisch gestützt – ließ wahrlich nichts zu wünschen übrig. In Anbetracht der unausdenklichen Erlebnisse muß sie vorbildlich, ja antik genannt werden. Die innere Stimme mahnte: So wenig wie möglich reden! Er wartete also wortlos, seinen hellen starren Blick auf die Eindringlinge richtend, jenen Blick, der alle Battefioris und Gnollis so oft in Verwirrung gesetzt hatte. Der Herr mit den blaurasierten Backen verbeugte sich und nannte einen Namen, woraufhin der Glatzkopf ein Ähnliches tat. Don Domenico nahm diese Vorstellungsgeste noch immer mit souveräner Regungslosigkeit entgegen, ohne zu antworten. Der Wortführer eröffnete das Gespräch:
»Verzeihen Sie die Störung, Signor Pascarella! Wir kommen, um von Ihnen einige Dinge zu erfragen.«
Noch hielt in Pascarellas Gemüt die Furcht der Wut die Waage. Doch als Baß seiner Worte schwang ein hundeartiges Knurren mit:
»Was für Dinge? Warum? Zu welchem Zweck? Und für wen?«
Der Schwarze, der weichere und feigere Gegner gewöhnt war, schaute den weißhaarigen Mann interessiert eine Weile an, ehe er mit einer Gegenfrage erwiderte:
»Sie wissen also nicht, wer wir sind?«
Don Domenico legte in seine Entgegnung die verächtlichste Gleichgültigkeit, die ihm zur Verfügung stand:
»Ich beschäftige mich nicht mit Politik. Zeitungen lese ich nie. Ich habe keine Ahnung, wer Sie sind, Signori!«
Der Jüngere lächelte verständnisvoll:
»Sie beschäftigen sich nicht mit Politik und lesen keine Zeitungen. Das ist sehr klug von Ihnen, Signor Pascarella. Im übrigen kommen wir nicht, um Sie mit Politik zu belästigen. Dieser Herr (er zeigte auf den Glatzköpfigen) ist der Vorstand unserer Wirtschaftskontrolle.

Und ich? Nun, ich begleite ihn.«
Gnollis Anzeige, wußte Don Domenico vom ersten Augenblick an. Nur Ruhe, nur sich nicht verwirren lassen! Weg mit Lauro und Grazia! Ganz bei der Sache sein und ein unerschütterliches Gesicht zeigen! Er wies mit geringschätzigem Wink auf zwei Sitzgelegenheiten hin. Doch nur der Ältere ließ sich an Battefioris Schreibtischseite nieder. Der Jüngere verschmähte es, Platz zu nehmen. Parascella hätte ihn am liebsten niedergeschlagen. Daß ein Laffe, der sein Sohn sein könnte, dieses Spiel mit ihm wagte, benahm ihm den Atem. Die Weltordnung war umgedreht. Er setzte sich, damit der Laffe vor alten Männern als einziger stehe, wie es sich geziemte. Der stehende Laffe schien sich aber nicht im geringsten gedemütigt zu fühlen, sondern ließ im Gegenteil seiner Neugier in unverschämter Weise freien Lauf:
»Wie gehen Ihre Geschäfte, Signor Pascarella?«
»Ich danke, ausgezeichnet!«
»Und wie sind sie in der letzten Zeit, ich meine etwa seit neun Monaten gegangen?«
»Danke, noch besser, ich kann nicht klagen!«
»Das freut mich aufrichtig. Darf man rauchen?«
»Nein! Mein Studio ist sehr eng, wie Sie sehn, und ich selber pflege hier nicht zu rauchen.«
Der Schwarze steckte seine Zigarettendose – sie war nicht von Silber – bereitwillig wieder ein:
»Hatten Sie, Signor Pascarella, in diesem Jahr Verluste?«
»Verluste hat jeder.«
»Die meine ich nicht. Ich rede von einschneidenden, gefährlichen Verlusten!«
»Da müssen Sie meinen Kassier fragen, oder noch besser Signor Gnolli, den Sie ja ausgezeichnet kennen und der mich bestohlen hat. Ich habe in den letzten vierundzwanzig Stunden . . . Nein, kein Wort davon! Machen Sie, was Sie wollen!«
»Ich muß schon auf Ihre eigene Auskunft bestehn, Signor Pascarella!«
»Und ich muß auf Ihre Auskunft bestehn, warum und wozu Sie meine Auskunft interessiert!«
Hier blinkte in den Augen des flachnasigen Wortführers zum erstenmal ein scharfes Feuer auf:
»Das kann ich Ihnen ohne weiteres erklären, werter Herr. Wir haben die Pflicht, dieses Land von allen betrügerischen, hinterhältigen und schädlichen Elementen zu befreien. Da darf uns kein Schlupfwinkel zu klein und uninteressant sein.«

Don Domenico taumelte auf:
»Geht das auf mich? Befinde ich mich vielleicht unter diesen betrügerischen Elementen?«
Jetzt setzte sich der Schwarze nieder und schlug die Beine übereinander:
»Das wird ganz von Ihrer Beweisführung abhängen.«
Domenico Pascarella fuhr sich mit beiden Händen an den Hals. Da traf ihn ein langer Blick des Glatzköpfigen, der ihm zuzuzwinkern schien: Laß ihn nur reden, den Fanatiker! Sei klug! Erkenne deine ausgezeichnete Chance! Halte dich nur an mich! Ich habe in solchen Angelegenheiten Erfahrung und Praxis. Ohne diesen Blick entziffern zu können, beruhigte sich Don Domenico. Er nahm wieder Platz:
»Ich habe keine Zeit für leere Diskussionen. Womit also kann ich Ihnen dienen?«
Der Wortführer hatte sich gleichgültig im Studio umgesehn, bevor er die Verhandlung lässig wieder aufnahm: »Als erfahrener Kaufmann werden Sie ja wissen, daß es eine verbrecherische Handlung ist, ein Fallissement der Behörde zu verheimlichen und in solcher Lage neue Kredite aufzunehmen.«
In Don Domenico kochte nur mehr die maßlose Gier, den Laffen zu verhöhnen und zu erniedrigen:
»Was hatten Sie für einen Beruf, junger Mann, bevor Sie Kriminalbeamter geworden sind?«
Der Hieb saß. Der Schwarze erhob sich:
»Ich bin kein Kriminalbeamter, sondern Frontoffizier!«
»Da werden Sie wohl bei der Kompagniekasse das Bankwesen studiert haben, eh?«
Don Domenicos Hohn war es wirklich gelungen, den Wortführer einzuschüchtern. Der Löwe hatte ihn zu dem kleinen Kriegsleutnant reduziert, der er war. Er fühlte sich von einem hohen Offizier abgekanzelt und fand zu seinem großen Mißbehagen keine Antwort. Neuer Hohn hagelte auf ihn nieder:
»Sehen Sie, junger Mann, Sie haben nichts gelernt, Sie haben keine Ahnung und mischen sich in Dinge, von denen Sie nichts verstehn. Ich rate Ihnen von weiteren Einmischungen energisch ab. Und damit gottbefohlen!«
Das kam zu schnell, zu triumphierend, zu siegesgewiß. Der Verhöhnte faßte sich sofort:
»Das hilft Ihnen alles nichts, werter Herr. Sie werden uns Einblick in Ihre Bücher gewähren, und zwar sogleich!«
»Ich denke nicht daran.«

»Es bringt Ihnen keinen Vorteil, wenn Sie uns die Aufgabe erschweren.«
»Diese vier Wände gehören mir. Hier bin *ich* der Herr.«
Jetzt nahm der Glatzköpfige mit freundlicher Bedächtigkeit zum erstenmal das Wort:
»Signor Pascarella, ich kenne Ihren Namen schon viele Jahre. Von Ihrer rechtlichen Geschäftsführung bin ich überzeugt. Legen Sie die Bücher vor! Ich will Stichproben machen und Sie geben mir einzelne Erklärungen. Das ist doch wirklich ein loyaler Vorschlag.«
Es war mehr als ein loyaler Vorschlag und man möchte sich die Haare raufen, daß ein alter, geschlagener Mann nicht die Weisheit besaß, nach ihm zu greifen. Der verblendete Trotz aber hatte schon jenen Punkt überschritten, wo eine Umkehr noch möglich gewesen wäre. Don Domenico riß die Schreibtischlade auf, zog aber kein Geschäftsbuch hervor. Der Schwarze sah auf die Uhr:
»Ich werde fünf Minuten warten. Wenn Sie sich bis dahin nicht besonnen haben, muß ich die Konsequenzen ziehn.«
Der Glatzkopf arbeitete neuerdings mit aufmunternden Verschwörerblicken. Pascarella jedoch schien sie nicht zu beachten und starrte in die offene Schublade. Der frühere Frontoffizier hingegen wandte sich den Bildern an den Wänden zu.
In Don Domenicos Studio hingen folgende dürftig gerahmte Dokumente und Abbildungen. Zwei verstaubte Diplome. Die Porträts des Königs Umberto und der Königin Margherita, der Eltern des heutigen Herrschers. (Auch dies war ein Zeichen für den Konservatismus des Inhabers, der trotzig die Gegenwart nicht zur Kenntnis nahm.) Ferner der Öldruck eines pathetischen Gemäldes, Garibaldi darstellend, der mit hocherhobener Fahne an der Spitze seiner Tausend Siziliens Küste betritt. Und endlich eine vergilbte Opernszene aus »Gioconda«, ein häßlicher Stich. Nachdem der Wortführer mit der Besichtigung dieser Galerie fertig war, sprach er das Urteil:
»Der größte Italiener unserer Tage fehlt hier.«
Domenico Pascarella, der den Blick von dem Innern seiner Schublade nicht hob, wiederholte seine Formel:
»Ich beschäftige mich nicht mit Politik. Ich lese keine Zeitungen.«
»Und warum haben Sie dann Ihren Söhnen den Eintritt in die Avanguardia untersagt?«
»Ich verbiete Ihnen, von meinen Söhnen zu reden!«
Die Zeit erfüllte sich. An dem Glatzköpfigen vorbei trat der Schwarze dicht ans Fenster und verblieb dort eine Weile, indem er die Hand an die Scheibe legte.
»Signor Pascarella«, mahnte der Sanftmütige zum letztenmal,

»überlegen Sie sich genau, was Sie tun!«
Der Wortführer brach jedoch die letzte Brücke ab:
»Ich bedaure, daß ich gegen Sie amtlich vorgehn muß!«
»Und ich bedaure«, schrie Don Domenico, »daß ich zu wenig Personal habe, um Sie hinauswerfen zu lassen!«
Der Schwarze schenkte Herrn Pascarella nicht die geringste Beachtung mehr, sondern legte ein vielgestempeltes Schriftstück als Legitimation auf den Tisch:
»Ich erkläre das Bankgeschäft Domenico Pascarella für gesperrt. Die Bücher werden eingezogen und die Kassen versiegelt.«
Getrappel auf der Wendeltreppe. Zwei Milizleute und ein Carabiniere drangen in das Studio ein. Leider beging Don Domenico jetzt den größten Aberwitz seines Lebens. Er riß den Revolver aus der Schublade und fuchtelte wie ein Rasender damit herum. Ein Schuß ging los und zerschlug das Fenster. Die Uniformierten warfen sich auf ihn und ein Kampf begann, der die fast übermenschlichen Kräfte dieses rundlichen Sechsundsechzigjährigen bewies. Die Milizleute, die schon manche Strafexpedition gegen eine Übermacht glatt durchgeführt hatten, flogen an die Wand wie Marionetten. Der Riesenschmerz des Vaters schien umgewandelt in tobende Muskelkraft. Der Gendarm stürzte so heftig gegen den Schreibtisch, daß er im Fall das Tintenfaß, Postkorb, Briefwaage und den Drehstuhl mit sich riß. Der enge Raum erdröhnte. Erst beim dritten Angriff gelang es der Übermacht, den Rasenden niederzuwerfen. Noch am Boden liegend brüllte Don Domenico mit ungeheurer Stimme: »Meine Kinder!« Es dauerte mehrere Minuten, bis sie ihn gefesselt hatten, bis sie ihn die Treppe hinabstießen, und auf die Straße schoben. Auf der Piazza del Municipio herrschte großes Leben, denn es war gerade Mittag. Pascarella, der die Hände nicht mehr bewegen konnte, wehrte sich noch immer mit Rumpf und Schultern. Ohne Scham und ohne Besinnung heulte seine Stimme: »Ich will meine Kinder wieder! Meine Kinder! Meine Kinder« Es gab ein überaus großes Aufsehn. Mehr als hundert Menschen begleiteten den gefesselten Vater, den sie für einen betrunkenen oder Narren hielten, mit grausamem Gejohle zum Polizeiquartier.

Und Arthur Campbell?
Es ist nicht verborgen geblieben, daß seit der wundermäßigen Wiederbegegnung mit Grazia sich ein Schleier über sein Wesen gesenkt hat. Nichts natürlicher. Arthur stand unter der tiefen Hypnose der Erfüllung. Man überlege: Ein ruhiger Inselbewohner von einigen Vierzig. Teilhaber eines industriellen Unternehmens,

nicht reich, doch über sichere Einkünfte verfügend. Er fühlt sich wohl in sich selbst und liebt das Leben zur Genüge. Was aber ist das Leben? Einige Stunden bürgerlicher Arbeit am Tag; in der Frühe vor der Arbeit eine Stunde sportlichen Vergnügens, ein Spazierritt, drei Tennis-Sets oder ein Golfgang; nach der Arbeit zwei bis vier Stunden geselligen Vergnügens, ein Gespräch mit Freunden, ein stiller Abend bei der älteren Schwester, eine Autofahrt in die Landschaft, ein Spiel im Klub, doch lieber Schach und Domino als Karten. Die einzigen Ausschweifungen dieses wohltemperierten Lebens sind alljährliche Reisen, die Geld kosten. Kann man jedoch bei einem Engländer die weitesten Fahrten (Indien, Borneo, Jamaika, Südafrika, Haiti, Neuseeland) Ausschweifungen nennen, selbst wenn sie sein Budget überschreiten? Was hat ein Junggeselle zu verlieren? Und diesen Weltreisenden und Junggesellen ereilt am Tyrrhenischen Meer das Schicksal der Leidenschaft. Ein Organismus, in dessen Blutströmen schon als Vätererbschaft alle Krankheiten gewütet haben, ein Organismus, in dem die Abwehrkräfte gegen Gifteinbruch stets auf der Hut sind, ein solcher Organismus hat es leicht, zu widerstehn. Ein ungewürztes Blut hingegen, das so viele Jahrzehnte lang seinen indolenten Takt schlug, kann, einmal von Krankheit ergriffen, kaum Widerstand leisten. In Neapel, im Foyer von San Carlo, verliebt sich der Junggeselle auf den ersten Blick in Grazia Pascarella. Er gerät in unbekannte Verwirrungen, vergißt Erziehung und strenge Lebensform, lauert dem Mädchen sogar an der Ecke der Via Concordia auf, eine Handlungsweise, die er immer als frech und kommishaft verabscheut hat. Grazia jagt ihn nicht fort, sondern gewährt ihm einen gemeinsamen Gang und eine Stunde von unfaßbarer Süßigkeit, deren Nachklang ihn wie schweres Fieber schüttelt. Es folgt die Nacht der Festa di ballo im Bertolini-Hotel. Er ist nur schon so weit gesammelt, um sich als Gentleman benehmen zu können. Wegen des großen Altersunterschiedes muß er ihretwegen resignieren. Das ist ihm unerbittlich klar. Ein Gespräch in winddurchwehter Abschiedsstunde, das sein Gedächtnis ins Jenseits hinübernehmen wird. Dann neun Monate nervöser Qual, knirschenden Rebellentums gegen sich selbst, gegen seine Welt, gegen seine Lebensart. Man erkennt ihn kaum wieder. Er ist bissig geworden, ja grundlos gehässig. Nichts anderes fühlt er als das tragisch entgleitende Leben und macht dafür seine Umgebung verantwortlich, seine Verhältnisse, seinen Beruf, seinen Erziehungsgang, seine Nation. Es kommt zu Unstimmigkeiten in der Fabrik. Ohne hinreichende Vorsicht schlägt er seinen Anteil los. Er verliert dabei. Gleichgültig, er will Geld haben, und zwar rasch. Ein Klubfreund, Geograph von Weltbedeutung, rüstet eine Expedition zur Erforschung des Himalaja. Glänzende Gelegenheit für eine diskrete Art nicht allzu langweiligen Selbstmords. Er bewirbt sich um die Teilnahme an dieser Expedition. Grazias Flaschenpost bringt eine jähe Entscheidung. Er irrt einige Stunden durch das Labyrinth Neapels. Es ist noch nicht Abend geworden, als ihm das Mädchen in die Arme sinkt, ohne Vorbehalt, ohne kleine Scham. Er, ein Mr. Arthur Campbell aus London, ist für Grazia der allmächtige Retter wie ein Erzengel, wie der Tod. Sie bleibt bei ihm, die Allerreinste, entgegen jeder Sitte, jeder Berechnung. Was er für ewig verloren hielt, nun ist es sein. Hypnose der Erfüllung. Doch noch eine andere Betäubung strömt von der fremden Welt her, die ihn jetzt umfängt. Die Pascarellawelt, nicht heiter und einfach, wie er sie in seinem nordischen Hochmut immer gedacht hat. Er fühlt sich ihren in sich vereinigten Gegensätzen nicht gewachsen. Pathos, das nüchtern ist, ein wilder Gefühlsreichtum, der zugleich logisch bohrt, Jungfräulichkeit und zugleich Reife, ein Familientrieb ohne Maß und zugleich unbedenkliche Selbstbefreiung. Zu solchen Spannungen ist Campbell nicht fähig. Vom Familienschicksal der Pascarellas hin und hergeworfen, von Heiß und Kalt, vom Stimmungswechsel, von Grazias Lebensfülle, leidet er an dem Bewußtsein einer blamablen Unzulänglichkeit. Ist er jetzt schon zu alt und zu steif für sie? Diese Unsicherheit hält bis zu dem Augenblick an, da die Nachricht von Domenico Pascarellas Verhaftung alles verwandelt. Arthur Campbell hat Grazia in der Welt der Liebe errungen, jetzt aber gilt es, sie in der Welt der Dinge zu erkämpfen. Ja, es ist für ihn notwendig, sich beispiellos zu bewähren und so für alle Zukunft seine Überlegenheit im Lebenskampf (die einzige Überlegenheit, die ihm bleibt) der Geliebten vor Augen zu führen. All dies Fürchten und Trachten geht im dunkelsten Dunkel des Herzens vor sich, wo auch der Wunsch wohnt, die Tugenden der Campbell-Natur durch jene süße fremde Welt nicht völlig an die Wand drücken zu lassen. Kühles Blut, zäher sehniger Zielwille, elastisches Planen, geduldige Taktik, Humor in Sieg und Niederlage, diese Waffen sollen nun in den Kampf treten. In dem Versprechen, »ich hole dir deinen Vater heraus«, klingt nicht die leiseste Anmaßung oder Prahlerei mit. Campbell weiß, daß er nicht zurückweichen wird, und wenn es sein Leben kostet. Auch Grazia weiß das sofort. Er bittet sie, um seiner Tatkraft willen, auf das Blutopfer zu verzichten. Sie gehorcht. Annunziata und Iride werden für die Operation vorbereitet. Campbell schlägt ferner vor, Grazia möge ihren Schwestern beistehen und seine Rückkehr hier abwarten. Dann verabschiedet er sich und fordert Giuseppe mit einem leichten Wink auf, ihm zu folgen. Der schlotternde Alte spürt, daß es sich um einen entschlossenen Rettungsversuch seines Herrn handelt, und nimmt im Mietauto an der Seite des Chauffeurs Platz. Das erste, was Campbell tut, ist eine anscheinend gleichgültige Geste. Er reckt und streckt seine Glieder, daß die Gelenke knacken. Er prüft und stimmt damit gewissermaßen das Instrument seines Körpers. Lange schmale Glieder und ein ebensolcher Schädel planen anders als kurze gedrungene Glieder und ein runder Katerkopf. Im Gegensatz zu Don Domenico also gibt es bei dem Engländer nichts Explosives und Plötzliches, sondern alles entwickelt sich nach bestimmten Absichten, hält Ordnung und Reihenfolge. Es spricht für die Zartheit Arthurs, daß er etwas weniger Wichtiges zuerst erledigt. Er fährt ins Vomeroviertel empor und mietet in einer namhaften Pension ein Zimmer für Grazia. Sie soll nicht im Bertolini wohnen, sondern an einem Ort, wo sie für alle Lästerzungen unantastbar bleibt. Die nächste Station ist das britische Generalkonsulat. Der Konsul windet sich und warnt. Italien stehe in politischer Weißglut. Allenthalben wimmle es von kleinen Neronen und Provinzialcaligulas. Interventionen könnten den erwünschten Anlaß für billige Unerschrockenheitsgebärden geben, wobei sich auch die stärkste Großmacht einem Refus aussetze. Auf den Beamten macht es Eindruck, daß Campbell keines dieser Argumente anerkennt und nicht nachgibt. Vielleicht stehen hinter dem energischen Landsmann verschwiegene Interessen, die man nicht verletzen darf. Der Konsul notiert sich alles und verspricht bei der zuständigen Stelle eine Anfrage unverbindlich zu versuchen. Das Auto kehrt in die Stadt zurück und hält vor Domenico Pascarellas Azienda. Zum Glück ist trotz den eisernen Worten die Ordnung noch nicht ganz so eisern durchgeführt. Obgleich vom Rollbalken ein großes Amtssiegel herabhängt, ist es doch nur zur Hälfte niedergelassen, so daß ein Mann ganz gut in den Laden schlüpfen kann. Ein Wachposten patrouilliert freilich dann und wann vorüber. Giuseppe erhält den Befehl, die Angestelltenschaft Pascarellas tot oder lebendig herbeizuschaffen. Er kennt die Adressen und fährt davon, während Campbell als ein Fremder von Distinktion das Castello Nuovo betrachtet, was dem Polizisten weiter nicht auffällt. Die Pause ist nützlich, denn weitreichende Pläne werden durchdacht. Nach fünf Minuten schon steigt der Kassier aus dem Auto. Der kleine Mann, in Domenicos Zucht alt geworden, scheint durch das Erlebte ganz vernichtet zu sein. Der Engländer, der ihn beinahe um eine halbe Körperlänge überragt, nimmt seinen Arm. Das hartnäckige, wenn auch so wenig erfolgrei-

che Sprachstudium fördert plötzlich eine staunenswerte Wortgewandtheit zutage:
»Ich heiße Arthur Campbell, werde Signorina Grazia heiraten und aus diesem Grund ihren Vater aus dem Gefängnis befreien. Ich habe die Absicht, wenn es sein muß, dafür mein ganzes Vermögen zu opfern. Haben Sie mich verstanden? Also bitte, erzählen Sie mir alles! Aber kurz und langsam!«
Der Kassier möchte am liebsten diesem Himmelsboten die Füße küssen. Schon hat er mit dem Leben abgeschlossen gehabt. Denn wer wird einem alten Mann noch Arbeit geben? Er beginnt zu erzählen, weder kurz, noch langsam, dafür aber auch ohne Ordnung. Campbell muß immer wieder mahnen: »Wie? Ich verstehe Sie nicht!« Das Gespräch spielt sich vor dem Eingang des Hotel »Londres« ab, wohin der Engländer auch das Taxi dirigiert hat, damit die Gruppe vor der Azienda nicht auffalle. Nach fünfzehn Minuten weiß er genug, um sich die Geschichte, von der Veruntreuung Battefioris angefangen bis zum heutigen Tag, ungefähr zusammenreimen zu können. Er erkundigt sich nach den Geschäftsbüchern. Der Kassier habe sie selbst den Funktionären ausliefern müssen. Alle? Der alte Mann sieht sich ängstlich um. Nein! In seiner eigenen Schublade halte er das Journal versteckt, aus dem man nötigenfalls sämtliche Konti rekonstruieren könne. Also her damit! Aber wie? Campbell trifft rasch eine Entscheidung:
»Wenn der Wachmann den Rücken kehrt, kriechen Sie in den Laden und holen das Journal. Ich warte hier auf Sie im Wagen.«
Fünf Minuten später steigt der Kassier samt seiner Beute zu Campbell ein. Dieser verliert kein überflüssiges Wort über die gelungene Tat, sondern befiehlt: »Zum Notar!« Der Beamte Don Domenicos, auf Einsilbigkeit abgerichtet, versteht sogleich und gibt die Adresse des Notars an, mit dem die Firma zu arbeiten pflegt. In dessen Kanzlei erklärt Arthur Campbell, daß er für Don Domenico und sein Haus Bürgschaft leisten wolle und bereit sei, mit seinem ganzen Vermögen für alle Schulden und Verpflichtungen des Firmeninhabers zu haften. Irgendeine Sicherstellung und Gegenleistung für diese Bürgschaft fordert er nicht. Der sehr erstaunte Notar setzt ein Protokoll auf. Der Engländer bittet, die Behörde so schnell wie möglich davon in Kenntnis zu setzen, daß hiermit Domenico Pascarellas Geschäftsgebaren in jedem Posten gedeckt sei. Er hinterlegt bei dem Notar das letzte Kontokorrentblatt seiner Londoner Bank, woraus in groben Zügen seine derzeitigen Besitzverhältnisse gelesen werden können. Der Kassier wird angesichts solcher Verschwendungssucht immer unersättlicher. Er weist auf

die gekündigten Gnollikredite als auf die unmittelbarste Gefahr hin. Zum Überfluß verpflichtet sich Campbell in einem eigenen Brief, innerhalb von fünf Tagen die Summe auf Lira und Soldo zurückzuerstatten. Der Respekt des Notars vor dem Krösus wächst in Unermessene. Nicht ohne Schwung bittet er telephonisch einen angesehenen Rechtsanwalt zu sich, der auch wirklich bald darauf erscheint. Der Kassier muß noch einmal die Vorgänge der Reihe nach berichten. Nachdem er geendet hat, beginnt der Advokat mit einem Streichholz in den Zähnen zu stochern, ein Zeichen, daß in seinem Geiste zwischen Berufssinn und politischer Bedenklichkeit ein Konflikt ausgetragen wird. Endlich aber, durch Campbells imposantes Auftreten bestochen, entschließt er sich, dem Fall Pascarella näherzutreten, und begibt sich ins Untersuchungsgefängnis. Es ist indessen fünf Uhr geworden, und somit die Stunde des Tees gekommen. Durch die harte Arbeit gesteigert, meldet sich in Campbell das unüberwindliche Bedürfnis nach dem gewohnten Genuß. Es würde sich auch am Jüngsten Tag in seine Nerven einschleichen. Als sei für den Augenblick das Notwendige erledigt, ruft er dem Chauffeur zu »Hotel Bertolini«. Vorher aber verteilt er, um seine Adjutanten für kommende Dienste anzueifern, an den Kassier und an Giuseppe reichliche Diäten. Der Kassier verbeugt sich siebenmal, erklärt, er werde nach Neuordnung der Dinge über das Erhaltene treulich Rechnung legen, und verspricht, morgen um acht Uhr früh im Hotel zur Stelle zu sein. Der schlagrührige Giuseppe tänzelt trunken an seinem Stock:
»Und was befehlen Eccellenza weiter?«
Er habe in den Dienst Signorina Grazias und ihrer Schwestern zurückzukehren und die Übersiedlung in jene Pension durchzuführen, wo ein Zimmer gemietet worden sei. Dem Alten gelingt eine tiefe Verbeugung. Ihn wundert nichts mehr. Da ein zweiter unbegreiflicher Herr vom Himmel niedergestiegen und auf den Plan getreten ist, ringt er sich den Pascarellatöchtern gegenüber eine neuartige Dienstbeflissenheit ab. Campbell sitzt in der Halle des Bertolini-Hotels beim Tee. Er gibt sich aber diesem Akt nicht mit der ausschließlichen Ruhe hin, die er fordert. Eine erstaunliche Ausnahme. Neben der Tasse liegen Telegrammformulare, die er mit seiner steilen und festen Schrift bedachtsam ausfüllt. Das erste richtet er an seine Schwester, das zweite an seine Bank. In diesem verlangt er den schnellsten und günstigsten Verkauf seines Effektenbesitzes und die Erwirkung eines hohen Kredits bei der Banca Commerciale. Nach einigen minder wichtigen Telegrammen sendet er das letzte an den Schriftsteller, Verlagsleiter und Journalisten

Aldo Bugetti in Florenz, mit dem er voriges Jahr bei einem längeren Aufenthalt in dieser Stadt Freundschaft geschlossen hat. Bugetti besitzt in der italienischen Öffentlichkeit keine geringe Macht. Campbell bittet ihn, in den nächsten Tagen womöglich nach Neapel zu kommen. Damit ist sein Tagewerk beendet, und er kann sich wieder zu Grazia begeben. Er klopft an die weiße Spitaltür. Sie kommt heraus und drückt seine Hände an die Brust:
»Arturo, endlich!«
Sie ist so anders als am Morgen. Sehr ergeben, sehr weich.
»Wie geht es deinen Schwestern?«
»Alles glücklich vorüber! Gott gebe, daß es hilft! Ich habe Zia zuerst schrecklich beneidet. Jetzt aber liebe ich sie. Sie ist von uns allen weitaus die Gütigste. Iride schläft. Und du? Und Papa?«
»Frag mich jetzt noch nicht, Grazia! Ich brauche Zeit.«
»Gut, Arturo, ich verstehe dich. Willst du nicht hereinkommen? Willst du sie nicht sehn?«
»Ich bin doch ein Fremder, Grazia, ich werde sie nur stören und genieren.«
»O nein! Alles habe ich ihnen erzählt. Ich konnte nicht anders. Sie wissen, daß du Papa befreien wirst.«
Sie schiebt ihn leise durch die Tür. Campbell sieht Annunziatas totengelbes Gesicht mit den ruhig großen Augen. Er weiß nicht, warum es so tief sein Herz ergreift. Er tritt an ihr Bett und küßt ihre Hand, wobei sie ihn ernst und fern ins Auge faßt. Iride aber, die bei seinem Eintritt erwacht, hat trotz der Narkose nichts von ihrer Lebhaftigkeit verloren:
»Ah, Signor Arturo (welch überraschend günstiger Fortgang der frischen Beziehung!). Was wissen Sie von Papa? Wie geht es Papa?«
»Er wird in einigen Tagen wieder bei Ihnen sein, Signorina Iride.«
»Sie schwindeln uns hoffentlich nicht an, Signor Arturo!«
»Aber Iride«, weist sie Grazia zurecht, »was sind das für ungezogene Worte?«
Annunziata schaut und schweigt. Die Atmosphäre in diesem mädchenweißen und krankenkahlen Zimmer, der Dreiklang der Pascarellaschwestern ist so voll und stark, daß über Arthur Campbell wiederum die schmerzhafte Unsicherheit des Morgens kommt. Er hat die verlegene Empfindung, als eine grobschlächtige Realität unter geisterhaft helle Wesen geraten zu sein, die ihn an Beseeltheit seltsam übertreffen. Wieder ergreift ihn der heftige Wunsch, sein, wie er meint, widerwärtig rationales Wesen durch umsichtige Fürsorge zu rechtfertigen. Er empfiehlt sich auch, trotz Grazias erstauntem Einspruch, nach einer Weile, fährt ins Bertolini, bestellt

ein erlesenes Souper und läßt es in silbernen Gefäßen wohlverpackt in sein Taxi tragen. Ein Kellner muß ihn begleiten. Er selbst trägt die Champagnerflasche. Der Portier des Hospitals macht Schwierigkeiten, die erst durch Anrufung des diensthabenden Arztes beseitigt werden. Ehe Campbell aber mit seinen Schätzen das Zimmer betritt, wird er, der fünfundvierzigjährige Mann, blutrot. Oh, welche Scham! Er hat nicht bedacht, daß die beiden Kranken weder essen können noch dürfen und daß auch Grazia keineswegs in der Verfassung ist, sich an den köstlichen Speisen zu erfreuen. Wie taktlos! Er naht mit schmählichen Gaben des Materialismus und der aufdringlichen Lebenslust. Die Tür geht auf. Es ist zu spät zum Umkehren. Die Schwestern aber sind glücklicherweise gar nicht entsetzt. Grazia umfängt das Tablett mit begeisterten Blicken. Der Geruch der feinen Speisen, die sie nicht kennen, das funkelnde Silber, der Champagner (Foyer von San Carlo) bringen in die Trostlosigkeit der Umgebung lebendigen Glanz. Iride verlangt, was seit Wochen nicht geschehn ist, gierig zu essen. Annunziata lechzt nach einem herrlich eiskalten Trunk. Campbell aber läßt sich nicht bewegen, zu bleiben und am Mahl teilzunehmen. Erst gegen neun Uhr holt er Grazia ab, um sie in die Pension zu bringen. Während der Fahrt vergräbt er, überwältigt, den Kopf in ihrem Schoß und stammelt: »Ich danke Gott . . . Ich danke Gott . . .«

In seinem Zimmer ist ihm so eigentümlich zumut, als laufe das Leben nicht Sekunde nach Sekunde ab, sondern in einer unfaßbaren Gleichzeitigkeit, alles im Präsens gewissermaßen. Dennoch schläft er sofort ein und erwacht in der Nacht kein einziges Mal.

Das erste Ereignis des nächsten Vormittags ist der kleine Auflauf, der sich vor der Azienda Don Domenicos zusammengerottet hat. Das Gerücht seiner Verhaftung scheint bis zur ländlichen Kundschaft rasch vorgedrungen zu sein. Denn etwa dreißig würdige Männer, die gewiß keine Großstädter sind, stehen in einem verdonnerten Haufen beisammen, diskutieren schwerfällig und zittern um ihr Geld. Sie sind Pascarellas kommerzielle Leibgarde, seine Weinbauern, Gastwirte und Barkenbesitzer, deren Ersparnisse er verwaltet, die Leute aus Capua, Caserta, Marcianise, Benevento, Avellino und Salern. Arthur Campbell schickt den Kassier in den Kampf. Er soll die Klienten durch eine Ansprache beruhigen und ihnen die Versicherung geben, daß niemand auch nur einen Centesimo verlieren werde. Der Kassier unterzieht sich dieser Aufgabe mit Feierlichkeit. Er tritt gebärdenreich unter das Volk, das er dicht um sich versammelt. Der arme Don Domenico – er beginnt pianissimo mit ängstlichen Seitenblicken – sei das Opfer politischer Verknüpfungen. Geschäftlich jedoch stehe die Firma glänzender da als jemals. Ungläubige Gesichter starren den Kassier an. Der schwenkt den Hut begeistert. Vor vier Wochen wäre Mißtrauen vielleicht noch am Platz gewesen. Doch jetzt, da Domenico Pascarellas Schwiegersohn hafte und bürge, und nicht nur bürge und hafte, sondern die Firma in eigener Person repräsentiere? »Dort, seht ihn euch an«, fordert er die Versammlung auf, als reiche ein einziger Blick auf den hochgewachsenen Engländer hin, um alle Bedenken radikal auszurotten. Und nun verkündet der neapolitanische Buchhalter der verdüsterten Kundschaft die Wahrheit, wie er sie sieht. Jener Wundertäter von Schwiegersohn sei Eigentümer der Bank von England oder etwas Gleichwertiges und verfüge über mehr Millionen »Sterlinge« als die größte italienische Bank über Lire. Ob sie wüßten, wieviel eine Sterlina wert sei? Nun also, fünf Dollar jede einzelne! Und wieviel ein Dollar wert ist, weiß doch jedes Kind. Man lebt noch in der Zeit, da die Gottheiten der Edelvaluta auf Knien verehrt werden. Kein Wunder also, daß der erschauernde Blick des Haufens den Engländer scheu umtastet. Der Kassier stellt den Leuten nicht nur die zauberhafte Vermehrung ihres Geldes in Aussicht, sondern weissagt auch, daß der neue Mann das kleine Lokal hier mit einem Palazzo vertauschen werde, wie ihn Neapel noch nicht gesehen habe. Zuletzt spricht Campbell selbst ein paar stockende Worte, die sein Prophet verdeutlicht. Niemand möge sich fürchten! Wer aber kein Vertrauen habe, werde in wenigen Tagen sein Guthaben an den Schaltern der Banca Commerciale ausgezahlt bekommen. Der Kassier schließt die Versammlung mit dem neuerlichen dunklen Hinweis, daß Pascarellas Verhaftung ein Vorfall der Politik sei, nicht mehr, nicht weniger. Da nun das Wort Politik schon mehrfach gefallen ist, wird es leider nicht länger möglich sein, sie von diesem Märchen der Vaterschaft und der Geschwisterliebe völlig fernzuhalten. Wer oder was könnte sich denn ihrer heute erwehren? Zum Glück aber bildet sie nur den Hintergrund zu einer Episode, die nicht gänzlich der Heiterkeit ermangelt und aus der Arthur Campbell siegreich hervorgeht. Beim britischen Konsul, den er gegen Mittag aufsucht, erfährt er, daß sich in der Angelegenheit Pascarella überhaupt nichts unternehmen lasse, handle es sich doch um einen verstockten und bösartigen Gegner des Regimes. Abgesehen von geschäftlichen Malversationen, habe der Unglückselige die Organe der Miliz mit der Waffe bedroht und einige Schüsse gegen sie abgefeuert. Der Konsul rate dringend von jeglicher Einflußnahme ab, die nur zu unerquicklichen Mißverständnissen führen könne. Arthur Campbell eilt ins Hotel Bertolini. Er läßt sich in einen Fauteuil fallen und beginnt in zusammengekauerter Stellung nachzudenken. Nach einer halben Stunde etwa verlangt er eine telephonische Verbindung mit der Königlich Großbritannischen Botschaft in Rom. Als diese sich meldet, ruft er mit präzis entschiedenem Ton in die Muschel:

»Hier ist Arthur Campbell aus London. Ich möchte mit dem Herrn Botschafter sprechen. Jawohl, mit seiner Exzellenz! Es ist sehr dringend!«

Die Frauenstimme in Rom verstummt. Ein Legationssekretär meldet sich phlegmatisch. Arthur Campbell wiederholt seine Worte mit drohendem Nachdruck:

»Hier ist Arthur Campbell aus London!«

Es klingt wie »hier ist der König«, oder »hier ist der Ministerpräsident«. Der Legationssekretär drüben bedauert, daß seine Exzellenz abwesend sei. Darauf Campbell:

»Dann bitte ich, die Mission zu übernehmen! Ich, Arthur Campbell aus London, haben Sie verstanden, muß bis spätestens morgen früh eine wirksame Empfehlung an den Regierungspräfekten von Neapel bekommen. Es handelt sich um eine bedeutende und unaufschiebbare Sache. Den notwendigen Weg kennen Sie besser als ich. Meine Adresse ist Hotel Bertolini.«

Alle Diplomatie beruht auf dem eleganten Aberglauben, daß der Kosmos nichts andres sei als ein Gewebe persönlicher Interessen. Der junge Herr am anderen Ende der Leitung wundert sich über Gewicht und Energie der fordernden Stimme. Da er dem Botschafter unmittelbar zugeteilt ist, erstattet er sogleich über den selbstbewußten Anruf Bericht. Der Botschafter wird nervös:

»Was , Sir Arthur ist in Italien und wir wissen nichts davon? Sehr unangenehm!«

Er kalkuliert schnell: Arthur Campbell Bannermann, Führer der Liberalen, mithin Zünglein der politischen Waage und Damoklesschwert über Diplomatenhäuptern! Höchstpersönlich setzt sich Seine Exzellenz mit dem Ministerium des Äußern in Verbindung. Italien steht vor einem neuen Handelsvertrag mit England. Man ist also besonders zuvorkommend, obgleich Einwirkungen auf innere Verhältnisse zu den unerwünschten Dingen gehören. Der staatliche Apparat beginnt mit ungewohnter Eile zu klappern, und am Abend schon hält Arthur Campbell eine Depesche der Botschaft in Händen, die ihm Empfang und bereitwilligste Unterstützung durch Regierungspräfekten Neapels zusichert. Er wundert sich zwar einigermaßen über den »Bannerman«, hat aber keine Ursache, die unrechtmäßige Erweiterung seines Namens richtig zu stellen. Am nächsten Morgen erscheint eine würdige Persönlichkeit im Hotel, die sich im Namen des Präfekten nach dem Wohlbefinden Sir Arthur Campbells auf neapolitanischem Boden erkundigt. Im übrigen stehe seine Exzellenz dem verehrten Herrn zwischen vier und sechs Uhr abends voll und ganz zur Verfügung. Ob sonstige Wünsche oder Beschwerden vorlägen? Arthur Campbell dankt gelassen. Das aufgeräumte Glück jedoch ist mit seinen Gunstbeweisen noch nicht zu Ende. Aldo Bugetti, der berühmte Publizist und Florentiner Freund, kommt mit dem Mittagszug und steigt im Bertolini ab. Bei Tisch erzählt ihm Arthur mit größter Offenheit alles. Bugetti erkennt in dem leidenschaftlich verstörten Menschen den Engländer vom vorigen Jahr kaum wieder. Er verspricht seinen Beistand. Der Präfekt ist sein Kriegs- und Regimentskamerad. Campbells Hand greift immer wieder in die Rocktasche. Er trägt Grazias Abschriften von Placidos Gedichten und Skizzen bei sich. In seinen freien Stunden, insbesondere in der Nacht, hat er sich schon an ihnen versucht, aber nur sehr wenig verstanden. Trotzdem erfüllt ihn ein scheuer Respekt vor Grazias Bruder, dem Dichter. Von dem glühenden Willen besessen, das Schicksal der Familie Pascarella umzugestalten, überreicht er dem Schriftsteller die Blätter und bittet ihn um sein Urteil. Als aber Bugetti die Manuskripte mit der erfahrenen und gleichgültigen Hand des Redakteurs einsteckt, erschrickt Arthur. Durfte er das zarte Einverständnis zwischen Bruder und Schwester einem Fremden ausliefern? Einen Augenblick lang möchte er die Schriften wieder zurückverlangen, dann aber läßt er den Dingen ihren Lauf. Nach Tisch legt er sich für eine halbe Stunde schlafen. Er hat Grazia heute noch nicht gesehn, sondern ihr nur ein paar optimistische Worte zugesandt. Er will seine Kräfte durch nichts zerstreuen, sondern mit gesammelter Ruhe dem Präfekten entgegentreten. Fünfzehn Minuten nach vier Uhr wird er in das Heiligtum dieses Machthabers geführt. Man hat ihn nicht länger als zwei Minuten warten lassen.

Campbell betritt einen mittelgroßen Saal. Eine gutgewachsene Gestalt kommt ihm ein paar Schritte federnd entgegen. Der Mann ist gewiß nicht älter als fünfunddreißig Jahre. Er hat den trainierten Körper und das scharfgeschnittene Gesicht, kurz den schönen, willensstarken Typus, der sich seit einigen Jahren hier durchgesetzt hat. Diese jungen Leute bilden nicht nur eine Partei, sondern so etwas wie eine biologische Klasse. Der Prefetto gleicht in seiner Art jenem Wortführer, der Domenico Pascarella verhaften ließ, nur auf eine höheren geistigen und physischen Ebene der Hierarchie.

Arthur Campbell spürt mit den geschärften Sinnen des Kämpfers, daß diese glänzende Haltung nicht ganz naturgegeben ist, nicht angeerbt, sondern neu, frisch gestrichen gewissermaßen, und um einige Schwingungen zu gewaltsam. Hinter dem Schneid verbirgt sich eine innerste Schüchternheit oder Unsicherheit, die den jugendlichen Statthalter mit einer sympathischen Sphäre umgibt. Er begrüßt den Gast in keinem üblen Englisch und bietet ihm den Sitz neben dem Schreibtisch an. Auf das liebenswürdigste erkundigt er sich nach dem Reisebehagen des Besuchs und nach seiner Zufriedenheit mit dem bisherigen Aufenthalt in Neapel. Campbell gibt karge und zurückhaltende Antworten, die ihm sein Instinkt einflüstert. Er spürt, daß er sich auch nicht eine Sekunde lang in die Lage eines Bittstellers begeben darf. Hingegen zollt er den englischen Sprachkünsten der Exzellenz eine höfliche aber gemessene Anerkennung. Daraufhin verbeugt sich der Präfekt leicht:
»Im vorigen Jahr war ich zwei Wochen lang in London. Die Verhandlungen wurden, wie Sie ja wissen, damals gerade angeknüpft. Ich stand noch nicht im Verwaltungsdienst.«
Arthur Campbell weiß von keinen Verhandlungen und sieht deshalb undurchdringlich vor sich hin. Der junge Mann ihm gegenüber denkt, diese Engländer sind doch der ganzen Welt politisch überlegen. Er möchte den gelassenen und tadellosen Schweiger ungemein gern aus seiner Reserve locken. Zu diesem Zwecke wirft er dem liberalen Führer einen Fangball zu:
»Die nächsten Wahlen, Sir, dürften für Sie die große Wandlung bringen. Die Konservativen und die Labourleute sind zweifellos ausgeleiert. Wir nennen uns und und sind hier eine durchaus antiliberale Partei. Aber die italienischen Liberalen, diese Jammergestalten, durfte man ja nie in einem Atem mit den englischen nennen, hinter denen eine ununterbrochen glorreiche Tradition steht und Opfermut. Wir erhoffen von ihnen die Aufhebung des Schutzzolls.«
Campbell interessiert sich weder für die Liberalen, noch auch für die Konservativen und für den Schutzzoll am allerwenigsten. Etwas aber muß er doch orakeln, und zwar in delphische vieldeutiger Form, damit er sich keine weltpolitische Blöße gebe. Er senkt deshalb den sorgenverdüsterten Blick auf seine langen Beine und meint:
»Die Zukunft hängt nicht von England allein ab.«
Der Präfekt versteht sofort: Eine leise Pression! Man scheint bezüglich des Handelsvertrages auf einen toten Punkt geraten zu sein. Der feine Tonfall diplomatischer Mißlaune ist unverkennbar.

Was kann dieser Mann von ihm nur wollen? Er beschließt also, vorsichtig zu sein und zu schweigen. Dasselbe beschließt Campbell. Nicht er darf beginnen, das ist klar. Es hebt also ein großes Stillschweigen an oder das Spiel: Wer hat die besseren Nerven? In diesem Fall hat sie der Engländer. Er kämpft ja für Grazia. An der Polargrenze dieses Schweigens angelangt, beginnt der Präfekt geziert zu lächeln:
»Ich nehme an, daß ich Ihnen einen Dienst erweisen kann, Sir.«
»Ja, und Sie erweisen nicht nur mir einen Dienst, denn Signor Domenico Pascarella ist der ehrenwerteste Bürger von Neapel.«
Und Arthur Campbell berichtet mit dürren Worten, was er weiß, während der Präfekt einige Notizen auf einen Zettel wirft. Dann läutet er und reicht das Blatt dem eintretenden Beamten:
»Haben wir das hier? Sofort melden!«
»Ich bitte also«, schließt Campbell, »diesen untadeligen Gentleman noch heute aus der Haft zu entlassen, da er ein Opfer verlogener Angebereien ist.«
Der Präfekt führt einige Telephongespräche, um Zeit zu gewinnen. Dabei wird er sich über den Sachverhalt klar: Englische Kapitalinteressen! Geschäftemacher sind sie alle. Und laut:
»Ein Bankier, sagen Sie?«
»Ja, wenn Sie es so nennen wollen!«
»Und Ihr Freund, Sir?«
»Keineswegs! Ich habe ihn in meinem Leben nur zweimal flüchtig gesehn.«
»Sie werden verzeihen, aber ich bin gezwungen, mich genau zu informieren. Arbeitet das Bankgeschäft Pascarella mit England?«
Campbell zögert eine Weile und bekennt dann mit fester Stimme die Wahrheit:
»Seit wenigen Tagen, ja!«
Telephonische Auskünfte langen ein. Ein Aktenstück wird gebracht, dem ein ausführlicher Polizeibericht beiliegt. Der Präfekt lehnt sich weit zurück und studiert die Relation. Dann – es ist viel Zeit vergangen – legt er den Akt beinahe zärtlich auf den Tisch:
»Der Fall hat zwei Seiten. Eine kommerzielle und eine politische. Verdächtige Kreditgebarung einerseits . . .«
Campbell unterbricht mit gehobener Stimme:
»Ich hafte für die Firma Pascarella mit meinem ganzen Vermögen, worüber ja schon ein Notariatsakt besteht. Ich muß nachdrücklich darauf aufmerksam machen, daß die Firma mit hundert Prozent zahlungsfähig ist und ihre Gläubiger voll befriedigen kann.«
Aha, Massoneria! Diese Freimaurer hängen unlösbar zusammen,

nicht auszurotten. Eine Macht, zäh und dehnbar wie Gummi. Der Präfekt blättert den Bericht noch einmal bedeutsam an und lächelt dabei nachsichtig:
»Die politische Seite ist weit bedenklicher. Dieser Signor Pascarella hat gegen die Exekutivgewalt des Staates und der Nation die Waffe erhoben und geschossen.«
Arthur Campbell trommelt mit knochigen Fingern auf seiner Kniescheibe:
»Ich bitte um Verzeihung, Exzellenz! Aber meiner englischen Auffassung nach befindet sich ein Mann, der in seinem Hause, in seinem Büro überfallen wird, im Stande der Notwehr. Ich hätte nicht anders handeln können als Signor Pascarella.«
Der Präfekt zieht sich weit in sich selbst zurück:
»Wieso überfallen?«
Arthur Campbell legt kühles Erstaunen in seinen Blick:
»Ich nenne ein nicht genügend begründetes und legitimiertes Eindringen in mein Haus oder in mein Geschäftslokal einen Überfall, ob ihn die Polizei ausführt oder wer immer.«
»Darin werden wir uns kaum verstehn, Sir! Die liberale Auffassung von der Freiheit der Person mag einem durchgebildeten Volke wie dem englischen angemessen sein. Wir aber müssen Disziplin und Autorität durchsetzen. Daher nehmen wir uns den römischen Staat, das wertvollste Zeitalter unserer Rasse, zum Muster.«
»Ich hatte leider nicht die Ehre, den römischen Staat aus persönlicher Erfahrung kennen zu lernen. Mein eigenes Rechtsempfinden jedoch kenne ich gut. Ich möchte wetten, daß es sich von dem Ihrigen nicht allzusehr unterscheidet. Signor Prefetto.«
»Es unterscheidet sich einigermaßen, Mister Campbell, und schon darin, daß ich privaten Gefühlen viel weniger Wert beimesse als Sie. Was bedeutet denn solch ein persönliches Rechtsempfinden gegen das wirkliche Recht der Nation?«
Campbells Ruhe beginnt langsam abzubröckeln:
»Welch einen Schaden kann ein Ehrenmann wie Domenico Pascarella seiner Nation bringen?«
»Wir stehen heute noch im Kampf.«
»Doch nicht im Kampf gegen Schwächere?«
»Im Kampf gegen Feinde!«
»Glauben Sie denn im Ernst, daß dieser alte Familienvater Ihr Feind ist? Warum, zum Teufel, soll er Ihr Feind sein? Ich verrate Ihnen, daß Domenico Pascarella einige Tage vor diesem Überfall einen Sohn in der Fremde durch den Tod verloren hat, und zwei

Stunden vor der Verhaftung hat ihn seine Tochter für immer verlassen.«

»Das sind psychologisch wichtige Einzelheiten, die das Gericht in Betracht ziehen wird.«

Arthur Campbell erhebt sich:

»Ich würde mir verdammt wünschen, daß Sie diese menschlichen Einzelheiten selbst in Betracht ziehen, Herr Präfekt.«

Nun steht auch der junge Präfekt steif:

»Wir haben unsere Richtlinien.«

Mit Campbells Fassung ist es vorbei. Äußerlich sieht man ihm nichts an, nur seine Augen scheinen noch blauer geworden zu sein:

»Diese Richtlinien dürften außerordentlich kompliziert sein. Die Tatsachen aber liegen sehr einfach. Ein Kaufmann kommt in den Verdacht der Krida. In seinem Geschäft stecken die Ersparnisse von so und so vielen Mitbürgern. Ich habe sie gesehen. Es sind gute ängstliche Leute. Anstatt diese Leute vor Schaden zu bewahren, was ja das Hauptinteresse des Staates und der Nation sein müßte, legt man eine Bombe, um damit nicht nur einen Feind, sondern auch fünfzig Freunde zu ruinieren? Das finde ich weder diszipliniert, noch national, sondern nur . . .«

Ohne daß Campbell erst das Wort »dumm» ausspricht, ist es doch dick im Raum vorhanden. Trotz dieser knapp an der Grenze unterdrückten Beleidigung verfehlt des Engländers Logik ihren Eindruck auf den Statthalter nicht. Die ehrgeizigen Taten, die sogenannten »Strafexpeditionen« von hundert beamteten oder angemaßten Organen sind eines der größten Übel der Partei. Keinesfalls aber darf sich der Präfekt geschlagen geben. Er bezieht daher die wohlgesicherte Stellung der Bürokratie:

»Es hat nicht viel Sinn, den Fall jetzt weiter zu erörtern. Erst das Verfahren kann die wirkliche Sachlage klären.«

»In jedem Rechtsstaat wird ein Verfahren ohne zulängliche Beweise abgebrochen.«

»Ich denke, daß die Revolverschüsse des Signor Pascarella mehr als zulängliche Beweise sind.«

»Sie sind der ehrenwerte Beweis der gerechten Selbstverteidigung.«

Das Gespräch hat hiermit einen Verlauf genommen, der den Präfekten ganz und gar nicht befriedigt. Die Weisung von oben lautet, dem englischen Parteiführer Sir Arthur Campbell Bannermann formell und sachlich entgegenzukommen, und zwar soweit wie nur möglich. Ihm aber ist das fascistische Temperament durchgegan-

gen, und er hat sich unklugerweise im Gebirge der Diskussion verstiegen. Nun muß der Rückzug unmerklich angetreten werden. Wiederum legt sich das gezielte Lächeln auf seine scharfen Züge: »Ich kann im Augenblick kein Urteil abgeben. Doch verspreche ich Ihnen, Sir, den Fall noch bis heute abend aufmerksam zu prüfen.«
Der ruhige Engländer aber, in dessen Herzen Grazia und ihre Familie blutig leidet, scheint seine Besinnung verloren zu haben, denn er gibt sich mit diesem aussichtsreichen Kompromiß nicht zufrieden, geht auf den leichteren Ton des Präfekten nicht ein, sondern reckt seinen langen Körper noch höher:
»Ich bitte darum, Herr Präfekt! Domenico Pascarella ist unschuldig und muß deshalb aus der Haft entlassen werden, besser heute als morgen. Geschieht das nicht, so gebe ich Ihnen hier mein Wort darauf, daß ich einen anderen und besseren Weg gehen werde, um das Recht durchzusetzen!«
Mit dieser Drohung empfiehlt er sich. Doch schon auf der Treppe wird ihm bewußt: Welch ein Fehler! Ah, ich gottverlassener Idiot! Ich habe mich unmöglich benommen und diese große Chance gewissenlos verspielt! Glücklicherweise jedoch hegt der Präfekt eine ähnliche Ansicht über sein eigenes Betragen. Ist dieser lächerliche Pascarella diese ganze Komödie wert? Und wenn sich herausstellt, daß er wirklich unschuldig ist, was dann? Zum Teufel mit allen aufgeregten Schwachköpfen! Jetzt habe ich England verstimmt. Und zwar im entscheidenden Zeitpunkt der Verhandlungen. Was wird Er dazu sagen? Bei dem Gedanken an Ihn erfaßt den Präfekten ein unersättlicher Zorn gegen die überpatriotischen Parteiopportunisten, die ihm immer wieder solche Schwierigkeiten bereiten. Ist Italien nicht von Englands Gunst abhängig? Die ganze demokratische Welt haßt das neue Regime, Frankreich steht an der Spitze der Verschwörungen. In einem Augenblick der Isolierung wird Italien ohne die englische Kohle rettungslos verloren sein. Das ist Seine bekannte Auffassung, mit der Er schon zu Beginn des Krieges die Interventionspolitik begründet hat. Der »bessere Weg«, den der Engländer angedroht hat, ist ohne Zweifel der Weg zu Ihm. Campbell Bannermann, das bedeutet die englische Schwerindustrie und Kohle. Die kleine Azienda Domenico Pascarellas rückt langsam in den Mittelpunkt einer hochpolitischen Verwicklung. All diese Gedanken des Präfekten verschärft noch ein Telephonanruf Aldo Bugettis. Die Empfindlichkeit der großen Journalisten muß man achten. Auch dies ist eine der geheimen Richtlinien, die von Oben vorgezeichnet werden. Der ehemalige Kriegskamerad zeigt sich burschikos verstimmt:

»Was bei euch hier für Dummheiten geschehn!? Einen alten harmlosen Bürger einsperren! Könnt ihr eure jungen Leute nicht besser an die Zügel nehmen? Ich habe mich vor meinem englischen Freund, der mir diesen Unfug erzählt hat, in Grund und Boden geschämt.«
Der Präfekt verteidigt mit ernsten Worten die Maßnahmen der Behörde. Es ist ihm dabei recht lau zumute. »Mein englischer Freund«, das sagt alles. Die Sache scheint immer größere Kreise zu ziehn. Er verspricht auch dem Publizisten die schnellste und aufmerksamste Prüfung des Tatbestandes. Doch sein Entschluß steht schon fest. Der Fall Pascarella muß, wenn es nur halbwegs möglich ist, so rasch und unauffällig wie möglich verschwinden. Der Übeltäter wird anstandshalber noch ein paar Tage sitzen. Schließlich darf man nicht ungestraft auf die Obrigkeit des Staates und der Nation Schüsse abfeuern, das wäre noch besser! Die Erhebungen müssen binnen vierundzwanzig Stunden abgeschlossen werden. Am Sonntag kann sich dann Signor Pascarella, wenn gegen ihn wirklich kein ernster Verdacht vorliegt, zur Hölle begeben und die Sache wird ad acta gelegt.
Arthur Campbell verbringt Tage schwerer Niedergeschlagenheit. Das Ärgste aber ist, daß er sich mit eiserner Kraft dazu zwingen muß, Grazia und ihren Schwestern ein heiter zuversichtliches Gesicht zu zeigen. Unbeschreibliche Stunden in dem weißen Krankenzimmer! Grazias Glaube. Sie fragt nicht viel. Sie quält ihn nicht mit Angst und Neugier. Seit der ersten erfüllten Nacht steht zwischen ihnen ein heiliger Raum der Entsagung, Papas Schicksal. Sie berühren einander nicht, sie bleiben kaum eine Minute allein. Jenseits seiner Liebe wird Campbells Beziehung zu der Mädchengemeinschaft immer inniger. Nicht nur Grazia, alle drei erwarten sein tägliches Erscheinen mit Ungeduld. Er ist zur Hoffnung und zum Inhalt ihres Lebens geworden. Iride empfängt ihn stürmisch. Oft bringt er ihr Geschenke, denn ihre Leidenschaft für winzige Gegenstände hat er schon herausbekommen. Grazia und Annunziata bekommen Blumen, doch er bevorzugt seine Geliebte nicht. Die älteste Schwester scheint sich von dem Blutverlust nicht erholen zu können. Sie liegt bleich und verfallen da wie am ersten Tag. Wenn sie ihre stillen Augen öffnet, liegt jedesmal ein Schrecken in ihnen, daß die Welt noch vorhanden ist. Eines Tages, als er etwas früher kommt und Grazia von einer Besorgung noch nicht zurückgekehrt ist, setzt sich Campbell leise an ihr Bett. Iride schläft, und er nimmt an, daß auch Annunziata schläft oder sich schlafend stellt. Da sieht er, daß unter ihren geschlossenen Lidern Tränen hervortreten,

immer neue Tropfen, während das eingesunkene Gesicht in unbewegter Ruhe verharrt. Ihm ist, als hätte er vor dem Anblick dieser Schlaf-Tränen noch nie einen wahren Menschenschmerz kennengelernt.
Indessen rüstet er zu neuen Taten. Er hält seine Partie nach der mißglückten Audienz beim Präfekten vorläufig für verloren. Darum ist er fest entschlossen, am Beginn der nächsten Woche nach Rom zu reisen und bis zum Oberhaupt der Macht vorzudringen, um jeden Preis. Bugetti muß ihm helfen. Doch das genügt nicht. Er prüft alle Verbindungen, die er in England besitzt, ob sie ihm nicht dazu dienen könnten, Don Domenico zu befreien. Der größte Teil seiner Zeit ist mit geschäftlichen Verhandlungen ausgefüllt. Der englische Bankier hat das Vermögen realisiert und nach Italien überwiesen. Pascarellas Kassier arbeitet den ganzen Tag in Mr. Campbells Hotelzimmer. Die Gnolli-Kredite sind die erste Schuld, die durch den Bürgen beglichen wird. So vergehn die Tage, ohne der Besinnung viel Zeit zu lassen. Um so länger dauern die Nächte. Hat Arthur Grazia gegen neun Uhr in ihre Pension gebracht und sich zwei Stunden später zu Bett begeben, so liegt er schlaflos und sehnt sich verzweifelt nach der Geliebten. Oft ist er schon wieder halb angekleidet, um seinem Vorsatz untreu zu werden. Grazias Pensionszimmer liegt im Hochparterre und geht auf die Straße hinaus. Sie schläft bei offenem Fenster. Ein Ruf, Grazia, und sie öffnet ihm die Arme. Erst der Gedanke an Domenico Pascarella und an den fruchtlosen Kampf um seine Befreiung zieht ihn wieder ins Bett zurück. Sonderbar ist es, daß Grazia und Arthur in der kurzen Zeit, die sie jetzt tagsüber beisammen sind, nur wenig miteinander reden. So weiß er zum Beispiel nichts von dem wichtigen Brief, den sie Papa ins Gefängnis sendet.
Als er am Samstagabend ins Hotel heimkehrt, überreicht ihm der Portier ein Schreiben, dessen Umschlag einen amtlichen Stempel trägt. Das Blatt enthält eine kurze, vom Präfekten eigenhändig gefertigte Mitteilung an Sir Arthur Campbell Bannermann, worin dieser von der Haftentlassung Pascarella Domenicos höflich in Kenntnis gesetzt wird, die für morgen, Sonntag, elf Uhr vormittags vorgesehen ist.

Sechs Tage währte die Gefängnishaft Domenico Pascarellas. Und dieser sechs Tage bedurfte es, damit er und sein Stolz zusammenbreche. Nicht Lauros Tod, nicht Grazias Betrug, nicht der erbitterte Lebenskampf seit Monaten hatten seinen kristallenen Kern zersprengen können. Es mußte ein Vater kommen, um den Vater zu beugen, Gerechtigkeit mußte kommen, um seine Gerechtigkeit zu zerstören. Der Vater des Vaters hüllte sich in die Gestalt des Staates, die Gerechtigkeit in den Mantel des geltenden Rechts. Das Wundersame und Versöhnende an Don Domenico: er war nicht irgendein Staatsbürger, namens Pascarella, sechsundsechzig Jahre alt, Inhaber eines kleinen Bankgeschäftes auf der Piazza del Municipio, wohnhaft in der Via Concordia, verwitwet, Vater von sechs Kindern – nein, er war nichts als Vater, Vater ohne Umwelt, ohne Bindung an Menschen und Dinge außerhalb seines Hauses, ein in sich ruhendes Zentrum, das sich von keinem anderen Kraftsystem abhängig glaubte. Seine Macht über den Pascarellastamm lag nicht in seiner Strenge, nicht in der Fülle des Gesetzes, sondern in der Vaterschaft selbst. Zwischen dem Menschen und dem Vater Don Domenico hat es nie eine Trennung gegeben. Seine Vaterschaft war absolut, sie mußte sich nicht verantworten, nicht vor Gott und nicht vor seinem Gewissen. Wenn er auch seine Kinder liebte, so bestand doch für ihn keine Verpflichtung zur Liebe. Er wußte gar nicht, daß er sie liebe. Sie waren nicht ein Besitz, sondern er selbst, so wie die Planeten nicht die Besitztümer der Sonne sind, sondern Sonne selbst.

Die sechs Gefängnistage bedeuteten für Domenico Pascarella vor allem die erste große Einsamkeit seines Lebens. Einsamkeit eines Vaters ist ein furchtbarer Widerspruch in sich selbst, denn man hat ja gerade deshalb Kinder, um nicht einsam zu sein. Der Anfang war Finsternis und somit das Erträglichste noch. Als man den Rasenden in das Arrestlokal schob, ihm die Fesseln abnahm und hinter ihm zusperrte, fiel er ächzend auf die Pritsche und lallte:

»Ich will meine Kinder, meine Kinder!«

Sein Bewußtsein war zu vier Fünfteln erloschen und der Ruf nach den Kindern drang mechanisch aus der Mitte einer tiefen Nacht. Er bemerkte gar nicht, daß eine Gesellschaft von Taschendieben, Tippelbrüdern, Messerhelden und anderen Stammgästen ihn umgab, die den wahnsinnig gewordenen Bürger im schwarzen Rock mit Frage, Zuspruch, Ratschlag und Hohnwort traktierte. Don Domenico war vollauf mit seiner Lunge und seinem Herzen beschäftigt. Die Riesenanstrengung des Kampfes hatte diese Organe nach mehr als sechzig Jahren unermüdlichen Dienstes so grenzenlos empört, daß sie sich nicht beruhigen wollten. Der heiße Schweiß des Ringens verwandelte sich in eisigen Todesschweiß, der nicht nur die Wäsche tränkte, sondern bis in die Kleider drang und auch nach drei Stunden noch nicht getrocknet war, als der Arrestantenwagen den Frevler aus dem Polizeigewahrsam in ein festeres Ker-

kerhaus führte. Zum Glück war Don Domenico noch immer nicht voll bei Sinnen, um den vorschriftsmäßigen Erniedrigungen Widerstand zu leisten, denen er beim Einzug unterworfen wurde. Man nahm ihm Brieftasche, Uhr und Federmesser ab. Er ließ stumpf alles über sich ergehn, selbst den Daumenabdruck und die photographische Aufnahme. (Auf diesem peinlichen Wege kam die Welt zu einer Photographie Pascarellas.) Für »Politische« hatte man eine schärfere Tonart vorrätig als für gewöhnliche Untersuchungshäftlinge. Don Domenico mußte einen Schmutzguß von Schimpfworten erdulden, da er nicht imstande war, die Fragen des Aufnahms-Beamten zu beantworten. Seine Betäubung half ihm darüber hinweg. Er hörte und fühlte fast gar nichts. Auch noch eine Stunde später, als der von Arthur Campbell gemietete Advokat in der Einzelzelle erschien und auf ihn einzureden begann, vermochte er nichts zu fassen. Bald darauf versank er in eine Sintflut von Schlaf. Seine mächtige Natur setzte sich in Verteidigungszustand und überwand die vorrückenden Armeen des Todes.
Am nächsten Morgen erwachte er vollständig bei Kräften. Der zweite Tag hob an. Von Minute zu Minute wurde alles klarer. Seine Ehre und sein Leben war für Zeit und Ewigkeit verloren. Als der Wächter ihm das Frühstück brachte, Kaffeeabsud in einem Blechtopf, stand Pascarella in einem Winkel, das Gesicht zur Wand gekehrt, und rührte sich nicht. Das Übelkeitsgefühl des überhungerten Magens trieb ihm dann zu dem warmen Trank. Doch schon nach dem ersten Schluck mußte er ausspeien. Zum erstenmal an diesem Morgen fielen ihm seine Töchter ein. Er sah den gedeckten Tisch in der Sala da pranzo und gedachte der hundert Mahlzeiten, die Annunziata und Grazia für ihn bereitet hatten. Da war das Selbstverständliche nicht mehr selbstverständlich, und er ahnte, daß er nicht allein der Lebensspender war, sondern auch der Empfangende, er ahnte, daß die Liebe groß sei, die Liebe seiner Kinder zu ihm, doch auch seine Liebe zu den Kindern. Diese Ahnung verstärkte sich noch, als man ihn später dazu anhielt, die Zelle mit eigener Hand aufzuräumen.
Das erste Verhör dauerte geschlagene drei Stunden, bis ein Uhr nachmittags. Der Untersucher, der Giudice Istruttore, berührte die geschäftlichen Angelegenheiten nur ganz flüchtig. Alle Kraft und alle List legte er in ein kunstreiches Fragennetz, das Don Domenico nicht zu entwirren vermochte. Es werde ihm nichts geschehen, mit heiler Haut werde er morgen dieses Haus verlassen, nur möge er frei und offen bekennen, was er von der geheimen Loge »Il Risorgimento« wisse. Er starrte den Frager fassungslos an. Lag sein Leben nicht

klar am Tage? Was wußte er, der Vater von sechs Kindern, von der Welt da draußen? Als Familienoberhaupt lebte er für seine schweren Sorgen und Pflichten. Der Istruttore aber war durchaus nicht gewillt, der lauteren Wahrheit zu glauben. Diese Rechtfertigungsart kannte er allzu genau. Die ursprüngliche Freundlichkeit des Richters, eines sehr kleinen, doch um so schneidigeren Mannes, wurde immer hinterhältiger und höhnischer. Don Domenico sann schwerfällig nach: Wie ist das? Warum sitze ich hier? Warum habe ich meine Ehre verloren? Damit mich dieser läppische Mensch Dinge fragt, die mir fremd sind, die mich nichts angehn? Und Lauro ist tot und Grazia. – Der Untersucher begann eine lange Liste von Namen vorzulesen. Er möge unter den Zitierten seine Freunde und Bekannten namhaft machen. Pascarella war viel zu erstaunt, um aufzufahren. Während der dauerhaften Verlesung schüttelte er nur den Kopf: Was heißt das alles? Der Feind bemerkte giftig:
»Sie nützen sich auf diese Weise nicht, Pascarella!«
Dieser zuckte zusammen. Seit seiner frühesten Jugend hatte niemand gewagt, ihm den Titel »Signor« zu entziehn. Die meisten nannten ihn sogar mit dem patriarchalisch wohlklingenden »Don«, eine Auszeichnung, die eigentlich nur großen Herren gebührt. Und jetzt? Zum Schluß wurde der Inquisitor wiederum äußerst liebenswürdig:
»Haben Sie irgendwelche Wünsche?«
Domenico Pascarella senkte ein wenig den schweren Kopf:
»Ja, ich möchte meine Töchter sehn und sprechen!«
»Nun, mein Lieber«, triumphierte der Untersucher, dem eine List gelungen war, »das werden Sie sich verdienen müssen. Wenn Sie sich nicht gescheiter benehmen, werden Sie Ihre Töchter vielleicht nie wieder zu Gesicht bekommen. Die Liparischen Inseln haben schlechte Schiffsverbindungen.«
Nach dem Mittagessen, das Pascarella wiederum nicht berührte, wuchs die Begierde nach seinen Kindern in verzehrender Stärke. Ihm wurde unfaßbar bange. Lauro und Grazia waren in diese Bangigkeit eingeschlossen. Nun wurde der knarrende Zimmergang in Wirklichkeit zum Käfig-Rundlauf. Als der Advokat erschien, keuchte Don Domenico ihm entgegen:
»Was machen meine Töchter?«
»Die Älteste und die Jüngste sind operiert worden. Das wissen Sie doch?«
Der Vater setzte sich auf den Strohsack und glotzte den dicken Advokaten an, der ihn zu beruhigen suchte:
»Keine Angst! Ihr Schwiegersohn ist ein Prachtmensch. Er sorgt für

die jungen Damen und wird auch Sie mit meiner Hilfe aus der Tinte ziehn, Signor Pascarella.«

Don Domenico begann mit beiden Fäusten rhythmisch die Stirn zu schlagen:

»Mein Schwiegersohn! Mein Schwiegersohn!«

Er wiederholte dieses Wort und diese Bewegung unaufhörlich wie ein Irrer. Der Anwalt versuchte, den Hergang des Verhörs zu erfragen. Er bekam keine Antwort. Mit diesem Mann war nichts anzufangen. Am besten wäre es – überlegte er –, sich von der Verteidigung zurückzuziehn.

Domenico Pascarella schlief in dieser zweiten Nacht keine einzige Minute. Er verlor seine Kinder, eines um das andere. Welche Krankheit hatte Annunziata befallen, daß sie operiert werden mußte? Und Iride? Vielleicht war Iride schon tot. Er entsann sich, daß der Advokat ihm etwas über die Art jener Operation mitgeteilt hatte, aber er konnte und konnte sich nicht erinnern, was es war. Gegen die Qual dieser Gedächtnislücke mußte die Hölle eine Erlösung sein. Sein starrer Körper unter der Decke wurde nicht warm, Stunde für Stunde. Er versuchte vergeblich die Beine zu bewegen. Das ist der Wahnsinn. Wie kann auch eine Menschenseele, eine einzige Vaterseele dies alles umfassen? Annunziata, Grazia, Iride, Placido, Lauro, Ruggiero. Damit er nicht ganz allein sei, damit wenigstens seine Stimme ihm Gesellschaft leiste, sagte er vor sich hin: »Lauro, Lauro, Lauro . . .« Das Schiff aber mit Placido und Ruggiero versank im Meer, damit er wirklich ganz einsam zurückbleibe und nichts mehr denken müsse. Da war es ja noch ein Glück, daß man ihn verurteilen würde. Zum Tode! Gegen Mitternacht riß er sich von seiner Erstarrung los und rannte viele hundert Male durch die Zelle hin und her, was ihm wohltat und eine Art Ruhe brachte.

Mit dem nächsten Morgen aber stieg ein Tag des Zornes über Don Domenico auf. Der Untersucher empfing ihn mit einem wohlüberlegten Panthersprung:

»Ich werde mich von Ihnen nicht zum Narren halten lassen. Es ist erwiesen, daß Sie Ihre Gläubiger und Klienten betrogen haben. Da kann Ihr englischer Strohmann hundertmal für Sie bürgen. Betrug bleibt Betrug. Sie werden nichts zu lachen haben. Der Prokurator formuliert schon eine Anklage, die Ihnen in den Ohren gellen wird. Haben Sie geschossen oder nicht? Kennen Sie das Strafausmaß für versuchten Mord, eh?«

Don Domenico schwankte auf seinen todmüden Beinen. Der Gewaltige aber schrie:

»Zehn Jahre, ohne mildernde Umstände!«
Der gefangene Vater stützte sich mit beiden Händen auf die Kante des Schreibtisches. Da sauste es auf ihn nieder:
»Stehn Sie aufrecht vor mir! Ich werde Ihnen schon Respekt vor den Vertretern des Staates beibringen.«
Pascarella fand noch Kraft, seine Würde zu verteidigen:
»Wenn Sie mit mir schreien, rede ich kein Wort mehr.«
»Sie haben also doch ein Wort zu reden«, verbiß sich der Inquisator, »ich rate Ihnen als Freund, reden Sie, reden Sie offen, decken Sie ihre Verbindungen auf! Es ist das einzige, was Sie noch retten kann.«
Don Domenico preßte die Hand gegen sein Zwerchfell, das zu zerreißen drohte. Seine Stimme aber klang ruhig:
»Ich habe Ihnen schon gestern gesagt, daß ich von all dem Gerede nichts verstehe. Was wollen Sie von mir? Gut, mein Revolver ist losgegangen. Aber das Gesindel hat mich ja um den Verstand gebracht.«
Der Instruttore, ein schneidiger Zwerg, sprang kreischend auf seine Füße.
»Fangen Sie wieder an? Ich warne Sie! Sie werden hier verwesen wie eine tote Ratte. Besinnen Sie sich eines Besseren! Ich habe schon einige Ihresgleichen zum Reden gebracht.«
Ein rascher Griff unter seine Akten und er fuchtelte mit einem Brief in der Luft.
»Wissen Sie, was das ist? Ein Brief ist das, den Ihnen Ihre Tochter Grazia schreibt. Sehr wichtige Eröffnungen, sehr ernsthafte Bekenntnisse und Neuigkeiten! Gestehen Sie alles, und ich liefere Ihnen den Brief hier auf der Stelle aus.«
Don Domenico hob mit einer kindisch gierigen Geste die Hand und stöhnte:
»Bitte, geben Sie mir den Brief! Es ist *mein* Brief!«
»Sie sollen ihn haben. Zuerst aber gestehn Sie, wo Sie den Spätnachmittag des dreizehnten Novembers zugebracht haben! Sagen Sie die ganze Wahrheit über die Loge ›Risorimento‹, über die Verschwörung gegen die fascistische Revolution . . .«
»Meinen Brief!!«
Der gefolterte Vater packte den Arm, der ihm sein Lebensgut vorenthielt. »Abführen«, schrillte der schneidige Zwerg. Pascarella wurde mit kantigen Puffen aus dem Amtszimmer befördert und durch denn langen Korridor vorwärtsgestoßen. Dann durchquerte er mit dem Justizsoldaten einen Hof, um in den anderen Flügel des Hauses zu gelangen, wo seine Zelle lag. Das Hoftor stand nun

zufälligerweise offen und draußen floß die Freiheit einer Vorstadtstraße gleichgültig vorüber. Es war wirklich kein Fluchtversuch, den der Häftling unternahm, sondern eine reine Reflexbewegung, ein Luftschnappen nach der Freiheit, ein stürmischer Schritt auf seine Kinder zu. Tatsache aber bleibt, daß er sich losriß und dem offenen Torbild entgegenlief. Ein Hieb mit dem Gummiknüppel warf ihn zu Boden.
Nach einigen Minuten fand er sich in der Zelle wieder. Aus seinem weißen unantastbaren Vaterhaupt wuchs eine widerliche Beule. Da grellte in einem übernatürlichen Blitzlicht die Schmach und das Elend auf. Er begann zu toben, das Letzte, was ihm übrigblieb. Mit Fäusten hämmerte er gegen die Wände und aus seiner Gurgel fuhren lange Riesenlaute, die manchmal an Gesang erinnerten. Der Advokat, der sich zur selben Zeit eingestellt hatte, beobachtete mit den Aufsehern den Tobsüchtigen durch das Guckloch. Eine verdammt heikle Geschichte, dachte er. Der Mann dürfte recht haben. Mit Unzurechnungsfähigkeit wird er am weitesten kommen. Der Vater aber schrie zu Gott um die Gnade des Todes. Gott sandte ihm nicht den Tod, dafür jedoch ein schönes, schwer stillbares Nasenbluten. Domenico Pascarella beugte sich über den Boden und hatte eine seltsame Freude daran, daß sehr bald das Blutgetröpfel eine ziemlich große Lache bildete. Leicht und heiter wurde ihm ums Herz. Er legte sich hin. Sein Kopf mit der schmerzenden Beule wuchs und begann um die Achse des Schmerzes zu kreisen. Der Vater schloß die Augen. Da nahte etwas von allen Seiten. Ein holdes wisperndes Stimmengewirr. Seine Kinder alle. Er sah sie nicht. Doch sie bildeten eine unsichtbare körperhafte Menge, die süß zu seinem Lager strebte. Als er erwachte, war es schon spät geworden. Das letzte Licht hockte mit zusammengerafftem Gewand in der hohen Fensterscharte und starrte ihn an. Don Domenico bemerkte Silbergefunkel auf dem kleinen Tisch. Ein Tablett mit sorgsam bedeckten Terrinen, Schüsseln und Tellern. Daneben eine Flasche Wein im Kühler. Er hatte seit Tagen kaum einen Bissen zu sich genommen. Nun erhob er sich und versuchte, um seine Kräfte nicht zu verlieren, von Fisch, Fleisch und Wein ein wenig zu genießen, von diesen Speisen, die ihm Arthur Campbell auf feinem Geschirr zugesandt hatte, die aber bisher vom Untersuchungsrichter nicht durchgelassen worden waren. (Das gleiche Schicksal teilte übrigens die Pasticcia di maccheroni, die Grazia dem Vater täglich durch Giuseppe schickte.) Don Domenico aber unterbrach das Mahl schon nach wenigen Bissen und Schlucken. Vielleicht konnte sein Magen nicht mehr vertragen, vielleicht auch hatte er die Herkunft dieser

Speisen erraten.
Der vierte Tag verlief ohne Vernehmung. Der Staat ließ Domenico Pascarella aus dem Rachen fallen wie ein Raubwild sein Beutetier, wenn es Jäger merkt. Der schneidige Zwerg von Untersuchungsrichter mußte vor seinem Vorgesetzten erscheinen und erhielt einen haushohen Rüffel für den aufgewandten Übereifer. Die ewige Verschwörungsriecherei und die eilfertige Zusammensetzung leerer Indizien beweise Unfähigkeit und füge der guten Sache nur Schaden zu. Es muß nicht eigens betont werden, daß diesem Hagelwetter die genauesten Erhebungen über Sein und Treiben Domenico Pascarellas vorausgegangen waren, die der Präfekt höchstselbst allenthalben pflegen ließ. Dabei hatte es sich herausgestellt, daß die Auffassung des Engländers zu Recht bestand: man habe einen Unschuldigen überfallen, die Schulden der Firma seien gedeckt, der Prinzipal habe sich niemals mit Politik befaßt und besitze sogar einen Waffenpaß für seinen Revolver. Als ehrenhafter Mann, der er war, beschloß der Präfekt, das Unrecht nicht ungestraft hingehn zu lassen. Der Urheber der ganzen Aktion, jener blaurasierte Wortführer, wurde in Parteidiensten in ein gottverlassenes Gebirgsnest versetzt.
Gegen fünf Uhr nachmittags trat der gar nicht mehr schneidige Zwerg kleinlaut in Pascarellas Zelle und überreichte ihm mit verlegenen Entschuldigungen Grazias Brief. Don Domenico hielt das Ölblatt der Taube in Händen. Ein ganz unwirklicher Zustand hatte sich seiner bemächtigt, so daß er nicht einmal mehr die gute und fürsorgliche Behandlung merkte, die man ihm plötzlich angedeihen ließ. In seiner Zelle durfte die ganze Nacht Licht brennen und jede Stunde klopfte der Wärter, um sich nach den Wünschen des Herrn zu erkundigen. Er versuchte Grazias Brief zu lesen. Doch es gelang nicht. Seine Augen waren schwach geworden. Der alte Wärter mußte ihm seine Brille leihen. Und Don Domenico sah das erstemal das Leben seines Kindes nicht mit nackten Augen.
Grazia berichtete am Anfang von Annunziatas Blutopfer und von den höchst günstigen Folgen, die an Iride täglich deutlicher wahrzunehmen seien. Bei der heutigen Visite habe der Professor das Spiel für gewonnen erklärt. Dann erst kam Grazia auf sich selbst zu sprechen. Sie warf sich dem Vater zu Füßen und flehte um Gerechtigkeit und Verzeihung. Folgerichtig erzählte sie alles Geschehene. Ihre einzige Schuld, ihr einziger Betrug an Papa sei jenes Ballfest im Hotel Bertolini gewesen, das sie, ohne Erlaubnis und Wissen des Vaters, mit dem armen Lauro besucht habe. Warum sie das getan,

könne sie heute nicht mehr sagen. Sie glaube aber von ganzem Herzen, daß es »la providenza divina« selbst gewesen sei, die sie an den wildfremden Ort geführt habe, um ihr den gütigsten und vornehmsten Mann zu schenken, den sie lieben werde bis zum letzten Atemzug. Es sei wahr, daß Arthur Campbell sie um eine beträchtliche Anzahl von Jahren übertreffe. Gerade dies aber erhöhe ihre Zärtlichkeit für ihn, obwohl sie offen bekennen müsse, daß sie niemals einen schöneren Mann und eine jugendlichere Gestalt gesehn habe. Das Wichtigste jedoch, Papa dürfe um Gotteswillen niemals glauben, daß Arturo nach jener Ballbegegnung den ersten Schritt getan und aus eigenem Antrieb nach Neapel gekommen sei. Sie allein trage die Schuld, sie habe in ihrer Liebesverzweiflung einen Ruf nach London gesandt. Ohne diesen Ruf hätte sich Arthur Campbell ihr gewiß nicht wieder genähert, sondern wäre mit einer geographischen Expedition nach Tibet gegangen, um sie zu vergessen. Sie glaube aber nicht, daß er sie je hätte vergessen können, denn seine Liebe sei um nichts kleiner als die ihre. Jeder böse Gedanke, jeder häßliche Verdacht bedeute ein schweres Unrecht an Arthur Campbell. Trotz dem furchtbaren Morgen, an dem sie Papa verstoßen hatte, segne sie doch die Karte, die sie nach London geschrieben. Und Grazia gestand, daß nicht nur sie durch Campbell vom Tode gerettet worden sei, sondern daß auch Papa in seiner beweinenswerten Lage an Arturo einen Freund und Helfer gefunden habe, der alles opfere, um die Befreiung schon morgen oder übermorgen zu erwirken. Zum Schluß flehte Grazia noch einmal um Verzeihung dafür, daß sie den Vater in jener Karnevalsnacht hintergangen habe, und bat, nachdem er nun ihre ganze Schuld kenne, um ein besonnenes und gnädiges Urteil. Don Domenico hatte den ganzen Freitag lange Zeit (der fünfte Tag), sich mit Grazias Brief und den Worten Gerechtigkeit und Schuld zu befassen. Das Denken war wohl seine Sache nicht, ebensowenig wie Einsamkeit und Konzentration, doch es gibt ja eine Erhellung jenseits des Denkens und furchtbarer als alle logische Erkenntnis. Mit ungleichem Lichtgrad, in längeren Abständen und in jähem Blitzen kam diese Erhellung über ihn. Sie erwies sich weit grausamer als der schneidige Zwerg von Inquisitor. Daß ihm seine ganze Lebenstätigkeit auf einmal erbärmlich vorkam, das war noch nicht das Ärgste. Viel unerträglicher benahm sich der Jurist, der in dem Gemüt des Vaters auftauchte und ein zudringliches Verfahren eröffnete. Ungeahnte Verknüpfungen wurden bloßgelegt. Die Ereignisse hielten einander an der Hand. Sein Verhalten zu Battefiori und Battefioris Verbrechen. Wozu hatte er Kontoblätter rastriert und so lange Jahre sich durch die

Schmeicheleien des Schurken einwiegen lassen, statt dem Schurken auf die Finger zu sehn? Erhellung: Durch sein leichtsinniges Verhalten hat er Battefiori ins Verbrechen getrieben. Die Gemeinschaft mit Avvocato Gnolli entschleierte sich als eine unbegreifliche Parallelschuld. Auch die Rache der herrschenden Partei zeigte nun ein anderes Gesicht. Hatte er seinem Sohn Ruggiero nicht verboten, in die Jugendorganisation einzutreten, und dies nicht etwa aus politischer Gesinnung, sondern aus Wut und Hochmut? Trug er also nicht selbst die Schuld an dem Verdacht der Obrigkeit, der ja, was seine Geschäftsgebarung anlangt, durchaus berechtigt war? Erhellung: Hat ein Mensch das Recht, so zu leben, als gäbe es keine Welt außer ihm und seiner Familie? Ohne das Vorspiel mit Ruggiero und der Avanguardia hätte Gnolli niemals einen Erfolg mit seiner Denunziation gehabt. Eines entwickelte sich folgerichtig aus dem andern und immer stand er selbst am Anfang der verhängnisvollen Kausalität. Nun erschien ihm auch die Haft, die Verhörsfolter, ja selbst der Hieb mit dem Knüttel nicht mehr als pure Mißhandlung. Er war ein betrügerischer Bankrotteur und hatte das Mißtrauen des Staates verdient. Warum sollte es ihm anders ergehn als anderen? In seinen Ahnungen näherte sich der Vater einer Wahrheit, die sein junger Sohn Placido in seinen Aufzeichnungen folgendermaßen gefaßt hat: »Leben nennt man die Kunst, auf seinem Irrtum und Unrecht eitel zu verharren. Wer es erkennt, erkennt es nicht mehr, denn das ist der Tod.« All diese Ahnungen spielten jedoch nur in einem Vorraum. Die innersten Erhellungen Don Domenicos galten weniger der Gerechtigkeit, die er an sich erfahren, als der Gerechtigkeit, die er selbst geübt hatte. Er lag auf dem Strohsack ausgestreckt. Doch immer wieder raffte er sich auf, um Grazias Brief zum zehnten und zwanzigsten Male zu lesen. Sein zermürbtes Hirn war nicht fähig, den Sinn der Zeilen in ihrer Reihenfolge zu fassen. Er las einige Worte, dann ließ er den Brief sinken, starrte zum Fenster empor oder lief in gewohnter Weise um den Käfig. Welch ein Gedränge! Die Zeit war umgestülpt. Ältestes und jüngst Vergangenes rührte ihn an und hauchte ihm ins Genick.

Ja, er ist mit Annunziata auf dem einzigen Ball ihres Lebens. Die Steifheit der Tochter ärgert ihn. Andre sind hübscher. Wenn sie ihm ängstlich die Augen zuwendet, funkelt er sie böse an. Schon um zehn Uhr wird es ihm zu bunt, Auf, komm nach Hause! Daheim soll sie ihm dienen. Sie braucht kein eigenes Lebensglück. Wer soll sich um ihn kümmern, wenn er alt ist? – Draußen klopft es leise. Giuseppe tritt in sein Schlafzimmer: Alle Bücher und Schriften, die du auf Placidos Tisch findest, hast du mir vorzuweisen, verstanden?

Ich werde dem Burschen die Einbildung schon versalzen. Er steht höher als ich und das kann ich nicht dulden. – Was, Lauro will zeichnen lernen, Grazia singen und er zeichnen? Habe ich singen gelernt? Und so geht es weiter. Ein Ereignis löst das andre ab. Ruggiero erhält Ohrfeigen für seine sportliche Betätigung und Iride wird eingesperrt, weil sich Giuseppe über sie beklagt. Die Szenen nehmen kein Ende. Des Vaters Erinnerung ist aufgeschlitzt und das Begrabene quillt hervor. Don Domenico taumelt gegen die Wand. Eine Erhellung, schrecklicher als alle andern: Lauro ist durch mich gestorben. Er hat keinen Beweis dafür, aber er braucht auch keinen, denn tief in ihm ist das grelle Wissen da, von dem er blind wird. Er beschleunigt seinen Umlauf. Während er sich bisher ganz lautlos bewegt hat, entringt sich nun ein leiser, jammernder Ton seiner Kehle. Er setzt nicht aus; nicht schwächer werdend und nicht stärker, dieses geschlagene Winseln. Viel später erst – mittlerweile bricht die Finsternis ein – zerbricht die Klage in ein Geflüster. Es besteht aus einem einzigen Wort, das sich von des Vaters Mund unaufhörlich löst: »Engel, Engel, Engel, Engel . . .«
Seine Beine können nicht mehr weiter. Ein süßes Schwäche- und Fiebergefühl steigt in ihnen auf. Er schleppt sich zum Bett und wirft sich auf den Strohsack. Sogleich umklammert ihn hold die Todesermattung. Der Raum wird weit. Papa muß auf seine lieben Kinder nicht lange warten. Und sie sind nun wirklich Kinder, in jenem unfertigen Alter, in dem alle Väter und Mütter ihre Kinder abgöttisch lieben. Keine jungen Männer, sondern Knaben zwischen acht und zwölf, keine jungen Frauen, sondern kleine Mädchen, und Iride, die auf Annunziatas Schoß sitzt, fast noch ein Säugling. Papa erkennt nach und nach, daß die Gruppe der Kinder in einem Boot auf ihn zukommt. Diese Vergnügungsbarken werden in dem kleinen Hafen am Castello dell' Ovo vermietet. Ja, einmal vor sehr langer Zeit hat er den Seinen einen solchen Ausflug vergönnt. Es ist aber kein Schiffsmann an Bord, und Lauro, der wunderschöne Junge, lenkt das Fahrzeug, indem er rhythmisch eine lange Stange in die Tiefe stößt. So kommt man im Meer nicht vorwärts, denkt Papa. Doch es ist ja gar kein Meer da, sondern etwas Graues, und er weiß genau, daß er nicht am Geländer der Via Partenope steht, sondern auf seinem Gefängnisbett liegt. Dennoch glaubt er die Arme auszubreiten, damit ihn seine Kinder sehn: Hier bin ich! Hier bin ich! Sie bemerken ihn, geben aber keine Antwort. Hellgekleidet und fröhlich gleiten sie an ihm vorbei: Hierher! Hier bin ich! Hier müßt ihr anlegen! Da weht es kaum vernehmbar zu ihm herüber:
»Nein, Papa.«

Er bleibt die ganze Nacht mit offenen Augen liegen.
Am nächsten Tag hingegen – es war der sechste – blieben seine Augen geschlossen. Das Herz schlug fast erloschen aber ruhig. Jetzt dachte er nicht einmal mehr an seine Kinder. Auch die Freiheit war ihm gleichgültig geworden. Er sehnte sich aus diesem Haus nicht fort. Mögen sie ihn gefangen halten bis zum Tode, er wird daliegen und schweigen. Die langsamen Sekunden zogen unsichtbare Fäden aus seinem Hirn und umwirkten ihn mit narkotischer Verpuppung. Und so wurde in Don Domenico ein neuer Mensch geschaffen, der dann am nächsten Morgen um elf Uhr das Gefängnis verließ. Dieser neue Mensch war aber ein sehr alter Mann.

Vor dem ominösen Tor wartet ein schönes Auto, von Arthur Campbell gemietet, um Domenico Pascarella abzuholen. Giuseppe steht am Schlag. Er hat sich in den letzten Tagen bewunderungswürdig herausgemausert. Sogar seine Augenlider kann er wieder zur Not auf- und zuklappen. Mit Verachtung blickt er auf den »Hexenschuß« zurück, der an ihm zuschanden wurde. Als Don Domenico aus dem Haus tritt, begrüßt er ihn mit dem gewohnten »Riverisco, Eccellenza«, öffnet den Schlag und gibt durch keine Miene zu erkennen, daß er diesen Tag etwa für einen ungewöhnlichen Tag hält und dieses Haus für ein ungewöhnliches Haus. Ohne daß der Herr den Mund auftut, fährt man in die Via Concordia. Dort hat Giuseppe ein Bad und einen Imbiß vorbereitet. Don Domenico betritt seine Wohnung wie immer. Sein Schritt hat den gleichen Klang wie vor sieben Tagen. Doch sein Gesicht ist eingeschrumpft, braungelb und ein weißer Greisenbart umrandet es stachlig. Er läßt sich Zeit. Das Bad dauert lange. Nachher versucht er, sich zu rasieren. Doch seine Hände zittern zu sehr, um das Messer zu führen. Er läutet dem Diener. Aber auch Giuseppes Hände taugen zu allem andern eher als zu diesem gefährlichen Geschäft, da sie zeitweilig von einem unbeherrschtem Zucken befallen werden. Der Barbier von nebenan muß die Wiederverwandlung des Heimgekehrten in ein fragwürdiges Abbild seines früheren Selbst besorgen. Dann kleidet sich Don Domenico an, so gut es geht, und verzehrt in der Sala da pranzo sein Frühstück mit jener finsteren Versunkenheit, die Giuseppe schon seit Urzeiten an ihm kennt. Zwei Fragen nach dem Befinden Annunziatas und Irides, ein Blick auf die Post, ob sich keine Nachricht von den Söhnen darunter befinde, das ist alles. Als er dann – mehr als eine Stunde ist vergangen – das Haus verläßt, schenkt er dem wartenden Auto keine Beachtung und schlägt, unsicheren aber gleichmäßigen

Schrittes, den Weg zum Hospital ein. Giuseppe muß den Wagen mit einem verborgenen Wink dem Auftraggeber ins Hotel zurücksenden.
Die Schwestern harren des Vaters mit Sehnsucht, doch auch mit Furcht und Zittern. In einer kurzen Frist wird sich ja alles entschieden haben. Der Empfang ist sorgfältig organisiert worden. Vorerst werden nur Annunziata und Iride im Zimmer sein. Grazia will erst eintreten, wenn ihr das Gefühl zuruft, jetzt ist es Zeit. Indessen stehn sie, Grazia, Arthur Campbell und der alte Kassier, als Horchposten verteilt auf Gang und Treppe, um die Meldung von Papas Ankunft blitzschnell weiterzugeben. Annunziata und Iride sind außer Bett. Die ersten Merkmale der Rekonvaleszenz sind an Iride nicht zu verkennen. Sie ist zwar immer noch tief blaß, doch ihr Gesicht zeigt nicht mehr die vergilbte Papierfarbe der letzten Monate. Ihre Mattigkeit hat einer fahrigen Unrast Platz gemacht, die durch die Erwartung der großen Stunde noch gesteigert wird. Annunziata sieht viel leidender aus als Iride. Doch es ist nicht die Erschöpfung durch den Blutverlust, der in ihre Augen den ruhig starren Ausdruck einer Schwerverwundeten legt.
Ein lauter, hastiger Schlag an die Tür. Das Zeichen! Annunziata und Iride springen auf. Sie tragen jede einen langen blauen Kittel, der ihnen das steife Ansehn von Gestalten auf mittelalterlichen Bildern gibt. Ein sehr alter Mann tritt ins Zimmer. Es vergehn einige laute Herzschläge, ehe die beiden Töchter »Papa« rufen. Iride fliegt ihm in die Arme. Alle Scheu der Vergangenheit ist vergessen. Sie drückt ihn mit aller Kraft an sich, sie küßt ihn. Es ist das erstemal in ihrem Leben. Doch während sie ihn küßt, erschrickt sie bis in den Grund des Herzens. Was ist mit Papa geschehn? Es ist nicht mehr Papa. Auch der Vater erwidert die Liebkosung des Kindes mit großer Inbrunst. Dann streckt er den freien Arm aus und zieht Annunziata an seine Brust. Und in dieser dreieinigen Umschlingung verharren sie lange. Annunziata bemerkt, daß des Vaters Antlitz immer mehr verfällt und aschgrau wird. Sie schiebt eilig einen Stuhl ans Fenster. Schweratmend und mit versagenden Knien strebt der alte Mann dem Sessel zu, dreht ihn aber um, damit er gegen das Licht zu sitzen komme und nicht deutlich gesehn werde. Rechts und links knien Annunziata und Iride in ihren langen blauen Kitteln zu ihm nieder. Es wird nur wenig geredet. Papa stellt mit scheuer Stimme die wichtigsten Fragen nach Eingriff, Heilverlauf und ärztlicher Voraussage. Die Mädchen wollen ihn durch die Versicherung erfreuen, daß die Blutübertragung Wunder gewirkt habe und Iride in wenigen Wochen vollkommen genesen sein werde. Er starrt unablässig

auf die Tür. Denn sein Herz ist voll von Grazia. Doch er bringt es nicht fertig, ihren Namen auszusprechen.
Als sie dann im Raum steht – unhörbar ist sie hereingeschlüpft –, erhebt er sich und wendet sich ab. Sie wagt kein Schrittchen weiter ins Zimmer:
»Hast du meinen Brief gelesen, Papa?«
So gern möchte er zu ihr sprechen, sie mit streichelnder Hand berühren. Es geht nicht. Er kann nicht. Ihre Stimme klingt wie erwürgt:
»Hast du mir denn nicht verziehn, Papa?«
Noch immer formt sich kein Laut in seiner Kehle. Er will sich ihr wenigstens zukehren. Doch auch dies gelingt nur zur Hälfte. Grazia sieht die eingefallene Wange, das zerrüttete Profil, die gebeugte Gestalt ihres Vaters:
»Sei gerecht . . . zu mir . . . Papa . . .«
Während dieser Minuten preßt draußen Arthur Campbell sein Ohr an die Tür, um zu lauschen. Er bemerkt die spöttischen Blicke der Vorübergehenden nicht. Ihm ist so bange um Grazia. Kein Wort hört man. Im Zimmerchen herrscht eine unheilvolle Stille. Da setzt er eine Grenze: Ich werde bis zehn zählen. Noch immer nichts. Länger hält er es nicht mehr aus. Er nimmt einen Anlauf, als müsse er in schwarzes Wasser springen, und tritt polternd ein:
»Hallo, Signor Pascarella, es freut mich, daß Sie wieder hier sind.«
Er klingt lächerlich falsch, dieser rauhe vertrauliche Ton, den ihm die Verlegenheit eingibt. Eine ungeschicktere Begrüßungsart hätte Campbell nicht wählen können. Der Vater stierte den Fremden entsetzt an. Dann erwacht in ihm noch einmal der alte Don Domenico und bäumt sich auf. Er reckt seine kleine Gestalt hoch und schiebt den Unterkiefer vor:
»Ich muß mich fügen, da Sie mich ja gekauft haben.«
Arthur Campbell versteht diese Worte lange nicht. Nur das feindselige Gesicht des Alten dort sieht er, den er vor dem Untergang gerettet und aus dem Gefängnis befreit hat. Mit einem Male aber wird ihm die Bedeutung des niederträchtigen Satzes klar. Jetzt versteht er. Durch seinen Körper geht eine aufhüpfende Bewegung. Er senkt den Kopf, ballt die Fäuste vor der Brust und tritt langsam auf Pascarella zu, den er mit blaugefrorenen Augen mustert, als suche er die beste Stelle für den Hieb, der alles erledigt. Es dauert eine Weile, bis sich seine Fäuste entkrampfen und er die richtige Antwort findet:
»Ja, das stimmt! Aber ich habe mit allem bezahlt, was ich besitze.«
Domenico Pascarella kann dem Blick des Fremden nicht standhal-

ten. Er dreht seinen Kopf weg, mit der kläglichen Bewegung eines Angeklagten. Seine Schwäche und sein Elend überfällt ihn. Doch die peinigende Stimme, die in der Haft erwacht ist, mahnt: Was tue ich, was rede ich? Was dieser da für mich getan hat, ist ohne Beispiel. Ich muß doch ein Wort sagen, ich muß ja danken. Es geht ihm wie einem trotzigen Kind. Lahm und dick lastet die Zunge im Mund. Da aber ist Irides Zeit gekommen. Ihre Wangen, seit Monaten farblos, beginnen zu brennen. Sie packt Papas Faust mit der rechten, Arthurs Faust mit der linken Hand und beginnt beide zueinander zu zerren. Dabei macht sie gar nicht den Eindruck, als übe sie ein Versöhnungswerk, sondern sie keucht mit zusammengebissenen Zähnen wie ein wilder Range bei einer ungezogen-ehrgeizigen Arbeit, die seine Kräfte übersteigt. Annunziata und Grazia rufen Papa beschwörend zu. Zuerst öffnet sich Campbells Hand, dann die Hand Pascarellas, dem der heiße Druck von Irides Fingern schmerzlich wohltut. Und im nächsten Augenblick ist ihre Tat gelungen. Doch was jetzt geschieht, hat niemand erwartet. Papa, der Arthurs Rechte noch festhält, weicht einen Schritt zurück, ertastet den Stuhl und läßt sich niederfallen. Alle blicken ihn mit erschrockener Spannung an. Ein ungeheurer Kampf wirft ihn hin und her. Die Töchter drängen sich mit Angstschreien an seinen krampfgeschüttelten Körper. So sieht der Tod aus, das Sterben. Er lehnt sich weit zurück und läßt den Kopf auch hinten hängen, als könne er anders keine Luft bekommen. Ist es aber ein Wunder, daß jemand einem Sterbenden gleicht, der nach mehr als fünfzig Jahren das erstemal wieder weint? Es fängt mit einem Röcheln an, das in röhrende Töne übergeht, dann beginnt der feste Rumpf zu schlingern und zu stampfen wie ein gefährdetes Schiff. Doch die Erlösung der Tränen kommt ganz zuletzt. Don Domenico weint. Der Vater weint. Niemand noch hat diesen Vater weinen gesehn. Ist es anders denkbar, als daß sein ungeübtes, ungefüges Weinen die Töchter aufwühlt bis ins Leben ihres Lebens? Annunziata und Grazia weinen fassungslos laut, und auch Arthur, von seiner Liebe mitgerissen, muß seine Augen bedecken. Nur die Jüngste weint nicht. Denn es spiegelt sich in all diesen Tränen nicht ohne Eitelkeit Iride, die den neuen Bund gestiftet hat.

Siebzehntes Kapitel

AUFRICHTUNG UND VERZICHT

Die Landung des Colleoni in Neapel war für den fünften Januar des neuen Jahres angekündigt. Wie man sieht, hatte der Zufall den Brüdern dasselbe Schiff zur Heimkehr bestimmt wie zur Abreise. Von Gibraltar sandten sie eine Depesche nach Hause, die ihre pünktliche Ankunft für elf Uhr vormittags des Fünften in Aussicht stellte.

Seit einer Woche etwa war die Wohnung in der Via Concordia eine Stätte grausamer Umwälzungen. Annunziata und Grazia hatten ohne Rücksicht auf den Neujahrstag eine gründliche Säuberung ins Werk gesetzt. Obgleich auf Arthur Campbells Betreiben eine neue Dienstmagd in Priscillas Kammer eingezogen war, obgleich auch Giuseppe mit rüstiger Trägheit wie früher die Arbeit im Hause kritisch musterte, obgleich selbst Iride sich nicht abhalten ließ, mit Hand anzulegen, so lastete doch die Hauptmühe der Räumungs- und Reinigungstätigkeit auf den beiden großen Schwestern. Dem raschen Fortschritt dieses Getriebes stand Papas Unmut hemmend im Wege. Er schimpfte von früh bis abends über die Wirtschaft. Vielleicht wird jetzt mancher auflachen und mit seinem inneren Auge in dem scheltenden Vater den ehemaligen und nicht den gewandelten Don Domenico erkennen. Damit aber ist es eigen bestellt. Der gewandelte Vater wollte sich nie und durch nichts ertappen lassen. Fast muß man es bedauern, daß, um der Wahrheit der Geschehnisse willen, ein rührender Abschluß, der doch so naheliegt, nicht eingeschmuggelt werden darf. Papa zeigte sich nicht viel weicher als jemals, sein Schlüssel knirschte nicht weniger energisch im Schloß als früher, und auch die gesundende Iride bekam selten genug einen flüchtigen Kuß aufs Haar. Nur seine Gestalt war sehr viel älter und die Furcht seiner Kinder vor ihm sehr viel kleiner geworden. Dies die einzigen äußeren Zeichen des inneren Wandels.

Zu Arthur Campbell unterhielt Don Domenico eine korrekte und streng sachliche Beziehung. Nach seiner Rehabilitierung waren ihm aus der ganzen Stadt, aus der feindlichen Welt also, die wärmsten Sympathiebeweise zugeflogen. Seine Azienda schien großartiger dazustehn als je. Die Kunde von der Teilhaberschaft eines steinreichen Engländers hatte sich rasch verbreitet. Don Domenico aber war anders gesonnen, als die Welt es vermeinte. Er hatte es satt. Er wollte für seine Person liquidieren und nur eine

günstige Sachlage abwarten, um die Azienda dem Bräutigam Grazias in einem ausgewogenen Zustand zu übergeben, und zwar dergestalt, daß der Engländer sein großes Kapitalopfer in einigen Jahren durch hohe Verzinsung amortisieren konnte. Durch die Übergabe des Geschäftes an den Retter glaubte Pascarella seine Dankesschuld restlos begleichen zu können. Der unverbesserliche alte Mann schien noch immer nicht klug genug zu sein, um einzusehn, daß seine Firma wie er selbst ausgewerkelt und erledigt war. Er bot Athur Campbell die Schreibtischseite Battefioris und Gnollis wie einen Ministersessel an, wobei der so fürstlich Ausgezeichnete die Empfindung haben mußte, der Gnadenspender fürchte, damit seiner eigenen Würde zu nahe getreten zu sein. Campbell ging mit keiner geringeren Grandezza auf das Spiel ein. Es bedeutete für ihn ja Grazias endgültigen Besitz. Wenngleich fast sein ganzes Geld in Don Domenicos Geschäft steckte – er war ja niemals reich gewesen –, so hütete er sich doch, von Battefioris Platz allzu ausgiebigen Gebrauch zu machen. Auch in dem neuen freundlicheren Zusammenklang des Vaterwesens meinte er grollende Nebentöne zu hören, die unversöhnt geblieben waren. Deshalb ließ er alles laufen, wie es lief, zeigte sich nur dreimal wöchentlich in der Azienda und vertraute der Zeit. Seit den tragischen Vorgängen im November waren ja keine zwei Monate vergangen, es galt also, behutsam zu sein. Grazia und er hatten beschlossen, die Hälfte des Trauerjahres um Lauro vorübergehen zu lassen und erst im Mai zu heiraten. Sie wohnte wieder daheim. Erschien Arthur nur unregelmäßig in der Azienda, so nahm er um so regelmäßiger an den Mahlzeiten im Hause Pascarella teil. Wie unglaubwürdig diese Tatsache auch klingen mag, sie hatte sich unmerklich seit jenem Pranzo eingebürgert, zu dem Don Domenico nach langer gemeinschaftlicher Arbeit seinen künftigen Schwiegersohn mitgenommen hatte. Dies war mehr als alles andere der Beweis für die Umgestaltung, die sich an Paps Seele vollzog. Zwei weitere, noch bedeutsamere Vorfälle durchzuckten Grazia mit einem unerwarteten Freudenschreck. Es war eines Abends zur Weihnachtszeit. Campbell hatte sich bei Grazia entschuldigt, daß er wegen einer geschäftlichen Konferenz nicht zu Tische kommen könne. Don Domenico, der nichts davon wußte, blickte erstaunt umher und fragte wirklich und wahrhaftig:
»Was ist geschehen? Wo bleibt Arturo?«
Angesichts dieser Frage jedoch und des staubigen Umsturzes ringsum, dürfte der zweite, noch denkwürdigere Vorfall nicht gebührend wundernehmen. Am vierten Januar nämlich, dem

Vorabend der Brüderheimkehr, wagte es Arthur Campbell mit unerschrockener Verwegenheit, Domenico Pascarella zum Pranzo ins Hotel Bertolini einzuladen. Ein Augenblick atemloser Spannung folgte diesem Vorstoß des Engländers. Papa betrachtete stumm seine Töchter, die mit Kopftüchern und Schürzen zur Entscheidungsschlacht gerüstet waren. Dann nahm er die Einladung mit dem trockenen Bemerken an, daß er heute weiß Gott was lieber schlucke als den häuslichen Staub. Und es geschah, daß Don Domenico am selben Abend das Hotel Bertolini betrat, das im Leben seiner Familie eine gesetzlos wichtige Rolle gespielt hatte und in seinen Augen allezeit ein Hauptquartier der feindlichen Welt gewesen war. Und er, der seit mehr als einem Menschenalter höchstens einmal auf Reisen in eine dörfliche Osteria einzukehren pflegte, saß nun mitten unter dieser Feinschaft im Nobelrestaurant des Bertolini vor erlesenen Speisen und nippte am Kelchglas. Ihm gegenüber aber saß der Mann, der ihm sein Kind geraubt hatte. Don Domenico musterte blinzelnd die herrlichen Gestalten der reichen und genießenden Frauen in der Runde, und sein Sinn schien sich nicht zu empören, als Arthur mit feindseligen Blicken schwor:

»Grazia ist schöner und edler als diese alle.«

Auch die kläffende und winselnde Modemusik ertrug der alte Mann mit Großmut. Und als bei der Zigarre Campbell die Gelegenheit ergriff und dem Oberhaupte der Pascarella die Idee von einem neu zu errichtenden Reisebüro entwickelte, da nahm Don Domenico auch dies mit Geduld und Schweigen hin. Was aber im Herzen des geschlagenen Vaters wirklich vorging, das wußte weder der glänzende Saal noch der glückliche Engländer.

Der vierte Januar war überdies noch in einer anderen Hinsicht denkwürdig. Don Domenico verteilte nicht nur einen angemessenen Geldbetrag unter seine Töchter, damit sie erstens für ein feiertägiges Mahl sorgten und zweitens Geschenke für die Heimkehrer einkaufen könnten – er selbst machte sich auf den Weg, um für den Empfang seiner Söhne Gaben der Liebe auszusuchen. Was Ruggiero anbetrifft, war die Sache mehr als leicht. Signor Pascarella betrat zum erstenmal im Leben einen Sportausrüstungsladen und erstand ein Paar mächtiger gelbfunkelnder Treter, einen haltbaren Dreß, nach seiner eigenen Gestalt bemessen, und einen englischen Fußball, prall und rund wie eine tropische Frucht. Nach diesem Einkauf betrat er – ob das erstemal im Leben, sei dahingestellt – eine große Buchhandlung auf der Via Roma. Dort forderte er mit mürrischer Schamhaftigkeit:

»Etwas für einen jungen Philosophen!«
Der Gehilfe legte ihm eine Ausgabe des Gianbattista Vico und das neueste Buch von Benedetto Croce vor, beides Werke neapolitanischer Denker, wovon der erstere den Zorn Domenicos Pascarellas in Placidos Kammer schon zu spüren bekommen hatte. Ohne daß sie sich des einstigen Wutanfalls erinnerte, wog die Hand des Käufers den Vico auf ihrem flachen Teller, als könne sie nach seiner Gewichtigkeit den wahren Wert des Philosophen prüfen. Der Buchhändler schleppte noch eine Kollektion herbei, die unter dem Gesamttitel »Il Genio Russo« die Werke der großen russischen Dichter umfaßte. Placidos Vater legte mit mißtrauischer Gebärde einen Roman Dostojewskis noch zu den übrigen Büchern, die er erworben hatte. Alles in allem erfüllte ihn der Kauf mit dem unbehaglichen Bewußtsein, sich selber Schaden und dem beschenkten Sohn keinen Nutzen zu bringen. Als er die beiden großen Pakete, das sportliche und das philosphische, mühselig nach Hause schleppte, erkannte er, daß er nicht mehr Herr über sein Leben und seine Taten war.
Nach diesem vielfältigen Tag und Abend erlitt Don Domenico gegen Mitternacht eine schwere Herzbeklemmung. Ihm war mit einem Male so bange um Lauro. Er dachte der Geschenke, mit denen er Placido und Ruggiero begrüßen wollte, und da war es eine würgende Empfindung, daß Lauro hartherzig-ungerechterweise nichts erhalten werde. Dies verschlug dem Vater allen Atem. Und wirklich, die Luft genügte nicht, ein eisiger Reif legte sich auf seine Glieder, und Herz und Hirn drohten zu versagen. Don Domenico tastete bereits nach der Glocke, um das Haus zu wecken, denn dies konnte ja das Ende sein. Doch im nächsten Augenblick hatte er sich schon erholt. Da der Schlaf nicht wiederkam, stand er auf, legte den Schlafrock um und stieg leise zu den Zimmern seiner Kinder hinab. Er horchte an den Türen der Mädchen, um einen Atemzug, ein Zeichen ihres Lebens zu erlauschen. Wie gerne hätte er geöffnet und sich an Grazias Bett niedergelassen, um die schwermütigen Augen nicht von der Tochter zu wenden, die er verloren hatte. Er preßte die ausgebreiteten Hände und sein Gesicht an das Holz, das ihn von dem Mädchen trennte. Durch ein leises Stöhnen, welches nicht ohne Absicht ihm aus der Brust drang, suchte er sich bemerkbar zu machen. Er hatte solche Angst vor einem Überfall des Todes. Vielleicht würde Grazia doch erwachen. Sie erwachte nicht. Er tastete sich weiter durch die Finsternis, als habe er Furcht, die Lüster einzuschalten. Die Sala da pranzo, der Salotto. Und jetzt? Unter dem Madonnenbild, von Annunziata betreut und immer erneut,

atmete das Öllämpchen. Die Stanza della Mammina, die Papa fast niemals betrat. Er setzte sich auf einen der spitzenbedeckten Sammetfauteuils, die prüde zu erschrecken schienen, wenn sie jemand benützte. Es war sehr kalt, und seine behaarten und mager gewordenen Beine zitterten. Dennoch blieb er länger als eine Stunde sitzen, ohne nach einer Decke zu greifen. Im Gefängnis hatte er ja die große Kunst der Einsamkeit erlernt. Hie und da warf er einen Blick auf Mama, die in ihrer unendlichen Gleichgültigkeit diesen Blick nicht erwiderte. Er ahnte, daß er auch jetzt von dieser Frau ebensowenig wisse, als er je gewußt hatte. Und zum erstenmal im Leben erstaunte er darüber. Seine rechte Hand griff nach dem linken Puls. War das vorhin der Tod gewesen? Ach nein, nicht der Tod, nur ein leichter Anfang des Todes, das Alter. Er saß frierend in der Stanza della Mammina und sah seinem eigenen Altern zu. Irgendein abgegrenzter Platz. Schwaches Gehämmer und Gehacke. Arbeiter kommen mit Lasten vorüber und werfen verbrauchte Steine und rauchgeschwärztes Holz auf einen Haufen.

Es gibt Ur-Ereignisse des menschlichen Lebens, die sich während der Jahrtausende gleichbleiben und immer dieselben Spannungen und Lösungen hervorrufen. Zu ihnen gehört das seelenbewegende Hingleiten eines Schiffes, das sich entweder von der Küste entfernt oder ihr nähert. In diesem Hingleiten wird die reine Melodie von Abschied oder Wiedersehen, von Entschwinden oder Sich-finden zu rhythmischer Bildhaftigkeit umgewandelt, und zwar tiefer als es ein Kunstwerk vermöchte.
Der Hafen Neapels aber ist durch viele prächtige Kulissen verbaut und gewährt dem Publikum, das auf dem Quai der Servizi Marittimi wartet, keinen Ausblick aufs Meer. Wenn nun ein Ozeandampfer plötzlich auftaucht und vorsichtig ungeschickt seinen Riesenleib – als wolle er keinem kleineren Geschöpf etwas zuleide tun – durch die Engpässe des Hafenwassers schiebt, dann fährt ein leichter Schreck in die harrende Menge. Eine spritzige Erregung ergreift alle und mancher lacht, dem gar nicht zum Lachen ist. Auch die drei Schwestern Pascarella lachten ohne Ursache und riefen einander allerlei Mahnungen zu, während ihre erstarrten Augen dem kaum merklichen Herannahen des Schiffskolosses folgten. Arthur Campbell stand schüchtern hinter ihnen. Grazia hatte gewünscht, daß er mitkomme und ihre Brüder gleich im ersten Augenblick bei der Landung kennen lerne. Sie aber schien jetzt angesichts des beidrehenden Colleoni ihren Geliebten völlig vergessen zu haben, denn sie kehrte sich kein einziges Mal nach ihm um.

Die Ausschiffung währte beinahe eine Stunde. Ein Eisengitter wurde zwischen Publikum und Landungsstelle geschoben. Carabinieri faßten davor Posto und verdeckten mit ihrem Rücken die bunte Flut, die aus dem Schiff hervorsprudelte. Auch in dieser vorerst unangenehmen und widersinnigen Maßregel entpuppte sich eine von der Behörde durchaus nicht beabsichtigte Weisheit des Lebens, die zwischen starke Empfindungen und deren zwangsläufige Enttäuschung einen Reizschutz einschaltet. Das lange Warten zermürbte die Nerven. Die Spannung ließ nach, und als die Wartenden dann die Heimkehrenden mit Freudenrufen und Küssen empfingen, kam jene tiefe Betretenheit der Entfremdung kaum zum Bewußtsein, die eines der wesentlichsten Elemente jedes Wiedersehens ist. Zeit und Raum hatten ihr zehrendes Werk geleistet, ohne daß man es bemerkt hatte. Nun aber begannen die abgestorbenen Stellen im Gedächtnis als Gefühlsleere zu drücken: Dies war ja die Mutter, natürlich, sie hatte sich gar nicht verändert und sah doch so fremd aus. Und dort kam der Gatte. Wie wahnsinnig hatte sich doch die Frau auf ihren Mann gefreut, und jetzt benahm er sich ziemlich kühl und sprach hauptsächlich vom Gepäck. Was war das nur? Nun, das Gedächtnis hatte während der Trennungszeit nicht standgehalten und die Menschen litten darunter. Denn das vollkommene, das göttliche Gedächtnis ist die Unsterblichkeit und die künftige Auferstehung der Toten.
Die Geschwister Pascarella waren in das Zwielicht dieser allgemeinen Wiedersehensstimmung einbezogen. Was wohl niemand für möglich gehalten hätte, auch zwischen sie war Entfremdung getreten. Sie umarmten und küßten einander inniglich, und doch sah Grazia einen anderen Placido und Iride einen andern Ruggiero wieder. (Für immer ist nun die alte Nähe verwandelt. Die Liebe von gestern wird nicht mehr die Liebe von morgen sein. Und das tut weh.) Die Veränderung zeigte sich am sinnfälligsten an Ruggiero, der in jeder Einzelheit seiner Kleidung Wert darauf legte, ein Brasilianer zu sein. Er trug einen flachen niedrigen Velourhut, einen grünen Shawl um den Hals, neiderweckende Wildlederschuhe und einen scharf eingekerbten Gürtelstock. Sein Teint war olivbraun, das Haar sträubte sich nicht mehr struppig aufgekämmt, sondern lag blauspiegelnd glattgebürstet und gescheitelt. Zur Vervollständigung dieser Fremdartigkeit trug er Koteletten und auf der linken Schläfe eine toreadorhafte Sechserlocke. Unter solchen Umständen fiel es wirklich schwer, an seiner Zwanzigjährigkeit zu zweifeln. In den Bewegungen des ehemals so täppischen Orso lag nun Selbstbewußtsein und erfahrene Weltläufigkeit, die nach Ver-

wicklungen des Daseins Umschau zu halten schien, um mit ihnen jonglieren zu können. Von Anfang an gefiel er sich seinen Schwestern gegenüber in gönnerhafter Überlegenheit. Iride sah ihn staunend von allen Seiten an und sagte dann die Wahrheit rund heraus wie immer:
»An dich werde ich mich erst wieder gewöhnen müssen.«
Bei Placido war es weit schwieriger, ja kaum möglich, die Veränderung festzustellen. Er trug denselben Anzug wie bei seiner Ausreise, kein äußeres Merkmal wies auf die Entfremdung hin, es sei denn, daß er noch blasser und spitziger war als früher. Und doch verrieten seine Augen manchmal den mühsam gebändigten Ausdruck eines Forschers, der über seine geheimnisvollen Expeditionen wird ewig schweigen müssen. Seine Augen sind anders geworden, sagte sich Grazia immer wieder. Doch auch Placido sagte sich, sie ist ganz und gar anders geworden, und er begann zu verstehen, warum. Glücklicherweise erforderten Paßrevision, Gepäck und Zoll ablenkende Tätigkeit im Übermaß. Giuseppe war langsam aufgetaucht, ergriff die kleinste Tasche und wischte sich den Schweiß der Mühsal von der Stirn. Arthur Campbell hingegen schüttelte den Brüdern gewaltig die Hand, ohne sein Dasein des weiteren zu rechtfertigen, und entwickelte, die Verzollung des Gepäcks betreffend, solch eine stürmisch-hartnäckige Energie, daß der Pascarellastamm unter allen Reisenden zuerst die Schranken verlassen durfte.
Placido wußte nun alles. Während des Paß- und Zollkampfes blieb er sehr schweigsam und hielt den Kopf gesenkt. Doch schon beim Hafenausgang nahm er Grazia beiseite, lächelte ihr zu und flüsterte ohne Selbstüberwindung:
»Er gefällt mir sehr gut.«
Seine Feinheit, die das Wichtigste, ohne davon unterrichtet zu sein, sofort vorwegnahm und mit fünf Worten alle Unsicherheit fortträumte, die sich zwischen ihr und ihm angesammelt hatte, dieser echte Beweis seines hohen Wesens erlöste Grazia. Mit einem Schlag schien der Bann der Entfremdung und die Schwermut des Wiedersehns gebrochen zu sein. Leidenschaftlich wie in früheren Tagen drängte sich die Schwester an den Bruder:
»Ich bin so glücklich, daß du das gesagt hast . . .«
Und nun begann zwischen beiden ein inbrünstiges Gespräch, das sie nicht nur die heimatlichen Straßen vergessen ließ, sondern auch die andern Geschwister und den Freund. Als Iride aber sah, daß sich Grazia in Placido mit gieriger Bewegung einhängte, packte sie ebenso Ruggiero an und bald versank auch um die zwei Jüngsten die Welt.

Annunziata blieb einsam zurück.
Da reichte ihr Arthur Campbell den Arm und bemühte sich um eine leichte und heitere Unterhaltung. Sie gab ihm fast keine Antwort, bis sie die Piazza del Plebiscito erreicht hatten. Dann aber wandte sich ihm ein verzerrtes Gesicht zu:
»Du weißt es noch gar nicht, Arturo. Ich sage es dir auch, ehe es Papa und die andern wissen. Wenn alle diese Geschichten vorüber sein werden, verschwinde ich.«
Seine Finger streichelten erschrocken ihre Hand:
»Was heißt das, Zia?«
»Das heißt, daß ich ins Kloster gehe. Man kennt mich dort schon. Man wartet dort auf mich.«
Er hielt sie eisern fest, als wolle er sie vor einer Wahnsinnstat schützen, solange es noch Zeit war:
»Das darfst du nicht tun, Zia, das ist unmöglich!«
»Warum ist das unmöglich?«
»Weil du noch so jung bist, Zia.«
»Wozu bin ich denn jung? Es ist mir schrecklich, daß ich noch jung bin.«
»Sprich keinen Unsinn, Zia! . . . Verzeih mir! Ich verstehe alles, was in dir vorgeht. Wir lieben dich. Ich liebe dich.«
»Das sind nur Worte . . .«
Er aber griff wieder nach ihrer Hand und drückte einen langen Kuß auf sie:
»Bitte, du sollst nicht zweifeln, Zia! Du weißt nicht, wie tief ich dich verehre! Deshalb werde ich auch bei jedem Entschluß, den du triffst, immer auf deiner Seite stehn, Zia. Aber vergiß nicht, daß wir dich brauchen, wie das Leben! O ja! Nicht nur dein Vater, sondern auch Grazia und ich.«
»Wer braucht mich?«
Und sie sah ihn mit roten und verzweifelten Augen an.

Die Schwestern hatten nicht gedacht, daß Placido und Ruggiero das Wiedersehen mit Papa so sehr erschüttern würde. (Don Domenico hatte seine Söhne nicht vom Hafen abgeholt, weil er sich seit seiner Haft vor Menschenansammlungen fürchtete. Und dazu kam noch die Angst vor seinem eigenen Gefühl.) Für die Heimgekehrten war deutlich, was den Töchtern durch den täglichen Anblick undeutlich blieb, das beginnende Greisenalter des Vaters. Mehr als alles andere tat ihnen seine neue Milde weh. Er hatte sie mit unverhohlener Erregung vor der Wohnungstür erwartet und ihnen die offenen Arme zitternd entgegengestreckt. Zum erstenmal in ihrem bewußten Leben fühlten sie einen heißen Vaterkuß auf ihren Wangen. Und was sollten sie erst zu den Geschenken sagen, diesen herzzerreißenden Sinnbildern der väterlichen Resignation? Sie starrten scheu und beklommen auf Fußball und Philosophen, mit welchen Gaben Papa die verbotenen Leidenschaften von einst für alle Zeit und Ewigkeit sanktionierte.

Nachdem der erste Sturm vorüber war und die Brüder die Stätten ihres alten Lebens wieder bezogen hatten, setzten sich alle rings um den großen Tisch der Sala da pranzo, obgleich zu dieser Stunde noch niemand an die Mahlzeit dachte. Don Domenico umfaßte mit einem weiten Blick den dichtbevölkerten Tisch. Endlich war er wieder der Vater unter seinem Volk. Ach, nicht ganz! Er wandte stumm den Kopf zu Placido hin, damit dieser nun von dem armen Lauro zu sprechen anhebe. Alle verstanden die stumme Aufforderung und wußten, daß die Stunde gekommen sei, des Toten in ihrer wiedervereinigten Mitte mit frischem Schmerz zu gedenken:

»Wir wissen wahrscheinlich nicht viel mehr«, begann Placido, »als euch schon durch die Nachrichten des Doktor Pereira bekannt ist. Ruggiero und ich kamen zu spät.«

Ruggiero, der selbst in dieser schmerzerfüllten Minute darauf brannte, über Größe und Wunder Brasiliens belehrende Aufschlüsse zu geben, entwarf eine geographische Situationsskizze:

»Ihr müßt euch das nämlich richtig vorstellen. Meine Fazenda ist zwar die größte im Staate São Paulo, liegt aber schon dicht an der Grenze von Paraná. Zur Bahnstation Limeira sind etwa zweihundert altbrasilianische Leguas, die ich zu Pferde zurücklegen mußte, da unglücklicherweise alle Automobile unterwegs waren. Der Ritt hat mich anderthalb Tage gekostet. Von Limeira dauert es, wenn man Glück hat und einen Zug erwischt, immer noch fünfzehn Stunden nach São Paulo City.«

Placido unterbrach die Weitschweifigkeiten des eingefleischten Brasilianers mit nervöser Sanftmut:

»Die Wahrheit ist, wir kamen zu spät, um unsern Bruder noch lebendig zu sehn. Der November ist dort der furchtbarste Sommermonat. Reisen in der tropischen Hitze sind lebensgefährlich. Nach dem unfaßbar Entsetzlichen, das wir erlebt hatten, sind wir beide krank geworden in São Paulo. Noch am Abend des Begräbnistages. Ja, auch Ruggiero, der doch ein fester Kerl ist und mehr aushält als wir alle, war eine Woche lang krank. Wir konnten gar nicht glauben, daß Lauro tot ist. Im Fieber fühlte ich ihn immer bei mir. Die Krankheit war der Grund, Papa, warum wir trotz deiner Depesche ein Schiff mußten vorübergehen lassen.«

Auch er war nahe am Tod, und ich habe es geahnt, erkannte Grazia jetzt. Don Domenico rieb seine Stirn, die ganz feucht geworden war:

»Und wißt ihr wenigstens die Wahrheit?«

Er sprach das Wort Selbstmord nicht aus. Placido konnte sich nur an das halten, was er von Doktor Pereira wußte. Lauro habe sich nie beklagt und sei mit seinem Posten dem Anschein nach zufrieden gewesen. In den letzten Tagen vor dem Unglück habe er seinem Chef sogar angekündigt, daß er den Gedanken, eine Stellung im Hotel Esplanade anzunehmen, gänzlich fallen lasse.

»Daran ist die Sache mit dem Cutaway schuld«, warf Ruggiero ein. »Er hatte sich das Geld schon zusammengespart, aber irgendein sauberer Freund hat es für ihn im Casino von São Paulo verspielt.«

Placidos Augen sahen in die Ferne:

»Merkwürdig, Lauro hat drüben all seine Erfindungsgabe verloren.«

Don Domenico gab einen Laut der Ungeduld von sich, um Placido wieder auf den Weg zu bringen. Dieser wandte sich zu Annunziata:

»Er hat an dem Verlust von Mamas Ring tief gelitten. Dein Armband, Zia, kam zu spät. Im Oktober schrieb er mir seinen letzten Brief, der mich erschreckt hat, denn er war ziemlich wirr. Immer wieder kam darin die Aussicht aus seinem Fenster vor und der Horizont, den er nicht ertragen konnte . . .«

»Und dabei«, unterbrach ihn Ruggiero wiederum, »soll er in den letzten Tagen sehr fröhlich gewesen sein.«

Der Vater schob sich vom Tisch ab. Seine Stimme war kaum vernehmlich:

»Die Wahrheit, die Wahrheit!«

Die Wahrheit wußte auch Placido nicht, sondern nur die nackte Tatsache. Am elften November nach dem Morgendienst sei Lauro, ohne irgend jemanden zu benachrichtigen, verschwunden. Zuletzt hätten ihn die Pferdewärter in den Stallungen von Butantan gesehn, wo er sich alltäglich eine Stunde lang aufhielt und die fiebernden Gäule zeichnete. Dann habe er sich nicht wie sonst zur Stadt begeben, sondern sei in die Campagna hinausmarschiert, in die Ebene, in eben diese tödliche Aussicht, von der seine Briefe handelten.

»Ah, ihr habt keine Ahnung«, rief Ruggiero mit entsetzer Grimasse, »was das heißt, der Campo, die Ebene, und noch dazu in der Sommerhölle . . .«

»Es ist wirklich das grauenhafte Nichts«, bestätigte Placido, »und doch hat Lauro mit dem Gift in den Adern viele Kilometer in diesem

Nichts zurückgelegt. Man hat ihn erst am Abend in der Nähe einer Vende aufgefunden.«
Ruggiero belehrte die Versammlung, deren Schweigen die Köpfe immer schwerer niederzog:
»Vende nennt man die Bretterbuden in der Einöde, wo man Matetee, Zuckerwasser und Schnaps zu kaufen bekommt.«
Placido, der nicht mehr weiter erzählen wollte, schloß:
»Ich glaube, Lauro hat mehr Heimweh gehabt, als er aushalten konnte.«
Ruggiero schüttelte den Kopf:
»Das war es nicht, Placido, ich sage es dir ja immer, es war der stille Tornado . . . Ihr müßt nämlich wissen, daß es in Brasilien und zwar im Sommer ein bestimmtes Wetter gibt, das so heißt. Es ist eine Art von gräßlichem Scirocco, bei dem kein Wind geht. Die Luft bewegt sich nicht und man kann kaum atmen. Die Statistik hat festgestellt, daß achtzig Prozent aller Selbstmorde in Brasilien an solchen Tagen verübt werden.«
»Verzeiht, ich muß in die Küche.«
Annunziata ging steif hinaus. Campbell mußte sich beherrschen, um ihr nicht zu folgen. Alle sahen ihr nach. Don Domenico zuckte, durch diesen Zwischenfall gestört, zusammen, wandte aber seine Augen von Placido nicht ab und zwang ihn so, weiterzureden:
»Vielleicht war es der stille Tornado. Vielleicht war es die Beschäftigung mit Schlangen. Auf Lauro haben Tiere immer faszinierend gewirkt. Vor Butantan war er in einer Vogelfedermanufaktur. Da er ja täglich der Giftentnahme beiwohnte, ist es möglich, daß er gebissen wurde, ohne es zu merken.«
Ruggiero widersprach heftig:
»Ausgeschlossen, Placido! Der Biß einer Cascavelschlange . . .«
»Doktor Pereira hält es nicht für ausgeschlossen. Warum ist er so weit ins Land gewandert? Pereira meint, das hängt mit dem Gift zusammen, das sehr schnell Veränderungen im Gehirn bewirkt. Doch wer kann das entscheiden? Er hat die Lockung des Todes immer in der Nähe gehabt.«
Der Vater brachte jetzt eine stockende Frage hervor:
»Und hat er sehr . . . gelitten?«
Placido mußte einen Augenblick verstreichen lassen, ehe er die leise Auskunft gab:
»Als man Lauro nach Hause brachte, war er schon blind und gelähmt. Ich hoffe fest, daß er auch nicht mehr bei Bewußtsein war.«
Iride schrie auf. Ihr Gesicht war papiergelb wie in der schlimmsten

Zeit. Grazia preßte ihre Fäuste gegen den Mund, konnte aber ein wildes Aufschluchzen nicht unterdrücken. Ruggiero weinte mit kindhaft schnappenden Lauten. Papa saß starr. Placido aber, der die Augen geschlossen hielt, versuchte, tröstlichere Vorstellungen zu erwecken:
»Ihr könnt euch gar nicht vorstellen, wie man Lauro geliebt hat. Er hatte schon viele Freunde. Beim Begräbnis waren hundert Menschen und mehr zugegen. Alle fassungslos. Besonders Doktor Pereira . . .«
Der Vater schloß und öffnete mehrmals seine Hand, als wünsche er etwas Bestimmtes zu greifen:
»Und habt ihr ein Bild, ich meine eine Photographie . . . von ihm?«
Placido konnte diese Frage glücklicherweise bejahen. Doktor Pereira hatte von Lauro auf dem Totenbett eine Photographie aufgenommen. Ruggiero stürzte sofort zum Gepäck, um sie hervorzugraben. Das wunderbar schöne Totengesicht des Jünglings ging erbebend von Hand zu Hand. Don Domenico hatte es so eingerichtet, daß an ihn die Reihe zuletzt kam. Er vermochte es aber nicht, einen Blick auf den verlorenen Sohn, der nicht mehr heimfinden wird, zu werfen, sondern stand auf und verließ die Sala da pranzo. Eine endlos lange Stille flutete ihm nach. Ruggiero, der mit seinen verweinten Augen wieder dem alten Orso glich, wagte es als erster, diese Stille zu unterbrechen:
»Ich finde, Papa ist nicht mehr derselbe.«
Placido aber strafte ihn mit folgendem schwärmerischem Widerspruch:
»Und ich finde, daß Papa erst jetzt wirklich der ist, der er immer war.«

Noch am selben Tage stellte es sich heraus, daß Ruggiero nicht ohne Ursache zum brasilianischen Dandy geworden war. Man kann sogar behaupten, daß weder die schmiegsamen Wildlederschuhe, noch die glänzend polierte Haartracht, ja nicht einmal die prächtige Zigarettendose die hoffnungsvolle Lage übertrieben zum Ausdruck brachten, in der sich der junge Mann befand. Es wäre freilich eine allzu märchenhafte Verklärung, wollte man ihn einen Nabob-Kandidaten nennen. Zu solch goldener Vorhersage berechtigte nichts in Attilio Salvafedes Brief, den Ruggiero mitbekommen hatte, um ihn seinem Vater zu überbringen. So feierlich und schwungvoll der alte Fazendeiro auch den allgemeinen Teil seines Briefes hielt, über die praktischen Fragen äußerte er sich weit wortkarger und unbestimmter. Doch auch noch das Unbestimmte verhieß mehr des

Glückes, als ein nüchterner Sinn von der Wahrscheinlichkeit des Lebens erwartet hätte. Attilio Salvafede begrüßte eingangs Signor Pascarella als engeren Landsmann. Wenn er auch nicht die Ehre habe, Voll-Neapolitaner zu sein, so sei er doch in der Umgebung geboren, in dem Dorfe Volturara, das am Hange der Monti Picentini liegt. Für wichtiger als diesen Umstand halte er aber die Artverwandtschaft, die ihn nach allem, was er gehört habe, mit dem hochgeehrten Don Domenico verbinde: »Wir gehören beide zu den Aussterbenden.« Im Verlauf des Briefes gestand er aber, daß es zwischen ihm und Herrn Pascarella leider einen gewaltigen Unterschied gebe. Er habe vor zwanzig Jahren, als sein geschäftlicher Glücksstern aufzugehen begann, seine Frau und zwei Knaben verloren, die ganze Familie, während Don Domenico trotz seinem schweren Verlust noch immer fünf hoffnungsvolle Kinder behalte. Vom Thema der Kinderlosigkeit aber schwenkte Salvafede rasch ab und verbreitete sich in geschwätzigem Tugendton und mit eckiger Volksschülerschrift über die Größe der Fazenda, über seine noch umfangreicheren Sorgen, über seinen Wunsch, daheim in Volturara zu sterben, und über die Angst, sein Werk werde dereinst in die Hände irgendeiner Aktiengesellschaft fallen, deren Direktoren eine Kaffeekirsche von einer Tollkirsche nicht unterscheiden könnten. Nach diesem langen Umweg erst gelangte der Fazendeiro zum Hauptgegenstand: »Ich teile Ihnen mit, daß die Bekanntschaft mit Ihrem jungen Sohn Ruggiero mir angenehm geworden ist. Seine Fähigkeiten sind entsprechend, sein Tätigkeitsdrang erfreulich. Auch konvenieren mir die respektvollen Manieren, die er Ihnen verdankt . . .«
Und nun forderte Salvafede rund heraus. Don Domenico möge Ruggiero unverzüglich wieder nach Brasilien zurücksenden. Als Gegenleistung bot er dem jungen Mann einen Vertrag, den er mit ihm für sieben Jahre zu schließen beabsichtige, wobei eine alljährliche Gehaltserhöhung und andere Vergünstigungen noch festgesetzt werden sollten. Eine Summe war nicht genannt. Es könne sich aber (dies war der unbestimmte Satz) mit den Jahren ein Arrangement ergeben, das alle Teile zufriedenstellen werde.
Das Ansehen, das der Brief Salvafedes dem kleinen Ruggiero in der Familie gewann, war ohnegleichen. Gerade das Unausgesprochene seines Glückes verlieh ihm geheimnisvollen Glanz. Für die optimistischen Geschwister Pascarella war es ausgemacht, daß ihm das Erbe des Fazendeiro, ein Reichtum ohne Maßen, in Kürze zufallen müsse. Von der glitzernden Fügung bezaubert, vergaß man, daß in dem Brief zu solchen Träumen kein Anlaß gegeben war, und dachte

weder an Testamente noch an Neffen, Nichten und andre Erben. Der ehemals so struppige Handelsschüler und Fußballspieler, der an diesem Orte manche Ohrfeige eingeheimst hatte, war in scheue Distanz gerückt wie ein Prinz. Unfaßbarer Gedanke, noch kein Jahr war vergangen, um aus dem farbigen, von Giuseppes Späheraugen verfolgten Orso einen vollendeten Brasilianer und angehenden Kaffee-Krösus zu machen! O Gedanke, noch weit unfaßbarer, kein Jahr war vergangen, und Lauros zärtliche Gestalt saß nicht mehr unter den Geschwistern, sondern verweste im Camposanto von São Paulo!

Papa hatte gehofft, nunmehr die Kinder wieder für alle Zeit um sich versammelt zu haben. Durfte er aber solch einer glückstrunkenen Entwicklung der Dinge im Wege stehn, er, ein alter Mann, der den Seinen selbst nicht forthelfen konnte? Es wurde also beschlossen, daß Ruggiero am letzten Märztage wieder nach Brasilien zurückkehren solle. Damit aber war noch nicht alles erschöpft. Der Jüngste, dem sein Lebenserfolg nicht nur Sicherheit schenkte, sondern auch einen Mut, vor dem die Sala da pranzo erschauerte, verlangte von Papa, daß er ihm Iride auf die Reise mitgebe. Er begründete diesen seinen Wunsch vortrefflich. Nichts heilkräftiger für einen geschwächten Körper als eine lange Seefahrt auf einem guten Schiff! Der Winter, in einem paradiesischen Klima genossen anstatt in europäischem Wind und Regen, die Ruhe auf schattigen Terrassen, die Pflege in einem luxuriösen Haus, dies alles werde Wunder wirken. Don Domenico wehrte sich zwei Tage lang, fand Einwand um Einwand und rief schließlich Doktor Platania zu Hilfe. Dieser, vom wohltätigen Einfluß einer Seereise auf Rekonvaleszenten überzeugt, war aufrichtig genug, die Partei Ruggieros zu nehmen. Iride bekam vom Weinen entzündete Augen und klagte wieder über verdächtige Kopfschmerzen. Daraufhin sah sich Papa zu einem Kompromiß genötigt. Die Kleine sollte den April, Mai und Juni beim Bruder verbringen, dann aber ohne Widerspruch und Ausrede heimkehren. Dabei blieb es. Dieses Ja des überwundenen Vaters bedeutete genug des Wunders für ein Pascarellakind, um Iride in einen unaufhörlichen Rausch zu stürzen. Sie rührte sich nicht mehr von Ruggieros Seite. Am liebsten saß sie in seiner Kammer, jedoch so, daß sie dem verwaisten Bette Lauros den Rücken wandte, und stellte bunte fliegende Fragen, die einander überholten, ehe sie beantwortet wurden:

»Aber du wirst mich auch zur Roça mitnehmen, Orso, in den Urwald, nicht wahr?«

Er warf ihr einen hochmütig bedenklichen Blick zu:

»Ausgeschlossen, mein Kind! Bei uns arbeiten die Frauen nicht.«
»Wie? Die Negerinnen und Mestizinnen arbeiten nicht?! Geh du! Wer kocht denn, wer wäscht denn, wer näht denn?«
Ruggiero, der sich restlos zu den Sitten Brasiliens bekannte, unterwies seine Schwester unduldsam:
»Eine junge Dame, die etwas auf sich hält, kann bei uns unmöglich an einer Arbeit teilnehmen. Selbst die Frauen der besseren Kolonisten arbeiten niemals.«
Iride blinzelte, von solchen Moralgesetzen verwirrt:
»Wie verbringen denn die ihren Tag?«
»Sie sitzen mit ihren Sonnenschirmen vor der Haustür. Und selbst die Gewöhnlichste ist glänzend angezogen.«
Irides brennende Augen erschraken:
»Santa Madonna! Da muß ja auch ich gut angezogen sein, Orso!«
Für Ruggieros großzügige Lebensauffassung war das ein unbedeutendes Problem. Mit erfahrener Leutseligkeit stellt er blendende Lösungen in Aussicht:
»Wir werden dich in Rio ausstatten. Da ist Paris nichts dagegen. São Paulo hat zwar auch ganz gute Geschäfte. Aber wir werden mit unserem Wagen von dort nach Rio fahren. Signor Salvafede hat mich schon einmal mitgenommen.«
»Unser Wagen?«
»In Signor Salvafedes Garage in São Paulo stehen drei Autos, und was für Autos!«
Iride lehnte sich zurück und schloß die Lider, als habe sie Angst, von einer ganz anders gearteten Wirklichkeit vorzeitig erwischt zu werden:
»Und was tun wir dann noch außerdem in Rio?«
Ruggiero stand auf und schlenderte durchs Zimmer, die Hände in seiner braunen Flanellhose vergraben. (Attilio Salvafede legte das höchste Gewicht auf die tadellose Kleidung seines Stabes.) Dann trat der jüngste Bruder hinter die jüngste Schwester und beugte sich über ihr gewaltiges Haar, dessen kindheitsvertrauten Geruch er einsog:
»Wir wohnen im Hotel Copacabana. Wir spielen ein bißchen Roulette. Wir tanzen. Wir trinken Cocktails. Wir essen Langusten . . . O Iride, Iride, du hast ja keine Ahnung vom Leben!!«

Arthur Campbell besaß die Kraft, gefährliche Wallungen der Eifersucht zu unterdrücken, denn drei Tage lang war Grazia für ihn völlig verloren. Diese drei Tage gehörte sie Placido an und nicht ihm.

Zwischen Bruder und Schwester ging ein heimliches und heißes Gespräch hin und her, das nur durch wenige Nachtstunden unterbrochen wurde. Arthur war gänzlich ausgeschlossen, ja er hatte nicht die geringste Vorstellung von dem Inhalt dieses passionierten Geflüsters. Ihm war schwer zumute. Doch immer wieder sagte er sich:

Placido ist ein außerordentlicher Mensch und Grazia hängt mit allen Fasern ihrer Seele an ihm. Ich muß lernen, Placido zu lieben und zu verstehen, wovon das letztere vielleicht schwieriger sein wird. Er ist das wesenhafteste Opfer, das meine Liebe zu Grazia fordert. Aber was will ich denn? Gott hat mich hoch überzahlt.

Die unfreiwilligen Urlaubstage benutzte er in doppelter Weise. Erstens gelang es ihm, Domenico Pascarella scheinbar davon zu überzeugen, daß seine Idee, ein Reisebüro zu gründen, glücklich und vielversprechend sei. Diejenigen, welche die Stadt Neapel nur flüchtig oder überhaupt nicht kennen, müssen sich vor Augen halten, daß es damals auf der ganzen Piazza del Municipio, im Mittelpunkt des Treibens also, neben dem Hotel de Londres und gegenüber dem Castello Nuovo kein Unternehmen gab, das dem Fremdendienst gewidmet war. Thomas Cook & Son befand und befindet sich noch immer in der kleinen Galleria Vittoria, im stillen westlichen Teil der Stadt. Campbell baute seinen Plan auf drei richtigen Voraussetzungen auf: der Mangel eines solchen Büros und somit das Bedürfnis danach zuvörderst. Der langjährige Bestand der Firma Pascarella auf jenem großen Platz, der nach einer Informationsstelle für das reisende Publikum geradezu schrie. Dies die zweite Überlegung. Und wie leicht ließ sich die Umwandlung durchführen. Sogar die Tafel »Cambio Valute« konnte unbeschadet der Neuordnung ruhig hängen bleiben. Der dritte erfolgverheißende Umstand aber lag in seiner, Campbells, eigener Person. Es sei in ihm ein echter Brite auf dem Posten, dem man Repräsentation nicht absprechen könne, und der gewiß die hellen Scharen italienfahrender Landsleute anziehen werde, wenn er die Konkurrenz von Cook und Genossen durch kleinere Preise und größere Liebenswürdigkeit zu schlagen verstehe. Der Plan müsse nicht mit einem Schlag ins Werk gesetzt werden, sondern nach und nach, ganz wie es der Wille Don Domenicos vorschreibe, am besten gleichzeitig mit dem langsamen Abbau des Bankgeschäftes.

Es dürfte nicht schwer zu erraten sein, daß Domenico Pascarella über diese Zumutungen anfangs höchst entsetzt war. Sein Konservativismus witterte hinter dem Wort »Reisebüro« einen zweifelhaften Begriff, vielleicht noch ehrenrühriger als jener »Geldwechsel«, womit er den ersten Schritt vom Wege getan. Doch die Ehre war es nicht, die ihn jetzt bedrängte. Mit ihr hatte er abgeschlossen. Zwar unschuldig ins Gefängnis gekommen, war er doch gesessen. Trotz allen Sympathiebeweisen, die er empfangen, trotz dem Rehabilitationsbrief, den der Präfekt handschriftlich an ihn gerichtet hatte, es half nichts, in seinen eigenen Augen blieb er bemakelt und erniedrigt bis zum Tode. Bei seinen Spaziergängen vermied er jetzt laute Orte und Zeiten und schlich mit aufgestelltem Rockkragen auf Umwegen in die Azienda. Sein Widerstand gegen das Reisebüro aber lag tiefer. Er hatte jahrzehntelang sein Geschäft in bodenständig strengen Grenzen geführt. Nun aber sollte er gezwungen werden, die letzte Mauer selbst einzureißen und Tür und Tor der feindlichen Welt zu öffnen, damit sie endlich über ihn, den Besiegten, den letzten Triumph davontrage. Wo sonst die altertümlichen Gestalten ehrenwerter Provinzler den Hut in der Hand gedreht hatten, würden nun die frechen Eindringlinge der Fremde den Hut auf dem Kopf behalten, elegante Damen würde die Luft mit ihren lasterhaften Wohlgerüchen schwängern, nur mehr englische Laute würden im Straßenladen erklingen und für ihn stände kein Winkel zur Flucht offen. Er müßte Stunde für Stunde der Zeuge seiner Niederlage sein. Was aber ließ sich dagegen tun? Nichts! Nicht ihm gehörte mehr sein Eigen, sondern Arthur Campbell. Dennoch brauchte dieser so manchen Tag, um Don Domenico gefügiger zu machen. Was aber noch vor drei Monaten jenseits aller Vorstellbarkeit gewesen wäre, jetzt glückte es in verhältnismäßig kurzer Frist. Pascarella wurde des Kampfes müde und erklärte, er sehe die Vorteile eines Reisebüros ein. Er werde die Liquidation so schnell wie möglich durchführen und nach deren Beendigung die Azienda mit Sack und Pack dem neuen Herrn übergeben. Bedingung sei, daß dieses Reisebüro auf dem Firmenschild einen einzigen Namen trage: »Arthur Campbell«. Dem widersprach nun der Engländer auf das Entschiedenste. Er könne, um das Geschäft wirksam einzuführen, unmöglich auf den klangvollen Namen Domenico Pascarella verzichten. Der seinige sei weit weniger wichtig. Darauf ereiferte sich Don Domenico: Im Gegenteil, einzig und allein der englische Name auf der Tafel gewährleistete diesem mehr als übermütigen Einfall einen leisen Hoffnungsschimmer. Und dann, der Name Pascarella sei durchaus nicht mehr in der Lage, ein neues Unternehmen zu fördern. Der Kampf bezüglich dieses Punktes wogte am hitzigsten hin und her. Da sich aber Don Domenico mit seiner ganzen Macht schon längst auf dem Rückzug befand, durfte er auch hier nicht siegreich bleiben. Ein Argument Arthurs war schlagend

genug, um die Entscheidung zu bringen:
»Sie haben doch fünf Kinder. Zwei unversorgte Mädchen und einen Sohn, der zu etwas Besserem geboren ist als zum Angestellten. Wollen Sie denn die Zukunft dieser Kinder nicht sichern? Nein, nein! Die Firma muß uns allen in wohlerwogenen Anteilen gehören. Wir werden miteinander einen regelrechten Vertrag schließen.«
Und so geschah es. Die Azienda wurde noch während des laufenden Jahres umgetauft in: »Pascarella & Campbell«.
In einer schlaflosen Nacht durchzuckte Arthur die brennende Frage, ob es nicht viel klüger gewesen wäre, Grazia zu packen und aus dem Bannkreis ihrer Familie zu entführen, solange es Zeit war. Diese Frage hatte gewiß ihre tiefe Berechtigung. Doch er war ja selbst schon allzusehr in das Pascarellaschicksal einbezogen, als daß solche schreckhaften Erkenntnisse mehr hätten sein dürfen als flüchtige Anwandlungen.
Den anderen Teil dieser Tage, die Grazia im Gespräch mit Placido verbrachte, widmete Arthur Campbell seiner Schwägerin Annunziata. Er holte sie zu langen Autofahrten in die Umgebung ab und staunte darüber, daß diese Neapolitanerin weder Pompeji noch Sorrent oder Amalfi kannte und auch niemals den Krater des Vesuvs bestiegen hatte. (Das alte Gesetz Don Domenicos hielt Ausflüge und müßige Landschaftsbesichtigungen von jungen Mädchen nicht nur für überflüssig, sondern auch für unstatthaft. Der Lebensstil herumlungernder Ausländer durfte von einem züchtigen Geschlecht nicht angenommen werden. Zwei oder drei noch zu Lebzeiten Mamas unternommene Barkenfahrten der Familie bildeten nur Ausnahmen, die jene Regel bestätigten. Hierin und in einer gewissen Teilnahmslosigkeit des Neapolitaners für die Wunder seiner Naturumgebung lag die Ursache der mangelhaften Heimatkenntnis der Kinder Pascarella.) In Annunziata begann sich eine kärgliche und verwunderte Lebensfreude zu regen, die dadurch nur noch rührender wirkte. Arthur überschüttete seine Schwägerin mit Aufmerksamkeiten, die sie mit ungläubigen Augen entgegennahm. Es war so, als begieße jemand eine schon verschmachtende und ausgedorrte Pflanze. Eines Mittags fuhren sie mit der Circumvesuviana – eine Schöpfung von Cook and Son, wie Campbell neidisch feststellte – und von Pugliano mit der angeschlossenen Drahtseilbahn auf den Vesuv. Sie umwanderten ein Stück des wüsten Kraterrandes, von mahnenden Führern verfolgt, während ihre Füße im Aschensand versanken und ungeheure Windsbräute sich ihnen entgegenwarfen wie Garden einer Gottheit, der man

nicht nahen soll. Durch eine aufgerissene Scharte offenbarte sich ihnen das gewaltige Leben des Zentralkegels, unbeschreibliche Atemstöße des inneren Erdsterns, feurig, alles erschütternd und doch auch geisterhaft leicht in der emporwirbelnden Wolke. Als sie, den Gottesdonner noch im Ohr, zu der Kopfstation niederstiegen, kam Arthur auf Annunziatas Fluchtgedanken zu reden. Er wußte selbst nicht wie. Vielleicht zwang ihn das Erlebnis der pulsenden Planetenwunde dort oben von Dingen zu sprechen, die jenseits der menschlichen Kleinwelt lagen. Er sprach vom Kloster. Als puritanischer Nordländer verband er mit diesem Wort die Vorstellung von Katakomben, Särgen, Geißelungen, den modernen Gerippen und mystischen Elevationen. Annunziata blickte von ihm weg auf die öde Halde unter ihren Füßen:
»Du mußt erst gar nicht darüber reden, Arturo. Ich bleibe schon in der Via Concordia. Grazia geht fort. Ruggiero und Iride gehen fort. Und Gott weiß, was mit Placido geschehn wird. Ich bleibe schon zu Hause. Keine Angst, Arturo! Wer soll denn sonst auf Papa aufpassen?«
Er half ihr mit umsichtiger Galanterie in den Waggon und erkämpfte zwei Fensterplätze, einander gegenüber. Doch nachher knüpfte er das unterbrochene Gespräch wieder an:
»Du hast mich mißverstanden, Zia. Ich meine das Gegenteil. Du sollst tun, was du für richtig erkannt hast, du sollst kein Opfer bringen, nicht um der Familie willen resignieren . . .«
Sie zog sich eng zusammen vor Scham:
»Das ganze Unglück ist, daß man liebt oder zu lieben glaubt.«
Er suchte ihre Augen und wiederholte bewegt, ohne zu bemerken, daß er englisch sprach:
»Wie bist du gut, wie bist du gut . . .!«
Sie verstand dennoch. Mit einem trotzigen Ruck wandte sie ihm ihr Profil zu:
»Ich hasse dieses Gute, diese Güte, diese Schwäche. Vor Gott ist nur Härte etwas wert. Ich bin nicht hart genug, um vor Gott gut zu sein. Und deshalb bleibe ich zu Hause und werde Papa pflegen.«
Er sah ihr künftiges Leben vor sich. In dem vereinsamten Hause ausgeliefert den Launen eines herrischen Alten, der nicht sterben wollte. In der Küche, oder mit einer Arbeit am Fenster sitzend, tagaus, tagein. Keine Freude mehr. Vielleicht war dieser kleine Ausflug der letzte in ihrem Leben. Da glaubte er zu erkennen, daß ihr Verzicht auf die Heiligkeit eine heiligmäßigere Tatsache sei, als diese Heiligkeit selbst. Sie selbst aber empfand diesen Verzicht und ihre Zukunft als eine Niederlage ohne Heil. Er neigte sich weit zu ihr

vor, damit sie ihn trotz dem Wagengeratter gut höre:
»Du weißt nicht, wer du bist, Zia. Aber ich weiß, was du tust. Verzeih, daß ich das sage . . .«
Die Fahrt schoß einen Trichter hinab, dessen oberer Rand ihnen gegenüber das blasse hochgebaute Meer bildete, während in der Tiefe dieses Trichters schon Dämmerung und Grauen lag. Man hatte wirklich das Gefühl, die öden Lavawände entlang in den Hades hinabzusausen. Die Sonne war bereits untergegangen. Annunziata preßte ihr Gesicht an das Fenster:
»Läg ich nur dort unten!«
Arthur wagte kein Wort mehr. Eine leidensstarre und zeitlose Maske legte sich über die noch jugendlichen Mädchenzüge:
»Alle haben sie Lauro schon vergessen . . ., alle . . .«

Das tagelange Gespräch zwischen ihnen verebbte langsam. Placido hatte von seinem Leben in Rio de Janeiro berichtet, indem er Stunde für Stunde aus der Vergessenheit zog, von jedem kleinen Erlebnis erzählte, die Folter seines Berufes nicht verschwieg und den Stand seines Denkens und Dichtens zu offenbaren versuchte. Und auch Grazia hatte alles gebeichtet, was ihr bewußt war, den Beginn ihrer Liebe zu Arthur Campbell, die Leiden der Entbehrungszeit, die Stunden bei Miß Friggs, die Flaschenpost, den Selbstmordplan, den Irrweg durch die Stadt, das wunderbare Wiedersehn auf der Hotelterrasse und selbst den beklemmenden Traum vom Mostro, in dem der Bruder doch eine gespenstisch böse Rolle spielte. Die Wahrheit aber nützte beiden wenig, denn auch sie vermochte nicht darüber hinwegzutäuschen, daß der alte Zweiklang Grazia-Placido nicht wiederherzustellen war. Sie konnten gleichsam ihre Instrumente, das heißt sich selbst, nicht mehr ganz rein aufeinander abstimmen. Ein fremder Nebenton schwang mit, wie es nicht anders zu erwarten war: Arthur, dem Grazia nun angehörte. Sie erkannte jetzt in einem jähen Wetterleuchten, daß jener Traum vom Mostro nicht ein willkürliches Scheingebilde gewesen, sondern in prophetischer Logik, wenn auch schaurig verzerrt, ihr neues Verhältnis zu Placido vorausbestimmt hatte. Sie mußte um des Geliebten willen den Bruder verlassen. Placido war nun der ganz und gar Vereinsamte, dem sich der letzte Ausweg ins Leben verschloß und der nun, so fürchtete sie, seiner inneren Dämonenwelt hilflos verfallen würde. Ach, es ist eine unlösbare Aufgabe, den Liebesschauder beschreiben zu wollen, der Grazia jetzt beim Anblick ihres Bruders Placido erfaßte. Halb fünf war es und der Tag entfärbte sich schon. Er stand dicht am Fenster seines Zimmerchens, das auf den trostlosen Hof hinaussah, und sie lehnte mit verschränkten Armen am Schreibtisch. Placido zeigte sein konzentriertes Lächeln, das ihm das Aussehn eines Gulliver gab, der aus purer Höflichkeit den Mahnungen und Ratschlägen irgendwelcher unsichtbarer Liliputaner lauscht. Seine fast zusammengewachsenen Brauen bildeten einen dicken Denkstrich. Darüber leuchtete die nicht sehr hohe Stirne. Die lange und gebrechliche Gestalt schien sich ihrer selbst sonderbar zu schämen. Es ist ein altes liebes Gesicht, sagte sich Grazias Seele ängstlich wohl zum hundertsten Male vor. Doch schon beim nächsten Einfall, der zudringlich über sie kam, schrak sie zusammen: Der alte liebe »Mostro«.

Placido zog seinen Blick von der Betrachtung des öden Haushofes zurück:

»Weißt du, Grazia, in Rio habe ich mir täglich gesagt, ich bin in der Verbannung und werde in die Heimat zurückkehren. Und jetzt scheint es mir sehr wunderlich, daß ich aus der Verbannung in die Verbannung heimgekehrt bin.«

»Was heißt das, Placido, mein Gott?«

»Sei nicht böse, Graja, es hat gar nichts mit dir zu tun, nur mit mir selbst. Ich bin mir zu schnell vorausgelaufen. Es gibt für mich keine Befriedigungen mehr und keine Lösungen.«

»Es gibt sie! Und ich werde dafür sorgen, solange ich lebe!«

»Du verstehst mich nicht mehr genau, Graja. Ich selbst kann mich nicht zufrieden geben. Das ist ein Lebenszustand. Mancher erreicht ihn denkgemäß, mancher ohne zu denken. Dir sage ich, was ich den anderen nicht sagen konnte. Ich bin fest überzeugt, daß Lauro nur an diesem Zustand gestorben ist. Er konnte sich nicht mehr zufrieden geben mit einem halben Leben und einem leeren Horizont.«

Grazia mißverstand ihn noch immer. Was im tiefsten ein Vollkommensheitsbekenntnis war, hielt sie für ein Geständnis der Schwäche. Erbittert wies sie auf ein großes Beispiel hin:

»Hättest du nur erlebt, mit welcher Kraft Papa die Schrecken des Novembers ertragen hat, dann . . .«

Er ließ sie gar nicht ausreden:

»Ich bin ein Nichts gegen Papa. Er ist . . . man kann das gar nicht ausdrücken . . . er hat etwas Radioaktives in sich, eine unzerstörbare Substanz, die uns Kindern fehlt. Darum strahlt er und muß nicht bewußt sein. Fühlst du eigentlich, daß er jetzt in seinem Niedergang mehr strahlt als je? Niedergang, ein gemeines Wort! Er entfernt sich nur. Die Kleinigkeiten interessieren ihn nicht mehr. Ich habe durch Papa sehr viel Unangenehmes erfahren. Aber ich stehe ganz auf seiner Seite, da er das Billige, Kompromißlerische nicht zulassen

wollte. Drüben ist mir das immer klarer geworden. Halte mich für närrisch, aber der Gedanke an ihn gibt mir die Kraft, mich nicht mit mir zufrieden zu geben und doch zu leben! Nachahmen kann ich ihn nicht. Mein Weg ist schwerer. Bewußtsein! Ich muß alles Zerstörbare in mir zerstören . . . Übrigens, Graja, hast du wirklich meine ganze Schublade da abgeschrieben?«
»O Placido, manches zwei- und dreimal. Siehst du, das waren die Stunden, die *mich* am Leben erhalten haben.«
»Dann wirst du dich vielleicht auch an die alberne Geschichte von der griechischen Straße erinnern . . .«
»Ja, natürlich! Lauter Restaurants und Herbergen, in die man einkehrt, anstatt vorwärts zu kommen.«
»Also jetzt verstehst du mich gut. Ich bin, glaube ich, auf dieser Straße.«
»Und du wirst vorwärts kommen auf ihr, mein Placido, du mußt es!«
Sie ballte ihre Fäuste, als wollte sie ihn mit ihrer Muskelkraft zum Ziele drängen:
»Nichts darf dich mehr ablenken und hindern. Kein Lebensberuf, keine Sorge. Das muß alles besprochen werden. Ach, du kennst Arturo zu wenig. Arturo ist ein Held. Er hat Papa aus dem Gefängnis geholt. Für ihn gibt es nichts Unmögliches. Er wird dir alle Widerstände aus dem Weg räumen, damit du dich nur mehr deinem Werke widmen kannst.«
Placido lachte hinterhältig:
»Ich glaube, du willst Arturo anstiften, mich von der Straße in ein komfortables Restaurant zu locken.«
Sie hörte ungerechterweise aus diesem Satz einen Zweifel an ihrem Geliebten:
»Oh, du kennst Arturo nicht. Er hat alles, was dir fehlt, so wie du alles hast, was ihm fehlt. Und doch seid ihr euch unendlich ähnlich, ich schwör dirs, lieber Bruder!«
Bei dieser Wendung des Gespräches klopfte es, und der ausgehungerte Arthur Campbell erschien aufs Stichwort. Er hatte übrigens schon länger als eine Stunde im Salotto gewartet, ohne sich in Placidos Zimmer zu wagen:
»Verzeiht! Ich wollte euch nicht stören. Aber es ist eine wichtige Sache. Bitte, du darfst mir nicht böse sein, Placido . . .«
Grazias Bruder rückte ihm einen Stuhl zurecht:
»Ich werde dir niemals böse sein, Arturo.«
Campbell stellte den Stuhl wieder behutsam zurück. Es war dies ein Zeichen des Respektes, den der Fünfundvierzigjährige dem Einund-

zwanzigjährigen gegenüber nicht überwand. Dann gestand er stokkend und voll Schuldbewußtsein:
»Ich habe nämlich . . . es war sehr unverschämt von mir . . . deine Gedichte und Skizzen dem Aldo Bugetti zu lesen gegeben. Grazia weiß davon. Bugetti soll ein großer literarischer Mann hier sein. Aber das brauche ich dir ja nicht zu erzählen. Er ist mein Freund. Vor zwei Stunden habe ich diese Karte von ihm bekommen.«
Und Arthur hudelte mit seinem gaumigen und nasalen Akzent den Text der Karte herunter, als sei er wegen der vordringlich ausgeübten Protektion und seiner Einmischung in die inneren Verhältnisse der italienischen Literatur für eine deutlichere Vorleseart viel zu verlegen:
»Ich schreibe Ihnen, lieber Campbell, heute in höchster Eile. Die Sachen des jungen Placido Pascarella haben mich lebhaft interessiert. Dieser ungewöhnliche Mensch ist nicht nur eine starke Begabung, sondern, was seltener vorkommt, eine eigentümliche Persönlichkeit, die unbedingt gefördert werden muß. Verschaffen Sie mir umgehend die Zustimmung des Autors, und ich will die Gedichte und philosophischen Aufzeichnungen zuerst in meiner Zeitschrift und später in Buchform veröffentlichen. Sie werden ohne Zweifel Aufsehen erregen. Denn dieser skrupulöse, ich möchte fast sagen nordische Ton in Verbindung mit südlicher Formenstrenge (die Gedichte) ist bei uns neu.«
Placido war, soweit man das noch in der Dämmerung unterscheiden konnte, dunkelrot geworden. Arthur Campbell legte die Karte auf den Schreibtisch, als wäre damit sein peinliches Botenamt erledigt:
»Darf ich Bugetti deine Zustimmung mitteilen?«
Es dauerte lange, ehe Placido ein Wort hervorbrachte:
»Bitte, wartet hier zehn Minuten. Ich will ein bißchen allein sein. Draußen auf der Straße in der frischen Luft werde ich mir die Sache schnell überlegen.«
Als Placido das Zimmer verlassen hatte, legte Grazia ihre Hände auf die Schultern des Geliebten:
»Weißt du, was das Großartigste an dir ist, Arturo?«
»Du wirst mich nicht eitel machen, Grazia. An mir ist leider gar nichts Großartiges.«
Ihre tiefe Stimme aber ließ sich nicht beirren:
»Das Großartigste an dir ist, daß du immer im richtigen Augenblick kommst.«
Er konnte sich einer schwermütigen Anspielung auf seine dreitägige Fastenzeit nicht enthalten: »Ich habe ja auch lange genug auf diesen Augenblick warten müssen, Grace.«

Ihre Finger tasteten sich höher, bis sie sein blondgraues Haar berührten:
»Das war wahnsinnig anständig von dir, Arturo. Aber jetzt weiß ich, daß ich an dir alles, alles besitze. Placido? Wir haben in diesen Tagen gesprochen, was nur zu sprechen war. Er hat mich müde gemacht. Du machst mich nie müde. Ich weiß, daß ich jetzt eine niederträchtige Verräterin bin. Es ist schrecklich, aber ich glaube, ich brauche ihn nicht mehr. Jetzt brauche ich nur dich!«
Sie umfingen einander. Es war ein Kuß, wie sie ihn noch nie geküßt hatten. Die Einheit, an der keine andere Anziehung mehr zerrte. Von der Macht dieser Umarmung betäubt, konnten sie sich auch dann voneinander nicht lösen, als sie Placidos Gegenwart schon fühlten. Es währte eine ganze Weile, ehe Grazia sich leise von Campbell entfernte. Placido, der die Silhouette der Umarmung gegen das schwach erschimmernde Fenster gesehen hatte, hielt die Türklinke lange in der Hand, ehe er sie losließ. Seine Stimme kam hell und klar durch die Finsternis:
»Jetzt darfst du *mir* nicht böse sein, Arturo!«
»Wieso denn böse? Ich bitte dich . . .«
»Es war sehr reizend von dir, daß du das für mich getan hast. Aber ich habe mich entschlossen, den Antrag Bugettis nicht anzunehmen. Der Grund ist sehr einfach. Ich glaube, er irrt sich. Meine Sachen sind zum Teil dilettantisch, zum Teil abscheulich. Ich weiß es. Das ist kein übertriebenes, undeutliches Gefühl, sondern ein zweifelloses Wissen. Wenn ich sie drucken ließe, wäre es eine niedrige Lüge vor mir selbst. Vielleicht später, wenn mir einmal etwas Wirkliches gelingen sollte . . .«
Sowohl Grazia als auch Arthur suchten nach Worten, um Placido zu beschwören, daß er sein Glück nicht mit Füßen trete. Dieser aber ließ es erst gar nicht zu einer Diskussion kommen:
»Ich habe vorläufig eine andere Bitte an dich, Arturo. Es wäre mir sehr lieb, wenn ich in dem neuen Reisebüro eine Stellung haben könnte, bei der mir der Nachmittag für eigene Arbeiten frei bleibt. Glaubst du, daß so etwas möglich sein wird?«

Achtzehntes Kapitel

UND WIEDER EIN SONNTAG

Und zwar der vierte Sonntag im März. Somit auch die letzte feierliche Versammlung der Familie Pascarella um den großen Tisch der Sala da pranzo. Ruggiero und Iride waren reisebereit, denn ihr Schiff verließ am einunddreißigsten Neapel. Doch auch Grazia und Arthur hatten ihre Trauung, bei der nur Papa, Placido und Annunziata anwesend sein sollten, auf den fünften April vorverlegt. (Als ein nicht unwichtiger Zug sei hier rasch eingeschaltet, daß nicht Grazia zur anglikanischen Kirche übertrat, sondern Campbell zum Katholizismus.) Am sechsten wollte das Paar unverzüglich nach England verreisen. Arthur mußte in London noch einige Geschäfte abwickeln, und dann geziemte es sich ja, daß er die junge Frau seiner Schwester brachte, die an ihm Mutterstelle vertreten und der bisher seine ganze Liebe gegolten hatte. Zum Glück Grazias erwies sich Miß Gwendolin Campbell von Anfang an als keine feindselige Schwägerin, sandte sie doch der fremdstämmigen Räuberin ihres Bruders zum Hochzeitstag ein kostbares Erbgeschmeide.

Wer über die Hochzeitsreise des jungen Paares innerlich am meisten grollte, war Don Domenico. Gerechterweise muß anerkannt werden, daß er einen gültigen Grund dazu besaß: das Reisebüro. Arthur Campbell hatte sich nicht daran hindern lassen, die Durchdringung von Papas Azienda mit seinem Unternehmen noch während des Märzmonates, der großen Saison also, hartnäckig einzuleiten. Das ging folgendermaßen vor sich. Eines Tages erschien er mit einem Stapel prachtvoller Landkarten, die nach Ablauf einer halben Stunde die mürben Wände des Straßenladens mit leuchtenden, weltfrohen Farben bedeckten. Es war ein widerspruchsvolles Bild, als werde etwa ein Gemäuer des Altertums gezwungen, die Affichen von mondänen Festlichkeiten zu tragen. Doch nicht genug damit. Sogar der wurmstichige Ladentisch wurde mit Eisenbahnplänen belegt und erhielt darüber dicke Glasplatten eingeschraubt. Etwas später traf ein freundlich phlegmatischer Jüngling, ein Volksgenosse Arthurs, ein. Mit wohlwollendem Handschlag begrüßte er Domenico Pascarella, den Senior, und erklärte, daß er hiermit unaufhaltsam an seine Aufgabe schreite, diese trübe Höhle in ein glänzendes Fremdenberatungsinstitut umzuzaubern. Nicht einmal der finstere Blick des alten Patrons vermochte seine Energie und seine Organisierungskünste lahmzulegen. Als erstes Opfer, forderte er, müsse die bisherige Einrichtung der Azienda fallen, die vielleicht einen gewissen Wert als Antiquität darstelle, was aber Form und Glanz anbelange, das Publikum verjagen würde. Diesen Star des Reisedienstes hatte Mr. Campbell der Firma Cook einfach weggeschnappt, eine Handlungsweise, die man keinswegs loyal nennen kann. Doch wird man sich im stillen darüber freuen dürfen, daß somit auch auf Arthur Campbells Charakter ein Schatten fällt, und er zum Heil der Familie Pascarella einige Verschlagenheit besitzt.

Das Verhalten Don Domenicos läßt sich vorausberechnen. Er floh vor der frechen Modewelt, die in seine Hürde unbekümmert eindrang, an den Schreibtisch im Studio. Dort heftete er starr den Blick auf die Battefioriseite und suchte mit der Frage fertig zu werden, warum ein raffiniert verzahntes Schicksal ihn höhnisch im Alter zu dulden zwang, was er so viele Jahrzehnte lang verachtet hatte. Seine Hand tastete dann nach einem weißen Kanzleibogen. Grimmig begann er ihn, im Angedenken besserer Zeiten, grün, blau und rot zu rastrieren. Während dieser Tätigkeit beschloß er, von morgen an seine Azienda zu meiden. Placido hatte den Wunsch ausgesprochen, an der neuen Arbeit mitzuwirken. Mag der Sohn nun seinen Schreibtisch einnehmen. Don Domenico überließ dem neuen Geschlecht gern seinen Platz. Das klingt sehr einfach, erwies sich aber mit Rücksicht auf die beteiligten Personen als ziemlich verwickelt. In den nächsten Monaten tauchten eine Menge Streitfragen, Kompetenzzweifel, Empfindlichkeiten und Reibereien auf, deren Ursachen allzumal in der Natur des alten Prinzipals lagen. Doch genug von diesen Zukunftsblicken! Kein Maler kann dazu verhalten werden, der Ausführlichkeit halber auch noch den Rahmen seines Bildes zu bepinseln. Viel wichtiger ist das Verhältnis Papas zu den Kindern und der Kinder zu Papa, wie es sich in diesen Märztagen herausbildete. Am komischsten benahm sich Ruggiero. Mit dem gleichen, fast erbitterten Eifer, mit dem er früher die Hand des Vaters geküßt und ihm Rock und Hut entrissen hatte, hütete er nun seine Schritte und half ihm, wo er ging und stand. Stieg Don Domenico zum Beispiel die Treppe hinab, war Ruggiero zur Stelle, um ihn zu stützen: »Achtung, Papa! Nicht fallen!« Bei Straßenübergängen faßte er seinen Arm und lenkte umsichtig den Vater zum anderen Ufer. Er behandelte ihn wie ein Kind oder wie einen Greis, was nicht die Dankbarkeit, sondern den Groll des Betroffenen erregte. Iride hingegen erwies sich als ganz und gar untreu. Ihr magerer Leib saß wohl noch am häuslichen Tisch, doch ihre glühenden Augen waren ihm schon nach Brasilien vorausgeeilt. Sie verbrauchte alle Kraft, um ihre Erregung zu bemeistern, die sie hin und her riß. Konnte Papa, angesichts ihrer elenden Gesichtsfarbe, nicht noch im letzten Augenblick die Erlaubnis zurückziehen? Wie ein Kind, das sich, um nicht schlafen gehn zu müssen, unsichtbar zu machen scheint, wenn es in Gesellschaft der Erwachsenen die Augen schließt, so machte sich Iride unsichtbar, um vom Schicksal nicht ins Bett gejagt zu werden. Auch mit Grazias Treue war es nicht weit her. Die Via Concordia wurde ihr täglich eine fremdere Stätte. Sie und Arthur waren von früh bis abends unterwegs, um eine Wohnung zu suchen, und wenn sie zu spät zu Tische kamen, hatte Papa deshalb keine Handhabe mehr, sie niederzuschmettern. Was Annunziata anlangt, so war zu ihrem Glück die Arbeitsmenge so angewachsen, daß ihr kein freier Gedanke übrig blieb. Für einen so verwöhnten Gast wie Arturo genügte ihrer Ansicht nach die übliche Hauskost nicht. Ihr oblag es also, jeden Tag für einen abwechslungsreichen Küchenzettel zu sorgen. Die obligate Pasticcia di maccheroni wurde von neuartigen Gerichten verdrängt. Iride mußte für die Reise equipiert werden und auch Grazia konnte doch nicht ohne jede Ausstattung in die Ehe gehn. Die Lösung all dieser schwierigen Probleme, der Ausgleich zwischen Aufwand und beschränkten Mitteln, blieb einzig und allein Annunziatas erprobter Technik überlassen. Und Placido? Er war zu Beginn des Monats zweiundzwanzig Jahre alt geworden. Dennoch sprang er noch immer steif auf, wenn Papa sein Zimmer betrat, und blieb mit gesenktem Kopf stehn, als erwarte er ein gerechtes Strafurteil. Seine Rede dem Vater gegenüber war noch immer: »Ja, Papa« und »Nein, Papa«. Nie ergriff er das Wort zuerst. Doch auch Don Domenico wußte mit Placido nichts zu reden, obgleich sich in seinem Herzen eine heimliche Neugier für das verschlossene Geistestreiben des Sohnes entwickelte. Er war aber bekanntlich nicht der Mann, bei guter Gelegenheit ein Gespräch folgendermaßen zu eröffnen: Ich habe, mein Sohn, von deinen schriftstellerischen Bemühungen gehört. Nun, auch ich, das kannst du mir glauben, habe mir in meiner Jugend über mancherlei den Kopf zerbrochen. Du könntest mir eigentlich einmal irgend etwas von deinen Sachen zu lesen geben. – Noch weniger jedoch war Placido der Mann, um der Partner eines solchen Gespräches zu sein. Ein derartiges Interesse Papas für das Geheimnis seiner Seele hätte ihn nur in tiefe Bestürzung versetzt und seine heftige Abwehr hervorgerufen. Glücklicherweise lag solche phantastische Annäherung außerhalb jeder Wirklichkeit. Ach, wie fremd war dem Vater dieser Nächste der Nächsten! Er zweifelte immer weniger, daß Placido dasjenige seiner Kinder war, das ihn am tiefsten liebte. Beide aber, der Vater und der älteste Sohn, hegten eine gewisse Furcht vor der Zukunft, die es so fügen mußte, daß sie sich einsam oft am Tische gegenübersitzen würden in lastendem Schweigen.

Der Sonntag! Es ist fünf Uhr nachmittags wie einst. Alle sind versammelt und erwarten Papa, der jeden Augenblick von seiner Promenade heimkehren muß. Helles Märzlicht liegt in der Sala da pranzo. Es erübrigt sich also der alte Brauch, Papa nicht mit brennenden Lüstern, sondern in demütiger Finsternis zu empfangen. Plötzlich werden alle still. Denn draußen knirscht des Vaters Schlüssel seine alte Melodie. Sie eilen ihm entgegen: Ruggiero, Iride, Placido, Grazia, Annunziata, und in einigem Abstand Arthur Campbell. Papas Hand küßt niemand mehr, dahingegen küßt der Vater jedes der Mädchen flüchtig auf die Stirn, ehe er sich in den Oberstock mit leisem Türendonner begibt, um sich für die geheiligten Stunden zu rüsten, die er unter seinem Volke verbrigen wird. Don Domenico hat sich in den Wochen seit der Rückkehr seiner Söhne unzweifelhaft erholt. Seine Gestalt ist zwar eingegangen und sein ehemals breites Gesicht sehr klein geworden, doch der ausgezogene Schnurrbart hat wieder strenge Spitzen und das weiße Haar auf dem kugelrunden Katerkopf steht kriegerisch zu Berge. An der rötlich gesunden Hautfarbe dürften aber die abendlich gefärbten Sonnenstrahlen schuld sein, die durch die Fenster langen. Der Nachmittag geht unter sachlichen Gesprächen rasch zu Ende. Da die Familie in diesen Tagen auseinandergerissen wird, gibt es viel zu bereden und zu bereinigen. Die Sitzordnung ist die alte. Arthur nimmt Lauros Platz ein. Als die Stunde des Pranzo da ist und Giuseppe den ersten Gang aufträgt, sind die praktischen Themata alle erledigt. Don Domenico gibt sich, wenn auch weit mäßiger als einst, mit stummer Versonnenheit dem Essen hin. Giuseppe hat seine verächtlich erlauchte Serviermiene vom Schicksal restlos zurückerstattet bekommen, die Sichereit seiner Hände und Beine jedoch nicht. Die Schüsseln zittern und schwanken in seiner Hand, als müsse er sie bei schwerem Seegang herumreichen. (Der freche Ruggiero hat übrigens Papa vor einigen Tagen darauf aufmerksam gemacht, daß der Diener pensionsbedürftig sei.) Seit Campbell im Hause verkehrt, trägt Giuseppe beim Servieren weiße Zwirnhandschuhe. Damit gibt er erstens der Hochachtung gebührend Ausdruck, die er für einen Engländer empfindet, und zweitens glaubt er auf diese Weise seine Zittrigkeit besser verbergen zu können. In seinen alten Sbirrenaugen schimmert eine gekränkte Abgeklärt-

heit: Bitte, ich trete den verderblichen Neueren nicht mehr entgegen. Ich schaue und schweige. Da Papa nicht spricht, geht die Mahlzeit nach alter Sitte in ehrfürchtiger Stille vorüber. Dann steht vor dem Hausherrn die Weinkaraffe und vor Arthur, durch Grazias Protektion, ein Glas Whisky-Soda. Und nun beginnen die Merkwürdigkeiten dieses Abends.
Genau zur Stunde, in der Don Domenico an den heiligen Sonntagen der Vergangenheit die Vermahnung über das Pascarella-Schicksal und die Feindschaft der Welt an seine Kinder zu richten pflegte, fällt ihm ein Vorkommnis aus seiner eigenen Kindheit ein, und er hebt an, es zu erzählen. Mag sein, daß die dürftige Geschichte ihm selber fesselnd oder humorvoll erscheint, er spinnt sie jedenfalls mit manchen Einzelheiten aus. Sein Erzählerton klingt dabei behaglich verschlafen. Den Kindern bleibt das Herz stehn. Wohl hat Papa schon früher dann und wann von der ältesten Zeit gesprochen, aber dies ist immer nur Stammesgeschichte gewesen und niemals persönliches Erlebnis und nachklingende Kindheitserinnerung. Für seine Söhne und Töchter ist Papa der Vater ohne Kindheit. Sein Leben neigt sich wohl dem Ende zu, aber seine Schilderungen, die ein ganz unbekanntes Lächeln begleitet, einen kleinen Domenico aus dem Schlag, ein Büblein in halblangen Hosen, das die Pferdeställe seines sagenhaften Großvaters besichtigt und allerlei verbotene Dinge tut. Die Einheit dieses Kindes mit Papa erfüllt die Geschwister mit weher Erschütterung, als sei sie schon der Schatten des Todes. Nichts anderes als diese Erschütterung ist die Ursache, die dem Brasilianer Ruggiero den Mut zu jenem unerhörten Wagnis einflößt, das Placido dazu zwingt, seinen Kopf tief über das Tischtuch zu beugen:
»Weißt du, Papa«, – dem Kühnen verdorrt die Zunge im Munde nicht – »was ich dort drüben am meisten entbehrt habe? Deinen Gesang! Und ich werde ihn immer entbehren . . .«
Hier stockt er. Denn alle sitzen versteinert. Nur Iride, die sich bisher höchst unauffällig verhalten hat, erhebt plötzlich die Stimme:
»Papa, Papa, wer weiß, ob wir uns wiedersehn!«
Irgendein taktloser Dämon hat sie gezwungen, diese grausamen und sentimentalen Worte auszustoßen, in denen sich eine jähe Ahnung losringt. Papa aber beachtet sie nicht, denn Grazia steht auf und hebt die Hände in einer flehenden Gebärde:
»Papa! Arturo hat dich nie gehört . . .«
Ein großes Stimmengewirr setzt ein, an dem sich nur der erschrokkene Placido nicht beteiligt. Don Domenicos Blick aber umläuft forschend die Runde. Sein Schnurrbart fängt zu zucken an. Papa

schmunzelt. Papa sieht zur Tür hin. Papa spricht:
»Ruggiero, schau, ob die Türen gut geschlossen sind!«
Ein Auffahren und Durcheinanderstürzen wie noch nie. Ruggiero und Iride werfen sich auf die Doppeltür und drehen den Schlüssel zweimal um. Die anderen eilen in den Salotto mit bleichen, aufgeregten Gesichtern. Arthur Campbell gerät durch die selige Verstörtheit der Geschwister in eine betretene Stimmung. Er versteht nichts und kommt sich wieder einmal wie ein Barbar vor, den das Schicksal in einen Mysterientempel verschlagen hat. Zur Verlegenheit aber bleibt ihm keine Zeit, denn die heiße Hand der Geliebten zieht ihn in den Salotto. Grazia öffnet das Piano, Annunziata entzündet die roten Galakerzen und Placido holt wie einst den Klavierauszug der Gioconda aus dem Kasten. Annunziata jedoch, deren Hand schon auf den Tasten liegt, wird von solchem Herzklopfen befallen, daß der erste Akkord, der zu dem Monolog des Schurken Barnaba überleitet, nur als klimpriges Arpeggio herauskommt.
Don Domenico hingegen scheint wieder die Sicherheit und Kraft selbst zu sein. Er tritt in die Mitte des Salotto, wölbt die Brust, stellt einen Fuß vor den anderen und legt den Kopf zurück. So bietet er, trotz allen Schmerzen und Erniedrigungen, den Seinen, die ihn in fieberfröstelnder Erwartung anstarren, ein Bild löwenhafter Bereitschaft dar wie in den Tagen seines Sonnenglanzes. Der einzige Unterschied ist nur das »Trotz allem«, das in des Vaters Haltung liegt. Die allgemeine Erregung teilt sich bei seinem Anblick auch dem Neuling mit.

»O monumento!
Regia . . .«

Die ersten Töne klingen rauh und heiser. Don Domenico winkt ab. Er hat vor undenklichen Zeiten das letztemal gesungen. Die Stimme muß erst in Ordnung gebracht werden. Er räuspert sich lange und inbrünstig, um die Kehle frei zu bekommen. Dann gibt er der Begleiterin von neuem das Zeichen zum Anfang. Rein und fest kommt der Akkord. Rein und berauschend strömt die Stimme in den Raum:

»O monumento!
Regia e bolgia dogale! Atro portento! . . .«

Doch kaum ist die letzte Schwingung dieser Phrase verklungen, geschieht das Furchtbare.
Neben dem Klavier lehnt wie immer in seiner grünen Hülle Lauros

Kontrabaß, einem großen und guten Geschöpf der Vorwelt ähnlich. Es scheint, als hätten ihn die vielen Menschen und Annunziatas Akkorde geweckt, denn aus seinem mächtigen Leib dringt ein langer, ächzend abschnurrender Laut, Wehruf und zorniges Ruhegeheiß zugleich. Nichts ist geschehn, nur die vierte Saite hat sich, durch das Klavier in Schwingung versetzt, völlig entspannt.
In dem erstarrten Salotto sehn einander nur gelbe Totengesichter an. Papa hält sich an Ruggiero fest. In dem tiefen brummenden Jenseitston hat Lauro gesprochen. Alle Geschwister verstehn die Verkündung:
Das Zeitalter des Gesanges und Gesetzes ist nun zu Ende!
Welches Zeitalter aber hat begonnen?

INHALT